人间犬吠

李禹东 著

作家出版社

从青春写手到真正作家
——序李禹东的长篇小说《人间犬吠》

何镇邦

长篇小说《人间犬吠》的作者李禹东虽然年轻，但从十岁起就在报纸杂志上发表作品，小学六年级就完成了第一部20万字的长篇侦探小说《夜案》（中央民族大学出版社出版），此后十多年间又出版发表了多部长篇小说、中篇小说和散文集，可以说是一位“创龄”颇长、作品颇丰的少年、青年作家。

两个多月前，经文友介绍，我读了他历时一年有余、多次修改的长篇小说新作《人间犬吠》的打印稿。此作以两条走失而同美名“打狗队”实则狗贩子周旋斗争的流浪狗波仔和沛沛为线索，以两条狗的主人美女尔曼、青年作家雨泽的情感纠葛以及雨泽的人生经历为主线，讲述了关于狗的具有童话色彩的故事，关于雨泽在苏格兰的留学生活以及回国后所经历的缤纷复杂的社会生活——也就是作品主人公雨泽说的相当于英国维多利亚时代的中国当代社会生活方方面面的扫描。作者把这三部分巧妙地组合在一起，让两条流浪狗在流浪中与狗贩子斗争中相互救助的精神对比人类社会中的种种现象，钱、刘两家的争斗，不孝儿子逼死母亲瓜分遗产，毒贩子作恶多端、不仅杀死卧底干警又祸及纯真少女等等社会负面现象，当然，还有雨泽所揭露的“育英文学院”的种种丑事，从而让人看出狗的忠诚与人类的倾轧形成鲜明的对比，真有一种“人不如狗”的感慨！而就叙述手法与文字风格而言，关于狗的故事显然具有童话的色彩，尤其是虚构的枫城与叶城还有枫城的地震，强化了故事的童话色彩；而关于雨泽在苏格兰的一段留学生活的描述，又使小说具有散文化的色彩，关于爱丁堡街景的描写，关于林志远所主持的留学生聚会情景的描写，都具有一种浪漫的诗意，一种散文的色彩；而第三部分“在路上”讲述的小梦与温云鹤的故事，还有小梦与贩毒犯刘天福的故事，则有一种传奇色彩，这种故事我们好像在某些电视剧中看过，但禹东把它们略加改造移植于此，则别有一番韵趣。而我欣赏的是，禹东把这三种色彩的板块“混搭”（请允许我借用一下这个时下颇为时髦的词语）在一起，形成一个艺术整体，不仅增加了读者阅读的兴趣，更重要的是深化了小说的主题，更加深刻地表现了作者想要描述的生活。

对《人间犬吠》的阅读，给我留下这么一个印象：李禹东显然有别于一般的青春写手，从这部即将面世的长篇小说新作可以看出，他正处于从青春写手向相当成熟的作家过渡之中，而《人间犬吠》无论从其对生活的选取角度和开掘深度来看，还是从其叙述和结构能力来看，也都是值得向广大读者推荐的一部相当成熟的长篇小说。就我的阅读经验来说，一部比较成熟的作品，不仅有对生活比较生动的描摹，还有对生活的追问与开掘。李禹东在《人间犬吠》中正力图这样做，这对于一位生活阅历并不丰富的青年作家来说，做到这一点是很不容易的。

当然，作为一部优秀的长篇小说，成功地刻画各种人物形象，乃是作家的一项更重要的任务。李禹东在《人间犬吠》中调动各种艺术手段，刻画各种类型的人物形象，而其中大部分能够活在读者的心中。着墨最多也比较成功的当然要属雨泽、方惠惠、林志远、刘诗雅四个留学生的形象。雨泽的情绪化和倔强、方惠惠的自恋、林志远的实用、刘诗雅的任性，性格都相当鲜明突出。雨泽既是故事的叙述者，又是小说的主人公，作者赋予他的任务与内涵颇多，但始终能抓住他性格主导的一面，因此人物形象的刻画还是成功的。刘诗雅的形象也刻画得颇为成功，她早期的任性和经历家庭破产以及在美国与钱龙的一段生活后，变得干练与圆通，这种性格的变化，使人物形象更加立体丰满。而比较起来，林志远和方惠惠就缺少这种变化，林志远后来同刘诗雅的和好结合，方惠惠化名玫瑰作为卧底打进贩毒集团，守在小梦身边，命运都有戏剧性的变化，但性格却没有什么变化。此外，像粗中有细的温云鹤、痴情的小梦、美丽而敏感的尔曼、憨厚的尚超等人物形象，也都是相当鲜活的，能让人记住的。

读罢《人间犬吠》，我还有这样的感觉，一个作家的写作还是要从生活出发。从这部小说看来，凡是亲历过而且有较深体验的生活，李禹东写来就比较得心应手，能够透过生活的表层追问生活直抵生活的深处；否则，如果是从书本上嫁接过来的片段，写起来就不那么从容自如，常常出现这样那样的窘迫感与不和谐之处。在这部作品中，最出彩之处还是关于狗的描写以及关于苏格兰留学生活的描写，因为这些生活都是作者深入体验过的。李禹东的创作经历再次证明，生活是文学创作重要的源泉。

《人间犬吠》经过作者反复修改，终于定稿出版付梓。应作者诚挚之请，写下以上一些读后之感，权当序文，和作品一起奉献给广大读者。

是为序。

壬辰年九月初九重阳节即公元2012年10月23日

草于北京亚运村之望云斋

人间犬吠

目录
CONTENTS

前言 / 1

流浪狗 / 5

57 / 留学生

在路上 / 209

365 / 在窗外

后记 / 371

前言

两条流浪狗，在狗贩子的货舱中相遇，从此，他们相互依赖，在残酷的人间留下了一排成长的足迹。

一群剧中人，在嘈杂声中你争我夺，在利益面前，他们张开血盆大口。

一个新的时代正在悄悄铺展开来，只是起步的路太过跌宕，有人在笑，却也有人在绝望地哀鸣着。

我不想过多地评价这个社会。在我看来，小说不同于史论、政论，与之相比，它更为亲切。当一个个有趣的或是悲伤的故事在眼前展开的时候，小说家也就完成了自己的责任。

揭露，就是小说家的责任。

就像海明威写作《老人与海》那样，没有过多的自我评价，却引来许许多多专家学者分析和讨论。当故事被构架起来的时候，行走于框架下的人物，也就自然而然地成为了其中的核心。多年前著名作家焦祖尧老师曾在一次聊天中对我说，人性是小说最为重要的灵魂。这句话引发了我长久的思考。仔细想来，不同的社会造就了不同的人物性格，不同的人性深处，也蕴涵了多重的宗旨。于是，《老人与海》，讲述的就不仅仅只是一个出海的故事，也不仅仅阐释了作者“不服老”的精神，所有那些围绕这部作品产生的议论，都能够站得住脚，却又都不能站得住脚。它带来的思考，是无穷无尽的。

为了将矛盾集中表现，在这本小说中，我有意地虚构了两座城市。当两条可爱的流浪狗在城市间穿梭时，由他们引出的人物关系，也渐渐复杂起来。

有人问我，这是一本什么样的小说？是童话故事，是校园故事，还是社会性质的故事？

我的回答是，它全都包括。

罗兰夫人曾说：“我认识的人越多，就越喜欢狗。”

人类的自以为是总是让他们认为，自己是这个世界的主宰。但在我的故事中，当人类彼此因为利益争斗的时候，狗儿们却相互帮助，共同渡过难关。当人类相互间尔虞我诈的时候，狗儿们却带着一颗忠诚的心，踏上了寻找主人的漫漫长路。我们的世界充满了假、恶、丑，狗的世界，却裹藏着真、善、美。

历史的车轮向前滚去。我们终于无可避免地走入了矛盾最为剧烈的时期。就好像维多利亚时代的大英帝国，由贫富差异所派生出许多社会问题。我们在转型，却不得不为此付出高昂的代价。

我不展望遥远的未来，也不回首浪漫的过去，我只是将自己所了解的、所见过的、所思考的融为一体，娓娓道来。不少国产电视剧曾描绘到留学生活，却因为讨好观众，而与实际相去甚远，为此，我不敢苟同。那些身处异国他乡的孩子们，他们看上去光鲜亮丽，却不过只是咬紧牙关，品尝着无尽的寂寞，饱受着令人窒息的压力。

三年的留学生活使我在心智上逐渐成熟起来。过去的很长一段时间里，在写作的道路上，我无法找到属于自己的方向。而当所思所想在心底越发累积，当所见所闻在脑子里不断堆叠，许多难题终于迎刃而解。

我不再像过去那样，片面追求着文字本身的感觉，而是尽力将每句话都写得轻松一点、简单一点，我学会让故事本身成为主体，将那些精妙的语句摆在次要的位置。因此，当我的读者跟着主人公来到爱丁堡，行走在花园中的时候，他们想到的，将不仅仅是一辆冰激凌车，和几把象征着爱情的椅子，使他们眼前一亮的，是那贯穿其中的、属于青春的色泽。

同样的，当我的读者通读全书，最终带着一丝笑意将它合上的时候，他们也会发现，《人间犬吠》能留给他们的，也不仅仅是两条流浪狗哀鸣般的叫声……

流浪狗

我认识的人越多，就越喜欢狗。

——罗兰夫人

1

[illegible]

[illegible]

1

过年了，燃放爆竹的声音就像在打仗。街上的行人比往日少了许多，除了路边放炮的孩子，所有人都在家里忙活着。不过有这样一支队伍除外——他们似乎并不留恋于节日的欢乐，热衷于游走在大街小巷。这支队伍通常由5个人组成，他们的工具是一辆车、一张网和若干铁笼。有些人亲切地将他们称为“打狗队”，之所以亲切，是因为这些人十分厌恶狗——这种太容易和人类亲近的动物，讨厌他们用可怜的眼神盯着自己装满零食的口袋，常常驱赶他们，诅咒他们，有时候踹他们一脚，有时候打他们一拳，出于本能的自我保护，挨打的狗儿们用他们锋利的牙齿还击，于是，这群人就更加痛恨这种生物，认为人类的祖先将他们驯化过来实在是一种可笑的行为。

正是因为这些人撑腰，“打狗队”名正言顺地成了一支“为民办事”的机构。当然，反对他们的人群也不在少数，只可惜这些人很少发出自己的声音。他们只是安稳地过着自己的日子，只要“按照相关规定”，给自己家的狗儿们买张“狗证”，按照要求的时间出入，别人的事，他们才懒得管太多。这群人生活水平往往偏高，虽然大型犬不允许被喂养，但只要有一个合适的理由，证明自己的爱犬是不伤人的，然后再按照相关规定办理一份手续，一切就都妥当了。

说到狗，枫城的狗还真是足够名贵的。几年前有部美国大片记录了一群哈士奇和阿拉斯加雪橇犬在南极求生的历程，结果顿时就刮起了一阵“雪橇热”，哈士奇和阿拉斯加分别是两种来自不同地区的雪橇犬，前者主要集中于俄罗斯，后者主要集中于美国阿拉斯加州，他们有个共同的特点就是和狼长着一副嘴脸，眼睛里散发着恐怖的蓝光，他们的外表总是将人迷惑，直到50年代，美国人才确定他们的真实身份是狗，而不是狼。他们善良，颇具个性，有着发达的后腿肌肉，奔跑起来像 阵疾风。

由于这种狗过分调皮，常常不受主人控制，四处乱跑，不了解他们的人常常惧怕那邪恶的外表，于是，一些懂狗的贩子们极力推荐起另一个品种的狗来——这就是长了一身雪白毛发的萨摩耶。这种狗原本也跟着凑热闹拉雪橇，但是由于他们漂亮的外表，天使的微笑，逐渐被人当成了观赏犬。他们身体强壮，不过体力却大不如前面那两位“同行”，随着野性的退化，他们似乎更适合在城市喂养，许多人，尤其是女孩子，都常常被他们诱人的外表所欺骗，真的抱回家的时候，才发现原来他们天使的外表背后，是一颗比魔鬼还要闹腾的灵魂。

“萨摩耶热”过去了，又开始接二连三的各种“热”。金毛巡回犬凭借着自己出色的导盲能力走进人们的生活，紧接着是与他们同一系统的拉不拉多猎犬。这些狗儿都非常聪明，并且各自有着自己独特的地方。

小区里几个“金毛”的主人正在炫耀爱犬的智商时，波仔摇头晃脑地跑了过来。这是一条法国贵宾犬，毛茸茸的，像个玩具。在所有品种的狗里，这种看上去个头很矮小的狗名列第二。排在他后面的是被当做警犬的“黑背”，再接下来才轮到老实憨厚的“金毛”。

波仔非常纯种，大大的耳朵，小小的眼睛，呼吸时耷拉在外面的舌头，滑稽的外表总能给人带来欢乐。作为梗类犬，这种狗从不掉毛，跑起步来一蹦一跳的，像是装上了发条。

事实上，他们并不真的来自于法国，他们真正的发源地是德国。在那里，他们一直被当做猎犬使用，只可惜矫揉造作的法国人爱上了他们的毛，将他们接进宫廷，就变成了现在这般体形，也造成了他们消化系统衰弱的毛病，同时也将一股贵族气息刻在他们心里。

聊天的人们突然停止了对话。他们不约而同地将目光移到波仔主人的身上。

波仔的主人名叫尔曼，是个很漂亮的女孩子。有些人的美丽并不局限于一对眼睛或是一只鼻子，而是合理的布局，和某种发自内心的韵味。尔曼就是这样一种女孩。

这里的街坊邻居都很喜欢她。

“尔曼，真早！”一个阿姨主动问她。

“过年嘛，晚上要早点回家的，阿姨您也真早。”

“这不一直等着你嘛！”

一听这话，尔曼连忙转移了话题。

“阿姨，你们家金豆腿是不是有点拐？”

“拐么？他一直就这么拐。”阿姨不依不饶地继续着自己的话题，“尔曼哦，你年龄也不小了，是不是该想想找个男朋友了？”

尔曼一边捂着嘴，一边微笑着回答说：“阿姨，您的好意我心领了，最近很累，先不说这个了可以么？”

话音还没落，远方忽然响起一阵爆竹声，像打雷似的，在天边连成一片。许多狗大叫起来，像是在抵御即将来犯的敌人。这位阿姨连忙转过身去，大声喊着：“金豆，不怕！金豆，不怕！”尔曼终于舒了一口气，她转过身，想要将波仔叫到身边。

“波仔？”她喊了一句。

“波仔？”仍然没有动静。

鞭炮声越来越剧烈，最后逐渐趋于平静。整个院子里的人全都停止了对话，一同参与到寻找波仔的行列中去了。

……

由于害怕鞭炮声，波仔像逃命似的四处乱跑。他沿着小区里整洁的道路，一直跑到马路边，这时天空逐渐平静下来，受惊后的波仔也渐渐恢复了神志。他的智商足够帮助他沿着来时的路原路返回，回到主人身边。

“快停下！”一辆小货车停在路边，车上的人指着前面说，“看来今天赚大发了。你看，多纯！”

“主人不在？看来是从家里跑出来的。”

“我女儿正好想要一条贵宾。”说话的人跳下车，手里紧握着套狗的网，他三步并作两步，悄无声息地接近波仔，然后迅速地将他套在网中。波仔一顿挣扎后，就昏迷不醒了。

前面提到了“打狗队”，但这些人却并不是他们的人。

有时候将自己伪装成“官方部门”，做起事情来似乎更加容易些。他们哼着小调，庆祝着自己的伟大胜利。他们调转车头，在空旷的街道上飞奔着。

“波仔！”

“波仔——！”

小区的叔叔阿姨们不停地叫喊着。尔曼喊哑了嗓子，却仍不见波仔的身影……

2

“今天可真是收获颇丰！”

“啊哈哈哈！”

货车上的5个精壮小伙子大笑着。笑得最爽朗的那位显然是这群人的头，有一只特别大的鼻子，几乎要占据那张圆脸的四分之三，鼻子左下角长着一颗圆滚滚的瘤。这个人牙齿略微泛黄，张开的时候泛着一股浓烈的口气。

“老张，”旁边一个后生问他，“今天收获这么大，是不是可以收摊了？”

老张瞟了他一眼，揉了下自己鼻子旁边的瘤，而后询问另一位后生。

“小李，今天咱们收获了多少？”

那是这辆车上唯一一位戴眼镜的，他推了下眼镜，回答说：“咱们今天收获了6条串种狗，两条纯种狗，串种狗虽然个头不大，但是肉很肥，抱起来重量十足，我看可以直接送给厨房。纯种狗除了刚才套到手的贵宾犬是您要带回家给孩子玩的外，还有一条边境牧羊犬……”

“卖给狗场！”老张再次揉着自己的瘤，“我一朋友愿意花一万块买走这条小母狗。钱到手后，咱兄弟五个一人两千，你们说怎么样？”

其余四个人一致点头表示合情合理。

……

汽车经过崎岖不平的道路，猛地颠簸了一下。货厢里，波仔被惊醒了。那里没有一丝阳光，狗的视力原本就是一大弱点，在黑暗中，他瑟瑟发抖。波仔被关在一只铁笼里，他张开嘴，试图用自己的牙齿撬开笼子，但当牙齿撞击铁笼的时候，他感到一阵冰凉，就怎么也咬不下去了。

面对这奇怪的世界，他感到异常惊恐。他哼哼着，很无助。

他听到旁边有动静，这时他才想起动用自己的嗅觉，和发达的听觉，探究是谁躲在自己的身旁。他听到一阵“吱吱”的声音，然后是爪子在笼子里来回划动的声音，再然后，这声音消失了。他吓了一跳，因为似乎有一只舌头在舔他的鼻子。

他有点生气了，嗓子里开始咕噜咕噜发出威胁的声音。但这时，他忽然发现，自己的笼子被打开了。他可以在那个黑暗的世界里自由活动了。

“老张，”又有人在询问，“把这群小家伙放下，咱们是不是就可以收工回家过年了?”

“今天可以收工了，但是明天咱们还得再干一票。这群小崽子们害怕爆竹声，肯定收获不会少。”

他们的车继续在崎岖不平的小路上前进。货车的货厢被一块巨大的板子隔开，要送去饭店厨房的串种狗和纯种狗隔离。纯种狗放在靠近货厢门的地方。由于一直在凹凸不平的小路上行驶，司机打算将车停靠在路旁，下去检查一下货厢的锁子有没有被颠开。

波仔很好奇身旁这个舔了自己鼻子的家伙长什么模样，通过嗅觉，他可以分辨出对方是一条母狗，但这里实在只有一团漆黑，他不知道这是不是个小美女。

就在这时，他听到门外有动静。紧接着，一丝柔弱的月光沿着门缝溜了进来，然后，门忽然被打开了。波仔的腿在发抖，他不知道自己将要面对的是什么样的恐怖事件。司机站在门口，向里面打量着。波仔在恐惧中，忘记了观察一下身旁那位神秘的小伙伴究竟长什么样。而就在这时，他才刚反应过来，就看到身旁的她一个猛子扑向外面，而后就窜到了街头，飞奔到马路另一头了。

“快给我把她追回来!”老张大喊着，司机连忙向马路对面跑去。

老张异常镇定地转过身，看着全身颤抖的波仔。

“小乖乖，你可真听话，”说着，他将波仔重新关进笼子里，“这么快就认识你的边牧朋友了？这笼子门是她帮你打开的吧?”

边牧？波仔能够听懂这个人类的词语。因为在他还小的时候，他那位漂亮的小女主人常常冲着他说话。

……

“波仔，”那是已经退却到回忆中的尔曼动人的声音，“我们可是全世界最有名的狗狗！你的外表堪比萨摩耶，你的智商比得上边牧!”

对，就是这种叫做边牧的狗，全世界只有这种狗比贵宾犬还要聪明。

之所以叫做边牧（边境牧羊犬），是因为他们诞生于苏格兰和英格兰的边界线上，一万年前就跟着人类看牧羊群，久而久之，他们的大脑不断进化，最终变成了现在的样子。边境牧羊犬通常情况下是黑白相间的，花色比较好的品种，一般和熊猫一样黑白对称。他们极富好奇心，常常喜欢和主人斗智斗勇，但一条折服于主人的边牧，则会百依百顺。据说他们拥有6—8岁孩子的智商，并且充满活力，精神头可以和拉雪橇的哈士奇一较高下。

“老张！老张！”司机跑回来，气喘吁吁地说，“那狗日的东西实在跑得太快了。”

“我就知道你这没用的家伙肯定追不上。”老张冷冷地说，“抓那家伙我们可是费了九牛二虎之力。她朝哪儿跑了？”

“跑着跑着就不知道去哪里了。”司机上气不接下气地说。

“算了，”老张说，“别耽误大家过年，先把这些狗崽子们送了再说。”最后还不忘骂一句：“你这个没用的家伙，竟然能让我们的劳动果实就这么给飞了！”

……

逃跑的这条边牧，名叫沛沛，因为她体力充沛，一个月的时候就在家里绕着茶几不停地跑。这位沛沛的主人可不简单。据说枫城的文坛，曾被他的一支笔搅得天翻地覆。他叫雨泽，从英国留学归来，主修政治，却对跻身政坛毫无兴趣。他从骨子里热爱写作。沛沛是他的一位朋友送给他的，因为她的存在，雨泽规律而快乐地生活着。

他们家住在一楼，常常将沛沛放出去自由活动，然后过不了一会儿就会看到她摇着身子回家去了。路边的人们都认识沛沛，看到她都会摸摸她的脑袋，跟她打声招呼。

但过年的这天，街头几乎没有行人。沛沛独自跑到马路上玩耍，在人行道上跳来跳去，自娱自乐。就在这时，她被一张网猛地套了起来，接着，她就被关进了货车的笼子里去。

……

逃跑之后，她先是躲避在路旁的花丛中，露出一只眼睛，盯着货车的方向。她看到老张将货车门重新关上，里面的波仔并没有来得及脱身。

她身处何地？她自己也不知道。四周的烟雾不停地干扰着她的嗅觉。汽车开出太远的距离，一路的摇摇晃晃只让她想要呕吐。

货车重新开动了，但由于一路的泥泞，速度缓慢。沛沛尾随在后，一路隐蔽着自己的身体，跟着汽车向前走去。

为了躲避公安部门的追踪，这群狗贩子将套来的狗饲养在山头一处很小的屋子里，即使他们一齐叫喊，也绝不会有人听到。

他们下车，卸货，再将狗儿们送进那间简陋的小屋。

沛沛看到自己的同类被一个个从车里拖出来，又野蛮地推进屋子里。她屏住呼吸，像一匹小狼似的观察着。

货车门敞开着。也不会有什么人在这时候前来，狗贩子们觉得很放心，于是也就失去了警惕。波仔被留在车上，他将被单独带走。因为边牧的逃亡，老张决定将这条贵宾以同样的价钱出售，到手的钱平均分给弟兄们。按照他自己的话说，就是“让我家的孩子先忍忍吧！先满足了这群坏孩子再说！”

车旁的最后一个人也走进了那间简陋的小屋。车门敞开着，波仔就暴露在沛沛的面前。

就在这一刻，沛沛像闪电般扑过去，一步跳上货厢，娴熟地用爪子打开笼子的抠锁——这是许多边牧的看家本领——紧接着，她用牙齿咬住波仔的卷毛，几乎是将他扔下车去。波仔终于恢复了常态，他知道自己正在被拯救，于是奋力向路边的杂草堆跑去。沛沛紧随其后，没过几秒钟，他们跌进一个土坑中，虽然摔疼了身子，但却摆脱了视线。

狗贩子们回到车上的时候，对眼前的一幕表示不解。老张愤怒地绷起了挤出的皱纹，大声喝道：

“你们这群饭桶！这究竟是怎么搞的！”

——没有人知道这究竟是怎么回事。他们在头儿的训斥声中结束了这一天的工作。两条可爱的小狗看到狗贩子远离了自己，从土坑里跳出来，大摇大摆地行走在蔚蓝色的夜空下。

3

除夕之夜，天边出现了火烧云，仿佛天宫发生的一场火灾，从边角上开始燃起，一直将整个天空烧得通红。

许多人停在半路，掏出手机，将眼前这突如其来的壮观景象留在念想中。无数台单反照相机富有节奏地按动快门，伴随着滔滔不绝的赞美声。他们感慨大自然的壮丽，感谢自己的好运，让自己目睹了如此美丽的自然现象。

天色已经暗了下来。淡黄色的路灯和远处红彤彤的火烧云交相呼应，人间的繁华与天堂的热烈在此刻对接。夜逐渐深了，人们加快了回家的脚步。这安详的一天，最终以此般美景收场。人们期待新一天的新生活，会如同这天空一般引人入胜。

一个小时过去了，天边的红，逐渐冷却。

两个小时过去了。

三个小时……

四个小时……

……

天边才露出一丝鱼肚白，大地忽然一阵剧烈的颤动，像是一个歇斯底里的病人，正捂着自己的脑门在病床上乱撞。顷刻间，无论是低矮的屋檐，还是高大的楼群，全都仿佛随风摇曳。整个城市提前醒了过来，马路上顿时乱作一团。

“是地震！”

转瞬之间，空荡的大街小巷上塞满了人。

枫城算是一座大城市，钢筋混凝土帮助他们幸免于难。人群在街头拥堵了一阵，就逐渐被疏散开了。路旁的警察维护着秩序，一切都不至于特别混乱。春节的第一天，就是这样被拉开序幕的。

新县紧挨着枫城，是一座很别致的小县城，很快它将成为枫城的一个区，这里有美丽的自然景观，只是一切都还处在待开发的状态，住宅楼还没有被重建，马路还没有被翻修，许多景区还没有被开发，人们全部集中住在一个有限的区域内，久而久之，也多少有了些人口爆炸的意思。

这里，则是此次地震的中心点。

……

天蒙蒙亮的时候，沛沛和波仔被一种奇怪的声音惊醒了。他们整个晚上都睡在路边的草窝里。一个晚上没吃东西，他们两个都有点饿了。波仔看看沛沛，沛沛又回过头看看波仔。沛沛虽说是条边牧，但因为小的时候挑食，她的个头并没有长够，这样，至少在波仔这条小型犬的眼里，沛沛倒并没有因为自己的个头而和对方疏远了距离。

两个小家伙谨慎地左右瞧瞧。他们已经在夜晚的时候远离了之前囚禁他们的小屋子，这里相对比较安全，但远离人类，就等于远离了食物。沛沛带头在前面走着，波仔紧随其后。他们用自己灵验的鼻子四下闻着。

这座山上除了参天的大树，就是有些泥泞的小路，再然后就是鸟儿们清脆的叫声，既没有野兽，也没有猎物，但有一股浓烈的烤肉味从远处飘来。波仔抬起头，向远处眺望，可惜他前额耷拉下来的卷毛遮住了一半视线。他看看沛沛，沛沛的两个眼睛也正炯炯有神地盯着远方。

忽然，山头有许多小碎石滚落下来，差点砸到波仔的后腿。他们于是加快了步伐，向着远方跑去。

无论是放牧，还是打猎，奔跑都一定是他们的拿手绝活。两个小家伙一边朝着目标进发，一边赛起跑来。沛沛偶尔会叼起一根树枝，波仔会立刻扑上去，将它抢走。他们你追我赶，很快就翻下山去，来到一块小盆地。

这里都属于新县的范围，一座小村子出现在眼前。

似乎有些奇怪。波仔和沛沛停止了打闹，将耳朵竖了起来。烤肉味越来越浓烈，但他们同时听到了呼喊的声音。那是什么？是危险么？是求救么？是这奇怪的村子与众不同的地方么？莫非这村子里的人都喜欢早起，一大早就去赶集么？

沛沛趴在有些光秃的草地上，波仔卧在她身旁。由于受过惊吓，两条狗变得异常敏感。

地震使整个村子陷入瘫痪。从城里通往里面的唯一道路被阻塞了。村子里的房屋尽数倒塌，已经几乎变成一片废墟。四层高的小楼有一层已经深陷地下，变成了仓库，许多人被压在里面，苦苦哀求。

许多村民发起了自救。他们有组织地排成一队，用力拽开压在人身上的巨石。村子里为数不多的警察全部扑向危楼，用身体支撑着将要倒塌的楼层。除此之外，参与救援的还有村上唯一一支消防队、学校老师，以及地里的农民。甚至连80岁高龄的老人也参与其中，手里端着一桶热水，为才逃生的村民们解渴。

这边，一位82岁高龄的老太太被压在底层的隔板下，只有一个窟窿够她喘气使用，身体其余的部分全都滞留在阴冷和黑暗中。

一位戴着眼镜的警察同志蹲在一旁，尽量拣些能够安慰人的词语去鼓励她。“警察同志，”老太太激动地说，“我有一个儿子，他在饭店工作，不管我怎么样，请你一定把我的情况转告给他。”

“您放心，”警察用平缓的声音回答说，“您不会有事的，到时候您可以亲自和他讲您的经历。”

“他叫张奎英，”老太太继续说下去，眼圈有些湿润，“他自己有个饭店，在城里面，我不知道叫什么。他回来找我的时候，你问这个名字，准能找到他。”

警察静静地点了下头。

“孩子，要告诉他，他的老母亲很想他。他倒是每个礼拜都会回家看一次，但是每年过年，他都比别人还要忙。他爸爸死得早，我每年过年都是自己一个人。我知道他工作辛苦，为家里赚钱不容易……”

“大娘，您儿子从来不陪您过年么?”

“陪、陪。”老太太回答说，“但是他过年特别忙，每年都是年后给我补上一顿团圆饭，带我去城里走走。”一边说，老太太一边想起儿子那张有些扭曲的脸。作为母亲，她从不觉得儿子哪里长得不对劲。

“大娘，”警察一字一句地说，“救援队应该很快就能进来了。这里道路不通，我们村子里设备有限。压在您头上的石头有些重，靠人力不太能搬动。您再忍忍，我给您要点水喝，我们尽快和外面的救援队联系，您一定很快就能被救出来。”

“去吧去吧！”大娘面带笑容地说，她觉得这位警察同志很通情达理，“先忙你的去吧！还有好些人等着你们救呢!”

……

波仔和沛沛忽然不约而同地抬起头来。他们似乎听到了什么。

两个小家伙你看看我，我看看你，山仿佛在颤动。忽然间，许多碎石从山头滚落，直冲他们砸来。沛沛一个箭步蹬了出去，波仔紧随其后，山头的碎石越来越多，从四面八方向他们包围而来，两条狗拼命地向村子跑去。

就在这时，村子里的楼房再次摇摆起来。几座四层高的小楼第二次塌方。警察正在一旁取水，才刚转身，就被倒塌的楼房重重地砸昏了过去。

经过一连串的反复，这股强劲的冲击波终于逐渐冷却。沛沛和波仔来到破烂不堪的村头，再次你看看我，我看看你。这是他们从未见到过的场面，但与人类关系中的某种本能，却促使他们带着内心的恐惧，从尸体中搜寻活着的迹象。

他们竖着耳朵，分头寻找。

波仔忽然停下了脚步。他冲着沛沛的方向“汪汪”地叫了几声。

沛沛跑了过来。那位意志坚强的老太太并没有受到余震的影响，仍然露着一个脑袋，抬着头看着外面的世界，只是强烈的震感使她有点神志不清。她不停呻吟着，哼哼着儿子的名字，脸色渐渐变得苍白。

两个小家伙原本是来觅食的，现在他们已经忘记自己的目的。狗的耐饿能力是人的好几倍，他们已经不在乎是不是能够饱餐一顿。波仔守护在这位老人的身旁，沛沛跑去一侧，从垃圾上找到几片熟肉，叼在嘴里，跑回来放在老人的嘴边。只可惜，后者并没有回过神来，依然只是不停地呻吟着。

部队的同志们已经来到了村子外面。这场特大灾难迫使政府迅速做出反应。浩浩荡荡的救援队伍从不同地方赶来。他们动用重型机械，开山补路，想要快点打通村里村外的联系。

老太太情况不妙。她长时间地呻吟，这时已经有些脱水了，如果救援队不能迅速赶到，她很可能就这样失去意识，而后长眠不醒。

“首长，首长。”说话的是我们熟悉的狗贩子老张。听说家里地震的事情，他匆忙地从城里赶回来。见到一位领导似的人物，他连忙走过去，伸出右手紧紧握着对方，平时那股蛮横劲儿一扫而光，“首长，我八旬的老母亲在里面，您无论如何要帮我想办法救出她来！儿子不孝，只想看着她健康地度过晚年呀!”

对方冷静地点了点头：“先生，我们保证尽最大努力救出您的母亲，请您靠后一点，不要太过激动。”

部队连夜工作，但道路阻塞严重，大部队无法开进。与此同时，另一支部队徒步翻山进入灾区，由于重型机械没有办法进入内部，他们打算暂时先保证村里受灾人民的饮食问题。

24个小时过去了。部队依然没能开进其中。

48个小时过去了，打先锋的步兵终于进入灾区。他们为眼前的场景所惊讶。他们一一排查生存迹象，发现靠近外边的地方，已经无法找到生命体。

“那是什么声音?”一位战士忽然停下了脚步。

所有的人都停在半路，侧耳倾听。

“是狗叫声!”另一个战士说。

于是，整排部队迅速朝有声音的地方跑去。

——那是波仔和沛沛的吼叫声。在这48个小时里，他们不停地用自己的舌头舔着老人的嘴，老人的嘴唇逐渐湿润起来。不知不觉中，她恢复了神志，看到眼前两条可爱的小狗，她热泪盈眶。波仔和沛沛一刻不停地舔着她，有时轮换着去一旁找水喝，然后又折返回来，继续自己救人的工作。

这支部队迅速赶到幸存者面前。两个小家伙见到来人，连忙窜入林中，躲避在人类的视线范围之外。

他们看到战士们将随身携带的干粮和水送到老人身旁，不禁自己也流出了口水。波仔很委屈地哼哼了一声，看看沛沛，沛沛也很委屈地用哼哼声回应，也看看波仔。两个小家伙停留了一阵，无奈地转身离开了。

不过临走的时候，沛沛就地挖了个坑。

——那里藏了好几片肉和馒头，原来在他们才发现老人的时候，沛沛中途开小差去寻找食物了。倒塌的房屋里自然少不了粮食。

他们就这样将那几块肉分着吃进了肚子，最后满意地向山的另一侧跑去了。

4

“截至今天下午3时，”新闻里传来前线记者的声音，“第一期赶往救灾现场的部队共计1万人，已经全部进入此次地震灾区的中心地区新县。据前线传回的数据显示，新县内损失最为惨重的是后街村，这里较为偏僻，到目前为止仅发现一名82岁高龄的生还者，她的身体被楼层的挡板卡在了洞里，战士们正在启用重型设备将挡板移开。据这位老人回忆，她之所以可以撑下来，全凭两条流浪狗的帮助。”

原本欢乐的节日，在这场灾难过后，忽然冷却下来。人们为死难者默哀，原本代表喜庆的红色现在变成了哀伤的黑色和白色。

……

“先生，您的母亲找到了。”一位军官对老张说，“她已经被我们成功救出，马上要送往医院进行观察，据我们的战士汇报说，她现在情绪稳定，身体状态良好，请您不用担心。”

“哎哟妈呀！”老张忽然哭了出来，眼泪沿着他粗壮的鼻子一路滚落下去，“你们可真是活神仙呀！我给您下跪了！”

“先生，这是我们的职责，”军官绷着脸说，“我们还有许多同样重要的任务要完成，希望您日后好好孝顺您的母亲。再见。”说完，他敬了一个军礼，转过身走开了。

救援工作逐步深入展开。越来越多的人被救了出来。这些日子，全国人民都守候在电视机前，关注着有多少人被救，有多少人死亡，有多少人处在生命垂危的状态。这之后又先后发生了几次小规模的余震，不过并没有造成什么大碍。

灾区的人越来越多，帐篷被搭建起来，医疗队建立了前线医疗指挥中心，许多志愿者也纷纷赶来，有些是普通人，有些则是身家数亿的老板。幸存者被安置在帐篷里面，一切逐渐开始恢复了秩序。有关人士指出，要严防灾区疫情的流行。这个观点获得了人们的一致认同——而最为稳妥的办法就是清剿灾区所有的野生动物……

枫城市长前往医院慰问了幸存者。我们这位82岁高龄的老人正开心地躺在病床上，她的儿子就坐在身旁，一只手揉着自己鼻子旁的瘤子。市长是位颇有风度的中年人，一对深邃的眼睛，脸上的胡子刮得精光。

“大娘，”他缓慢地坐在病床旁边的凳子上，“我们来看您了！”

“好！好！”看到许多人来看自己，老人露出了笑脸，滔滔不绝地说起话来，“谢谢你们来看我！我现在身体很好！谢谢战士们！”

市长一行人被这位精气神十足的老太太逗乐了。

“大娘，如果您有什么需要，尽管跟我们说，我们尽全力满足您的要求。”市长继续说，“比如生活上需要什么帮助，有什么亲人失踪，需要我们联络，我们都会帮助您。”

老人忽然停了下来。她的眼睛里闪动着泪光。这瞬间的变化使在场的人略感惊讶。而后，过了几秒钟，老人才慢吞吞地说：

“我就有一个请求。”她一字一句地咬着话头，“我希望战士们可以帮助我找到那两条狗。我要报恩。”

……

波仔和沛沛在山的另一侧寻觅着食物。这几天，他们只饱餐过一顿。两个小家伙有点饿得犯晕了，而这里甚至没有人类的气息，他们无从寻找热腾腾的饭菜。抬起头，只有鸟儿在高唱，低下头，是泥土的芳香。他们越来越饥饿，体力渐渐被消耗掉了，没有力气像先前那样边走边玩耍。

沛沛忽然停下了脚步。波仔似乎心领神会——这是狗儿们一种特殊的默契感。沛沛的眼睛注视着前方一只个头硕大的鸟儿。波仔也看到了它。两条狗一前一后地趴在那里——这真是上天送给他们的恩赐。

在捕获猎物方面，沛沛曾经受过主人特殊的训练。雨泽家紧挨着一座巨大的公园，平常那里总是有许多遛狗的人，牵着自己的爱犬，在那里慢跑。沛沛精力十足，运动量往往是其他狗类的好几倍。雨泽每次带着她在公园里慢跑过后，她依然还处在兴奋状态。这个时候，雨泽会从口袋里掏出一颗网球，朝远方扔去，沛沛一个猛子扑过去，将网球捡回来，放在他的面前。但这单一的游戏连续玩过几次，她就会生出腻烦的心理，有时会故意一口将网球咬烂，或者将它藏匿在主人找不到的地方。

于是，雨泽左思右想，终于发现另一种有趣的游戏。他指着草地上觅食的喜鹊对沛沛说：“看！喜鹊！上！”久而久之，沛沛明白了这话的意思，一次，一只喜鹊才刚刚落地，沛沛就迅速调转身子，闪电似的奔去，一扑就将那可怜的鸟按在爪下。这是沛沛第一次得手，从此之后，沛沛就变成了捕鸟的能手，甚至连石头大的麻雀，她都常常能够一次得逞。

波仔停在原地，看着沛沛匍匐前进，两只眼睛在卷曲的毛发后面眨呀眨的。沛沛先是一点点地接近对方，在差不多还有三米远的地方，忽然一跃而起，鸟儿受了惊吓，想要脱身，连忙向另一侧逃跑。沛沛没有能够将它扑在爪下，鸟儿伸开翅膀，想要立刻逃离地面。而就在这时，波仔忽然跳了起来。他利用发达的后腿肌肉将自己轻巧的身体送到半空，像炮弹似的，一口咬住鸟儿的脖子，将它硬生生地从空中拽了下来。

雨泽的母亲在枫城的商业区有一处属于自己的两层楼门面，之前是做花店的，现在被一位姓刘的先生租去，开起了茶社。母亲是一个很会生活的人，她与世无争，喜欢简单的热闹，尤其热衷于和一群姐妹们聚会。而随着更年期的到来，她开始变得敏感且古怪，她担心儿子犀利的文笔会葬送了他的前程，但血气方刚的雨泽却不以为然，于是，两个人在家里常常争论不休。

现在可好，母亲因高血压住院，家里也没人和雨泽争吵了。而母亲这时却开始关心起雨泽的恋爱了。

“儿子，妈的身体越来越不行了，你该找个女朋友照顾你才是。”

雨泽沉默不语，因为他知道，只要自己一开口，势必又是一场激烈的争论，而面对躺在病床上的母亲，他实在不愿这样做。

……

“今年这个年算是被糟蹋了。”尔曼的妈妈说，声音里带着些感伤，一只手捶着背，“我的波仔哟！”

这些日子，尔曼很少露出笑容。一想到波仔的那对可爱的小眼睛，她就泣不成声。看到自己的床，想起平日里每天睡觉，波仔都会在一旁和自己抢被子。夏天的某些夜晚，天气会突然冷下来，因为这个时候屋子里没有暖气，人很容易感冒——这也是尔曼和波仔争抢被子最激烈的时候。波仔由于争不过主人，会很生气在一旁打“呼噜”表示抗议，这时，尔曼会赏他一个“太极推手”，把他扔到床下去。

现在，再没有人和她争抢被子。尔曼心里冷冷的。她坐在床上，眼泪夺眶而出。

“波仔！你究竟跑到哪儿去了？”眼泪在她美丽的脸颊上滚动着，“你这个坏孩子！看你回来以后我怎么收拾你！”

自言自语间，她的眼泪已经淌成了一条小河。

“也许，”月光照进屋子里，当尔曼对某件事情感到绝望后，就会将视线转移到其他问题上面，“也许我该找点什么事情做吧？”

夜晚，沛沛用脑袋将波仔从睡梦中弄醒。整个世界都静了下来——这或许是他们逃跑的最佳时机。

清剿灾区野生动物的命令已经下达，第二天部队就要进入执行任务的状态，两个小家伙并不知道会有这样的事情发生，不过好在他们似乎觉得待在这里有些无聊了，而返回的路已被巨石封死。于是，他们只好沿着无人区的山路，向枫城的反方向跑去了。

5

饱餐一顿后，波仔和沛沛都有了精神。两个小家伙连蹦带跳地向山的另一面跑去。他们越来越远离枫城的方向，作为方位感极强的犬科动物，他们当然知道自己这么做意味着什么。一个完全陌生的世界逐渐呈现在他们眼前，但似乎只有这样，才能够绕开那些忙于救援的人群。

叶城在山的另一边，比起枫城来，这里人口少了很多。虽然没有大都市的那般热闹，但却拥有一些特别的景色。叶城的天空永远是湛蓝的，白云像棉花糖一样蓬松，静静地停留在半空。别致的小房子，整洁的马路，还有路旁四季常青的松柏，简直像一幅动人的画。

地震并没有波及到这里，但这段时间的夜晚，马路上没有行人，人们的眼睛一刻不离地盯着电视，注意着救援的进度。

部队已经全部开入灾区，对生还者的搜寻始终持续着。灾区的上空，一片乌云盘踞不去，在那里滞留一阵过后，终于搅拌着狂风跌落下来。救援的困难越来越大，在废墟中，生命的脉搏渐渐微弱，幸存的可能性大大减小了。部队依然在努力地寻找着下一个活着的人，几万人共同努力着，但数个小时过去了，却没有丝毫突破。

这场大雨随着那团下不透的乌云一同飘到了叶城。这时已近深夜。波仔和沛沛拖着有些疲惫的身躯，带着有些好奇的神情来到这个陌生的地方。叶城的晚上是黑暗的，只有路灯依稀洒下点点金黄。两个小家伙寻找着能够过夜的地方，但因为草地被修剪得过分平坦，从街头走到街尾，他们始终没能找到足够安身的小窝。

这时，他们途经一座别墅区。小区门口站着一排精神头十足的保安，他们负责这里上百户业主的安全。两旁墙壁很高，末端拉着长长的铁丝网。这种戒备森严的地方，再有神通的小偷，也会感到头疼。

波仔有些走不动了，他坐在马路牙子上，两个眼睛看着对面精致的房子。沛沛也跟着坐在一旁。月光洒在他们的头上，他们彼此靠得很近，像对共患难的兄弟。波仔的眼睛像豆子一样，又小又圆，在那撮卷毛后面打转。他眼前的景象似曾相识，让他想起自己的家。

同样的时间，不同的地点，不同的世界，同样的想念。在那座别墅里，尔曼来回踱步，她一会儿想去宠物店打工，一会儿又想去酒店实习，以此转移自己的注意力。

“去宠物店吗？”她自言自语，“妈妈肯定不让我去，看到别人家的爱犬，我一定又会想起波仔来。”想着想着，波仔可爱的形象又一次在她脑海里浮现，眼泪悄悄地停留在眼眶。她意识到了什么，于是强忍着将眼泪送了回去。

“去酒店吧！”她说，“我学的就是这个。”她决定后，就将自己的想法讲给了母亲。对于这一点，尔曼的妈妈却有别的想法。她是做医疗设备起家的女强人，她的朋友圈主要集中在医院方面。她希望将女儿送到医院的餐厅，让她在相对艰苦的环境下历练历练。不过，妈妈并没有很快将自己的想法告诉女儿，只是平淡地点了点头。

波仔的眼睛始终盯着那片看上去有些熟悉的别墅区。沛沛的眼睛却紧紧盯着旁边的墙壁。波仔大概是因为祖上过惯了奢华的宫廷生活，对好日子多少有些留恋，而沛沛的祖先却生活在充斥着大风大雨的苏格兰高地，无论阴云密布，还是电闪雷鸣，都睡在羊圈里，时刻保持着警惕，看护着自己的财产。

夜深了，雨有点大，保安经过最后一圈巡视，全都回到保安室里取暖。沛沛用自己的身体压着波仔，帮他挡风遮雨。没过多久，波仔渐渐进入了梦境。

这时，一辆轿车停靠在别墅群的附近，由于角度问题，从保安室恰好无法看到他们。车灯灭了下来，但汽车却并没有熄火。忽然，从汽车右座跳下一个人来，可以依稀看清，那是一个男人，他个子不高，身材有些纤瘦，腿部却很有力气。沛沛瞪大了眼睛。那个人向前走了两步，一只手在墙上拍了拍，而后转过身，冲着车里做了个手势。紧接着，车里的人扔出一只背包来。

只见车外的男人从包里掏出一根细线，末端别着一把改锥。然后，他戴上手套，用力将线扔过那面墙。沛沛终于坐不住了，她不顾身体下面的波仔，本能地跳了起来。

波仔被吓了一跳，但他很快就明白了眼前发生的事情。那是两名小偷。车里的是帮凶，车外的是主犯。

“5分钟以后回来等我。”车外的人对开车的人说。

开车的人做了一个明白的手势。

只见那名小偷狠狠地在地上蹬了一脚，于是整个身子腾空而起。他缓了一下，接着又蹬了一下墙壁，打算就这样一点点翻越围墙。就在这时，他觉得自己的裤腿被什么东西咬住了。

——沛沛像颗子弹似的奔过宽敞的马路，一跃而起，紧紧咬住小偷的腿，将他从墙上拽了下来。同时，波仔迅速赶往保安室，冲着里面的人大声狂吠，5个精壮的小伙子被吼醒了，他们有些疑问地看着眼前的波仔。

波仔一边叫着，一边引领他们朝沛沛的方向走去，于是，几名保安看到了全部过程。

小偷跌倒在地。或许是有些恐惧，他的腿绵软无力，面对沛沛锋利的牙齿，他蜷缩成一团，蹲在角落。两个强壮的保安迅速赶到，将他按在地上。另有一名保安连忙拨通了警察局的电话。

……

第二天下午，尔曼带着一脸不情愿，前往医院餐厅报到。她一会儿噘着嘴，自言自语地说：“妈妈肯定是在整我呢！”一会儿又安慰自己说：“也不错，在这种地方肯定会有新的烦恼，也就不至于总徘徊在以前的烦恼中了。”

她一会儿这样想着，一会儿那样想着，在一团乱麻中，走进了工作的地方。一位有点发福的女士迎接了她，并将她带到旁边，将一份菜谱塞进她的手里。

“我姓孙，”她说，“你妈妈的意思是，让你从服务员做起，我看你就先给病房的客人送餐吧。”

尔曼愣了一下，那一秒中她心里一定开了个小小的会议，不过很快，她还是点头表示接受。这样，她被带到了厨房。一位身材魁梧的男士向她介绍说，自己是这里的厨师长，并将她的主要工作讲给她听。

她需要接电话，做记录，并将所记内容转告厨房，最后再亲自将饭菜送往病房。

6

“1122房间，王女士需要两份煲仔饭。”才刚刚坐稳，尔曼就接到了上班以来的第一个电话。她连忙记录下来，然后跑到厨房，大声将内容报告给厨师。那边传来一声“好嘞——”，然后就看到灶台上冒起火来。

近来雨泽正在忙于收集一些素材，以完成一部足以反映社会现状的小说。他获得素材的主要渠道是书籍，随着阅读的深入，他逐渐形成一种构思，他认为在走向繁荣的过程中，矛盾和黑暗总是难以越过，但，作为一个生活在这个世界的人，他痛恨这黑暗，他就是要用自己的笔，写下这矛盾剧烈的社会中人民的呐喊声。

这天他忙完手头的活，决定去看一看母亲。她的病友已经提前办理了出院手续，最近这几天，她一个人躺在床上输液，护士偶尔会过来关心一下，父亲有空的时候，也会在病房里待几个小时。或许是治疗有方，也或许是一个人冷静的结果，母亲的病逐渐好转起来。这几天，她胃口大开，对所有送到嘴边的食物都毫不留情。

由于用脑过度，再加上最近几天一直没有吃顿饱饭，雨泽对食物的需求也大得有些惊人。他坐在旁边的床上，一边陪妈妈聊天，一边等候着他们的晚餐。

“要是你有个女朋友多好。你总不能一次失败就一辈子都爬不起来吧？”母亲又打开了话匣子。她也不知道自己的儿子究竟在想什么，已经二十好几的年龄，竟然对交女朋友不感兴趣。她始终不相信儿子在女孩子的眼里有多么受欢迎，更不可能有成群结队的女孩子排着号等他挑，她只是觉得儿子或许被自己那个有点过分理性的专业搅乱了人类的天性。

“要是你有女朋友，妈妈住院期间，至少有人可以陪你，”母亲继续说，“这样我也就可以少操点心了。”

“妈，我又不是三岁孩子，干吗那么要人陪。”雨泽的回答有点不耐烦，他的眼睛耷拉着，看上去有些疲惫。在他心里，不会有什么人愿意陪伴一个性格古怪、眼光犀利、说话咄咄逼人、还没有走向成功的文艺青年。

在英国留学期间，雨泽曾经历过一次甜美的恋爱。这段感情持续了三年，但最终却以散伙告终。那是雨泽不愿多想的情节。他曾对别人说：“有些事，不去想是个结，但想多了却是块疤。”在他看来，这段恋情中充斥着背叛，背叛的原因却至今不明。

这个女孩子叫方惠惠，回国后，两个人再没有任何联系。雨泽从此开始觉得，只有当自己走向事业的顶峰，才有可能牢牢地将走进自己世界中的女孩子握紧，否则同样的情况还会继续发生。

在这段时间里，两个小家伙成了叶城里人见人爱的英雄。保安室的人将小偷制服后，警察很快赶到。与此同时，小偷供出了自己的同伙，另一名小偷也很快被抓获。

“谢谢你们的配合。”临走时，一名身材高挑的警员对保安说。一边说着，一边盯着眼前的两条狗，“这是你们这里养的狗吗？”

一名保安犹豫了一下，而后另一名向前跨了一步说：“是的，他们是我们这里养的。”

“证件什么的都齐全么？”警察的表情有些严肃。

回答问题的保安停顿了一下。路灯照在他的脸上，这位保安长着一只鹰钩鼻子，两只眼睛炯炯有神，散发着锐利的光芒，他年龄不算大，但说话的声音却有些低沉。这一停顿，他的眼睛在眼眶中转了一圈，而后就在脑子里形成了自己的想法。

“警察同志，我们这两条狗是刚从枫城接过来的，今天才刚到，明天就给他们办理手续。你看，他们都是好狗，绝对不是咬人的那种。”警察笑着点点头，半开玩笑地说：“确实是两条好狗，回头让刑警队的同志们帮忙好好训练训练。”说完，警察带着两个小偷离开了。

“小马，”一名保安对着刚才回答问题的同事说，“你打算收留这两条狗么？”

小马一只手揉了揉自己的鹰钩鼻子，不假思索地说：“至少得留他们过完今天晚上。这么好的狗，也不知道是怎么跑出来的，但是人家帮了咱们，咱不能不报恩，否则咱就还不如狗了不是？”

旁边的同事们全都默默地点了点头。小马的眼珠又在眼眶中转了一圈，他从保安室的桌子里翻出两根火腿肠，将它们拨开，放在波仔和沛沛面前。然后，又从抽屉里找出一张面积很大的白纸，从口袋深处掏出一支彩色笔。

“你字写得最好，”他对旁边的保安说，“把这两条狗的英勇事迹描述一下，看看咱们这边儿的富豪们有没有个热心肠的，把他们给收留了。”

大家一致认为这个主意好。那天晚上，波仔和沛沛一边嚼着火腿肠，一边享受着保安室里的暖炉，你看看我，我看看你，将身体整个伸展，舒服地进入了梦境。

“两份煲仔饭!”厨房里传来洪亮的叫声。尔曼站起来，走上前去，厨房的工作人员已经将饭装进一只质地很好的包里。尔曼将它背在身上，接着就向1122号病房跑去了。

虽然雨泽并不情愿谈论感情的问题，但母亲却依然不停地讲着自己的观点。

“你这个年龄，不交女朋友，很容易被别人当成同性恋。”身体好转了，她也终于有心情开玩笑了，“妈妈的同学们经常给我推荐他们家的姑娘，我看有几个长得挺不错，应该合你口味。”

雨泽更加不耐烦了，他回了句：“您知道我什么口味啊？我看您还是省省吧。”

“你不就喜欢那种眼睛大大的，又清纯又可爱的小姑娘吗?”母亲终归还是了解自己的儿子的。儿子从小就喜欢这一类型的美女，只是经历了大不列颠的风吹雨打之后，他的思维多少有些变化。雨泽还没来得及接下去，门就被打开了。尔曼缓缓地走进屋子里。

冬天的夜晚来得比较快，还不到5点，阳光就已经逐渐退却。夕阳的金黄色远比任何一个时候都更加惹眼——仿佛那种带着点沧桑的旧照片。这美丽的颓废透过窗户，洒在尔曼那张精致的脸上，却幻化出某种特殊的内在活力。她面带微笑，嘴角向上翘着，仿佛沾染过蜂蜜，甜美的气息迎面扑来，飘进雨泽的嘴里、鼻子里——和心里。

“您好，”她说，“请问是王女士的病房吗?”

雨泽愣了一下，而后站起来，回答说：“是，是。放在这边就好。”

尔曼瞟了雨泽一眼。她看到对方是个高大的男孩，有些凌乱的头发下面是一对小眼睛，但却散发着某种坚毅的光芒。她不敢盯着对方看，因为雨泽这时正在紧紧地盯着她，似乎要将她的内心世界整个看穿。尔曼并不觉得紧张，但或许是某种女孩子的本能，她的脸忽然染上了淡淡的红晕。

“送饭的人怎么换成一小姑娘了?”雨泽自言自语地说，但这话却说得有些大声。尔曼骨子里很担心被人看做“没有前途的小姑娘”，于是她连忙解释说：“我是刚过来这边打工的，过一段时间应该就要走了，只不过最近家里的狗狗走丢了，妈妈想让我转移一下注意力……”

“走丢了?”雨泽对这个话题异常敏感，“你们家那是什么狗?”

“一条泰迪……”尔曼忽然又想起波仔可爱的面容，眼泪再次在眼眶中打转。

“什么时候走丢的?”雨泽继续追问，他觉得自己终于和别人找到了一点共鸣。

“除夕的晚上我们去遛狗，结果就走丢了。”尔曼故意躲避着雨泽锐利的目光。

雨泽回过头去，对病床上的母亲说:“和沛沛是一天走丢的。”

尔曼愣了一下。人类总是有种奇怪的天性，当自己为某事悲伤的时候，就总是希望找一个经历了类似事件的朋友倾诉衷肠，好像有人做伴，自己可以释怀得快一些似的。

“我们家是一条边牧。”雨泽说，用一种与生俱来的傲慢强压着心里的痛苦，“边牧，你知道吗？就是那种最聪明的狗。”

尔曼没有回答。她陷入了对波仔无比的思念之中。

在叶城，一位白发老人走过保安室的门前。雨后的天空万里无云，阳光直射在地上，有些刺眼。老人戴着一副拉风的墨镜，穿着一件巴宝利的小褂。她年轻的时候是个女强人，丈夫却早早地病逝了，年轻的时候，她做过服装、摆过小摊，最后开起了饭店。她为自己赚足了钱，而后退隐，她的两个儿子继承了她的产业，但她并不精通于教育，两个儿子没能够很好地将饭店经营下去，还闹起了不和。好在老人留着一手，在自己的银行账户里放了一笔可观的数目，后来交给理财公司帮忙打理去了。她的两个儿子都组建了自己的家庭，但却彼此争斗，她起初悔恨自己当年没有好好教育他们，后来就渐渐地冷静了下来。她知道，过好自己的日子比什么都更重要。

途经保安室，看到那里对于两条狗的介绍，她走了进去。

“小马。”她拍着小马的肩膀。

“刘大娘，”小马回答说，“您有什么事情吗?”

“我想看看这里说的那两条狗。”

于是，小马开始滔滔不绝地介绍，声情并茂地将两条小狗怎样抓获小偷的过程向大娘讲述了一遍。最后，波仔和沛沛被叫到门口，直挺挺地蹲坐在刘大娘的面前。

或许是因为太累了，两个小家伙睡到下午才睁开眼睛。他们身上的泥已经被烤干了，轻轻一抖身子，飞得漫天都是。老人一会儿看看波仔，一会儿又看看沛沛。波仔的小眼睛滴溜溜地乱转，像是带着一脸疑惑似的。沛沛倒是很平静地盯着老人，身子坐得像个雕塑。

“你的毛多得都挡住眼睛了，”老人指着波仔说，“就叫你多多吧。”波仔像是听懂了似的，露出满意的表情。

“你就叫丢丢吧。”她又冲着沛沛说。

“小马！”老人转过身，冲着保安室喊了一声，“我把他们都带走了！”

……

“犬科动物的方位感是很强的，”病房里，雨泽对尔曼说，“我始终相信，我们家沛沛会回来找我们的。”

他看到尔曼的脸依然被阴霾遮盖着。于是，他继续说：“你们家的狗狗也会找到家门的，不是么？”

……

7

就这样，波仔和沛沛成了刘大娘家的成员。老人很有人缘，她也很会利用自己的这一优势，常找保安室的小伙子们前来帮忙。小马帮助刘大娘为两条狗洗了澡，将满身的泥泞冲洗干净，波仔的一身卷毛闪闪发光，沛沛黑白相间的毛发好像一个身穿燕尾服的女士，恰到好处地露出乳白色的衬衣。

为两条狗洗完澡后，刘大娘让小马坐在一张椅子上，为他热了一杯杏仁露。小马恭敬地坐在那里，倒并不显得拘谨。住进这里的这么些年，刘大娘把勤奋的小马当做自己的儿子看待——这是她用来转移注意力的一种方式。有时，她想起两个不争气的儿子，难免会摇摇头。

刘大娘退隐之后，她一手操办起来的饭店落在大儿子的手上。大儿子温子然是个个子又高又瘦的老实人。24岁的时候，他和一位身材又瘦又小的姑娘结婚了。这姑娘名叫二毛，她有个不为人知的秘密，就是没有头发。从十来岁开始，她就靠假发遮掩，头皮发痒的时候，她都不敢下手过重地去挠一下，不然会整个地动山摇。

是一个朋友的父亲给温子然介绍了这位二毛姑娘，他原本并不想和她怎么样，二毛那骨瘦如柴的身材着实让他吓了一大跳，与之相对的是她比男人嗓子还粗的声音，张嘴说话的时候总有一股莫名奇妙的气味飘出来，其中分明夹杂着酸菜味和大蒜味。她的指甲缝里总是塞满了黑色的物质，而她吃饭的时候又偏偏喜欢用那里触碰食物，有好几次，子然觉得胃在打着滚翻动着。

二毛很快就向可怜的子然表白了。她对他说，自己从小就丧父，母亲一直是工厂的工人，家庭成分良好，但她朋友很少，既然和温子然认识了，就不想再认识别人了。“我想我们就这样结婚了吧？”她的话把温子然吓得半死。

温子然许久没有说话。过了一段时间后，二毛硬着头皮希望子然带自己见一见家长。子然先是不同意，但二毛当街痛哭，撕心裂肺，整条街都能够听到。温子然露出惊恐的表情，连忙捂住她的嘴，对她说：“好了好了，我这就带你去见我妈妈，你别哭了行么？”

话音刚落，二毛的眼泪瞬间蒸发干净了。笑容重新爬上她的脸。就这样走进了子然的家，见了那时还很年轻的刘大娘。出于礼貌，刘大娘请她在家里吃了晚饭，到很晚的时候，二毛才决定回家。虽然她住得并不算远，但她还是提出，夜太深了，自己一个人很不安全。刘大娘示意大儿子将她送回家，子然很难为情地瞟了母亲一眼，但最后还是将两只手插在口袋里，无可奈何地和二毛一道走在空旷的马路上。

两个人沉默了一阵，二毛忽然对他说：“我们约过会了，我也见过你的家长了，你抱抱我吧？”

子然又一次愣在那里，不知所措地看着眼前的这个女人。“她一定是疯了。”子然心里想着，但天生懦弱的他，却不敢将这话说出口。

正在这当儿，二毛一个猛子扑过来，把子然紧紧地抱在怀里。子然觉得像是一条麻绳把自己包围了起来，有点喘不过气。过了两秒钟，他奋力将对方推开。这可费了他老大的力气。最后，子然终于拿出当仁不让的气势，二毛飞了出去，硬生生地躺在地上。

“你混蛋！”她大喊着，哭了起来，“你是混蛋！”

她又一次哭得撕心裂肺。这大晚上的，在路边失声痛哭，在外人看来，一定会将子然当做是流氓。温子然连忙走上前去，扶起她来，对她连连道歉。二毛又一把将子然揽入怀抱，脸上的眼泪又一次蒸发干净了。温子然这下再不敢将她推开，两个人就这样抱了一会儿。

“你娶我吧？”二毛说，“我爱你爱得心都疼了。”

子然吓得说不出话来。

“如果你不娶我，我就自杀！”二毛随后补充了一句，声音忽然冷冷的。

子然愣在那里。

二毛就是用这样的方式将温子然搞到手的。她逼子然，子然就去母亲面前又哭又闹。最后，两个人竟然出奇的默契。没过多久，他们结婚了。

婚礼才刚刚举行完毕，两个人刚刚进了洞房，二毛就开始提出要求了。

她要求老公把饭店所有的收入都拿去给她。那时候，由于刚从母亲手里继承过来产业，饭店的回头客很多，几个老厨子很受街坊邻居欢迎，生意还是很红火的。弟弟温云鹤当时在部队服役，按照计划，他转业后直接回来给饭店帮忙，做个小老板。

只可惜，还没等到弟弟回来，做哥哥的就把事情搞砸了。二毛掌握了饭店的经营大权。她恨不得将所有工作人员的工资扣个精光，然后据为己有。很快，饭店的服务员因为工资过低而满腹牢骚。进而，厨师们开始反对、闹事，直到最后一个个离开。二毛认为，厨师到处都有，不在乎眼下的这几个。结果这饭店越来越悲惨，到弟弟回来的时候，已经开始赔本经营了。

弟弟任性地认为，这份光景是因为母亲对大哥过分放心而导致的。于是他对母亲抱有了成见。兄弟两人也渐渐走向了不和。

温云鹤在中学的时候有个红颜知己，名叫小梦。这姑娘的家庭倒并不像她的眼睛那么晶莹，她的母亲始终盯紧了云鹤家里的财产，但终于，饭店倒闭了。对云鹤而言，他什么也没了。而对小梦的家人来说，女儿必须寻找下一个可以依赖的肩膀。云鹤多次去小梦家找她，都被她的家人拦了下来。温云鹤从此对哥哥怀恨在心。或许是因为年轻，他对自己的母亲也再没有丝毫感恩之情。他觉得自己的幸福全都被糟蹋了。

云鹤后来成了一名工人。由于饭店倒闭，子然求母亲给自己一笔钱，夫妻两人跪在地上苦苦哀求，刘大娘终于动了恻隐之心，又掏出几万块钱来资助自己的儿子。可没过多久，他们将这笔钱挥霍一空。这之后，刘大娘再没有资助过他们。为此，温子然竟也恨起自己的母亲，嫌她在危难的时候不肯出手相助。

之后，哥哥成了手机卖场的服务员，又没过多久，二毛为他生下一个儿子。一家三口过着窘迫的生活。

这就是刘大娘家有些可笑的故事。见到自己的儿子这样没有出息，她将手里的钱借给朋友做投资，后来投资成功，她获得了双倍的回馈。再然后，她将财产交给理财公司打理，财产持续增长着。

小马离开后，刘大娘一个人坐在床上。阳光静静地洒落，每次想起自己的两个儿子，她都会感到一阵心痛。她不希望看到他们就这样没有出息地继续下去，但她却更不希望两个儿子靠自己的财产混日子。她想在自己死后，将遗产平均分给两个儿子，但绝不是现在。

她一只手抚摸着波仔可爱的脑袋，一只脚踩在沛沛的脊背上。两个小家伙温顺地待在那里，任她摆弄。过了一会儿，刘大娘站了起来，她或许是觉得家里有些烦闷，想要到阳台上坐坐，但刚刚起身，就忽然晕倒在地。

房间里静悄悄的，由于隔音效果甚佳，没有人能够听到她摔倒在地的声音。

波仔和沛沛一同“汪汪”地叫了起来。

仍然没有人能够听到。

这时，沛沛忽然跳起来，三步并作两步，奔到屋门旁，纵身一跃，前爪恰巧按到了门把手。门应声打开，一阵寒风吹了进来。沛沛向保安室冲去，小马就要下班了，沛沛冲着他大声吼叫着。

小马有些讶异地看着眼前的沛沛。

“怎么了？你不喜欢你的主人？”他问。

这时，波仔也随后赶到。他的嘴里叼着刘大娘的一只拖鞋。两条狗在小马面前不停地吠叫着。波仔绕着拖鞋，沛沛绕着他。这时，小马才明白过来，一定是刘大娘出事了。他快步跑向刘大娘的家，一边跑着，一边拨打急救电话。

很快，救护车赶到。由于抢救及时，老人醒了过来，被送往医院进行身体检查。

枫城。雨泽跟着尔曼一起来到医院的院子里。或许是因为聊天没有结束，也或许是这位叫尔曼的姑娘身上有什么吸引了雨泽。这些都似乎并不重要。雨泽不停为她讲述着犬科动物过人的天性。“他们有超强的嗅觉，敏感的耳朵，即使走丢，如果没有什么意外，是绝对可以跑回来的。”他说，“我们家的边牧，有孩子一样的智商，会开锁。你们家的贵宾，智商仅次于边牧，心眼也多得很呢！”

尔曼听到这话，忽然仿佛对未来有所期盼，但她心头的乌云并没有被扫尽。她多希望奇迹的发生！多希望波仔重新回到自己的身边！

而与她抱有同样想法的雨泽，却并没有将过度的难过表现在脸上。他始终欺骗着自己——或许有时遥遥无期的盼望本身就是一种欺骗吧！他对自己讲着谎话，以此宽慰着自己的内心。

“妈妈还在等我吃饭呢，”他说，“我得赶快回去了。”

尔曼点点头。

雨泽转过身，正打算要离开。

“等一下！”尔曼叫住了他，“可以留一个电话给我吗？”

“可以，当然可以！”雨泽说着，将电话号码留给了尔曼。

“谢谢。”

“不客气。”

……

8

那次以后，尔曼时不时地会给雨泽发信息，问一下他在不在医院看母亲。雨泽是个生性有些傲慢的人，不论是对男性朋友还是女性朋友，他都有一个不大好的习惯，就是一定要等到对方先联系自己，除非有急事求人，不然他是不会主动联系别人的。时间久了，人们觉得他是个个性太强的人，有些人渐渐远离了他，留在他身旁的，都是非常了解他的朋友。还有些人，佩服他的才华，认为他的高傲是有原因的，以后必定会成就一番事业。

对于女孩子来说，这股莫名其妙的傲慢要么使她们迷惑不解，要么使她们倍感着迷。在尔曼的世界里，所有人都醉心于她的美丽，她的举手投足都能引来旁观者的注意，碰到雨泽这样的人，得到她的电话却并不主动联系，她感到有些莫名其妙，这又激发了她的好奇心。

尔曼每次送饭过后，都会和雨泽聊聊天。雨泽每次都会一路陪着尔曼聊天到餐厅，然后才折返回来。那天，工作并不是很忙的时候，尔曼和雨泽的话题一直继续着。他们最先是讲狗，讲着讲着，话题就转移到了人的身上。尔曼从雨泽的小学一直了解到大学，雨泽也将尔曼的身世了解了个底儿朝天。

“你有交过女朋友么？”但这句话还是让雨泽停顿了一下。雨泽虽然在脸上强装着镇定，但事实上，他的内心是起伏的。雨泽那股傲慢仍然不停地起着作用，使他有点泛红的脸又逐渐地变回了先前的色泽。他有所犹豫，但最后还是决定坦言自己之前那段不大成功的恋情。

“有过。”他回答说。

“几次？”

“只有一次。”

……

叶城的医院里，刘大娘做完了全身的检查。她身体健康，晕倒的原因是体位性的高血压，她的心脏有一点不大的毛病，只要身心愉悦，就不会造成什么大碍。医生问她，她的子女都在什么地方，刘大娘冷冷地回答说："他们有他们的事情，希望你不要将我的情况告诉任何人。如果你想知道谁是我的儿子……"她拍着一旁的小马说，"他就是。"

医院建议刘大娘多待几天再决定出院。这段时间里，老人家里的两个小家伙就靠着小马和保安室其他工作人员的照料过着接下来的生活。

一天，小马休息，一位对养狗较为外行的保安来到刘大娘家为波仔和沛沛准备早餐。刘大娘在之前曾经收留过一只很漂亮的流浪猫，只可惜后来这只猫吃饱喝足了，然后就继续流浪去了，买回来的猫粮依然还在家里放着。这位保安错误地将猫粮当成了狗粮，放在盆里，然后就转身离开了。

先是波仔上前闻闻，接着是沛沛。他们两个你看看我，我看看你，好像对眼前的情形有些不解。他们觉得那股味道实在难闻，甚至不如一片从煤渣堆上捡来的肉那样有滋味。波仔想要借着饥饿，硬着头皮尝试一下，但随后就将它们尽数吐了出来。沛沛不打算再做尝试，将眼睛瞄准了厨房。

波仔也抬起头来，小眼睛乱转着。犬科动物的鬼主意常常是被饥饿和无奈逼出来的。

两个小家伙几乎是同时跑到厨房去的。那里有一个电冰箱，门很重，发出"嗡嗡"的声音来。两个小家伙对这种人类社会的高科技产品一点也不陌生。沛沛先是用爪子挠着冰箱门，但似乎无法起到作用。紧接着，她尝试动用自己最锋利的部位。她用牙齿紧紧咬住冰箱把手，而后渐渐地加足了力，向后退去。

冰箱被打开的那一刻，两个小家伙被眼前各种各样的食物惊呆了。那里有不同种类的水果，还有不同种类的肉。他们不知道从哪里下口。波仔盯着高处的一根火腿肠大叫了几声，只可惜他身材矮小，没有办法将它叼到嘴边。

沛沛明白了波仔的意思，于是站立起来，将那根火腿肠叼下来，放在波仔的面前。波仔用牙齿拆开了火腿肠的包装，然后趴在那里享用。还没吃两口，他看到沛沛正在一旁啃着一大块猪肉。波仔顿时有些心理不大平衡。他一个猛子扑过去，想要和沛沛抢夺那块肉。沛沛将肉片甩到另一侧，用身体护着它。波仔又扑了上来，沛沛再度将它甩开。整个早晨，他们两个都在为一片肉争来夺去。他们从厨房争到客厅，又从客厅争到卧室，最后又返回到厨房。波仔嗓子里打着呼噜，沛沛也当仁不让。冬季那特有的阳光将整个卧室都照亮了。这时，门锁忽然被扭动起来。

那是陌生人的脚步声。波仔和沛沛停止了争抢。

“你妈的遗嘱肯定在家里藏着。”率先走进来的是一个瘦女人，她似乎每时每刻都在走着猫步，“我看这次她肯定撑不过来了。”

“你说你有什么好着急的，”紧跟着进来的是个身材跟火柴棍似的高个儿，“早晚不都得按照遗嘱上说的来?”

“万一你妈还没来得及说遗嘱在哪儿藏着就死了怎么办?”

“你怎么这么讲话!”

“我不这么讲话该怎么讲话?”瘦女人继续说，“你们保安室的老高是我多少年的好朋友了，他说的话能有假?”

“行了行了，”火柴棍男人说，“我不想和你说话。”

于是，瘦女人就在房间里四处搜索了起来。

波仔和沛沛正蹲在厨房里观望着眼前的一切，两个陌生人并没有丝毫察觉。而这时，他们看到那位瘦女人正在用一只手触碰刘大娘家里的财物。于是，沛沛率先冲了上去，猛地将瘦女人扑倒在地。波仔紧跟着冲上去，原本想要揪着她的头发狂甩一阵，但没想到，他才刚一用力，那团头发就滑落了下来。

这倒真是个怪事。波仔有些不解，不过倒似乎让他找到了某种特殊的乐趣。

“还我的假发!”瘦女人终于推开了沛沛，两只手捂着脑袋，冲着波仔叫，也冲着自己的男人叫，“老公！你快帮帮我!”

波仔叼着那团假发，一会儿上床，一会儿钻到凳子下面，像兔子一样左蹦右跳，瘦女人一会儿闪到这边，一会儿闪到那边，身体几乎要被扭成了麻花。而沛沛则在另一旁紧盯着火柴棍男人。

她发现这男人很害怕自己。于是，她专门龇牙咧嘴地瞧着他，但凡看到这家伙动作幅度偏大，有逃跑的可能，就会狠狠地叫两声，以示恐吓。

在前面的故事里，这两个人已经露过面了。他们就是刘大娘的大儿子和儿媳妇。波仔一步跳到床上，二毛就跟到床边，摆出一副随时要行动的架势，波仔稍微动一下身子，二毛就急忙扑上去，但波仔很快就向另一个方向窜去了。二毛这样不停地在床上、地上、沙发上扑来扑去，摔得鼻青脸肿，但依然没有能够抓到自己的假发。

沛沛则在一旁将子然逼到了角落。子然吓得面目苍白，最后蹲在角落里，两只手抱着头，任何一个微小的动作都会引来对方的袭击。

……

“一定是段刻骨铭心的感情。”院子里，尔曼看着雨泽，有些意味深长地说。

“对于过去而言……是的。”雨泽说，“但对于未来而言，我希望不是。”

“你希望自己可以爱上一个完全不同的女孩子么?”

雨泽停了一下，他将目光整个移到尔曼的脸上。他上下打量着那张好看的脸。在他们平淡无奇的聊天中，雨泽始终能够感受到尔曼对波仔的思念，这份软软的念想使雨泽清晰地感受到她作为女人的某种母性。

只是想着想着，雨泽又一次露出那种玩世不恭的笑容来。他开着玩笑对尔曼说：“如果下一个女孩子和你一样漂亮，当然会让我爱上。”

忽然，一阵尴尬侵袭了他们。尔曼停在那里，脸上现出了红晕。雨泽看到这样的场面，也不免有些控制不住。两个人面面相觑了一会儿，最后一同放声大笑了起来。

9

文字可以沿着时间的曲线一点点挖掘回忆的种种。躲在脑海中，过往的星星点点搅拌着苦涩与安宁，时起时落。有些人走出你的世界，却在思想中残留着余痕，偶尔碰触，竟会将所有不愿回味的喜怒哀乐尽数品尝。

一家咖啡厅里，总是有一位姑娘坐在那里看书。阳光洒在她的头发上，一切是那样的静。她相貌平平，但却有对挂人的小眼睛，虽然小，却充满了光芒。她有一副冷色调的面孔，偶尔会带着点微笑，但笑容中似乎隐藏着一股锐利的气息。她十分热衷于阅读，不论四周是吵吵闹闹，还是鸦雀无声，她总是在很专心地读着手里的书，跟着书里的节奏或者哭、或者笑。

她叫方惠惠。一段时间后，她从咖啡厅里消失不见。没有人知道她去了什么地方。她出生在离异家庭，在她看来，父亲就像一个陌生人，早早地就将她和母亲丢弃不管。而据咖啡厅那些经常看到她的服务员议论说，她的失踪可能和母亲的去世有关。惠惠的母亲据说是患癌症去世的，从此之后，就很少有人再见到惠惠了。

……

“您感觉怎么样了?”医生站在床边询问。

“感觉好多了，”说话的是刘大娘，“你们给我输的营养液让我容光焕发。”

小马站在一旁，笑了起来。这是刘大娘最后一天在医院接受观察。小马扶着她从床上走下来，办理了相关手续以后，来到大街上，拦了一辆出租车，就向着家的方向驶去了。这本是开心的一天，一切都那样的安详。

波仔仍然活跃地咬着二毛的假发跳来跳去，二毛的脊背上已经印出了一股油腻。满身的汗水不停地向下流着。最后，她终于累倒了，趴在床上，喘着粗气，先前还记得用两只手捂着自己光秃秃的头，这时已经没有那份多余的力气了，那颗光明顶闪闪发光，显得十分滑稽。二毛全身的关节都在发出“咯吱”的声音，她觉得自己就要散架了。

子然全身战栗着，躲在房间的一角。沛沛龇着牙，整张脸都被绷了起来。这时的她，像一条来自草原的狼，恶狠狠地盯着来犯者。这样对峙了一阵，子然忽然觉得自己两腿发热，有什么东西在向下流淌。这时他才发现，原来是自己尿裤子了。

这时，钥匙在钥匙孔里转动着。门被推开了。小马先迈了进来，接着，他搀着刘大娘走进来。波仔听出了来人的声音，他将那假发扔到一旁，摇着尾巴跑到客厅。沛沛也跟着一同跑到客厅，坐在地板上，迎接着主人。二毛看到自己的假发掉在地上，她先是高兴地将它戴回到自己的头顶，接着就陷入了对来人的恐慌中。子然先前已经吓得尿了裤子，现在他吓得连站都站不起来。

“这是怎么搞的?”刘大娘看着房间里的一片狼藉，恼怒地问，“怎么是你们两个?”她看到了自己的大儿子和儿媳妇：“你们两个来这里干什么?”

二毛刚要站起来，沛沛就朝她走去，龇着牙，发出“呼噜”的恐吓声。二毛连忙跪在地上，双手合十，冲着老人哭了起来：“我们错了，我们错了，我们错了……”

子然也跪在那边，磕头求饶着。

刘大娘觉得一阵晕眩，小马连忙上前，将她抱在怀里。

“你们是期望我赶快死呀！”刘大娘用一种绝望的口吻喊着，“你这没良心的儿呀！我把你拉扯大容易么？你们……你们……”说着，老人晕了过去。小马连忙将她扶到床边。子然吓得愣在一旁，直到小马对他说：“你还不去端杯热水?”

子然连忙跑去端水。二毛也跟着在一旁忙活。两个人跪在床边，看着老人，嘴里默念着“对不起”，二毛的脑子一定是别了螺丝刀，她自言自语着：“妈，您死了别来找我，别来找我……”

小马再也看不下去了。他转过身，冲着二毛的脸上狠狠地扇了一巴掌。那声音异常清脆，同时又刺激了两条小狗的神经。波仔和沛沛又兴奋了起来，冲着二毛一顿狂吠。二毛满脸通红，像个正在认错的小学生一样，一只手捂在脸上，想哭也哭不出来。

门铃响了起来。

小马打开房门。走进来的是一个帅气的小伙子，个子不高，但身体很结实。他穿着一件黑色夹克，戴着一副墨镜，棱角分明的脸上，胡子被刮得精光。

“你是……？”小马问。

“我来看我妈！”进来的正是刘大娘的二儿子温云鹤。他说话有股很冲的劲儿，说完后就硬邦邦地走了进来。看到母亲在床上躺着，旁边坐着大哥和大嫂，他立刻猜测，这是两个人在求病危的老太太把遗产分给他们，于是，云鹤的火气顿时提到了脸上。

“妈！你这么做太过分了吧！”他大喊起来，“我被你们害得都到这步田地了，你们还要把属于我的遗产全部吞掉么？你们都是什么东西！”

“你胡说什么？”小马插进话来，“大娘身体很好，她什么时候要分遗产了？”

“我就知道你会这么说！”云鹤继续叫着，他叫声很大，把两条小狗都吓得浑身哆嗦，“你看她那样儿！就是活我看也活不了几天了！”

“你是想逼死我么？”刘大娘声音颤抖着问。

“我哪敢呀。”二儿子带着一脸讥笑，“倒是您快把我逼死了。您害得我连媳妇都没了，我这么大年纪了一个人打光棍！您把饭店给了这个不争气的哥哥，轮到我入伙儿的时候就剩一空壳子了！您说说您多可笑呢！您可笑得我真欢乐呀！”

“你怎么能这么对母亲说话？”小马插嘴说，“她再怎么样也是你妈呀！”

“我妈？我妈就可以这么糟蹋我？害得我现在什么都没有了！”

刘大娘没有吭声。但是她面色惨白。她觉得自己快要不行了。有一股气从心底一直涌到头上。一个老人最害怕的，就是承受这种不孝。她会觉得自己的一生都很失败，会希望自己赶快这样草草地结束此生。刘大娘咳嗽了几声，嘴角泛着一丝白沫。

那天晚上，救护车第二次将刘大娘接到了医院。她浑身抽搐，不停地呻吟，眼角沾染着泪。两个儿子却在医院外面大打出手，子然被弟弟狠狠地按在墙上，拳头砸在脸上，才刚要还手，就被弟弟死死地卡住脖子，然后按倒在地。直到警察赶来，将二毛和两兄弟全部带走，场面才得以控制。

在警察局接受讯问的时候，有那么一位姑娘，她穿着艳丽的外衣，一眼就能看出是舞厅里的小姐。她坐在板凳上，两只手垂在腿上，两条腿交叉伸展。她低着头，浓密的头发遮挡着眼睛。她咬着嘴角，看上去有些难过，但似乎并没有感到紧张。在她旁边，还坐着三四个和她看上去类似的姑娘，不过她并没有想要搭理那群人，甚至都没有想要和她们交换一下眼神。一位警察同志站在她旁边，一言不发，只是紧紧地盯着她，似乎是在担心她逃跑。

不过她倒并没有逃跑的意思。她只是静静地坐在那里，始终那样低着头，等候着命运的审判……

……

"我承认，和她的感情是我一生中难以忘怀的。"医院里，雨泽看着尔曼泛着红晕的脸，轻轻地说。

10

讯问结束后，那位姑娘被叫进旁边的一个房间。屋子不大，摆放着一张桌子，一个柜子，一张茶几，和一张沙发。负责将她带来的警员为她端了一杯开水，对她说："局长一会儿就来，您先自己坐会儿。"

"谢谢。"她话音刚落，那位警员就将门带上了。她站起来，走到窗边，窗外是一条别致的商业街，仿哥特式的小房子排满了整条街道。这些小房子那么熟悉，仿佛来自世界的另一端。那个世界，没有这番热闹，却存放着她的回忆。看着眼前的一切，那些过往的画面，一点一点地在她脑海里重新浮现。

她叫方惠惠。那年来到英国爱丁堡大学的时候，她的脸上还留有一分青涩。她出生在离异家庭，对父亲没有什么印象，母亲自离异后再没有重新享受婚姻。一直以来，她身体并不很好，靠着自己精明的头脑和勤劳的双手，赚够了送女儿出国留学的积蓄。

在那里，她认识了雨泽。

开学第一天的报告会上，有来自世界各地的同学，坐在第一排的白人们显得异常活跃，你一句我一句地讨论着开学以后的计划。一群来自印度的小伙子们操着一口家乡话，谈论着对这座老牌帝国大学的第一印象。来自非洲的朋友们也在高谈阔论，不过他们的内容基本集中在如何游览爱丁堡的话题上。雨泽四下搜索，却发现这天来自中国的学生似乎并不多，只是零零星星地散落在会堂的不同角落。他很想插入别人的话题，但五湖四海的朋友都似乎更热衷于和“自己人”谈天说地，于是他只好作罢。

这时，惠惠坐到了他的身旁。

“中国人?”雨泽上下打量着她，看到她眼睛不大，倒是炯炯有神。

“嗯。”惠惠冲他点点头。

雨泽满意地也用点头表示答复。“看着就像中国人。”就这样，他打开了自己的话匣子，“这帮鬼佬在那边没完没了地议论，我的耳朵都快要炸了。”

惠惠看了雨泽一眼，雨泽正严肃地摇着头，一脸不屑一顾的表情，眼睛眯缝着，好像不把全世界的人放在眼里。“你看那群白人，”雨泽凑近惠惠说，“你看他们有的人脸上长着麻子，像不像得了白癜风?”

惠惠忍不住笑出声来。雨泽“自来熟”的性格使惠惠很快放下了戒心。“你看那边的黑人兄弟像谁?”他问，“你要大胆点想象一下。”

惠惠很快就被雨泽拽着想象了起来。

“像巧克力吧?”她试探性地问。

“哈哈，人家是个人，怎么变成巧克力了。”雨泽说，“你见过一款国内出的牙膏么？叫……黑人牙膏。”

惠惠正在认真地想象着，雨泽的玩笑使她几乎笑得咳嗽了两声。那位黑人兄弟简直和牙膏上画着的模特一模一样。笑过之后，雨泽这才想起要自我介绍，于是，他主动伸出手去，对惠惠说：“我叫雨泽，政治专业的。你呢?”

“方惠惠。”惠惠回答说，“学摄影。”

“文艺女青年?”雨泽玩世不恭地说，“不错、不错，很高兴认识你。”说完，他注意到惠惠身上单薄的外套，那是一件网状的披衫，倚靠里面一条黑色的连衣裙，才勉强起到一点保暖的作用。他有点疑惑，难不成这位姑娘天生就生着一副硬骨头，不怕这苏格兰的大风大雨?

“外面正在下雨，你就穿这个吗?”雨泽看着她摇摇头说，“是不是来的时候把苏格兰的夏天想成我们国家的夏天了?”

惠惠有点不好意思地看了他一眼。她是带着一张旅行支票来到英国的，本来想着，在这边买两件衣服穿就可以了，但却没有想到，在英国开户竟然要比国内麻烦得多。学校的介绍信要几天后发给她，但她必须排着长长的队，在银行门口等候，办理完全部手续后，还需要回到家，静静等候邮局的消息。在英国，只有通过邮局，才能得到自己的银行卡，而英国邮局的工作人员们却又热衷于罢工游行。因此，银行卡究竟能不能递到惠惠手中，至今还是一个谜。

雨泽似乎看穿了惠惠的所思所想。其实银行卡的问题也困扰着他。好在雨泽带了足够多的现金和足够大的皮箱，所有的生活必需品，他应有尽有。只不过，雨泽是个邋遢的人，对穿衣服，他没什么讲究。所以，即便他带了很多衣物，那些衣服也实在没有能够拿得出手的。这天下大雨，他穿了一件防水服——这是他唯一看上去还不错的外套。雨泽又一次上下打量着这个姑娘，她个子不高，好像总是处在没有情绪的状态，但每当自己主动和她开玩笑，她又会变得异常活泼。来的时候，惠惠打了辆车，但身上还是不幸被雨水打湿了，她躲在卫生间里，用墙壁上的吹风机吹着自己的衣服，直到衣服差不多干了才赶进会堂。

雨泽内心世界的正义感正在翻滚着。报告会结束后，他和惠惠一同向外走去。快要到门口的时候，他看到雨还在下。

“给你。”雨泽脱下外套，披在惠惠身上，又露出了玩世不恭的表情，“不用谢。”

“皮包骨头。”她指着雨泽的胳膊说。

雨泽把头一扬，对她说：“骨头总好过一身懒肉。”

惠惠很不服气地瞧了他一眼。她知道雨泽是在嘲讽自己的“婴儿肥”。惠惠忍不住捏了下自己的脸。“捏又捏不下去。”雨泽在一旁半开玩笑地说。

“讨厌。”惠惠白了他一眼，然后把两只手放了下来。

“胖点终归还是可爱的，有什么好计较的？”雨泽说。

这句话却被惠惠解读为对自己的又一句嘲弄。她想说什么予以还击，但雨泽的直爽使她不知道怎样才能击败对方。于是，惠惠只好保持沉默。

“看到那辆出租车了吗？”雨泽指着拐角处的出租车说，“那是我打电话叫的。你现在要做的事情是，把衣服后面的帽子戴起来，然后沿着人行道跑过去，跳上车，告诉司机你的住址。听明白了吗？”

惠惠把视线移到雨泽身上，现在，他们两个人的状态互换了。没了外套，雨泽的上身只剩一件衬衣，风一吹，他的肉都会跟着颤抖。但惠惠还没有来得及说话，雨泽的声音就又一次在她耳畔响起：“我要去超市，和你不顺路！”

惠惠仍然犹豫地看着他。

雨泽有点不耐烦了，他冲惠惠摆了摆手说：“再不去出租车就要走了！”

惠惠这才反应过来，她想要向雨泽道谢，但雨泽已经转过身，两只手相互揉搓着取暖。惠惠向出租车跑过去，跳上车，然后将门带上。出租车载着她向学生宿舍行驶而去了。惠惠看着窗外，雨水沾满了整张窗户，她觉得自己很开心。

汽车停在家门口，惠惠掏钱的时候掏错了口袋，却发现在上衣口袋里，有一张雨泽留下的字条，上面写着他的QQ号和宿舍地址，除此之外，还有这样一句话：

“以上联络方式可以帮助你将这件衣服还给我。不是我小气，只是因为……我就只有这么一件还算像样的衣服了。”

这张字条几乎让惠惠笑得前仰后合。回到家，她将雨泽的衣服用衣架撑起来，晾在阳台上。她不由自主地琢磨着雨泽说的那些话，琢磨一阵，就会忍不住笑一阵，笑一阵，又会忍不住继续回想一番。

王子大道的尽头，是爱丁堡Waverly火车站。车站嵌入在地下，连接着商场。商场里有家麦当劳。惠惠已经坐在里面等了一会儿，雨泽这才满头大汗地走进来。前一天晚上，惠惠在网上告诉雨泽，如果不陪自己逛一天街，她就不会将衣服还给他。雨泽冲着电脑屏幕无奈地说：“现在这些孩子们都被惯成什么样了。”

惠惠带着他在商场里走来走去，她东看看、西看看，商场琳琅满目，她却总是带着不满的情绪走马观花。“快点跟上。”她对雨泽说。“哦、哦。”雨泽连忙加快步伐，跟着惠惠继续向前走去。

他们将整个商场走了个遍。雨泽真担心惠惠那样不停地摇晃着脑袋，迟早会把它从那窄窄的肩膀上摇下来。可能是觉得摇头太累了，惠惠改用叹气表达自己的不满。“哎。”她一路走一路叹着，“真失望。”雨泽这时又担心惠惠这么叹下去，会元气尽失，于是拍了她一下，对她说：“喂，人就那么几口气，当心叹没了。”惠惠白了他一眼，说：“快跟上啦。”接着，他们又加快步伐，从商场里钻了出来。

惠惠一无所获。中午的时候，他们坐在麦当劳里吃饭。惠惠许久没有说话，盯着眼前的汉堡发呆。雨泽竖起一根指头，在她面前晃来晃去。“你睡着了吗？”他问，他觉得自己真是倒了大霉，好心借给人家衣服，结果现在自己却变成了对方的奴隶，得时刻听候她的调遣。

惠惠回过神来，做出想要一口吃掉那根指头的动作来。

“你们女人都是这么麻烦吗？”雨泽问，“一大早就来购物，到中午都不知道自己要买什么。”

惠惠这时突然想起一个地方来，于是自顾自地说了声："那里应该可以。"接着，她命令雨泽用最快的速度解决掉眼前的汉堡。"不然就别想要你的衣服。"她看到雨泽的脸上飘过一团乌云，于是，她连忙露出笑容来。

午饭结束后，惠惠拽着雨泽的衣服穿过马路，沿着人行道向前一路小跑。最后，他们来到一家Zara前。"这里。"惠惠说，然后就带着雨泽一同走了进去。惠惠一眼就相中了一件乳白色的毛衣，和一件灰色的花呢外套。她让雨泽跟着自己走过去。

"你很喜欢女扮男装?"雨泽指着上面标有"men"（男装）的标识问。

"进去试试。"惠惠将那件乳白色毛衣递给雨泽。

雨泽愣了一下。惠惠一脸无辜地看着他。"哦。"雨泽有点不知道该说什么，于是拿着衣服走进更衣室。"这小丫头。"他一边换衣服，一边自言自语地说。这时他才明白过来，惠惠知道自己缺少件像样的衣服，才这样专程为他抽出一天时间来。惠惠的细心给了这个玩世不恭的家伙一个温柔的抚摸。

远处的古城被镶嵌了一道金边，与王子大道旁那些低矮而温馨的小楼交相呼应。这就是夜晚的爱丁堡。简单而平静。刚来的时候，雨泽听说这里有一家很出名的中餐馆，这时，他正带着惠惠四处寻找。

"我要饿死了。"惠惠在一旁抱怨说。

"应该就是这附近，"雨泽说，"人家说是火车站斜对面。"

"你被人骗了。"惠惠在一旁打趣地说。

正说着，在路口的转角处，雨泽停下了脚步。这家餐厅名叫西贡，像是一个越南名字，但却清楚地写着，是"Chinese Cuisine"（中国餐厅）他抿了下嘴，傲慢地说："看来能欺骗我的人果然还没有出生。"惠惠在一旁白了他一眼。于是，他们一同走了进去。

西贡果然是个不一般的地方。平日里，惠惠自认为是个美食家。她虽然和雨泽一样，也出生在北方城市枫城，但她的祖籍却在南方。她翻阅菜单，南方菜占据着主导地位。她惊讶地发现，有些美食甚至在枫城都很难找到。

在惠惠的建议下，雨泽尝到了平生从未品尝过的流沙包。只是轻轻咬了一口，蟹黄就悄悄地流进了他嘴里，像沙子般细腻，却裹藏着淡淡的香气，甜甜的味道很快就沾满他的味蕾。"人间还有这样的美味，"雨泽自言自语地说，"神奇的是，明明是中餐，却从没有在枫城吃到过。"

从雨泽天生善于联想的思维出发，流沙包的细腻，就仿佛惠惠的细腻。两者似乎从那一刻起产生了某种联系。雨泽一边吃，一边不自觉地欣赏着惠惠的脸。他似乎又从这张脸上看出了先前没有看到的东西。

这张脸很不惊艳，在人群中，也显得甚为普通。如果没有那闪闪发光的眼睛，她的脸简直平淡无奇。但就好像一本好的小说那样，总是以平淡无奇的方式展开，却越发叫人欲罢不能，总是想多看一眼、再看一眼。

“我需要一个模特。”惠惠对雨泽说。

雨泽正在吃流沙包，听到她的话，馅直接卡在嗓子里。

“你要模特做什么？”他看着惠惠问。

“要拍照。”惠惠回答说。

于是，在没有开学的那段时间里，雨泽就变成了惠惠的模特。他们行走在古城中，漫步在花园里，惠惠不停地按动相机快门。她将使用单反相机的技能一点一点传授给雨泽。“光圈、快门、感光度。”一路上，她不停地重复着这三个名词。他们走累了，就在花园一角休息。坐在路旁的椅子上聊天。

“我以前读过一篇文章。”雨泽说。

“你是想说爱丁堡的椅子。”惠惠好像知道雨泽要说什么似的。

“你怎么知道的？”

惠惠白了他一眼说：“爱丁堡的椅子是才结婚的新人为纪念婚姻自发捐赠的。”

雨泽原本还想卖弄一下自己的学识，这下他倒有些尴尬了。

“爱丁堡是个很神奇的地方，据说罗琳是在爱丁堡的咖啡屋里写出了《哈利·波特》。”雨泽说，“不过我对活着的人写的东西倒不是那么感兴趣。”

惠惠清楚雨泽刚才的尴尬，于是没有接过下面的话茬。不过，雨泽倒是充满自信地主动询问起惠惠来。雨泽自幼就喜欢读书，雨泽的朋友圈里，还没有什么人比他的阅读量更大。“你也喜欢看书吗？”他问。

惠惠只好说出了真实的想法。

“嗯。”她尽可能低调地回答。

“你喜欢读世界名著还是流行的那些？”

“我口味比较杂。”说完，惠惠从书包里取出一本村上春树的《1Q84》来。这是雨泽的盲区，就像前面介绍的那样，他对活着的人不感兴趣。

“既然来到了英国，我给你推荐一下狄更斯。”雨泽说，这样著名的人物，惠惠当然听说过，只是她还没有将阅读范围扩展到世界经典的领域。

于是，对于雨泽的介绍，她多少有点陌生。

看到惠惠露出茫然的表情，雨泽的傲慢又爬上了脸。

“我那里还有好多本名著，什么《苔丝》啊、《高老头》啊、《安娜·卡列尼娜》啊，都是中文版的，比英文看着高效多了。”

惠惠的情绪被带动了起来。“借我看！”她摇晃着雨泽的胳膊。

雨泽皱了下眉头：“如果你又拿我的书‘绑架’我，让我陪你逛街，我该怎么办?”

“我可以在你房间里看。”惠惠说，“只要一个下午就好了。”

雨泽觉得惠惠一定是在吹牛。“你知道它们多厚吗?”他问，“我都没有办法一口气全部读下来。”

而惠惠终于从雨泽那里求来了一个下午的时间。第二天，雨泽带着惠惠来到宿舍，看到书桌上摆满了各式各样的名著，惠惠有些崇拜地看了雨泽一眼。“它们都在这儿了，”雨泽打趣地说，“看英文版的东西太慢，所以我从国内一次性扛了15本中文版的世界名著。这么多，你就是吃也吃不完吧?”

惠惠没有吭声，她从其中挑选出两本来。一本托尔斯泰的《复活》，和一本福楼拜的《包法利夫人》。“就是这两本，你也不可能这么快就读完的。”雨泽摇摇头说。

“别出声。”惠惠已经将书翻开。雨泽找了一张椅子，安静地坐下。

惠惠的眼睛在字里行间飞了起来。雨泽惊讶地看着她，几乎每三秒钟，惠惠就会翻一次页，不一会儿，《复活》已经被翻了大半。雨泽看了下手机，时间才过了一个小时。“她只是在装装样子吧？”雨泽这么寻思着，惠惠已经将这本书读完了。很快，她翻阅起《包法利夫人》，这本书似乎在某种程度上触动了她，她的表情不停地发生着变化。到最后，惠惠的眼泪忍不住滴落在书角，耗时一小时，惠惠将书合起来，放到一旁，而她却似乎还没有从故事中跳出来。

雨泽目瞪口呆地看着她。惠惠好奇地盯着雨泽。从惠惠的表情来看，她确实读懂了书的内容，他实在不敢相信，人世间竟然果真有这样的天才。“你……你应该学文学才对。”雨泽连说话都有些结巴了。

“我只是会读啦。”看到雨泽吃惊的样子，惠惠故意这么说。

雨泽着实羡慕着惠惠过人的天资，惠惠则欣赏雨泽那股与生俱来的自信。在爱丁堡暧昧的阳光中，雨泽很乐意向惠惠卖弄自己的文采，常常写一段歌词念给她听，惠惠一边倾听着，一边点着头，有时还会给出自己的建议。在那个四周全是陌生人的世界里，他们带着对对方的崇拜，一点一点拉近距离。也不知道是哪一天，只记得是一个阳光明媚的下午，那用风笛吹出的美妙音乐在四周回荡。在路旁那张深棕色的椅子上，他们牵起了手。

“明明是你先拉我的手的。”

“不对，是你。”

很久之后，他们都依然为这件事不停地争论着，乐此不疲。

……

门推开了，惠惠等候的人走了进来。她从回忆中苏醒，坐回到那张沙发上。

叶城的傍晚，云朵火红火红的，像是被点着了似的。

医院里，刘大娘在吵闹声中，冷冷地闭上了眼睛，从此进入了安静的梦中。两个儿子因为打架斗殴被刑事拘留，释放出来后，依然对遗嘱的问题咬住不放。最终，他们终于在密码箱里得到了自己想要的东西，老人的全部财产被平均分给两个儿子。依照最终判决，刘大娘的别墅被判给了二儿子温云鹤。

波仔和沛沛被赶出了家门。那天晚上，他们来到保安室，冲着小马叫了两声，就向远方跑去了。

11

“我看……”灯光昏暗，照射在老张嘴角的瘤子上，他一只手揉着自己的瘤子，一边压低声音说，“本来我是不会继续这个行当的。兄弟们都知道，我那老母亲是被流浪狗救活的。但是既然哥儿几个这样请我回去，那我一定会回去帮你们的。”

“我就说，还是老张最够意思!”说话的那位常把事情搞砸的司机，由于近来严查酒后驾驶，他只好端着一杯茶水，摆出一副毕恭毕敬的样子来。说着，旁边的几个小伙子也一同举起酒杯，毕恭毕敬地看着老张。

“干杯!”

然后就听到了酒杯相互撞击的声音。

……

波仔和沛沛就这样离开刘大娘家。他们沿着嘈杂的街道向前跑去。他们始终没有忘记自己的目标。他们渴望回家，想要早点见到自己的主人。在山脚下，两个小家伙停了一会儿。他们并没有刻意地调整方向——狗类的方向感是与生俱来的。这天，道路上很繁忙，新的一年开始了，人们像往常那样，面临着上班的压力。

人群中，有个影子跳来跳去。

他的身体异常纤细，手脚异常灵活，目光异常犀利。这时，他的目光落在一位身穿红色上衣的女士身上。他轻声慢步地接近她。被跟着的女人，背着一只名牌挎包，戴着一副黑色墨镜，正急急忙忙地走在路上。

那个影子抬着头，鬼鬼祟祟地行走于人群中，与这位女士保持着相对静止。他的那两条长胳膊却已经伸到背包底端，一把手术刀正在那里比划着。女人没有丝毫察觉，仍然自顾自地向前走着。

那只包质量很好，男人并没有很快得逞。而他很有耐心，也充满了胆识。路旁的行人来来回回，都只顾忙着自己的事情，男人一边行动着，一边扫视着四周。他的动作极其隐蔽，足以瞒天过海，却没能逃过波仔和沛沛的法眼。

沛沛已经盯他很久了。男人已经小心翼翼地试图用刀片割破那只挎包，女人却仍然没有察觉。这时，挎包的一角终于被他巧妙地撕开，一只粉红色钱包从里面掉了出来，恰好落在男人的手上。他兴奋地瞪大眼睛，做了一个胜利的手势。

而这却激怒了沛沛。她猛地跳起来，冲着男人的方向大喊着。路人被这突如其来的喊声吓了一跳，全都转过身，注视着沛沛。她飞快地冲上去，一个猛子将男人扑倒在地，使尽全力地怒吼着。

被偷的女人也转过身来。她发现了什么，于是大叫了一声：

“那是我的钱包!”

迷惑的行人顿时明白了过来。

“小偷!”人群内爆发出一阵议论声。流动着的行人，突然被正义感叫停下来。沛沛狠狠地咬住小偷的上衣，两者相互搏斗了一段，小偷终于扳开沛沛锋利的牙齿，将她推到一旁。他连忙起身，刚刚到手的钱包却应声跌落。小偷匆忙回头，想要捡起那只钱包。这时，波仔忽然出现在那里，叼起钱包，转身就跑。见此情景，小偷只好舍弃财物，保全性命，一溜烟地消失在人群中了。

波仔叼着钱包，摇着尾巴坐在女人面前。

女人摸摸他的脑袋瓜，将墨镜摘下来，塞进口袋，露出一张精致的脸。“你们不像是流浪狗嘛……”她自言自语地说，“怎么会在这里呢?”但时间显然已经来不及了，她看了看手表，连忙转过身，向那座豪华的宾馆走去。

……

几天工作下来，锻炼的目的没有达到，回到家，尔曼倒是感到自己那疲惫的身躯无力再为母亲做什么家务了。有时，母亲想要和她交流一会儿，但尔曼总是倒头就睡。

“托福成绩下来了吗?”这天，尔曼刚洗完澡，母亲趁着她走出浴室的当儿问。

“出来了。”尔曼回答说。一直以来，尔曼的母亲就要求女儿一定要先将托福成绩单拿到手，虽然尔曼心里盘算着，就这样在国内读完大学，然后找份工作，开始自己平淡的生活，但母亲却总是希望她能够去国外深造一下。她总是很奇怪，为什么尔曼从大三开始就放任自流，为此，她深深地怀疑这所学校的教学质量。

“成绩怎么样?”母亲问。

“够读本科……”尔曼犹豫了一下，而后调皮地笑了，“……的语言班。”

这是母亲早就料到的结果。第一次考托福，能拿到这样的成绩，她已经满意了。“那好吧!”她故意说，“如果有什么需要，你就从语言班重新读起吧!”

“您老手下留情!女儿很努力了，我这不正在认真地工作嘛!”这对母女平日里就是这样以一种朋友的方式交流的。

母亲皱了下眉头。

……

第二天，医院里，尔曼推开门，将手中的饭菜递给雨泽，雨泽又将它们递给母亲。

“阿姨，”尔曼说，“明天我就不在这里了。谢谢您的关照，也谢谢雨泽哥对我的关照。”

“这没几天的，你就要换工作?”雨泽惊讶地问。

“妈妈觉得这里太累，要我去旅游放松几天，然后就不再回这里了。”尔曼说着吐了下舌头。

“旅游?”雨泽若有所思，他忽然想起了自己前一天制订的写作计划，“你一个人吗?”

尔曼点点头，看着对方。

雨泽的心里藏着自己的小九九。他想搭一趟顺风车，通过一次旅行获取一些灵感。于是他问："我可以加入你吗？"

尔曼的脸像火烧云似的瞬间被染红了。最后，她略带羞涩地点了点头。

一天就这样过去了。下班时间到了，叶城那座豪华的宾馆门口，两个小家伙蹲在那里。他们一整天都没有吃东西。这喧闹的城市里，他们跑到公园，在那里散步的老人被吓了一跳，大声呼喊着"该死的脏东西！"。于是他们只好离开。他们跑到别人的屋子里，却被人家用扫把赶走。他们跑来跑去，最终只好回到那座宾馆的门口。

温雅从宾馆里走出来——她就是那位身穿红色上衣的漂亮女人。

两个小家伙坐在她的面前，拦住了她的去路。

"你们还在这里！"她有些惊讶地叹了一声，但很快，看着他们忧郁的眼神，温雅有些无奈地叹了一口气。

"我家就在旁边，小家伙们，跟我来吧！"

两个小家伙听懂了她的话，尾随在她身后，跟着她，走向了自己新的家。

……

"温雅！过段时间我要去一趟叶城，你要好好招待！"晚上，温雅接到了尔曼的电话。

12

"维多利亚时代，英国贫富差异严重，腐败问题突出。"雨泽在书旁批注着，"然而，这却是英国崛起前的征兆。"他停了一下，对自己正在批注的东西大惑不解。他得出这样一套理论：一个国家在崛起前夜，由于财富突然膨胀，相对而言，体制的进步稍显滞后，无法立刻满足国家新的需求。在这一时期，各种矛盾四起，腐败就是这个时代最重要的社会问题。只有度过这一阶段，整个社会才有可能趋于平缓。

雨泽将手中的钢笔扔在一旁，自言自语地说："这理论倒是有它的道理。可是，这个过渡阶段应该怎样度过，这个过渡阶段对百姓产生了怎样的影响？这些才应该是我要写的故事。"

"我需要的是活生生的人。"雨泽想，"他们有血有肉，他们不是时代的标本或者符号，他们在呐喊，他们期待这'过渡阶段'能够快一点过去。建造一个伟大的社会，需要更多充满信心的人民，他们的肩膀承担了整个社会发展的重负，当理想的国度被打造成型，他们也将闭上双眼，祈祷着自己的子孙后代能够享受时代的成果。他们的伟大，超过了社会本身，他们的故事，才更值得被反映出来。”

雨泽来到窗前，那天下着雨，他望着窗外。他觉得自己已经不再需要书本，他更需要走街串巷，进行一次采访。他叹口气，一个小小的计划在他脑袋里酝酿着。

……

波仔和沛沛终于找到了一个安身的地方。温雅住在一座公寓的四层。他们紧跟着她，一个台阶一个台阶地爬了上去。走廊里，一位老人正在向楼下走去。沛沛耷拉着舌头，波仔走两步跳一步。老人看到沛沛狼似的外表，猛地吼了一声：“怎么有狗！”然后险些跌倒在地上。

温雅也吓了一跳。她对老人说：“这种狗是不会咬人的，他们很温顺。”

“丫头呀，”老人说，“我觉得你还是看好他们吧。”一边说着，一边又躲又闪地离开了。

温雅推开门，一个温馨的小屋呈现在波仔和沛沛的眼前。温雅是个喜欢干净的女孩，她房间里的木地板被擦得锃亮。她对苹果有种特殊的偏爱，房间里几乎每一个智能化的产品都出自苹果公司，在那面洁白的墙壁上，还挂着乔布斯的画像。

温雅并没有多少家当，她是个孤儿，从小就被孤儿院收养，后来一个人在枫城上学，毕业后，又一个人在叶城上班。18岁以后，她的所有收入都是自己靠着辛苦赚来的。她有个得天独厚的优势，就是生有一张漂亮的脸蛋。凭借这个，她在酒店的招聘中打败了所有对手，最终谋得了总经理秘书的职位。她的月薪并不很高，但在酒店的最大好处就是不用管自己的伙食问题。她非常善于理财，工作了一段时间之后，她攒了很多钱。

单位上有很多人追求她，但她都一一拒绝了。这个心智成熟的女孩深知自己要的是什么。她需要一个有钱的男人。这倒绝对不像有些书上说的，是因为她的野心。她并没有野心，她只想过一个安稳的日子。可她清楚，在这个时代里，只有嫁给有钱人，才有可能过得安稳。而她却绝不允许自己成为别人的第三者。在工作中，总经理常常会下意识地单独和她在一起，偶尔邀请她去单独看电影，温雅会用最直接的方式将话题扯开，对总经理说：“我觉得您和嫂子去会更加合适一些。”总经理总是哭笑不得，而后就悄悄地离开了。

“小家伙们！这里就是你们的新家！”她很开心地对波仔和沛沛说。

两个小东西你看看我，我看看你，新的生活就这样在他们眼前铺开了。

可是好景不长。第二天清晨，温雅带着两个小家伙一同下楼玩耍。人都还没有起床，她带着波仔和沛沛绕着院子跑了两圈。回到家的时候，太阳才终于决定撕开云层，将光芒普照大地。温雅准备上班了，她穿好衣服，摸了摸两条小狗的头，将前一晚剩下的牛肉放在报纸上，铺在地上。两个小家伙你一口我一口地美餐起来。

温雅离开了。波仔和沛沛开始了无聊的等待。

中午温雅没有时间回家。阳光照进屋子里，两个小东西无奈地瞧着窗户。沛沛忽然扬起头来。波仔心领神会，也跳了起来。两个小家伙于是开始了他们抄家的行动——这是狗的世界里最受欢迎的自由活动。

波仔跳上书桌，那里整齐地摆放着钢笔、便签纸还有笔记本。他将它们含在口中，扔在地上，然后纵身跳下，狠狠地撕扯。家里就像下雪一样飘满了纸屑。沛沛则打开了冰箱的门，将里面的食物尽数掏出。好在巧克力放在较高的地方，否则这两个小家伙的性命就难保了。

他们在家里不停地折腾着。沛沛把花盆里的土全部翻了出来。波仔在一旁充当帮凶。两条狗忙得不亦乐乎。

傍晚，温雅推开家门，看到眼前的景象，她愣在原地，一句话都说不出。两个小东西摇着尾巴看着她，而她的脸都紫了。她来到自己的书桌前、化妆桌前以及厨房和阳台前，眼泪沿着脸颊向下滚落。

“我辛苦地攒了这么些钱，这下可好，”她自言自语地说，“房东来看的时候，一定会让我赔偿的。”

确实，光是花盆里那几棵名贵的花，就够温雅赔偿的了。

温雅看看两个可爱的小东西，想狠狠地教训他们一下，却又不忍心下口太重。她只是对他们说：“再给你们一次机会，如果下次还这样，我就赶你们出去!”

波仔和沛沛看到她面色凝重，于是调转头，向里屋走去了。

13

对于这些已经造成的损失，温雅需要联系房东，商议赔偿事宜。第二天是周末，房东一大早就按响了温雅的门铃。温雅从床上跳下来，带着惺忪睡意，三下五除二地换好了衣服。门铃在一旁不停地响着，她冲着那里喊着："马上！就来！"

房东是个满身是肉的中年女人。她就像个气球似的，原本就比普通人大一号的衣服，穿在她身上，竟然变成了紧身衣。她有一张碗口似的大嘴巴，里面塞满了吐沫，说话的时候，总有些白沫在往外流淌，有点像得了癫痫的病人。

"怎么着？"门刚打开，她就将脑袋向里面探着，身体很快就挤了进去，"是什么被打坏了？"

温雅向后退了一步。波仔和沛沛坐在那里，闯进了房东的视线。

她虽然人高马大，但似乎对身上带毛的动物有种特殊的恐惧。"啊——"她大叫了一声，差点晕了过去。

"您放心，他们不咬人的。"温雅连忙在一旁解释说。

房东缓了缓神，而后用身子倚靠着墙壁，转过身对温雅说："我有说这屋子里可以养狗么？这院子里老年人特别多，你让他们吓一跳过去了可怎么办？我们这屋子本来就干干净净，你弄这么两个东西进来，过不了几天家里全是狗毛！到时候你说走就走了，我找谁来给我收拾啊？"

温雅静静地听着房东把话讲完，而后回答她说："我一定会立刻想办法的。"

"立刻？我让你马上就找人把这两个畜牲给我带走！不然我就要报警了！你没办狗证吧？猜你也没有！警察来了可有你好看的！"

面对房东太太的盛气凌人，温雅也有些按捺不住了。

"太太，我一定会处理好这件事的。"她说，"但我需要时间，联系我的朋友，找一个有能力收养狗的人，把他们送到那里去才行，您说是不是？"

"我不管那些，"房东继续不依不饶，"我就要你把他们赶快处理掉。"

"我想您今天来这里主要是关心您名贵的花吧？"温雅用这句话扭转了房东太太的注意力。后者愣了一下，忽然想到了这重要的事情。她拍了拍自己的脑袋，"你看我这暴脾气！"她迅速将话题转移，"那花在什么地方呢？让我看看？"

温雅冲着她摇了摇头。

房东大致明白发生了什么，于是接着又问："花没了，那花盆呢？"

温雅继续冲她摇了摇头。

"我的祖宗呀！"不知不觉地，房东的眼泪顺着脸颊滚落下来，"你知道那花盆多贵重吗？你觉得你能赔得起吗？"

温雅许久没有回应，静静地站在一旁。两个小家伙坐在一侧，像是正在受到处罚的孩子，眼睛里流露出忏悔的神情。

“我一定会找到一个处理的办法的，”温雅说，“您的花盆多少钱，我一定原价赔偿。”

正说着，温雅接到了尔曼的信息。火车上，尔曼和雨泽已经坐定。这次旅程，他们决定花费几天时间，在叶城散散心。对于雨泽来说，他带着自己的“家伙”们——一台电脑，一个厚厚的笔记本，还有一部单反照相机和一只背包。尔曼则显得一身轻松，带着自己平日里经常挎在胳膊上的小包，里面装着一些必要的化妆品和几件简单的衣服。

“不瞒你说，”雨泽对尔曼说，“这次旅行我是有私心的。”

尔曼不解地看着他。雨泽的眼神中充满了神秘的色彩。他将身子凑近尔曼，问：“你知道我是做什么的吗？”

这般神秘的表情，尔曼不小心想到了007。她不禁大张着嘴，像是要将一颗鸡蛋生吞进肚子里去。“难不成你是特工？”

雨泽更加神秘地摇摇头，说：“我的工作，和特工恰好相反。”雨泽那股傲慢又爬上了脸，“难道你从来没有听说过我的名字吗？你没有看到过我的报道？或者关于我的文章？”

尔曼不住地摇着头。有那么一个突如其来的心思闯进她的脑壳中，她感到全身汗毛竖立，连说话声音都在发抖：“你该……不会是……通缉犯吧？”

雨泽差点因为这绝妙的想象力笑晕过去。笑声停止后，他平视着尔曼，用极其庄重的态度说出了自己的职业。

“我是一个作家。”他说，不无调侃的口吻，“这次旅行对我来说意义重大，你很有可能会见证一本世界名著的诞生。”接着，他将自己此行的目的和盘托出。尔曼忽然觉得坐在雨泽的对面简直是自己的荣幸。于是，她连忙坐在雨泽身旁，对他说：“我要一张合影，等你写出世界名著的时候，它就值钱了。”

雨泽毫不谦虚地按动快门。而这时，尔曼这时觉得，这个亲切的家伙十分高大，自己竟然突然有点不好意思开口说话。过了好长一段时间，她觉得自己似乎应该为他即将完成的著作出点力。她想起自己的好友温雅有着广泛的交际面，或许可以给雨泽提供一些活生生的素材。她没有立刻将这些告诉雨泽，而是冲他笑了笑。雨泽也用笑容回应。他们就这样尴尬地你笑笑，我笑笑，最后忍不住两个人都笑了起来。

下午的时候，火车渐渐驶入了叶城。

温雅是从朋友那里匆忙赶过来的。在火车站里，她和尔曼紧紧拥抱在一起。

“你瘦了好多！”尔曼指着她的脸说，“比过去更漂亮了！”

“我还正想这么说你呢！”温雅回答说。她们两个站在一起，足够吸引周围所有异性的眼球。

在这之前，温雅的脑子几乎要累到停止转动，不过见到尔曼后，由于一时高兴，她将所有这些倒霉的事情都尽数抛在脑后了。她忘了自己上午的时候是怎样在银行门口排着长队，从自己好不容易攒起来的工资里取出2万块钱递到房东手里的，也忘了她是怎样好不容易才联系到自己的一位同事，将波仔和沛沛送到对方郊外的亲戚家的。她跟着往城外跑了一趟，才最终返回到火车站来。

雨泽在来之前就已经为自己和尔曼订好了宾馆。雨泽将行李放下后，来到尔曼门前等候。温雅正和尔曼在屋子里叙旧，有些拖延了时间。雨泽将耳朵贴在门上听了听，估计到对方可能还需要很长时间，他也实在不愿意让对方觉得自己像个酒店服务员似的站在门口等候，于是就回到自己房间，打开电脑回顾起自己和沛沛的那些照片了。

过了一会儿，尔曼和温雅手拉着手敲开了雨泽的房门。她们终于准备好了。

“先进来坐下，”雨泽冷淡地说，他显然对两个姑娘的磨蹭有些反感，“我先把电脑关掉。”

就在这时，温雅忽然发出一阵惊讶的叫声。

“是她?”

雨泽回过头来，脸上满是疑惑。

“是谁?”

“这是你的狗?”温雅指着屏幕上的沛沛问，“这条狗我认识!”

……

14

温雅将自己和两条流浪狗相遇的经历讲述了一遍。

“那条小泰迪特别可爱，”温雅说，“这两个小家伙都很聪明，就是太闹腾了点。”

尔曼掏出手机，竖在温雅面前，问："你说的泰迪是这个样子的吗？"

温雅接过手机。贵宾犬基本都长一个模样，不过波仔的颜色相对较深。温雅盯着手机自己仔细端详了一阵，对于自己看到的是不是波仔，仍然怀有疑问。她看到的那条贵宾，由于经历了日晒雨淋，身上的毛已经乱七八糟了，像个可怜的小乞丐。

温雅犹豫了许久，最后回答说："我觉得他们的毛色挺像的。"

尔曼在手机上比划了几下，照片就被放大了。

"你看，"她说，"他的脖子上戴着一串小小的项链。"

温雅仔细思索了一阵。那条狗的脖子上似乎也戴着一串小小的项链，只是她并不能够确认。但这对于尔曼来说，就已经足够了。她深信和沛沛在一起的就是波仔。顿时，在尔曼的心里，一股特别的冲动涌了上来。她觉得一切都充满了希望。

"他们后来跑到哪里去了？"雨泽倒是显得格外镇定，他的眼睛炯炯有神。

"我后来把他们送到同事的一个亲戚家了。在郊外，到这里要很远的路程。"

"记得地址吗？"

"记得。"温雅的脸上带着疑惑，"你该不会想现在就过去吧？"

雨泽和尔曼四目相对。

……

郊外的这户人家，有个宽敞的院子。院子里用砖头围成一圈，几只母鸡在里面跑来跑去。院子没有硬化过，在硬邦邦的泥土上插着一个水龙头，落在地上的水已经结成了冰。一条健壮的黑背在院子里面走来走去，他拥有一张近似狼的脸，眼睛总是恶狠狠地盯着眼前的食物，时刻准备战斗。这种狗非常聪明，最早的时候，他们被德国人当做牧羊犬来使用，但随着社会发展，由于他们的智商和攻击性较为兼具，最终被用来当做警犬。纳粹战犯希特勒曾经有一条纯种的德国黑背，他常说，他的所有将领加起来，都比不上这条狗的聪明和忠诚。

户主是个强壮的汉子，有一颗圆滚滚的脑袋，脸上满是肉。他是县城某个饭店里的厨师，每天骑着自己的小车上班下班。他的老婆和他在同一个饭店工作，是那里的服务员。丈夫总是骑着那辆小车，带着自己的媳妇儿。

夫妻俩快四十了，但还没有孩子。据说这是因为这男人某种功能的缺失。但有一点，夫妻两个非常恩爱。他们虽然赚钱不多，但彼此相互搀扶，就算没有留下后代，也会幸福美满地走到生命的终结。

这天周末，恰巧赶上他们倒班。夫妻两人都在家里。波仔和沛沛就这样被送了过去。两条小狗并不习惯这突如其来的乡村生活。波仔有明显的洁癖，连走路都小心翼翼，不愿让自己的爪子过多地碰到地上的泥土。沛沛倒是显得异常活跃，她一进门就看到了那条游荡着的大黑背。黑背的名字叫托比，是条公狗。一般情况下，公狗是不会和母狗一般见识的。沛沛冲上去，在他的面前又跳又闹，已经四岁的托比用不予理睬显示着自己的成熟。他高昂着脑袋，目光瞧向远方。沛沛跳起来舔着他的舌头，托比只是将脑袋转动一下，继续眺望远方。

两位主人将波仔和沛沛放到家里，就急忙外出了。村子里的一个后生今天结婚了，他们要准时前去助兴。这样，院子门被紧紧锁上，三条狗大眼瞪小眼地你看看我，我看看你。

波仔和沛沛很快就发现这里是个无聊的地方，只有那群步姿滑稽的母鸡看上去可以拿来解闷。于是，沛沛匍匐前进，悄悄地接近它们。她一点一点地向前爬着，那群母鸡没有丝毫反应，有的卧着，有的仍然走来走去。

沛沛猛地扑了过去。母鸡们终于被吓得拍起了翅膀。沛沛很得意地转过身去。就在这时，她的身后忽然响起了“呼噜”的恐吓声。

忠诚的托比看到沛沛撩逗自己家的母鸡，突然怒火中烧。他的牙齿整个暴露在嘴里，目光恶狠狠地盯着眼前的沛沛。沛沛看出托比在发怒。她衡量了一下自己的体格和对手的体格，最终决定放弃用决斗的方式分出高下。于是，她立刻躺倒在地，四肢朝上，将肚皮亮给了对方——这是狗类用来投降的一种方式。托比心领神会，威严地走过去，低下头闻了闻，算作受降。

这样，波仔和沛沛就持续陷入了无聊的状态下。沛沛稍微一挪动身子，托比就会投来凶狠的目光。波仔稍微一抬起爪子，托比也会投来凶狠的目光。两个小家伙趴在地上一动不动。这种气氛，他们或许有点喘不过气来吧？

沛沛干脆将脑袋转到一边，盯着波仔看。他们有点饿了，但是已经下午了，家里的主人仍然没有回来。波仔发现托比的狗盆里有一块上好的骨头，他盯着那里看了半天，嘴里不停地流着口水。沛沛忽然想到了什么，将头抬了起来，看着那扇院门。那是一把较为老式的锁，钥匙孔朝外，里面没有办法打开。她又环顾四周，发现在墙壁的一侧，摆放着几只箱子，恰巧呈楼梯状，只是有些高，需要费点力才能爬上去。

长时间待在一起，两个小家伙培养出了特殊的默契。看到沛沛的眼神，波仔忽然跳起，冲向托比的饭盆，叼起那根骨头，撒腿就跑。托比恶狠狠地追上去，好在波仔个头较小，身体灵活，在各个角落里钻来钻去。托比呼噜着嗓子，那股气势，恨不得立刻就将对方吃掉。

这时，沛沛忽然冲出去，跳到箱子上，然后又跳到围墙上。在那里，她愣了一下。从墙上跳到地上，很可能会摔断一条腿。沛沛是天生的运动健将，落地后做出正确的调整，尚且可以保全自己，但是波仔的身体却吃不住这么远距离与地面的撞击。

沛沛冲着波仔狂吠了两声。波仔心领神会，扔掉骨头，飞快地向那边跑去。托比突然明白了他们的意图，于是转身紧紧追去。他身体强壮，一步顶波仔三步，但他身体笨重，没有办法跳上箱子。波仔利用自己出色的弹跳，在千钧一发之际跳了上去。

托比发疯地叫着。波仔和沛沛则将目光转向屋外。托比尝试跳上箱子，他做到了第一步，但却因为自己身子太重，将箱子整个推倒在地，有一只还重重地砸了他一下。但托比仍然不放弃，继续向着那里叫嚷着。

沛沛看了一眼波仔，而后趴在那里。波仔跳上她的肩膀。沛沛犹豫了一下，而后憋了一口气，一个猛子向下跳去。她重重地摔在地上，后腿受了轻伤。但好在他们终于逃离了这个像监狱般的地方。沛沛的腿有点跛，但奔跑起来，仍然冲劲十足。两个小家伙就这样向远方跑去，留下身后的托比，在院子里狂吠着。

……

由于堵车，夜晚的时候，尔曼一行人才终于赶到这户人家。

“我们什么都不知道，”那位厨师说，“他们就这样逃跑了。我们估计他们大概是踩着箱子爬上房顶，然后逃跑的，但是我们也不知道从这么高的地方跳下来，会不会把骨头摔断。”

尔曼燃起的希望被这突发的事件彻底淹没了。她的眼眶中饱含着泪水。天空中飘起了小雨，滴答在她的头顶。雨泽将自己厚重的皮衣脱下来，披到她的肩上，而后凑近她，小声说：“沛沛会帮助波仔渡过难关的。”

“她会吗？”尔曼天真地问，“她真的可以吗？”

“我相信她会的。”雨泽坚定地回答。

“那么……”尔曼的脸上带着点红晕，“你呢？”

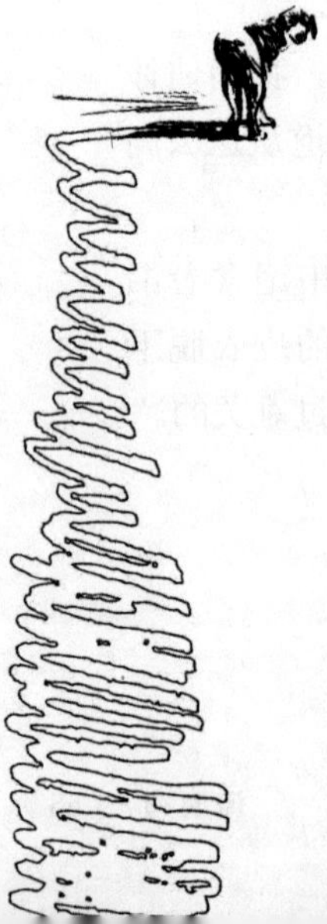

留学生

留学，是为洒脱的烦恼包裹一层华丽的寂寞。——题记

15

那年，惠惠和雨泽走到了一起。

在爱丁堡市中心的王子大道上，他们手拉着手漫步。远处的古城被时光的染料涂抹上了一层冷冰冰的铅灰色。古城坐落在山头，一条蜿蜒曲折的小径像扭麻花一样，不知从哪个出口拐了出来。向前延伸而去，中间是望不到头的花园，所有那些人间社会的喧嚣全都被这片花园吸收殆尽，时空仿佛在那里静止。从花园出来，则是整座城市的商业中心，形形色色的人走来走去。最为出彩的，自然是街边那些富有情趣的艺人们。有位满头白发的老人，长着一只粗壮的鼻子，戴着一顶从两边翘起的帽子和一副蛤蟆镜，穿着一身闪闪发光的红色外衣，陶醉地拉动着手里的手风琴。行人路过此地，无不慢下脚步，静静地侧耳倾听。

在一家Zara服装店的门口，有个精壮的小伙子，在头上顶着一个盆，用脑袋支撑着全身，在那里倒立着，旁边的碗里扔满了硬币。

一面是古城，一面是现代社会，行走在王子大道上，仿佛在时空中穿行。周末的这天，雨泽陪着惠惠逛街。那时，雨泽走在路上，还只是带着一双眼睛。惠惠则背着一部单反相机。她对佳能有特殊的偏爱，这是因为佳能在色彩上颇具特点，而她总是容易被五颜六色的东西所吸引。

“站在那边别动。”惠惠所说的每句话都好像是陈述句，并且非常简练。她的脸上也总是持续着某股特殊的冷静。她让雨泽站在一侧，从她的角度看去，恰好和古城融为一体。她按动快门，一张精致的照片就这样被留在了相机中。

“好了。”于是，他们继续缓慢地向前走去。

他们的脚印踏遍了整个爱丁堡。在那背负着沉重历史负担的古城上，有位街头艺人，总是扛着一把木吉他，一套音响，坐在路边，跷着二郎腿，唱着动听的歌曲。他的声音异常浑厚，像冬天里温热的包子那样，软软的，却包裹着香甜的馅儿。

在那舒缓的音乐中，雨泽转过身，目光直视着惠惠。阳光照射在两个人中间，照射着他们淡淡的笑容，他们沉默地看着对方，而后缓慢地彼此靠近。雨泽浅吻了惠惠。惠惠紧闭双眼，认真地接受着他的爱。那时候他们觉得彼此永远不会再分离。

“快门。光圈。感光度。”惠惠向雨泽讲述着单反相机的基本操作。他们一边欣赏着沿途的风景，看着太阳渐渐地伸了一个懒腰，躲回到云层后面休息去了，一边讨论着对摄影的理解。

“笨蛋，你要多练。”惠惠将相机推到雨泽手里。两个人一同坐在草地上，雨泽简单地复习了一下。这时，他看到一条漂亮的狗，似乎是为了捡一颗扔出来的棒球而没命地向这里跑着。那条狗黑白相间，体格健壮，奔跑起来异常有力。

“那狗真漂亮！”雨泽感慨着，“那叫什么狗?”

“笨蛋。”惠惠说，“那是边牧。”

“边牧？好奇怪的名字。”

“笨蛋。”惠惠有些不耐烦地说，“就是边境牧羊犬啦。”

“看上去好聪明。”雨泽说，“你看他的表情。”

“嗯啦！”惠惠一如既往地平淡，“人家是最聪明的狗。”

“最聪明？能有多聪明?”

惠惠白了雨泽一眼，回答他说：“反正比你聪明！”

“那岂不是很傻?”雨泽总是用自嘲的方式跟惠惠打趣。

“是。”惠惠的表情很冷淡，但心里却藏着笑容，“应该说，比你聪明得多。”

他们坐在那里，看着狗的主人从远处跑来，和他玩耍。那是个穿着时尚的苏格兰姑娘，一头金发，粗犷的皮肤上面点缀着雀斑。她一声令下，那条狗就站了起来，她向左边转动身子，狗就跟着她转动身子，她伸开腿，狗就从下面钻过。人和狗似乎在完成一种舞蹈。

“聪明吧。”惠惠说。

雨泽点了点头，一只手将她搂在怀里，没有作声。

“出国前，我家的泰迪死掉了。”惠惠趴在雨泽怀里说。

“等我毕业回去，就养一条这样的狗。”

“嗯!”

他们的生活始终平静而美好，饱含着甜蜜的气息。

阳光下，他们手拉着手，跟着苏格兰缓慢的节奏，捕捉着每一个精致的镜头。

古城的脚下有一座别致的教堂。教堂背后是一片不大的坟墓。据说那些能够被安葬在这里的人，死后灵魂都将升入天堂，或许正是因为这样，这原本阴森的地方却显得格外安详。这时，一场庄重的宗教婚礼正在这里举行。仪式结束后，一对新人手牵着手向花园里走来。新娘披着一件雪白的婚纱，那张棱角分明的脸颊上，一滴幸福的泪水向下滚落。新郎那笔直的腰板，套着整洁的西装，一脸淡淡的胡茬，充斥着浓重的男人味。

一群亲友跟随着他们，有人手里捧着鲜花，有人带着一脸感动的笑容，还有人在鼓掌，还有人在相互交谈。他们绕着一旁的喷泉缓步前行，四周的游人朝他们抛来祝福的微笑。新娘略带骄傲地朝四周点点头，仿佛一位女皇正在检阅她的部队。

他们转过身，又行走在花园中间的小路上，那左右两排的椅子，曾见证过许许多多有关爱的故事。那些刻在上面的姓名，早已与尘世告别，静静地躺在教堂的坟墓中，在另一个世界，为新人祈祷。

他们停下脚步，一阵风吹来，一股泥土的芳香迎面扑鼻。一位矮胖的老头端来几杯红酒，于是，从人群中传来一阵热烈的掌声。他们高举酒杯，感谢上帝赐予他们这最美的时刻。

椅子上，惠惠转过身，在这祥和的气氛中，她忍不住在雨泽的脸颊上亲了一下。

雨泽狠狠地将她揽入怀中。

新人走远了，惠惠从那份感动中回过神来，这时，她的目光落在眼前一辆冰激凌车上。

那是一辆房车，车身被刷得雪白。一群行人排着队等候在窗口。一位有趣的小老头，正在自己的“厨房”熟练地从机器里挤出冰激凌，做成各式各样的造型，镶嵌在手中的杯子里。

“我要一杯。”惠惠对雨泽说。

“没有问题。”雨泽大手一挥，站起来，排到了那条长队的最后。他朝惠惠不停地做着鬼脸，一会儿将眼睛挤在一起，一会儿又将嘴巴噘起来，惠惠也朝着他不停地变换着表情。他们调皮地你来我往着，连后面排队的人都被逗乐了。

终于轮到雨泽的时候，他冲惠惠做了一个胜利的手势，惠惠毫不犹豫地按动快门，将这充满绚丽色彩的生活记录在案。

“干杯!”他们将手里的冰激凌轻轻地碰了一下，美妙的一天就这样在欢笑中悄悄流逝而去了。

……

16

雨泽有一位朋友，名叫林志远。这个外表有点出众的孩子，有颗异常聪明的大脑，并且胆量极大。他很善于处理人际关系，经常参加到各种组织举办的活动中去。学校里有华人社团，有学联，他都一一报名。他精力旺盛，完成学校安排的事情后，他还能够抽出大把的时间，用于课外的活动。

林志远是雨泽的同班同学，经常因为一些政治专业的话题，和雨泽讨论。他们总是争论得不亦乐乎。林志远笑称雨泽是一个思想家，而他自己则是实干家。他非常佩服雨泽对未来社会的判断和分析，而他自己却是在大规则之下的“跑腿儿”。雨泽清楚的是，林志远虽然没有特别过人的眼光，但他但凡要做什么事情，就一定会沉下心去做，他能够耐得住寂寞，并且敢于拉下脸来，在学生会中从给人端茶倒水开始起步，一路晋升，最后成为主席。做了一段时间，他发现学生会并没有给自己带来太大的实惠，因此他决定放弃主席一职，但因为自己做主席时所认识的朋友，他经常被邀请参与到许多诸如旅游、交流的活动中去。

有一次圣诞节，林志远在自己的家里搞了一次聚会。雨泽带着自己富有艺术范儿的女朋友方惠惠一同前往……

林志远很有人缘。他倒并不是害怕寂寞，而是天性使然。他有张俊朗的脸，有对总是被人误以为在发呆的眼睛。他的脑子里几乎每一秒钟都会有一个新鲜的想法，总是能够将每一天的生活安排得丰富多彩。他是所有租车行的老会员，享受着VIP的优惠政策，而他又非常热衷于将自己的特权借给朋友享受。因此，每天都会有不同的朋友联系他，请他帮忙。

林志远自己的房间就像一个沙龙集会地。在英国留学的孩子们，家庭条件都是可想而知的，但是他们虽然有钱，却常常找不到庙门。在林志远组织的聚会上，许多朋友特意前来，就是为了拉拢和他的关系。

雨泽和林志远是同班同学。但是雨泽将大量的时间花费在了书本上，而林志远却将重点放在社会实践中。因此，对于雨泽而言，失去林志远是一个重大的损失，而对于林志远来说，没有雨泽，他依然如鱼得水。只是林志远不希望自己得罪身边的任何一个人。他的父亲是一位“杂家”，自己有一家广告公司，同时帮助朋友一起经营一家传媒公司。靠着这样的东搞西搞，每年能够保证百十来万的收入，但供他出国之后，家里就显得节俭了很多。他一心想要改变自己家庭的处境，在英国的这些日子里，他很好地处理着自己和周围朋友的关系，扩大着自己的影响力。

“这些人脉，说不定什么时候就能够成就我的未来。”他总是这样告诫自己。

在他举行的聚会上，像往常一样，许多人赶来捧场。

“快来不及了，”雨泽说，两只胳膊伸展开来，惠惠正在帮他打扫衣服上沾着的毛，“那小子叫我8点就赶到的，现在马上就要8点了。”

“快了。”惠惠的脑子里只想着怎样尽快用手中的工具粘走衣服上的那些东西。

“这个人我真是又喜欢又瞧不起。”雨泽用一种傲慢的口气说，眼睛瞧着镜子，看到自己在惠惠的护理下，变得越来越有造型，顿时说话也底气十足了。

“为什么？”惠惠停了下来，有点好奇地看着他。

“他这个人呀……”雨泽说，话里藏着刀子，“做人的目的性有点太强。别看他脸上什么都不曾表现，他的内心却是十分狭隘的。这个人非常喜欢报复别人，只不过在这种环境里，他还不曾真的对别人进行过实质的报复。但是他就像所有那些自认为颇有城府的商人一样，利用每一个人，当一个人没有价值的时候，就会被他远远踢开。”

在惠惠眼中，雨泽是个值得信赖的男人。她佩服自己男朋友与生俱来的悟性，还有他对许多社会问题一阵见血的分析能力，并且相信他在文艺界将有一个非常美好的前途，但她却并不喜欢男朋友将自己的分析能力过分地用在与别人相处的问题上，因为没有人能够真的了解对方的内心，在惠惠看来，任何以负面情绪分析别人的行为都是不公平的。正是因为这样，惠惠的脸上露出了一些不快的神色，不爱说话的她，这时话也突然多了起来。

“不要议论人家。”她噘着嘴，停下了手中的活儿，“人家对你也没有什么好利用的吧？”

每次碰到这种情况，雨泽都不会让步。他天生的傲慢总是要求自己在任何问题上压倒别人：“那是现在。这也正是志远这个人比别人高明的地方。他绝对没有想过在这里利用我，他利用我的地方是在国内。”

惠惠白了男朋友一眼。她知道自己是说不过他的。不过雨泽也并不会将自己内心的想法表现在林志远的面前。收拾完毕，他身着西装，牵着惠惠的手，一同前往林志远的住处。

惠惠穿着一身半透明碎花裙，由于天气很冷，上半身裹着一件瘦小的西装，腿上套着黑色丝袜。为了给男朋友长脸，她特意在自己并不出彩的脸上装扮了一番，那张不大会笑的脸索性绷了起来。但惠惠的与众不同之处就在于此，略带着点冷酷表情的她，似乎比面带微笑时更散发着神秘的魅力。

林志远住在一座复式楼内，这么大的房子，他一个人住，却没有人能想到，这样的房子远比学生宿舍便宜许多。这是他的一个朋友在英国的空房，主人长年住在伦敦，这套房子就供他长期居住，他只象征性地每月付给对方100英镑。

客厅里的桌子上摆满了酒。雨泽牵着惠惠的手，走进那间屋子时，房间里已经挤满了人。几个长着啤酒肚的朋友已经喝得酩酊大醉，在一旁说起了胡话。这些人是读语言的，平日里不怎么忙，一下课就连忙赶到志远的住处，这些酒正是他们带来的。

还有两位姑娘，一位长得像个小男孩，戴着一副黑框眼镜，鼻子和嘴都长得很尖，下巴倒是有点圆。喜欢讽刺别人的雨泽小声对惠惠说：“你看，她多像只麻雀！”惠惠一边忍不住露出笑容，一边狠狠地踩了他一脚。雨泽感到一阵酸疼，连忙小声回应说：“我一定改了这个毛病。”

惠惠又白了他一眼。

“雨泽！”林志远走过来，伸出两只手，想要和他握在一起。

雨泽并没有将手送出去，而是在对方的肩膀上拍了两下。

林志远有些尴尬，不过他很快就找到了转移注意力的方式。

“这是你们家的小文艺吧？”他指着惠惠问。

雨泽笑着点点头，回答说：“给你介绍下。我女朋友方惠惠。”接着又对惠惠说：“这就是传说中左右逢源的林志远。”

“哦。”惠惠的回答一如既往的平淡。

而林志远却突然感到，眼前这个女孩子的眼睛正在散发着某种特殊的光芒，同时，她的低调冷酷的说话方式，着实散发出一股特殊的魅力。他停了一秒钟，而后将没有握到雨泽的手大胆地向惠惠伸了出来：“我很早就听说你是个文艺范儿的女青年，今天见到，果然名不虚传，握个手，让咱也沾点艺术气息。”

惠惠看了雨泽一眼。看到男朋友点了下头，她将自己的手伸了出去，不过只是稍稍碰到对方的手，就很快收了回来。

吃饭的时候，有些人没有座位，只好站着吃。雨泽当仁不让地牵着惠惠的手，坐在圆桌旁，大口大口地吃着。林志远主动让出座位，坐在沙发一角，一只手端着酒杯。

“谢谢，谢谢。”不时会有人嘴里说着谢谢，和他干杯。

“不客气，不客气。”林志远回答说。他说话的时候，眼睛始终盯着桌上的人。雨泽注意到，林志远盯着的是一位坐在自己斜前方的长发女孩。那姑娘看上去很文静，一头长发，穿着一件白色毛衣。她将脸转过来的时候，雨泽感到自己似乎正在欣赏一位从古画中走出的美女。她的脸上似乎曾被某位画家修饰，留下一对丹凤眼，一对柳叶眉，还有一张樱桃小嘴，唯独那只鼻子高高隆起，似乎在向别人炫耀着自己的高贵。

雨泽又将目光转向林志远，林志远却并没有注意到他在看自己。

雨泽忍不住露出了嘲讽的笑容，林志远的目光却仍然没有离开自己始终注意的地方。

“宝贝，我想我看出一丝端倪了。”雨泽将脑袋凑近惠惠，一只手捂着嘴巴。

看到雨泽露出一副神秘的样子，惠惠忍不住也好奇起来。雨泽故作高深，眯缝着眼睛对惠惠说：“你从林志远脸上看出了什么？”

惠惠用力张开自己那对闪闪发光的小眼睛，朝林志远的方向注视了好半天，最后，她将眼睛回复到先前的样子，似乎领悟到了什么，冲着雨泽沉沉地点了点头。

她叫刘诗雅，是一位从大户人家走出来的女孩子。

……

17

刘诗雅的目光似乎总在躲避林志远。其实在她刚来英国没多久的时候，就认识了对方。她是个极其文静的女孩子，但围绕着她那显赫的家庭，倒是生出不少有趣的故事，于是，当她刚刚踏上苏格兰这片土地的时候，就有许多男孩子整日追随着她。

雨泽带着一脸坏笑来到林志远身旁，朝他耳语了两句。于是，林志远连忙站起来，招呼他一同来到角落。

“你是怎么看出来的?”林志远问。

“这么漂亮的富婆，正合你口味。”雨泽摇着头说。

林志远停了一下，脸上的表情顿时阴沉了许多。一秒钟内，他脸上灿烂的阳光就被乌云遮挡在后面了。

雨泽也停了一下，从这表情的变化中，他似乎读出了些许与以往不同的信息。他愣了一下，仿佛有所顿悟，指着对方说：“难不成，这次你是认真的?”

林志远硬邦邦地点了下头，原本对什么事都游刃有余的他，这时露出一丝羞涩，倒像个小姑娘似的。

“拿下她!”雨泽在林志远的肩膀上拍了一下，用鼓励的口吻对他说。

林志远不知该如何描述自己内心的感受。他渴望接近一切顶着光环的女孩，却并不承想，在那顶光环的背后，隐藏着一种公主式的任性，这任性的深处，却裹藏着一股特殊的魅力，即使是最为功利的家伙，也常常难以抵抗其中的诱惑，从而俯首称臣。在这些天里，林志远总是观察着刘诗雅的一举一动，对她百般呵护。有次，刘诗雅扭伤了自己的脚，一连几天躺在床上没有出门。她的室友是学生会成员，这事很快就通过她传到了林志远的耳朵里。那天在图书馆门前，林志远碰到了这位同学。两个人聊了一阵，他突然问：“最近怎么不见刘诗雅来图书馆?”通常情况下，刘诗雅总是在下课后跑去图书馆里看会儿书。

“她最近脚崴了，肿得像个馒头，连上课都要我扶她去，这会儿正在房间里休息呢!”这位有点大条的室友随口回答道。

林志远若有所思地点了点头。

“好的，我知道了，可以把你们房间的钥匙借给我么？”得到肯定的答复后，他迅速向自己的宿舍跑去。他猜女孩子一般都比较喜欢喝奶茶。于是，他在厨房鼓捣了一会儿，一杯热乎乎的奶茶就这样被制作成功了。他小心翼翼地将奶茶装在塑料袋里。

林志远住的地方离刘诗雅的宿舍很近，只隔着一条狭窄的小巷。他很快就来到刘诗雅的门前，打开楼道的大门后，他轻轻地敲了敲房间内部的小门。

“我是林志远，方便进去吗？”

刘诗雅愣了一下。还好她没有脱掉衣服。长时间一个人躺在房间里看电影，她已经觉得有些无聊了，于是，她干脆地回答：“进来吧！”

林志远轻轻地推开们，轻声慢步地走进屋去。

“我听说你受伤了，特意做了奶茶给你，”林志远脸上堆砌着笑容，一点不显得做作，“我猜女孩子应该都喜欢喝奶茶吧？”

刘诗雅并不喜欢喝奶茶。她先是皱了下眉头，谁知道不慎中吐露了心里话。

“我不喜欢奶茶！”

林志远忽然觉得自己有点尴尬，正打算极力做出若无其事的样子来。不过还没等他发挥自己的演技，这位有着可贵身价的女孩子就提前表现出了自己的优雅。她故意做出一副像是作弄林志远的表情来，而后带着微笑对他说：“但是，这份带着爱心的奶茶是个例外！”

林志远顿时忍不住笑出了声来。

但是从那以后，刘诗雅就开始故意躲避着林志远。这究竟为什么，林志远自己也说不好。可是刘诗雅毕竟出身于大户人家，她知道做人最可贵的地方就是给别人一个台阶下。和那些傲慢且富有个性的女孩子相比，她的任性被优雅的举止包裹了起来。她暗示自己的室友不要再将房门钥匙交给别人。有时，林志远在夜晚按动门铃，从房门对讲机里询问她可不可以下楼一同散步。刘诗雅总是寻找各种借口回绝。在学校里碰到，他们也只是打一个招呼，就匆匆散开。后来，刘诗雅改掉了自己喜欢下课后独自前往图书馆的习惯，脚伤恢复后，她通常会独自一人去市中心购物。

这天刘诗雅答应林志远前去参加他组织的聚会，这使林志远颇为高兴。对于刘诗雅来说，在爱丁堡每天闷着头上学下学，身边没有很多好朋友，她觉得有些腻了。在接到邀请后，她略微思索了一阵，最后想交朋友的欲望战胜了对林志远的恐惧。而对于林志远来说，组织这样的宴会，其实说一千道一万，也正是为了这个。虽然还没有交过女朋友，但他自认阅女人无数，因此判断刘诗雅的举动只是因为对他还不够了解。

他精心布置了这次聚会，但却迟迟没有找到凑近刘诗雅的机会。不过林志远绝不是个急于求成的人。他静静地坐在那里，捕捉着每一个瞬间。

“我来敬大家一杯!”看到大家已经差不多吃完饭了，林志远端着酒杯来到桌前。酒杯里是浓浓的红酒，像玫瑰的色泽，在灯光的映照下显得异常鲜艳。

大家举起酒杯，一饮而尽，而后将酒杯放在桌上。这不是结束，而是开始。在英国上学的孩子们似乎除了喝酒，再找不出其他娱乐的方式。他们互相你敬我，我敬你，谈论着自己感兴趣的话题。

刘诗雅不胜酒力，本来想在这里交朋友的她却发现自己没有办法很快融入大家的生活中，于是一个人坐在桌前，有些尴尬地玩着手机。林志远想要走过去，关心她一下，但他似乎并不希望别人看出他对刘诗雅的意图，但凡有人中途邀请他喝两口，就会使他停下脚步。

雨泽注意着那位尴尬的姑娘有些时间了，这自然也影响到了惠惠。他们两个都是怀着一种看戏的心情。不过这时候，惠惠觉得对方有点可怜，这未免激发了她的正义感。惠惠小声对雨泽说:“过去帮帮她吧。”这对情侣有着特殊的默契，雨泽点点头，而后站起来，走上前去。

“你好。”雨泽很快就感受到了对方强烈的气场。

刘诗雅立刻从尴尬中醒来，面带笑容地看着他，回答说:“你好。”

“我是雨泽，很高兴认识你。”他闻到一股淡淡的香水味。

“谢谢。”刘诗雅轻轻地点点头。

“你好像不是很能喝酒?”雨泽询问说。

“是的。”刘诗雅有点无奈地回答，“不过也还好，我一个人坐会儿就好。”

“如果有什么需要帮助的地方，找我来就好。”雨泽掏出自己的手机，好像自己记不住自己的号码似的。

“谢谢你，我会的。”

说完，雨泽转过身，回到了惠惠的身边。

在充斥着喧哗声的客厅里，刘诗雅忽然感到有点小小的失落。林志远正忙于应付着这群他请来的同学们，眼睛不停地朝着这边看过来。而刘诗雅却将目光瞄准雨泽，看着他和女朋友在这淡黄色的灯光下热吻，看着他帮女朋友挡酒，看着他绅士的一举一动，生出一种莫名的感动来。

18

刘诗雅独自站在阳台上，她与生俱来的逃避心理再度占据了上风。月光披在她的肩膀上，给这个本来就有些冷冰冰的人更增添了几分凄凉。总有些多事的孩子认为这个出身大户人家的姑娘背后隐藏着复杂的故事，而事实上，她却那样简单。

看到林志远无动于衷，她多少有些失望。刘诗雅的心始终在左右摇摆的状态下。她时而希望自己身旁可以有一个照顾自己的男孩子，时而又想独自一人静静地读书学习。于是，她用女人特有的方式，为自己想了一个办法。她决定选择逃避，但这只是一种形式上的做法。在她逃避的时候，其实潜意识里是希望对方可以不顾一切，放下所有颜面，奋不顾身地闯入她的生活。

"如果林志远能够抛开重重困难，不要命地走近我，我就同意和他在一起。"刘诗雅心里这么想着。可惜林志远并没有这么做。这要怪罪于他的城府，和他的经验不足——虽然他自己有一套理论，但终归与实际相去甚远。他一方面担心刘诗雅本身就并不喜欢自己，害怕主动表白的时候遭到尴尬的拒绝。另一方面，他担心朋友们看出自己的意图，这样，一旦失败，他就会丢掉尊严。

所以他要求自己忍耐。

"他还不过来么？"刘诗雅在心里想着，"他为什么这样懦弱？"

刘诗雅背对着屋子，眼睛停留在头顶的月亮上。一片静寂搅拌着苏格兰特有的荒凉。林志远看到了她的背影，但这时，一个胖头胖脑的小子端着酒杯来到了他的面前。

"志远哥，来干一个！"

"唉好！"林志远的眼睛仍然盯着那里。

从林志远那里到刘诗雅面前，总共不过五六步，这微妙的距离，却仿佛隔着万里长空。

"她还是孤零零的。"方惠惠对雨泽说。

"可能人家喜欢这样吧。"雨泽若无其事地回答。

"林志远也不去关心一下。"惠惠瞟了旁边的林志远一眼。

"这是他面子的问题。"雨泽一语道破天机，"他担心别人看出他喜欢她。"

“好奇怪。”惠惠皱着眉头说，“我们帮一帮他吧。”

雨泽反应有点木讷，他了解惠惠善良的本意，但他始终觉得作为一个有女朋友的人，不应该总是撩逗别的女孩。惠惠也了解雨泽，正是雨泽的这种思想，才增加了她的安全感，但她总是觉得不忍心看到热闹的聚会中会有谁无法融入其中。

惠惠拉着雨泽的手说：“走嘛，我们一起去拯救她。”

刘诗雅感到有人拍自己肩膀，那一秒钟她异常激动。但当她转过头来，看到站在自己面前的人是雨泽时，一股失落感油然而生。她从雨泽的肩膀上瞧过去，林志远依然在和别的朋友你来我往，好不热闹。她叹了口气，看着站在自己面前的这对情侣。

“请你喝一杯？”雨泽说着，挥一挥自己手中的红酒。

惠惠将自己手中的酒递给她，刘诗雅点了点头，而后一饮而尽。

“我还没有给你介绍，”雨泽对她说，“这是我的女朋友方惠惠。”

“你好。”刘诗雅伸出手去，和惠惠握了一下。

雨泽从她的表情中感到自己并不受欢迎，于是寒暄了几句，就带着惠惠一起离开了。

聚会结束的时候，朋友们陆陆续续地离开了林志远的房间。林志远暗地里对雨泽说，希望他可以帮忙处理一下那些喝得酩酊大醉的朋友。于是，接下来的时间里，雨泽和惠惠成了苦力。惠惠在一旁打电话叫出租车，林志远则将他们一个一个搀扶到车上。最后，他们两个将这群孩子一一送回住处，着实费了一番工夫。

这时，林志远终于抓住机会，来到刘诗雅面前，小声对她说：“等我一会儿，我就来。”他在一旁协助雨泽将几个烂醉如泥的朋友扶下楼去，最后，房间里只剩下他和刘诗雅两个人了。

刘诗雅感到有点心慌。这是紧张所导致的。其实从一进学校开始，她就常常注意着林志远。她喜欢这种善于交际的男孩子，但由于对方关系面过分广泛，再加上自己顶着“豪门千金”的名头，她不可能主动接近对方。即使在林志远为她送奶茶的时候，她依然对自己说，“我只是他众多朋友中小小的一个。”

这空闲的当儿，她坐在沙发上，优雅地看着电视，但电视里的内容是什么，却并没有进入她的脑际。她只觉得心跳加速，不知道如何是好，但又不愿意放弃这个机会。

林志远回来了。他推开门，脸上显露出几分疲态。

“对不起，让你久等了……”他说话有些结巴，掺杂着紧张的情绪，“我是说……”

“没什么。”看到对方的紧张，刘诗雅那股豪门女孩儿的傲慢又回来了，“这是你组织的聚会，你忙一点是正常的。”

“我是想说……”借着酒兴，林志远有些无法按捺心中的情绪，“想说……”

虽然吃不准，但刘诗雅知道他要说什么，她瞪大眼睛，嘴角向上翘起。她在等待对方的告白。

“我想说……”紧张的心情终于压倒了酒兴带来的冲动，“让你一个人站了很久我很对不起。”

刘诗雅又一次失望了。但听到他的话，她知道对方一直都有在关心自己，因此内心的某种自尊得到了满足。但她却希望对方遭到同样的折磨。

“哦，”她平淡地说，“这个你没有责任的，毕竟我们只是朋友。”

“只是朋友”四个字，她说得很重，话音刚落，她的眼睛就停留在志远的脸上，就像审判官审问犯人那样。

林志远愣了一下。他觉得心脏在剧烈地跳动。他深吸了一口气，强而有力地将那份冲动压抑在心底。他缓了下神，然后一字一句地对刘诗雅说出了自己的心底话。

“其实……我在喜欢你。”

刘诗雅的脸顿时红了起来。好在屋子里灯光并不明亮，林志远并没有看出这些变化。刘诗雅确信自己完全占据了上风，于是，想要折磨一下对方的心理再次涌上脑际。

“我知道哦！”她说，“那又怎样？”

林志远又一次被刺激了，愣了好长一段时间。

刘诗雅一本正经地问：“你就是要和我说这些么？”

林志远木讷地点点头。

“那我可以走了么？”刘诗雅做出要起身的样子来。

林志远这下被彻底击溃了。但他努力压抑着自己的情绪，淡淡地问了一句：“所以……你不喜欢我，是吗？”

这种冷酷的面无表情使刘诗雅有些紧张，她开始悔恨自己太过傲慢，很可能会因此毁掉林志远的自信。

“其实我也不知道。”

“就是说，”林志远说，“我还是有机会的，是吗？”

刘诗雅已经站了起来，冲着林志远微微地点了下头，而后就优雅地走向门的方向。

“我应该怎么做?”林志远显然有些失魂落魄。

“我也不知道。”刘诗雅又冲着对方微笑了一下，“不用送了。”

说完，她就带着胜利的喜悦离开了那间屋子，只留下一头雾水的林志远，站在阳台上，呆呆地望着她的背影。

19

虽说刘诗雅在这一晚的交锋中占据了绝对的上风，回到家后，她躺在床上，嘴角忍不住向上翘着，在梦境中，她不停地憧憬着不久的将来，但当这个搅拌着兴奋的夜晚被阳光穿透，新的第一天到来的时候，她还是决定将自己内心的门解锁，从紧闭的状态，变成了虚掩的状态。她决定在这之后，逐渐地拆解自己的架子。

“如果他再约我，我一定会去。”她想，阳光照在她有点凌乱的头发上，“他今天应该就会主动约我了吧?”

但这一天，林志远并没有约她。他从不怀疑自己对别人的判断，不过据说陷入爱情中的人智商总会降低，因此这个时候的林志远可以说只有一半脑细胞还在工作。他想不通刘诗雅葫芦里究竟卖的什么药。不论他有多少智慧和多少理论，在这个脑袋无法正常运转的时刻，没有经验的人毕竟无法从自己的过往和教训中抽出现成的素材以供参考，因此，他不是觉得乱，就是觉得一片空白，什么也想不透彻。

上午很快就过去了。不知不觉中，已经快要11点。林志远从8点起床到现在，所做的全部事情就是躺在床上不停地变换着姿势，有时候抓耳挠腮，有时候揪着自己的头发。苏格兰的冬季，白天很短，夜晚很长，但在太阳升起的时候，阳光却又异常刺眼。这时，外面强烈的紫外线已经穿透了窗帘的阻挡，林志远这才意识到，自己浪费了一个上午的时间。

他拿起桌上的手机，但很快又摇了摇头，将它放在一边。他来到卫生间，冲着镜子傻笑了一阵，而后用两只手狠狠地捏着自己的脸，仿佛是在确认自己并不是在做梦。

刘诗雅则完全是不同的状态。她要好好地享受圣诞假期带给自己的闲暇时光。于是，和往常一样，她挎上自己的小包，行走在王子大道上。看到街头的艺人，她会主动扔一枚2英镑的硬币，表示自己的赞赏，走累了，就在商场里找地方坐下，买一杯饮料，静静地休息一会儿。

这样的日子，惠惠当然不会放过。她一大早就起来，坐在桌子前擦拭着自己的相机。过了一会儿，她来到厨房，为雨泽准备早饭。雨泽则躺在自己的房间里睡得醉生梦死。和惠惠比，他的精力实在没有那么旺盛，如果没有良好的睡眠，他会累得昏过去。惠惠深知这一点，在她眼中，雨泽是个颇具潜力的天才——这也正像雨泽对她的感觉。

惠惠为雨泽做好了早餐，一个煎鸡蛋，两片面包，一碟豆子，一条炸鱼，非常典型的苏格兰套餐。另外，还有一杯混合着牛奶的红茶，她按照雨泽的喜好，往里面加了六勺白糖。她为自己准备了两块涂抹着黄油和果酱的面包，而后很快就吃进了肚子里。

惠惠轻轻地推开雨泽的房门，看到他还在睡觉，就又将房门轻轻地关上，回到厨房，找来一个盖子，将为雨泽准备的早餐扣了起来。然后，她就又坐回到桌子前，擦拭起自己的照相机了。

差不多快到9点的时候，雨泽伸了个懒腰，而后冲着天花板大叫了一声——这是他每天起床后必做的事情，似乎是利用这爽朗的叫声唤醒自己还未苏醒的身体。他爬了起来，很快换好了衣服，洗漱完毕，然后来到客厅。

“宝贝，我醒了！”

“早餐在桌子上。”惠惠仍然专心致志地擦拭着自己的相机。这就是他们在每个闲暇日子的清晨必定会有的对话。

雨泽刚坐到桌前，揭开盖子，摆出一副猛兽般饥肠辘辘的表情，惠惠就一个转身，按动快门，将他的形象留在了相机中。

雨泽做出一副不高兴的表情：“小姐，请问您是壹周刊的狗仔队么？”

惠惠平淡地回答说：“这位先生，小女子是惠惠周刊的狗仔队大姐头。”

“哦，是这样。”雨泽狼吞虎咽地将桌上的东西全部吃光。

“请问大师，”惠惠只有在这种时候才会露出灿烂的笑容，“您在文学上颇有见地，怎么吃起饭来这么不注重形象呢？”

雨泽点点头说：“因为本大师从不像你们这些小报记者那样矫揉造作。”

“哼！”惠惠皱着眉头说，一边走到雨泽面前，“你开玩笑也要讽刺我！”

“有吗？”雨泽一边说着，一边将她搂进怀里，“这不是事实么？”

“这当然不是事实。”惠惠将自己的嘴凑近雨泽的嘴，轻轻地吻了一下。“这才是事实。”

……

刘诗雅每到累了，想要休息的时候，都会掏出手机来，看一看未接来电。这个习惯是这天早晨才养成的，过去从没有过。她坐在某个商场大厅的椅子上，手机放在一旁，嘴里咬着果汁的吸管。没有人来过电话，她摇了摇头，而后将它装回到挎包里。

雨泽作为惠惠的男模，从街头摆着各种姿势，一直摆到街尾，惠惠从他僵硬的表情上看出他有点累了，于是拉着他的手，来到商场大厅，买好果汁，又牵着他的手寻找能够坐下的位子。就这样，他们碰到了刘诗雅。

“你好!”雨泽看到刘诗雅，先是看了惠惠一眼，而后就牵着她的手走上前去，向她打了个招呼。

“是你们?”刘诗雅其实在几秒钟前就看到了他们两个，只是出于自己高贵的出身，她有意让自己适当被动，“坐这里吧!”

雨泽和惠惠坐在她的对面。只可惜，刘诗雅并不善于言辞，场面有点尴尬。雨泽只好试图打破这僵局。

“昨天是林志远送你回家的吗?”雨泽的话显然暗藏着打趣的意思。惠惠的脚在桌子下面踩了他一下。

一听到林志远这三个字，刘诗雅的心脏忽然剧烈跳动起来，她连忙喝口果汁，缓了一下，才回答说：“是我自己回的。”

接着就又陷入一阵尴尬。

果汁喝完了，刘诗雅想赶快从尴尬中摆脱出来。于是，她像往常那样，优雅地离开座位，对眼前的情侣说：“我还要去逛一会儿，你们要一起逛么?”这话的言外之意是不希望他们继续和她在一起。惠惠敏感的神经从昨天的善良，变成今天的抓狂。她开始有点烦这个女人，因此，她站起来用惯有的冷淡口气回答说：“不用了。”就拽着雨泽离开了。

他们快步离开商场，回到阳光明媚的王子大道上。惠惠那紧绷的脸忽然笑了起来，笑声一浪高过一浪。雨泽有点疑惑地看着自己的女朋友，开着玩笑问她：“你今天早晨吃错药了么?”

这话并没有影响到惠惠，她继续放声大笑着。最后，她觉得肚子都笑疼了，才终于逐渐恢复常态。

“你笑了半天，究竟是笑什么啊?”雨泽一头雾水。

“这个女孩子自以为高雅，”她说，有点像在嘲笑别人，“她的每个动作都好假，所以临走的时候她的钥匙从口袋里掉出来。”

“你确定它掉出来了么?”

“不然这是什么？”惠惠伸出手，手心里握着那把钥匙。

雨泽看着她，也笑了出来。不过很快，他的表情归位于严肃。

“你怎么不还给人家？”雨泽问。

“本来想的，可是你看她说话的态度，我不喜欢。”惠惠一只手托着下巴，故意做出思考的样子。

“那现在我们去还给她。”雨泽说。

“不行。”惠惠继续思考着，像个军事家正在讲述自己的战略，“应该让另一个人去还。”

雨泽有些明白过来了。他点头表示同意。

就在这时候，林志远终于艰难地决定要外出寻觅一点食物。他的脑袋有点胀痛，几乎是扶着墙走出宿舍的。不过中午的阳光还是给他带来了活力，迷惑和不解都逐渐被抛在脑后。他在王子大道上漫步，想要随便找一家饭店，填饱肚子再说。

“还真是说曹操，曹操就到。”雨泽远远地看到了他。

“呵呵。”惠惠的笑声中掺杂着一丝恶作剧的意味。

20

这一天，刘诗雅在路上闲逛一会儿，就会不自觉地看一下手机。在英国，圣诞节总是跟着太阳的升起而变得嘈杂，跟着月光的凄凉而变得阴森。白天的时候，在喧闹的人群中，刘诗雅似乎并没有感受到孤独的存在，虽然路遇雨泽和惠惠，但她多少还是有所期待。然而真的夜幕降临的时候，路上的行人渐渐稀少了。她独自走在街头，看着一幢幢房间里灯火通明，不禁想起自己在国内的时候过着的大小姐生活。在国外留学的孩子始终都无法摆脱的状况是孤独。在孤独中，他们总是选择与别人牵手，共同面对接下来的日子。

寒风萧瑟，苏格兰的大风总是不给人类留丝毫的情面，像是一只巴掌，在不停地扇着人的脸。刘诗雅的手机始终都没有响。她的室友和男朋友去了伦敦，“他们这时应该正坐在伦敦眼上热吻吧？”她想，不知不觉地来到了自己的宿舍楼前。她忍不住朝另一侧林志远的宿舍瞄了一眼，那里一片昏暗。她猜测，或许是因为自己的大小姐脾气，吓到了对方，这个时候，林志远应该正在和朋友一起喝着闷酒来度过圣诞节吧……

“都是我自己不好。”她想，但很快大小姐脾气又涌上心头，“但如果他不是一个勇敢的男人，我又何必和他在一起呢？”这样想着，她渐渐地放平了心态。“算了，圣诞节而已，我一个人过。”她告诉自己说。

刘诗雅来到宿舍楼前，她将自己那只LV的挎包从肩膀上卸下来，解开扣子，在里面摸索着钥匙。她摸索了一阵，没有摸到。又摸索了一阵，还是一无所获。她吓了一跳。连忙蹲下来，将包放在自己的膝盖上反复地寻找。然而，她脑袋里忽然一片空白。她的钱包、学生卡、甚至唇膏都在里面，但钥匙却不翼而飞。她向后退了两步，绝望地看着眼前的世界。街旁种着几棵松树，被寒风摇曳着，发出“飕飕”的声音。刘诗雅从脖子根一直麻到脚趾尖。

中午的时候，林志远在王子大道上碰到了惠惠和雨泽。惠惠向男朋友递了一个眼色，表情中有股怪笑。雨泽心领神会，于是，他们两个像是什么都没有发生似的，远远地向林志远打招呼。

“你们在逛街？”林志远看到他们两个人，似乎有点心不在焉。

“怎么，你一个人？”雨泽打趣地说，“昨天晚上没有实质性进展？”

林志远东张西望着，最后才将目光聚焦在雨泽脸上，好像并没有听懂他说的话似的。

“你说什么？”

“算了，没什么。”雨泽摆出一副傲慢的姿态来。

惠惠忍不住插嘴，语气依然是平淡的：“你的眼神出卖了你。”

林志远听懂了话里的意思，脸上立刻显现出一团红晕。他挠了挠头，有些怪不好意思的。这家伙通常情况下很不希望别人将自己看穿，但既然已经被看穿了，他也无意再遮掩什么。

“情况有点复杂。”他说，尽量将自己一只脚陷入失败泥潭的状况搪塞过去，“不是很好解释。”

惠惠倒是心直口快，继续平淡地告诉他：“一点也不难。”

雨泽冲着他点点头。

“有点难，”林志远说，“真的有点难。”

“一点也不难！”惠惠又强调了一次，“你这么娘，问题就复杂了。”

这句话点中了林志远的弱点。他觉得言之有理，六神无主的状态立刻回归了正常。他眼光深邃地瞧瞧惠惠，又瞧瞧雨泽，见到他们的脸上挂着诡异的笑容，有些诧异地问了句：“你们是不是知道了什么？”

“你愿意用一顿午饭换这个天大的秘密吗？”雨泽接过话头。

林志远连忙冲他们点头表示同意。

“我爱吃西贡的流沙包。”雨泽说。

“没问题，没问题，一定满足！”

……

楼上没有人。刘诗雅又将挎包搜索了一遍。这次，她彻底绝望。她将包重重地扔在地上，那份大家闺秀的优雅荡然无存。她狠狠地冲着铁门踢了一脚，这一脚下去，她才刚好没多久的伤又被带了出来。她大喊一声，然后坐在地上，抱头哭了起来。

“我怎么这么倒霉！我想家！我想家！”空荡的街道旁，她大喊着。

喊声并没有影响到任何人。也根本无力影响到那些正在房间里享受着欢乐的人们。冰冷的空气中，她就那么坐在地上，悔恨着自己的所作所为。

“如果我不折磨他，”她自言自语地说，“他就会陪我过圣诞，我就不会孤独。我可以出钱买两张去伦敦的机票，有他陪着我，现在可能正在泰晤士河边漫步。我讨厌自己的性格！我明明就是一个害怕孤独的女孩子，我干吗要那么骄傲？现在这些都是我自找的。”

她越说越绝望，越说越难过。眼泪不住地沿着脸颊向下滚落。风渐渐停了下来，但气温却正在走低。刘诗雅觉得自己在瑟瑟发抖，她向林志远的宿舍瞟了一眼，那里仍然还没有亮灯。一定是和朋友吃饭还没有回来吧？她继续悔恨着，心里的温度比这夜晚还要冷。

“去酒店么？”她问自己，“护照还在房间里，学生卡酒店应该是不会认的。”

她摇摇头，继续自问自答。

“去朋友家么？那些所谓的朋友总共也没有讲过几句话，见到我这样狼狈，一定会暗地里笑话我的。不行不行。”她又摇了摇头。

“去宿舍地下室里的休息厅睡一晚么？”她觉得这是一个绝好的主意，“管他明天会怎么样，今天晚上先将就下再说，总不能让自己被冻死。”

“不，不行。”但她很快又否认了这个观点，“那里晚上会偶尔有人去聊天，会看到自己狼狈的样子。”她又哭了，全身都疲乏了。她真想就这样躺倒在地，然后睡到明天天亮，但她的自尊不允许她这样做。

最后，她终于掏出了手机——这是因为她终于屈服，想要打给林志远。可是，她发现手机的电池已经用光了。

“都是因为昨天回家太晚，没有顾得上充电，今天又不停地看手机。”

她叹了口气，傻呆呆地盯着远方，全身都在发抖。

“好了。”一个声音从她后面传来，同时，一件厚厚的外套披在她的身上。紧接着，说话的人已经和她并排坐在地上了，“以后出门要小心点，怎么能把钥匙丢在商场里呢？”

没错，那正是林志远。他张开手掌，钥匙就在他的手心中央。

“给你，好好收好，别再弄丢了。”

刘诗雅惊讶地看着他的脸。此时的她，已经没有力气去询问这钥匙究竟为什么会在他的手上，更没有力气去维护自己那可耻的自尊，她所有能做的，就是扑进他的怀抱，将自己满心的愧疚用道歉的方式讲给他听。

在皎洁的月光下，或许只是借着某种冲动，他吻了她。而后，两个人连忙分开，有点尴尬地看着对方。刘诗雅的眼泪顷刻被蒸发，只剩一脸可爱的笑容。林志远审视着她忽然绽放的美丽，觉得自己从来没有见过这么美的女孩。

“所以……”林志远小心翼翼地问，“我们在一起了吗？”

“一把钥匙就想哄我？”刘诗雅又摆出那副大小姐脾气，“你当我这么廉价？”

林志远不慌不忙地从口袋里掏出两张纸片，拿到她的眼前。

“那么……”他继续小心翼翼地说着，“这个呢？”

——那是两张飞往伦敦的机票。

刘诗雅再也忍不住内心的激动。她缓缓地接过机票的收据，看到上面清楚地写着自己的名字，又抬起头，看看林志远的脸，她发现，他充满了坚毅。

“什么时候？”

“明天一早。”

“待到什么时候？”

“一直到新年结束。”

“住在哪里？”

“我订好了酒店，是里外套间。”

“天哪……”刘诗雅开心地忘记一切，“你疯了。”

林志远一把搂过她来，两个人的脸紧紧挨在一起，林志远的声音缓慢而低沉，却异常清晰地传入对方的耳朵。

“和我在一起，我愿意为你而疯狂。”

……

21

12月的尾巴，总是会在新的一年到来之前，最后奋力地扫过天空。泰晤士河畔，一边是神圣的大本钟、西敏寺，另一边则是华丽的“伦敦眼”。行人聚集在一处，抬起头，注视着天空，眼睛里充满了期待的光芒。过去的岁月，英国人并没有比从前更好，他们走在时代更替的接点，或许就将这样，永久地沉沦下去，再也找不到出路。但，无论时代怎样变化，那股从文艺复兴时代起就孕育在心底的人文思想绝不会发生改变，绅士的英国人，也同样是浪漫的，不如法国人那般浪漫的纯粹，却另有一番滋味。

在人群中，林志远紧握着刘诗雅的手。

5、4、3、2、1……

一道光束沿着“伦敦眼”那弧形的外壳迅速扩散，最后，那庞大的躯壳变成了绿色，礼花弹整齐划一地向天空喷射，炸开，伦敦的夜空被染得通红。在这轰轰烈烈中，爱情，却显得冷静而淡雅。林志远轻轻地吻着刘诗雅鲜红的双唇，而后将她缓缓地揽入怀中。

“我爱你。”他说。

刘诗雅注视着他那张英俊的脸，在这个真诚的人面前，她再不觉得自己高傲而对方渺小，再不忍心折磨他，因为所有对他的折磨最后都被反馈给了自己。在这浪漫的夜空下，在那深邃的泰晤士河畔，她感到自己的心都要被融化了。

与这对才刚牵起手的情侣一同出行的还有雨泽和惠惠。富有文艺气息的惠惠却对烟火丝毫不感兴趣。她一向讨厌人多，除非有美食能够将她的注意力转移开来，因此，雨泽和惠惠面对面坐在唐人街的餐厅里，摆在他们面前的饭菜占满了几张桌子。

“吃掉吧，”雨泽的嘴角带着一丝微笑，两只手相互交叉在一起，“今天允许你长肉。”

惠惠盯着桌子上的食物，最近一段时间里，她已经三番五次地要求雨泽带自己去中餐馆消费了。雨泽并没有满足过她，倒是借着林志远的光，她有了吃中餐的机会。新年的第一天，雨泽批准惠惠可以敞开肚子满足自己的嘴。惠惠于是将所有带着辣味的美食点了个遍。

“脸上长痘痘你也不能生气。”她先对雨泽指示完毕，然后才开始享用起来。

“你还真是饿狼传说。”雨泽像个解说员似的在一旁说，“看见点爱吃的东西连形象也不管了。”

惠惠确实已经无所谓形象了。看着那些美味，她手抓、嘴撕样样都来，眼睛始终睁得老大，好像眼珠就要从眼眶中滚落似的。她不停地咀嚼着，弄得满嘴都是油，雨泽从一旁抽出一叠餐巾纸，递给她，装出一副不敢碰她的样子说：“你嘴上的油都快滴答到我手上了！”

惠惠仍然继续那样一言不发地将剩下的美味全部送进了肚子里。

“吃饱了！”她说，心情顿时异常开朗，“去走走吧。”

……

夜深了，烟火渐渐熄灭。新的一年就这样闯进了人们的生活，赶跑了旧的岁月。路旁的人也渐渐散去，热闹的夜晚一点一点地冷却下去，只有林志远和刘诗雅还不忍离去。烟火仍然在他们心里燃放着。林志远牵着刘诗雅的手，沿着泰晤士河向前走去。

“你更喜欢塞纳河，还是泰晤士河？”林志远一边走着，一边问。

刘诗雅和多数女孩一样，有着一颗追求浪漫的心，只是大小姐的高贵赋予了她胡思乱想的权力。

“法国，多浪漫啊！”她的目光似乎已经瞧向了法国，“但只要和你在一起，不论在什么地方，我都喜欢。”

林志远停下脚步，将她紧紧搂进怀里。在淡黄色的灯光下，此刻的刘诗雅比以往任何时候都更加迷人。她愿意为眼前的这个人放下自己的全部高傲，变得温顺，变得卑微。但林志远并没有没收她傲慢的权力。

“你是我的女王。”林志远对她说。

……

河对岸，雨泽牵着惠惠的手悠闲地行走着。惠惠纤细的脖子上挂着相机，走不了几步，她就让雨泽站在路边拍一张照片。他们没有太多的矫揉造作，惠惠对河边奇形怪状的建筑更加感兴趣，而雨泽恰巧又是一个精通历史的人。惠惠不断地发问，雨泽不停地讲述。从西敏寺、大本钟，一直讲到那些有关大英帝国的辉煌，雨泽的知识无所不包，惠惠眨巴着眼睛看着他，这是她最幸福的时刻。

“狄更斯的书我还没有读过。”惠惠读书堪称一绝，在家里的时候，雨泽常和她并排半坐在床上，一起翻阅着书籍。雨泽的阅读速度已经可以叫人惊讶，他自称一目十行，过目不忘。可是惠惠却似乎更加精于此道，通常雨泽的眼睛才落到一半的时候，惠惠已经可以翻页了。

“你没读完！”那次，雨泽很不服气地对她说，“你怎么可能看书这么快？你告诉我这页的内容是什么？”

“你好麻烦。”惠惠白了他一眼，而后就顺口将那一页的内容全部讲出来给他听。从那以后，雨泽更加确信自己的女朋友如果能够被很好培养，就一定是个文艺界的女奇才，于是惠惠之后读的书，全部都是雨泽推荐的。雨泽将她一步一步带入更高的境界中去。但惠惠读过了雨果，读过了巴尔扎克，读过了鲁迅，读过了老舍，从欧洲到亚洲，从莎士比亚到川端康成，却从未碰触过大作家狄更斯。这是因为雨泽对狄更斯的顶礼膜拜，使惠惠决定当自己心智更加成熟一些的时候，对这位忧郁的老头能够更好理解的时候，再好好地将他读个遍。

泰晤士河上，惠惠听着雨泽为自己讲述狄更斯的故事，才知道雨泽的骨子里有股他的气质。要成功，要扬名，要功成名就。狄更斯很小的时候，父亲就指着盖茨山庄的城堡对他说：“如果你好好努力，有一天你也可以住在里面。”而最后，狄更斯果然住在了那里。

虽然在这个有些变质的社会里，想要成功已经不被所有人视为做人的“品德”，但惠惠依然为雨泽的野心感到骄傲。

……

跨过千禧桥，两对情侣相遇了。

“不是说好的，我们分头行动吗？”林志远开玩笑地说，“你们是不是在偷窥我们呢？”

“你们的精神头也真好，”雨泽瞥了他一眼，“晚饭也不吃，就走出这么远的距离。”

“说到这个，我还真有点饿了。”林志远摸着自己的肚子，而后侧身问刘诗雅，“宝贝，你饿了吗？”

“哎哟……”雨泽故意做出滑稽的表情来，“不要这么肉麻嘛，宝贝宝贝的，我牙要倒了。”

“就是就是。”惠惠在一旁添油加醋。

刘诗雅的脸上泛起了红晕……

第二天，在宾馆的餐厅里，雨泽和惠惠坐在林志远和刘诗雅的对面，惠惠一边为雨泽涂着面包，一边和他商量这天去什么地方。他们两个人的声音压得很低，像是在讨论个秘密似的。

“我们应该去一下杜莎夫人蜡像馆，”雨泽意味深长地说，“不然这伦敦就白来了。”

“我想去！”惠惠对这个决定非常赞同，脸上顿时露出了笑容。

林志远也突然生出了兴趣，听到惠惠和雨泽的对话，他也转过头去对刘诗雅说：“我们也应该去一下蜡像馆。”

“蜡像有什么好看的？”刘诗雅对这些并没有任何好感。她喜欢的是邦德街上那些奢华的牌子，“明天我们去逛街吧？”

“既然来了这里，就应该看看人家的文化！”林志远有点不大高兴。

“好不容易来到伦敦，我想好好逛一逛街，爱丁堡好些东西都买不到呢！”刘诗雅将林志远顶了回去。

林志远没有再说话，他冷冷地停在了那里。

“不然……”刘诗雅有点挖苦地说，“你们去蜡像馆，我一个人去逛街怎么样？”

“我们可不能把你一个人丢下。”雨泽连忙说。惠惠觉得雨泽做事恰到好处，于是将手里的面包喂到他的嘴上，还轻轻地在他脸颊上亲了一下。

刘诗雅停了一下，而后紧紧将脸绷住了。

“我去一下洗手间。”她说着站起来，向卫生间走去。

林志远意识到情况有些不妙，于是连忙跟着走了过去。他们两个一开始并没有彼此交流，走到卫生间门口的洗面池附近，林志远才问了她一声：“你有生气吗？”

刘诗雅冷冷地回了句：“没有。”然后就走进洗手间了。林志远在门口等了一会儿，刘诗雅才出来。她看着林志远说：“你站在这里干什么？”

“我怕你生气。”

“我什么时候生气了？我敢生气么？”见四下无人，刘诗雅感到心头一阵不快，“我就是想逛街怎么了？我没文化怎么了？我就是喜欢逛街怎么了？哪个女孩子不喜欢逛街？你觉得惠惠好你和她在一起呀！我不想和你在一起了！”

“不去就不去……我陪着你逛街就好了吗……怎么这么大火气。”林志远的声音断断续续的。

“我不要你陪，行么？我不需要你陪！吃完这顿饭，我们就分手。我不要和你这种人在一起。什么都是别人的好，你不就看我不顺眼吗？不就觉得我没文化吗？”

“我什么时候这么说过？”林志远一脸无辜地看着她。

“你不就这个意思吗？”刘诗雅说，“你还用说出来吗？”

“不闹了行吗?”

“好，不闹了。”刘诗雅的声音忽然阴森森的，“我现在就去逛街，从现在起，我不准你碰我。我们立刻分手。”

林志远还没来得及再说话，她就转过身向门外走去了。林志远快步跑上前，一只手试图拽住她的胳膊，但刘诗雅猛地一甩，将他挣脱。他又一次走上前去，将对方按在墙上。

“你不要这样好么?”林志远的眼睛瞪得老大，“我没有嫌弃你，我费了那么大力才终于和你在一起，难道这还不够吗？你是我最爱的女孩，你为什么要吃别人的醋?”

这或许就是刘诗雅想要看到的场面吧！她骨子里毕竟是大小姐的脾气，但她是爱他的，看到林志远急得眼泪都快跌落出来，她感到心疼。

“你真的爱我么?”她的声音软了下来。

“我真的爱你。”林志远确认地说了一声。

“好吧，我原谅你。”刘诗雅的声音忽然变得暖暖的，她两只胳膊搂着林志远的脖子，“我爱你。但是别再让我吃醋了行么？我陪你去蜡像馆，但是你要答应我，下次要陪我购物!”

林志远沉沉地点点头。

走进蜡像馆里，刘诗雅的态度竟忽然发生了转变。那里有许多她所崇拜的电影明星，她在心里暗自庆幸自己没有执意去购物。林志远看出了她的这种变化，自己心里也暖洋洋的。惠惠和雨泽走到哪里，就拍到哪里，走到属于文学的一角，他们找到了那位专注思考着的英国老头——查尔斯·狄更斯。惠惠为雨泽设计了一个膜拜的造型，而后按动快门，将他留在了照片中。

然而林志远却没有办法和他所欣赏的政治人物留一张合影。刘诗雅不停地要求他为自己拍照，却忘了给他也拍一张照片。林志远很遗憾地看着那些从自己身旁擦过的蜡人，有时候会暗示一下对方：“我很喜欢他。”但刘诗雅就是无法领悟这其中的含义。

或许就是从那时候起，林志远越来越羡慕雨泽和惠惠的搭配。惠惠的善解人意使他感到温暖。有时候，他还会怀疑，刘诗雅是不是真的喜欢自己，为什么总是在自己面前表现出她的傲慢和自我，却没有将他摆在最重要的位置。他得到了他想要的人，却发现这个人并不如他想象中的那般温柔，他交友甚广，面对任何人，都有自己应对的办法，但在感情中，最为震颤他的感觉，竟然是迷失。

"这个女人早晚要毁了我。"他一边走，一边想着。

"亲爱的，我要和她合影！"刘诗雅指着一旁Lady gaga的蜡像说。

"好、好。"林志远连忙从思绪中抽回来，一边按动快门，将她留在照片中，一边用余光瞟了雨泽和惠惠一眼。后者正手拉着手，在那里逐个阅读着那些娱乐人物的介绍。喜好阅读仿佛是他们最大的共同点。

林志远并没有后悔与这位大户人家走出来的千金小姐牵手，但在这个时候，一个想法牢牢地控制着他的行动。他决心改造刘诗雅，将她变成一位和方惠惠一样善解人意的女孩。只是他知道自己无法克服内心的软弱，面对自己喜欢的女孩，他常常没有办法坚持自己的原则。

"我能做到的。"在从伦敦飞往爱丁堡的飞机上，他瞟了一眼身旁已经睡着的刘诗雅，坚定地对自己说。

……

22

爱丁堡的中国餐厅里，林志远请雨泽和惠惠吃饭。这饭当然不是白请的，他在寻求两位的帮忙。

"所以……"雨泽颇有些无奈地说，"你们两个又分手了？"

林志远硬邦邦地点点头。惠惠在一旁抿了一下嘴。一年过去了，林志远和刘诗雅分手的次数已经数不清了。多数时候，林志远睡一觉醒来，刘诗雅就会发信息给他，向他要求和好，往往都是口气傲慢。刘诗雅的心里当然只有林志远，但在林志远想要改造她的同时，刘诗雅也暗自下定决心，要越发地为所欲为。在她的思想中，一个喜欢自己的人，一定会原谅自己所有的放肆。她坚信林志远的心里一定也只有她。她的想法是没错的。只是她的放肆使对方心力交瘁，进退两难。

"明天就又好了吧。"惠惠说。

"不。"林志远说，"这次问题有些严重。她突然去了伯明翰。"

"伯明翰？她一个人？"雨泽问。

"她那边有个朋友在上学，"林志远说，"这次分手不是因为闹意见，而是因为她的家人不允许我们在一起。"

"你得罪她家人了？"雨泽越发觉得好奇了。惠惠的表情则完全像是在起哄。

但这句问话却深深地刺激了林志远的心。他喝了一口茶水，脸上没有一丝笑意。他将水硬咽进肚子里，缓了几秒钟，这才一字一句地回答起来。

“有一个国内的富豪家庭上门提亲，他的家人衡量再三，认为我的出身无法和人家相比，”他的脸上充满了厌恶，也不知道是厌恶自己的出身，还是厌恶别人的举动，“他们要求刘诗雅和我分手。”

惠惠似乎产生了共鸣，于是淡淡地吐了一句：“真无聊。”

“刘诗雅所以就这么没有主见地和你分手了?”雨泽感到一头雾水，“以她的性格，应该不会这样容易屈服吧?”

……

刘诗雅并没有屈服。她清楚的是，如果自己坚定自我，先将提亲的事推得远远的，然后再一步步让家里人接受林志远，这样只需要一些时间，她就能够如愿和自己喜欢的人永远在一起了。但这个自我的姑娘并没有考虑过男朋友现在感受，和往常一样，她享受着分手后男朋友对自己的百般呵护，她热衷于倾听男朋友在电话那头恳求自己时的甜言蜜语，却忽略了对方这难受的心情。

而这次，她似乎失算了。元旦就要到了，她想要等到男朋友的一句关心，然后促使自己和对方和好，再回到苏格兰，与他一起跨过旧的一年。然而，林志远这次并没有联系她，甚至连一句简单的问候都没有。刘诗雅要求自己坚决不能拨通对方的电话——这也是她一贯的作风，要等到对方主动联系自己才肯表现出软弱。

31号的下午，她忽然痛哭起来。她的姐姐和男朋友一同前往德国度假去了，临走时特意在中国城为她配了一把家门钥匙。刘诗雅这才反应过来，这一年的年根，竟然是自己一个人孤独地面对。她开始悔恨起来，但这种想法只在脑子里盘旋了几分钟，就又很快地被另一种蛮横的想法所替代。

“不！我绝不原谅他！”她想，“绝不原谅他！我要好好地大吃一顿，让他一个人享受苏格兰的寒风去吧！”

刘诗雅想到这里，决心为自己准备一顿丰盛的宵夜，但是左思右想，好像自己并没有心情做饭，去叫一顿中国外卖吧，又担心做外卖的人将前几天的剩饭掺着卖给自己，想到自己一个人在房间，一旦有个三长两短的都没人管，她不禁又潸然泪下。任性的女孩子在这种时候往往觉得自己是全世界最可怜的人。她想了想，长叹一口气，最后自言自语地说：“晚上就靠方便面过吧！”

她在中国超市里走来走去，一对对情侣与自己擦肩而过。她看到身旁的他们手拉着手，女孩子依偎着男孩子的肩膀，一副可人的模样，心里又多少有些感伤。她停了一下，而后又忽然加快自己的步伐，从柜台上抽出几包方便面，最后又抽出两罐可乐，接着就向外走去了。

她拎着那有些沉重的袋子，顿时也觉得内心深处似乎有块石头卡在半空，摇摇欲坠，于是，眼泪又一次应和着这节奏，向下滚落而去。一阵寒风吹来，拍打着她的脸颊，她感到自己就要结冰了。

“他是不是已经对我绝望了？”刘诗雅躺在沙发上，她感到有些累了，在疲乏中，她的意识渐渐地有些模糊，“我是不是要病了？”她感到胸口有什么东西压住了气门。“我要给他去电话。”这是她那时候的想法，只是她觉得四肢软弱无力，甚至没有办法去拿起身旁的手机。

她睡着了，醒来的时候已近午夜。她从窗户看出去，外面满是人。他们都在等着新年钟声敲响的那一刻。她又看看自己的手机，没有人联系自己。孤独感油然而生。外面的人已经开始倒数，5、4、3……声音穿透了一切，飘进她的耳朵。

当人们数到“2”的时候，她觉得自己心都要碎了，而当人们数到“1”的时候，她几乎窒息。那一秒，她感到自己是全世界最不幸的人，她痛恨着自己的任性。

“z-e-r-o”（0）！顷刻间，炫丽的烟花染红了整个天空，欢呼声搅拌着掌声在一起响彻耳畔。

这时，有人在敲门。

“谁？”

没有人回答。

“who' s that？”她又用英文问了一遍。

还是没有人回答。

刘诗雅轻轻地来到门前，她感到有些恐惧。“不会是坏人吧？”但她的那份自负还是将好奇的心理推到了顶峰。她小心翼翼地将门开了一个缝。

“没人？”她看到外面什么也没有，不免觉得有些奇怪，于是大着胆子将门整个打开。

“who' s that？”她大着嗓门问了一句。

楼道里的灯黑着，这时，忽然亮了起来。一条彩带从远处喷来，喷到她的头上，金色的纸片随着一声小小的爆炸漫天飞舞。

“是你们！”她大叫了一声，感到又惊又喜。

雨泽和惠惠站在她面前，一同高喊着：“新年快乐！”一时之间，压抑的气氛忽然变得活跃了起来。

“你们怎么来了?”刘诗雅一边咧嘴笑着，一边给了惠惠一个熊抱。

“别忙。”惠惠轻轻地推开了她，说，“我们还给你准备了一个特别的礼物。”

一边说着，雨泽做了一个欢迎的手势，林志远缓缓地走上来，出现在刘诗雅的面前。他手里拿着一朵玫瑰，面带笑容。刘诗雅的脸已经红了一半，在这个时候看到男朋友，她的眼泪已经滚落到下巴去了。

“你们谁也别讲话!”雨泽插嘴了，他看出刘诗雅内心的傲慢又要占据脑际了，“让我讲一句公道话。两个人能在一起不容易，我相信刘诗雅可以感受到志远的良苦用心，作为他的朋友，我和惠惠真心希望你们两个能够好好的，不要再为这些鸡毛蒜皮的小事发生类似的事情了。”

“对。对。”惠惠在一旁点头。

“不论你的家人持什么态度，”林志远走上前去，对她说，“在留学期间，我一定会好好学习，努力充实自己，用自己的双手提高自己的身价。所做的这一切，都是因为我想和你在一起，我不想和你分开。”

刘诗雅的眼泪已经模糊了视线。她冲着林志远点点头，紧紧地拥抱他，沉沉地亲吻他……

23

得不到父母祝福的感情总是会给双方带来一定的负面情绪。这种状况下，女孩子柔弱的内心世界往往会首先崩溃。即便刘诗雅性格傲慢，但在赋予她此种性格的母亲面前，毕竟只是小巫见大巫。

从伯明翰回来，她一再被要求春假时回国，与前来提亲的人至少见一面。刘诗雅原本已经和林志远制订了前往德国的计划，当然不会爽快地接受母亲的要求。

“你春假留在那里做什么?”电话那头，刘母有些生气地问。

“和朋友们去旅游!”刘诗雅回答说。

“朋友?”刘母显然没什么好气，“妈妈希望你可以尽快和小林变成普通朋友。”

“为什么?”刘诗雅决心据理力争，必要的时候，她打算豁出去，和母亲吵一架。然而刘母却异常冷静，她咽了一口唾沫，这个从小娇生惯养的女儿总是这样堵塞自己的嘴，她早就习以为常了。

“宝贝呀，”刘母说，语气中忽然渗透着一份慈祥，“你该回来看看家里人才是，出国这么久，你都还没有回国看过我们。”这话反而使刘诗雅软下心来了。她轻轻地回了一句：“我想想看吧。”然后声音就越来越小了。

对于刘诗雅回国，林志远表示理解。这样，四月春假到来的时候，林志远摇身一变，成了雨泽和惠惠的“秘书”。他们一道前往德国，雨泽和惠惠负责游山玩水，而林志远则负责为他们拍照。

在柏林，雨泽和惠惠手拉着手穿越勃兰登堡广场。在曾经竖立柏林墙的地方，有位工作人员，身着一件签证官的服饰，坐在一张朴素的凳子上，面前摆放着一张褪皮的木桌，手里拿着一块印章。他所扮演的是冷战时期的签证官，那时候的德国人，从东德到西德都必须要手持签证，就像去外国一样。

“来吧，给我们拍张照！”雨泽一只手搭在惠惠肩膀上，一只手搂着工作人员的脖子。林志远连忙点点头，将他们留在了照片中。

“好了！进军下一个景点！”雨泽兴奋得像个孩子。而这时，惠惠却打断了他的话。

“给志远也拍一张吧。”她提醒他说。

这时雨泽才想起这茬儿。在此之前，他始终忽略林志远的存在。林志远并不便于说些什么，只是在心里多少有些郁闷。他感到这次出行，自己和对方有些不对等。女朋友不在身边，自己又要硬着头皮和他们同行，那自然不应该要求太高。不过，细心的惠惠总是热衷于帮助别人。她说出了林志远不好意思说出口的要求，这也着实使后者感到内心一阵温暖。

之后，每到一处景点，惠惠都会适时地提醒雨泽。林志远总算没有为此次出行留下太多遗憾。离开柏林后，他们前往著名的福森小镇，那里有童话般的新旧天鹅堡，巴伐利亚国王路德维希曾在那里独自品味内心世界中孤独的浪漫。两座城堡各自立在两座山头，彼此呼应着。旧天鹅堡被粉刷成淡淡的黄色，仿佛一块咖啡糖，而新天鹅堡则更像一座天堂的宫殿，白色的城墙、天蓝色的屋顶，仿佛一位士兵挺拔地站在山间。

它的身后，是雄伟的阿尔卑斯山。山顶上白雪皑皑，与透彻的天空连接在一起，恍如仙境。站在那里，浪漫无需刻意制造，只需恋爱的人沉沉一吻。

雨泽爬山的时候呼吸急促，而来到天鹅堡前，气息却平稳了下来。他缓慢地凑近惠惠。惠惠心知肚明，跟着雨泽的节奏，也将身子凑近了他。在那充满想象力的童话世界中，他们拥抱在一起，相吻在一起。

林志远站在一侧，他已经被当成了空气。

“唉——”他叹口气，将手机从口袋里掏了出来。

临走的时候刘诗雅交代过的，尽量在国内晚上的时候再去电话给她，以免在自己白天陪母亲时被逮个正着。

回国后才休息了两天，刘诗雅就被母亲安排到餐厅与提亲的那位小伙子会面。这位前来提亲的小伙子有个虎气的名字——钱龙。只不过，他的外表异常柔弱，细腻的脸上几乎连每一个毛孔都被认真雕琢过。刚刚见到刘诗雅的时候，他显得很不好意思，两只手不停相互揉搓着，两只脚也在桌子下面你踩我、我踩你。他的父亲倒是颇有几分魅力，叼着一支烟斗，眼神里释放着坚毅的光芒。

“儿子，介绍下你自己！”父亲对儿子说。

钱龙的脸上露出了一丝红晕，扭捏地说：“我……我叫钱龙，不是乾隆的乾隆，是金钱的钱，龙马精神的龙……”

刘诗雅的脸上迅速闪过一丝不屑。她回头瞪了母亲一眼，不满的情绪表露无遗。继而，她又狠狠地瞪了钱龙一眼，可惜对方一直低着头，没有注意到她的表情变化。

“我叫刘诗雅。”她干脆地说，心里已经对这场闹剧感到腻烦了，“一会儿我还有许多事情要做，所以我希望我们可以快点把饭吃完。”

刚说完，她就感到母亲在桌子下面狠狠地踩了自己一脚。

“不急不急！”刘母连忙打圆场，“我女儿就这样，从小惯坏了。钱总您慢慢吃！小钱，你也慢慢吃。”

钱龙虽然软弱，透着点娘娘腔，但他的头脑异常清醒——这一点或许是从他精明的父亲那里继承过来的。他们家主要做酒店行业，在许多城市有连锁，手头很宽裕。这里有必要提到的是，刘诗雅的父亲也正是做酒店行业的同行，但在半年前有人举报说，他们为牟取私利，进行着毒赌黄的不正当交易，事情得以澄清后，又被爆料说，他们的多项设施有安全隐患。从那时起，有关刘氏集团的各种负面信息一传十，十传百，酒店几乎在一夜间呈现颓势。钱龙的父亲早就对刘家的股份垂涎已久，他吃准了刘家的现状，于是打算用一种最为便宜并且一箭双雕的方式将对方一口吃掉。

他提出提亲这件事，心里早就有谱了。他知道不论刘诗雅怎样任性，自己的儿子多么不争气，到最后，在各方的压力下，这门亲事还是会被确立下来。刘家需要钱家出手相救，这是客观的事实。钱龙脸红彤彤的，手也在微微打颤，但他的心里却和父亲一样明晰。

"一会儿把你那些事情都推一推，"刘母对女儿说，一边在桌子下面捏着女儿的手，"陪小钱散散步。"

刘诗雅知道拒绝母亲，自己一定会挨一顿痛骂。她一语不发，低着头，用抗议的方式被迫接受。

天鹅堡的脚下，林志远按动手机键盘。或许是信号不大好，他等了许久。几秒钟后，对面却传来了"已关机"的语音提示。他看看表，国内已经十点左右，正是他们约定的通话时间。

"奇怪了。"他自言自语地说了一句，就被雨泽和惠惠叫去为他们拍照了……

24

傍晚，在福森的宾馆大厅里，雨泽正手持一张地图，研究着距此地不远处一处旅游度假的胜地。那个地方没有英文名，就更不用说中文翻译了。地图上只写了一长串德语字母，看上去很难发音的样子。不过对此地的介绍倒是颇为详细，雨泽大致阅读了其中的英文版本，这才知道，那是阿尔卑斯山脚下一个美丽的小镇。

一旁的林志远正在发呆。他时而看看天花板，时而看看手机，常常不自然地深呼吸，但每当和雨泽的目光相对，他都会立刻收回自己不安的表情。惠惠这时站在宾馆外面，正在给母亲去电话。

"妈妈一切都好。"话筒里传来母亲略显憔悴的声音，"咳、咳……"

"妈，您病了？"惠惠听到了咳嗽的声音，心脏仿佛忽然被什么东西拽了一下，"不要紧吧？"

"有点着凉，没什么大碍的。"母亲的声音渐渐微弱了下去，紧接着又是两声刺耳的咳嗽声。

"妈，您有去看病么？"

"看过了，看过了，医生要妈妈明天去输液，输了液应该就好了吧？"

"您一定要好好照顾自己。"母女俩又寒暄了一阵，惠惠向她汇报了自己在德国的出行状况，而后就结束了这次通话，临了，她又听到了母亲咳嗽的声音。不过惠惠并没有将这些放在心上，她认为一切就像母亲说的那样，是着凉后引起的咽炎，输几天液就能够恢复。

在世界的另一端，刘诗雅将手机关闭，装在自己随身背的包里，这是因为她生怕在这个时候接到林志远的电话，从而无法将现状解释清楚。她和钱龙单独行走在大街上。她对此感到厌恶，脑子里不停地浮现出林志远的模样。

他们漫无目的地走了一阵，刘诗雅终于有点不耐烦了。她指着钱龙的鼻子说："我们可以不要浪费时间吗？要陪你去什么地方逛街赶快去就好，我说过了，晚点我还有事。"

"我……我……我……"钱龙感到自己没办法把一句话说利索，不知怎么的，一看到眼前这姑娘心里就有点发毛，他有时还会自己问自己，为什么明明确认对方一定会屈服，自己还是会这样懦弱，并且害怕犯错。

"你怎么了？总是'我、我、我'的，我还有很多事情要做唉！"刘诗雅没好气地对他说。

"我……我们去……去咖啡厅坐……坐会儿吧？"钱龙终于把一句话说完了。

"咖啡厅？"刘诗雅点点头，"那要快点，喝完一杯我就要走。"

就这样，两个人面对面坐在了咖啡厅里。那是间很别致的小屋子，四周围的墙壁被尽数掏空，变成了书架。古铜色的灯光，将整个屋子都涂染上了特有的情调。这间咖啡厅有个可爱的名字，叫做"流浪儿是VIP"。好久没有回国了，刘诗雅对这里并不熟悉，不过她承认，自己是喜欢这里的。

这古铜色的灯光似乎能够遮盖钱龙身上那股令人作呕的小男人气息，这时，他倒并不显得那么令人生厌了。刘诗雅甚至开始相信对方是一个愿意了解自己的人了。于是，她心平气和地对对方说："我觉得我们应该好好谈谈。"

钱龙生硬地点了点头。

"我是有男朋友的人。"刘诗雅对他说，"我的男朋友在英国，我很爱他。只是迫于家里的压力，我必须要佯装已经分手的样子。所以，我愿意和你做朋友，做情侣的事情，希望你知道的是，我们不可能。而至于订婚，那应该就更不可能了吧？"

每听到对方多说一句什么话，钱龙的头就会越发地低下去一点，现在，他的前额已经贴住了桌子。

"我相信我的妈妈应该也不希望我和你在一起。"刘诗雅说，"但是我不明白的是，你们家人为什么看中了我？"

钱龙的脸上忽然闪现出一道阴沉的光。

"因为……"他自己也不知道是从哪里忽然得到了自信，说话也连贯了许多，"因为我爸爸看中了你们家的产业。"

刘诗雅不屑一顾地瞟了他一眼："你说得很搞笑。"

"一点也不搞笑。"钱龙越来越兴奋，"你们家快破产了，我爸爸想通过联姻把两个集团合成一个，然后再伸手救你们一把。"

"我绝对不相信会有这样的事情发生！"刘诗雅对他说，"就算有，我也绝对不会嫁给你们这个阴险的家庭。"

钱龙没有再说话，他似乎被刘诗雅的气场吓到了。而他的心里却依然有一个声音在回响着，对于自己将得到这个倔强的女孩子，钱龙深信不疑，只是他为什么会持续紧张，他也说不好。

刘诗雅憋了一肚子气，最后回到家里，冲着家人发脾气。她的父亲在外地忙业务，家里只有一位保姆和母亲两人。于是，刘诗雅彻底发作了。

"妈，你就这样把你女儿当货品给出卖了？"

刘母愣了一下，不明白女儿说的是什么。

"原来你要我出嫁就是因为父亲的酒店快破产了？"

刘母这下有点明白了过来，缓缓地点了点头。

"女儿，有些事情你不懂。"她说，"如果我们家真的破产了，你还怎么在外国上学呢？"

"我不明白，"刘诗雅提出了疑问，"偌大一个酒店，说破产就能破产么？"

"起初是被人诽谤，有人生事，再加上金融危机，"刘母回答说，"商战中步履维艰，在你出国前我们家就碰上了这样的问题，不过那时候我们都认为撑一段或许会有转机。可是谁知道，几位董事纷纷撤股，这样下去，我们家就要完蛋了。你爸爸因为这个整天酗酒，身体都要坏掉了，为了他，你不应该好好嫁一个有钱人吗？"

刘诗雅沉默不语。她并没有觉得有所触动。过了很长一段时间，她对母亲说："我是一个造孽的不孝女，很抱歉，你们虽然生了我，我会对你们尽我的义务，但可惜我没有办法做到和一个如此令我厌恶的男孩子相处，连朋友都不行！"

说完，她带上了门，独自一人向深夜的城市走去。

25

刘诗雅的脑子里一片空白。她此时此刻只想和林志远说话——或许这一整天下来，也只有这个时候使她忽然想起自己没有按照约定打开手机，等候男朋友汇报一天的情况。她怀着一份愧疚打开了手机，林志远的信息铺天盖地地传来，虽然语气较为温和，但她能够感觉得到，对方的心里其实已经有些按捺不住了。

刘诗雅连忙拨通林志远的电话。而这时，后者正忙着在阿尔卑斯山顶滑雪呢。那里白茫茫的一片，除了天空的蔚蓝，再也找不出别的颜色来。一条滑坡从山的最高处倾泻而下，仿佛一条被冰冻的瀑布。这三个人都是滑雪的外行，雨泽和林志远甚至是第一次碰触这项运动，惠惠之前在枫城的滑雪场有尝试过两次，但这也就是她仅有的经验了。

刚走出门，雨泽感到一阵晕眩，他觉得自己什么都看不清楚，于是，脚一打滑，沿着小丘滚了下去，惹得林志远在旁哈哈大笑。惠惠像个孩子那样喊了一声："老公！我来救你！"就全副武装一股劲儿地也跟着滑了下去，结果同样摔倒在厚实的雪地上了。

这下还站在上面的林志远显得有些尴尬了。他扛着雪橇，四处寻找可以走下去的平缓地带，结果不慎踩了个空，也一头栽了下去。

"老公，我来救你了！"惠惠倒在雨泽旁边，轻声对他说。

"赐予我力量吧！"雨泽平躺在地上，将双臂伸展开来。

惠惠吻了他，于是，雨泽就像刚刚充好电的机器人一样，猛地从地上跳起来。林志远在一旁费尽力气，终于也爬了起来。雨泽一把拽起了惠惠。于是，这三个人将目光瞄准了那条望不到头的滑坡，惠惠看了雨泽一眼，脸上露出狡猾的笑容……

……

"亲爱的，接电话呀！"刘诗雅不停地拨打着林志远的电话，自言自语地说。这时的她，只想快些倾吐心中的不快。她回绝母亲的时候，语气显得异常坚定，但是当她行走在空荡的街道时，又忽然冷静下来，觉得自己着实有些过分。

"我应该帮助爸爸的。"她心里想，但她却没有办法舍弃已经走进自己世界的林志远，"我究竟应该怎么办？我爱他，不是吗？我也爱我的父亲，不是吗？他们两个我都爱，我究竟应该怎么办？"

想着想着，她竟然低声哭了起来。这时，她不知不觉地拐入一条小巷，在记忆中，这里曾是一座街心公园，但短短的几年时间，它已经被全部推倒，重新改造，将变成一片居民区。路灯到这里打住，她觉得自己仿佛从黄昏忽然转入了黑夜。她继续漫无目的地向前行走，手里不停地按动着手机，而远在欧洲的林志远则正在和雨泽、惠惠一起，奋力地爬上那条望不到头的滑坡。

刘诗雅停下来。她猜到林志远一定暂时和手机相分离，没有办法迅速回复她。“看到这么多未接来电，他应该会打给我的。”于是，刘诗雅将手机装起来，两只手插在口袋里继续向前走去。她没有挎包就跑了出来，身上只装了一百块钱。天气虽然在转暖，但是到了深夜，也还是会叫人瑟瑟发抖。

在安静的氛围中，她的听觉系统开始活跃起来。几秒钟前，她就开始有种奇怪的感觉。一阵脚步声传进她的耳朵，只是那声音太轻了，并且时隐时现。她停下来四处张望，一只野猫“嗖”地从她面前飞奔而过，着实吓了她一跳。她看到，走过这一段工地，前面的路就显得豁然开朗了，于是，她继续向前走着。

“不对，”她再次停下脚步，四下张望，“不是野猫的声音！”她开始紧张起来。

“但这是在国内啊！”她又自言自语地说，“国内安全得很呢！”

想到这里，她又松了口气，快步向前走去。

……

“终于到山顶了。”雨泽说。说来也实在是尴尬，这条滑坡共有两个坡道，一条开着自动升降梯，人们可以直接由机器带到山顶，另一条的升降梯则处在关闭状态。之所以选择爬上山顶，是因为这条没有升降梯的坡道上别无他人，即使摔得鼻青脸肿也不会有人嘲笑他们。

“滑下去吧？”林志远有些迫不及待了。

“那就……”雨泽在一旁喊着，“1、2、3！”

“冲啊！”

……

就在这时，一只手忽然伸出来，狠狠地捂住了刘诗雅的嘴。紧接着，她的眼睛也被蒙了起来。刘诗雅还没来得及呼喊救命，就觉得眼前一阵昏暗，倒在了地上。一辆越野车迅速停在旁边，刘诗雅被三个壮汉拖上汽车，而后捆绑起来。几秒钟的工夫，那辆车就一溜烟消失得无影无踪了。

更衣室里，林志远翻开手机，看到女朋友打来的未接来电，兴致勃勃地拨了回去。正是这声铃声，唤醒了昏迷已久的刘诗雅。可是她发现，自己动弹不得，没有办法将手机从口袋里掏出，于是奋力挣扎。

坐在她旁边的那位壮实的小伙子迅速将手伸入她的口袋，打开手机，一语不发。

“宝贝？”林志远在电话那头叫了一声。

小伙子阴冷地冲着前排座位的同伴点了点头，而后将手机合起来，关机后装进了自己的口袋。

“混蛋！”刘诗雅想要喊出这句话，但她的嘴被毛巾塞着，没有办法将它喊得清晰。

“我们的大小姐，”小伙子看到她如此挣扎，带着一脸仇恨地说，“你已经被绑架了，好些事情由不得你咯！”

这引得前排的两个家伙放声笑了起来。

“你那可爱的男朋友一定以为你生气了咯！哈哈哈哈哈！”

“哈哈哈哈！”

“混……蛋！”刘诗雅依然在奋力说出这两个字。

歹徒恰到好处地选择在第二天正午将电话打给刘家。刘母那时正对女儿的行踪感到怀疑，尚没有报警。那时候，她还嘴里嘟哝着“这女儿实在太任性了！”这样的话，但没过几分钟，她接到歹徒的电话后，脸上立刻飘过一片乌云。而刘母毕竟跟着丈夫走南闯北，见过世面，最终还是恢复了理智。

“第一，你们怎么证明是你们绑架了我的女儿？”她冷冷地问。

“这个很简单。”电话那边的歹徒将电话靠近刘诗雅，这时她正被绑在一把椅子上。

“妈妈！是我！”刘诗雅叫了一声，电话就立刻被拿开了。

“刘太太，这个是最好的证据。”歹徒说。

刘母感到心脏剧烈跳动了一下，但还是很快又冷静了下来。

“第二，既然我女儿在你们手上，我现在等候你们开价。”她说，“说吧，要多少钱。”

“我们知道您有的是钱，”歹徒说，“我要一个亿不连号的现钞。记住，我们都是亡命之徒，一只脚早已经踏入了坟墓，是生还是死，早就不在乎了。但是，如果您胆敢报警，或者没有办法凑齐这笔钱，您女儿的性命可就难保咯！”一边说，一边大笑了起来。

“第三，”刘母继续冷静地问，“在什么时间，什么地点，用什么样的方式将这笔现钞交给你？”

“一周之内，”歹徒回答，“三天后我会给您去电话，如果凑够钱，随时随地恭候您。”

说完，电话就被重重地挂上了。

刘母觉得一阵天旋地转，而后就立刻晕倒在地。这犹如晴天霹雳，她不敢立刻告诉丈夫。丈夫近来已经足够焦头烂额的了，再加上他身体不好，人又在外地，有个三长两短的，这家就注定要散摊子了。“报警？”她想，“不行，一旦报警，这事情一定满城风雨，最后还是会刺激到丈夫脆弱的心脏。”刘母从地上爬起来，保姆为她端了一杯热开水，缓过来之后，她忽然想到了什么。

“这件事，我会处理好，和谁也不准说！”刘母警告保姆说。

保姆点了点头，就继续忙自己的事情去了。刘母掏出手机，拨通了钱先生的电话。

……

“雨泽，我觉得这事情有点蹊跷。”过了一晚上，刘诗雅的电话还是没有开机，林志远有点着急了。

“和你闹意见的事情呗！”雨泽不屑一顾地对他说，“你冷她两天，这是最好的办法。”

“对。”惠惠插嘴说，“你不理她，没人理她。”

26

钱先生的座驾停靠在刘家宽敞的停车场里。为了不惊动太多人，致使消息不胫而走，钱先生没有带司机，而令钱龙开车。一路上，钱龙不停地询问父亲究竟发生了什么。钱先生两只眼睛闪烁着锐利的光芒，轻轻冲着烟斗吸一口，然后告诉儿子：“这件事至关重要。”

钱龙没有再问什么。没有刘诗雅，钱龙反而显得自信很多，他那对小眼睛总是一眨一眨的。

钱先生对刘家的路异常熟悉，这时，他已经站在一楼的院子前，按动门铃。不一会儿，刘母亲自出门迎接。她脸上带着无尽的痛苦和焦躁，嘴唇不停地抽动着，连说话都显得非常勉强。

“里边请吧。”说完，她就带着两位走了进去。钱龙仍然一头雾水，钱先生则一边抽着烟，吞云吐雾，一边将空闲的那只手揣进口袋里，走路的样子像个审查工作的老板。他们径直走进别墅的大厅，忽然间，整个节奏都发生了改变。钱先生潇洒的外衣似乎被那压抑的房子一把拽了去，这时，他表情凝重，尤其是在刘母偶尔将目光瞟到他脸上的时候，他的表情就显得更加凝重。

“对方要求什么？”钱先生问。

“一个亿不连号的现钞。”刘母一边回答，一边为两位钱先生沏茶。为了安排这次会面，她专程给保姆放了假，这些人工活都靠她自己来做。

“真是一伙疯子。”钱先生将烟斗掐灭，慢步走到沙发前。

“他们还说，他们不怕死，但如果报警，就会要了诗雅的命。”

这时，钱龙发现爸爸的眼珠飞快地在眼眶中转了一下，某一秒钟，他的嘴角上还挂起了笑容。不过很快，钱先生又回到起初的状态，好像什么都没有发生似的。

“这么件事，”钱先生说，“报警自然是不明智的选择。假如警察部门办案得力，在歹徒还无所作为的时候就将他们一网打尽，这当然对我们有利。但是如果警察部门有所失误，那您女儿的生命可就岌岌可危了。”

刘母失声痛哭了起来。钱先生向儿子递了一个眼色。钱龙连忙走上前去，扶着刘母坐在沙发上。

“刘太太，”钱先生一字一句地讲着，“这件事您不用担心，我想我可以帮助您。”

“真的吗？”刘母满怀希望地看着钱先生。

“我想我可以在三天之内凑齐一个亿，并且是不连号的现钞。”钱先生说，“当然，不能惊动任何一家媒体。”

“先生，我不知道该怎样报答您！”刘母感激地说。

“报答嘛……”钱先生从口袋深处掏出一块布，将烟斗放在茶几上后，又将眼镜摘下来，擦拭了一阵，“我们的全部付出只为一个目的，我想您是懂的。”说着，他看了钱龙一眼。

刘母冲着他点点头：“我明白。”

……

在惠惠和雨泽的怂恿下，林志远硬着头皮，全身心地投入到旅途中去。一天过去了，他甚至没有去考虑刘诗雅的行踪。离开阿尔卑斯山，他们前往繁华的慕尼黑。在宝马汽车总部，雨泽滔滔不绝地向惠惠介绍着各种型号的汽车，林志远也陶醉其中，心想着，将来自己也一定至少为买得起豪车而奋斗。

想到这里，他忽然停了下来。一个画面在他脑海里飘过。这或许和雨泽对惠惠讲的话有关。

“未来某一天，在空旷的田野上，到处都种植着鲜艳的油菜花，风吹来，撩动它们的脑袋，于是仿佛一片金色的海，翻着海浪。海洋中有一条路，只能容下一辆轿车经过，因为这里只有一户人家。远处是这户人家的别墅，精致而不失实用性，厚厚的墙壁，足以阻挡任何风雨雷电。你知道那款车是什么吗？”雨泽问惠惠，还不等她回答，就继续自己说了下去，

"就是这款M6，你知道开车的人是谁吗？"

惠惠抢过话头："是我们！"

说着，他们又轻轻地吻了一下对方。

那也是林志远所向往的生活。这下，他觉得必须再给女朋友去一个电话了。他掏出手机，按动键盘，期待着对方的声音。结果当然是一无所获。他连续三次拨打刘诗雅的号码，结果都还是一样。林志远有些不安，他拍了下雨泽，将情况讲给他听。

"再等两天。"雨泽冷淡地对他说。

"真没建设性。"林志远自言自语了一句，但也并不知道自己该做些什么，只好继续陶醉在各式各样的汽车中去了。

……

三天之后的傍晚，就好像变戏法一样。钱先生那辆霸气十足的奔驰S600停靠在刘家别墅门口。刘母走上前来，站在路边等候。钱先生从车里跳出来，打开后座的车门，刘母的眼睛紧盯着那里。她的女儿回来了。刘诗雅从车里走出来，紧紧地拥抱着母亲。在回来之前，钱先生已经带她在自己家里洗过澡，用新买来的衣服重新包装了一番。现在的她，又重新恢复了几天前美丽的少女形象。她紧紧抱着母亲，失声痛哭着。

"刘太太，"钱先生一边擦拭着自己的眼镜，一边对刘母说，"请您原谅，我还有些事情要去处理，我们商量的那件事，还请您费心。"说完，他坐回汽车后座，向开车的儿子做了个手势，而后就离开了。

刘诗雅走进自己的房间，她觉得很累。回想起这几天离奇的经历，不禁哑然失笑。她知道是钱先生救了自己的命，也知道自己应该懂得感恩。她坐在电脑前发呆，看到网上林志远铺天盖地的留言，忽然心思混乱。

"如果不是我的任性，"她自言自语地说，"就不会给钱家救助我的机会……"

她有些头疼，于是趴在桌上想要缓一缓。

"都怪我！"她继续自言自语地说，"都是我不好！事情到了这个地步，我不知道该怎么继续进行。"

她觉得自己对所有人都很愧疚。她对不起林志远，没有能够好好保护自己，但如果她不答应这桩婚事，她将对不起钱家，也更对不起母亲。"可是我不忍心放弃他！"刘诗雅对自己说，"我爱他，我那么爱他！我该怎么办？我要告诉他吗？"她一边说着，一边又在摇头否认自己。

她知道下一步会发生什么，所以无需多言，她并不期待任何奇迹。如果她不和钱龙订婚，那么将是刘家产业衰落的开始，这样，父亲的身体恐怕会吃不消的。但假如订婚，她绝不可能中途悔改，那样又会生出一桩新的丑闻，同样对父亲造成不好的影响。刘诗雅不希望自己的家人受到任何风言风语的打搅，她虽然任性，但她的良心毕竟还静静地躺在肚子里。

“可是林志远呢?”她再次想到了他，“这样做对他是多么不公平啊!”她觉得很乱，再没有力气思考下去。

这时，她的手机响了。那是来自英国的号码。林志远已经回到了英国，正在伦敦街头漫步。刘诗雅接通电话，她的眼泪忽然从眼眶中滚落，没有任何征兆。而她顽强地将它们咽回肚子里去。

“这几天你都去哪里了？我很不安。”林志远对她说。

她长出一口气，尽可能用平淡的口气对她说：“亲爱的，我这几天身体不是很好。家里发生了一些事，我想慢慢地告诉你。”

“是什么事?”

“今天我有些累了，给我点时间，让我理清楚好吗?”

听到这样的回答，林志远知道自己也不便继续追问什么，他用温柔的声音回答说：“赶快休息吧，我等你的电话。”

……

27

“儿子，现在该怎么做我想你是清楚的。”钱先生拍着儿子的肩膀说。

钱龙当然知道应该怎么做。只不过他担心自己在刘诗雅的面前又变得扭扭捏捏。他将自己的苦衷讲给父亲听，钱先生一面轻轻地吐着烟圈，一面对儿子说：“孩子，男人嘛！她早晚是你的，这不取决于你是扭扭捏捏还是勇往直前，因为她是你的、就是你的。”儿子充满勇气地点了点头，仿佛就要面对自己人生最大的障碍。

清晨，很早的时候刘诗雅就醒了过来。她坐在桌前，沐浴着阳光。她的身体醒了过来，但她的大脑却仿佛仍在沉睡。这时，她脑子里一片空白，没有激烈的思考，也没有纠结什么。她希望时间就这样流逝掉，然后立刻回到英国，和这纷乱的尘世说再见。

9点钟的时候，那辆奔驰S600又一次停靠在路边。从二楼的窗户可以清楚地看到，母亲正在那里迎接钱先生父子俩。钱先生叼着烟斗，一面微笑着，一面走进房间。刘诗雅知道将要发生什么，但她仍然渴望利用短暂的空歇让自己在想象的世界里遨游一阵。只可惜钱先生并没有给她的思绪留太多生存的空间，他们才刚走进大厅，就听见保姆敲门的声音。

“小姐，阿姨叫您下楼去。”

刘诗雅早就已经穿戴好，她本以为钱先生不会这么快就前来，还想着发一阵呆后，自己出门散散步，透透气，现在看来没有这个机会了。她简单地在卫生间里洗了把脸，就匆匆忙忙地走下楼去。

一见到她，钱龙的脸上又不自觉地印出了红晕，手指相互对顶着，手心相互揉搓着，他还感觉到自己的脚底正在流冷汗，于是不自觉地看了看自己的鞋，生怕汗出得太多，会搅拌着一股浓烈的脚臭味，散发到整个屋子里，破坏了那优雅的气氛。他下意识地朝父亲的方向瞥了一眼，钱先生刻意地躲过了儿子的目光，静静地抽着烟。

刘诗雅一言不发，恭敬地坐在一旁的沙发上。看到气氛略显尴尬，刘母连忙对女儿说：“乖女儿，我们中午和钱先生还有钱龙一起吃顿饭吧？”她费尽力气才找到这么几个带着恳求意味的词语，她很担心女儿在钱先生面前不给自己面子，或者说出什么过激的话，破坏了两家的关系。

刘诗雅看了钱先生一眼，目光冷冷的。她并没有思索什么，而只是做出一副正在思索的样子。她所要表达的不过只是自己的不情愿。但钱家人显然对此感到很无所谓。停了一会儿，她默默地点了点头。

“好！”钱先生有点兴奋地终止了这次会面，“那么，刘太太，我们就先告辞了，中午的时候我会派儿子来接你们。”

“不用了，”刘诗雅连忙补充了一句，这或许是出于某种特殊的本能，她的潜意识要求她尽可能少地和钱龙直接接触，“把地址告诉我们，我们自己能去。”

有股来自心底的冲动直逼钱龙的喉咙，这或许是他骨子里的好胜心在作祟，但这时钱先生看准机会，用自己的方式将儿子的火气压了下去。

“好的好的，那么一会儿我们饭店见！”说着，钱先生将饭店的地址留在了一张便签上，然后就带着儿子离开了……

刘诗雅坚持要求母亲开车，刘母也实在没有办法。她知道在这节骨眼上，女儿同意应邀前往已经是不小的进步了，所以她再不敢附加什么条件。在车上，刘诗雅始终保持着沉默。她开始从心里看不起自己的父母。她觉得，作为女儿，自己还不如他们的事业和财产重要。刘母也没有说话，她始终弄不明白，自己的宝贝女儿怎么就不理解自己的心思。作为父母，应该说没有一个希望自己的子女过得不好的，但这分明显而易见，林志远的家庭背景要和钱龙比起来，差之甚远，虽说可以一起奋斗，但真正奋斗过的人总是不希望自己的子女也像自己那样没日没夜地为面包拼搏。

母女俩的冷战在各个角落里都有所体现。吃饭的时候，刘母始终都在扮演一个调节气氛的角色，而刘诗雅却始终都在扮演一个默默无闻的角色。她既不佩服钱先生，也对他们家的财产没有丝毫兴趣。但她虽然和母亲产生了裂痕，却总是担心自己的决定会让别人将自己看做一个“不孝女”，当然，她同样担心母亲从此之后会从根子上失去和自己的感情。

和之前一样，吃完饭后，她单独和钱龙在外面散步，所不同的是，这次，钱龙像个男子汉一样，主动地邀请她和自己“谈谈”。

“我看没什么好谈的吧！”她说。

“我觉得有必要谈一谈。”这次，钱龙总结了之前的经验，连表情都显得异常诚恳。刘诗雅只好表示同意。他们行走在街道上，刘诗雅仍然沉默不语。钱龙先是走在她的身后，深呼一口气，而后快步走上前去，和她并排走着。

“其实……”他开口说话了，不过声音中仍然有些颤抖，“其实很多人都觉得……我只是一个富二代，相信你也这么想。但是我相信自己的感觉……有时候喜欢一个人并不需要多么长的时间……我不知道还能为你做什么……那件不幸的事让我好几天睡不着觉。虽然……我知道你不会因为这个而同意和我在一起……但是……不论你和谁在一起……我都……我都想或者和你做朋友也是不错的。”

这话当然是钱龙事先烂熟于心的。刘诗雅的心里七上八下。她显然对钱龙的进步刮目相看。愣了两秒钟，她又恢复了先前的傲慢。

“你应该知道，”她说，“我是有男朋友的。他没有你们家的排场，但他却总是能够带给我惊喜……”

钱龙默默地点点头。他们这样不作声地绕着马路走了一圈。快回到饭店的时候，刘诗雅终于打破了沉默。

“我之前并不喜欢你，”她说，“应该说是很讨厌很厌恶，但是谢谢你们救了我。真的很抱歉，这个世界上有很多很好的女孩子，我只不过是你生活中一个最不起眼的过客，祝你幸福。”

不知道为什么，钱龙忽然觉得自己眼眶湿润了。他擦拭了一下眼睛，但突然想到，对方并不喜欢这样脆弱的人，于是，他几乎是用一口气将眼泪整个逼回去的。

“我有一个请求。”他说，语速极其缓慢，“就只有这一个请求，不要让我留下什么遗憾。”

“嗯。”

“给我一个拥抱，好吗?”钱龙说完，就将两只手伸了出来。刘诗雅做梦也不会想到，这个总是害羞的小男孩，竟然能够鼓足勇气提出这样的要求。她善良的内心又开始翻起浪花来。就算是对对方的一种回报吧！她这样想着。继而，她发觉自己没有办法不对钱家的出手相救做出回报。

她给了钱龙一个拥抱。而就在这时，或许刘诗雅正处在思想的懈怠中，她目光呆滞，灵魂仿佛飘向了远方。钱龙觉得自己全身都充满了活力，他的胆子大了起来，他的理智被封锁在一个小小的匣子里。他吻了她。刘诗雅并没有阻止钱龙这么做，只是她也并没有主动迎合，钱龙的舌头在她的嘴里来回打转，她既不像先前那样厌恶，也并没有什么好感。

“谢谢你。”钱龙的心里显然是兴奋的。

刘诗雅没有回答。

“回饭店里吧?”钱龙问。

“不必了。我会自己打车回家。”

……

28

“请问您是方惠惠吗？我是枫城第二人民医院的护士。您的母亲得病了，现在正躺在我们医院的病房里进行治疗和监护……”

“我母亲怎么了?”

“请您不要冲动，听我慢慢说。”对方的声音说，“她原本是不希望我们医院将这件事情通知家属的，在我们医院的相关领导再三劝说下，她最终同意由我来代表医院将这件事情通知您……”

“我想知道我母亲怎么了?”

“请您不要冲动。”对面的声音继续缓慢地说，“您母亲被查出是肺部患病，我们将会全力治疗。”

惠惠深吸了一口气。

“是什么病?”她干脆地问。

对面的护士似乎也吸了一口气：“是肺……肺炎，有些顽固，需要多打几天点滴。”

“肺炎需要住院么?”惠惠问。

“有些顽固，需要多打几天点滴。”护士说着说着，语速慢了下来，“方惠惠女士，很抱歉我们现在有工作要做，您的母亲要求您好好完成学业，不要为她担忧。”

“好吧我知道了。”惠惠并没有多想什么，将电话装进了口袋里。他们已经回到了英国，在伦敦街头的星巴克里小坐。林志远的一只手玩弄着手机，但他碍于雨泽的面子，觉得不应该将雨泽一个人丢在咖啡厅里，所以一直没有出门打电话。看到惠惠结束了通话，他也终于找到了机会，走到马路旁，拨通了刘诗雅的电话。

那突如其来的一吻扰乱了刘诗雅的心思。允许对方亲吻自己的，并不是自己的主观思维，而是某种感恩的心。而她异常清楚的是，她不会允许这个人走进自己的内心世界。“我只属于一个人！”她对自己说，而后就跳上了出租车。

“我今天所做的一切是不对的。”她责备自己，“我是有男朋友的人。我不应该给对方任何机会。哎！天哪！我就是太心软了。我是不是对别人太好了？”她不停地责备着自己。她打算回到家立刻倒头睡觉，等到母亲回来的时候，发现自己已经熟睡，应该就不会盘问什么了。“对，一回去就睡觉！”

刘母竭尽全力地希望帮助自己的丈夫将酒店重新振作起来，这个精明的女人在最开始并没有将全部赌注都压在钱家身上，但现在看来，为了避免更多麻烦的发生，她只好这么做。

“钱先生，我女儿不懂事，还望您见谅。”刘母说。

“哪里哪里，”钱先生抽了一口烟，“是我儿子不够优秀。归根结底还是我们家里教育的方式有问题呀！日后我打算逐步退出，把产业交给钱龙，现在正在尽力锻炼他，让他变成一个真正的男人，那样才配得上我们刘诗雅嘛！”

刘母脸上泛出一圈红晕。不过她还是不能理解自己女儿的脑子究竟在思考着什么。她摇着头说：“您说，现在这些孩子是不是被惯坏了？从小不愁吃穿，竟然想感受一下什么叫受苦了。钱龙多好的孩子她不要，总是要和一个穷小子在一起。”

“穷小子？哪里的穷小子？”

“在英国留学的。”刘母看到对方瞪大了眼睛，于是打圆场说，“这二年嘛，去哪儿留学的都有穷小子。”

钱先生没有再吭声，静静地抽着烟。

钱龙进来的时候，看到的就是这样一种相对沉默的状态。他原本带着一脸笑容，却似乎被这气氛压抑了一下，于是连忙整出一副严肃的姿态，坐在父亲身旁的座位上。

“小刘呢?”钱先生问。

“她说想先回家，于是就提前走了。”

“你怎么不送一下人家?”钱先生忽然露出一脸气愤，“你这个孩子怎么什么也学不会?”

“是她不让我送的。”钱龙辩解道。

“不让你送你就不送了吗?你不知道现在晚上很危险吗?”钱先生一边教育着儿子，一边转过头去，瞥了刘母一眼，“您看我这儿子，怎么着也教育不出来。”

“一定是我们家刘诗雅耍大小姐脾气，”刘母连忙接过话茬，“不怨钱龙的。”

接着，她安慰钱龙说：“小钱，你和诗雅有什么进展吗?”

这句话又勾引出了钱龙的笑容。他舔了一下自己的嘴唇，好像在回味残留在那里的芳香似的。

“和你说话呢!”钱先生在旁边提醒着儿子。

“我亲了她。”

“真的?”刘母有些兴奋地叫了一句。

“是真的。”钱龙的再次确认使钱先生也感到意外跟惊讶。

“看来这傻丫头终于开窍了。”刘母在心里暗想着。钱先生在一旁鼓励似的拍拍儿子，好像是在对他说“真有你小子的”。他们兴奋地聊起未来的打算，那一刻，他们几乎已经可以清晰地看到一个美好的未来。

刚下车，刘诗雅的电话响了起来。刚才，她机械地付了钱，机械地走下车，机械地来到家门口，又机械地打开了门，现在，这个电话使她忽然清醒了过来。看到这个夹带着英国区号的号码，她定了定神，而后才滑动手机的屏幕。

那是林志远。

“家里的事情怎么样了?”他问。

“有点乱。”刘诗雅刻意让自己冷却下来。

“你的声音不大对，一切都还好吗?”

“嗯。”

听到这冷淡的回答，林志远觉得一定发生了什么。他默默地告诉自己，要稳住，不能太过着急。这次通话就这样结束了。刘诗雅将手机关闭，扔到一旁，而后回到自己房间，简单地梳洗过后，一头栽倒在被窝里……

“张女士，我建议您将自己的病情一五一十地交代给女儿，”病房里，护士小姐将一杯热开水放在床头柜上，“她有知道这一切的权力。”

“丫头，”躺在病床上的张女士虽然被告知身患重病，但当她面对别人的时候，精神却依然如往昔，“她到了最关键的时期，马上就要毕业了，我不想影响她。我们家以前是大户，咳、咳，现在也还有些底子，我希望她好好学习，拿上……拿上……咳、咳……拿上文凭回来。她在那边有一个男朋友，我不想人家知道她的母亲身患绝症。咳、咳……”

“您得多喝水。”护士说着将水杯端过去，“您要知道，现在科技发展得很快，您的病早就不是绝症了。只要我们方法得当，只要您心态足够好，您的病就可以得到控制。”

张女士摆了摆手说：“丫头，你是个好姑娘，很会鼓励病人。不过我知道自己的状态。你放心吧，我会一直坚持到女儿回来，我要看着她拿着文凭来见我，不然就是阎王爷来叫，我也不会跟他走的。”

护士的眼眶中饱含着泪水，她被这份母爱深深地感动，她离开房间的时候，忽然放声大哭了起来。

星巴克里，雨泽和惠惠开始为林志远解析起女人的状态。多数时候，雨泽很喜欢在林志远面前讲讲人生哲理，他从骨子里认为，自己应该是盖过对方一头的。林志远在一旁倾听着，俨然一副小学生的姿态，而雨泽目光深邃，两只手在桌子上指尖对着指尖，很有一副派头。

“通常情况下，女孩子忽然变得冷淡是已经变心的行为。”他说，眼睛盯着林志远，“女人嘛，就是那种善变的动物。”

“你说什么？”惠惠听到这话后表示抗议，一只手捏着雨泽的胳膊说。

“哎哟！”雨泽觉得胳膊一阵酸痛，“我错了！我错了！”

“那应该是什么？”惠惠松开手，继续问他。

“应该说，女人是那种善变但是又不承认自己善变的动物。”雨泽说完连忙将身子躲到一旁。

惠惠白了他一眼，一把将他拽了回来，狠狠地拧了一下。

“哎哟！”雨泽叫出声来。

“这是惩罚。”惠惠又白了他一眼。

雨泽不再吭声了。惠惠倒是插进话头来：“不过，我觉得有情况。”

林志远瞪大了眼睛。雨泽的话并没有使他感到几分惊讶，因为雨泽本身就是一个喜欢开玩笑的人，但是惠惠的话却着实让他心里“咯噔”响了一声。林志远将身子前倾，和惠惠面面相觑。

“你是说，她果真变心了？”

“女孩子的事情说不好的。”惠惠的回答很简短，但林志远却觉得这句话掷地有声。

他沉默了。雨泽看着惠惠，也沉默了。惠惠本人更是不再说话。

夜深了，刘母回到家，兴高采烈地来到女儿房间。刘诗雅已经熟睡过去，刘母轻声慢步地走到她的床前，点亮了床头柜上的台灯。刘诗雅太累了，没有谁能在这个时候叫醒她来。而刘母仔细端详着自己的女儿，看着她好看的脸庞，越看越起劲。

“这傻姑娘，有时候还真是懂事。”自言自语了一句后，她轻轻地吻了女儿的额头，而后就将灯熄灭，回到自己房间去了……

29

“她总要回来嘛。”晚上的时候，这三个人在靠近泰晤士河畔的一家五星级宾馆入住，雨泽和惠惠在隔壁房间的床上肩并着肩阅读一本小说，林志远在自己的房间里面对着洁白的墙壁思索着，“她现在应该是碰到了什么棘手的问题，等她回来以后，一切自然就明朗了。”想到这里，林志远顿时觉得松了一口气。“睡吧。”他安慰自己说，而后就躺在床上，像是将自我催眠了一样，进入了梦境。

雨泽和惠惠仍然半躺在床上，肩并肩地阅读着手头那本《双城记》。对于故事的内容，雨泽早已倒背如流，那是他最为欣赏的狄更斯留下的经典作品，惠惠早就想要接触厚重的狄更斯，但却迟迟没有勇气。在雨泽的帮助下，惠惠一边阅读着，一边提出自己的疑问。雨泽从一个“社会学家”的角度为她分析着书中提到的社会矛盾，当然，这其中有许多是他自己的观点。

“狄更斯所处的年代，社会矛盾剧烈，但却是一个契机。”雨泽意味深长地说，“这种社会矛盾是社会发展造成的必然过渡，一个社会想要发展，总是会首先面对突然增长的国内矛盾，一个政府在大的方向上正确了，这还远远算不上一个好的政府，只能说它没有想象的那么坏。但是，在具体处理矛盾、解决矛盾的过程中，如果它很少作为，那么这个政府虽然会屹立不倒，但却会遭到反对。当然了，从国家的概念来看，经济处在高速增长的状态下，一般说明这个社会的生产力还在持续增长，人民并没有想要去将此种秩序推翻重来，但有一点，在面对日益严重的国内矛盾压力下，这个政府迟早会做出改变——不过，一个拥有经济基础作为依托的国家是有能力自我改变的。”

对于雨泽过分带有政治色彩的思想，文艺的惠惠无法完全理解，但她总是喜欢欣赏雨泽认真时的表情。这个没正经的家伙只有在讲到自己感兴趣的话题时才会这样专注。不过，惠惠更喜欢的是在男朋友最专注的时候故意打断他时，露出尴尬的神色。

“我家里出了点事。”惠惠严肃地说。

“什么事?”雨泽连忙用温柔的语气问，一只手搂着惠惠的肩膀。

惠惠的眼珠在眼眶中打了个转，而后怪声怪气地回答说:“没什么。”

“真没什么?”

“真没什么。”

在世界的另一端，清晨的第一缕阳光直射进屋子。刘诗雅从床上爬起来，两只手拍了拍自己的脑门。“昨天晚上睡得太早了。”她一只手按着自己的脑门，一只手伸着懒腰，“头好痛。”

她走下楼去，刘母这天起了个大早，心情格外舒畅，这时已经为女儿准备好了早餐。她从起床开始，就一直将微笑挂在嘴角，穿衣服、刷牙、照镜子、穿鞋，她都始终带着这份微笑。她还将这微笑带到了大街上，一边笑一边慢跑——刘母从不跑步，但今天她觉得身上充满了力气。她跑到菜市场采购——这种“小市民”的生活在以前被她看做是另一个世界的生活，但今天她觉得能这样地生活实在是一种美妙的享受，并且打算从今往后都要这样“有情趣”地生活下去。

在饭桌旁，刘诗雅带着一点惊讶地坐定，然后开始品尝起来。

“这是妈妈特别为你买的蛋糕。”刘母在一旁解释说。

“哦。”刘诗雅有气无力地回答说。

“这是妈妈早晨回来给你做的牛肉，吃一点一天都会有精神。”

“哦。”回答依然有气无力。

“好了，你慢慢吃，妈妈不打搅你了。”刘母坐在一旁，两只手支撑着下巴，端详着女儿好一阵子。

“您可以不要这样看着我么？我觉得很怪。”刘诗雅瞟了母亲一眼。

刘母忽然觉得有点坐不住了，或许是因为女儿有些害羞的神态使她无意间联想到了那件事。好奇的刘母继而追问起女儿来。

“乖丫头，你是不是和钱龙……”

“什么？”刘诗雅手里的勺子忽然跌落在桌子上，她瞪大眼睛问，“妈，您在说什么？”

“你是不是已经……”刘母被女儿的这股气场震颤了一下，不过她依然胸有成竹地问，“已经在一起了？”

“和谁在一起？”这句话显然已经点着了刘诗雅心里的导火索，“您是听谁胡说八道的？”

“你是在害羞吗？”刘母心里想，一定是女儿觉得没有面子，感到害羞，一定是的。

“谁感到害羞了？”刘诗雅站了起来，“我怎么可能和他在一起？是他说的吗？我现在就找他去！”

“你没和人家在一起，那是谁亲你了？”刘母高声问，她的声音越来越饱含着愤怒，“难不成是人家骗我？”

这时刘诗雅才想起昨天晚上发生的事。有些任性的女孩总是有种超强的失忆能力，并且她们自己很善于将其运用到生活中去，总是以为无论前一天发生了什么，只要熟睡一晚，就会统统抛在脑后。

她摸了摸自己的嘴，顿时觉得一阵恶臭。她跑到卫生间，冲着马桶狠狠地呕吐了好长一会儿。刘母看得目瞪口呆，她不相信自己的女儿是这样一个随便的人。刘诗雅重新坐到座位上的时候不免有些尴尬，她的脸上出了很多汗，她的表情像只被尘封已久的僵尸。

“这不是小孩子玩过家家。”刘母的声音冷冰冰的，“人家是有头有脸的人物，人家钱龙一心想追你，你让人家亲了你，却又说人家是骗你，这让人家把脸往哪儿搁？”

“我会去向他道歉。”

“道歉有什么用？人家救了你的命！人家还要救我们家的命！”刘母觉得胸口有块石头。

“难道我嫁给他就那么重要吗？难道你们就置女儿的幸福于不顾吗？”刘诗雅终于爆发了，“妈，请问您还是我的妈么？您究竟站在谁的一边？”

“我这么做也是为了你好！”刘母的声音比女儿更高，“你只要嫁给他，你的一辈子就不用发愁，至少从我们做家长的角度来看，你有钱花，吃香的喝辣的，那样就算爸爸的产业一直这么消沉下去，我们也会放心，你懂吗？”

“我不稀罕！”刘诗雅怒吼了一声，“我想要的生活，无非是和自己喜欢的人在一起，就算是上刀山下火海又怎么样？就算是成为路边的乞丐又怎么样？我不稀罕万贯家财，因为我不是钱的奴隶！”

“如果你真的那么坚定，你就不会让人家亲你！”刘母又一次发起了进攻，“你这么做，想过你的家人吗？想过你爸爸的脸往哪儿搁吗？这是人家强迫你的吗？你知道这样做的后果吗？道歉，你以为一句道歉能够抵得上人家对你的救命之恩吗？你知道钱家为赎你花了多少钱？”

刘诗雅还真不知道钱家是怎样对自己的，她顿生好奇，于是顺着母亲的话问了一句：“多少钱？”

“一个亿！”刘母大喊一声，“你以为你的一句道歉那么值钱么？我的好女儿，不是妈妈说你，你有时候根本不知道这背后的难处。钱家一定是连夜从全城的银行里调钱才调出这么多现金来的。”

刘诗雅愣在那里，忽然一句话也说不出口。

这时，刘母看到女儿有所松动，于是站起来对她说，自己要先出去透透气。她这么做是想给女儿一点思考的空间。刘诗雅一句话都没有说，她觉得嗓子一定是被什么东西卡住了。

凌晨一点钟，惠惠从床上爬起来。雨泽已经熟睡，她悄悄地掀起被子的一角，露出一个缝隙以供自己将身子挪开。胸口有阵烦闷使她无法入睡，于是，她穿好衣服，又轻轻地抽走房卡，推开房门，来到走廊里。她本想去买一包烟，却发现林志远也恰巧刚刚带上自己的房门。

“这么晚？”林志远问。

惠惠冲他做了一个手势，表示雨泽已经熟睡，不要将他惊动。林志远这才压低声音，又重复了一遍：“这么晚？”

“嗯。有点烦。”

“酒吧里喝两杯？”

在林志远的建议下，他们两个来到宾馆的酒吧。这种时候，英国人总是一窝蜂地扎在那里，唱着不知所云的歌曲，跳着毫无意义的舞蹈。惠惠和林志远坐在一张个头很小的圆桌旁，林志远叫了一大杯威士忌，惠惠自己将它满上，两个人轻轻碰了一下，一饮而尽。连续喝了几杯，他们的话开始多了起来。林志远下意识地掏出手机，却被惠惠阻止了。

“没有必要。”她说，“她有她的空间。”

林志远将手机放回口袋，有些不好意思地看着她。

“你脸色很难看。”林志远说。

“是的。”惠惠瞟了他一眼，“是有点的。”

“上次见你和家人通话以后就成这样了，是不是家里出了什么事情？”

“我还不确定。”惠惠盯着酒杯说，“我只是不想搅乱雨泽的思绪。”

“我觉得你是个顶好的女孩儿，”林志远拿出了自己往日的交际特长，用的词语总是让惠惠心里一阵温暖，“你有点儿那种……那种天才的味道。就是……你懂的……哈哈，我可能有点不胜酒力，不过我意识还是……还是清楚的……我想说的是……是……谢谢你和雨泽对我的帮助，如果……我是说如果……如果家里真有什么事情……如果你不想影响到雨泽……你可以……可以来找我谈心……反正……反正……我也爱说话。哈。”

这句话似乎带有某种魔力，至少暂时赶跑了惠惠心底的乌云。

“干杯！”

“干杯！”

……

中午吃饭的时候，刘母回到家。刘诗雅正坐在电视机前，手里不停地按动着遥控器。刘母没有说话，生怕自己出言不慎又干扰到女儿的思绪。刘诗雅的思绪确实异常混乱，她甚至没有注意到母亲已经回到家了。不过这时，她忽然在心里生出一个想法来。她决心和钱龙相处一段时间，然后以朋友的身份感化对方，让对方明白道理，并且主动放弃自己。想到这里，她觉得身体轻松多了。于是，刘诗雅决定晚些的时候主动联系林志远，将情况讲明。

想着想着，她忽然对母亲说：“妈，我可以先和钱龙相处一段。”

“我没听错吧？”刘母惊讶地看着女儿。

刘诗雅哽咽了一下，用确认的口吻回答说：“是的，您没听错。”

30

“我该怎么做？我该怎么做啊！”可能是酒有点上头，林志远歇斯底里，“等她回来，就当什么事情都没有发生？然后继续任由她对我实施冷暴力？可是我究竟做错了什么？为什么别人可以和平相处，为什么我们却不可以？”林志远说着，眼泪从脸颊滚落而下。酒后，许多情绪被忽然扩大了，平日里可以压抑在心底的琐碎，这时都仿佛悬崖上滚落的巨石，不停地砸在他的胸口。惠惠倒显得格外镇定，或许是因为她并没有喝很多酒，她不停地要着可乐，反而越来越清醒了。

“不妨冷她一下。”惠惠冷不丁地插了句嘴。

“什么?”林志远好像没有听清楚似的问,“你说什么?”

“冷她一下。”惠惠重复了一遍,眼睛里闪烁着光芒,似乎要照亮整个黑夜。她看到林志远愣在那里,继而解释说,“不然就算和好如初,她也还是会像现在一样。”

“如果她因此变心呢?”林志远内心中软弱的一面这时压倒了强硬的一面。

而惠惠则将身子靠近他,两只闪闪发光的眼睛盯着他的眼睛,用缓慢的语速对他说:“那么,她就不值得被拥有。”

……

刘诗雅决定第二天就主动接近钱龙。她在心里合计着,每天都多给钱龙讲一些道理,让他明白有时候放手才是真正的爱。不过,她多少觉得自己有点委屈,这样的做法实在也是不得已而为之。想到这些,她就觉得自己很可怜,眼泪就会忍不住在眼眶中打转。第二天果真到来的时候,她又开始担心起来。她从床上爬起,打算梳妆之后就让母亲帮忙联系对方,约在什么地方见面,但是才刚洗了把脸,她忽然清醒的脑细胞就开始活跃起来了。“如果他误以为我是喜欢他怎么办?”她想,“如果他扣住我,不让我走怎么办?如果他强吻我怎么办?如果他……天啊!”她越想越害怕,简直不知道自己应该怎样做。“都已经到了这个地步,我必须这么做。”她这样告诫着自己,“我应该让志远知道这里发生了什么,事到如今,我必须让他知道,如果发生什么意外,他一定会原谅我。”刘诗雅想到这里,连忙关好水龙头,回到卧室,从上衣口袋里掏出手机。“那边才11点,他应该还没睡。”

这时的林志远,正坐在驶往苏格兰的火车上。火车晚点了,还有一个小时才能到达爱丁堡。惠惠有些疲惫,正将脑袋靠在雨泽的肩膀上迷糊着双眼。雨泽则将头靠在窗户上,也有些犯困了。他们面对面坐着,林志远的手机平放在桌上,这时忽然振动起来。林志远猛地扑上去,惠惠和雨泽被吓了一跳。

“是谁?”雨泽有点不耐烦地问。

“是刘诗雅!”林志远说着,目光落在惠惠脸上。

惠惠朝他送去一个眼色,雨泽并没有发现,继续靠着窗户闭上了眼睛,而林志远则心领神会。他决心听惠惠的,于是按动了拒绝键,将手机扔到一边去了。刘诗雅发觉自己的电话被对方拒绝了,那股天生居高临下的傲气立刻占据了上风。她又一次拨通林志远的电话，但却又一次遭到了拒绝。

“什么？”她有些抓狂。接着，她又第三次、第四次、第五次……终于，林志远接起了电话。

“你在干什么啊？”刘诗雅没有好气地大喊了一声。

“你可以不大喊大叫么？”林志远的声音硬邦邦的。

“你什么态度？”刘诗雅想要压过对方，“你为什么不接我电话？”

听到这句话，林志远觉得到了需要显示自己权威的时候了。“你打电话过来就是为了发火吗？那好，再见！”说完，就将电话关闭，扔进了口袋里。刘诗雅在那里，过了几秒钟，她的委屈才一点一点地侵占脑际，终于忍不住要爆发了。

“我一直这样克制着自己，我容易么？”她自言自语，“我不想让你为这件事操心，所以不联系你，我容易么？”她突然又想到了什么：“林志远不该是这样的作风，通常情况下，他的声音会变得更加温柔，人也会更加善解人意，这次究竟是怎么了？”她琢磨不透，紧接着，她的心里冒出一个可怕的想法：“难道……难道是这样吗？”她不敢相信自己的判断，“不不，应该不是这样的。我还是要按照先前的计划一点一点来，他一定是懂我的。”

这突发的情况倒更加为刘诗雅鼓足了勇气。很快，她通过母亲和钱龙约定了时间。下午的时候，他们在咖啡厅见面。“第一个目标是拖到回英国前，”她想着，“只要在回英国前不订婚，钱龙就对我无能为力。”

在她思考这个问题的时候，钱龙已经坐在她的对面，虽然显得拘谨，但较前几次见面来看，他着实增添了几分自信，说话也主动多了。

“我们可以……可以继续交往么？”钱龙问。

“不然我干吗约你？”

钱龙一定是受宠若惊，一圈红晕印在脸上，有点直逼额头的意思。刘诗雅并没有在意这些，平淡地对他说：“我想我们可以做朋友。”

听到“朋友”这个词，钱龙有些失望地“哦”了一声。

“这样不好吗？”刘诗雅问，“做朋友多好？你我都还年轻，结婚的事情以后再说不好么？”

“哦……好……”钱龙低下了头，“我还以为……还以为你不回英国……是因为想……想通了。”

“什么？”刘诗雅很纳闷，“我不回英国？我几时告诉你我不回英国的？”

"是爸爸告诉我的。"钱龙一本正经地说，像个职员在向老板汇报工作，"爸爸说……是阿姨告诉他的。"

刘诗雅着实有点震惊。这句话使她的冷汗从每一个毛孔中喷发而出，在全身流淌。有那么几秒钟，她一句话也说不出来，一直发着呆，脑子里思绪万千。钱龙未置一词，每个细胞都在紧张地发抖。

接下来的时间里，刘诗雅几乎没有讲话。两个人默默地面对面坐着，直到买单走人。她坚决要求自己单独步行回家，钱龙这才恋恋不舍地离开。她走在路上的时候，不停地在嘴里重复着"卑鄙"这个犀利的词语。她又一次拨通了林志远的电话，借着那股火气，她狠狠地骂了起来。

"林志远我告诉你！如果你还是那样对我，我立刻就可以和你分手！"

那还是英国的清晨，前一夜的折腾使林志远疲惫不堪，这时他正躺在床上酣睡，接到这样气势汹汹的电话，他先是有点不知所措，但紧接着，他想起惠惠对自己说过的话，于是同样用气愤的语气将对方压了下去。"分手就分手！别给我玩你那大小姐脾气！"但随后，他就感到后悔了。可是说出的话如泼出的水，他没有办法收回，只能将错就错。

"好啊！那我告诉你，我不回英国了，我妈已经给我订婚了！"刘诗雅比先前更加激动了。

林志远立刻明白了这是怎么回事。"原来你一直不接我电话，就是因为你每天都和你的'未婚夫'打得火热吧？原来你一来电话就没好气，正是想要激怒我，让我和你分手吧？原来你这么做都是有目的的！你真虚伪！你欺骗了我！你欺骗了我的认真！"

刘诗雅立刻意识过来，想要为此辩解。然而，她才说出一个"我"字，就被林志远强烈的自尊心硬生生地顶了回去。

"不用解释了！你是个骗子！不要越描越黑吧！我们不要联系了！我不稀罕和你做朋友。今天下午我就会联系快递公司，把你的行李寄还给你。代我向你那高贵的未婚夫问好（我想他一定很高贵），别再出现在我的世界里！我们两清了！"林志远说完之后，已经觉得疲惫不堪，接着，他关闭了手机，躺在床上，绝望地看着天花板。

刘诗雅简直不敢相信自己说了什么。她只是想赌气，像以往那样。而她又一次忽略了林志远的感受，这些个日夜，在世界的另一边，林志远的思绪打着结，错综复杂，这样的他经不起任何形式的摧残。"而我却摧残了他！"刘诗雅这才发现自己哭了。她又按动了键盘，但对方已经关机，她没有办法和他取得联系。

“天啊！这究竟是怎么搞的？”她大叫起来，紧接着，她又想到联系惠惠或者雨泽，但是，高傲的内心又一次阻止了她的行动。“这是我们自己的事，无论如何，我也不会让别人帮忙！”与此同时，她当然还觉得自己是有希望的。她觉得钱龙只是道听途说，母亲不可能随随便便在没有征得同意的时候就擅自取消自己的机票。“等我回去，等我回去一切就可以解决了。”

她满怀希望地回到家，刘母也恰巧从外面刚回来。刘母这天没有开车，她们在门口相遇，刘诗雅迫不及待地询问机票的情况。

刘母没有回答。她们一起走进大厅，刘诗雅开始有些躁动不安。

“我的机票究竟改了没有？”她问。

刘母的表情忽然严厉起来，许多年来，她都很少用这样的表情面对自己的女儿。刘诗雅被母亲的这股气场吓了一跳。而刘母觉得，自己终于到了要和女儿摊牌的时候。

“你太任性了。”刘母冷冰冰地说，“这样会害了你。作为家长，我们都是过来人，怎样对你有利，怎样对你有害，我们都是清楚的。在钱龙的问题上，我建议你和他好好相处。没有金钱作为后盾，你靠什么在世界上混？明天你们就订婚，订婚后，你们将一同被送到美国上学。在终身大事的问题上，我和你爸爸绝对不会由着你胡来！”

刘诗雅全身瘫软地坐在沙发上。她瞪着大大的眼睛。她没有反驳。她不敢相信和自己说话的这个人正是对自己娇生惯养的母亲。此时此刻，她多么想念林志远，她多么需要一个拥抱、一个吻，多么希望他告诉自己，一切都会过去。可是，她什么也没有，只能像一只被吓破胆的小狗，蜷缩在角落里，面对自己不幸的人生，瑟瑟发抖。

31

林志远面对着墙壁，狠狠地痛哭了一场，下午的时候，他将刘诗雅所有的行李统统打包，全部暂时存放在雨泽的家里，不日之内将寄回国。他忽然觉得屋子里空荡荡的。国内已经深夜了，刘诗雅仍然无法入睡。她想要发几条信息给林志远，以表明自己现在的处境，却因为欠费而无法发出。“国际长途还真是够呛。”她渐渐地冷却下来，似乎一切都是天注定的，她无从抗拒。

林志远的某些方面是脆弱的，但是，当他的自尊心受到损伤时，又会变得异常强大。这一天，他的手机都没有开机，促使他下定决心的并非这突如其来的变故，而是刘诗雅一次又一次的任性积怨过深。他只是觉得自己的底线被彻底冲破了，只想一个人好好静一静，不和任何人来往。

第二天，刘母要求女儿在咖啡厅与钱龙会面。刘诗雅面无表情地坐上了母亲的车，而后就跟着出去了。刘母在车上对女儿说了什么，但刘诗雅本人却并没有听进去。这是一种绝望的讯号，绝望的似乎并不是自己的感情，而是某种束缚自己的怪圈。她或许并不在乎自己和谁在一起，只是希望自己能够冲破某个看不见的小匣，呼吸一下室外的空气，让自己轻松一点，随意一点。看到女儿走进咖啡厅，刘母才放心地离开。

钱龙坐在里面等她。在此之前，刘母已经将女儿的意愿告诉了他。他有些兴奋地看着刘诗雅的眼睛，却寻不到任何光芒。他又激动又紧张，想赶快和她说说话，却又不知该从哪讲起。尴尬了好一阵，刘诗雅才对他说："有什么话就说吧，我不会生气。"

这平静的语气却更使钱龙感到心慌。他定了定神，努力使自己不再结巴："你……你决定……和我订婚，然后……然后去美国了吗？"

这句话立刻撕裂了刘诗雅的心。她站起来，目光中的诚恳和凶狠彼此交织，发出一道奇怪的光芒。她咬着牙对钱龙说："你给我听好了，我今天同意了你，不是因为我心甘情愿这么做，而是因为我的生活已经被你彻底毁掉了，我要在你的世界中狠狠地蹂躏你。"

钱龙有点喘不过气来。刘诗雅继续对他说："不过，在此之前，我有一件事要做。"

"什……什么事？"钱龙一只手捂着胸口。

刘诗雅端起桌上的一杯开水，冲着钱龙的脸猛地泼过去。后者大叫一声，跳到一旁。

"你在干什么？"他不解地看着这个恐怖的女人。

刘诗雅没有再和他讲话，拎着包转身走开了。原本安静的咖啡厅里，所有的客人都将脸转过来，瞧着成为落汤鸡的钱龙。嘲笑的声音此起彼伏。钱龙没有说话，他觉得心里满是委屈。但随后，他却感到一种特殊的幸福，于是摇着头坐回到座位上。他露出一脸狡诈的微笑。"这个姑娘……"他自言自语地嘟囔着。

……

这些天，惠惠时刻与母亲保持着联系，凭借着某种特殊的第六感，她意识到母亲绝不仅仅是患了简单的肺炎。但无论是医生还是护士，都对此绝口不提，她又担心自己贸然回国会惹母亲生气。从早到晚，惠惠无时无刻不在思考这个问题。她有些远房亲戚，据说也偶尔去看看母亲，但都只是匆匆地留下点礼品就离开了。如此推断，她倒并不像得了什么大病。可肺炎怎么会住这么久医院呢？惠惠绝不是那种在未了解详情前就有所行动的冒险派，在弄清楚之前，她不希望雨泽对自己的家庭有太多的猜忌，更不希望因为这样的事使雨泽在学业上分心。

为了转移自己的注意力，她将更多的心思投入到学习上。就要毕业了，过不了多久，她将面临一篇又一篇的论文。但她发现，自己的精力远远要比想象中更旺盛。夜深的时候，她会忽然被噩梦惊醒，转身一看，雨泽早已不省人事。终于有一天，她发现自己必须要找人倾诉衷肠了。

她想到的人是林志远。

在她的朋友圈中，她也只能想到他了。

很长一段时间里，林志远喝酒买醉。这是他最为脆弱的一面。每当走过熟悉的街道，想起和刘诗雅手牵着手的浪漫，他都会黯然泪下。而他是男人，他用尽全身力气压抑心底的不快。有时候男人那冷峻的外表下面，隐藏着的却是一颗柔软的心，能够触及那敏感带的，是他最爱的人。

他隔着窗户，对着月亮，大口大口地吞噬着酒精。这样的长夜不知何时才能过去。而更令他痛苦的是，随着酒量见长，他甚至无法很快进入到意识朦胧的状态，在全身疲软而头脑依然活跃的时候，痛苦被无限放大，刺激着他全身的每一个部位。

惠惠打来电话的时候，已经是凌晨了。他接起电话，用颓废的声音问："什么事?"

"我想和你聊天。"

"雨泽睡了？"林志远也着实需要和人好好聊聊天，"你来我这里吧，我过去接你。"

"不用了，我自己过去。"惠惠回答说。

从这以后，几乎每个夜晚，惠惠都会和林志远谈心。在她的劝说下，林志远渐渐开始转移注意力。他发现自己一天比一天强大起来，而惠惠却一天比一天衰弱下去。

对于自己的事，她对雨泽只字未提。由于专业的安排，雨泽将在所有人之前最先毕业。为了这一刻，他拼命努力着，甚至没有一丝闲暇。在家人的安排下，雨泽将在考试结束后立刻回国，报名申请一所颇负盛名的文学院。这是他人生重要的一步，他不敢有所怠慢。经过深思熟虑，他决定先在国内落脚，然后经过一番精心准备，迎接惠惠的归来。想到这些，他满意地拍拍自己的胸脯，继续投入到接下来的学习中去了。

32

惠惠坐在母亲床边，看着她躺在病床上，不停地冲着自己咳嗽，直到咳出血来。她连忙端来一杯热水，母亲喝一口，却咳嗽得更加严重。最后，她竟然将自己的五脏六腑全部吐了出来。她的心脏掉在床上，依然“怦怦”地跳动着，这着实让惠惠吓破了胆。她大叫了一声，而后发觉，原来自己是在做梦，钟表“滴答、滴答”的响声代替了那颗心脏恐怖的跳动声，她长出一口气，额头上沾满了冷汗。由于考试的压力，雨泽一直复习到很晚，这时正睡在客厅里。

惠惠坐起来，像带着疑问似的瞧着床头柜上的手机，过了好一阵子，她拿起电话，按动了键盘。

“你好。”对面传来一个深邃的声音。

“舅舅，是我。”惠惠说，“最近你有去看妈妈么?”

“有啦。”说话的人很喜欢在句子后面加个尾音。

“她得了什么病?”惠惠说话的口气像是法官在审问嫌疑人。

“是咽炎的啦，”舅舅想了想继续说，“你妈妈想借这个机会的话嘛好好全身调养一下的啦。”

“你骗人。”惠惠立刻识破了舅舅的谎话，她的声音这时变得异常低沉和冷酷，“护士说肺炎，你说是咽炎。你骗人。妈妈究竟得了什么病?”

“哦哦，对的啦，”舅舅继续试图蒙混过去，“你妈妈是肺部有点问题的啦，不过没有关系……”

“你骗人!”惠惠这下真的发怒了，她喊了一句，而后又担心自己会把雨泽吵醒，不过雨泽这时正被疲惫紧紧地包裹着，什么声音都听不到。惠惠看到客厅没有动静，于是继续说：“如果你不告诉我实话，我明天就辍学回家。”

这句话着实像一把锋利的小刀。舅舅知道惠惠是个说到做到的性情中人，他深刻地意识到自己正站在悬崖边上，一面是不能告人的秘密，另一面则是一股强劲的个性。他支支吾吾了半天，惠惠怒火中烧，又强调了一次。

“如果你不说实话，我明天就回去。”

舅舅衡量再三，最后终于不再沉默。他诚恳地对外甥女说：“舅舅现在就把情况告诉你，但是你的话嘛……要答应我，好好把学上完，不要冲动。”

“我答应你。但是你必须说实话。”

“你妈妈得了肺癌。”舅舅严肃地说，他似乎忘记了自己喜欢给每句话加个尾音的习惯。

惠惠愣在那里，眼泪像火山喷发时的岩浆瞬间沿着脸颊滚落。她说不出话来，因为这突如其来的消息使她哽咽住了。

“你不要难过。”舅舅继续说，“你妈妈的病有没有的治，很大程度上取决于她的心态。她希望你顺利毕业，然后回国，如果你中途辍学回家，只会使她病情恶化。相信舅舅，我们一家人每天都在守护着她。你听懂了吗？好好学习，好好学习！”

惠惠早已泣不成声，电话里舅舅依然不停地讲着。

“这件事不要询问妈妈，她会生气是我告诉了你。现在一丁点气都不能给她受，你明白吗？”

惠惠似乎明白了，却又似乎不明白。她没有办法继续说话，她的意识大半已经损耗，只能勉强要求自己挂掉电话，然后将它扔到床头柜上。紧接着，惠惠将自己闷在枕头里嚎啕大哭。她几近疯狂，但某种内心深处的坚强仍然在促使她对雨泽闭口不谈。惠惠清晨起了个大早，她梳洗过后，为雨泽准备了早餐。过了好一会儿，雨泽才慢慢睁开眼睛，从沙发上爬起来。

“今天是什么好吃的？”雨泽搓着两只手问。

“先去洗手啦！”看到男朋友睡眼惺忪的样子，惠惠顿时觉得心情大好，她一边将雨泽推向卫生间，一边说，“不洗手不让吃。”

雨泽洗漱过后，来到餐桌前。惠惠将脑袋一歪，噘起嘴巴。雨泽走过去，吻了她一下，而后才坐在一旁，兴致勃勃地准备用餐。

惠惠强迫自己不去思考那些令自己烦心的事。她骨子里有股顽强的劲儿，心里越是难受，就越是百分之百地体贴细腻。这天的早餐，她做得格外卖力，连草莓都洗了又洗，最后泛起了鲜红的光芒。她欣赏着雨泽的吃相，脸上挂着微笑。

“宝贝怎么不吃？”雨泽停下来问。

“我就吃。”

“你有心事？”雨泽有点没正经地开起玩笑来，“快吃快吃，别胡思乱想别的男人。”

家里的事确实占据了惠惠的内心，对于这个冷色调的玩笑，她用了几秒钟才反应过来。这倒着实让雨泽有点不安。

“宝贝果真有心事？”雨泽一边说着，一边已经坐到惠惠身旁，一只手搂着她。

“一些家里的事情。”惠惠对雨泽的敏感了如指掌，她认真地说，“家里人有点心烦。”

雨泽知道，惠惠的家庭关系较为复杂，每次碰到有关这方面的问题，他都只是笼统地说一句“放宽心，过一段就会好起来”。这话具有万能的效用，这次，他同样认真地将这句话讲给惠惠听。惠惠吻了他一下，继而又强装出笑脸对他说：“好好复习。回国等我。”

听完这话，雨泽回到食物前，像演小品那样夸张地吃起来。惠惠说，自己胃不大舒服，于是雨泽迅速地将桌上的食物一扫而空。

“我洗碗吧。”惠惠对他说，“你去复习。”

雨泽很快夹着两本书向图书馆进发了。惠惠收拾完家，带着自己的重重心事来到学校。学期进入最后阶段，没有了有趣的拍摄作业，取而代之的全是一些枯燥乏味的论文考试。最后这几天，学校在讲授一些有关考试方面的重点，惠惠带了一个厚厚的本子，手里的钢笔在上面画来画去，却没有记录只言片语。她仿佛觉得自己从来没有学过英文，老师所讲的话她一句也跟不上。她想，如果自己能够顺利毕业，母亲一定会开心，那样疾病也会败给她的免疫力。可是一想到毕业，她就会想起那些烦人的论文。她觉得不论自己怎样努力，都没有办法找到写作论文的窍门，写出自己的观点吧，老师认为她“还没有那个资格”，引用别人的观点吧，老师又转而觉得她没有自己的特色。惠惠很愁，交上去的论文已经有两篇知道了结果，看在她平日的拍摄作业做得很好，老师没有直接将它们枪毙，勉强给了及格的分数。虽然单纯的论文已经结束了，可即将到来的考试却更加使她手足无措，她含混地听到老师说，考试的内容和论文近似，也是一篇论文，无非是写在考卷上的，没有字数限制的。

如果没有考好怎么办？她想。如果自己考试不过，那就没有时间尽快回国，补考要一直等到12月，如果回国的话，母亲一定会因为自己的不争气而更加生气。那怎么办呢？好吧，先不去想，面对眼前的考试就好。想到这里，惠惠抬起头，高度集中地盯着老师。只是这时老师站起来，冲大家鞠了一躬，说了声“see you next time”（下次见）就匆匆离开了。惠惠合上本子，这一课她什么都没有听懂。

眼看就要中午了，惠惠看一下表，她想到雨泽还在图书馆里拼着老命。雨泽的近况也不容乐观，在政治课上，他以自己独到的观点顶撞了老师，指出所谓的苏格兰政治其实是一场虚无缥缈的自我安慰，这话直接将他的最后一篇论文送到了滑铁卢，好在他之前的成绩一向很稳定，只要在期末考试中获得一个较为优秀的分数，也就不会影响到自己毕业的脚步。他想出一个绝妙的办法，那就是将一本厚厚的《Scottish politics》（苏格兰政治）全部背到脑子里，这种做法是欧洲人很少想到的，而工作量也自然是惊人的。

母亲的事情依然在惠惠脑子里不停地打转。她善于联想的大脑甚至将此种话题外的内容一股脑地抛给了她。她看到草地一家四口人，父母和大儿子正在就一个什么问题讨论，小儿子则在一旁的婴儿车里躺着晒太阳。她继而联想到自己从小就没有一个健全的家庭，懂事的时候偶尔见到父亲，也总是觉得像位大叔。母亲凭借一己之力将自己抚养成人，却落下了一身的毛病。不过，惠惠始终相信，她是一个不折不扣的女强人。"我自己就是证明。"她想着，别人无法忍受的事情自己总是可以忍受，这一点一定是从母亲那里继承过来的。

她回到家，起初几乎忘记了自己要做什么。定了下神，才想起原来是想给雨泽送午餐。在厨房忙活了一阵后，她出现在雨泽的身旁。雨泽不停地背诵着，进入了忘我的境界。惠惠在一旁坐了很久，他才有所反应。

"爱心午餐！"他故作惊讶地说，"还是宝贝对我好。"接着就三下五除二地将午餐扫荡干净了。

看着他吃饭读书的样子，惠惠更加坚定地要求自己保持克制，绝不能将家里的事情透露哪怕一丝一毫，从而破坏了雨泽的学习劲头。她这样要求着自己，在雨泽的脸颊上轻吻了一下，然后就一个人回到了房间。在房间里，她翻开书本，想要逐字逐句复习起来，可惜那些思绪再次闯入脑际，她仿佛听到某种奇怪的声音从四面八方袭来，使她不得安宁。

"还真糟糕呢。"方惠惠自言自语了一句，接着就合上书到外面散心去了。

33

窗外的世界这时却忽然变得更加糟糕了。苏格兰的天气就像一张孩子的脸，随时都有可能由晴转阴。惠惠跨出门的时候，一团乌云遮盖了整个上空。先是狂风大作，继而大雨倾盆。面对这样的天气，苏格兰人总是平静地戴上帽子，而后低着头继续前行。

这可恶的风云突变使惠惠顿时没了散步的心情。她走着走着，走到一家咖啡厅，里面看上去还算温馨，只是这时候客人似乎多了些。她走进去，挑了一个位子坐下，叫了一杯卡布奇诺，一个人静静地坐在那。惠惠很喜欢定期整理自己的思绪，碰到现在的事，她更需要好好地调整一下。不过这时，她的思路显然却被打断了。林志远恰巧也推开门，走了进来。他全身被冻得瑟瑟发抖，才刚将外套脱下来，就看到了惠惠。

“你在？”他走上去问，脸上的愁容分明才刚刚散去。

“喝点东西。”惠惠示意他坐在自己对面。

“正好，我今天也不打算复习了。”他说着，将外套挂在椅子上，嘴里喘着粗气。

“你碰到问题了。”惠惠确定地说。

“没有、没有，”林志远搓着双手，他从未有过这般急躁，“这算个什么问题！无非就是一场旷日持久的自作多情嘛！”

惠惠的好奇心顿时将心里的烦闷顶替了。她瞪大了眼睛，等待着林志远继续说下去。

“刘诗雅今天决定，下周一就和她未婚夫去美国了。”

“喔……”惠惠端起咖啡，“还真快。”

“是啊，提前预谋好的事，怎么可能不快呢？”林志远做出一副若无其事的样子来，“人家未婚夫家有的是钱，能翻云能覆雨……”

惠惠几乎要笑出声来。她觉得这个时候的林志远很可爱。

“你是羡慕嫉妒恨。”

“我真没有，”林志远依然嘴硬，“我和她已经彻底不联系了。这消息也是从她博客里发现的。”

“羡慕嫉妒恨。”惠惠又重复了一遍。

“好吧，好吧，就当是我羡慕吧。”

“不对，还有嫉妒和恨。”惠惠终于忍不住，笑了出来。林志远停了一下，他本来很严肃，但这时似乎是被惠惠传染了，也忍不住笑了出来。

……

一周后，刘母在机场送走了自己的女儿。通过这段时间的和平相处，刘诗雅逐渐找到了钱龙身上的优点。她发现无论自己要求钱龙做什么，他都会应声附和，就算是在外地，只要一声令下，他都会拼了老命地赶回来。渐渐地，她不再觉得钱龙是个猥琐的人了，相反，随着两个人越来越熟悉，钱龙的真实性格被表露出来。钱先生有一次请企业家们谈生意，刘诗雅和钱龙也一同参加。她看到钱龙在饭桌上侃侃而谈，完全没有扭捏的样子。他穿西装的时候，看上去是一个很有风度的男子汉。这反而因为之前的落差，使刘诗雅更加对他刮目相看。晚宴结束后，她坐钱龙的车回家。汽车停靠在家门口时，刘诗雅仔细瞧着对方的侧脸。月光为钱龙的脸镶嵌了一道银边。刘诗雅靠近他，在他脸上轻轻吻了一下。

“你今天让我刮目相看。”她说，“这是奖励给你的。我希望从此以后，你都可以像今天在饭桌上一样有气场，做一个让我着迷的男人。”

钱龙已经愣在那里了。他的喜悦之情油然而生。或许对于有些人而言，只有当自己失去对原有幸福的追求权时，才能硬生生地将视线转移到其他的幸福上去。刘诗雅是个永远不会想到自杀的任性女孩，没有了林志远，她强迫自己在钱龙身上寻找闪光点。这天，她找到了，这种喜悦本身就足够令她开心。

经过一个夜晚的等待，雨泽最终走入了考场。通过这几天自虐式的复习，他将枯燥的政治理论反复背诵，从中找到了苏格兰人民思维方式的共同点，也就顺手牵羊地将书本上的那些琐碎尽数记在了脑子里。惠惠陪他一同来到考场，排队等待着考试的开始。

“宝贝，我紧张。”雨泽一只手里还捏着复习笔记。

“老公，别紧张。”惠惠扑进他的怀里。两个人拥抱了一会儿。

“这段时间我都没有好好陪你说说话，”雨泽说，“考完过不了几天我又要飞回国内，你会不会生气呢?”

“只要在一起，我就不会生气。”惠惠将他抱得更紧了。

“回国以后我们一起去旅游，我等你。”考场的门开了，雨泽说完，就走了进去。“真奇怪。”雨泽走进去以后，惠惠觉得自己很莫名其妙，“又不是上刑场。呃……怎么像生离死别。”

就这样，考试结束后，雨泽马不停蹄地收拾完行李。他原本想让惠惠在家好好复习，但惠惠坚持要陪他去机场。雨泽只好同意了。“回去后你要好好学习，”雨泽叮嘱她说，“不准偷懒！偷懒我会生气的。”

“嗯嗯。”惠惠连连回答。

“你们那些理论，如果你理解不了，就干脆死记硬背，背出来的东西肯定没错。”

“谁说我理解不了?”惠惠反驳说，“你说我理解不了?”

“没没，我没那个意思。”雨泽连忙退让，“宝贝是最聪明的。”

“知道就好。”惠惠白了他一眼。

“记得每天给我来一个电话。”雨泽继续叮嘱说。

“知道啦。”

“要在国内的晚上。”

“明白啦。”

“如果打不通就过一会儿再打。”

“我知道。”

“还有什么要叮嘱你的？”雨泽思考了一下，好像没有要叮嘱的事情了。

“好了啦！到机场了，赶快下车吧。”说完，惠惠将雨泽送到机场内。因为是最后一次离开英国，雨泽将全部家当背了出来。两只大箱子里装满了新奇玩意儿，那次公园里，在惠惠的讲解下认识了聪明的边境牧羊犬之后，雨泽很快就在王子大道的一家礼品店里发现了这种狗的雕塑。他花了60英镑买下它，并且提前很久就在网上四处查找国内有关边牧的销售信息。最后，他发现一位儿时的同学竟然自己开起了繁殖基地，里面养的恰好正是边牧。一听他的情况，这老同学在电话那头很兴奋地说：“包在我身上！从我这里领一条回去就成，不收你钱。”雨泽没有将这个消息告诉惠惠，他想等女朋友回国之后，带着自己的爱犬前去机场迎接，这一定会给她一个惊喜。这座边牧的雕塑，正是雨泽计划送给老同学的，以作为回报。

送走了雨泽，惠惠并没有感到寂寞和不快。或许是因为很快又能重逢吧！她长出一口气，忽然她的眼泪沿着脸颊不停地滚落到地上。她朝着卫生间的方向走去，一边走一边痛哭着——这并不是因为雨泽的离开，而是这段时间，她始终在雨泽的面前伪装着自己，压抑着心底的苦闷，现在雨泽走了，她终于能够尽情地想念自己身患重病的母亲，肆意地哭泣，将心里的不安和痛苦全部发泄出来。

而流过了眼泪，她看着镜子，告诉自己必须坚强。

“妈妈会讨厌我流泪的。”她这么对自己说，“我要振作。”

于是，她打算快一点回到家，然后开始认真地复习。而她来到机场门口，手在口袋里来回摸索了一阵后才发现，由于走得匆忙，她只记得带够了来时的打车费，竟连钱包都忘在了房间里。

“还真是糟糕。”她掏出手机，拨通了林志远的电话。

34

林志远赶到的时候，已经是傍晚时分。他是所有租车公司的会员，这天，他租用了一辆“street car”，将音乐开到最大，他一边开车一边扭着身子，完全的自娱自乐。惠惠跳上车，一把将音量调低，只隐隐地感到旋律的存在。

“回家还是去图书馆？”林志远问。

“回家吧。”惠惠两只手交叉在胸前。

“不一起吃饭吗？”

“好的。”惠惠面无表情。雨泽就像个瓶塞子，他一离开，瓶子里那些痛苦和纠结就全都泄漏了。惠惠说话时心不在焉，她很刻意地要求自己集中注意力，但她的意志还是四散开去。

“你还好吧？”林志远打破了沉默。

“哦？嗯。”

“是不是雨泽走了，你多少会心生想念？”林志远故意将自己的话说得轻松些。

“还好啦。”惠惠说，显然有些不耐烦了，“别跟我说话。”

林志远还以为自己说错了什么，看到惠惠这样冷淡，立刻闭上了嘴。车上一阵沉默，这种环境为惠惠的思绪提供了生存空间。过了好一阵，汽车已经驶入市区的时候，她终于觉得仅凭自己的力量是无法将这团乱麻理清楚的。

“我应该怎么办？”她似乎是在问什么，又确实是在陈述一句话。

“什么？家里的事情么？和雨泽发生了什么？”

“不。”她语无伦次，一只手拽着头发，“算了。”

“阿姨怎么样了？”林志远试图引诱她说出心底的苦闷。

“有点糟糕。”她回答说。

“难怪……”林志远心里想，他朝惠惠的方向瞟了一眼，后者目光呆滞，好像已经灵魂出窍了似的。“她一定是为家里的事情发愁。”林志远想，“这女孩心思细腻，可是多少有点优柔寡断。”

“我想休学回国。”她说，“陪陪妈妈，也陪陪雨泽。”

“那为什么下不了决心呢？”

“因为妈妈不让。”惠惠长叹一口气。她想到，如果自己忽然出现，母亲一定会因此而生气。最近这段时间里，她常和舅舅保持联系，却并不敢增加给母亲打电话的次数。在母亲面前，惠惠始终装作一无所知，倘若这个时候忽然频繁问候，母亲一定会察觉到这是女儿知道了自己的病情，从而会更加心神不安。每次和母亲通完话，如果没有听到她的咳嗽声，惠惠都会暗自兴奋，如果相反，她则会悄悄哭泣。

“我没有力气复习。”惠惠说，“我很担心我会过不了。”

“你一定能过的。”林志远决心鼓励她一下，但没想到，他的鼓励没有丝毫的意义。

“时间不够了。”惠惠摇着头说，“碰运气吧。”

确实，以惠惠现在的状态，要将那几本又厚又重的资料书全部强记在脑子里，诚然是一种巨大的挑战。

“其实我也没有十足的把握。”最近的这段时间，林志远和惠惠几乎步调一致，他们处在类似的状态，“我都没有复习，喝酒占据了我大部分时间，其次是发呆，再其次是睡觉。我的脑袋看来是不行了。”

“小伙子。”惠惠拍了下林志远的肩膀，笑了起来，“你还年轻。不要被感情谋杀了。”

“还真不是，”林志远嘴硬地说，“是我不爱学习的过。反正你也过不了，我心理很平衡。”

惠惠白了他一眼。平日里，这白眼是翻给雨泽看的。

……

雨泽回国后没几天，就领回了那条边境牧羊犬。刚领回家的时候，那小家伙才断奶没几天，黑白均匀，像只幼儿时期的小熊猫。有些姑娘看到这条可爱的小狗，说她是“自带烟熏妆”。第一个入住雨泽家的夜晚，小家伙头枕着布娃娃，流着眼泪进入了梦乡。雨泽整个夜晚都没能安然入睡，一直守护在她的身边，一只手抚摸着她的脑袋。第二天，这小家伙就已经将雨泽认作了自己的衣食父母，不论他走到那里，都会紧随其后。

“据说这种狗体力充沛，”雨泽看着眼前的小家伙想，“我就叫你沛沛吧！”这样，从第二天起，沛沛就正式成了这条边境牧羊犬的名字。沛沛的进步速度很快，第三天起，她开始对自己的名字有所反应，第四天，雨泽大着胆子带沛沛在院子里慢跑。他们沿着小路一路向前跑去，转入一条小巷，而后直插回家。这时，沛沛忽然紧张地叫了一声。雨泽转过头来，只见五只肉头肉脑的野猫从身后猛然袭来。领头的那只长着一身锈迹斑斑的毛，一定是在垃圾堆里摸爬滚打了很久的“老江湖”。才一个多月大的沛沛哪是他们的对手，眼看她就要被领头的家伙追上了，雨泽忽然停下脚步，照着敌人的脸狠狠踢了一脚。

其他四只猫见此情景，全都停在原地，不敢上前。领头的似乎感到一阵疼痛，抖了抖脑袋，向远方逃窜而去。这样，猫群也就跟着离开了，留下一阵凄惨的叫声。这次以后，沛沛将雨泽视为自己的第一主人，看做自己的保护者。某种人与动物的信任就这样建立了起来。在后来那些流浪的日子里，无论是面对苦难还是富贵，成熟以后的沛沛依然只怀念自己的主人。

……

考试前的那个晚上，惠惠约林志远在图书馆见面。林志远原本是和雨泽一起考试的，但由于参加考试的人数过多，学校将学号排在后50名的学生额外安排在别的日子，恰巧和惠惠考试的日期相互重合。在图书馆里，他们并排坐着，翻阅着不同的资料，却偶尔交谈一下共同的话题。

“你要喝咖啡吗?”林志远问。

“嗯。”

于是，林志远走到一旁的自动贩卖机，很快取回两杯卡布奇诺。惠惠一边喝着咖啡，一边将目光游走于字里行间。到了这最后的一刻，那些搅扰她的思绪终于暂时被关闭，可时间已经不多了。

“来不及了。”她看了下表，已经是凌晨一点。她看了下桌子上的书，还有厚厚的多半本没有读完。

“加油。”林志远依然在鼓励她。

惠惠没有吭声，继续埋头复习起来。他们就这样一直学习到图书馆关门。林志远将惠惠送回家时，天空已经露出了鱼肚白。最后的这几个小时里，惠惠的记忆力似乎被彻底打开了，她逐字逐句地将那些理论刻在脑子里，突然信心十足。她紧握拳头，突然开始相信自己一定会创造奇迹。林志远的考试被安排在下午，他的精力尚且还够用，但惠惠的考试被安排在早晨，她觉得自己必须迅速沉沉睡去，否则将不可能醒着写完考卷。

林志远将她送回家后，自己也转身离开了。惠惠来不及洗漱就爬上了床。在梦里，她又一次梦到了母亲。她梦到自己取得了优异的成绩，最终捧着毕业证书回到祖国，在家里，她将从学校购买的毕业典礼DVD拿出来给全家人播放，将毕业照挂在墙壁上，所有人都以羡慕的眼光瞧着她。由于心情大好，母亲的病情也逐渐好转。医生说，只要保持这样的心情，癌症就不会要了她的命。她继而梦到了雨泽。雨泽对她说，他将牵着她的手，去爱琴海，去圣托里尼群岛，去宙斯神庙……

一阵急促的手机铃声将这美梦打断了。惠惠爬起来，那是林志远的电话。后者对她说，考试已经结束了，他觉得自己可能没有及格的希望，特意打来电话，问一问惠惠的情况。

惠惠顿时蒙在那里。

“你考完了。”她自言自语地说，“现在几点?”

“现在已经6点多了，你是不是太累所以回家睡觉了?”

“什么?”惠惠连忙拿起手表看了又看，是6点多没错。她看看窗外，可是苏格兰的夏天，是几乎没有夜晚的，她什么也看不出来。

“是下午6点?”

“是的，你怎么了?”

惠惠没有再回答，她傻笑着将电话扔在一旁。很久很久，她都没有力气动弹一下。她误了考试。根据学校规定，这样的行为等于自动弃权，直接被调整到补考的行列中去。

“天啊！我竟然没去考试!”她查找着原因，手机上的闹钟响过五次，都没有将她叫醒。一旁的钟表也曾被设置闹铃，竟也没能将她叫醒。“这究竟是在开什么玩笑!”

她觉得全身冷飕飕的，于是连忙将身子缩回被子里。

“我不会是病了吧?”她用一只手摸了下自己的额头。

她夸张地以为，自己的手险些被前额的温度灼伤。她病了。这高烧麻木了她的神经。她的意识只是短暂地强大了一下，而后就衰退了。渐渐地，她昏睡过去，又一次进入了那个她刚刚离开的梦中世界……

35

林志远的电话被惠惠挂掉之后，一个人在街上散步。早些时候下过一场雨，太阳被乌云遮起来以后就不再像先前那样炫丽了。对惠惠这种随意挂断电话的行为，他起初有些费解，后来又想，毕竟人无完人，惠惠这种性格的女孩或许天生就是这样自我，她心里应该并没有看不起自己的意思吧。这样想着，他倒觉得也没什么，大家朋友一场，本来就应该多迁就着点对方。

“怎么一不小心就走到这里来了。”林志远有些纳闷，他原本只是想要体会一下考试结束后的松快，没想到竟沿着潜意识里的某条道路走到了惠惠的楼下。他想到惠惠挂断自己的电话，一定是有些什么事情不愿意见人，于是转身向回走去。才走了两步，他又觉得既然来了，就应该礼貌性地关心一下对方，雨泽不在，惠惠应该正需要关心呢。“我就当次好人吧，反正也没事可做。”这么想着，他按动了惠惠的门铃。

“不在?”门铃那头没有人回应，他又按了一下，还是没有回复，林志远于是打算离开。这时，他听到了门锁“咣当”一声被打开了。惠惠费尽了力气，才来到门铃跟前，打开锁后，她又回到了床上。

“你怎么了?”林志远进来时，看到惠惠满脸通红，目光呆滞，正蜷缩在被子里瑟瑟发抖。

“在发烧。”她说，“我误了考试。好痛苦。”

这样，林志远终于明白了为什么他的电话会突然被挂断。他找了张椅子坐下，对她说:“我是散步散到这里来的，你突然挂断我的电话，我觉得不太对劲，所以就过来看看。”

“是不大对劲。”

“我给你倒些水去。”林志远来到厨房，在里面摸索了一阵，终于找到一只杯子，暖壶里的水还保持着原有的温度，他倒好水后，来到卧室，端到惠惠面前。

“怎么会病得这么重?”

“不知道。”惠惠觉得脑袋里有一千只老鼠在来回乱窜，“好烦。”

“有药吗?”林志远问她，“阿莫西林和感康，你有带吗?”

“没有。”惠惠闭着眼睛说。

“你等我一会儿，我家里有，我回去拿。”

“别。”女孩在脆弱的时候，总是希望可以有一个强壮的男人站在自己身旁，给自己足够的安全感。惠惠的视线无法彻底拉伸，她隐约地觉得，眼前的林志远正是雨泽，雨泽也正是林志远。“陪我一会儿。”她定了定神说。

“好，我陪你一会儿，但是等会儿你睡着了，我就回去给你拿药。”林志远语气坚定地说。

但说话的时候，惠惠的眼睛已经闭上了。又过了几秒钟，她的呼吸变得均匀。林志远确定她已经睡着了，于是将被子向上面拽了拽，遮住了惠惠的半张脸。他在家里巡视了一圈，将墙上的电暖气打开，又从床头柜上取走家门钥匙，向自己的宿舍跑去。

惠惠感到额头上一阵冰凉，脑子顿时清醒了一下，睁开眼一看，原来是林志远为她的额头敷上了凉毛巾。她觉得心里暖暖的，冲着林志远笑了起来。

“你真会关心人。”她说。

“你醒了？”林志远看了她一眼，手里捏着体温计，对她说，“先测一下体温。”

惠惠这时像一条温顺的小狗。她接过体温计，夹在胳膊里。她为有这样的朋友感到欣慰。“谢谢你。”她对林志远说，“真的。”林志远倒是做了个无所谓的手势，回答她说：“这都是小事儿！朋友嘛，不就是要互相关心么？”没过一会儿，惠惠见时间差不多了，就将温度计取出。林志远接过温度计，在灯光下比划一阵，有点紧张地对她说：“看来要吃退烧药了。”

温度计显示，惠惠高烧至39℃，难怪她精神恍惚，偶尔会产生幻觉。林志远将退烧药喂到她嘴里，然后要求她老老实实地睡一会儿。惠惠又重复了一遍之前的话：“不要走开，就留在这里。”

“放心吧。我一直陪着你。”林志远坐到椅子上，看着惠惠渐渐入睡。

半夜的时候，惠惠的烧退了下去。被子被她的汗水整个浸湿了，她觉得身体逐渐舒服了起来。林志远一直陪在她身边，胳膊支撑着脑袋昏昏欲睡。

“水……”惠惠说，“我想喝水。”

林志远连忙清醒过来，将水杯端到她面前。惠惠半坐在床上，大口大口地喝起来。

“我想换衣服。”惠惠说，“可不可以回避一下？”林志远连忙躲到客厅，将门关好。过了一会儿，惠惠换完了衣服，重新坐在床上。“可以进来了。”于是，林志远推开门回到卧室。

“全身都湿透了。”惠惠说，“不过很舒服。”

“想吃东西吗？”林志远知道这是疾病好转的迹象，心里颇有几分成就感。

“想……我想喝番茄蛋花汤。”

“我看家里原料正好够用，”林志远琢磨了一下，继续说，“我来给你做吧！”

没过一会儿，汤做好了。两个人一人一碗，很快就扫荡得一干二净。喝完汤后，惠惠觉得身体轻松了很多。

“今天可以不回去吗？”惠惠问，“客厅的沙发打开是张床。”

“既然这样，今天晚上我也不放心走，我在这里陪你就好。”林志远若有所思，“雨泽知道你的病吗？”

“他不知道。”惠惠说，“他回去要陪家人，我不想打搅到他。”

惠惠就是这样一个总为别人着想的女孩子。她自己觉得，这并不是因为自己高尚，而是每次她为自己做一些事情的时候都会把事情本身搞得一团糟。既然这样，倒还不如多为别人想一想，久而久之，这种思维方式就变成了她的习惯。

雨泽有了沛沛以后，每天的作息时间都规律了起来。每天他都起个大早，带着爱犬在街上慢跑。他一直没有和惠惠联系，他想等到惠惠回来的时候，直接将惊喜呈现在她的面前。雨泽国内的手机没有开通国际漫游，因此他在网上留了许多话，询问惠惠考试的状态，但因为那场突如其来的高烧，惠惠长时间没有开电脑。她好几次想要拨通雨泽的电话，但她想到自己没有参加考试，这多少会让雨泽感到失望。每当她拿起手机的时候，都会在脑子里展开激烈的争论，最后还是决定暂时不要联系他，至少等自己脑子清醒一点的时候，用婉转一些的方式将自己的经历讲给雨泽听。

雨泽希望沛沛具有一定的野性，后来的一天，他开始训练她捕获猎物。他将沛沛带到附近的街心公园，里面有一片草坪，麻雀总是在草地上寻找着食物。雨泽猛地推了沛沛一把，嘴里喊着“上!”，沛沛起初有些犹豫，但很快，她似乎明白了主人的意思，一个猛子扑了上去。那群麻雀立刻四散而逃——这使沛沛对这个游戏产生了兴趣。没多久，那群麻雀又落在草地上寻找食物。雨泽指着它们，又冲沛沛喊了一声“上!”，沛沛再次出击，一个猛子扑过去，爪子险些按到猎物。很快，那群麻雀又冒险落到了草地上。这次，沛沛接到命令后匍匐前进，走两步就趴在草地上注视一下猎物的动向，她这样不停接近它们，忽然，一只麻雀似乎察觉到了危险，拍着翅膀想要逃脱，沛沛后腿用力蹬地，像颗弹力球那样弹了起来，身体高高跃起，在空中转体45度，最后张开嘴，甩了下脑袋。那只麻雀被狠狠地咬在牙齿的下面。

“好样的!”雨泽跑过来，将麻雀从沛沛嘴里取出，摸着她的脑袋，表示鼓励。“惠惠回来，一定会为这条狗鼓掌的。”雨泽想着，不禁颇有成就感。每天，他都会抽出早晨的时间陪着沛沛训练。边牧凭借天生的聪明很快就接受了各种技能。而令雨泽感到惊讶的是，那天他不在家，沛沛被关进笼子里，而当他回来的时候却发现，沛沛神奇地凭借自己的智慧，将笼子锁打开，然后将家里折腾了个底儿朝天。他哭笑不得，摇着头对沛沛说："你真是聪明得可怕。"

不过从那以后，沛沛虽然掌握了开锁的技能，却再没有在主人离开时使用过，这可能是一种对主人的尊重吧！

36

"最近怎么都没有跟我联系？"电话那头，雨泽有些生气地问。

"我病了。"惠惠感到心跳剧烈，她的嘴里似乎正在咀嚼着什么。

"严重吗？为什么不告诉我？"

"我怕你着急。"惠惠回答说，"还怕……还怕你生气。"

"傻丫头，"雨泽哄着她说，"你病了我哪有力气生气？现在身体好点了吗？"

"已经好了。"惠惠比先前更紧张了，"多亏林志远。"

"他考试怎么样？"

"可能过不了。"

"这家伙，成天女人女人的，怎么可能过。"

"嗯。"

这时雨泽正在遛狗，他瞧了一眼沛沛，不由得露出喜悦的笑容，不过他尽力让自己不要笑出声来。他问："宝贝什么时候回来？"

"我……"惠惠一只手捂着胸口，"我……"

"怎么了？"

惠惠咬咬牙，心里想着，反正早晚也要告诉他的，于是硬着头皮说："我那天发烧，没有参加考试。"

雨泽停了一下。他有点不敢相信自己的耳朵。有那么一秒钟，他觉得惠惠是在撒谎，是为自己不想参加考试找借口。但很快，他就发现自己的想法非常幼稚和可笑。他深吸一口气，对惠惠说："什么时候补考？"

"年底。"惠惠紧张得有点说不出话来，她觉得心慌，"对不起。"

"没有关系的。"雨泽知道这个时候自己唯一能做的就是鼓励她，"你要加油，我等你，也就半年而已。考过回来有惊喜的。"

"我会加油的。"惠惠的心里在默默感谢雨泽的宽容，"你要等我。"

这天，惠惠将自己的真实情况讲给舅舅听。他们在电话里商量了一个钟头，最后舅舅提议，让惠惠对自己考试的事情保密。"你可以说机会难得，要和朋友去旅游的啦。"舅舅的说法得到了惠惠的赞同。事到如今，也只有这样的办法能够暂时遮掩一下惠惠的窘境。

"从今天起，"她想，"我需要减少跟母亲的联系。"只有这样才能让母亲真的以为女儿是在进行一场全英范围内的旅行，从而没有时间和家里人保持联系。虽然知道女儿已经考试结束，但她依然希望将自己的病情隐瞒到最后一刻。而这时，经过一系列检查，她的病情也确实神奇地开始有所好转。这倒也并不是医学史上的奇迹，只是她的心态渐渐摆正，没有太大的波澜。在后来的一次对话中，惠惠报喜不报忧，将雨泽会怎样在国内欢迎她夸张地描述了一番。

"他要隆重地把我介绍给家人。"惠惠说，"要开奔驰接我。我们还要去好多地方旅行。总之，会很浪漫。我还要和雨泽在同一家杂志社工作，他写专栏，我做插图。我们会一直在一起，然后结婚。"

听到这些，母亲也感到无比幸福，她的身体一天比一天好起来，癌细胞得到了有效的控制。她几乎觉得自己可以像健康时那样工作。手术之后，她又在医院住了一段时间，一切情况良好，于是，她出院了。

心思细腻的惠惠却总是无法接受自己撒谎的事实。她挂断电话，一个人在街上走着。她想去咖啡厅小坐一下，然后再去学校索要一张课表，她已经做好了重读半年的准备，并警告自己这次一定不能有任何闪失。而一个人静下来的时候，自责感会不停地在脑子里闪现。"我欺骗了家人。"她想，"有点糟糕。这半年的旅行，我该怎么捏造？没有照片，没有见闻，我回去以后又该怎么向家里人讲？"她唯一欣慰的是，舅舅已经告诉她母亲成功做完手术并且出院的消息，这样，她至少从极度的悲伤中走了出来。

林志远成了惠惠在那段时间里接触最为频繁的人。他们常在某家餐厅，或是某间酒吧轻轻地闲聊几句，倾吐一下内心的压力。

"还好我有你这个朋友。"惠惠对林志远说。

"随时愿意效劳。"林志远大手一挥，对她说。

他们有时会在背地里开一开雨泽的玩笑，偶尔揭露一下他的短处，讲一讲他内心深处的"强迫症"。

"大二的时候我们还上同一个tutorial（小型辅导课），那时候教授只要一讲到有关民主的话题，他就会站起来反驳，"林志远一边笑着一边说，"这家伙有一次硬生生地把教授惹火了，指着人家鼻子说，人家一辈子的研究全都是fail（失败）的，然后讲了一大堆自己的理论，证明一个我也没听太懂的理论。"

"民主是程度，不是制度。"惠惠在一旁补充说。

“对对，”林志远接着说，“就是这个东西。他说要追求广义的民主化，而不是狭义上的民主制度。当然，他自己也不知道这两句话用英文该怎么说，于是就凭着自己的想象力编造了两个词儿，最后教授也一头雾水，可是又看见他出奇的强硬，所以只好让他回去把英文练好再去辩论。当时班里的同学都笑得快晕过去了，我想帮他多说两句，可是他那理论太‘高深’，我也不知道该怎么接，就只好看着他被大家嘲笑了。”

“他自己倒是不生气。”惠惠也想起了那天雨泽回家后满脸通红，却硬着头皮说自己“不生气”的模样，忍不住捂着嘴笑了起来。

“不过我真佩服雨泽那股不服输的劲儿，”林志远继续说，“大三开始我们分在不同的tutorial里，但还是经常看到他出现在我们教授办公室的门口，等着和人家辩论。有一次，他终于惹出了事端。考试前，教授狠狠地指着他说了句：‘You may fail.’(你可能会挂科)。这下他才意识到，原来教授一直都记恨着他呢！”

惠惠在一旁笑着说：“还好他过了。”说完，他们又笑了起来。

还有的时候，他们还会谈及一下方母的病情。惠惠将母亲略有好转的情况告诉了林志远，林志远显得由衷的高兴。对于惠惠有意隐瞒自己的状况，他露出一脸同情来。“真是一个好姑娘。”他自言自语地说。

就这样，他们维持着这份友谊，度过了那些无所事事又满怀压力的日子。他们一同去动物园游玩，和企鹅合影，对着猴子做鬼脸。惠惠偶尔还会手痒痒，想要摆弄一下自己的相机，于是，他们一同前往邓迪或是前往斯特灵，在别致的小路旁美餐，感受着苏格兰充满热情却又没带着什么温度的阳光。

这份友情，在最寂寞的日子里，却带来一份奇特的精彩。

开学后，惠惠整日静心苦读。而林志远仍然像过去一样，组织着各种各样的宴会。一开始，他们只是偶尔往来，周末的时候林志远常常帮助惠惠拎东西。惠惠每个晚上都会和雨泽联系一次。但过了一阵，雨泽的生活进入了正轨，他一边自己潜心学习，早晨还要起个大早前去遛狗，后来又要常给杂志社写稿子，时间就显得不是那么富余了，他们联系的时间也就减少了。

给雨泽打电话的机会减少了，惠惠用散步来代替夜晚的无聊。“回国以后，我会和雨泽结婚，会找一个稳定的工作，会过得很愉快。”她想，但是转而又否认了自己的想法。因为雨泽绝不是一个安于现状的人。“他想飞黄腾达，他想成为旗帜性的人物。”也正是因为这个原因，惠惠才由衷地佩服他，“我应该支持他，就是和他过苦日子，我也应该保护他的梦想。”而现在，惠惠却十分向往一份安定的生活，一个稳定的家庭。她也不知道是什么磨灭了自己疯狂的内心。

惠惠从小就希望自己成为一名摄影大师，且远近闻名，让全世界的人都看到自己的作品。而现在，她只希望自己拥有一家影楼，或者可以给某个杂志社当摄影记者，这样的日子既规律又平凡，跟着团队到处收集素材，不会太累，也不会太过乏味。

爱丁堡实在是个太小的城市。她一会儿自言自语，一会儿默不作声，这么走着走着，就来到了林志远的宿舍楼下。她看见里面亮着灯，窗户旁有不少陌生人的影子，猜想这一定又是他在开Party。“反正也很烦闷。”她又自言自语了一句，接着就敲开了林志远的房门。

林志远一到晚上就会将学弟学妹们组织到家里，尽情地畅谈一天的见闻。惠惠推开门，林志远身上那股浓重的酒气迎面扑来，她差点吐出来。

“惠惠！”林志远像是好几年没见过她似的，热情地一一为她介绍自己的新朋友们，“这位是小胖！”

“你好。”惠惠有点尴尬地看了看半醉的林志远，一一向他们打招呼。

“这位是沈林。”

“你好。”

“这位是陈凯。”

……

一一介绍过后，惠惠和林志远坐在餐厅的一角。这当然引起了所有人的议论。男孩子们猜测这位神秘的姑娘是林志远的女朋友，只是后者不敢公开他们两个人的秘密，女孩子们则觉得林志远还在追求她，不过看样子几乎已经唾手可得。其中还有些人说，惠惠是林志远的妹妹，从而使大家坠入一团迷雾之中。当然，这些对话都是悄悄展开的。

角落里，惠惠对林志远说：“我觉得无聊，来看看你。”

“我正想叫你来，可是你最近都在学习，怕打搅到你。”

“我随时可以的哦！”惠惠两只手重叠在一起，“又不是什么时候都在学习。”

惠惠觉得自己与世隔绝很久了，修炼内功也难免会觉得乏力。她的本性或许是向往大千世界的，总不与人交流，她觉得自己快要变傻了。她又想到，每天只和书本上的理论打交道，不亲身实践，那些拍照的技能会逐渐被文字代替，她的专长可能会退化。而每每想到这个，她都牢骚满腹，会觉得高等教育无非是将艺术规范化，久而久之，连个性都被园丁般的老师用剪刀修平了。

“明天是周五，晚上我会去参加一个酒会，你愿意来吗？”林志远问。

惠惠则提出了自己的条件，她要求林志远在下课后陪自己去拍照。“我想动一动我的相机了。”她说。她的要求得到了对方的同意。而后，惠惠看了下手表，发现时间已经不早了。第二天一早还有课，因此她提前告退。

惠惠离开后，小胖走到林志远面前，一只胳膊搂着他，玩笑似的问：“她是大嫂吗？”

林志远一把推开他：“你瞎讲什么！罚酒！”

小胖一饮而尽。旁边一个女孩子问：“是林哥的妹妹吗？”

“也不是！”林志远反驳说，“你们是来看我笑话的吗？”

“不，不，”女孩连忙否认说，“我们只是觉得她和林哥很般配，不是情侣就是兄妹。”

说完后，看到林志远表情凝重，她也赶忙自罚一杯，表示认错。

林志远没有再说话。他忽然想到了什么，站在窗边，目光瞟向窗外。他若有所思，沉默了一会儿，长叹一口气，最后才缓慢地转过身来……

37

大家全部散去的时候已经是凌晨了。林志远躺在床上辗转反侧。他想起三年前，就是在自己的屋子里，刘诗雅前来参加聚会的情景。时光如梭，一眨眼物是人非，不知道在世界的另一边，自己的初恋现在过得怎么样。“他们就要结婚了吧？”他这样琢磨着，月光顽强地穿透窗户，洒在屋子里。他忽然觉得自己好孤独，接着，那些朋友的嚷嚷在他的耳畔重新响起。“她是大嫂吗？”那声音越来越近，似乎从四面八方袭击他，林志远捂着自己的耳朵，忍不住喊了一声：“别吵了！”紧接着，一切又忽然静下来。他睡着了，走进了一座清晰的梦境世界，那里的一切都不会发声，他的心出奇的冷。他看到刘诗雅正牵着一个长相猥琐的男人，两个人卿卿我我，他怒火中烧，走上前去，但他们忽然消失不见。他四处寻找，发现自己正站在冰天雪地之中。

林志远从梦中醒来。这苏格兰的夏天，没有多长时间的夜晚，天已经大亮，他看看表，才4点，这强烈的光线有点刺眼，他爬起来，半坐在床上，两只手抱着膝盖。不知是什么让他觉得自己心里有点难受，他寻思着，但想着想着，小胖的话又在他耳边环绕。“她是大嫂吗?”“她是大嫂吗?”“是大嫂吗?”……

“怎么可能，”林志远摇摇头，对着墙说，“雨泽可是我兄弟，我怎么可能做出那种事?”他重复地自言自语着，“对，我不可能做出那种事来。”然后，困意又升到他的脸上，他沉沉地睡了过去。

枫城的文坛上有一位很了不起的人物，晚年的时候他将自己的积蓄拿出来，创办了一所学校，取名“育英文学院”。学校开办两年后，这位泰斗就与世长辞了。他的学校于是由四个文化公司共同经营。这些公司派出的代表组成了学校的“委员会”，委员会共八名成员，学员必须首先满足几个特殊条件，其中包括在知名杂志社发表过至少10篇文章，同时对学员的年龄也有所限制，通常情况下，是在20岁到50岁之间，满足这些条件后，委员会会根据报名，经过投票选出前20名。在委员会的头顶上，还有一个董事会，四大公司的老总都是董事会的成员，当他们一致通过，在落款上留下自己的名字后，学员就可以入校上学了。

育英文学院凭借着它严格的管理，在枫城的文坛上地位崇高。学员在这里接受整一年的培训，学校为他们提供最好的资料库，组织他们深入到全国各个角落进行采风，学校的老师全部是资深的文艺评论家，毕业的时候，学生需要向他们交出一部成功的作品，得到毕业证书的当天，学员会与四大文化公司中的一家签约，带着他的作品接受商业包装，继而踏上自己的写作之路……

自从沛沛来到雨泽家，雨泽就养成了早睡早起的习惯。阳光斜斜地照射在大地上，雨泽牵着沛沛，沿着路边的人行道一路向前走去。沛沛黑白分明的外形很容易就引起了路旁人们的注意。“这狗真漂亮!”起初，路旁开店的阿姨大妈这样议论。但渐渐地，好奇的人们开始将目光瞄准了狗的主人。一天早晨，几位坐在路旁的大娘正在聊天，雨泽已经带着沛沛从公园跑了回来，正经过她们的面前，于是，他的耳畔响起一声颤抖的疑问。“孩子，你在哪里工作呀?”说话的老人正坐在一只马扎上，一脸的皱纹，白色的头发好像已经生锈了似的聚拢在一起，不过她看上去身体还很硬朗，嘴里的牙齿格外的整洁。雨泽每天都会看到她坐在门口，永远都穿着一身紫色外套，即便是最为寒冷的冬天，依然在手里摇晃着一把竹木扇子。

“我在‘青春杂志社’工作。”雨泽停下脚步回答说。

“是国有企业吗?”老太太继续追问。

“不，不是，是一个私人的杂志社。”

老太太点点头，雨泽的回答似乎并没有使她满意。旁边一位看上去更加年迈的老人接过话茬，对雨泽说：“年轻人，还是要有个铁饭碗的。”紧接着，先前那位老太太又说：“你有女朋友吗?”“有。”雨泽回答。“该有了，该有了，”老太太说，“早点结婚生孩子，不成家哪去立业?”她拍了拍雨泽的胳膊说：“这小伙一看就是好孩子，听奶奶的，我们都是过来人。”这突如其来的议论使雨泽不知所措。他没有回答，冲奶奶们点了下头，就连忙离开了。

这天，是雨泽的大日子。上午，他要和父亲一同前去见一个重要的人物。这个人是育英文学院的副校长，因为长了一撮别致的山羊胡，人们通常将他称为“王胡子”，说来也巧，他曾和雨泽的父亲是上下床的战友，雨泽还没有回国的时候，父亲就已经决定将儿子推荐给育英文学院。这位“王胡子”倒是个异常敬业的人，他说话的时候总喜欢轻轻地捋一下下巴，眼睛盯着眼前的茶杯，似乎是害怕看到由于自己出言不逊时，对方露出的愤怒表情。

“您儿子的作品，我都一一拜读过了。”他缓慢地说，“可以肯定的是，他是个很有才华的年轻人。”他停了一下，似乎在思考什么，然后继续说下去，“我已经将您儿子的名字报给委员会，今天我就是想见见孩子，简单地交流一下。”

“委员会那边还需要老战友的帮忙。”雨泽的父亲一针见血。

“我个人觉得，”“王胡子”继续说，“我已经认可了雨泽，委员会那边我会美言，这个您放心，我会尽力的。”

“有老战友这句话，我就放心了。”父亲拍着雨泽的肩膀说，“不过我还是希望你能交个底。”

“有作品在，问题应该不大。”

和“王胡子”吃了顿午餐过后，雨泽顿时心情大好，他带着一脸的得意回到家，母亲正要去参加一个同学聚会，忙活着梳妆打扮，看到儿子回来了，连忙问他：“怎么样？人家决定要你了么?”

“你这个人，”父亲在一旁说，“这需要一步一步地审批。”

“今天看来还不错?”母亲追问。

“比较乐观。”父亲说，“咱们儿子的作品是过硬的。”

“我看还是因为人家看着你的面子吧?”雨泽有时候很不能接受母亲这样地贬低自己。事实上，他与母亲的战争很久以前就展开了。在他看来，母亲和路边那些奶奶们是一路人，只是希望自己可以安稳地生活，像千千万万个路人甲一样。

“咱们孩子的东西还是很过硬的。”父亲又强调了一遍，但这并没有封住妻子的口。

“我看这只是因为人家看在你的面子上这么说一说，”她说，“如果吃得准，他今天就可以给你一个保证。”

“我不知道你这人是什么心态?”父亲有点按捺不住了，“你怎么从来就不希望咱儿子比别人强?”

“哼，”母亲说，“我这么跟你们说，是想让你们谦虚点，别到时候上不了回家生闷气!”

这话却狠狠地在雨泽的胸口扎了一下，他决定反击了。

“你看过我的东西么?”

“我觉得好，有什么意义？你得让别人觉得好才行!”

“你怎么这样?”

“不这样能行么？不这样你有今天么?”母亲这时想到的是下午和同学聚会的情景，看着朋友们的孩子一个个走上工作岗位，过起了安稳的生活，结婚早的同学现在已经抱上了孙子，结婚晚一点的，儿子也已经有的订婚，有的去单位实习了。她觉得在饭桌上共进晚餐的时候，总会有那么几位同学用带着讥笑的口吻问她儿子的事情，对外的时候，母亲当然会摆出一副高傲的姿态，强调“我儿子是个有抱负的人”，对方有时会冷嘲热讽一句“什么抱负呀！这太平盛世的，找个安稳活儿干才最实际”。“我才不会羡慕你们。”母亲这样暗示着自己，但事实上，她确实羡慕了。这也难怪，她总是会将自己心里的不满发泄在与儿子的争吵上。

说完，母亲已经穿戴完毕，还不等雨泽回答，她已经从外面带上了屋门。

“儿子，别在意，”父亲说，“你妈就这么个人。”

雨泽没有回答，低着头回到自己的房间去了。

一周以后，父亲给“王胡子”去了一个电话。他想尽快了解到委员们的意见。“王胡子”的回答却有些含混不清。“不出意外的话，应该还是有机会的。”“王胡子”说，“我已经尽力了。”父亲从这句话中听出了问题，他停了一下，而后坚定地对战友说：“老战友，我的车五分钟后到你楼下，中午务必一起吃个饭。”

“我这边还有点忙。”对方显然是在推辞。

“不管多忙，饭还是要吃的。”雨泽的父亲更加坚定地说，“咱们都是做父亲的，你应该理解我的心情。”

“王胡子”这下哑口无言，他只好压低声音对自己昔日的战友说：“好吧，不过我只有一个小时的时间。”

“没问题。”雨泽的父亲放下电话，转过身对雨泽说：“赶快准备一下。”

……

“情况就是这样，”餐厅里，“王胡子”说，“其他19个名额已经选定，问题的关键就出在这最后一个名额上。”

“您说的这位董事长的朋友，”父亲问，“他达到你们要求的标准了么？”

“这个是必须的，否则学校不好向社会交代。”“王胡子”说。

“可以透露他的姓名吗？”

王副校长捋着自己那撮精致的小胡子，缓慢地说：“他是‘青春杂志社’的社长。”

话说到这里，父亲伸出手去：“谢谢老战友。”

“如果还有什么需要我做的，打电话给我。”说完，“王胡子”起身离开了餐厅。

……

傍晚，在一座冰冷的高层住宅楼前，雨泽两只手插在口袋里。枫城早晚的温差很大，虽然还正值夏季，但随着太阳一点点退却到云层后边，雨泽还是感到浑身瑟瑟发抖。社长的家就住在最高层的复式楼里，雨泽停在原地，嘴里念念有词，将先前想好的话重复几遍后，他握紧了拳头，而后拨通了社长的电话。

“社长您好，我是雨泽。”

“你好、你好，”社长很兴奋地说，“是不是稿子写完了？我现在就查邮件。”

“我在您楼下，有些事情想和您面谈，我可以上去么？”

“你在我楼下？”社长走到窗边，看到院子里确实有个人影，“好吧，你上来吧。”

雨泽来到客厅，老婆和孩子被叫进里屋睡觉去了，这里只有他一个人。“你找个地方随便坐吧！”雨泽待人，从不毕恭毕敬，对待他的社长也是如此。平日说话的时候，他用“你”而不是用“您”来称呼对方，但今天他一改常态，这倒让年长他20岁的社长不知所措。

“我今天来是有一件事情求您的。”

"不要说求，如果是我能办到的，我一定帮你。说吧，有什么困难需要社长帮忙的?"社长端来一杯热水放在雨泽面前。

"这件事只有您能帮助我。"雨泽强调了一下，然后照直说了出来，"我想进育英文学院学习，全部的19个名额已经全满了，原本我是有份的，但因为您，我……"

"因为我?"社长面带微笑地说，"这话怎么讲?"

雨泽盯着对方的眼睛看了一会儿，他很奇怪话已经说到这个份儿上，为什么对方还能做出这样假模假式的表情来。他觉得自己的血液沸腾了。来之前，雨泽的父亲对他说，要他保持冷静，即便是说不通，也不能和社长把关系弄僵。而雨泽感到全身的血液都在加速流淌着，只有很少一部分脑细胞在强迫自己冷静下来。

"因为您和董事长是好朋友，所以即使委员会通过，我也没有机会。"

这句话似乎堵住了社长的嘴，他直起腰来，在雨泽那个年龄的时候，他是个瘦弱的小伙子，但现在，他的每块肉都肥得流油。他思索了一阵，而后语速缓慢地问："孩子，你今年多大?"

"23岁。"雨泽回答说。

"23岁，"社长说，"23岁的时候，我凭借自己的双手和几个朋友一起开创了'青春'，我自任社长，从上到下的事情都由我一个人管。我们由小做大，一步一步做成今天这个样子，这其中的酸甜苦辣谁懂呢?"

雨泽有点不耐烦了，他看出这是社长的一出苦肉计。

"我理解您的辛苦，可是，这似乎和我们谈论的不是一回事吧?"

"不是一回事?"社长愣了一下，"或许在你看来，这不是一回事，但在我看来，这就是一回事。要知道，我也希望自己能够成为一名名副其实的作家，能够在书店看到自己的书，能够让读者接受我。"

"您已经43岁了，"雨泽说，"您有地位，有朋友，您想包装自己，简直易如反掌。"

"不、不，那是不一样的。"社长说，"从育英文学院毕业的人总是更加受到读者追捧。"

"我看不出对您来说会有什么区别。"雨泽说，"您去上学，这一年的时间里，谁来管理'青春'?"

"这算不得大事，会有很多人帮忙管理。"

"可是我不明白的是，"雨泽说，"您为什么偏偏要选在这一年去学习?"

"因为机会难得。"社长回答说，"我是在年初文化界的一次活动上认识了育英的校董，他就要退休了，如果不在今年，恐怕我就没有那么走运了。”

“可是……”

雨泽还没有说完，社长已经搬着椅子坐在他身旁，一只胳膊搂着他说：“孩子，你还年轻，路还长着呢，给社长一个机会好么？”

雨泽没有再继续这个话题，他也不知道自己该怎样进行下去。在上楼前，他琢磨着，或者让对方屈服，或者干脆和他大吵一架，以发泄心中的不快，但没想到，自己非但没有说服他，面对社长如此柔弱的态度，他也不知该怎样发怒。

“我想我该回去了。”雨泽说。

“回去好好想想，”社长依然挂着那副笑脸，“稿子可以晚两天给我，不碍的。”

雨泽已经站起来，向屋外走去。

“我送送你。”社长一直将雨泽送到电梯口，看着他坐上电梯，这才转身回家去了。雨泽却并没有立刻按动一楼的按键，他整理了一下思绪，忽然觉得自己不能就这样离开。于是，他重新打开电梯的门，来到社长家门前。正要按动门铃，他却听到里面有动静。

社长正在和老婆说话，声音中充满了蔑视，刚才那副彬彬有礼的样子瞬间消散殆尽。

“这孩子不会影响到你什么吧？”

“不——会！”社长有意将“不”字拖得老长，“一个小青年，以为靠着他爸那点小本事跑了一趟英国，就比别人高一头了，这不胡闹么？想抢我的位子，他还嫩着呢！我给董事长那儿花了多少钱，他们一分钱没花还想进育英，简直做梦！”

“他们没花钱呀？”老婆在一旁说。

“没，王副校长已经跟我说了，”社长说着说着，好像来了气，“他们怎么也不问问另外那些名额是怎么弄出来的。就凭那几个傀儡投票？想都别想！这都什么时代了！”

雨泽顿时怒火中烧。他真想一脚把门踹开，把这个人面兽心的家伙挂在房顶上暴打一顿。但在那一瞬间，他忽然对育英文学院产生强烈的厌恶感。想到那些用钱堆砌出来的“文化名人”，他摇了摇头。“我真想一把扯烂这个世界虚伪的面具。”他想，然后带着愤怒离开了。

回到家的时候，他在门口就可以听到父亲和母亲的吵闹声。来到门前一听，才知道原来他们吵架的话题正是有关文学院的。他知道，一定是母亲询问父亲文学院的事情，父亲告诉她碰到了难题，紧接着，母亲嘲笑似的说：“这只不过是人家推托你的一个借口！”这话自然刺激到了父亲，于是两个人就大吵了起来。在吵闹中，母亲会将全世界的问题东拉西扯，塞进这一个问题中，于是两个人全都沸腾了。每次看到家人这样大吵大闹，沛沛都会吓得蜷缩一团，躲避在最阴暗的角落中。

“你们两个别吵了！”雨泽打开屋门，他原本就一肚子怒火，听到母亲的无理取闹，他的火气越发大了起来，“一个破文学院，老子不去了！”

母亲正要开口说什么，却被雨泽的一句话顶了回去：“你闭嘴！别怪我没大没小！”说完，雨泽径直走到卧室，沛沛看到主人回来了，连忙跟了进去。

接下来的日子里，雨泽感到仿佛全世界都在嘲笑自己。路旁的老太太看到他，似乎在向他抛来鄙视的目光，来到杂志社，看到社长那张丑陋的嘴脸，他简直觉得自己原本健康的胃都要腐烂掉了，回到家里，母亲时不时的冷嘲热讽让他忍无可忍。

“咱们不是这块料，就不要这么辛苦了。”母亲说，“当作家需要不停地学习，太累了。”

这时的雨泽哪顾得上什么孝顺，“你闭嘴！”他指着母亲说。没想到母亲的话却更加伤人：“怎么跟长辈说话的？就这样还想搞文学？”雨泽简直要气炸了，他大吼一声：“你为老不尊！”然后就气冲冲地摔门离开了家。

就连一直支持自己的父亲，也为他的举动感到疑惑。

“我们还是有办法的，”办公室里，父亲对他说，“我相信最后一定能进去的。”

“这样的破地方，我为什么要和他们同流合污？”雨泽不满地反驳。

“但是现在的社会，有这样一个名分至关重要，不然没有人认可咱们的。”

雨泽没再说话，他再次起身离开。

“天哪！这个世界究竟是怎么了！”走在马路上他叫了出来，路旁经过的人用诧异的眼光看着他，以为这个人受了什么刺激，神经出了毛病。雨泽却不以为然，又冲着天空喊了一声，“这世界简直是疯了！”这声喊叫倒让行人确定了他就是个神经病，于是大家连忙纷纷散去，免得给自己惹什么麻烦。

38

“你还是要好好学习的啦！”电话那头传来舅舅的声音，“你妈妈这次住院处理的只是上次遗留下来的问题啦！你现在要回来的话，她一定会生气的啦！”

惠惠的母亲第二次住院，母亲的状况究竟怎样，惠惠心知肚明。方母依然要求身边的人不要将她的身体状况告诉女儿。事实上，惠惠并不知道，母亲正在和自己唱一出双簧。舅舅已经将惠惠的真实情况告诉了方母，方母则清楚惠惠未能参加考试的原因。“我了解惠惠，她说自己在旅游，其实正在孤注一掷准备补考。”她说。她没有揭穿惠惠，“我这么做，是不想伤害她的自尊，更不想让她为我担心。”

母女俩形成了特殊的默契。惠惠深知母亲二次住院，绝不仅仅是简单的问题，而她能做的，只有专心复习。夜晚的时候，她觉得很累，于是点了一支烟，瞧向窗外。“真是有趣，”她自言自语地说，“我竟然也会心事重重。”看着皎洁的月光，她想起雨泽来。“一想起他我就想笑，”她翻阅着手机。“一想起这个家伙怎么也不会和我走散，我就觉得很开心。”想着想着，她拨通了雨泽的电话。

“作为我的母亲，你可不可以理解一下自己的儿子？”雨泽郑重其事地对母亲说，在此之前，她又在不经意间，对雨泽冷嘲热讽了几句。雨泽觉得自己的脑袋就要爆炸了，这时，他倒并不仅仅觉得母亲不理解自己，而是觉得自己不理解这个社会了。“难道只有安于现状的人，才有资格活在这个世界上？”他思索着，心里一团乱麻。他只想让母亲赶快闭嘴，但事与愿违，母亲的嘲讽越加激烈。

“就凭你，怎么挑战这个社会的法则？”

雨泽觉得嗓子眼像是闷了一个馒头。正在这时，他的手机响了。那是惠惠的电话。雨泽连忙终止了争吵，一边向门外相对安静的地方走去，一边接听了电话。还没等惠惠开口，他就先对方一步讲了起来。

“宝贝，原谅我最近都没有给你留言，”他说，“我最近很烦很烦，我觉得整个世界就要颠倒了，我的头就要爆炸了。”

惠惠愣了一下，抽了一口烟，然后对他说：“老公，慢点告诉我。”

“我在怀疑自己。”雨泽说，“我从没有像现在这样怀疑过自己。”

“这可不像你。”惠惠说，“老公，你怎么了？”

“我觉得这个世界好黑暗。”雨泽一点一点地将近段时间发生在自己身上的事情讲给惠惠听，惠惠一边听着，一边宽慰着雨泽。等雨泽将自己的牢骚全部发完，惠惠将自己的看法讲给他听。

“老公，社会的黑暗是你存在的意义。”她不紧不慢地说着，而她的每个字都忽然起到了奇效，“你的存在就是要改变这个社会的黑暗。”

“可是……”惠惠的话使雨泽觉得心里暖洋洋的，他想要表达什么，可心里已经被这股暖流冲淡，不知所云，惠惠感受到了雨泽的想法，她的声音越发温柔了。

“老公，我相信你。如果你想离开‘青春’，我支持你，如果你想留下，我也支持你。”惠惠琢磨了一下，继续说，“你永远是我心里的No.1。”

雨泽的心似乎被融化了。他觉得心头的乌云被惠惠的三言两语一扫而光。“我今天就离开‘青春’，我已经想好了，离开‘青春’后，我会去一家新兴的小杂志社应聘，他们一定会要我的。”

“我赞同。”雨泽在惠惠的心里，永远是一个大男孩，正是因为这样，她才更加克制自己，不能将心底的烦闷讲给雨泽听。“他太忙了，”惠惠想，“不能让他分心。”通话结束后，她一个人躲在角落，静静地吸着烟。她面无表情，冷冷地注视远方。她看了下表，就要凌晨了，她回过头瞧瞧自己的床，似乎没有睡意。

12点一刻，惠惠敲开了林志远的屋门。屋子里很热闹，林志远仍然醉心于疯狂的Party。他的一旁，站着沈林和陈凯，另一边的窗户旁，小胖正独自抽着烟。“你要不要给我一根？”惠惠走上前去，小胖连忙从口袋里掏出一支烟来。

“就你们几个人？”惠惠问。

“还有几个刚离开。”林志远回答说。

“把音量调大吧？”惠惠说着已经走到音响前，将音乐调到最大，激情的摇滚在整个房间里回荡，“我想跳舞！”惠惠指着远处的电灯开关，沈林将灯关上，陈凯打开了头顶的彩灯。林志远的房间瞬间变成了一座舞厅。跟着摇滚乐，惠惠扭起腰来。“有酒吗？”她叫了一声。大家也跟着节奏扭动起来，陈凯取出一瓶威士忌，将瓶盖揭掉，递给惠惠。惠惠正打算将它一饮而尽，沈林却让她停了下来。

“倒进杯子里。”他接过酒瓶，将它平均倒进五个杯子，而后，他从口袋里掏出两颗白色的小药丸，扔进其中的两个杯子里。这个动作，只有他自己看到了。他将这其中的两个杯子递给惠惠和林志远。惠惠挑衅似的对他说："你酒量很好么?"

林志远做了一个手势，意思是他能够一口气将这杯威士忌倒进肚子里。惠惠一口气将酒倒进肚子里，紧接着，林志远也将它倒了进去。忽然间，他们感到天旋地转。惠惠感到自己的意识正在模糊，而她的身体似乎变成了跳舞的机器，跟随着音乐无休止地跳动着。林志远也在一旁疯狂地甩起了头。

"你给他们放了那个?"陈凯对沈林说。

"楼下超市里买的。"沈林回答说，"咱也试试?"

于是，陈凯和沈林也将药丸一口吞下，借着酒兴摇起头来。小胖没有加入他们的狂欢，在之前的狂欢中，他已经感到疲惫了，这时倒在沙发上熟睡过去。惠惠越跳越疯狂，她拉着林志远的手，竟一头撞开了旁边的卧室，连滚带爬地摔倒在地上，林志远被她拽了过去。门在弹簧的作用下自动回归到原来的位置，重重地发出"砰"的一声。

烦恼无法跟上他们激情的脚步，暂时远离了惠惠。当清晨的阳光照进屋子，惠惠从梦中清醒时，她大叫了一声。她看到自己正赤身裸体地躺在床边，她连忙钻进被子里。她转过头去，一旁的林志远正躲在被子的另一端，抱着枕头酣睡。

"志远!"惠惠吓了一跳。她推醒林志远。

林志远几乎要跳起来。"这是怎么回事?"他喊了一声，"我们发生了什么?"

"转过去!"惠惠命令似的说。林志远于是转过身去。"把我的衣服给我!"惠惠对他说，林志远背对着她，将散落在地上的内衣递给惠惠。

"我们发生了什么?"惠惠感到胸口一阵慌乱，"天哪!这究竟是怎么回事?"

林志远愣在那里，他不敢相信已经发生的一切。惠惠将衣服一件一件穿好，而后她转过身，对林志远说："你把衣服穿上。"

"一定是他们搞的鬼!"林志远忽然想起在昨天的Party之前，沈林曾对自己说，要玩点刺激的东西。他大惑不解，沈林对他说，有些东西在国内是禁止的，在英国却合法出售。林志远不以为然。"是沈林!一定是沈林!"他叫出声来，快速地将衣服穿好，一把拽开房间的门。外面的三个人一夜没有回家，这时被房门碰撞门框的声音惊醒了。

林志远怒气冲冲地来到沈林面前，后者正睡眼朦胧。林志远一把拽住他的衣领，像是要喊破嗓子似的对他说："你个王八蛋，是不是你搞的鬼!"

“什……什么？”沈林怔在那里，不知所措。

这时，惠惠推开房门，她低着头，不言不语，只是朝林志远这边看了一眼，就轻轻地打开房门，向外面走去了。

沈林顿时明白过来。他急忙向林志远认错：“学长，我对不起，我一点儿都不知道那究竟是什么东西。我以为这药丸只是有一丁点兴奋作用，我不知道里面还有什么成分。”林志远没等他说完，拳头就冲着他的眼睛狠狠地砸了过去。沈林应声倒地。一旁的陈凯和小胖连忙将学长拉开，林志远冲着沈林大呼小叫：“你是成心害我！你给我滚得远远的！别让我再看到你！”

“还不快走？”陈凯冲沈林吼了一声，后者这才反应过来，于是连忙向外跑去。小胖和陈凯费了好半天工夫才终于将林志远按到沙发上。

“我要杀了那个王八蛋！”林志远喊着，“你们别拦着我！”

“学长！你冷静冷静！”小胖用力将林志远的四肢控制在自己的手腕中，“事情已经发生了！你就是杀了他也没用！”

听到这句话，林志远顿时冷静了下来。

“快给学长倒杯水。”小胖对陈凯说。陈凯不敢有所怠慢，跑去厨房。接着，小胖对林志远说：“学长，现在重要的不是冲那个龟孙子发怒，而是去关心一下惠惠学姐的感受！”

这时，惠惠已经行走在繁华的王子大道上。她急步向家走去，一边走，一边无声地流着眼泪。“天哪！我做了什么！”路旁的景物从两侧退去，马路对面那座高大的骑士雕塑旁，是她常为雨泽拍照的地方。时间还早，对面的花园才依稀有几个过往的行人，她想起和雨泽曾躺在花园的草坪上说着可爱的话，想起那次雨泽指着远处的边牧，说他也要养一条。她一路向前走去，转角处是雨泽最爱的西贡餐厅。忽然间，她感到四面八方全都是雨泽。“天哪！我究竟在做什么！”一天前，她才和雨泽通过电话，鼓励他要努力拼搏。而现在，她拖着负有罪恶感的身子快步向自己的住处前行，似乎是想快一些摆脱这烦闷生活的荒谬。

……

雨泽已经想好了后路。在此之前，他曾读过一本名为《新锐》的小杂志，当时他觉得这本杂志的构思很好，内容多样化，只是写作的人似乎功力欠缺，杂志的方向直指社会百态，但却似乎少了那么一点力度。这天和惠惠通话后，他忽然想到了这本杂志，于是，他跑到报摊前，用两块钱买了一本，在这本小册子的封底上找到了联系电话。雨泽拨通电话，令他没有想到的是，接电话的竟然是主编本人。

“您好，这里新锐杂志社，我是这里的主编罗贵，有什么需要帮助的吗？”

雨泽于是将自己的状况向对方一一陈述，这位罗主编始终保持着不卑不亢的态度，但当他听到“青春杂志”四个字的时候，却忽然欣喜若狂，但又夹杂着一丝怀疑的成分。似乎是为了证实雨泽的话千真万确，罗主编决定邀请这位不速之客共进午餐。

“如果可以的话，您能将自己发表过的作品带来吗？”他问。

雨泽肯定地回答了对方。

一顿饭后，雨泽摇身一变，成为了“新锐”杂志社的专栏作家。在饭桌上的时候，他小心翼翼地问了这位罗主编一个问题。

“我想知道，这本叫做《新锐》的杂志究竟有多么锐利。”

“我对我们杂志的概括，只有两个字，”罗主编说，“就是‘揭露’。我们揭露社会阴暗，讽刺社会不公，这些在这本杂志中，你都能看出来。”

雨泽摇着头对他说：“不、不，我看到的只是不痛不痒的段子。有些人在说教，有些人在吐槽，却没有人能够揭露一些令人意想不到的大问题。”

“你的意思是……？”

“这是我的专长。”雨泽回答说，“我可以立刻提笔，为‘新锐’解决力度不够的问题。”

午饭结束后，罗主编仿佛觉得自己如获至宝。他带着雨泽参观了杂志社，社长接见了雨泽，并且打算和他单独谈谈。他们显然很谈得来，整个下午，他们的话题始终围绕着怎样为杂志社赚取更多眼球展开，谈到了作为一个杂志社的责任，如此种种。晚上，雨泽又和社长单独进餐，像老朋友似的聊到很晚。

……

惠惠推开房门，看到窗外的阳光强劲地穿透玻璃，照射在房间里。她一步跳过去，将窗帘拉住，让屋子里只剩一团漆黑。她坐在书桌前，觉得脑袋仿佛一只马蜂窝，所有的马蜂同时发出“嗡嗡”的声音。在这烦人的叫声中，她将桌子上的书本、钢笔、电脑，一齐推了下去，这样似乎还不足以发泄，于是，她又将桌子掀翻，将整个房间所有的瓶瓶罐罐都摔在地上。这样，惠惠的怒气终于荡然无存，她蹲在地上，两只手交叉放在胸前，失声痛哭了起来。

……

雨泽为自己这一天的表现感到满意。想起在主编和社长面前自己的“范儿”，他觉得自己已经在对方的心里塑造了一个“大师”的角色。带着这份成就感，雨泽掏出手机，他想将这一天的经历编辑成信息，传给海那边的大不列颠。就在这时，他的电话恰巧响了起来，这或许就是情侣之间的默契感吧，雨泽接起电话，对面传来了惠惠的声音。

“宝贝！”雨泽兴奋地对她说，“我正要给你去信息呢！你知道吗？‘新锐’杂志社已经彻底被我的气场征服了！”

雨泽的开心堵住了惠惠的嘴。她怎么能忍心蹂躏雨泽脸上的笑容？惠惠停了下来，她忍住心底的难过，简单地回答了一句“加油”，然后就用复习时间紧这个绝好的借口搪塞对方。挂断电话，雨泽依然沉浸在那份喜悦中，惠惠则来到卧室，打开衣柜中一只小小的抽屉，从里面取出一盒香烟，将自己置身于烟雾缭绕之中了。

“你说我怎么办？”林志远对小胖说，“她是我兄弟的女朋友，如果她把这些事情告诉我的兄弟，我还怎么有脸面对他？”

小胖缓慢地来回踱步。

“你能不能不要走来走去？”这时的林志远心浮气躁。

小胖只好停下脚步：“我有一个问题。”

“快说！”

“你喜欢她吗？”小胖的目光炯炯有神。

“这有什么好问的！”林志远冲着小胖挥了下胳膊，然而，几乎就在那一瞬间，他的脑子里忽然充满了惠惠的模样，只不过，站在惠惠身旁的人，始终是雨泽。他想起在杜莎夫人蜡像馆前，刘诗雅和自己大闹，惠惠却牵着雨泽的手，打算畅游在艺术的殿堂。他还想起在德国，在天鹅堡前，他无法接通刘诗雅电话的时候，惠惠和雨泽紧紧拥抱在一起。还有那些有关她家庭的变故，都一股脑儿地涌进林志远的脑际。他的嗓子像是被什么东西卡了一下，本想给小胖一个否定的答复，却愣没有说出口。

“你需要花两个小时，或者更长时间去思考一下。”小胖说，“我认为这是有必要的。”

“如果答案是否定的呢？”林志远的声音在颤抖。

“那样就当做什么也没有发生，然后不要再去见她。”

“那么你认为……？”

小胖接过话茬，声音里带着一股阴森的气氛：“那样就将这里发生的一切告诉你的兄弟，同时对他说，你要向他发起挑战。”

……

往后的很长一段时间里，林志远和惠惠没有再见面。惠惠每天都会和雨泽通一个电话。“来到‘新锐’，我简直如日中天！”雨泽对惠惠说，“罗主编重用我，给了我一个很大的栏目，这将是我揭露人生百态的小小舞台！”

“真棒。”惠惠在电话那头赞许地说。

“我想利用这个舞台，好好地吐一口恶气。”雨泽说，“我要把育英文学院的猫腻统统揭露给大众。”

一天后，雨泽提笔写下这样一篇文章：

“花落花开，多少岁月匆匆而过，有些人走了，却永远活在我们心里，有些人活着，却早已由内而外地腐烂。文坛泰斗陈育英，为后人留下的文字可供千古传颂，却也为当今文坛留下了腐败的温床。于大众而言，精神食粮并非每日必需，偶有兴致读书看报，也不过匆匆浏览，而对于那些怀揣着远大抱负的文艺少年，文化的腐败却伤害了他们特有的自尊。

“育英文学院随着商业运作的成功，成为文人眼中的‘翰林院’，在大众眼中，只要是从这里走出来的文人，就一定享有着‘才子’的美誉。按照惯例，每一个作者只要满足年龄和发文数量两个条件就有可能通过投票进入学院进修，然而，腐败行为就隐蔽在这看似公平的过程之中。学校的‘委员会’不过是董事会的傀儡，只要董事会一声令下，铁板上就钉不上钉子。据说著名杂志‘青春’，与育英文学院董事长交往缜密且曾受贿于‘青春’杂志社，于是，他们抢到了这样一个宝贵的名额……”

文章一经刊登，起初并没有引起太多人的注意，但有人在网上将文章全文刊登，整个枫城忽然沸腾了。没过两天，“青春”杂志刊登了社长的澄清，认为雨泽的文章是在对他个人进行诬陷，并强调自己与育英文学院并没有丝毫个人关系。

一场笔战立刻打响了。雨泽的炮火越发猛烈。接下来的刊物中，雨泽这样揭示说：

“……作为前‘青春’杂志的特约作家，我很难从社长那散发着铜臭的汗腻中闻到一丝文艺的气息。相反，当我彬彬有礼地走出他家的时候，却听到门的那边充斥着对我的嘲笑。‘不舍得花钱却还想要成为文学家’大概是他和夫人嘲笑我的主题……”

紧接着，“青春”做出回应。社长再度亲自撰文，认为无论雨泽说什么，都只是在他原本就已经犯下的诬陷罪上又重重地加了一笔。对此，雨泽毫不畏惧，在一个平和的夜晚，他再次提笔：

“如果贵方认为我有罪，大可上法庭告我诬陷，司法的介入能够更好地将真相公之于众。只是试问读者，我与‘青春’虽并非感情深厚，但在‘青春’担任特约作家时，无论是稿费还是名誉都远远超过‘新锐’，如果不是切身利益受到损害，我又何必与之为敌？而对于一个刚上路的年轻作者来说，被用肮脏的手段从育英文学院挤出，这实在是最严重的受害。至于栽赃、炒作，我只想说，对于一个小小杂志社，我不屑于。”

同时，他不忘在结尾的地方补上一条：“上法庭，我等你。”

这最后的六个字着实让对方胆寒。“他一定是掌握了什么重要的证据，想在法庭上告垮我。”“青春”杂志社社长这样认为。同时，他更加担心的是司法的介入会查出自己的行贿事实。他主动拜会了校方的相关领导。最终，校董给了他一个明确的保证。

“我们绝不会为此将你拒之门外。那样就等于承认了‘新锐’杂志所讲俱为事实，是会影响学校大局的。”

“青春”杂志社最终采取停办杂志一个月的办法。雨泽这个名字忽然蹿红。“新锐”杂志社很快进入人们的视野。雨泽公开表示，他将不会在“青春”停办刊物的日子里继续揭露对方，而转为进一步收集资料，以便日后彻底撕碎育英文学院的丑陋面具。

“果然像你预料的一样，”雨泽在电话中对惠惠说，“才不到一个月，‘青春’就成了缩头乌龟。”

“嗯。这才像你。”惠惠正想要表扬雨泽的表现，却突然感到一阵不适，“可能是吃坏了肚子，回头打给你。”匆匆挂断电话，她很想呕吐。她喝了一杯热水，但依然没有好转。“看来是中午吃坏了。”她自言自语。这天中午，她在图书馆附近的中国外卖买了一盒过油肉，“一定是过期产品。”她这么寻思着。但呕吐的感觉越发强烈。惠惠平躺在床上，浅浅地睡了一阵，但睁开眼睛，夕阳西下的时候，这股难受劲儿却仍然折磨着她。她只好决定前往医院。“医生开点药就没有关系了。”她这么想着。

排了许久，终于轮到了惠惠。她向医生讲清了自己的状况，医生将她领进一间封闭的屋子。她被要求进行尿检，取样后，惠惠回到门外等候。那股恶心劲儿又一次侵袭了她。她急切地期盼着迅速出结果，尽快得到医生开出的药方，从而摆脱这糟糕的状态。

五分钟后，她被重新叫进那间封闭的屋子。一位女医生坐在那里（先前是一位男医生），她看到对方的脸上挂着笑容，好像发生了什么特别值得庆祝的事情。

“Congratulations!”（祝贺你！）她对惠惠说，“You are pregnant!”（你怀孕了!）

39

惠惠走出医院。英国法律拒绝堕胎。她沉默地来到街道上，从口袋里掏出一支香烟，点燃后大口大口地抽了起来。看着眼前凄凉的街道，她不住地摇头。“我该怎么办?”没过多久，一支烟已经在她指尖融化。她又将手伸进口袋，接着是第二根、第三根。她发现烟盒已经空了，于是将它扔进垃圾桶，又在口袋里摸索了一阵。最后，她摸到了手机。她看着手机上那个她发誓再也不愿见到的人，犹豫了好长一段时间，但最终还是拨通了对方的电话。

林志远刚从图书馆回到家。这些天，他几乎已经习惯了“独行侠”的生活。带着小胖留给他的问题，林志远终止了没完没了的Party，将注意力转移到复习上，每有闲暇，都会思索一下。但随着时间的推移，他觉得这个问题已经不是问题。没有什么比现在这规律的生活更加惬意的了。

惠惠的电话打破了这种平衡。林志远从口袋里掏出手机，愣了一下，但还是接起了电话。听到惠惠冷冷的声音，他全身战栗，一股寒流从后脑勺直蹿到脚后跟。

“我怀孕了。”惠惠说，“医院拒绝了我。”

林志远愣了两秒钟，他听到自己心脏绝望的跳动声。

“你在哪儿？我这就赶过去。”

……

惠惠的房间里烟雾缭绕。不一会儿，林志远急促的脚步声在楼道里回荡起来。惠惠为他打开门。林志远大口喘着粗气，他的额头上挂满冷汗。

“医生怎么说的?”他问。

惠惠掐掉手里的烟，从椅子上站起来。“这些都是你的责任。”她盯着林志远看了一秒钟，“你看着办吧。”

“我一定想办法、一定有办法的。”林志远连忙掏出手机来。

“难道你想让更多人知道这件事吗?”惠惠的目光瞧向别处。

林志远关掉了手机。“对，不能让别人知道。”他开始来回踱步，“我一定能想出办法来、一定可以。”

惠惠又取出一支香烟，迎着月光贪婪地吸吮着。

“我知道了！”林志远突然想到了什么，“只有中国人可以帮助我们！”先前那股难受劲儿又一次侵袭了惠惠，她将烟扔进烟灰缸，然后就跑到卫生间呕吐起来。“我现在就带你去，我们现在就去！”林志远在一旁说着。

“去哪里？”惠惠走出来，声音依然冷冷的。

“我们去伦敦，去唐人街，去找中医，他们一定会帮助我们！”林志远说，“电脑在哪里？我们坐飞机去，我现在就订票！”惠惠朝书桌的地方指了一下。电脑就放在那里，林志远连忙跑过去，坐在电脑前操作起来。

那晚，伦敦下着雨。一团浓重的雾笼罩着整个城市，仿佛昔日的维多利亚时代。一股潮气袭来，闷得叫人窒息。人们的衣服似乎要被粘在身体上，一口一口地吃掉他们的肉。飞机着陆的时候，那绵绵细雨又忽然更加卖力地下了起来。

他们叫了一辆出租车，而后就向着唐人街的方向行驶而去了。汽车摇来晃去，那股恶心的感觉又涌上惠惠的心头。惠惠低着头，用尽全力克制着自己，林志远手足无措。他将一只手平放在惠惠的肩膀上，却被对方推开。于是，林志远只好端正地坐在位子上，小声对惠惠说：“对不起。”

惠惠摇了摇头，没有说话。

林志远无言以对，只好将视线转移到窗外。汽车停靠在牛津街上，唐人街就在这附近。雨水打在惠惠的肩膀上，她忍着难受紧跟着林志远的步伐。他们需要穿过一条小巷，巷子里是有名的“红灯区”，那些穿着暴露的女人正在门口招揽客人，夜晚的寒气无法阻挡这里的欢乐。惠惠朝着那片灯红酒绿瞧了一眼，那里有一座小门，旁边有一处阴暗的角落。在那里，两个年轻人正将鼻子贴在手里的纸片上，只见他们用力一吸，然后就爆发出裹挟着恶臭的笑声。惠惠摇了摇头，继续紧跟着林志远的脚步。

他们终于穿过这条狭窄的巷子，唐人街就在不远处了。

“还有时间。”林志远看了下表，对惠惠说，“他们都还没有下班。我记得这里有一家中医。”他们已经被雨水打湿，惠惠感到雨水沾在身子上，仿佛一群虫子爬来爬去。“就是这家，”林志远凭着自己的记忆，来到一家中医诊所门前，“还开着门。”他们走进诊所，一位身材瘦弱、文质彬彬的先生接待了他们。

“对不起，”他说，“医生不在，我们现在只抓药不看病。”

“医生在哪里？”林志远问，“情况紧急。”

“旁边有鬼老的医院，如果紧急，可以去急诊。”这位身材瘦弱的先生说。

“我一定要见到医生！”林志远几乎要喊出来。

“可是医生不在，他已经下班回家了。”

“他住在哪儿？我必须要尽快见到他！”林志远说，“我必须和他面谈！”

“他住在格林威治，离这里很远。如果不是非常严重的疾病，您可以明天中午过来这里，我们会在12点开门……”

“我说过了，情况紧急！”林志远揪住他的衣领，他几乎要爆发了。从未有过这些经验的他心急如焚，“快告诉我地址！”

“好、好，我这就给你。”

……

从唐人街前往格林威治，几乎要跨过半座伦敦城。地铁站就要关门了，他们无法赶上最后一班车。巴士也已经下班，他们只能乘坐出租车前往。雨越下越大，惠惠的衣服已经湿透了。林志远将自己的外套披在她身上，对她说：“如果实在不行，我们可以明天去吗？”惠惠瞟了他一眼，目光中的林志远像个小丑。接着，惠惠隐隐地又在难受，只是再没有什么好让她呕吐出来的了。林志远连忙收回刚才的话：“我们现在就去！”说完，他拦住一辆路过的出租车。

孙医生是一位满嘴白胡子的老人，在伦敦的华人圈里，他颇有威望。他住在格林威治大学附近，威廉国王路上有一座私人别墅。妻子是格林威治大学的天文学教授。夫妻二人过着悠闲的生活。这时，孙医生已经将汽车停在车库中，拖着疲惫的身躯回到家，妻子为他倒了一杯苏格兰红茶，他自己将牛奶兑在里面，加了少许白糖，正要将它们送进肚子里。

“诊所打来电话，告诉我等下会有两位患者求助，”妻子对他说，“好像问题很严重，只有你可以帮他们。”

“深夜冒雨来访，”孙医生用低沉的声音说，“从大老远跑过来，应该是碰到了严重的问题。”

“就是这里。”出租车停在孙医生家门口。林志远先跳下车，按动门铃。

“孩子，快进来吧，孙医生正在里面等你们呢……”

……

天亮了，雨泽精神百倍，经过几回合的较量，他刚烈的天性得到了满足。然而这还不够，通过查询资料，雨泽发现历年进入育英文学院接受培训的学员中，即便是最先被录取的学员，也或多或少是倚靠“开后门”才获得资格。这天，他来到“新锐”杂志社。在这个小小的舞台，他颇有地位。通过一个月的较量，《新锐》杂志的发行量直逼《青春》。罗主编将雨泽叫进办公室，一边为他带来的利益表示感谢，另一边则提醒他，凡事要适可而止。

“雨泽，”罗主编说，“现在我们风头正盛，‘青春’已经不敢出声了，我看我们是不是也不要再咬人家了？”

雨泽回答说：“对‘青春’，我觉得已经足够了，但是有些问题还没有真正揭露其面目。”

“你是想咬文学院？”

雨泽一边将手里的资料夹递给罗主编，一边说：“这些是我收集的资料，去年那些毕业的学员，我仔细调查过，其中只有两人是凭借委员会投票，按照正常模式通过审核的，其余的学员全部都有自己的手段。我查过他们的背景，他们全部和四大文化公司有着密切的亲缘关系，这不值得怀疑吗？”

“但这毕竟不能作为证据。”罗主编说，“亲戚关系不代表更多。”

“我只是发起一种质疑，我相信当人们看到我的文章，一定会产生各种各样的疑问。”

“可是你和育英文学院有什么深仇大恨呢？你一定要搞垮他们吗？”罗主编有些不解地问。

“这就是我和别人不同的地方，”雨泽说，“育英文学院会使文坛乌烟瘴气。”

罗主编无言以对，笑着摇头感慨着：“现在的年轻人，真是血气方刚。我只希望你在言辞上注意些，要以杂志社的利益为重。”

雨泽目光深邃，傲慢地看了主编一眼，然后对他说：“如果没有别的什么事，我现在就开始动笔了。”

于是，在新一期的《新锐》杂志上，雨泽继续用犀利的笔锋写下：

“于庞大的机构而言，《青春》只是助其腐烂的小小寄生虫。招引这只虫子的，是育英文学院这座温床。昔日陈育英老前辈试图将其平生所学传授于优秀文学青年，如今，他老人家辞世已久，继任者身上散发的不是浓重的文学气息，而是令人作呕的铜臭味。我让你‘完成梦想’，你为我带来利益。这就是他们的小九九。

“据可靠资料表明，育英文学院前几届学员全部与四大文化公司紧密相连，即使没有亲缘关系，也一定有商业往来。如此看来，育英究竟是在选拔优秀，还是任人唯亲，就理所当然地要被打上一个问号了……”

此文一出，网络上突然掀起一阵倒“育英”的风潮。育英文学院官方网站被情绪激动的网民轮番攻击，他们言辞激烈，要求“育英”给社会一个交代。谩骂声也接踵而来，有人强烈要求“育英”滚出枫城，还有人提出要联合抵制从这里走出来的作家，拒绝买他们的书，以还社会一个公道。

雨泽更红了。他的博客上是满满的支持者。他享受其中，心里想着：“这就是你们的下场。”

粉丝纷纷表示将永远支持《新锐》杂志，甚至连曾经支持《青春》的读者，也扎堆参与到了“反对文坛腐败”的行动当中。育英文学院成为众矢之的，许多学员主动提出退学申请，一时间，育英文学院从神坛变成了祭坛，街头巷尾的文学爱好者但凡看到某位作家以“育英”为标签，就会选择对其不理不问，让他永远沉没下去。

这天晚上，育英文学院紧急召开董事会。面对突如其来的攻击，董事长提出一项解决措施。董事会一致举手通过。会议结束后，董事长回到办公室，他按动电话键盘，很快，楼道里传来一阵轻盈的脚步声，紧接着，来人彬彬有礼地在门上敲了三下。

“请进！”董事长在里面叫了一声。

于是，王副校长推开门，走了进去。

……

“我理解你们的心情，”孙医生喝了一口咖啡，他很少夜晚出诊，这时有些疲乏，“但是在英国，我如果这么做，那就是违法，我还会遭到舆论的抨击，孩子们，我承受不起这样的压力。”

“孙医生！只有你能帮助她！”从爱丁堡到伦敦，林志远的心脏持续高速跳动着。

“很抱歉，孩子们，”孙医生沉沉地摇着头，“很抱歉，我虽然是中国人，但我必须遵守英国的法律。这个忙，我没有办法帮你们。”

“孩子们，我这里有雨伞。”孙夫人在一旁说，“我帮你们叫一辆出租车，赶快回去吧，很晚了。”

“可是……”林志远还没有说完，孙医生冲他挥了挥手。“走吧。”孙夫人对林志远说，“孙医生明天还要出诊，他需要休息。”

惠惠始终低着头，一言不发。这时，她忽然跪在地上。

“孩子，你这是……”孙医生连忙屈下膝盖，想要将她扶起。

“医生，”惠惠轻轻地将他的双手推开，对他说，“我不能就这样离开。因为我没有办法面对任何人。我的行为是遭到鄙视的，我自作孽不可活，可是求求您，我肚子里的孩子不能这样在冷嘲热讽中出生。他是无辜的。”

“孩子，可是……”孙医生刚要开口，惠惠就打断了他。

“如果您不帮我，我就这样长跪不起。除非您忍心报警，说我私闯民宅，然后把我抓走，交给警方处置。如果您不愿意这样做，请同意帮助我，不然我就一直这样跪下去。”

“我也会一直这样跪下去。”林志远说着，跪在惠惠旁边，“这些都是我造成的，如果您报警，请让警方把我也抓走吧!”

孙医生的表情忽然定格在那纠结的情绪中，他坐回到椅子上，转过头，看着夫人。

孙夫人被惠惠的真诚所感动。她冲丈夫点了点头。

孙医生又喝了一口咖啡，一只手捋着自己的白胡子。他们在沉默中僵持了一阵。最后，孙医生亲自将这压抑的气氛终止了。

“我在别人的诊所里打工，没有办法帮助你们。”他说，“但是，我有一个徒弟，他却有条件帮助你们。”

“他愿意帮助我们吗?”林志远有些兴奋地问。

“如果是我要求的话，我想他会的。”孙医生又喝了一口咖啡，“但是，恐怕你们又要跑腿了。”

“他在哪里?”

“他在苏格兰，”孙医生向夫人招了下手，夫人为他取来一张便签，孙医生一边在上面写着，一边说，“他的诊所在格拉斯哥，Renfrewst，我明天一早会给他去电话，你们可以去他的诊所找他，这里是地址和电话。”

“晚一天不会有问题的。”孙夫人一只手扶在惠惠肩膀上，“没有那么快，放心。”

“你们全身都湿透了，找一个酒店住下，明天再动身，不用过度紧张的。”孙医生说。

……

对于雨泽的揭露，育英文学院终于决定予以回击。借助《青春》的平台，由其成员撰文写道：

“对于‘新锐’杂志社专栏作家雨泽近日蓄意抹黑育英文学院的行为，学校方面对其强烈谴责。”同时，这篇文章声明，对于雨泽的行为，他们已经掌握了至关重要的证据，以证明其用心之险恶其实是一场蓄意的报复。

为反击育英文学院的言论，在雨泽的建议下，罗主编决定在本周为

《新锐》增刊。在这本增加的刊物上，雨泽依然文风不改，嬉笑怒骂：

“自然界有些野兽，面对陌生敌人，常会以恐吓为自己提高声势。这就好像育英文学院以莫须有的‘决定性证据’来恐吓我一般。育英文学院，实属禽兽，然禽兽尚有原则，为维护种族优胜劣汰，在许多问题上拒绝为亲缘‘走后门’，而反观育英文学院，简直禽兽不如。”同时，他声明，自己“绝不会向恶势力低头”认为这是一个文字工作者应尽的责任。

文章一经发表，育英文学院颜面扫地。舆论更加一边倒地支持雨泽。雨泽在自己的博客上撰文说，自己绝不是要学社会上的某些“打假斗士”，但既然知道了些什么，就一定要写出来。对于他的立场，读者纷纷响应，认为他是几十年来“唯一值得信赖”的作家。《新锐》杂志也因此彻底击败《青春》，成为枫城销量排行第一的周刊读物。

……

从出租车上下来，惠惠和林志远一同来到纸片上写着的那座诊所。格拉斯哥是全苏格兰最大的城市，这里曾是欧洲保存古建筑的第一名，但由于疯狂的降雨，昔日那些五颜六色的哥特式建筑，现在只留下一片颓废的灰色。诊所建在一座旧货商场的旁边，透过一扇落地窗，可以看到一位清秀的中国医生，手里捧着一本《黄帝内经》来回踱步。

“您就是孙医生的徒弟？”林志远和惠惠走进诊所。

“快请坐！”医生招呼他们坐在椅子上，“我也姓孙，你们的事情我听说了，但是这里医疗设备简陋，你们需要跟我去我妻子那里接受治疗。”说完，他将“closed”（已关闭）的牌子挂在窗户上，“跟我来吧！”

格拉斯哥距离爱丁堡只有45分钟车程。经过一系列例行身体检查后，当晚，他们回到爱丁堡。林志远将惠惠送回房间，几天来他们都在匆忙地赶路，这下，终于有人愿意出手相救，他们这才感到生活的节奏开始慢了下来。

看着惠惠沉默的身影，林志远忽然感到内心一阵酸楚。他想表达歉意，却被惠惠冷冷地一挥手堵住了嘴。

“你回去吧。”惠惠说。

林志远点点头说：“我明天上午来接你。”

“嗯。”

……

林志远没有回家。他给小胖去了一个电话。小胖匆忙地来到楼下，两个人缓步前行在路上。

“她怎么样了?”小胖问。

“折腾了几天,终于找到了救星。”林志远回答说。

“现在那个问题,你解决了吗?”小胖继续追问。

林志远愣了一下,他想起惠惠那阴沉的脸,想起这些天他们两个人的沉默。

“她好像并没有讨厌我。”林志远说,“好些问题,她一个人承受了。”

“看来那个问题你已经解决了。”小胖面带微笑,“你喜欢上她了。”

林志远沉默地看着对方。

“你在纠结你的兄弟?”小胖摇摇头说,“我很讨厌算计兄弟的人,但是我更看不起不勇于承担的人。学长,男人嘛,要敢于担当。”

“你是说……?”

“如果我是你,我会选择争取惠惠姐。”小胖说。

“不可能。”林志远摇着头回答,“惠惠不会喜欢我的。”

“正是因为这样,”小胖强调说,“你不能让她背负着一个谎言,瞒你兄弟一辈子。那样对他们两个人来说,都是痛苦的。”

林志远停了一会儿。“你的建议是什么?”他问。

小胖停下脚步,瞳孔中似乎闪烁着青色的光。

“把这一切都一五一十地告诉他,然后,去争取惠惠姐。”

林志远吓了一跳,他看了对方一眼,小胖坚定地看着他。

“我再想想。”说完,林志远低下头,向家走去了。

……

手术很成功,惠惠心头的石头终于落地了。林志远将惠惠送到房间里,他也终于可以松一口气。他想要走进惠惠的房间,喝一口水,说几句关心她的话。然而,惠惠才刚走进房间,就转过身对他说:“谢谢你。我一个人可以了。”还没等林志远说话,她就将房门关闭并且反锁。

林志远回到王子大道上,行走在繁华的街头。他曾在旁边那家Zara专卖店门前与惠惠、雨泽相遇,想起他们之间的寒暄,想起惠惠为他追求刘诗雅支招,他不禁露出了微笑。他好想多看惠惠一眼,好奇怪。这时,他路过前几天和小胖漫步的地方,小胖那句吓人的话在他耳畔徘徊。

“告诉他……”林志远咬着牙,继续前行。“告诉他!”“告诉他!”那声音却一声比一声更加重音量,几乎震耳欲聋。来到家门口,林志远突然掏出手机,在电话本里找到“雨泽”的名字,然后他拨通了对方的电话。

清晨六点,雨泽被电话惊醒。他听到了林志远支支吾吾的声音。

“兄弟，是我……”林志远说，“我有重要的事情跟你说。”

雨泽才从睡眠中清醒过来。“说吧。”他说。

“我……”

……

下午4点。惠惠隐约地进入了梦乡。忽然，她的手机响了起来。挂断林志远的电话，雨泽从床上跳起来。他将压在书桌深处的钱包取出，发疯似的向外面跑去。沛沛还以为雨泽会带自己去公园玩耍，高兴地摇着尾巴，但看到主人凶神恶煞的表情，她吓得卧在一旁，不敢出声。

“混蛋!”马路两旁人群稀少，雨泽一边跑，一边大叫着，声音在空荡的街道上回荡着。“真是个混蛋!”他来到手机营业厅，却看到大门紧闭。“还没有到营业时间。”他这才反应过来，但他心跳急促，冲着营业厅恶狠狠地吼着：“混蛋！他妈的!”他给罗主编去了一个电话，后者才刚从睡梦中醒来。雨泽向他请了一个假，告诉他自己碰到了棘手的问题。罗主编只好同意。

雨泽在营业厅门口来回踱步，9点的时候，营业厅终于开门了。他第一个冲进去，将自己口袋里的全部现金掏出来摆在桌前：“你点一点，够不够开通国际漫游?”营业厅的服务员认真地清点之后，确认正好一千元。服务员在电脑上按动了几下，对雨泽说：“可以了。”雨泽仍然咬着牙，他拨通了惠惠的电话。

“老公，你开通了漫游?”惠惠被雨泽的喘气声吓了一跳。

“你发生了什么?”雨泽上气不接下气。

“什么?”惠惠意识到情况的严峻性，她的心脏在剧烈跳动着。

“为什么骗我?”雨泽努力让自己冷静，但却无法冷静下来。

“我……”惠惠的话卡在嗓子里。

“林志远全都告诉我了。”雨泽说，“你为什么要这样对我!”

惠惠低下头，她感到胸口疼痛。

“对不起。”除此而外，她说不出别的话。

雨泽话到嘴边，却无力吐露。沉默许久，他挂断了电话。惠惠不住地擦拭着眼泪，片刻之后，她撕心裂肺地痛哭起来，整个房间里都仿佛充斥着一股浓重的绝望气息。她趴在地板上，一只手按在胸口，几乎要晕厥过去。

这时，有人在她的门上敲了几下。

“是我。”那是林志远的声音，“我可以进去吗?”

“滚！”惠惠用尽全身力气，冲着门的方向大喊了一声，“你给我滚！”

林志远没有说什么。他转过身，惠惠住在二层楼，但他却觉得，自己的脚步仿佛在楼梯上踏了很久。

傍晚，西贡餐厅里，小胖坐在林志远对面。林志远要了一瓶威士忌，两个人你一口我一口地喝起来。饭店里的客人来了又走，最后只剩他们两个人还坐在那里。

小胖对他说：“任何事情都有解决的办法，可是这么闷闷不乐，什么也解决不了。”

林志远摇摇头，对他说：“我还要怎么做？她让我滚，你知道么？”

“她叫你滚？”小胖思索了一阵，“她怎么会叫你滚？”

“可是她确实这样对我说的！”林志远有些情绪激动。

小胖点点头，惨淡的灯光下，他的眼睛里好像闪烁着两团火焰。“我知道为什么了。”他压低声音，对林志远说。

……

雨泽觉得自己就要病了。凌晨时分，他感到全身发冷。他从床上爬起来，沛沛也跟着爬起来，两只小眼睛盯着他。雨泽抚摸了一下她的脑袋，然后来到客厅里。“我大概是感冒了。”他自言自语着，找出一颗胶囊。

这颗胶囊并没有帮助他赶走越发强势的病毒。清晨，他感到嗓子眼冒起烟来，每一次呼吸，都伴随着一阵隐隐的疼痛，在气管里打着滚。偶尔还会咳嗽一声，全身跟着震颤起来。他四肢无力，甚至连抬一下胳膊都成了困难。他沉重的身躯无法从床上移开，脊背上的汗珠渗进床单，留下一道印记。

他睁开眼，停顿了一下，费了好大力气才伸出手去。他摸到床头柜上的一只保温杯，而后，又费了好大力气才将它拿到嘴边，将水送进肚子里。接着，他又费了同样的力气将那只保温杯送回到床头柜，然后翻了个身，平躺在床上。

他彻底病倒了。

“好痛。”他呻吟着，用两只手按着自己的太阳穴。

然而，凌乱的思绪却挥之不去。

忽然，雨泽从床上爬了起来。就像一个回光返照的病人那样，目光中充斥着最后一丝希望。他连忙摸索到枕头下面的手机，按动键盘，嘴里不住地嘀咕着：“不对的，她不会那样做，她一定不会那样做。”只是，他的自言自语却并没有打消他的疑虑。他以为昨天听到的话都只是自己的想象，然而，当林志远的声音裹藏着一丝歉意，在他耳畔回荡时，他再次被拽回到现实。

“对不起，兄弟。”这是林志远的声音。

“畜生！”雨泽愤怒地挂掉电话。

他又请假了。而在这节骨眼上，文坛上却又发生了新的动作。就在这一天清晨，枫城电视台滚动播出了一则新闻。育英文学院亮出了他们的又一张王牌，面对媒体，侃侃而谈。这个人就是被称作“王胡子”的王副校长。在记者们的簇拥下，他说：“这位恶意诬陷育英文学院的雨泽先生，他的父亲是我当年的战友，他的诬陷实属报复行为。”（问：可以具体讲讲雨泽先生报复的原因吗？）“雨泽先生的父亲一直以来希望我可以看在朋友的面子上，帮助他的孩子进入育英文学院，一直以来，我都没有正面回答。原因是，雨泽先生在才华上略有欠缺。我答应帮助雨泽将他的相关资料递交委员会，结果，委员会一致认为雨泽水准尚显稚嫩，暂时无法进入学校学习。我将结果告知雨泽父子后，对方显得很不服气，这就有了日后的报复行为。而《新锐》杂志也就成为了雨泽进行报复行为的平台，‘新锐’杂志社一直以来销量甚微，他们想借助此次事件，利用雨泽的报复心理，为自己炒作。这是极其不负责任的下三滥行为，作为文学工作者，我觉得自己必须要站出来为拥有光荣历史的育英文学院辩护。”

“沛沛在闹呢。”从门的另一侧传来母亲的声音。看到主人病重在床，沛沛只好摇着尾巴来到客厅。母亲抚摸着她的脑袋，朝卧室的方向叫了一句。

雨泽没有回答，母亲只好一边叫着他的名字，一边朝里面走去。

她推开门，看到儿子正蜷缩在被子里，正浑身发抖。他一边紧紧咬着牙，一边用两只手狠狠抓住被子的一角，但这样做并没有为他带来些许温度。

“雨泽？”母亲连忙坐下来，将手凑近他的额头，而后就像是被火炉里的熊熊烈火烫到似的，迅速收了回来。

“儿子，你发烧了！”

他再次费尽全身力气，勉强地点点头，表示回答。母亲从床头柜里找出体温计，焦急地甩了几下，而后塞进儿子的被窝里。

“我让你爸爸帮忙遛狗，”她说，“你好好躺着，妈去给你端水来。”

雨泽夹着体温计，不知不觉地进入了梦乡。

社长看到了清晨的报道，在办公室里来回踱步。从一大早开始，罗主编的电话就响个不停。有些赶着抢新闻的媒体纷纷打来电话，要求“新锐”接受他们的采访。有些记者已经排着队站在杂志社门口，扛着单反相机，将炮筒对准社长办公室的方向。

社长快步来到罗主编办公室，一脸严肃地询问他。

“还联系不到吗?”

罗主编摇了摇头。

“这家伙在搞什么鬼!”社长的右手猛地敲击了一下自己的左手，“这个节骨眼上，他怎么玩起失踪了?”

“早些时候，他发信息给我，说他病倒了，要请假。”罗主编回答说。

“我不管他是不是病倒了，”社长提高嗓门，那声音说明他很生气，“这件事是他惹起来的，不论是今天也好，明天也好，他必须站出来给我摆平!”

罗主编连忙点头称是。紧接着，社长气势汹汹地朝门外走去了。

……

雨泽醒来的时候，天已经黑了下来。他做了一个没头没尾的梦，这倒似乎帮助他暂时分了心，但当他睁开眼睛的时候，他却又一次回到那神秘的境界中。这种状态，他三年来从未有过。在错乱的思绪中，他开始回忆起与惠惠的点点滴滴。

那充满绿色的爱丁堡花园，那辆乳白色的冰激凌车，那排椅子，那有关青春的一切一切——所有这些，都曾印刻着他们的名字。他情愿相信眼前发生的一切，只是一个意外，只是一场事故。但又是什么摧残着他的大脑？又是什么，使他如此难过？这也许并不是一场背叛，他本可以原谅对方，可是，他仔细回忆着惠惠的言语，那句抱歉却没有惊涛骇浪式的起伏，再仔细琢磨，这场事故在开始之初，也并没有丝毫征兆。于是，他更加怀疑自己的判断，更加摸不清惠惠昔日对自己那亲切的称谓是不是发自内心。他回忆起曾经惠惠对林志远的每一个笑容，每一句言语，甚至每个夸张的表情。他一直这么思考着，在错乱的情绪下，越发觉得，自己从一开始就陷入一场阴谋之中。

或许这就是他如此难过的原因。

一阵脚步声使他停止了思考。等到母亲走进房间的时候，床头灯也被顺手打开了。

“妈，我想跟你聊聊。”

母亲停下脚步，坐在床头，看着儿子，脸上满是疑问。

“怎么了，说吧。”

于是，在那昏暗的灯光下，雨泽将自己所有的经历，将自己此刻的心情一股脑儿讲给她听。他不知道是什么促使惠惠在那样的夜晚，前往林志远的房间，他能够找到的答案，只有“寂寞”，这个有点可怕的词语。他更不知道，那个高脚杯里的酒，是怎样错乱了惠惠的脑神经，使她爬上了林志远的床。他所得到的这些信息，都来自于林志远的那通电话。而令他痛心的是，一个月的时间里，对于这件事，惠惠却只字未提。

他同样想不到的是，这时的惠惠，正一边用坚强的声音跟国内的舅舅通着电话，一边用柔弱的手，擦拭着脆弱的眼泪；更想不到，此时此刻，她无暇他顾的原因，是得知母亲病情再度出现异常的事实。

而这时，母亲过分理性的声音却冰冻了雨泽的全部猜测。

“什么借口都不能掩盖她已经做过的事情。”

雨泽木讷地坐在那里，一动不动。

晚上，雨泽的父母一同牵着沛沛在花园里行进。他们有意避开平日常常碰面的熟人，来到一个安静的角落，找了一张石凳坐下，像是要谈论什么重大的机密。

母亲将儿子告诉自己的事，一五一十地说给丈夫。后者那张平静的脸上一点点地堆积着乌云。她每说到激动的时候，对方都会不满地摇摇头。在月光下，丈夫的脸色变得越发难看了。

“如果这是意外，什么才不算意外？”雨泽的父亲终于按捺不住，插进嘴来。他一边说着，一边坐直了身子，将两只手盘在胸前，目光像是瞧着远方。

“我真担心咱们儿子。”母亲一脸忧虑地说。

两人就这样沉默地坐了一阵。

深夜，父亲来到雨泽的房间。他尽量压抑着自己的呼吸，生怕影响到已经睡熟的儿子。借着从旁边房间射进来的点点灯光，他看到床头柜上儿子的手机，于是俯下身去，用那只略显肥胖的手将它拾起。

……

那时，惠惠才刚擦拭着眼泪，向国内的舅舅道了一声再见。紧接着，她的手机又一次响起。那熟悉的号码，又将她带入另一个纠结的世界。她一只手捂着心脏，尽力让声音变得平和，她相信自己能够解释得清楚，而这时传入她耳朵里的，却是雨泽父亲的声音。

对方作了简单的自我介绍，用浑厚的嗓音对惠惠表达了自己渴望同她聊一聊的心情，只是从他那传统的观念出发，他并没有想给对方留有一点申诉的余地。

他用不容质疑的语气说："叔叔一直都认为你是一个优秀的女孩儿。雨泽经常和我们说起你来，我和他妈妈一直都很想见一见你。"

"嗯。"惠惠不知该怎样回答。

"发生在你身上的事情，我们也已经了解了。"雨泽的父亲继续对她说，"我和雨泽的妈妈都认为，很多人并不能被简单一两件事情所否认。可是，今天晚上我们也多次做了研究。从雨泽回国到现在，感情的事情好像确实影响到了他——当然，我相信你一直以来对他的鼓励都起到了积极作用——只不过，他确实有点累了。我的意思是，这样的感情，我们是反对的。"

惠惠像是突然蒙了一下，那只按在胸口的手现在按得更紧了。

"我就说这么多，不耽误你时间了。"说完，父亲挂断了电话。

惠惠朝着窗户走去，想要吸一口新鲜空气，却步履蹒跚，每走一步，都越发感到心痛。快要来到窗边的时候，她摔了一跤。她没有很快爬起来，她感到自己几乎要昏死过去。

……

罗主编终于坐不住了。"新锐"已经连续两天被勤劳的记者围得水泄不通。社长焦急万分，几次敲开他的门。他们数次将情况讲给媒体，但大家却并没有离去的意思。于是，罗主编只好亲自出马，从杂志社的后门离开，乔装改扮，绕道前往雨泽的家。

经过一天的休养，雨泽终于能够伸一个懒腰，打一个哈欠了。

母亲坐在他的身旁，将一杯温水递到他嘴边，与此同时，也接过了雨泽的体温计。

"烧已经彻底退了，有没有什么想吃的东西?"

雨泽冲着母亲摇了摇头，目光呆滞地半躺在那里，像个植物人似的。

"我想一个人坐会儿。"他说。

……

情侣之间总是有着特殊的默契，即使是在分离的前夜，他们依然能够感受到彼此的存在。雨泽用一只手按着手机，等待着电话那头最后的道别。

而在那冷冷的苏格兰午后，惠惠那娇小的身躯在角落里呆呆地坐了很久。她乱作一团的思绪带领着她把自己飘向遥远的地方。母亲的病痛使她难过万分，感情的破碎使这悲痛更加复杂起来。她吸一口烟，想让自己冷静，眼泪却越发向外涌出。在她和雨泽之间，现在平添了另一层障碍——那是难以逾越的家庭的障碍。她几乎清楚地看到，在自己悬而未决的求学路上，那些平添的障碍实在太多、太多。在她思绪两头，一面是生命垂危、盼望自己早日归来的母亲，另一面则是自己三年心路历程的伴侣，她无法厚此薄彼。可是，又一个理性的声音似乎在对她说，和雨泽的复合注定将她带入另一座深渊。在那里，她不得不迈过那道家庭的障碍，她不得不消耗更大的精力，去躲避对方的家人，去讨好他们，甚至去对抗他们。这仿佛一场赌博，然而，她再也输不起。

惠惠不住地流着眼泪，就像一位才将自己的战友送往前线的士兵。

雨泽父亲的声音也交织在她那如麻的思考中，不停地对她说，这段感情影响到了雨泽的事业。这声音肆无忌惮地在她脑子里回荡着，一点一点击碎她继续驻守的决心。

夜晚的时候，她将手里的烟头按在满是烟灰的茶杯里。

她拨打了雨泽的电话。

电话接通了，却是漫长的沉默。

“也许，我们可以和好如初。”过了很久，雨泽说。

“不。”惠惠用尽全身力气，终于从嘴里吐出这个字眼。

电话被挂断了。惠惠本以为眼泪已经哭干，这时，却更加放肆地哭了起来。

一时间，她感到天旋地转。这时，侵扰她脑际的却并不仅仅是那些来自雨泽家庭的话语，而是一股从心底涌上来的耻辱。雨泽的父亲越是强调她的优秀，就似乎越是在努力地遮掩那份发自内心的鄙夷。此时的惠惠心如明镜般透彻，她的“出轨”，已经在她的脸上留下深深的烙印。她比以往任何时候都更加清楚，摆在她面前的选项，只有一个。

雨泽似乎感到胸口在疼痛，他长出一口气，将手机扔在一旁。

……

一个小时后，罗主编按响了雨泽家的门铃。他摘掉头顶上的帽子，缓步走进家里来。

雨泽仍然那样目光呆滞地倚靠着枕头。

母亲将罗主编引到他面前，这才为他带来一点意识。

“我听说你病了，特意来看望一下。”罗主编开口说话的时候，雨泽的母亲已经离开了房间，“刚才听你妈妈说，你发烧得很厉害。”

雨泽硬邦邦地点点头，有气无力地回答说：“是。”

“是不是杂志社的事情太累了？”罗主编试探性地问。

雨泽摇了摇头，目光依然瞧着眼前的地方。

“你有心事？”罗主编将眼睛凑近他。

雨泽又缓慢地将脑袋转过来，和罗主编对视了一会儿。

忽然，他哭了。罗主编连忙将他抱在怀里，就像对自己的儿子一样，轻轻地对他说：“有事就要讲出来，哭一哭也是好的。”

雨泽说不出话来，仍然那样痛哭着。

“孩子、孩子，你听我说，”罗主编拍着他的肩膀说，“谁都有不顺心的事儿，跟我讲讲，或许我能帮助你。”

雨泽就那么一直哭着，直到罗主编的衣服上都沾满了他的泪水。

直到他哭累了，哭够了，直到他终于想要说话了，罗主编才轻轻地推开他。

“我分手了。”他说，眼泪依然沿着脸颊向下滚落，他伸出手，把泪水一点点擦拭掉，而后尴尬地笑了起来，“是不是特没出息？”

“侠骨柔情，”罗主编拍着雨泽的肩膀说，“真是侠骨柔情。”

雨泽猛地在脸上擦了一把，一脸无奈地对罗主编说：“她竟然不接受我的原谅。”

罗主编略加思索，用那阴沉的目光瞧着雨泽，压低声音对他说：

“也许，这是她的尊严。也许，这原本就是对方的想法。”

雨泽感到心脏剧烈跳动了一下，而他却强而有力地将那阵不快压进了心底。

……

身体刚刚恢复的时候，雨泽独自一人坐在书桌前静静地喝着闷酒。

借着酒兴，他将所有有关惠惠的联系方式尽数删除。而在世界的另一端，在另一张书桌前，另一个人，也做着同样的事情。

这来自情侣间的特殊默契一直隐隐存在。只是，深深埋在了心底。

在酒精的作用下，雨泽挥手按动键盘。

世界另一端的她，带着耻辱的眼泪阅读着那伤人的文字。

那出于酒后的宣泄，却重重地粉碎着惠惠的心。

"这位来自育英文学院的王副校长无疑是这群害羞的成年人最后一块遮羞布。只可惜，我回来了。之所以这个时候才选择回来，是因为这段时间，我被儿女私情的小事所影响，通过这件事我逐渐发现，一个婊子伪装了再久，她也终究只是一个婊子，即便给自己立一座贞洁牌坊，时间一久，她也会原形毕露。就像这育英文学院，自以为派一名水准低劣的爆料者就可以遮挡自己的全部猫腻。

"王副校长我是见过的。对于我曾经渴望进入育英文学院的那份热情，我当然供认不讳。何止是我，千千万万的文艺青年都希望能够进去学习，这似乎再符合常理不过。父亲望子成龙，帮我找关系，在委员会面前说说好话，从情感上看，也合情合理。倒是王副校长阴险狡诈，首先我必须申明，他只答应父亲将我的资料递交委员会处理，并没有人相信他这芝麻大的小官能够将我直接送进文学院。其次，如果他果真接受家父请求，利用私权办理此事，他的人格是怎样的呢？同时，如果他没有接受家父请求，我又何必不捏造罪名安在他的头上——那样同样可以起到炒作的作用，我又何必得罪势力庞大的育英文学院这个集体呢？我想正常人用脚指头都可以想得清楚吧？怎么偏偏王副校长他自己想不清楚呢？

"最后，我还要申明，关于我和我感情生活中那个婊子的问题已经结束，我将会时刻准备应战，给这些文坛上的'婊子们'致命的攻击。瞧好吧！"

……

惠惠昏了过去。也许，当她再次醒来的时候，噩梦就会结束。而那个叫醒她的人，是林志远。

"我已经在你门口站了很久了。"

"你走吧。"惠惠冷冷地说，"我不想见你。"

"我不需要你见我，我只希望你能够快些恢复。"

"你走吧。"惠惠态度坚决地说。

"我只求你好好吃饭，不要再抽烟了。"林志远说。

"不用你管，你走吧。"惠惠依然冷冷的。

"既然你不答应，那我就坐在你的门口，今天晚上我都会坐在这里，直到你答应我你能够好好的。"

惠惠大叫了一声，然后就跑回卧室，将自己闷在被子里了。

早晨的时候，惠惠从床上爬起。胸口仍然似乎隐隐作痛。她依然没有食欲，于是又点燃一支香烟，坐在书桌前抽了起来。这些天，惠惠比过去瘦了很多，现在几乎只剩下皮包骨头。在香烟的作用下，她勉强能够集中精力，但不一会儿就头晕眼花了。

“求求你，吃点东西好吗？”林志远的声音又从门外传来，“我闻到了烟味，总抽烟会害死你的。”

惠惠吓了一跳，她没有想到，林志远果然在门口待了一个晚上。

“让我进去吧，我只想和你坐一会儿，聊聊天。你该吃饭了，这样下去是不行的。”惠惠没有回答他，他一个人在那里自言自语，“让我进去吧，求求你。你讨厌我没有关系，可是我求你不要对不起自己。”

惠惠依然自顾自地抽着烟。也不知怎么的，她早已干涸的眼泪又一次滚落下来。

“你别以为全世界都没有人关心你，”林志远说，“我也从没有像现在一样想去关心你。小胖问我究竟喜不喜欢你的时候，我犹豫着不知该怎样回答。可是，当你打来电话，告诉我我需要为自己做错的事情负责，那时候，我生怕你会发生什么意外。也正是那个时候，自私的我才终于发现，我是多么喜欢你。没错，我们的事，是我一时冲动告诉了雨泽。因为我不想看到你因为我，而在男朋友面前有所保留和芥蒂，我试图向他解释事情的经过。可是，你看到了，他是怎么对你的。他认为你的所作所为是‘背叛’，他不接受任何客观的原因，他只是无法接受你的‘背叛’。你为了他不吃不喝，整天吸烟，你这样做值得么？你这样颓废下去，还怎么拿到毕业证书，还怎么回去看你的母亲！”

惠惠发现，林志远每说一句话，她的眼泪就会更加猛烈地滚落下去。

这时，林志远没有再说话，他向楼下走去。没过一会儿，他又回到了惠惠的门前。

“我给你买了吃的，你可不可以把门打开？”

“我不能见你。”惠惠擦拭着眼泪对他说，“你走吧。我会好好照顾自己。”

听到惠惠终于开口说话，林志远长叹一口气。他没有回答，转身离开了。

惠惠来到窗边，冲着窗外冷冷地吸着烟，任凭眼泪在脸颊肆意流淌，也不知道是难过，还是感动。这时，她惊讶地看到一只手按在窗户的外沿。紧接着，林志远的身影出现在她的面前。她目瞪口呆地看着对方，后者一只手提着塑料袋，里面是两盒外卖，另一只手紧紧抓在一侧的管道上。

“打开窗户，把外卖拿走，我就离开。”他说。惠惠不知所措地看着他。这时，林志远大叫一声。他的一只脚踩空了，接着他掉了下去。惠惠一把推开窗户，将身子探出去，林志远并没有跌下去，而是被卡在两层楼之间的夹板上。

“你为什么这么做！”惠惠发现自己又在流眼泪了。

“因为我不想你这么颓废下去！”林志远的声音里带着些兴奋。

“你是傻子！”惠惠冲他喊着，“你是大傻子！你去死好了！”

“如果你好好吃饭，我现在就可以去死。”林志远比刚才更加兴奋了。

“天哪！”惠惠不知所措，她连忙报了警，警察很快赶到。四周围满了的市民。在爱丁堡这样的小城市，很少发生这样的事件。

消防部门派来了消防车，然而林志远却拒绝被救助。

“If anyone could make the girl accept her breakfast,I will accept your help.”（如果有人能够让那个女孩接受她的早餐，我就接受你们的帮助）林志远的这句话使警官摸不着头脑，这时，惠惠突然出现在楼下，她冲林志远喊了一声：“傻瓜，我接受你的早餐！”

林志远露出了胜利的微笑。于是，他终于同意接受警方的救援。消防部门的云梯很快搭起来，林志远按照警方的要求，将身体一点一点从夹板上移了出来。10分钟后，人群中爆发出热烈的掌声。

“Good boy.”（好小伙）警官自言自语地叹了一声，做了详细的笔录之后，人群散去，消防部门和警方相继离开，爱丁堡又恢复了往日的平静。

书桌前，林志远和惠惠并排坐在那里。

“看我干什么。”惠惠冰冷的脸上露出了隐隐的微笑，“没见过别人吃饭么？”

林志远将身子凑过去。在一场又一场风波逐渐平息后，当平和的阳光重新照进屋子，当旧人已成过去，当未来依然裹藏在迷雾中时，他吻了她。

40

民间有这样一个传言：刘氏集团为客人提供的服务质量存在严重问题。有人将他们抽取地沟油的照片发布在网上，引来了一片嘘声。没过几天，又一条消息吸引了人们的眼球，许多长期住在刘氏酒店的客人都发现自己头发开始脱落，经过检查后，发现其体内甲醛含量严重超标。有关部门介入调查，确认这并不是网民们空穴来风。刘氏集团几家酒店被强行关闭，进行整顿，对刘氏集团进行了处罚，并令其给予在此处工作的员工一笔医疗费用。未被关闭的其他几家连锁酒店，也被网民传言，认为其同样有着不合标准的各种问题，面对这样的传言，刘先生多次在媒体上出面辟谣，但却无法阻挡刘氏集团继续衰落的脚步。近一段时间，刘家所有的酒店都空空如也，没有什么人敢拿自己的生命做赌注，刘先生焦头烂额，他在办公室里来回踱步。这时，他想到了什么，于是拨通了钱先生的电话。

刚开完会，钱先生让秘书给自己倒了一杯咖啡，这时他正坐在办公室里闭目养神。刘先生直接将电话打进他的办公室，钱先生冲着那部电话机冷笑了一下，而后，他接起电话，尽可能地让自己态度谦和。

“钱总，您好。”刘先生说。

“是刘先生呀！您好、您好，”听到刘先生的电话，钱先生异常兴奋，“有什么需要我帮忙的吗？”

“我们两家孩子的亲事……您看……”

自从刘诗雅和钱龙订婚以来，刘家和钱家似乎角色互换。先前是钱家追着刘家不放，现在，倒是刘家着急要赶快为女儿办婚事了。他们知道这桩婚事意味着什么。然而，钱龙倒开始不紧不慢起来。

“钱龙觉得，”钱先生回答说，“还是要读完书再结婚，您看……”

“那是、那是，”刘先生说，“但是我们集团碰到一个重要的问题，还需要您的帮忙……”

“帮忙嘛！好说好说，”钱先生说，“作为朋友，就算我们不是亲家，我也会帮助您的，您何必这么客气？我倒是想先听听您的状况，您需要我怎样帮忙？”

钱先生一边听着电话，一边点起那支雪茄烟来。刘先生将自己的窘境和盘托出。“我需要您给想想办法，”刘先生诚恳地说，“等孩子们结婚后，刘氏集团三分之一的股份也都是钱家的，但现在这样的局面……”

“嗯，我明白，”钱先生说，“这个不重要，我们是朋友嘛，我理应无条件帮忙的，我已经有办法了，如果您方便的话，下午两点以前，我都是空当。事情嘛，可以坐下来好好商量出个对策，如果您有空，不妨来我这里坐坐？”

中午，钱先生为客人准备好了饭菜。刘先生跟着钱先生的脚步，穿过一条暗红色的长廊，经过宽敞的大厅，一旁弹奏古筝的少女身材纤细，和着轻柔的旋律，颇有一番韵味。“请！”钱先生向刘先生轻轻地鞠了一躬，指着拐角处的包房说。

“请！”刘先生也回应了一句。

“上菜吧！”钱先生吩咐了一声，就坐在座位上。刘先生坐在他的对面。他们很快就切入正题。昏暗的灯光照在钱先生的脸上，他的嘴角挂着一丝怪笑，“刘先生，对于您的事情，我思索再三，现如今，谣言四起，有些时候不是我们出面辟谣就可以解决问题的。”

“依您看，解决这个问题有什么好办法吗？”

“我送您四个字，”钱先生伸出四根指头来，“将计就计。”

“将计就计？”刘先生有些疑惑。

钱先生抽了一口雪茄，继续说：“您已经出面辟谣了，接下来，不去理会，过一段时间，谣言自然会散去。”

刘先生微笑着说：“这谣言在之前就已经折腾了我快两年的时间，如果迟迟不散，我这员工是不是就要一直饿肚子了？”

“当然不能这样，”钱先生说，“我已经为您琢磨出一个绝好的项目。只需要半年，您就会扭亏为盈。”

刘先生停了一秒钟，钱先生连忙又插进话来：“只是我们钱家虽然看上去富丽堂皇，却没有足够的流动资金，帮助您着手进行酒店改造，如果不是这样，我一定会出手相助的。”

“这究竟是什么样的项目？”刘先生将身子向前倾去。

钱先生笑了起来。他从桌子下面抽出一只公文包，从里面取出一本资料，然后恭敬地递给刘先生。“都在这里，”他说，“虽然是一笔惊人的投资，但回报也是可想而知的。”

“影视城？”刘先生翻阅着文件说。

“这是枫城电影协会的项目，我们是协议单位，他们的会员在我这里享受贵宾待遇，因此这个项目，他们最先想起了我，”钱先生又抽了一口烟，“只是我手头还有许多项目要忙，没有资金顾及这个项目。”

刘先生认真地阅读了这份资料。电影协会选择的地方在郊区，那里背靠山，面朝湖，环境优美，植被繁茂。“除此之外，如果您接下这个项目，环绕在这座影视城边的度假山庄也全部归您，您具有全部经营权，很快将有许多国际知名导演租用您的场地进行电影拍摄。正如您所看到的，地的问题已经谈妥，您只需要带着工程队进去，就万事大吉了。我初步计算过，建造这些建筑只需要半年时间，场馆一旦建成，高水平的国际电影节就会在这里举行，您在这里建造的会所、度假村会带来怎样的效益，我想您是清楚的。”

“是个好项目。”刘先生感激地说，“我回去叫人研究一下……您看……我什么时候和他们碰个面?”

“没有问题,”钱先生说,“我随时可以帮助您联系他们的人,这个您就放心吧,我会和他们协调,不过您要尽快作出决定,否则这个项目落到别人手上,就未免太遗憾了。”

……

凌晨一点,刘诗雅来到学校附近一座学生公寓的门口,恰好有人从里面走出来,这样就不需要她按动门铃请求里面的人打开门了。她沿着楼梯一楼走上去,来到六层一座木门前。隔音很好,里面吵闹的音乐声无法将它穿透。刘诗雅按动门铃,房间里面的人顿时停了下来。一位美国姑娘为她开门,于是,她走了进去。

她径直向里面走去,在昏暗的灯光下和吵闹的音乐中,她看到来自各个国家的学生们。两个欧洲人正在一旁面对面跳舞,他们身旁,五个加拿大人坐在地板上摇着色子,也不知是在用哪种规则互相打赌。“Hi, beauty!”(嗨,美女!)一个美国男孩儿手里拿着酒瓶,醉醺醺地冲她走来,刘诗雅一把将他推开,继续向前走去,一直走到房间深处。

在那里,钱龙夹在两位金发碧眼的美女中间。“Look!”(看!)他指着手里的5美元钞票,一秒钟后,这张钞票消失了。这时,刘诗雅已经来到他面前,钱龙全身瑟瑟发抖,在她的影子下面哆嗦着。

“站起来。”刘诗雅对他说。钱龙连忙站起来。两位金发碧眼的美女在一旁不满地议论着。刘诗雅狠狠地瞪了她们一眼,大声叫了句“Shut up!”(闭嘴),接着,她又一把拽住钱龙的衣领。“走!”然后钱龙就乖乖地跟着她向外面走去了。钱龙身后的老外们顿时捧腹大笑。钱龙一言不发,低着头向前走去,快到门口的时候,一个英俊的美国小伙一边大笑着,一边在他肩膀上拍了一下说:“Good luck!”(好运)。

他们沿着夜路往家里走去。刘诗雅阴沉沉的,一句话也没有说。钱龙不停地发抖,甚至都不敢正眼瞧一下对方的表情。沉默持续到他们踏进家门的时候。钱龙换好鞋,向卧室走去,却发现他卧室的门已经锁了。“你今天没有卧室。”刘诗雅对他说,然后朝另一侧自己的房间走去,“如果你胆敢再有下次,我保证你永远也进不了房门!”她又瞧了一下客厅的门,“我已经反锁了,这个礼拜你就睡在这里,这是对你的惩罚!”

钱龙不由自主地将五官堆叠在一起,看上去愁眉不展。但刘诗雅的声音却立刻使它们疏散开来。“你不满?”刘诗雅问。

“没、没。”钱龙连忙收拾好自己的心情,“我……我就……就睡这里。”

刘诗雅没有再说话，将自己的门带上了。

钱龙躺在沙发上，刘诗雅早已经为他准备好了被子，他以沙发的扶手为枕头，蜷缩成一团，躺在那里。月光透过窗户，洒在他的脸上，他睁着眼睛，心里仿佛在盘算着什么。有那么一刹那，一道冰冷的光在他瞳孔中晃动，然后就又被他往日害羞的表情遮盖了去。

……

危机关头，刘先生在钱先生的建议下首先进行裁员，在客人稀疏的日子里，节省额外开支。董事会很快一致通过这项决定，钱先生慷慨出手，为妥善处理员工善后，在自己的集团里为他们提供了不少工作岗位。刘先生意识到，影视城的项目已经迫在眉睫了。那天下午，他再次拨通钱先生的电话。他希望可以尽快与电影协会的代表碰头，钱先生答应立刻联系对方。

挂断电话，刘先生走出办公室。乘坐电梯来到大厅里，昔日的门庭若市现在已不见踪影，曾经这里的迎宾小姐可以一直排队到街上，而现在，这里只剩下一名保安，一名清洁工，还有两名负责吧台的服务员，过很久才能迎来一位客人，没有工作的时候，她们坐在那里阅读着手中的闲书，或者玩一玩手机游戏，一天就这样过来了，看到刘先生走下来，她们连忙起身，向他鞠躬。刘先生冲她们点点头，然后就向外面走去了，他简直不敢相信这段时间里发生的一切。

秘书为他打开后座的车门，就在这时，他忽然感到天旋地转，炫目的霓虹灯盘旋在他头顶，接着，他晕了过去。

……

长时间的劳累使刘先生体力透支。医生要求刘先生住院观察几天。刘先生躺在病床上，妻子坐在一旁，跟着妻子一同赶来的还有跟随他多年的副董事长何财生。“老刘！”看到刘先生病倒在床上，他情绪激动，几乎要跪在地上，两只手握着刘先生的手，“你看看，你怎么能累成这个样子？”

刘先生挥挥手，对他说：“不碍的。”

何财生的眼泪在眼眶中打转，他说起话来声音颤抖。“这些年来，我跟着你享尽了荣华富贵，如今集团生意萧条，我们本应在这个时候站出来撑起一片天的，可是……可是……”他哽咽住了。

刘先生面带微笑，在他的肩膀上拍了两下说：“老弟，我叫你来，正是要给你一个重要的任务。我身体不适，不能亲往，思来想去，只有你全权负责，我才最放心。”

“你说吧，”何财生说，“我一定不辱使命。”

在医院那股凝重的气氛中，刘先生将影视城的项目细节全部交给他。“明天，你去负责谈这个项目，有钱总帮衬，我想拿到它问题不大。项目中的几个问题我一一列举，比如土地问题，一旦开工，就用过去常和我们合作的工程队。”

何财生借着灯光，将文件仔细阅读。“这真是一根救命的稻草。”他自言自语地说，“我一定会把它漂亮地完成，你就放心养病吧，等着我的好消息。”

……

由钱先生做担保，谈判进行得异常顺利。经过不断地谈判，刘氏集团获得了意外收获。在钱先生的保举下，刘氏集团成为了电影协会在枫城的唯一合作伙伴。除去刚拿到的项目外，他们正要建造的其他几处场地和未来的经营权也由刘氏集团接手。事不宜迟，工程队于一个月后进入工地。钱先生划给刘氏集团一笔数额巨大的资金作为启动资金。何财生代表刘先生四处借款，终于凑到一笔巨款以支持工程顺利进行。

刘先生在医院疗养了一个月后，终于可以出院了。何财生亲自开车前往医院，他在住院部门口，神采奕奕，等候着刘先生的回归。刘先生在妻子的陪同下走出来，他激动地用两只手紧紧握住何财生的手，热泪盈眶。

“你救了刘氏！”他说，“你又立了一大功呀！”

“应该的、应该的，”何财生说，“这还不是多亏了你家和钱家的联姻关系，多亏钱先生的保举，我们拿到了电影协会在枫城的全部项目。资料都在我车上，现在是五证齐全。工程队已经进去了，一切进展顺利，工程一旦完成，立刻就会有许多剧组租用我们的场地，影视城还会向游人开放，用不了多久，我们的盈利就足够还债，再用不了多久，刘氏集团就能够恢复昔日的辉煌了！”

总部大楼门前，员工嘴里喊着响亮的口号，站在大厅内列队欢迎。刘先生挥手致意。刘夫人在一旁搀扶着他，何财生紧随其后。那一秒钟，刘先生似乎又看到了刘氏集团昔日的门庭若市。“我要亲自去电话，感谢钱先生。”他对妻子说，“我还要去工地看看。”

“我已经安排好了。”何财生说，“董事会的其他几位董事已经在工地上等候你了。”

刘先生点点头说：“老弟，你可真是我肚子里的蛔虫！”

晚些时候，刘先生探访工地，工人们同样列队欢迎。工程队的老总走过来与他握手，一脸的尊重：“您这次可是给我带来一桩大买卖！这几块地足够我们好好吃上一段时间了。”

刘先生孩子似的在他胸口捶了一拳说：“看你把自己说得多可怜！”

人群中爆发出一阵笑声。刘先生半开玩笑地督促他说：“要记住，工人们的薪水一定不能拖欠，可别全贪污了！”对方先是愣了一下，当他发现刘先生是在拿他逗趣后，不禁笑了起来。

“那群人是干什么的？”何财生叫来秘书，他看到工地门外有一支队伍正在那里相互推搡着，似乎是在抢占有利地形。

“何副董事，那是记者们，他们得知刘先生来到工地视察，想来抢新闻。”

何财生将这个消息告诉了刘先生，刘先生叫来工头，让他给记者们每人发放一个安全帽，表示自己愿意在工地接受采访。记者们蜂拥而至，围在刘先生周围。对于他们的问题，刘先生一一回复，对于他的回复，记者们显然感到满意。借助这个机会，刘先生表示先前酒店甲醛超标的问题，是管理人员工作的失职，但有问题的酒店已经被强制关门整顿，没有被关闭的酒店一切正常，希望广大群众不要担心。

第二天，刘先生来到办公室的时候，看到桌子上摆放了一叠报纸，他翻阅了一下，看到媒体对他的报道，满意地吁了口气。他想叫何财生来办公室商量一下下一步的计划，于是他拨通对方的办公室电话，没有人接。于是，他又打给秘书，同样没有人接。他感到很奇怪，摇着头自言自语说：“这些人，稍微做出点成绩，就忘乎所以了。”他推开门，清洁工正在走廊里打扫卫生。他发现旁边的办公室全都紧闭着门。“大娘，见何副董事来上班了吗？”

扫地的大娘点了点头说：“早晨我来的时候，他让我把报纸放到您办公室，然后就走了。”

刘先生连忙掏出手机，拨下了何财生的电话。对面传来“已关机”的声音。

“我的秘书呢？”他问。

对方摇了摇头。

“其他那些董事呢？还有经理们呢？”他问，“他们都去哪儿了？”

“我不知道。”

“员工们呢？”

“清洁工和服务员都在。”

……

凌晨一点，刘诗雅不停地拨打着钱龙的电话。对方始终处在“无法接通”的状态。刘诗雅火冒三丈。她把手机往沙发上一扔，带着愤怒来到衣柜前，三两下换好了衣服。她从平日积攒的那排鞋中挑选了鞋尖最坚固的一双，然后就怒气冲冲地向外面走去了。

“一定又在跟那群美国佬鬼混！”那群美国人热衷于开Party，所以在刘诗雅看来，找到钱龙并不是件难事。

门没有关严，屋子里所有的人都仿佛行尸走肉，走路都要走不稳了。他们正在玩“真心话大冒险”。钱龙显然已经输了很多回，大家利用这个机会不停地要求他喝酒。这次，瓶口又指在他的脑门子上，他又输了。几个美国佬又要求他喝酒，但他已经撑不住了。于是，大家决定让他换一种方式“冒险”。

这群醉鬼们停下来思索了一阵。突然，其中一位大笑着开口说：“Kiss Nina！”（亲一下妮娜）妮娜是一位加拿大女孩儿，长着一对漂亮的眼睛，穿着裸露的吊带装。她总是不停地用舌头舔着自己的嘴唇。大家愣一下，然后就开始起哄了。

“Kiss Nina！”大家有节奏地叫了起来。妮娜倒并不是个保守的姑娘，三年里，她换了26任男友，但追求她的人仍然络绎不绝，这群喜欢胡闹的美国佬中，就有两位是她的“前任”。钱龙看着这位性感的女神，不由自主地露出了微笑。

“Come on！”（快点）大家叫着。

妮娜也朝钱龙笑了笑。她不想破坏大家的兴致，于是主动将脸凑了过去，一股发自肌肤的芳香正飘进钱龙的鼻子里。钱龙像是被狐狸精迷住了双眼，他的嘴唇不由自主地在妮娜的脸上亲了一下。

“No,no！”（不，不）美国佬们又开始起哄了，他们认为只有嘴对嘴才叫接吻，于是，钱龙只好又将身子凑近了妮娜。妮娜那对泛着蓝光的眼睛，那向上微微翘起的嘴角，都好像在挑逗着钱龙的欲望。钱龙终于控制不住，一把搂住她的脖子，用一个法式舌吻完成了自己的“冒险”。

大家欢呼了起来。

这时，刘诗雅一脚踹开那扇虚掩的门。所有人都被吓了一跳。但随后，那群美国佬像上次一样，看着钱龙，捧腹大笑起来。刘诗雅径直来到钱龙面前，两只胳膊交叉放在胸前，命令似的说：“站起来。”

钱龙看了看旁边的妮娜，又看了看周围的美国朋友们，慢悠悠地站了起来。

“跟我回去。”刘诗雅伸出手去，拽住他的衣领说。

钱龙又看了看四周的朋友和一旁的妮娜，借着那番醉意，他感到大家似乎都在嘲笑他是个“妻管炎”。这时，他忽然想到了什么，于是一把推开刘诗雅。

“你干吗管我?”他问。

“我是你未婚妻，我不允许你这样胡搞!”刘诗雅心想这小子一定是吃了豹子胆。

“未婚妻?”钱龙蔑视地笑了一声，刘诗雅从没有见过他露出这样的表情，“老子从来没有什么未婚妻!”

“你跟我回家，”刘诗雅对他说，“你喝醉了。”

“老子没醉!”

“不管你醉没醉，”刘诗雅猜这时的钱龙应该吃软不吃硬，于是改变了策略，“先跟我回家去。”

“我呸!”钱龙对她说，“老子干吗回你家?老子这里有妮娜!”说着，他一把搂住妮娜。但后者却厌恶地将他推开。钱龙愣在原地，像个傻子似的。酒精已经占据了钱龙的大脑，他仅存的一点意识告诉他，这样站着有些尴尬。于是他说:“好、好，我跟你回去，回去再好好算账!”

说着，刘诗雅拉着他的胳膊向屋外走去。美国佬的笑声又一次在客厅里回荡起来。一路上，钱龙一边走一边在嘴里骂着。“别拽老子!老子自己会走!”他摇摇晃晃地走着，夜晚的寒风也没能把他吹醒过来。好不容易穿过两条小路，来到家门口，他嘴里还在骂着什么，身子就已经瘫软下去了。“喂!”刘诗雅冲他喊，“快点给我爬起来!”

钱龙试图从地上爬起来，但他几次都没有成功。刘诗雅蹲下去，想将他搀扶起来，她费了好大的力气，才把钱龙一点一点挪进房间，将他搀到沙发上。“你究竟是怎么搞的?你这样我怎么和你结婚?”刘诗雅提高嗓门，对钱龙说，“你知道不知道你这样在外面鬼混，我很不放心!”

钱龙没有吭声。刘诗雅觉得有必要让他清醒过来，她找出一个玻璃杯，在水龙头上接了满满一杯凉水，然后回到钱龙面前，猛地把水泼在他脸上。

“你干什么!”钱龙像是被突然惊醒了似的，但酒精依然控制着他的大脑，很快，他又毫无意识地说起胡话来，“小……妮娜……”

刘诗雅终于忍不住要发怒了。

“你给我醒醒!”她喊了一声，在钱龙鼻子上狠狠地捏了一下。

钱龙忽然哭了起来，看上去像是在忏悔。他无法控制心底突然涌来的情绪，那样哭了一会儿，刘诗雅在一旁惊讶地看着他，心里起了恻隐之心。但突然，钱龙带着感伤，对刘诗雅说："我不喜欢你，我受够了。"

刘诗雅愣了一下，有些尴尬地看着他。

"我一点儿都不喜欢你。是爸爸让我追你的。"钱龙在无意识的状况下，吐露着一个惊人的秘密。

"你不喜欢我？"刘诗雅冷笑着说，"那你倒是给我说说，你爸爸为什么让你追我？"

钱龙昏昏欲睡，刘诗雅一把拽住他的衣领，在他脸上拍了两下："你告诉我！你爸爸为什么让你追我？"

"为了……为了……刘、氏、集、团。"

刘诗雅吓了一跳。她站起来，这时又一个问题忽然在她脑子里闪现。她连忙又蹲在钱龙面前，一只手拍着他的脸说："别睡！"

"我、没睡！"钱龙闭着眼睛，一只手挥动着说。

"我被绑架的时候，你爸爸为什么救我？"她问，"你快说！你别睡！"

"我、没睡！"钱龙仍然那样挥着手说。

"快说！为什么你爸爸救我！"刘诗雅更加提高了声音。

"因、为……"他慢吞吞地说着，一边倒了下去了，呼噜声搅拌着说话的声音，含混地在刘诗雅耳边回荡，"是、他……嗯。"

"是他什么？"

"绑、架……"说完，刘诗雅跳了起来。她立刻回到卧室，将门反锁。她感到浑身发抖，她忽然觉得整个房间都那样恐怖。"这究竟是怎么搞的。"她自言自语地说，"一定是他喝多了，在乱说吧？一定是他喝多了，对，一定是他在乱说。"这时，她的手机响了起来。

……

这天，刘先生刚带着一脸的疑问回到办公室，就听到有人在敲门。"请进！"他冲门外的人说。清洁工推开门，手里拿着一份文件。"放我这里吧！"刘先生说，于是，清洁工将文件放在他的办公桌上。"是谁送来的？"刘先生问。清洁工回答说，是一个年轻的小伙子。"好了，你出去吧。"刘先生对清洁工挥挥手。

清洁工走后，他打开那份文件。"什么？"他叫了一声，然后冲出办公室，一路飞奔到大街上。送文件的小伙子早就已经没有人影。刘先生再次掏出手机，给何财生打去电话，对方依然处于关机状态。他打给秘书，秘书的手机也处在关闭状态。他紧张得说不出话来。这时，他的电话响了。

电话那头，传来了钱先生的声音。

“刘先生，近来可好?”他问。

“钱总，这究竟是怎么回事?”刘先生无法控制自己脆弱的心脏，他的声音已经越来越小了。

“您说的是什么事情?”钱先生好奇地问。

“土地！土地！”这是刘先生铆足了力气喊出的话，“为什么我接到一份政府通告，说我的影视城和度假村统统建在了已规划的地区?”

“有这样的事?”钱先生迷惑不解地说，“您什么时候转投文化产业了?”

刘先生脸色铁青，他感到神志不清，渐渐地，他说不出话来。

“如果是违章建筑，政府要强行拆除，我也真的没有办法，”他说，“涉及到违法，我也真的帮不上什么忙。但是我想和您说的是，我们家钱龙想要和刘诗雅解除婚约。”他停了一下，声音忽然变得更加浑厚，语速也变得更加缓慢了，“他承受不了您家小姐的家庭暴力了。”

刘先生恍然大悟，但这时，他已经没有力气再讲什么。钱先生挂断了电话，刘先生昏倒在地。“董事长！”大厅里顿时乱作一团，员工们从不同方向跑过去。“董事长！董事长！”

……

刘诗雅接通电话，电话那头传来一个中年男人急促而低沉的声音。

“你好，我是你赵才智叔叔，你小时候见过我的，”还不等刘诗雅回答，对方继续说:“你家里突然出了点事情，现在情况紧急，钱龙在你旁边吗?”

“他不在。”刘诗雅越发感到奇怪了。

“你现在要立即离开房间，在机场附近找一个宾馆住下来，明天早晨7点有一班飞机直飞枫城，机票已经买好了，航班号我稍后会发给你。记住，现在离开，千万不能让钱龙知道你离开的消息。”

“叔叔，可是这究竟是为什么?”刘诗雅有些怀疑。

这时，对方传来了母亲的声音。“女儿，按叔叔说的做！你爸爸心脏病犯了才刚抢救过来，你现在的安全没有保障！赶快离开钱龙，听话!”

“我明白了。”刘诗雅想起钱龙酒醉后说的话。她挂断电话，从抽屉里掏出钱包和护照，深吸了一口气，让自己冷静下来，将前因后果从头简短地思索了一阵。她感到自己的家庭正在被一面巨大的网包围，自己只是瓮中之鳖。没有时间再想太多了，她装作是要上厕所的样子，打开门，看一看钱龙是否仍在熟睡。

她小心翼翼地换上鞋，打开门，轻轻地将它带上。在楼道里，她又检查了一下自己随身带的包，钱包、护照、身份证，这些都在，然后，她拼命地向楼下跑去。

……

刘先生在昏厥前接收到的文件，是一份政府公告，内容是说，刘氏集团投资建造的影视基地占用了政府所规划的“经济新区”用地，按照相关法律和规定，将被强制拆除。抢救成功后，他要求护士转告门外的妻子，让她通知自己在警界的好友赵才智。“全完了！”刘先生彻底清醒过来的时候，对守在一旁的妻子说，“全完了，全完了！”

赵才智走到他面前，他有只福尔摩斯式的鹰钩鼻子，眼睛深陷眼窝中，炯炯有神。

“是姓钱的害了我！是姓钱的害了我！”他冲着赵才智说，“老赵，你要帮我！你要帮我！”

赵才智蹲下来，小声说：“有我在，你要冷静，一点一点把事情说给我听。”

“我没有想到，姓钱的一直都在等待时机置我于死地！”他说，他将钱先生怎样引诱自己涉足文化产业的过程一点一点讲给赵才智听。后者不停地点头。

“现在最重要的，是找到何财生，不过我估计这是一场早就布置好的阴谋，既然是阴谋，所有和这件事相关的人，应该都已经有了稳妥的去处。”赵才智说，“还有……”他缓慢地来回踱步，“必须立刻让刘诗雅回国！”

“您是说，我女儿会有危险？”刘夫人在一旁问。

“不确定的因素太多了，”赵才智说，“在不确定姓钱的还会做出什么事之前，我们有必要用最安全的办法处理这件事情。”他想了想，继续说：“这件事就交给我吧，你们不用费心了。”

……

清晨，刘诗雅换取登机牌、通过安检，然后顺利地登上了飞机。飞机起飞前，她给母亲去了一个电话。看着飞机飞离地面，她终于松了一口气。回顾这荒唐的岁月，她不禁摇头，现在，它们就仿佛窗外的云彩，一片接着一片，向脑后飘去了。

看到女儿的归来，正在输液的刘先生也终于松了一口气。他抚摸着女儿的头，一句话也说不出来。就在这段时间里，刘先生遭到了起诉。这时他才知道，原来他拿到手的所有文件都是伪造来的，不具备任何法律效应。何财生早已不知去向，所谓的“电影协会”也根本只是一个骗局，电影协会的有关人员表示，从没有在枫城立有建造影视基地的项目。而钱先生更是矢口否认自己是此项目的中间人。刘先生终于走投无路。

刘诗雅为父亲彻夜难眠。几天后，刘氏集团宣告破产，集团所有资产被要求拍卖以还清影视基地项目的全部债务。刘家从天堂跌入地狱。在医院里，刘夫人哭红了双眼。刘先生摇头叹息着。“我真是一个傻子！”他说，“我这一辈子的心血，就要这样完了！”

“姓钱的买下了我们所有的资产。”刘夫人手里拿捏着一份报纸，她的声音里充满了仇恨。

“这个家伙！”刘先生紧紧地咬着牙，“他这是要置我于死地！”

突然，门开了。赵才智急促而低沉的声音传了进来。

“恐怕没那么简单！”他义愤填膺，手里握着一叠资料，来到病床前，他一面兴奋地将资料递给刘夫人，一面对刘先生说，“案子做大了，就总会露出马脚。我们到处寻找何财生的下落，今天接到报案，才知道他们一家人在前往机场的路上已经遇害，一家三口的尸体被剁成好几段，装在一只行李箱中，掩埋在路边的工地上。我们通过死者的指纹鉴别出，他就是何财生。局里已经立案，我想事情还会更加复杂。更重要的是……”赵才智压低声音说，“在他死亡的当天，他曾经吩咐清洁工递给您一叠报纸。”他从资料夹中取出那叠报纸，“可是，据我所知，你接到的这叠报纸，和市面上卖的报纸是截然不同的。”

刘先生连忙接过报纸。赵才智又将另一叠报纸放在他面前。市面上卖的报纸并没有报道任何有关刘先生的内容。“这真是好大一张网。”赵才智面带微笑地说，“我想这么做的目的，是为了让老兄你尽可能地陶醉在自己的成绩中，以免在他还没有离开的时候，忽然回过神来，发现问题的严重性。在这个时候，钱总已经为他安排好了后路，至于离开以后会发生什么，就用不着他操心了。只可惜，他没有想到钱总是这样一个不讲信用的小人，因为担心他出卖自己，竟然下毒手将他杀害。在汽车上下手，凶手应该不止一个人，因此，除去一家三口和司机之外，应该还有三个人，因此我推测作案的汽车应该至少七座，他们在车上作案，或许是担心被路人看到，因此他们将尸体就地掩埋后立刻离开，直到今天清晨，尸体被工人发现。”

刘诗雅目瞪口呆地看着赵才智。母亲愣在那里，简直不敢相信自己的耳朵。

“我的第六感告诉我，”赵才智说，“这件案子还在继续。”

……

就要到出院的时间了，刘先生即将跨出医院，跨入法院。案件却陷入僵局。这些天来，警局的小伙子们四处追踪刘氏集团董事会其他几名成员的下落。最终，他们得到的结果令人失望。这些人已经改头换面，逃往国外，下落不明。

这天，警局接到这样的一个电话。一位自称是刘先生秘书的女士声称，她掌握着一部分钱氏集团的犯罪证据。很快，警察在刘氏集团总部大楼附近的一间地下室里找到了她。经过确认后，此人身份被证实。刚被发现的时候，她披头散发，全身被汗腻浸湿，躲在角落里瑟瑟发抖。来到警局后，赵才智为她找了几件新衣服，她本是此次案件的局外人，但在两个小时的审讯过程中，她却交代了至关重要的细节，同时提供了铁一般的证据。

“我叫胡小兰，今年27岁。在刘氏集团里，我是刘先生的秘书。但我还有一个不为人知的秘密，我是刘氏副董事何财生的情人。这件事，原本只有我们两个人清楚，但在一次约会后，我们偶遇钱先生，他当时没有将注意力放在我的身上，他似乎并不知道我们之间的特殊关系，但我相信，他一定知道，何副董事将许多秘密文件都交给我保管。

“他们之间的交易从很早就开始了，目的是要帮助钱先生生吃刘氏集团。钱先生答应，当钱氏集团吞并刘氏，会按照总资产百分之二十的比例，分给何副董事一笔巨额资金，并将其一家人送往国外，改变其身份，以避免在国内发生不测。何财生起初有所犹豫，但当他妻子知道这件事后，以各种方式要求丈夫脱离已经垂死的刘氏集团，去国外过好日子。那段时间里，何财生常和我见面，他遭受了良心的谴责，但他惹不起家里的母老虎。我们的感情就是在那时候建立的，他做人很有分寸，我们虽然保持着情人的关系，但为了孩子、为了家庭，他请求我不要公开这段情感。我承认自己是真心喜欢他，他的要求我都会接受。

“后来，刘氏集团部分酒店重新装修的时候，何财生暗中操作，通过钱家的关系，在家具上做尽手脚，将所有品牌产品比如乳胶漆半路偷换成不合格的伪造品，致使后来发生了甲醛超标的状况，几位部门经理被解雇，其实都是在为他背黑锅。他的每一个步骤都记录在案，从哪里购买、这些商人和钱先生是什么关系，都一清二楚地写在我交给你们的U盘里，按照文字中的信息暗访这些人，你们能够得到更多证据。

“刘先生视察工地时候的那群记者，是何财生叫人假扮的。一切的一切，都是钱先生交代过的，钱先生要求他在刘先生面前尽可能地粉饰太平，这样，当刘先生知道真相的时候，很可能因为承受不了过大的刺激而一命呜呼。这些电话记录也都在我交给你们的那些资料里。

“何财生将钱先生每次打给他的电话都做了录音，每一笔交易都记录下来。他将这些证据全都交给我保管。但是后来，钱先生始终没有准话，只答应会将他一家三口人送往加拿大，却没有明确地表示，自己什么时候会像承诺中说的，将现金划到他的账上。何财生追根问底，对方只好回答说，当他在加拿大着陆后，这笔钱随后会到。但从钱先生的态度来看，何财生担心对方会食言，他多次提示对方，自己掌握着重要的证据，如果钱不到账，他就会揭穿钱的老底。

“何先生答应我，在加拿大，一旦钱先生把钱打到账上，他就会想办法也把我接到加拿大。在他出事的那天早晨，一个身穿黑衣的人来到我家，我从猫眼里看到他戴着墨镜，他说他是何财生派来保护我的人。但在这之前，何财生曾告诉我，为了不暴露目标，他不会派任何人来找我。那时候，我知道我的处境是很危险的。我故意拖延时间，将证据从衣柜里取出来，打包装好。这些天，我们的宿舍楼正在粉刷，工人们搭的梯子还没有撤去。我灵机一动，从后窗离开，沿着梯子爬下楼去，拼命向前跑。

“我想起总部大楼附近有一座废弃的建筑，我赶到那里，发现一间地下室开着门。不会有人找到那里。我给何财生去电话，但他的电话已经关机。我担心别人找到我，于是也将自己的电话关闭。还好我带着钱，有时候会在深夜的时候跑出去，在24小时店里买点吃的。那家小店喜欢将前一段时间的报纸贴在门口的墙壁上，作为广告。我在无意间看到了何财生被害身亡的消息。我想既然他已经去世，这件案子就不会和任何一个我所关心的人有什么牵连。我现在只想请你们帮助我，将钱氏这群不法分子一网打尽。”

……

这天早晨，刘先生换好衣服，在刘诗雅的搀扶下，缓缓地走出医院。什么都没了，刘诗雅正打算当街拦一辆出租车。正在这时，一辆警车停在他们面前。赵才智探出头来，冲他们露出一脸胜利的笑容。刘先生有些惊讶，前一天晚上，局里有重大任务，几天内赵才智都有可能没有办法前来探望，但这时，他却偏偏出现了。

警察局连夜行动，根据胡秘书提供的证据，将涉案嫌疑人全部抓获。在证据面前，对于钱先生多年涉黑的事实，他们供认不讳。风声意外走漏，钱先生打算趁黎明来临之前改变身份远走他乡，却没有想到，警方早已布控，在半路将他抓获。

……

一个温暖的下午，刘先生一家坐在一座别致的咖啡馆里聊天。经过这场噩梦似的风波，他们终于能够享受平静。他们谈论着钱氏被绳之以法的新闻，刘诗雅在一旁不无埋怨地说："当初我就觉得有点奇怪，钱龙为什么会紧咬住我不放，可是我妈就是不听，硬要把我嫁给他，这下好了，原来钱家就是个狼窝！"

"我倒是相信他们一开始确实只是想要得到我们刘氏的部分股份，"刘先生说，"但随着我们关系的密切，他们的欲望也就被打开了。"

"只可惜我的学生生涯被你们彻底破坏了。"刘诗雅说。

"就爸爸现在的财力而言，"刘先生说，"如果你想回英国，我还是有能力支付的"

"我都已经老了，"刘诗雅说，"老了还怎么上学？干脆，您给我点钱，帮助我干个什么吧？"

"你这孩子，真是没正经。"

一家人笑了起来。

……

晚上，刘诗雅推开窗户。她站在阳台上，观赏着熙熙攘攘的人群，体会着从未体会过的宁静。她将凌乱的回忆整理了一番，刘家的起起伏伏简直像一场虚幻的梦，梦醒来时，却已午夜时分。轰轰烈烈之后，这夜晚异常的温柔，使她看清了，自己已经不再是当年那个"小公主"。和千千万万的普通人一样，她也只是一个平凡的女孩儿。

当那股傲慢悄悄退却，当任性被世俗的风吹乱。她突然发现，自己在想他。

41

时间自顾自地向后推移，转眼间，秋天替换了夏天，绿色渐渐地淡化成浅浅的黄色。大学生活终于还是走入尾声。9月的末尾，一切都是那样平静，图书馆里，林志远和惠惠并排坐在一起，查阅着不同的资料，却为了同一个目标。

他们偶尔也会手拉手，惠惠也会偶尔倚靠在林志远的肩膀上，却似乎有一种潜在的障碍将他们的心分割开来。太阳升起，林志远会在惠惠的楼下等候，牵着她的手，一起向图书馆走去；夜幕降临，林志远再次牵起惠惠的手，先将她送回家，再独自漫步在街头，向自己的屋子走去。由于那看不见的障碍，他们很少一同外出，从没有在熙熙攘攘的街道上热情深吻。想必惠惠是累了，或者可能是包裹了太多的回忆，她再也没有掏出相机，像曾经和雨泽在一起时那样说着情话，将爱丁堡那份与自然紧紧相融的古色古香留在永恒的照片中。他们只在周末时偶有闲暇，有时惠惠会和林志远牵着手在花园里走一会儿，找一张椅子坐下，随着角色的转变，他们之间的言语却越来越少。好像所有能说的都已经说了，留给他们的只有一阵永无休止的沉默。

“我去买一杯冰激凌。”不远的地方，一辆专卖冰激凌的小车停在那里，在阳光明媚的日子里，他们的生意总是很好做。一条长长的队伍一直排到另一侧的喷泉边。林志远排在最后一位，他无奈地转过头来，看看惠惠。惠惠却瞧着另一边的草地。一条边境牧羊犬正在那里奔跑。曾经的画面忽然闯进她的脑际。在短暂的失神状态下，她又想起那个下午，雨泽和自己同样在这座花园里漫步，她想起雨泽说过的话。“回国以后，我一定养一条这样的狗！”

她的思想在回忆中开起了小差。这时，林志远的声音将她拽回到现实中来。

“拿好，冰激凌！”

惠惠接过属于自己的那一份。林志远坐在她身旁。惠惠看了他一眼，然后面带微笑，对他说：“要不要比试一下谁吃得快？”

“来吧！”

于是他们两个人拼命地吃了起来。没过一会儿，惠惠就已经将那块冰激凌吞进了肚子里。她随手将剩下的包装纸扔进垃圾桶里。“走吧！”她已经站起来。林志远还没有吃完，看到惠惠已经向自己伸出手，他连忙将剩下的那块吃掉，将那张包装纸扔在地上，然后也伸出手去，想要接过惠惠的手。

“不要随地乱扔。”惠惠对他说。于是，林志远又连忙捡起扔掉的垃圾，扔到一旁的垃圾桶里去了。

他们在古城的脚下漫无目的地行走着。回忆却一段接着一段闯进惠惠的脑子里。这里的每一寸土地，都仿佛依然保留着雨泽的痕迹。昔日的那些小浪漫，在这紧张的日子里很少如此肆意地打搅惠惠宁静的心智。每回忆一点，都会使她重新心痛一次。渐渐地，她觉得学会了忘记，而行走在这熟悉的地方，她无力控制自己的思绪，无法确认它们是否飘向了正确的地方。

“去别处走走吧。”她对林志远说。

他们在一起时的沉默压抑着林志远的激情。这似乎不太像是在恋爱，林志远心目中的感情，应该是无话不谈，现在，他们却无法做到这一点。林志远总是揣摩着惠惠的心思，想要通过自己的举动，帮助她回到原来的状态。

“快要中午了，我们去西贡吃流沙包！”

西贡？那里全是回忆。惠惠摇了摇头。

“那么……去吃牛排！”

惠惠从前一天起，胃口就有些不适，早晨吃饭的时候，她剩了很多，而林志远却开心地将食物一扫而光。他并没有注意到惠惠胃口的不适。惠惠看着别处，又摇了摇头。

“去商场里喝点东西？”

“不用了。”整座城市都似乎没有什么地方好去，很奇怪。好像两年前，这里的每一朵花，每一片叶都充满了生机，转瞬之间，它们仿佛失去了生命力。无论开得多么艳丽，都是那样的不真实。沉重的考前气氛使所有的一切都颓废下去，而那个她一听就会快乐的声音，却再也不会在她耳边响起。她看了林志远一眼，对他说：“回家吧。”

“我送你。”惠惠的低沉使林志远也着实没有了激情。

“不用了。你也回吧。”

……

几经交手，育英文学院和“青春”杂志社在这场与“新锐”杂志社的骂战中完全处于劣势。雨泽的炮火越发猛烈。他利用博客和杂志一同发难，文章一篇接着一篇，矛头直指其校方官员。

“商人以追求利益最大化为其宗旨，有时做法肮脏，我们倒可以理解，但身为‘文化人’，却不懂得做人的气节，为了小财小利，甘心做他人走狗，这就难免叫人觉得好笑。

“王副校长出身文化家庭，年轻时还当过兵，也不知何时起，退化成现在这种模样。人家给他一个‘提携’，他就给人家一辈子‘提鞋’，出门在外，以‘副校长’自居，回到家里，无非一条宠物而已。今天人家让他咬人，他就咬人，明天人家让他闭嘴，他就不得不闭嘴。可惜这条狗虽然面目狰狞，但却弱得可怜。他的言论只能一次又一次地证明自己和育英文学院的无耻……”

育英文学院再次采取了沉默的做法。一个巴掌拍不响，雨泽担心这样下去，人们会逐渐将注意力转移到别的地方。于是，他又出新招，开始评论起从育英走出来的某个作家的作品，以证明育英实在无法培育英才，而通过包装炒作，这些人却占领了人民的阅读资料，使大众的欣赏水平降低，为社会发展带来了负面影响。

“育英文学院专培养作家写作不疼不痒内容的能力。一本书中，正常的描写通常针对情节的进展、动作性格的刻画、或者对实际环境的雕琢等，总之，所有的描写都在写实实在在的东西。然而，从育英毕业的‘才子’、‘才女’们，却笔锋一转，写起‘什么是幸福’来。偶尔一句点评，倒无伤大雅，有时能起到升华作用，可人家偏偏花掉六百多字在这问题上面，而相反，对于实实在在的动作或者情节，人家倒懒得去搭理了。

“孩子们，我只想说，什么是幸福，用不着你们来告诉别人。育英文学院的老师们，我也想对你们说，什么是幸福，路边扫马路的大娘比你们更清楚，也用不着你们传授给学生。没完没了地给泛泛而谈的词汇下定义，这是小学语文课的水平。传说中的‘言之无物’，说的不过就是这种三流水准……”

这番评论，果然引起了育英文学院的注意。老师们纷纷向上级抱怨，认为自己的名誉遭到了严重损害，希望校方拿出一个还击的办法。王副校长的办公室总是站满了人，他只有一而再再而三地强调说：“董事长很快就会拿出办法。请大家先忍一忍。”

“还要忍到什么时候去！”一位满脸皱纹的老师大声说，“雨泽这小子也太猖狂了！”

“对！他还没完没了了！”另一位抬头纹能夹死苍蝇的老师说。

“王副校长，他会咬住我们不放的，”一位态度较谦和的老人说，“育英就要被他搞臭了。您说说，20个学生，由我们10个老师轮流教授，这小子骂哪一个学员，都是在骂我们全体老师呀！”

“我懂、我懂。”“王胡子”让大家静下来，然后他又捋着那撮小胡子说，“我也挨了他的骂不是吗？可是，校董让我们冷静是有原因的。”

“麻烦您跟校董说一声，我们绝不能这样咽下这口气！”又有一位老师说。

“老师们，你们这样激动，不真成了心胸狭窄的市井小民了吗？”“王胡子”的话使老师们立刻安静了下来，“要记住，我们要始终保持绅士风度，他爱骂就让他好好地骂！骂完以后，他自己会为自己的鲁莽买单的。”

……

惠惠做了一个很长的梦，她醒过来的时候，已经夜幕降临了。她揉着眼睛爬起来，这时，电话响了。她按下接听键，于是林志远的声音从对面传了过来。

“出来吃晚饭吗？”林志远问。

“嗯。”惠惠打了一个哈欠。

“我就在你家楼下，我上去吗？”

“不用了。”惠惠说，“我马上下来。”

于是，惠惠从床上跳起来。她来到卫生间，一面照着镜子，一面使劲地捏着自己的脸。过了好一段时间，她才彻底清醒过来，先前那些从睡梦中跑出来的幻觉才终于一个个像气泡似的破裂掉。整理一番后，她换好衣服，来到林志远面前。

“去西贡吗？”林志远问。

建议刚说出口，就被惠惠否决了。

“那我们去什么地方？”

“别的地方。”惠惠面无表情地看着他。

林志远无法摸透惠惠的内心。于是，他们只好沿着马路一直向前走了一阵。“去吃西餐吧？”林志远一边走一边琢磨着，他想惠惠大概是觉得爱丁堡的中餐已经吃得太多太厌了，想要换换口味。这下，惠惠倒果真接受了，冲他点点头。

林志远于是拉起惠惠的手。“跟我来！”说完，他带着惠惠跑了起来。

“我们去哪儿？”惠惠问。

“去一个别的地方！”

他们来到火车站。和所有其他英国的火车站类似，英国的百年工业史就仿佛书写在每一条铁轨上，刻画在每一块砖头上。即便这里曾被翻修过许多次，但仍然无法遮盖那历史的沧桑色泽。已经过了高峰期，旅客们已经散去，只有零零落落几个满头白发的老人悠闲地走来走去。

“这边！”林志远拉着惠惠的手，在站台前买了票，而后通过点票机，进入到站台内。一列火车已经等候多时，很快就要发车了。

他们跳上列车，5分钟后，火车上路了。这是一班发往格拉斯哥的列车，天色已晚，车上没有多少乘客。

惠惠和林志远并排坐在座位上，她沉默了一会儿，而后终于忍不住问：“去那里做什么？”

“跟着我来就知道了。”他抿了下嘴说。

45分钟后，火车驶入格拉斯哥皇后路火车站。才刚出站，林志远就拉着惠惠的手向外面跑去。火车站背后是庄严的市政大厅，市政大厅面对着格拉斯哥的政治中心——乔治广场。这时，什么东西忽然吸引了惠惠。她拉着林志远，向相反的方向走去。那里站着一群人，摆放着一排警车。他们越走越近的时候，惠惠终于明白了这是怎么回事，她忽然高兴地叫起来：“他们在拍电影！”

那似乎是部有关僵尸的电影。大概内容是说一群无辜的市民遭遇了某种病毒的感染，死去后变成了一群“活死人”，他们在无意识的状态下以吃人为乐，被他们咬过的人也会感染同样的病毒，变成同样的“活死人”。惠惠牵着林志远，在周围观看的人群中向前挤去，一直来到警戒线前。她对艺术天生的热爱正在将她心头的不快一点一点地擦除。

对于林志远来说，这突如其来的场面倒是他自己没有想到的。随着一个镜头的结束，剧组进入了收工的阶段。看到惠惠忽然心情大好，林志远借着机会对她说：“怎么样？这个地方满意吗？”

“我喜欢。”惠惠的眼睛里闪起了光，她的话也逐渐多了起来，“还有什么能让人开心的事情吗？”

林志远故作神秘地笑了一声，“马上就到了！”

一条巷子里，有一座低调的门，上面是一张蓝色的招牌，写着“merchant city”。这是一家全城闻名的海鲜饭店。林志远是从小胖那里得知这个地方的，凭借他过人的方向感，只在地图上看了一次，他就能够像个土生土长的本地人一样找到这里。

店长别出心裁，走进餐厅，就仿佛来到一条漂泊在尼斯湖或者英吉利海峡中的小木船里，行走在餐厅里的服务员就好像船上的水手。墙壁被粗犷的木块装饰起来，仿佛饱经沧桑，正中央悬挂着一条天生就“婴儿肥”的鱼形木雕。在这粗轮廓的环境中，惠惠却感到自己正在品尝一种久违的艺术的细腻。

“怎么样？”看到惠惠入迷的样子，林志远有些骄傲地问。

“很漂亮。”他们在靠近窗户的一张桌子旁落座，惠惠将目光移回到林志远的身上。这里没有烦人的回忆，惠惠感到心情格外的宁静。这时，一位满脸微笑的女服务员站在他们身旁，她有一只高高隆起的鼻梁，一对闪闪发光的眼睛，还有那纤细的身材，勾勒着欧洲式的美丽。惠惠注视着她看了许久，对方的眼神里裹藏着羞涩。

“你好!”服务员用中文对惠惠说。

惠惠愣了一下。“竟然还会说中文!”然后他们一同大笑了起来。

林志远叫了一份plate for two（两人份套餐），而后，他们和服务员聊起天。店长也随后加入了他们，那是一位白头发老头，只是头顶正中央寸草不生，反射着天花板上的灯光。接着，旁边座位上的人们也一同加入进来。他们的话题从考试开始谈起，有些人称英国的教育是“bull shit”（扯淡），也有些人认为，苏格兰的大学就要破产了，所以才会千方百计地抓住留学生这根救命稻草，让他们多留几年，多花点学费。当然，这些话本身就是“bull shit”，但却使惠惠感到莫名其妙的开心。

这时，一位服务员端着一大盆海鲜朝惠惠走来。“Oh!God!”（天哪）客人们在一旁笑了起来。很少有人会点这道菜，在一只巨大的盆里，几乎装着所有能吃的海鲜。有螃蟹，有虾仁，有贝壳，有生蚝。看着它们，惠惠忍不住笑起来。店长指了指手腕上的一块金表，对他们说：“We′ll closeat 10′oclock.”（我们10点就要关门）然后就笑着离开了。

看到这群可爱的人们，惠惠的心情越发好起来。他们两个人比赛着，你一口，我一口，在那温馨的夜晚，将这美味尽数吞进肚子里去。大餐过后，那位白头发店长又带着一副搞怪的表情来到他们面前。他一只手搭在惠惠的肩膀上，小心翼翼地问：“Are you couples?”（你们是情侣吗?）

林志远看了惠惠一眼，惠惠也看了林志远一眼。店长看看这个，又看看那个。最后，惠惠冲他点了点头。店长满意地露出了笑容。然后，他又开始搞怪了。

“If you kiss eachother,you′ll win a present.”（只要你们接个吻，你们就会获得一个礼物。）他才刚说完，旁边喜欢起哄的客人们就爆发出一阵笑声。林志远担心这样突如其来的要求，会使惠惠感到尴尬，从而唤起她心灵深处的那份痛苦。而在这轻松的气氛中，惠惠却并没有感到不快。即使旁边的客人一齐爆发出“kiss him”（亲他）的声音，她也并没有觉得有什么尴尬。惠惠站起来，林志远也跟着站了起来。

在那条漂泊于沧桑人间的“小木船”上，惠惠很认真地吻了他。

只可惜，他们期待了很久的神秘礼物，只是一块小巧的心形巧克力。为此，他们你看看我，我看看你，淡淡地笑了起来。

离开那条快乐的“小船”，他们手拉着手行走在狭窄的街道旁。“你看！”蔚蓝色的星空下，林志远指着路旁一座建筑的屋顶，它像一把收缩起来的伞盖，尖端仿佛直插入云层，插进月亮的心脏，“像不像吸血鬼古堡?”

“瞎说。”惠惠白了他一眼，而后，两个又笑了起来。

他们手拉着手，走着走着，还会扭动一下身子。惠惠挥动林志远的手，他们仿佛在一阵听不见的节奏中跳舞。这突如其来的晚餐使惠惠心情愉悦，她的脑子里始终存留着那位可爱的店长的模样。“我很开心。”她自言自语地说，“很久没有这么放肆过了。”

“那……那我们要不要……”林志远慢下脚步，盯着惠惠的眼睛认真地说，不过他显然有些紧张，“你觉得呢?”

惠惠冲他做了一个鬼脸，林志远想要说什么，她心知肚明，但她故意装出迷惑不解的样子，继续一蹦一跳地向前走着。林志远拉着她的手，脚步却越来越慢。

“你怎么了?”惠惠瞪大眼睛看着他，嘴角向上咧着。

林志远没有再说什么，他将惠惠温柔地拽回到自己身边，用另一只手搂住她的腰。他们脸对着脸。惠惠没有反抗，她闭上了眼睛。林志远一点一点将自己的嘴，靠近她的嘴。寂静的街道旁，惠惠将所有的心事锁在心底的盒子里。那些愉快的、伤心的呐喊，已在她耳畔悄然散尽，这时的她，只能听到自己剧烈的心跳声。

整个城市都开始沉睡了。他们放声大笑着，笑声在建筑与建筑之间回荡，好像全世界只有他们两个人。他们这样一边笑，一边跳，有时走，有时停地向前走着。“看那个醉鬼。”林志远指着路旁的醉鬼说，“他的脑袋怎么那么圆?”

“哈哈哈！”惠惠忍不住笑了起来。那里躺着的醉鬼，一只手紧握酒瓶，整个身子瘫软下去，痛苦地呻吟着。一天前，他的女朋友跟着别人跑了，他苦苦哀求，却于事无补。他用酒精麻醉自己，疲惫地半躺在街头。

惠惠的笑声传进他的耳朵，唤醒他愤怒的神经。他忽然跳了起来。林志远拉着惠惠在一侧漫步。酒精仿佛一只放大镜，放大着对方的快乐，也放大着他自己的悲痛。“Fuck you！”（妈的！）他大叫一声，借着那股酒劲，飞奔过去。他挥动健壮的胳膊，将手里的酒瓶砸向惠惠。

“小心！”林志远一把将惠惠拽到自己身后，伸出一只胳膊挡住了砸过来的酒瓶。这时，醉鬼已经站在他面前，抡起拳头朝惠惠的脑袋打去。林志远又伸出手，挡住了他的拳头，紧接着，林志远一个猛子扑上去，将对方按倒在地。两个人在地上扭打了起来。惠惠在一旁吓得目瞪口呆。林志远感到自己的脸正被对方撕扯，他毫不示弱，照着对方的鼻梁骨给了一拳。

“Help!”（求救!）惠惠冲着远处叫起来。两名警察听到呼救的声音，快步来到他们面前。其中一人冲着醉汉的脑袋猛地挥了一拳，醉汉晕了过去。另一名警察将林志远从地上扶起来。林志远的脸被打肿了，他的胳膊正在淌血。警察询问了情况后，将醉汉带走。这时，林志远的胳膊越发血流不止。惠惠一脸铁青色，她看到不远处一个印度超市亮着灯，她一把拽起林志远的手。他们向那里跑去。惠惠买了一大卷餐巾纸，麻利地将纸撕开，按在林志远受伤的地方。

“我没事，一会儿就好了。”林志远说。惠惠白了他一眼，继续不停地在他胳膊上忙活着。她又买了一瓶矿泉水，将他伤口四周的灰尘一点点冲洗掉。伤口被按了一会儿，终于止住了流血。惠惠长出一口气，这才说出话来。

“好了。”她说。来到街上时，她有些生气地抱怨说：“你是傻子吗?你干吗和他打架?”

林志远没有说话。

“不理你了!”惠惠噘着嘴说。

林志远像个孩子似的将身子靠近她。惠惠犹豫了一下，而后像是突然袭击，猛地在他脸上亲了一下。

他们似乎又恢复了先前的沉默。在回去的火车上，惠惠目光炯炯，瞧着窗外，林志远趴在一旁睡觉。火车进站，林志远将惠惠送回家。已经很晚了，林志远也感到有些疲惫。对于这个晚上，他暗暗地给自己打了满分。“我回去了。”他看了惠惠一眼，向门外走去。

这时，惠惠忽然跑上前，她的双臂阻挡了林志远的脚步。窗户没有关好，一阵微风轻轻地撩动窗帘，屋子里只有一盏微弱的小灯发射着光芒，那样安静，那样祥和。林志远感到自己的心跳在加速，但他还是礼貌地对惠惠说：“我要走了。”

“不，不用走了。”惠惠仍然从背后搂着他，“陪陪我吧。”

……

下班了，罗主编整理好东西。这时，有人在办公室的门上敲了两下。杂志社已经没有人了，罗主编总是最后一个离开，他想象不出这个时间还会有谁来造访。他打开门，一位满脸络腮胡的中年人站在他面前。造访者一脸的杀气，硕大的鼻子，厚厚的嘴唇，像个粗犷的原始人，不过对方说起话来倒是很有礼貌。

“请问是罗主编吗?”

“正是。”罗主编回答说。

“我们老板说想见见您，他人就在楼下。”还没有等罗主编回答，造访者就转身离开了。

罗主编来到楼下，他四下寻找，没有找到等他的人。这时，一辆奔驰车从后面缓慢驶来，停在他的身旁。后座的窗户自动降下去，从车里传出一个低沉而沙哑的声音。

“罗主编，上车吧!”

罗主编朝里面看了一眼，他颇感惊讶，“是您?多有得罪、多有得罪!”而后，他打开车门，坐了进去。

整个晚上，雨泽都在和母亲进行着激烈的辩论。这缘于母亲的又一次同学聚会。这次聚会，有那么一个人，很认真严肃地提醒她，雨泽这样拼命地和育英文学院过不去，以后是要吃大亏的。雨泽母亲感到言之有理。“胳膊扭不过大腿，”她的同学们议论说，“雨泽再能写，他也就是一个人，你们家的势力怎么跟人家比?还是劝劝你们家雨泽，不要跟人家过不去了。迟早要吃大亏的。”

聚会结束，母亲眉头紧锁地回到家。雨泽恰好没过多久，也推开了家门。还没等雨泽将鞋换好，母亲就在一旁对他说:“雨泽，我觉得你应该好好考虑考虑不要这么一直骂人家育英。”

“有什么好考虑的?”雨泽将鞋换好，向里屋走去。

“你这样下去人家报复你怎么办?”

雨泽停下脚步，转过身来，看着母亲:“让他们报复去好了，我身子正不怕影子斜，我站在正义的一方，作家的责任就是要揭露这些恶心的勾当。”

“世界那么大，你能揭露完吗?”

“能揭露多少就揭露多少!”雨泽挥一挥手，意思是希望母亲不要再讲下去。

“妈妈是为你好，你不要不知好歹，”母亲情绪激动，“你怎么这么幼稚!”

“我就是这么幼稚。”雨泽若无其事地说，“我就是要和黑暗势力斗争到底。”

“那么你去吧，我是拿你没办法，因为你是我儿子，可对人家来说，你就是一个小蚂蚁。”

“哼！”雨泽哼了一声，又向自己的房间走去了。

他在回来的路上买了一本小说。这本小说的作者是育英文学院曾经的学员。雨泽看书很快，一个小时后，这本书已经被他大概浏览了一遍。他画了许多重点，脑子里顿时有了构思。“明天的文章就这样写。”他一边想，一边得意地自言自语，“我要一点一点地整垮你们。”

……

10点钟的样子，有人按响了雨泽家的门铃。雨泽来到客厅的时候，母亲已经打开了门。沛沛在一旁高兴地上蹿下跳。“沛沛，”罗主编走进来，向沛沛打了一个招呼，然后冲雨泽点了下头，“雨泽，我有事情找你，我可以到你房间里和你聊吗?”

“有急事吗?”书房里，雨泽问。

罗主编点点头。他上嘴唇咬着下嘴唇，看上去难以启齿。

“事情很重要?”雨泽又问。

“对你来说很重要，”罗主编回答说，“同样，这件事已经波及到杂志社的利益。”

罗主编看了雨泽一眼，后者面无表情地看着他。罗主编咳嗽了一声，尽可能地避免使用那些听上去有些激烈的爆破音。

“如果你可以停止抨击育英文学院的话……”

“为什么?”从罗主编纠结的表情中，雨泽的第六感告诉他，有些不妙的事情正在自己四周发生着。

“你冷静一下……”罗主编将一只手放在雨泽的手上，他说话的速度更加缓慢了。

“罗主编，我正在为文坛揭露一颗大毒瘤，他们已经不敢发声了，公众逐渐接受了真实的言论，您为什么忽然让我停笔?”

“雨泽，”罗主编说，“雨泽，你的任务已经完成了。大众已经知道育英的猫腻，事情到此为止，这样不好吗?”

“如果我执意要写呢?”雨泽固执地坚持着自己。

罗主编为雨泽那股文人特有的坚持感到由衷的钦佩。他拍一拍雨泽的肩膀，用更加微弱的声音对他说：“只是……我来这里，并不是找你说这个的。”

“还有什么比这个更重要的吗?”雨泽问。

罗主编从上衣口袋里掏出一只信封来，他将信函从中取出。“这是社长让我交给你的。”雨泽接过信，他愣了一下，但很快，他调整好状态，以一股居高临下的气势斜眼瞧着对方说："原来您来这里，就是要告诉我，我已经被扫地出门了。"

"社长说，你只要在这封辞职信的落款处留下名字，一切到此为止。"罗主编用毋庸置疑的目光盯着雨泽，而他的心里，却着实希望这个固执的男孩能够改变主意，"但如果你可以停止抨击育英文学院，并写一份公开道歉信，你仍然可以留在'新锐'杂志社，你的稿费会是原来的两倍。"

雨泽不禁笑了起来。他觉得眼前这位一度令自己钦佩的前辈，现在简直是只胆小怕事的老鼠。他咬着牙对罗主编说："如果你想侮辱我，拜托你换一种方式。我不稀罕你们的稿费，没有'新锐'，我照样可以一个人战斗。"

罗主编倒吸了一口气。他看到雨泽一只手紧握拳头，另一只手从书桌的抽屉里取出一支钢笔，接着，他用那颗硬邦邦的拳头按在信函上，毫不犹豫地在落款的地方留下了自己的名字。

罗主编沉默地接过那封信函。

"你现在可以走了吧?"

"孩子，我只想对你说，"罗主编说，"作为一个作家，不应该只想着眼前怎样表达自我，更应该想想自己是不是该给自己留一条生路。如果所有的路都堵死了，未来的你还怎么揭露社会的丑恶?"

"你说完了吗?"雨泽不屑一顾地看着他，"我最后想说的是，我雨泽从来就没有怕过谁！我只知道，眼下我自己在做的，是我必须做的。"

罗主编点点头，他似乎还想说什么，但却欲言又止。

"再见。祝你有个好前途。"说完，他转身向外走去。

"不送。"雨泽冷冷地对他说。

来到空旷的大街上，罗主编满怀敬意地向着雨泽家的方向鞠了一躬。"希望你可以永不妥协。"他自言自语地说了一句，接着，打开了那辆奔驰车的车门。

"陈老板，解决了。"

"这边坐、这边坐！"里面坐着的人，一只手拍着自己身旁的座位，"我代表育英文学院感谢您。"

……

第二天，《新锐》的一篇声明引起了读者的注意。

"本社专栏作家雨泽，因其个人目的，肆意诬陷育英文学院，现已被本社开除。"

这条声明在很短的时间内被转载成千上万次。有人直接在雨泽的博客留言中转载了这条声明。“这究竟是怎么回事?”对于“新锐”杂志的举动，网民纷纷表示质疑。而“新锐”杂志却似乎永久性地将这个问题屏蔽掉。他们此后的文章又回到了先前那种不疼不痒的套路上，但主编和社长却为此获得了一笔丰厚的酬劳。

“这样的结局，大家是否满意?”王副校长得意地对老师们说。

老师们满意地竖起了拇指。陈老板在后来的董事会上大笑着说：“我相信，对于这些阿猫阿狗，赏钱是最简洁的办法。”

雨泽看着电脑屏幕，这时才明白过来，原来一个阴谋正围绕着自己撒开了网。面对网民的种种猜测，雨泽奋笔疾书。他始终相信，并且越发相信，自己的笔杆子可以横扫千军，那些令人作呕的恶势力，迟早会被荡涤干净。

“一直以来，我始终相信‘新锐’杂志社将会是我的小小舞台，然而，我错了。为了自身利益，他们聘用了我，却又为了保全自身，他们解雇了我。我不知道昔日的东家究竟受到了什么样的威胁，但当罗主编夜晚造访时，我知道一定发生了什么。我不会怪罪‘新锐’的所作所为，我依然会不停地战斗，直到育英文学院彻底低头，向公众承认他们早已腐烂的事实……”

同时，他将自己前一天的构思写了下来，“参禅何需观山水，灭却心头火自凉。”雨泽用一句禅宗的语言表达自己继续斗争的心境。他的文章一气呵成，而后，他按动回车，文章立刻停留在博客上。

这时，父亲推开了门。他眉头紧锁，平日里，父亲很少用这样严肃的表情面对儿子。雨泽有些不解地看着他。父亲从上衣口袋里掏出一只信封，摆在雨泽面前。他从旁边找来一把椅子，和儿子面对面坐下。

“看看吧。”

信封已经拆开了，里面除了一封只写了一行半的信件外，还有一样小东西。雨泽将里面的东西倒在桌子上。他吓了一跳。那是一只带血的蟑螂。雨泽连忙掏出那封信来。信的内容是打印出来的。

“如果您儿子还不停止，这就是他的下场。”

信没有落款，文字没有明确的指向性，无法证明这是谁寄出来的。但雨泽和父亲全都心知肚明。父亲了解儿子的固执，他尽可能使自己的言语充满人情味儿。

“儿子，你是不是太强硬了些?”

雨泽愣在那里，许久没有说话。

“这封恐吓信是寄到咱们家的。”父亲继续说，“如果让你妈妈看到，恐怕我们家又要生出好多内部矛盾来哟!”

雨泽看看父亲，又看看那封信。他没有想到，对方竟然会使出这样的手段。

“早些时候，爸爸接到一个电话。”父亲面带微笑地说，“打电话的人说，如果你不停止并且道歉，他们会要我们家好看。儿子，爸爸和你一样，天不怕地不怕，但是就害怕为这么一件小事，把我们整个家庭搞成一团糟。”

雨泽想要反驳，但话到嘴边，他感到吐槽无力。

“想想看，如果有一天，妈妈单独走在街上，在一无所知的情况下遭到了什么人的袭击……”父亲不紧不慢地说。

“您的建议呢?”雨泽心有不甘，“难道就这样放过他们？就这样让他们独大？让他们玷污文坛?”

“我从来没有这样说过。”父亲打断儿子说，“我比你更痛恨这种卑鄙的行为。就实力而言，这群小毛贼怎么和我儿子比？爸爸比你更想要狠狠地收拾他们，看着他们倒霉，还文坛一片洁净的天空。可是，硬来终归只是逞匹夫之勇。这个世界从来就没有人会主动将公平和正义送到你的手中，但在追求公平和正义的时候，手段往往比勇敢更重要。”

“难道就让我这样向他们道歉吗?”

“道歉又有什么?”父亲接过话茬，“公道自在人心，你的道歉不是在承认什么错误，而是在保护自己的家人，这样的牺牲不值得夸耀吗?”

“可是他们……”

“当你真正成熟的时候，会发现揭露他们有许多种办法，而硬碰硬，恰恰是所有办法中最愚蠢的。”父亲说完，伸出手，在儿子头上抚摸了一下，“把信收好，让你妈妈看到又要唠叨个没完了。”

……

雨泽硬邦邦地点点头。他似乎听进去了什么，又似乎什么也没有听进去。他依然犀利的目光也包裹着一丝迷茫。他将那封令人厌恶的信件叠好，装进自己上衣的口袋里，又从桌角的盒子里抽出一张纸巾，将那只带血的蟑螂包在里面。

“我想出去走走。”雨泽关掉电脑，先前那篇措辞激烈的日志也就自行删除掉了。他站起来，朝屋外走去。

……

角落里，一个身影正倚着墙壁，脸上露出犹豫不决的表情。他时而上嘴唇咬着下嘴唇，时而检查一下挎在肩膀的那只电脑包。

这时，雨泽推开楼道门，向前走去。站在一旁的人叫了一声。

“雨泽!”

雨泽停下脚步，他转过身，炯炯有神的目光落到对方的脸上。

“哎哟！是罗主编。”他的语气里带着一丝轻蔑，“您该不会也被扫地出门了吧?”

罗主编温和地笑了起来。他用右手的食指指了下眼前的这位小老弟，“正要给你去电话，你自己倒走下来了。”

“真不知道您这样的老主编找我这样的小人物有何贵干。”雨泽话语中的轻蔑依然不减。

“有件事我想和你好好聊聊。”罗主编说。

“有什么事请快说。”雨泽瞥了他一眼。

“如果你不介意的话，”罗主编依然挂着那副温和的微笑，“旁边有家酒吧环境还不错，我们进去坐坐?”

雨泽暗自思忖，这个晚上，自己原本就闲来无事，况且这时的他，又很想弄明白眼前这老头子葫芦里究竟卖的什么药。于是，他点头表示同意。

酒吧里，罗主编要了两瓶啤酒。雨泽并不擅长此道，才喝了两口，就感到头晕目眩，话匣子也不由自主地打开了。

“说吧，有什么事?”他似乎看到罗主编的身影在随风飘动。

罗主编停顿了一下，欲言又止。他在身旁的挎包里摸索了一阵。

“让事情到此为止吧。”过了一会儿，他压低声音对雨泽说。

雨泽愣了一下，心底的不屑又慢慢地爬上了他的脸。

“你输了。”罗主编继续说，“你已经输了。”

“你闭嘴!”雨泽被罗主编得出的结论狠狠刺中了心脏，在酒精的作用下，他无力用傲慢掩盖自己内心的纠结。

“不，你输了，”罗主编又一次下定结论，“在他们的游戏中，你确实输了。你花了很长时间去熟悉他们的规则，可当你们交锋时，你却发现规则发生了改变。”

雨泽一时语塞，说不出话来。

“你血气方刚，”罗主编继续说，“你还能和他们斗争到底。可是，你的家人呢？你阻挡了一个财团的财路，那就是掐住了他们的咽喉。孩子，那可是他们的命！你要了他们的命，他们怎么可能放过你的命？”

雨泽厌恶地摆了一下手。

“干杯！”罗主编于是举起酒杯，和雨泽碰了一下。

一杯酒下肚，雨泽意识开始渐渐模糊了。所有那些不快的往事顿时一股脑儿地涌上心头。往昔的镜头从爱丁堡那干净的花园，一直延伸到自己脚下那条极不平坦的路。他感到自己趺趺撞撞，虽然偶尔品尝到成功的滋味，却发现自己正在走向失败的深渊。想到这里，他的眼眶中浸满了泪水。

“有时候，聪明的人并不急于争取眼下的小利益，”罗主编的声音切入雨泽脑际，“你输了，但你虽败犹荣。你的人生还在继续，更大的胜利在等着你。”

“为全世界的坏人干杯！”雨泽又将杯子里的酒一饮而尽。这下，他分外清晰地听到了自己的心跳声。

“孩子，收手吧，”罗主编继续在一旁说，“为了你的家庭，为了你自己。小不忍则乱大谋，你还年轻，但那座破旧的文学院已经垂垂老矣。好好想想，当年伽利略主动向宗教法庭认罪，才得以更加深刻地影响后世，这难道不是一种智慧吗？他们的背后是一只什么样的黑手，谁也不清楚。但我们清楚的是，按照你的实力，总有一天，你的名声会盖过他们，你的地位会高于他们，到了那个时候，你可以尽情地揭露世间那些丑陋，那些小鬼们会因为听到了你的名字，而闻风丧胆……”罗主编还没有把话说完，雨泽似乎想通了什么，他伸出手来，醉醺醺地用指头指了下罗主编的脑袋。

“你说得对。”他不停地重复着说，“你说得对。”

这时，罗主编忽然将挎包里的手提电脑摆放在桌上。他又在包里摸索一阵，将一个无线网卡插在上面。

“孩子，”罗主编一边忙活着，一边说，“我为你起草了一份道歉信。你只需要将它复制粘贴在博客上，这让人心烦的事情就算告一段落了。”

“你真是一个混蛋。”一脸醉意的雨泽微笑着冲罗主编说。

罗主编将电脑推给他。雨泽长叹一口气，手在半空停了一秒钟。在这短暂的时间里，他又将自己经历的种种回想了一番。

“我果真会有打败他们的一天么？”他问。

“一定会的。”

得到这一坚定的答复，雨泽点了点头，将道歉信复制到了自己的博客上。

道歉信

经过几番思想斗争，我决定通过私人博客，向育英文学院道歉。

在几个月的文字大战中，我一而再再而三地抨击育英文学院的“腐败行为”，并始终相信自己是正确的。这其中自然有私利作祟，由于没有获得入院学习的资格，我希望以此种方式为自己扬名。同时，受到主观情绪以及种种错误信息的干扰，我错误地将炮弹打在枫城文学世界的高墙上，致使媒体互殴，网民互骂的局面。

我必须向育英文学院表示道歉，希望育英文学院的全体师生能够接受我的道歉。也希望所有信任我的网民、读者，能够原谅我先前的过错，继续关注我、鼓励我。

……

42

林志远在客厅睡了一晚上，一直到第二天中午才醒过来。他伸了一个懒腰，发现惠惠正在餐厅里忙活着。他来到惠惠背后，温柔地将她搂在怀里，想要亲吻她的脸颊。

“去刷牙啦。”惠惠推开他，调皮地说，“洗手间里有一次性牙刷。”

林志远一边用手机伴奏，一边有节奏地洗脸刷牙。他冲着镜子整理整理自己的头发，摆弄摆弄自己的眉毛，揉一揉自己的鼻子，最后满意地点点头。餐厅的香味已经飘进他的鼻子里，林志远摩拳擦掌，正打算将惠惠亲手做的大餐一扫而空。就在这时，手机的音乐声忽然终止，取而代之的是来电的铃声。

号码来自国内。林志远颇为好奇地接通电话。对面传来的声音却仿佛使他全身僵硬。他呆立在那里，愣了好一阵子。

“吃饭了。”惠惠向卫生间走去，而这时，林志远却一边听着电话，一边向门外走去。“林……”惠惠还没有叫出他的名字，林志远冲她做了一个安静的手势，然后就将自己关在了门外。

惠惠冲着镜子做了一个鬼脸，然后就回到餐厅里，有些无奈地看着眼前的饭菜。时间飞快地流逝着，一个小时过去了、两个小时过去了，她依然没能等到林志远的脚步。她给他去了一个电话，对方始终处在占线的状态。阳光越发变得刺眼，惠惠决定不再等下去，一口气将桌子上的全部美味吃了个精光。

这个匪夷所思的电话，打乱了林志远的心境，也打乱了惠惠一天的安排。她着实没有心情继续下面的步骤，于是，复习的事情就被暂时搁置一旁了。在这样的心情作用下，她拨通了舅舅的电话，想要打听一下母亲的消息。然而，舅舅的电话处在关机状态。惠惠无奈地将手机扔到一旁，来到窗前，对着窗外的美景发呆。

……

“我们的人现在没有办法接近那个家伙。”赵才智说，“我们获得的线索非常有限。”

“这家伙可真是一个老狐狸。”局长站起来，目光瞧向窗外。

……

5点钟的光景，门铃响了。不知不觉中，惠惠已经在床上躺了三个小时。她从床上爬下来，打开门。林志远带着一脸歉意站在那里。惠惠白了他一眼，然后温柔地抱了他一下。“忙什么去了？”她问。

林志远深呼一口气，他想说什么，但惠惠的拥抱使他欲言又止，他将到嘴边的话重新咽了回去。惠惠半开玩笑地对他说：“你是不是背着我偷吃了一个馒头？”林志远不明白惠惠话里的意思，惠惠继续调侃地说：“都噎在嗓子里了。”林志远回味片刻，感受了一下自己的喉咙，然后忍不住笑了起来。

惠惠没有再问什么。她和林志远并排坐在床上，脑袋靠着他的肩膀。日子一天比一天紧张起来，这样慵懒的下午即将不复存在。他们小心翼翼地交谈着，直到夕阳西下。“你知道吗？”惠惠拉着他的手说，“好像就是从昨天开始，我被你融化了。”

林志远清了下嗓子，而后，他缓缓地说：“我从一开始就在努力走进你的世界，可是我们之间的隔阂好像始终存在。”

“已经不存在了。”惠惠坚决地说。

林志远停下来，看着她愣了一下，然后才继续接着话茬说下去：“嗯，已经不存在了。”

“我很容易被感动。”惠惠说，“感动我的不是格拉斯哥，也不是海鲜大餐。”

林志远一脸疑问。

“是你的耐心。”惠惠说，“不论我情绪怎样，你都能够包容我。”

林志远没有吭声。仔细想来，他并没有刻意让自己表现得很有耐心。然而，每次想到对方那些与自己无关的画面，他都会羡慕那个能够伴随她左右的男人。这似乎就是将耐心赐予林志远的原动力。这时，看着身旁的惠惠，他的脑子里依然飘过许多画面。在伦敦、在阿尔卑斯山，抑或是在吵闹的聚会上，她都只是轻轻地噘着嘴，用低沉的声音，说着快乐的话儿。想到这里，林志远将惠惠搂在怀里，就这样，安静地坐在那张床上，任凭夕阳最后的余光扫过他们一天比一天更成熟的脸。

三个月、两个月、一个月……时间越来越不够用了。他们每天手牵着手来到图书馆，中午，又手拉着手沿着阳光明媚的街道一路小跑，在咖啡厅里小坐片刻，当下午的微风吹动天空闲庭信步的云彩，露出一片空旷的蔚蓝色，有时林志远会买一盒中国外卖作为晚餐，有时惠惠会叫来必胜客外卖为自己充电。

“亲我下。”开饭前，惠惠调皮地指着自己的脸说。

林志远亲了她一下，然后也同样指着自己的脸说：“这呢?”

“才不要。”惠惠说完就吃了起来。林志远尴尬地看她一下，也低下头专注于自己的食物了。

这时，惠惠猛地亲了他一下，而后假装什么都没有发生，继续享受自己的美味。

“你竟然敢偷袭!”林志远假装很生气的样子对她说。惠惠在一旁忍不住偷笑起来。

一旁传来了保安严肃的声音：“Be quiet!”（安静!）两个人带着一脸歉意的表情冲他点一下头，而后压低声音，红着脸，继续着刚才的笑声。

这时，林志远感到手机在振动。他们的笑声戛然而止。林志远冲惠惠点了一下头，一边从口袋掏出手机，一边向卫生间走去。复习阶段的最后时刻，这是他接到的第一个电话。他在卫生间里待了很久，一个小时过去了，他重新回到惠惠身旁。

那时，惠惠已经将眼前的食物扫荡一空，为自己腾出一片宽敞的地方，开始了接下来的奋斗。林志远坐回到自己的位置上，大口大口地吃掉了眼前的食物。惠惠已经全身心投入在复习中，林志远没有打搅她，将一切收拾掉，他也翻开了书，只是好一阵子，他都无法进入学习的状态。

“有心事?”惠惠小声问他。

“有一点，不知道算不算。”林志远尽力让自己露出微笑来。

“好了啦，”惠惠对他说，“动作快点。”

林志远连忙将目光移回到书上，过了一会儿，他推了下惠惠。

“我……”他分明是有话想说，却不知该怎样启齿，他三次试图将自己的心事说出口，但看着惠惠那对炯炯有神的眼睛，他最终还是没能将肚子里的话说出口。但开了头，就一定要有一个交代，于是他话锋一转，接着自己卡在喉咙的话语说：“我喜欢你。”

“赶快复习啦。”惠惠白了他一眼说。

第二天清晨，惠惠被手机铃声惊醒了。她本以为是林志远，漫不经心地揉一揉自己的惺忪睡眼，才懒洋洋地接起电话。然而，传来的却是另一个声音。

挂断电话，惠惠的生活依然如故。她随后接到了林志远的电话，他们依然手牵着手，散着步向图书馆走去。复习的时候，惠惠依然全神贯注，林志远也依然会偶尔开下小差。学习一会儿，惠惠累了，她像每天一样，将脑袋靠在林志远肩膀上。午饭的时候，惠惠还是会冲着林志远的脸来个“突然袭击”。只是，从那天开始，林志远总是会在午饭过后躲进卫生间，接听一个长电话。惠惠偶尔会朝那里瞟一眼，但很快就将眼前的食物大口大口地吃进肚子里，然后将桌子收拾出一片供自己学习的地方。林志远总是带着一脸歉意坐在惠惠身旁，惠惠总是先白他一眼，然后对他说：“快学习啦!”就又自顾自地看起书来。

这样的生活一直持续到考试前的一周。那天，凌晨时分，他们结束了一天的复习，牵着手从图书馆走出来。苏格兰冬季的夜晚，刺骨的寒风中裹挟着凄凉的情绪。空荡荡的马路上，他们是仅有的行人。

“有话对我说吗?”十字路口前，惠惠停住了脚步，她的目光几乎要射穿林志远的瞳孔。

林志远知道，什么事情都瞒不过惠惠。几个月前，他就想为自己的举动做一个解释，但却迟迟犹豫不决。这时，他清了下嗓子，决定将心事和盘托出，但话到嘴边，却又被惠惠制止了。

“不是现在。”惠惠看着他，犀利的眼神中蕴藏着乞求的泪光，“我还没有准备好。”

“可是……”

惠惠冲林志远摇了摇头，她坚定地看着对方，那种毋庸置疑的神态吓退了林志远的勇气。

“给我一点时间。”惠惠用两只手抚摸着林志远的脸，像一个盲人，想要记住对方长相时那样。

林志远点点头。

往后的一个礼拜，惠惠再没有出现在图书馆里。她要求林志远在考试前都不要再来找她。一个人的世界，有更多的空间进行思考，惠惠却并没有放任自己的思绪。她严格地要求自己，规范着每日的作息。她将全部资料拿回房间，没日没夜地背诵，不放过任何一个单词。她每天都只靠中国外卖摄取能量，然而她的大脑却并没有因为营养不足而感到眩晕，或许这样反而可以减少她天马行空的胡思乱想吧。

林志远的作息依然没有改变，只是每当夜幕降临的时候，他都会给惠惠发一条信息，告诉她要注意身体。惠惠往往在第二天清晨，才突然看到林志远关心的话语，而新的一天已经开始，她将手机扔到一旁，继续手里的活。

就这样忙活着，他们带着一脸自信走上了考场。

傍晚，惠惠平静地走出考场。她知道，这一次，她成功了。林志远早晨的时候就已经结束了考试，他已经在门口等候了很长时间。惠惠看到他，低着头朝他走来。林志远伸出手去，惠惠没有将自己的手伸过去。

"我有话对你说……"林志远看着她说。

"边走边说。"于是，他们两个人肩并肩向前走着。

……

那天，林志远洗漱完毕，手机忽然响了起来。号码来自国内，他想不出会是谁突然想到了自己。于是，带着一点好奇，他接通了电话。对面传来的声音却使他愣在那里。他的喉咙好像被什么东西塞住了，过了好一阵子，才终于发出颤抖的声音。他一边打着电话，一边向门外走去，惠惠在一旁叫他，他只是冲对方做了一个安静的手势。

他离开房间，来到马路上。世界的两端，一面充斥着正午刺眼的阳光，一面挂满了夜晚祥和的繁星。刘诗雅的声音穿透过时间和空间，仿佛在清澈的水面上长长地划了一道纹痕，使原本趋于平静的世界顿时生起了波澜。

"你还好吗？"这句简短的问候，饱含着刘诗雅的全部感情。

"我没有想到会是你给我打来电话。"林志远努力让气氛轻松起来，"我一直都很好，你呢？你不是一直都和未婚夫在美国吗？"

"美国？"刘诗雅冷笑了一声，她又想起钱龙那张丑陋的嘴脸，"我命大，没死在那里。"

林志远觉得刘诗雅的这句话又夸张又好笑。"那么，你打来电话是要告诉我你快结婚了吗？"他说，"可惜我考试没有通过，要在12月补考，不然我一定参加你的婚礼。"

“你还在生我的气？”刘诗雅说，“可惜，你再也没有什么气好生了。我从来就没有过什么未婚夫……”

“我的大小姐，”说到这里，林志远难免会有些气急败坏，“所有人都知道，你和未婚夫一起去了美国，这难道不是你告诉我的吗？”

刘诗雅有些不知所措。林志远的胸口原本有一块伤疤，随着时间推移，渐渐愈合，但这时它却仿佛又一次被揭开。“刘大小姐，我不知道你究竟是出于怎样的心情给我打这个电话，但我已经不是曾经那个我，你也不再是曾经的你。”

“可是我们都长大了，不是吗？”刘诗雅打断林志远说，“我的婚姻只是一场骗局，它让我的家庭破产。我不再是一个富有家庭里的小公主，我是我。我想你了，我知道你一定还在生我的气，但是，我想你了，我从没有比现在更想你。”

“你刚才说什么？”林志远有点不敢相信自己的耳朵。

于是，刘诗雅将自己家庭的不幸一字一句地讲给他听。林志远时而惊讶，时而难过，时而悲伤，时而平静。在刘诗雅动人的讲述中，他明白了原来自己的感情，终止于一场彼此间的误会，他知道了刘诗雅在美国那段乏味的生活，以及围绕她整个家庭的一起起险恶阴谋。现在的刘诗雅再普通不过，然而，她说话的语调，她的措辞，她的态度，却比曾经的她更具有亲和力。林志远一语不发，刘诗雅尽情地讲述着。或许是同情心在作祟，或许是昔日的情感在这时忽然爆发，他的眼眶里充满了泪水。

“我真不能想象，在你的身上竟然发生了这么多事情。”林志远擦掉自己的眼泪，阳光散落在他周围，暖暖的。

“你呢？”刘诗雅问，“你一切都还好吗？”

刘诗雅的问题将林志远拉回到现实中来。不知不觉中，他已经沿着周围的街道走了一圈，这时，他发现自己又回到了惠惠家的楼下。他朝那里看了一眼，他似乎想要有所保留，但他的舌头却并没有听候大脑的调遣。“我和惠惠在一起了。”说完后，他朝着自己的嘴巴狠狠扇了一下。

刘诗雅许久没有吭声。最后，她几乎是从颤抖的喉咙里挤出几个字来。“是什么时候的事？”

“她没有通过考试，雨泽回国后，他们吵了架，后来分手，我觉得她需要我所以站了出来。”林志远说。刘诗雅没有回答。“对不起。”林志远接着说，他越说越激动起来，“原来我们的一举一动都是被命运安排好的。”

“没、没关系。”刘诗雅哽咽了一下，“祝你们幸福。”

“你也是。”林志远停了一会儿，刘诗雅略带抽泣的声音刺激着他的某根感情神经，“如果你还会想我，随时打给我。”

“我会的。”

说完，林志远挂断电话。他重复着刚才的路线，一路向前走去，最后，他来到王子大道。这些日子里，有关惠惠的回忆充斥着整条街道，而这时，那个于他而言更加熟悉的影子，却仿佛清晰地站在他面前。他冲着爱丁堡那蔚蓝的天空大喊了一声，周围过往的行人带着奇怪的眼神朝他望去。

……

“我……”林志远忽然停下来，惠惠也跟着停了下来，“刘诗雅联系了我。”

惠惠看着他点点头说：“我知道。她每天都会联系你。”

“你在生气吗?”

惠惠看着他摇了摇头。

“她告诉我，她的家庭破产了，她的未婚夫骗了她。她还对我说，她想我。”林志远一边说，一边看着惠惠，“她还说……”

“我全都知道。”惠惠说。

……

那天清晨，惠惠接到了刘诗雅的电话。于是，她彻底了解了林志远的全部心事。

“你感到惊讶吗?”刘诗雅笑着问。

“很意外。”惠惠说，“美国放假了哦?”

于是，刘诗雅坦诚地像对林志远那样，将自己的经历讲给惠惠听。惠惠原本面无表情，她觉得，刘诗雅咎由自取，她所受的一切是她应得的。因为是她自己选择放弃返回英国，是她自己选择将真正的感情抛到一旁。惠惠还想起刘诗雅毫无依据地耍弄着大小姐脾气，想起林志远为了她成天提心吊胆，有时，刘诗雅只是眉头紧锁，林志远就惊恐万状。然而，当刘诗雅告诉她，父亲在人际关系的尔虞我诈中，心脏病突发，险些搭上一条命的时候，惠惠怔了一下。她忽然想起了自己生病住院的母亲。两秒钟后，她回过神来，但这突然的走神却刺激了她的脑神经，对于刘诗雅，惠惠的同情心占据了上风。

“多么残酷的命运呢!”刘诗雅在电话那头说，“我还能想起我们在一起穷开心的日子。还记得那天我把钥匙丢在外面，回不了家，是林志远跑来交给我的。他还给我买了一张机票，邀请我一起去伦敦。那是我最开心的一个新年。还有后来那次，你们一起跑到伯明翰找我，我都记得很清楚呢！可是后来，我没有能够和你们一起去旅行，然后一切都变了……”说到这里，刘诗雅的眼泪沿着脸颊滚落下去。

某种潜在的共鸣也唤醒了惠惠的眼泪，她冷冷地问：“跟我说这些干什么?”

而此刻，刘诗雅所讲的那些画面，却在她面前重新回放。她忍不住想起林志远曾经的那份真挚。那是他的初恋，毫不成熟，却裹藏着最纯粹的芳香。林志远也曾为她付出些许，却似乎更多地包含着歉意。抱歉，是因为放任自流的林志远为所欲为的举动，而令他迷失自我的源头，却是刘诗雅。想到这里，惠惠感到呼吸急促。

刘诗雅也停顿了一下。她深吸一口气，将那句尴尬的话一个字一个字地吐露出来。

“你和他在一起了，对吗?”

电话这头的惠惠不禁瞪大眼睛。如果刘诗雅能够看到她的话，一定会担心她的两颗眼珠从眼眶中跌落出来的。

“嗯。”惠惠平复了心情。

刘诗雅咽了一口唾沫，她很快调整了心情，对惠惠说：“在我眼里，他是一个可爱的大男孩，帮我照顾他，要好好对他。我……”刘诗雅缓了一口气，“我会为你们祝福的。”

……

林志远看着惠惠，轻轻地摇了摇头。

在这些混乱的日子里，刘诗雅的故事唤起了他的种种思索。她们的身影伴随着自己，在王子大道上漫步。他的左手仿佛牵着刘诗雅，右手又仿佛牵着惠惠。她们面面相觑，一个经历了人生的大起大落，另一个却活在一份生活的压抑中。她们都需要自己，他多想全部拥有。坐在公园的椅子上，林志远十指相对，陷入沉思。

“你一定认为，她的来电使我发生了什么变化，”十字路口，他对惠惠说，“可是我没有要变。我不会因此而和你分手。”

惠惠从口袋里掏出一支烟来。她熟练地用左手点燃香烟，夹在嘴里。

“你听到了吗?”林志远用强调的口吻对她说，“我不会放弃你。”

“为什么?”惠惠问。

“因为，是我让你变成今天这个样子。”林志远上嘴唇咬着下嘴唇说，

“我是男人，我应该这么做。”

他们一动不动地看着对方。一分钟后，惠惠扔掉了手中的烟头。她走上前去，将林志远拥抱在怀里。

“不要离开我，好吗？”林志远用自己的额头，顶着惠惠的额头。这个小个子女孩那冷冷的表情始终散发着某种无法言说的韵味。

“你做了该做的一切。”惠惠只将心里的话说出前半句，那后半句话被她永远地咽进了肚子里。她想告诉林志远，这种带着歉疚的感情从一开始，就偏离了航道，而她话锋一转，用微笑遮掩着心情的起伏，“还好时间不长。我会很容易忘记的。”

“我……”林志远还没有说出口，惠惠就将一根指头竖在他的嘴边。

“我订了今晚的飞机票。”惠惠有意将话题挑开，“记得把毕业典礼的照片发给我。”

“可是……”

惠惠又一次堵住了林志远的嘴。

“没有可是。”她说，“回去，好好对她。”

“我可以送你吗？”

“我自己可以的。”

说完，他们又一次陷入了沉默。冬天的苏格兰，夜晚总是过早地侵袭。那远处的古城墙，和近处的都市繁华，都仿佛一幅经过精雕细琢后的油画。在星空下，在路灯下，林志远最后一次吻了她。

“我也会永远祝福你！”望着惠惠远去的背影，林志远大声呼喊着。

……

过往就像回声一般，随着时间的推移，一点一点退却到记忆的字典里。轮回往复，岁月更迭，在另一个时空，雨泽和尔曼面面相觑。

“他们一定能够找到自己的家的。”雨泽坚定地说。

……

一座废弃的土屋旁，沛沛和波仔找到了过夜的地方。月光洒在他们脸上，仿佛两个淘气的孩子，你看看我，我看看你，一同进入了梦乡。

"我是男人，我应该这么做。"

他们一动不动地看着对方。[illegible]

"不要离开我，好吗？"林志远用自己的额头[illegible]

[illegible]

[illegible]

"可是……"

[illegible]

[illegible]

"我可以这样吗？"

"我自己可以的。"

[illegible]

[illegible]

……

[illegible]

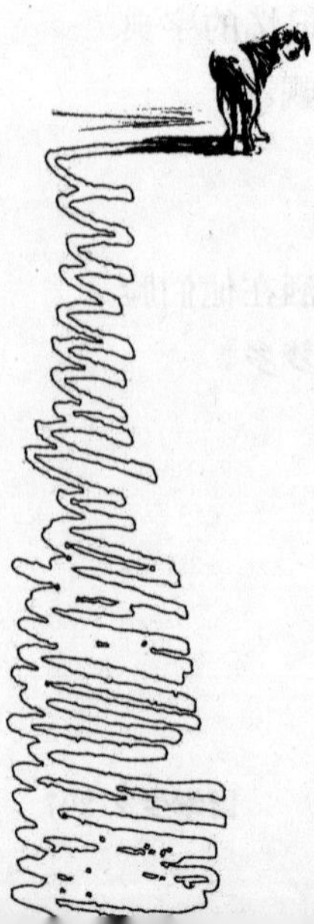

[illegible]进入了梦乡。

在路上

开启你的心灵，勇敢地生活吧！

——孔德

43

张奎英从那间小屋子里走出来。他低着头，两只手揣在口袋里。老张看上去是个凶残的人，但他却绝对有情有义。没有他出面，那帮弟兄们总是互相勾心斗角，连几块钱的小玩意儿都要争个你死我活。“这群饭桶!”他嘟哝了一句，但他毕竟不是个喜欢抱怨的人，思绪很快就回到了现实中。“这群家伙，除了这行，我看他们什么也做不了。”而这时，他又转而想起了自己的母亲。母亲一直以来并不完全清楚老张的职业，干这一行虽然不碍什么，但是毕竟有点干粗活的意思，他总是不希望母亲觉得自己是靠出卖体力生存的，地震之后，家里的老太太对狗类有了一种特殊的感情。

“一边不抓狗就吃不上饭，另一边又是被狗救过一命。”老张有点纠结，“这还真是伤脑筋。”不过在先前，他已经答应了自己的弟兄们，要为他们出头，重新带领他们做下去。“我还真是鲁莽。”他的脸上露出了从不曾出现过的无奈神情，“那也只好这么办了。”他虽然没什么文化，不过他知道什么是“君子一言，驷马难追”。

……

在郊区这片漆黑的地方，沛沛和波仔的名字响彻天空。雨泽一行人分头寻找着爱犬的踪影。那位厨师也跟着他们一起四下吆喝起来。随他们一同进行搜寻的还有忠实的托比。但事实上，两个小家伙早已经跑出村民们生活的区域了。

"不能再往前走了。"厨师说，"前面地势不平，夜晚很容易掉下悬崖。"于是，他们一行人沮丧地调转头，向村子灯光较为密集的地方走去。托比在一旁有些兴奋地跑着，却离主人越来越远。自己的爱犬一向听话，厨师并没有注意这点，"他迟早会跑回来。"厨师想。但这时，远处传来一声狗的嚎叫声。所有的人都停下脚步。雨泽和尔曼异常敏感地将目光投向那里。

"是托比！"厨师大叫了一声。但很快，托比不再叫了。他急忙向发出叫声的地方走去，但在一团漆黑中，他什么都没有找到。"这究竟是怎么了这！这是怎么搞的？"厨师大叫起来，他的汗珠沿着面颊向两侧流去。

托比掉入了陷阱。那里有一块上好的猪蹄，他一定是被这气味引诱过去的。那只猪蹄看似摆放在地面上，实则不然。在那层土下面，是两大张薄薄的报纸，托比冲过去，整个身子前倾，掉进一只很深的洞里，里面的网子将他紧紧网住，他的叫声在洞里徘徊，没有办法传到主人的耳朵里去。

这行人一直寻找到深夜，都没能找到托比的踪影。"怎么会这样？"厨师的嘴里不停念叨着。

"一定是掉进了什么沟壑中摔晕了，"雨泽说，"明天一早过来继续搜索，我想应该能够找到他的。"

"但愿吧，"厨师摇着头，嘴里抱怨着说，"这下你们满意了吧？"当然，这句话是他在自言自语。

"我想，我们就此分开吧！"雨泽看到了厨师心态的变化，连忙这样说。尔曼在一旁表示同意，温雅则跟着点头。"那你们走吧，"厨师仍然在心烦意乱，没好气地说，"我也要回去了。"

"还真是有些遗憾。"雨泽说。对于这次与爱犬的擦肩而过，雨泽和尔曼都多少有些意犹未尽。回到宾馆，雨泽在尔曼的房间里待了很久。"不过从这件事情中似乎可以得出一个结论来，"雨泽继续说，"这两条狗拼命地从新的主人家逃跑，说明他们正在寻找一条回家的路。"

"回家的路？"

"是的，"雨泽说，"同时，既然他们能够跑出这么远的地方，那我们也有理由相信，他们绝对有能力跑回属于自己的地方。”

“他们是在一起的，”尔曼说，“我心里忽然觉得很踏实，真希望什么困难都不要将他们拆散。”尔曼说完注意着雨泽的反应，不过后者似乎有些迟钝，于是尔曼补充了一句：“那样……沛沛就可以一直帮助波仔了。”

“要相信一条边牧的责任心。”雨泽打趣地说。

“不过，”尔曼想到了什么，“没有了波仔，我虽然难过，但是却可以摆脱一个人。”

“一个人？”雨泽有些不解地重复了一遍。

“是的，一个人。”

……

尔曼并不是那种经历过大风大雨的人，不过，她的家庭又确实极为微妙。据说，她的母亲当初嫁给她的父亲，看中的是对方的财产。这种唯利是图的思想最终迫使她遭到了报应，父母结婚不到一年就整日吵架，终于被迫离婚，住在不同的城市。但很快，尔曼的母亲就发现自己已经有了身孕，可离婚手续已经办妥，她虽然后悔，但回头却很难。尔曼的父亲在离婚后的一个星期就为自己找好了后路，和一位地方电视台的女主持走到了一起。从那以后，这对短暂的夫妻就再没有取得过联系。尔曼从没有见过自己的亲生父亲，这样的孩子往往缺乏安全感，随着年龄一天一天地长大，她的脸蛋也一天比一天更加漂亮。尔曼和母亲搬入新家后，顿时成为院子里最受欢迎的女孩儿，这也招惹了一些富家公子的眼球。

尚超是尔曼家不远处的邻居。随着波仔的入住，尚超和尔曼常常在遛狗的时候相会，逐渐有了共同语言。尚超家的金毛名叫金豆，是个典型的口水大王，每次和他接触过后，波仔全身都沾满了黏液。不过尚超倒是个顶好相处的人，一身发达的肌肉，即使是在阴雨绵绵的日子里，他也只穿一件短袖。

“你不冷么？”雨后，气温偏低，尔曼出门遛狗时又碰到了他，于是情不自禁地问。

尚超用力挤压了下自己的肌肉，想要在尔曼面前显示自己的健壮。

“你不冷啊？”尔曼又问了一句。

尚超这才发现尔曼并不在意这些，脸上顿时显露着红晕。他这个人就像一颗榴莲，外表看上去锋芒毕露，其实内心世界软得像块年糕。

“喔……”他支支吾吾着。“她不会是在嘲笑我逞能吧？”他想，有点不知所措。

“如果觉得冷就赶快回家吧?”尔曼说,“不然会感冒的。”

“喔……不会不会。”尚超想要和尔曼多待一会儿。

“快回去啦!”尔曼强调了一声。尚超这才连忙调头回家。

“你等下!”尔曼时常觉得这个大男孩有时候幼稚得可笑,于是又叫他停下来,像个小学老师那样对他说,“以后记得天气冷的时候要多穿点哦!”

尚超连忙点头。

“快去吧!”尔曼又强调了一次。

其实从第一次认识尔曼开始,尚超就被她迷人的外表所吸引。他喜欢那种眼睛会说话的女孩,尔曼就是这样的一个。而尔曼活泼的性格更使这个有点害羞的男孩子深深地沉沦。那次,小区里平日里较为合得来的几家人一同组织了一次郊外野游,许多男孩子当着大家的面,开起尚超的玩笑来。有人说,尚超一紧张就会口吃。对于这一点,尚超自己也无可否认。

“你看你看,他自己也承认呢!”开玩笑的孩子指着尚超说。

尚超总是这样被人当笑柄,但他却并不生气。这给人一种感觉,就是他很迟钝。而事实上,他的心里正在不停地诅咒着对方。

“这些家伙们……干吗不去死。”他这么想着,但却总是不敢说出口。或许是家人对其从小要低调的教育在作祟,或许是他天性原本软弱,总之,他一想开口反驳,就一定会有另一种情绪将其压抑。

“口吃的人很可爱哦!”这时,尔曼插进话来。她并非在为尚超反驳,而是她确实这样认为。她觉得尚超就像个小孩子,脾气又绵又软,很容易相处。

挑起话题的人顿时沉默不语了。尔曼将身子移到尚超旁边,闪闪发光的眼睛盯着他看了一阵。尚超的脸上立刻露出红晕,连忙将脸转向一边。“哈哈哈!你们看他多可爱!”尔曼大笑起来。

“对啊对啊!他可真够可爱的!”

……

尚超迅速跑上二层楼自己的房间里,换好了衣服,冲着镜子整了整发型。他的每个细胞都突然兴奋了起来。“她是不是对我有意思?”他高兴地几乎将心里想的话说了出来,“这么关心我,一定是有那么点意思的。”一边想,他一边洗脸,“一定是的,一定是的。”他只用了几分钟,就将自己的形象重新整理了一番。他跑下楼去,金豆在客厅里等着他。“快来!”他冲金豆喊了一声,然后推开门,一路小跑到遛狗的空地上去。

只可惜,在几分钟前,尔曼觉得天气有些阴冷,身体多少有些不适,于是提前回家了。

“这男孩还挺有意思的嘛!”雨泽搓着手评价说。

“是很有意思的,”回忆到这里,尔曼笑起来,“不过幼稚的孩子执著起来也挺恐怖的呢……”

44

从那天起,尚超对尔曼的关心就一天比一天多起来。只不过,囊中羞涩的他并不敢面对面地表达自己。每天在睡觉以前,尔曼都会接到他发的信息,内容总是要她注意身体之类的寒暄。在尔曼看来,她的回答往往平淡而且简单,不蕴含任何特殊意义,无非是“知道了,谢谢你”这样无伤大雅的话。

尚超每次发完信息,都会将手机拿在手里,平躺在床上,即便困意已经爬上了脸,他也无法安然入睡,直到尔曼的信息传回来,他才像是突然被打了镇定剂,翻个身,进入了梦乡。而在梦中,他的脑子里也依然全是尔曼的影子。“她至少不会讨厌我。”这是他最初琢磨的问题。后来,他的思绪逐渐深入,连续一段时间的互相问候使他觉得自己和对方的关系已经更进了一步。

“早点休息,好梦。”他的信息说。“嗯,你也是。”尔曼的回答依然平实而简单,但这句“你也是”却在尚超脑子里产生了某种化学变化。他似乎觉得尔曼在说这句话时,心里的情绪和自己一模一样。他顿时感到无比幸福,嘴角仿佛流着蜜。“晚安。”他对着手机亲了一口,然后又进入了自己美好的梦境。

尚超有那么几个朋友,平日里总是嘲弄他。事实上,这几个朋友也确实从心眼儿里瞧不起他,一是因为或多或少地嫉妒他富有的家庭,二是因为如此家庭竟然只留下这样一个反应迟钝,行为颇像个大姑娘的后人,实在让人感慨命运的不公。带着此种情绪,尚超所认为的好朋友阿虎其实是个整天在混他吃喝的家伙而已。相比之下,这位阿虎的脑子要好用得多。他虽然成天混吃混喝,但他倒是个挺有良心的人,并不曾伤害过尚超那脆弱的感情。

“尔曼会喜欢我吗?”院子里,尚超和阿虎闲聊。听到他的这句话,阿虎忍不住笑了出来。这个院子里,几乎所有的男孩子都将尔曼视作自己的梦中情人,连阿虎自己也不例外。但每个人都清楚的是,尔曼只属于大家，并不属于自己。虽然尔曼常常在某些时候像位阿姨似的帮助尚超，但这就像普通人关心弱智儿一样，只不过出于对他的同情。

不过，听到尚超这样的问，阿虎笑过之后还是佯装严肃地告诉他，这是有可能的。其实这样对他说是害怕伤害他的自尊心。但尚超却忽然兴奋起来，他一把抓住阿虎的胳膊说："她真的喜欢我吗？""是的，我想……哈哈……应该是的。""我也这么觉得。"尚超打开手机，向阿虎展示他们每天的聊天记录。阿虎瞟了一眼，频频点头，尚超心花怒放，分开的时候，他几乎是一蹦一跳地向家跑去了。

"我应该大胆一点。"尚超是从电视剧里得出这样的结论的，"男人就要有点霸气。"他想："我应该主动牵她手。是的，我应该主动！""可是……"他脑子乱了，"那多么难为情啊！如果她也害羞，那可怎么办？"他又想起许多电视剧中的场景："应该更猛烈一些！"一边想，他的嘴角一边露出了笑容。

到了遛狗的时间，尔曼带着波仔来到院子里的时候，发现尚超背对着她，嘴里念念有词。她走上前去，拍了他一下。尚超连忙转过脸来，他很早就站在那里等候，幻想着怎样向尔曼表白。他似乎想了不少计划，但当尔曼拍他肩膀的时候，他的思绪顿时空白了，他的脸红彤彤的。

"你怎么了？"尔曼问。

"没……什么。"尚超越发觉得自己心跳加速，"我……""不行，太早了一点，"他心里想，"再等等、再等等。"

尔曼满脸疑惑地瞧着他。

他们以某种莫名其妙的沉默散了会儿步，两条狗在一旁你追我赶。波仔一会儿跳到金豆头上，一会儿又带着对方绕着草地飞奔。这时，他们走到一处僻静的场所，这里是个死角，周围并没有往来的行人。尚超忽然觉得自己心跳加速，他瞥了尔曼一眼。在这种奇怪的沉默中，尔曼也有点摸不着头脑，一直低着头，没有吭声。

"她一定是害羞吧？"尚超这么琢磨着，看着尔曼的脸，"她真好看。真……好……看。我真幸福。"一边想着，他一边走近尔曼，后者还没有反应过来，尚超忽然大起胆子，冲着她的嘴吻去。尔曼没有来得及将他推开，他的舌头已经伸进她的口腔。尔曼连忙向后闪躲。一股怒气升到了脸上，这种侮辱简直使她整个疯掉。

"你别过来！"她伸出手，做了一个停止的手势。

"我喜欢你。"尚超吓了一跳，他知道自己把事情搞砸了，突然双膝下跪。

“我讨厌你！”尔曼喊了一声，就转过身向家跑去了。波仔冲尚超吼了一声，就去追赶自己的主人了。

“天哪！”回到家后，尔曼冲着母亲惊叹道，“他是不是发神经了？”

在生意场上，尚超的家人帮助尔曼的母亲做了不少事情，并为她引荐了许多人。因此，在对尚超的问题上，尔曼的母亲持相对保守的态度。她对女儿说：“在生活中，你会碰到许许多多类似的人。你不能冲他们发火，因为他们手里掌握着你的饭碗，你要将他们玩弄于股掌之间，却又要不露声色。”

“妈妈，这样做好辛苦。”尔曼不甘心自己受到的侮辱。

“在你碰到对的那个人之前你只是一个女人，”母亲意味深长地说，“没有人保护你，却有许多人想要得到你、驾驭你，你必须在所有这些人之间求得生存空间，静静地等候那个属于你的人出现，让他去保护你、照顾你。”

尔曼若有所思。紧接着，她问母亲：“我应该怎么做？”

“关掉你的手机。”母亲笑着说，“我来帮你遛狗。就这么简单。”

尚超沮丧地朝家里走去。在半路上，他碰到了阿虎。

“怎么就你一个人？”阿虎问，“尔曼今天没有出来吗？咦？你怎么哭了？”

尚超走过去，一把抱住阿虎。后者连忙推开他说：“你可别这样，让大家看到了还以为我性取向有问题呢！”

“她不喜欢我！”尚超大喊起来，“她不喜欢我！”

阿虎连忙捂住他的嘴说：“你小声点！你这样只会让周围的人小看你！你给我冷静下来，说说是什么情况。”

一分钟后，尚超和阿虎坐在小区里的公用长椅上。尚超将所发生的状况讲给他听。阿虎当然知道，尔曼绝不可能喜欢尚超，而他如此鲁莽的作风也一定会使尔曼不再和他往来。但他也清楚，如果将这些告诉自己的朋友，他一定会死去活来，接连几个月都处在发疯的状态下。于是，阿虎想，至少在尚超还住在这里的时候，要让他保留一定的幻想。

为了保险起见，阿虎先确认地问：“你什么时候去美国？”

“再过一段就去。”

“都要去美国的人了，还找什么女朋友嘛！意义何在？”阿虎追问。

“我可以和她结婚，然后把她也带过去。”尚超说，“再说，我这次只是去住一段时间，半年以后还会回来的。”

“真是个没救的家伙。”阿虎心里想，“但至少这段时间不能让他再继续烦我。”

“其实你不太懂。”阿虎想好了谎话，“尔曼并没有拒绝你。”

“真的?”尚超的情绪忽然180度大转变，“你当真?”

阿虎点点头，一副严肃的样子。

“你看得出来的。”他说，“她这是害羞。还有，她应该是喜欢你的，这从平时对你的关心中也看得出来。只不过，可能她并不想在这个时候和谁确定关系，暧昧着就好。”

“我该怎么办？我该怎么办啊！”尚超的声音中又带着一丝绝望。

“如果你真喜欢她，”阿虎说，“就不要再碰她，保持一种暧昧，关心她，总有一天，她会是你的。”

“当真?”

“当真!”

这话说到了尚超的心坎里。之后，阿虎建议他先向尔曼道歉，然后保持朋友的心态和对方好好相处。尚超有所顿悟，觉得阿虎说得在理。他迫不及待地给尔曼发去信息。那时，尔曼正和母亲面对面坐着吃饭，看到手机上的信息，她拿给母亲看。

“关掉。”母亲斩钉截铁地说。

“不，我要先删除。”尔曼补充了一句。

深夜，阿虎又遭到了尚超的骚扰。“她没有回我信息!”尚超焦急地说。

“你做了那样的事，她总需要一个恢复的时间。”阿虎说，“着急你就输了，你懂么?”

“我要等到什么时候?”

阿虎叹了口气，无奈地对他说：“等到她开口说话的时候！你明白吗？这场冷战时间越长，就越说明她对你的感情很深!”

只可惜，从那以后，一直到尚超出国，他都仅仅只能远远见到尔曼几面。遛狗的时候，他千方百计地从尔曼母亲的嘴里套些话出来，但精明的阿姨告诉他的竟是一些模棱两可的话。而执著的尚超没有放弃，他不停地给尔曼发着信息。对于这些，尔曼在母亲的建议下选择性地回复。这些偶尔回复的信息维持着尚超的激情。他出国了，尔曼没有去送他，只是淡淡地在短信上说了句“一路平安”。至于他打来的电话，她从没有接听过。

尚超出国后的第二天，遛狗的时候，尔曼又出现在院子里。而这时，她对话的对象变成了尚超的母亲。

"尔曼，真早！"

"过年嘛，晚上要早点回家的，阿姨您也真早。"

"这不一直等着你嘛！"

一听这话，尔曼连忙转移了话题。

"阿姨，你们家金豆腿是不是有点拐？"

"拐么？他一直就这么拐。"阿姨不依不饶地继续着自己的话题，"尔曼哦，你年龄也不小了，是不是该想想找个男朋友了？"

尔曼一边捂着嘴，一边微笑着回答说："阿姨，您的好意我心领了，最近很累，先不说这个了可以么？"

……

旅游的淡季，宾馆的酒吧里并没有多少客人。温雅早早地离开了。靠近窗户的地方，尔曼和雨泽面对面坐下来。雨泽要了一瓶红酒，服务员端来两个杯子，倒满，然后静静离开了。酒吧里回荡着舒缓的爵士乐，吧台旁，调酒师正杂耍着手里的酒瓶，一侧的几位客人冲他鼓掌。

雨泽指着这些人，故作神秘地说："在我们作家的眼里，他们每一个人都是一个故事的集合。比如说，这位调酒师，他一定花了很长时间才练就这样一手好技术，而在他学习这些技能的时候，他或许曾和家人发生过冲突，而冲突的原因无非是家人的反对，家人反对的原因又无非是觉得这一行当不赚钱、没有社会地位，这样，就又涉及到了旁人的眼光。到此为止，故事所涉及的人物性格已经可以确定了。"雨泽一边讲着，一边观察着尔曼的表情。

"如果是以波仔和沛沛为主角呢？"尔曼别出心裁地问。

雨泽眯缝着眼睛瞟了窗外一眼。而后，他自顾自地叙述起来，就好像古代西方的先知被上帝通灵时那样，无法控制自己的舌头。

"两条小狗在一辆狗贩子的车上相遇，沛沛为每一条狗打开了锁，狗贩子打开货厢门的时候，流浪狗们搞了一次小小的暴动。趁着一阵慌乱，沛沛和波仔突然窜出去，向远处逃跑。故事就这样展开了。他们亲历了人间的种种疾苦，突然有一天，两个小家伙闻到了一股似曾相识的气味。有人包下了不远处的一座花园，在那里举行一场婚礼。两个小家伙朝着那股气味跑去。原来，沛沛的主人正在迎娶……"

说到这里，雨泽停了下来，有点尴尬地冲尔曼露出了微笑。尔曼微微低下头去，一阵红晕在她脸上散布开来，而她的眼睛却依然闪闪发光。

雨泽喝了一口红酒。在构建这样一个故事的时候，雨泽想到的是爱丁堡。故事中的花园，他曾牵着惠惠的手，走过无数次。有那么一瞬间，借着酒劲，那些过往依稀重现。他似乎还能闻到路旁那辆冰激凌车散发出的奶香味，似乎还能看到小径旁一排排整洁的座椅，想起沛沛，也就想起了草地上公园里那条活跃的边牧。雨泽摇了摇头，又喝了一口红酒，两只手交叉在一起，看着窗外。

“这红酒还真够呛。”雨泽像是在自言自语，又好像是在和尔曼说话，他带着惯有的那副傲慢强而有力地镇压着内心的脆弱，“有时候你确定自己再也想不起来的事情，它都能帮你想起来。”

“是她吗？”尔曼问。

雨泽用尽全身力气克制着自己的情绪，露出淡淡的笑容。而那一瞬间，有关惠惠的信息又忽然从他大脑的数据库里蹦了出来。天才的惠惠看书时一目十行，没过几天，雨泽为她推荐的所有书籍都被一扫而光；贴心的惠惠在幼稚的雨泽面前像位母亲，为他洗衣做饭，在成熟的雨泽面前，像个孩子，冲着他撒娇、将他看做自己的肩膀；文艺的惠惠总是要求雨泽做自己的模特，在爱丁堡的每一个角落为他拍照留念……

“真该死！”雨泽拍着脑袋小声对自己说，“我在胡思乱想什么！”

尔曼的声音打破了短暂的沉默。借着雨泽先前构思的故事情节，她幻想起自己的婚礼。

“一直以来，”尔曼看着雨泽说，“我都在等一个能让我怦然心动的人，他与众不同，总有一天会成为英雄。”

雨泽笑了起来。

“你在嘲笑我做白日梦！”她指着雨泽说，“其实温雅是知道你的。刚来的时候，我们在房间里打开了你的博客。”

雨泽又摆出了那副傲慢的姿态，好像温雅知道他是理所当然的事情一样。

“温雅让我问你——其实这也是我的疑问，”尔曼犹豫了一下说，“你为什么会向育英文学院道歉？”

说到这件事情，雨泽冷笑了一下。他深吸一口气，声音极其严肃而沉闷。

“有些游戏，我们永远需要遵守别人的规则。而别人的规则又往往按照有利于他们的地方时刻发生改变。所以，不论过程怎样，结局永远都是以我们的失败而告终。”

尔曼不解地看着他。雨泽无心解释，又喝了一口红酒。

“我想你一定有自己的原因。”尔曼说，她的眼睛里闪烁着光芒，“以前妈妈告诉我，什么样的人都会碰到各种各样的烦恼，可是过去的都会过去，能很快重新爬起来的人才是强人。”

雨泽愣了一下。尔曼的话与躺在病床上母亲说的话在他的思绪中碰撞，产生了激烈的共鸣。“不能因一次失败而裹足不前。”他又在那里自言自语了一会儿，抬头看看尔曼。

“有时候，我也想重新开始。”雨泽端着酒杯对她说，“可是，虽然我不愿意承认，但事实上，我确实没有办法找到第二个惠惠。没有谁拥有她的天赋，更不会有人像她一样，怀揣着过人的天资，却甘愿用它支撑起我的自尊。”

尔曼的声音颤抖着，生怕自己的话会触犯了雨泽。

“我觉得……你这样的想法对别人很不公平。”尔曼忽然觉得自己脸红了，“每一个人都是不一样的。有些女孩，没有惠惠的天赋，可是她们一样有属于自己的韵味。”

雨泽没有回答，尔曼盯着他的眼睛看了一会儿，继续用颤抖的声音说：“我……没有什么天赋，妈妈说我天生就不是学习的料，可是……我希望自己能够为英雄做些事情……所以，我让温雅安排了一次会面，你也许会感兴趣……”

“会面？”雨泽好奇地问，“会有什么重要人物吗？”

看到雨泽突然兴致勃勃的样子，尔曼的脸上也露出了笑容。

“我不知道能不能为你的小说带来帮助。”她说，“温雅比我更了解创作的事情，她约了几位命运很曲折的小人物，我觉得，至少可以给你增加一点素材吧？”

“真的吗？”雨泽高兴起来，“他们都是些什么样的人？”

“温雅告诉我，”尔曼说，“叶城发生过一件不孝子因为争抢财产逼死母亲的案子。温雅找来了事件中的这位不孝子。”

“真是不虚此行。”雨泽一边披起外套，一边问，“什么时候能见到这个人？”

“明天一早。”看到雨泽对自己的努力颇为满意，尔曼富有成就感地笑着。

“如果是明天一早的话，我们是不是应该回房间休息了？”雨泽看了一下表说，“要面对一个不孝顺的儿子，我需要保持充沛的精力才对。”一边说着，雨泽已经站了起来。尔曼也只好跟着站了起来。雨泽已经兴奋地走进电梯，在里面吆喝着让尔曼快一点。尔曼却觉得自己仿佛有些失落。

“我想出去走走，你先回去吧，反正也没有什么比你的创作更重要的事情了。”说完，尔曼转身离开了。雨泽只好关上门。电梯上升的过程中，他反复念叨了几次尔曼的话，总是觉得这话中带有某种讽刺的意味。

雨泽推开房门，来到卫生间的洗面盆前，打开水龙头，想要将一头的酒气全部清洗干净。他从台面上取出一包洗头液，叠加在一起挤到头发上，然后又对着镜子不停地搓着，直到头上生出了白色的泡沫。而他似乎仍不满意，又顺手取出一包洗头液，又倒在头上，不停地搓起来。

雨泽希望用这样的方式洗掉自己所有的回忆。他厌恶自己没有克制好自己的思绪，让那些关于惠惠的画面突然闯进了大脑。他厌恶这个无法忘却过去的自己。他一边想着，一边搓着头发。渐渐地，惠惠的画面在他脑子里变成了一张张泛黄的照片。聚集在他体内的酒气越发散尽，他的耳畔忽然回荡起尔曼的声音。

“反正也没有什么比你的创作更重要的事情了。”雨泽重复着尔曼的话，紧接着，他又想起母亲的话来。“你总不能一次失败就一辈子都爬不起来了吧？”然而，他确实在很努力地爬起来。他是一个永远不甘心认输的人，这一点，他自己是清楚的。他再也找不到另一个惠惠，可是，尔曼的声音再度打破他思绪的瓶颈。“有些女孩，没有惠惠的天赋，可是她们一样有属于自己的韵味。”他觉得自己想到了什么。酒精越来越从他体内消散殆尽，他的思维也越来越清晰了。

他想到了灯光下，尔曼那张精致的脸，她的眼睛没有惠惠那般犀利、能够直指人心，却裹藏着纯净的光芒。尔曼就像一座曾被精雕细琢的雕塑，无法从肌肤间找到一丝瑕疵。她散发着一股百合花般的芳香，毫无杂质。她在等一个英雄，而那个英雄直到现在才终于开始觉醒。

他恍然大悟。

他连忙重新穿好衣服，向外面跑去。马路的另一边有一座漂亮的公园，公园的尽头摆放着一把长椅。尔曼就坐在那里。这时，雨泽才注意到，尔曼并不像平日那样穿着随意。其实，早晨的时候，尔曼从房间里走出来，就已经完全变成了另外一个样子。

她穿着一身淡紫色外套，胸口处显露着乳白色的短褂，月光下，她的衣角仿佛和着某种旋律翩翩起舞。雨泽长长地吸了一口气，而后，他缓步走向那把长椅，坐在她的身旁，沉默许久。

“你是想来道歉的吗？”尔曼的嘴角忍不住向上微微翘起。

在幽静的气氛下，雨泽重新观察着尔曼的脸。那阵淡淡的百合花般的芳香四下飘散，将雨泽包围。他觉得自己感受到了来自另一个世界的别样韵味。她不需要能够飞速阅读的本领，也不需要过人的艺术天分。她本身就是一件艺术品，她静静地坐在那里，等候着那个懂得欣赏她的人。

“你在想什么?”尔曼小心翼翼地问。

话音还没有落，雨泽已经用一个浅吻将她的话语挡在了嘴巴里。

……

45

清晨，土坑旁，三个人喊着“1、2、1”，而后那张网被整个拽了上来。“看看我们获得了什么?”小李冲着一旁的老张喊了一句。张奎英走过来，重操旧业，他认为自己依然得心应手，但今天头一次带队出门捕获猎物，有所收获之后，他的心里竟然“咯噔”了一下。

被网在中央的正是托比。一夜的挣扎使他有点累了。他用仇恨的目光盯着眼前的狗贩子，但筋疲力尽的他只能在嗓子里“呼噜”几声而已。老张与他对视了一阵，忽然觉得自己身体有所不适，于是他转过头去，一个人单独待了一会儿。直到小李跑过去请示他，这条狗应该怎样处置时，他才回答说：“先装到车上，今天先关在仓库里，过两天再决定送到哪个渠道。”说着他揉了揉自己那颗肉瘤，觉得它好像比过去软了好多。“快点行动，不然就来不及了。”他对小李说。

“弟兄们！先拖到车上去！”

……

公园里，雨泽牵着尔曼的手漫步着。阳光洒在他们的额头上，春天的触角已经探出头来，正在为草地涂上一层翠绿。微风吹来，掠过尔曼那张纯净的脸，她露出惬意的微笑。一切都显得生机勃勃，一切都仿佛有了新的生命。

“你为什么会回来找我？又为什么改变主意，想要和我在一起?”他们在昨天坐过的长椅上坐下来的时候，尔曼依偎在雨泽怀里问。

这个问题难倒了雨泽。他简短地回想了一下昨夜发生在自己头脑里的那场争论。他想到几个至关重要的问题。在那场借着酒兴泛起的思绪中，他刚烈的性格要求自己决不能是一个弱者，零星的对惠惠的追忆都使他暴露出脆弱的本质，只有将那段无法释怀的情感彻底抛在脑后，才能将这弱点掩饰。在那一刻，他强迫着将自己的注意力转移到别的地方。于是，尔曼充斥着他的脑际。在那一秒钟，雨泽看到了尔曼从言谈举止中表露出的暗示，他没有放弃机会——雨泽也从不会放弃机会。

雨泽思索了一阵，用一个巧妙的词语将尔曼的问题搪塞过去。

“这是一种化学反应。”雨泽说，“人只要看到自己喜欢的人，就会产生这种反应。”

尔曼轻轻地瞧了雨泽一眼。雨泽并没有转过头与她对视，因此也就没有看到尔曼眼神中的不安。不过很快，她就重新陶醉在这份平静的幸福中了。

“从那天你告诉我要陪我一起旅行开始，我就觉得你一定会向我表白。”尔曼孩子气地说。雨泽倒是又一次露出了他傲慢的表情说：“很有自信嘛!”

“那当然!”尔曼说，“本小姐从出生开始，追我的人就能排到伦敦去呢！日后你要是对我不好，我就……”

“你就怎么样?”雨泽打趣她说，“你就继续当你的大龄剩女吗?”

“讨厌!”尔曼在他肩膀上捶了一拳，而后将头靠在他的胸口说，“好好对我，好吗?”

雨泽看着尔曼，沉沉地点点头。

“你的身上虽然带着一股痞气，可是我能看出你的心里很稳定、很扎实。”尔曼说，“你就是那个能让我第一次见面就会动心的人。”

“几分钟以后，这个让你动心的人就要开始他重要的下一步计划了。”雨泽调侃地说，“你的那位温雅同学是不是就要来了?”

……

餐厅里，温雅坐在尔曼和雨泽的对面。尔曼向她递了一个眼色，用目光指了雨泽一下。温雅一脸惊讶，眼珠在眼眶中转动，好像是在问：“你和他?”尔曼微微地点点头。温雅的脸上露出了祝贺的神情，而后，她又立刻变换一种表情，一本正经地看着雨泽。

“对方是一位不孝子?”雨泽已经切入正题。

温雅用一个手势表示确认。“在尔曼的要求下，我通过不少朋友打听，这两位不孝子的名字分别叫温子然和温云鹤，可是他们是无论如何也不愿意接受外界采访的，如果我们硬着头皮敲开他们的门，很可能会被轰出来。”

雨泽露出一脸失望。

"不过，"温雅话锋一转，继续说，"他们的母亲刘老太太有一个干儿子。他姓马，是他们小区里的保安。他愿意把自己知道的一切说给你听。"

雨泽激动地挥动了一下拳头，胳膊肘却不慎将一旁的饮料撞了个底儿朝天。淡红色的液体洒在雨泽的衣服上。尔曼连忙抽出桌上的餐巾纸，在他衣服上擦拭着。"你也太不小心了。"一边说，她一边揉搓着雨泽的衣角。

……

46

雨泽在一家餐厅里见到了小马。经过简短的介绍，雨泽从口袋里掏出一支录音笔来。小马从没有见过这样的阵势，露出一脸不自然的表情。

"我会在小说的后记中特别感谢您的。"雨泽冲他笑着说。

小马也笑了起来。

"我们开始吧？"雨泽问。

小马看了雨泽一眼，而后认真地点点头。雨泽一边用录音，一边在自己的笔记本上做着记录。于是，一个有关刘大娘小儿子温云鹤的故事就这样一点一点被记录在案。

……

入校一个月，温云鹤已经不再是学校的无名小卒。在操场上的一起争斗中，隔壁班的李彬被云鹤扔在头上的砖头撂倒在地。他从地上爬起来，指着云鹤的鼻子说："老子灭了你！"云鹤轻蔑地摇了摇头，紧接着，又朝他侧脸上来了一拳。这下，李彬彻底爬不起来了。他只觉得天旋地转，像个酒鬼似的失去了重心。

云鹤来到他身边，指着他的鼻子对他说："以后放聪明点，我们班的兄弟要玩的时候，你最好闪到一边去！"

围在一旁看热闹的人很多。其中难免有些胆小怕事的正吓得瑟瑟发抖。云鹤放大嗓门对他们说："谁敢把这件事告诉老师，别怪爷爷我不客气！"接着，他又将视线瞄准李彬。这个叫李彬的小伙子，从开学第一天起，就声称自己是个在社会上很有"背景"的家伙。据说他的父亲是个"瘾君子"，几次被抓进戒毒所，却总是进了出、出了进，最后，在李彬才小学三年级的时候，父亲毒瘾发作，险些对母亲造成伤害，在狂躁中，他不慎从二楼的阳台上摔下，脑袋硬生生地砸在地上，脑浆被摔得四分五裂。

提起父亲，留给李彬的只有屈辱，他是街坊邻居看不起自己的主要原因。他从小就不被寄予厚望，却和许多年轻人一样，有着渴望证明自己的强烈心态。于是，他从小学的时候就开始主动结识那些比自己年长，同时在学校混出了名声的小混混们。他学着他们的样子抽烟喝酒，成了他们的“马仔”。他以此为荣，好像只要有这帮人罩着自己，将再没有谁敢欺负自己似的。

出生在富有的家庭中，作为弟弟的温云鹤被母亲和哥哥从小宠大，骨子里透着一副天不怕地不怕的劲儿。不过，即便是这样，当他的砖头砸在李彬脸上的时候，他的额头上还是冒出了冷汗。他担心李彬或者别的什么人将这件事告诉学校。不过看上去，告老师对于自称“大哥”的李彬来说是一件丢脸的事情，而周围看热闹的同学早就被云鹤三言两语吓破了胆，纷纷低着头离开了。

课间活动快要结束的时候，云鹤来到操场东北角。那里有一家规模不大的学生超市，云鹤从货柜上取出一瓶酸奶、一块巧克力和一包橡皮糖，结过账后，他飞奔向教室。还没到教室门前，上课铃声已经敲响，老师站在讲台上，正要询问最后一排拐角处空着的座位是谁的，这时，云鹤推开后门，飞快地坐回到自己的位子上。当老师重新将视线移到那里时，云鹤一边点头，一边轻轻地向老师挥着手。老师也冲着他点了下头，而后推了下眼镜，开始了这天的最后一节课。

“帮兄弟一把，”云鹤敲了一下前排同学的肩膀说，“帮我把这些吃的传给小梦。”

小梦坐在第三排的位子上，几乎就在老师的眼皮底下。前排的朋友同意了云鹤的请求，但那袋子零食却在传到第四排的时候受阻，最后被送了回来。

“搞什么……”云鹤看着第四排的家伙自言自语地说，“看我不敲掉你的牙！”

东西被退了回来。云鹤握着拳头坐在那里。

说到小梦，这是个漂亮的小丫头。她那张脸蛋什么时候都是嫩粉色的，那对眼睛什么时候都显得晶莹剔透，还有那张樱桃小嘴，这几样东西凑在同一张脸上，简直就像个芭比娃娃。一个月来，喜欢她的男孩子可不少，但云鹤的优势却得天独厚。

每天下学的时候，云鹤总是要在球场上释放一下一天的情绪，等到他回家的时候，路边已经是万家灯火，只留下些许匆忙的身影，和汽车马达冰冷的响声。云鹤总是单独行走在夜路上，在路边的小卖铺里买根散烟，抚摸一下柜台上那只俄罗斯木偶娃娃的脑袋，像个小偷似的左右瞧瞧，生怕被学校的好事者当场抓获。口香糖当然更加必不可少，当他抽着烟逼近家门口时，他都会停下脚步，静静地将那支烟吸进肺里，然后开始咀嚼那颗口香糖。当他拼了老命地将口香糖榨个干净后，嘴里的烟味也就被一股芳香掩盖其中了。接下来，他只需要将外套挂在自己房间的椅背上，再将沾满烟灰味的手指冲洗干净，吃饭的时候，尽力将母亲和哥哥谈论的话题拽到与零花钱、口香糖都没有关系的话题上，这天就算功德圆满了。

这天，云鹤正站在丁字路口处吞云吐雾，手里还捏着那颗口香糖，马路对面的一个身影倒引起了他的注意。他定睛一看，原来那是小梦。因为值日，小梦比平时回家晚了许多，平日里，她都和好朋友吴霜一同下学，这天，吴霜显然没有办法与她结伴而行了。

“这倒真没有想到。”云鹤自言自语了一句，不过，他看了一眼自己手里的烟，又看了一眼灯光下暗淡的路和周围稀少的行人，最终还是克制住了自己的冲动。这个丫头从踏入学校的那一天起就闯进了云鹤的眼球，但这些天来，他似乎没有什么办法能找到和对方搭讪的机会。

看着小梦的身影渐渐消失在夜路中，云鹤将烟头扔在地上，将口香糖送进嘴里，脸上露出了笑容。

第二天下学后，云鹤没有来到球场。老师下课的话音才刚落，他就拎着书包从后门离开了。回家的路并不很远，穿过一条宽阔的大街，拐入一条幽静的小巷，在丁字路口向左拐就到了。云鹤在路旁停下来，重新确认了下昨天夜里看到的东西并非幻觉，从这记忆中，他猜到小梦和自己回家所走的几乎是同一条路线。

“我就在这里等。”路旁有一个电话亭，云鹤站在那里，假装打电话的样子。从这里到家还需要步行一小段路程。他计划着，要利用这一小段路程，多和小梦唠些家常话，主动套套近乎。他一边琢磨着，一边等待着时间的流逝。等待着小梦的脚步声在自己耳边响起。

10分钟后，小梦果然出现在云鹤的视野里。他感到手心在出汗。“第一，站在她面前，装出偶遇的样子来。第二，主动和她打招呼，要友好。第三，告诉她，希望顺路同行。”他的嘴里反复念叨着。小梦的身影越来越逼近自己，他的心跳也越发剧烈。他分不清那是兴奋还是紧张，只觉得手心的汗比刚才更多了。

小梦经过电话亭，云鹤正要将脑袋探出去，将那三个在嘴里默念了许多遍的步骤付诸于实践，忽然，远处有个声音打断了他。云鹤连忙将脑袋收回来，盯着电话的按键，倚靠挡板遮挡着自己的脸。

"小梦！等等我！"叫喊着跑过来的姑娘是吴霜，小梦的好友。这姑娘的脸颊像孩子们常在夏天玩的水气球，浮肿得很严重。两颗眼球看上去很大，但黑眼珠却小得可怜，她的嘴总是噘着的，像鲶鱼似的。怎么看，都没有办法将她和晶莹剔透的小梦摆放在一起。

"老师不是叫走你了么？"小梦问。

"她临时开会，所以走掉了。"吴霜说，"我跑了一路，还以为你已经回家了。"

看着小梦和吴霜渐渐离开，云鹤将电话机挂起来，像反方向走去了。

他又来到那家小卖铺，又要了一根散烟和一颗口香糖，又一边抽一边向家走去，接着又在丁字路口将口香糖塞进嘴里，回到家，又像每天那样，将带着烟味的衣服挂在自己房间的椅背上，去洗手间把手冲干净，回到客厅里，好像什么都没有发生似的。

他那闲不住的大脑又启动了。又一个计划在他脑子里形成，这天，他在学生超市里买了一大袋橡皮糖。下午的活动时间，吴霜被叫到办公室。开学不到半个月，数学作业交了若干回，在老师们的眼里，学生的底子已经被摸清。凭借数学老师多年的教学经验，她觉得一定要找吴霜同学好好地谈一次话，要给她的前途敲响警钟。这次谈话花费了15分钟的时间，于是，吴霜的自由活动时间也就只剩下另外的那15分钟了。

这个其貌不扬的姑娘除了外表的逊色外，还给人留下了另一个深刻的印象。活动时间里，她总是不停地吃着小梦买回来的零食。由于她的存在，小梦的食物往往显得很不够用。吴霜倒是很不客气地咀嚼着，一口可以吞进20片薯片，两秒可以喝完一瓶酸奶。

吴霜一脸沮丧地从办公室走出来。这时，云鹤突然出现在她面前，她被吓了一跳，笨重的身体差点摔倒在地上。

"你干吗？"她瞪着那对眼睛扯大了嗓门问，"你想吓死我？"

云鹤嘘了一声，然后小声对她说："我需要你的帮助。"

"给小梦递个话嘛！我知道。"

"你小声点行么？"云鹤紧张地看了下四周，好在周围的同学都没有注意他这边。他停了一下，而后露出一脸笑容说："我不用你递话，我需要你用别的方法帮我一下。"

"凭什么？"吴霜叉着腰问。

云鹤连忙从上衣口袋里掏出那两包橡皮糖来，在她面前晃了晃。吴霜一把将它们抢走，然后冲着云鹤摆了摆手说："怎么帮你，说吧。"于是，云鹤对吴霜说出了自己的计划，他希望吴霜可以在下学的时候晚一点离开，保证小梦可以单独行走在路上。

"我怎么相信你不会冲我们家小梦耍流氓呢？"她问。

云鹤思索了一阵，而后中肯地对她说："我保证不耍流氓。如果小梦讨厌我，我就永远不试图接近她。"

"还有呢？"吴霜对自己能够用如此轻蔑的语气说话颇有成就感。

"还有……"云鹤说，"这不是最后一次给你买零食。"

于是，吴霜满意地点了点头。

就这样，云鹤终于按照自己的计划，在电话亭等到了独自一人行走在路上的小梦。她低着头，那身浅红色校服虽然中规中矩，却并没有将她的美丽打折。她就像是从画里走出来似的，色彩虽并不妖艳，却搭配合理，自然地涂抹在细腻的轮廓中。这时，她已经经过云鹤的身旁。或许是出于某种自己的想象，云鹤觉得她放慢了脚步。

这是一个绝佳的机会。云鹤从后面走上去，装做一脸惊讶地说："真巧！"

小梦冲他笑笑，停在了原地。

"有什么话要对我说吗？"她看着云鹤问。

云鹤愣了一下，忽然有点不知所措。

"我……我只是……"他语无伦次地说，"我……那个……嗯……"

从小到大，小梦的身后就不乏一群爱慕者，她看不上其中的任何一个。对于云鹤，下午的时候，吴霜已经将云鹤的伎俩转告了小梦，她只需要在以往经验的基础上略加思索就会明白云鹤的心思。为了好朋友的橡皮糖，她同意了吴霜的建议。不过云鹤煞费苦心地制订了这样的计划，小梦原本认为，他一定是个久经沙场的老手，可没想到，这家伙竟然在自己面前结巴起来，她忍不住笑了。

"假装很紧张也是你计划中的一部分吗？"她问。

"吴霜这个家伙。"云鹤于是明白了些什么，自言自语地说。

"你说什么？"小梦大声问。

"没什么、没什么……"云鹤连忙闭上了嘴，"就是……就是觉得和你没有怎么说过话……"

"现在不在说话吗？"小梦调皮地问。

云鹤这个天不怕地不怕的家伙，这时候竟然口吃成这个样子。

“我听说过您老的光荣史，”小梦对他说，“比如认识多少社会上的小流氓呀，初中的时候做过多少坏事呀，等等等等吧。”

“那个……”云鹤的话又卡在了嗓子眼。

看到云鹤口吃的样子，小梦忍不住想要多开会儿他的玩笑。

“最后一次机会了，”小梦笑着说，“要对我说什么吗？不过有些话可不能乱说的，不然我会生气。”

“我想……我想……”云鹤定了定神，“我想和你做朋友。”

小梦笑了出来。“现在已经是朋友了，不是吗？”她问，“我同意了，是不是可以回家了？”

“不、不是，”云鹤看出小梦并没有很讨厌自己，胆量也渐渐地恢复了正常，“我想陪你回家。”

“等我们很熟的时候再来问我吧，”小梦说，“我要回去了，你也早点回家吧。”说完，小梦朝丁字路口的另一端离开了。云鹤看着她的身影，对自己回答了一个“哦”字，也朝自己家的方向走去。

47

班主任老师将那叠作业摆放在书桌上，从抽屉中取出一副金边老花镜，对着窗户阳光照射进来的地方比对了一阵，又从上衣口袋里掏出一块眼镜布，精心地擦拭了一番，最后将它架在鼻子上，开始了自己的工作。她熟练地批改着作业，一会儿点头，一会儿摇头。通过不到半个月的观察，她发现这个班学生的水平参差不齐，差距悬殊。不过很快，这位聪明的中年妇女就想出了一个绝好的办法来应对这一问题，为此，她得意地笑了笑。

下午自由活动的时候，老师走进教室，宣布了自己的决定。她要求作业状况最好的前十位同学放学以后留在教室，帮助作业状况最为糟糕的后十名同学讲解当天老师所讲的内容。她将这称之为“互助小组”，这个小组计划在每次考试之后按照学生分数的高低重新做出调整。

这时，云鹤正在操场上打篮球，并不知道老师的这一重要举措。他的脑袋里还装满了有关小梦的思绪。他还在努力想出一个办法，能够第二次独自接近小梦。他想到了故伎重演，但仔细思索一下，吴霜不是一个守口如瓶的人，小梦也绝不会再吃他这一套。计划的破产使他的下一步变得异常艰难。

云鹤带着思考坐在座位上，脑袋里乱七八糟的，理不清头绪。有同学想要对他说话，他心不在焉地听了两句，也不知道对方说了什么，就又陷入自己的沉思中。一股不服输的劲儿促使他一定要想出一套补救的办法来。

“晚上记得别走。”有人叫了他一声。云鹤连忙抬起头来，小梦正站在他的面前，用那对闪闪发光的眼睛瞧着他。云鹤先是露出了惊讶的表情，接着又变得不解和疑惑。小梦指着黑板右侧的公告说：“老师让我转告你，你作业太差了，下学后要我来帮你。”说完，小梦转过身离开了，临走时自言自语了一句：“真是个没救的家伙。”

云鹤定睛看去，才明白互助小组的事情。“真是天助我也！”云鹤得意地笑了起来，好像一切都在他掌控中似的。他心情大好，旁边一位同学无意中与他四目相对，他面带微笑，伸手打了一个招呼。这倒让对方觉得有点莫名其妙。

自习课上，云鹤看着远处小梦的身影，自言自语地对自己嘟囔着什么。这时，小梦忽然回头看了他一眼，目光恰巧与云鹤相遇。小梦看着他，却仿佛瞧向更远的地方。她面无表情，像个没有体温的冰人。两秒钟后，她转过身去，又过了一分钟，她走上讲台，跟老师说了些什么。

“温云鹤，你上来一下。”云鹤大惑不解地来到老师身旁。班主任做了一个手势，云鹤心领神会，将头凑近她。

“云鹤，你要注意了，”她说，“你知道小梦刚才说你什么？”

“说我？”云鹤回头看了小梦一眼，而后冲老师摇摇头。

“小梦说她害怕自己教不好你，想要和别人分成一个组。”老师说，“你觉得该怎么办？”

温云鹤眼睛瞪得老大，不知所措地看着老师。

“你说该怎么办呢？”老师又问了一句。

温云鹤反应过来，他的思绪在什么地方游荡了一圈，这才回到自己的灵魂中，他上嘴唇咬着下嘴唇，支支吾吾了一阵，然后回答老师说：“老师，我一定好好学习。我……保证不捣乱。”

“记住，作为一个高中生，你现在要知道自己应该做什么，而不是想要做什么。”老师说，“为了把你弄进咱们学校，你妈妈费了多大的力气。你要记住，人家说你什么不重要，重要的是你要努力改变别人对你的看法。明白我的意思吗？”

“我明白、我明白。”云鹤连连点头，他又看了小梦一眼，对老师说，“老师，您能让我出去一趟吗？”

"不行!"老师顿时严肃起来,"上课期间你出去干什么?"

云鹤又将脑袋凑近老师,小声对她说:"老师,我觉得小梦对我有偏见,您就让我出去一小会儿,我给她买点小玩意儿,哄她开心开心,这不更能促进互助小组的和谐嘛!"

老师忍不住小声笑了起来。她摆了摆手说:"你呀,要是把这股子聪明劲儿用在正道上,成绩早就上去了。"

云鹤也跟着笑了下,继续咬着刚才的话题问:"老师,我可以去了吗?"

老师沉默地点了点头。

云鹤没有走进学生超市。学校的操场上,不知道是什么时候,在足球场看台的背后,一块坚固的砖墙被什么人用什么利器敲开一个口子。除了那些酷爱运动的小伙子常在这里走来走去,难免有所发现外,没有什么人能够找到这里。云鹤一只手支着球场的看台,一只手支着墙壁,"嗖"的一声顺着墙壁爬上去,而后迅速改变动作,从那个窟窿钻了出去。

云鹤顺着一条狭窄的小巷头也不回地向前跑去。穿过一条街,他来到通往家的那条巷子,那座他每天都要光顾的小卖铺就在眼前。云鹤向老板要了一根散烟,借了个火,然后很享受地长吁了一口。

"老板,这娃娃卖吗?"他指着柜台上的俄罗斯娃娃问。大大的眼睛,小小的鼻子,一条向上翻起的曲线勾勒出的嘴巴,云鹤每天都会抚摸一下它的脑袋。

"450块,"老板说,"要的话我可以给你包装一下。"

"给我包一下吧。"云鹤毫不犹豫地对老板说。

下课了,学生们踩着铃声离开了教室。云鹤将校服脱下来,挂在椅子上。小梦抱着一叠书来到他面前,面无表情地看着他。云鹤连忙挤出一脸笑容,来掩盖心脏剧烈的跳动:"辛苦你了,我会虚心接受你的教导。"面面相觑了一阵,云鹤找出这么句冠冕堂皇的话来。

"你的作业本在我手上,"小梦说,依然带着那副严肃的表情,"你的问题在于对几个概念严重混淆。"云鹤看到小梦翻开自己画满了叉子的作业本,脸上顿时露出一阵尴尬,只是机械性地连连点头。

"我们开始吧?"小梦问。

"开始前我有东西要给你。"云鹤说着掏出那只俄罗斯娃娃来,"算作是你教我的酬劳。"

"现在从这个概念开始讲起。"小梦像是什么都没有听到似的,云鹤只好将那只娃娃暂时存放在自己的抽屉里,连忙将目光集中到作业上来。他一边听小梦讲解着，一边忘着已经学会的内容。

“你听明白了吗?”小梦问。

“听的时候明白了。”云鹤回答说。

小梦只好重新将那些概念讲解一番。云鹤觉得耳畔充斥杂音，那里有小梦讲解的声音，也有自己脑子里乱七八糟的声音，他一直都在琢磨着怎样才能和眼前的这位姑娘多说些贴心的话。

小梦停了下来。

“重复一下我的话。”她冷冷地看着云鹤，不住地摇着头。

云鹤神情茫然地看着她。

小梦回头看了一眼，这时，老师正站在教室门口的走廊上，目光瞧着外面。她回头的时候硬生生地叹了口气。这时，一旁的吴霜和帮助她的同学已经完成了当天的作业，吴霜已经能够熟练掌握这天数学课上所学的内容。他们来到老师面前，将作业交给她，老师赞许地点了点头。天色已晚，吴霜向小梦打了一个招呼就匆匆地离开了。

小梦看了一下手表，一团乌云飘过她的脸。云鹤看着她，心里默默计算着什么。

“还需要我再重复一遍吗?”小梦尽可能地克制着自己的情绪。

云鹤点了点头。小梦又将所有讲过的东西重新讲给他听。这时，教室里只剩下他们两个人了。老师从门外走回来，坐在云鹤身旁。云鹤的嘴角挂着一丝微笑。

“云鹤底子比别人弱一些，不过他很聪明，多点信心。”老师对小梦说。

小梦正想要抱怨什么，云鹤忽然做了一个打住的手势。他一脸自信地对小梦说：“我能行，我能行。”老师摆出一副洗耳恭听的样子看着他说：“那就给我们表演一下吧?”小梦正打算提起这些概念的名字来，云鹤又做了一个打住的手势说：“我不需要提示，我可以的。”接着，他熟练地将小梦一个晚上重复的全部概念按照它们在书本上的顺序从头背到尾。小梦在一旁吃惊地看着他，老师则为他竖起了大拇指。

“进步很快!”老师高兴地说，“我们云鹤的脑子果然很聪明。”

“小梦，我送你回家吧!”云鹤调皮地看了老师一眼，“咱们顺路，你一个女孩儿，这么晚了不太安全，你看……?”

小梦带着疑问的目光看了老师一眼，好像是要寻求帮助似的。老师冲她点了点头，然后就回到了教室的前排。

“好吧，就顺路走一段。”

路灯的点点星光洒在寂静的夜路上。小梦冰冷的双眼被那阵突如其来的惊讶所替代，云鹤还没有开口，她倒先打破了沉默。

“你是怎么做到的?”开口的时候，她有点不好意思。

“什么怎么做到的?”云鹤当然知道小梦指的是什么，他只是故意做出一副不屑一顾的样子来。

“你一开始根本什么都不懂，怎么会把概念背得那么滚瓜烂熟?”

“想知道?”云鹤故弄玄虚地问，“想知道就要先把这个娃娃收下。”说完，他重新拿出那只俄罗斯娃娃，皱着眉头看着她。

看到云鹤这样诚恳地希望将这只贵重的娃娃送给自己，她只好两只手将它接过去，重新装在包装盒子里，放进书包。

“现在你可以告诉我了吗?”小梦问。

“你的好奇心还真重。”云鹤说，“其实最后一节课，我得知互助小组这回事情的时候，就翻开书开始背诵了。你还没有教我，我已经什么都记在脑子里了。”

“我早就想到了。”小梦对他说，“你一直假装自己什么都不会，其实是因为……”

云鹤侧过脸去看着她。小梦的脸忽然红了，还好有夜色的保护，不然一定会很尴尬。她停了一会儿，最后“哼”了一声，转过头去，低着头向前走着。

他们一言不发地走到丁字路口，小梦停了下来。云鹤看过一些台剧，那时，他觉得台剧中那些恋爱的情节似乎即将发生，他心跳加速，两腿发软，时刻准备庆祝自己的伟大胜利。然而，现实中，却什么都没有发生。小梦用毋庸置疑的语气对云鹤说：“我家在那边，我一个人可以的。”她向云鹤挥手再见，但很快，她又转过身来，用更加毋庸置疑的语气说：“从明天起，不准让我留到这么晚。”说完，她就钻进夜色中去了。

小梦回到家，将回来晚的原因告诉家人，然后就径直回到自己的房间。她将书包放在地上，将盒子打开，从里面拿出那只俄罗斯娃娃。她将娃娃摆放在书桌上，伸出一根纤细的手指，抚摸着它的脑袋。

“小梦，吃饭了!”外面传来母亲的声音。小梦连忙将娃娃装回书包里，拉上拉链，而后回答了一声“就来”，就匆忙地带上了屋门。

第二天下午放学后，小梦又抱着云鹤的作业本来到他面前，坐在他对面。先前那股冷冰冰的表情这时已经不见了，看到云鹤，她忍不住露出笑容来。

“我昨天看到了标价，”她一边坐下来一边说，“我觉得我不太应该收这么贵重的东西。”

“先不要忙着退给我。”云鹤用调侃的语气说，“到期中考试结束，如果我的成绩没有丝毫起色的话，再考虑退给我。如果我进步神速，这就是对小梦老师的酬劳。”这正是小梦想要听到的话。面对可爱的俄罗斯娃娃，任何一个女孩都难免无法抑制自己的占有欲。她冲云鹤笑了笑，云鹤也冲她笑了笑。

云鹤看了一眼不远处的吴霜，看上去她还有很多任务需要完成。她的作业本打开放在桌子上，几乎每道题都被打了叉。云鹤又看了看小梦，小梦突然想起昨天硬生生地被云鹤拖到很晚，于是抢在云鹤前面说：“不准让我留到很晚！”

“如果你可以允许我陪你回家，”云鹤搓着手说，“我们现在就可以走了。”

小梦瞅了一眼吴霜，犹豫地看着云鹤。

“陪我回家就这么有趣吗？”她问。

云鹤露出一脸不屑一顾的表情，眼睛盯着天花板说：“有些人觉得看着俄罗斯娃娃的感觉很好，可是她自己从来没有考虑过，她自己就像一个俄罗斯娃娃。”

小梦向云鹤做了一个鬼脸，她自己也没有发现，一团红晕正爬上她的脸。她有点不好意思地低头看着桌子，云鹤则专注地看着她问：“成交？还是留到很晚？”

“你怎么可以这样？”小梦抱怨着说。

“看上去吴霜的作业碰到了不少麻烦。”云鹤说，“如果你留下来独自等她，恐怕要在无聊中度过很长时间。当然，我是不会让这种事情发生的。我会一直陪着你……嗯……陪到吴霜也离开的时候……”

“可以让我早点回家的唯一途径就是让你陪我回家吗？”小梦无可奈何地看着云鹤问。

“是要陪你回到家门口。”云鹤说。

“好吧，好吧，”小梦终于做出了决定，“很明显，你是一个无赖。”

这句话却使云鹤突然闭上了嘴。他的表情仿佛正在结冰的水，先前还在欢腾地奔流着，突然间冷冰冰地凝固了起来。他收起了自己的油嘴滑舌，脸上转瞬间阴云密布。小梦被他的突变吓了一跳，觉得他活像只将要吃人的老虎。

云鹤站起来，把桌子上所有属于自己的东西装进书包里。然后，他一把拎起书包，快步向门外走去。在门口的地方，简单向老师汇报了一下自己的学习状况，老师显然对他的回答非常满意。然后，他怒气冲冲地向外面走去，沉重的脚步声仿佛戴着脚镣的犯人。

“温云鹤！”云鹤走出校园的时候，小梦匆匆追上他，“你等一下！”

云鹤停下来，沉默不语。

“你不是要陪我回家吗？”从没有任何一个男生用这样的态度面对过小梦，她显得有些紧张，“是不是我说的什么话惹你生气了？”

云鹤回过头来，那对眼睛仍然像最开始一样恶狠狠的。

“是。”他说。

“我向你道歉，”小梦有意在脸上挤出笑容来，“我允许你陪我回家。”

云鹤没有理她，继续转过头，向前走去。小梦连忙跑到他面前，将他拦住。

“我向你道歉。”她继续说，“我不应该说你是无赖。你要知道，我从来没有主动向谁道歉过，你也不是我的谁，我只是因为自己说错了话，惹你生气，事后发现自己做得不对，才专程向你道歉的。如果你耍孩子脾气，我完全可以不理你！”

“那就不要理我了。”云鹤将她从面前缓慢地推开，继续向前走着说。

小梦生怕自己得罪了云鹤。她再次跑到云鹤面前，将他拦了下来。

“云鹤，我对不起。”她说，情急之下，她说出了前一个夜晚她想到的话，“我不应该带着偏见看你。通过昨天和今天，我开始确信你其实很优秀，过去你做过什么我不知道，但我相信，你一定会变好。还有……”她看到云鹤脸上凝固的表情有所融解，于是继续说，“你的自尊心让我对你更加刮目相看。我从来没有恳求过别人的原谅，但是今天，我希望你能原谅我。还有……谢谢你的娃娃，它真的很可爱。”

云鹤将书包脱下来，从里面掏出一只小号的布娃娃。

“给你。”他说着将它塞给小梦。

小梦这才松了口气。

“你总不能每天都送我一个娃娃吧？”她问。

“我想让你知道的是，”云鹤一字一句地对她说，“我不是什么无赖。我的家人费了很大的力气才把我送进重点高中，我很想改好。你知道我对你的感觉，我发誓只要你还不打算考虑那些事，我都不会强迫你。”

“好了，”小梦打断他说，“不说那些事情了。最后确认一遍，你原谅我了吗?”

云鹤沉默地点点头。

“那就好,”小梦轻松了很多,“我也会向你保证,从此以后不会带着偏见看待你。我们……”她调皮地看着云鹤说,“做个好朋友?”

云鹤露出笑容来,又冲她点点头。

云鹤的作业一天好过一天,上课时的表现也一天天活跃起来。每个下午的活动时间,他都会先打场篮球,然后再飞奔到小卖铺,给小梦买些零食。他通常会选择上课前的几分钟赶回来,这样,小梦的零食就不会被吴霜抢走了。放学后,他会陪同小梦一起回家,有时吴霜提前解决完学习上的问题,也会跟着他们一起走在路上。小梦说,她不喜欢有恶习的人,于是,云鹤悄悄地开始戒烟。为了让回家的路上不要那么无聊,他学着讲起了冷笑话。

“从前有个人,他讲了一段冷笑话,后来他冻死了。”

“好无聊!”小梦一边笑着,一边嘴里说,“我果然被你冷到了。”

……

那天,因为争抢篮球场,云鹤毒打了李彬。因为这个原因,他从学生超市走出来的时候,时间已经不够用了。他回到教室,想要将手里的东西传给小梦,却中途受阻,最终退了回来。于是,他只好另打主意。

他让身旁的同学留出一条缝隙来,而后,在老师转过头的一刹那,他迅速窜出去,将手里的东西送到第三排。小梦接到那袋零食,紧张地看了云鹤一眼。但等到老师转过头来的时候,云鹤已经回到了自己的座位上。

48

小梦回到家,将那只俄罗斯娃娃摆在书桌上,一只手在它的脑袋上抚摸着。她每天都会这样抚摸一下它的脑袋,就像先前它摆放在小卖铺的时候,云鹤每天都会抚摸它一样。每次看到它,小梦都觉得自己母性泛滥,而她总是试图将这可爱的小玩意儿和云鹤过去劣迹斑斑的混混史相结合。渐渐地,她开始怀疑那些有关云鹤的传言只不过是对他的一种诋毁。她一边抚摸着娃娃的脑袋,一边思考着,想到云鹤一天比一天工整的作业,进而想到他看自己时那深邃的目光,好像他看的不是一张脸,而是一张藏宝图,必须这样认真地观察,才能领悟其真谛。想到这些,小梦不禁脸红了。

“小梦,吃饭了!”小梦还没有来得及将娃娃收好,母亲已经推开了她的屋门，看到那样可爱的玩意儿摆在眼前，她好奇地问了句，“那是什么?”

……

这天，活动时间结束后，李彬鼻青脸肿地回到教室，他和云鹤的事情迅速在同学之间传开。李彬趴在桌子上，紧握着拳头，一股屈辱感直逼他的胸膛。云鹤的拳头像雨点似的打在他脸上，那画面他这辈子都忘不了。

班里有个个儿不高的男孩，他虽然没有什么出众的外表，但是他却长了一张出众的嘴巴。班里的大事小事，经过他的嘴那么一宣传，就变成了同学们课后的谈资。有些女孩的隐私，男生的心事，他全都一一猎取，而后转告给别人。为此，许多女孩讨厌他，男生怒骂他，但他似乎并不知道自己有多么不受欢迎，仍然没有办法改掉自己“大嘴巴”的毛病。

“李彬今天怎么了?”有人看到李彬受伤的脸，好奇地问别的同学。

“被人家打了呗!”“大嘴巴”突然加入聊天的人群，两分钟前，他听说了李彬在球场上的事情，他恨不得全班的同学都第一时间得到这最真实的信息。

“他不是人家温云鹤的对手。”“大嘴巴”接着说，“那温云鹤家里开着餐馆，有钱！人家从初中开始就是有了名的混混。”

“大嘴巴”说到这里，周围议论的人全部散去了。“别走呀!”他想要把大家全都叫回来，但没有谁敢回头看他一眼。他的嗓门太大了，李彬背对着他，他没有发现。“一个李彬有什么好怕的，”他自言自语地说，“至于这么东窜西逃的吗?”

这话传到李彬的耳朵里。他原本就在愤怒中打滚的心脏这时更加愤怒地跳动起来。他站起来，将身旁的凳子捡起，向着“大嘴巴”的脑袋猛地砸去。后者吓得目瞪口呆，全身瑟瑟发抖，几乎要尿裤子了。李彬来到他面前，拽住他的头发，一把将他的额头摔到桌子上。“大嘴巴”求饶着，他的哭声盖过了班里同学说话的声音。所有的人都远远地朝着这个方向看过来。李彬冲着他的肚子猛踹一脚，又朝他的脊背狠狠地砸了一拳，最后，“大嘴巴”栽倒在地，落地的时候，牙齿磕到了桌角，溅得满嘴是血。

“你他妈的如果再敢说老子坏话，老子打爆你的门牙!”

这时，从门外传来了老师的声音。“李彬，出来!”李彬愣了一下，用那对恶狠狠的眼睛瞪了四周围观的同学一眼，然后就走了出去。他跟着老师穿过嘈杂的人群，最后来到办公室，就像犯人刚刚被抓进监狱那样，等待提审。老师坐在位子上，一只手端着茶杯，另一只手扶了一下眼镜，她那头长发夹杂着波浪，那身衣服上布满了星星，像个刚从夏威夷度假回来的人。

“脸上的伤怎么回事？”她问。

“打篮球的时候磕的。”李彬回答说，他知道如果自己如实招来，会遭致更多的嘲笑。

老师点点头，她没有从什么人那里获得这方面的消息，于是暂且相信李彬的话是属实的。

“刚才是怎么回事？”她问，“你把人家打成什么样子了？”

这时候“大嘴巴”已经被同学们搀扶着送到了医务室。李彬低下头来，不敢言语。

“你知道在我们学校打架是一件性质多么恶劣的事情吗？”她问，“这多么给我们班抹黑，你知道吗？”

李彬满脸怒气地点点头。

“今天的事情，”老师说，“我再给你一次机会，你现在跟我去医务室，给被你打伤的同学买药，向人家道歉，然后给他的爸爸妈妈一个交代，如果他们一家人原谅你，这件事情，老师先压下来。但是这件事不能再有下次，下次我会直接交给学校处理。”

李彬依然那样满脸怒气地点点头。

在老师的安排下，放学后，李彬跟着老师一同来到“大嘴巴”的家里，向其家人赔礼道歉。“大嘴巴”的父亲比他的儿子还要瘦弱，但说起话来却比他的儿子还要肆无忌惮。老师坐在客厅的沙发上，李彬站在一旁。“大嘴巴”的父亲坐在对面，他从口袋里掏出一根烟，然后颇富讽刺意味地问了李彬一句：“你抽吗？”

老师有点尴尬地笑了笑。

“老师，您看怎么处理？”他说，“这种恶意伤人的事情，咱们学校不能就这么简单地了事吧？”

“您说得很对，”老师带着一脸笑容说，“我带李彬来一是向您赔礼道歉，二是想听听您的意见。”

“学校的意见是什么？”

“您看，这学生的事情，我的意见是，咱们能私下处理是不是……”

“私下处理？”“大嘴巴”的父亲这下表示出了强烈的不满，“这小子把我儿子打成这样，他的家人都跑哪里去了？”他转过来问李彬，“你父亲呢？出了这样的事情作为一家之主他怎么连个屁都不敢放？”

“你说什么？”李彬向前走了一步。

“哎哟！你是想打架？”“大嘴巴”的父亲站起来，拍着自己的胸脯说，“老师，您看，您这学生要来我家里闹事！”

老师还没来得及说话，李彬又向前跨了一步。“老子打的就是你！”说完，他猛然间挥了一拳，对方侧着身子倒在了地上。

“这天煞的！”“大嘴巴”的父亲一边喊，一边爬起来，向李彬的反方向躲去。李彬一个箭步冲过去，跳起来冲着他的脸来了一脚。这下，“大嘴巴”的父亲终于闭嘴了。他趴在地上，裤子正中间印出一圈水印来，那水印越来越大，就好像大坝的闸门突然打开，库存的江河奔流而去。

“李彬！”老师大叫了一声，“你住手！你这样我也帮不了你了！”

李彬依然恶狠狠地指着“大嘴巴”，对他说：“你骂我可以，再敢骂我爸一句，老子让你当太监！”

躲在里屋的女主人始终没敢踏出门来。她按动了电话键盘，五分钟后，屋子外面亮起了警灯。

经过一周的研究，李彬最终被学校开除。很长一段时间里，没有人知道他的下落。有些谣传说，他进了少管所，不过也有人说，曾亲眼看到他和一群街头流氓混迹在一起，拦路抢劫，成了彻头彻尾的无赖。

……

“好可爱的娃娃，”母亲在门外对小梦说，“是别人送你的吗？”

小梦没来得及将娃娃收好，只好顺着母亲的话说：“是的。”

“让妈妈看看，”母亲走过来，仔细端详着它，打趣地说，“不是便宜东西。我们家小梦不会是恋爱了吧？”

小梦感到自己的脸蛋在发热，于是连忙用两只手捂在那里。

“这是人家为感谢我在学习上的帮助特意买给我的。”

母亲依然仔细地端详着那只娃娃，底座的地方还贴着价格标签。“真不便宜。”母亲自言自语了一句。小梦试图转移话题，连忙对母亲说：“我们赶快去吃饭吧？”

然而，吃饭的时候，这话题却又被重新提了起来。母亲带着好奇追问起女儿来：“那个娃娃是谁送给你的？”小梦这时正在喝汤，听到母亲的问题，那口汤不慎在嗓子眼被呛了一下，她咳嗽了好一会儿，才勉强恢复了常态。

“那是……咳、咳……”小梦一边咳嗽一边说着，“那是我们班的、咳、咳……温云鹤送的。”好不容易说完这句话，小梦喝了口水，清了清嗓子。

“温云鹤?”父亲愣了一下,“就是你们班的最后一名?”

小梦有点紧张地点点头,接着立刻补充了一句:“他现在进步很快。”

父亲皱起眉头看着小梦说:“这个学生我听你们校长说过,他可不是什么好孩子啊!”

“人总是会变好的嘛!”小梦在一旁辩解道,“他现在进步真的很快!”

“女儿呀,”父亲依然皱着眉头说,“可是我听说,他是个无恶不作的恶棍。他上初中的时候,听说连他们学校校长都怕他。”

这话让小梦心里一阵不痛快,她用责备的目光瞧着母亲,好像是因为母亲挑头,这话题才被铺展开来的。

“老头子,我倒是觉得孩子都不定性,不好这么早就给人家下结论。”母亲在旁边说,“我觉得这孩子送这么贵重的礼物给小梦,说明他还是想要学好的。”

“这样我才觉得难办了。”父亲继续说,“女儿,你听爸一句,这礼物你应该送回去,免得日后惹出什么事端来。”

小梦又看了母亲一眼。

“东西既然收了,也就不好送回去了,”母亲在一旁连忙说,“老头子,我们再看看,我看这个温云鹤家底子不薄,如果他真能学好,对咱们家小梦也不是没有好处的。”

“钱、钱、钱,”父亲有点生气地说,“你就知道钱,我了解这个温云鹤,他们家是开餐馆的,这样的人是没有很高的社会地位的。”

“难不成穷鬼才有社会地位?”一谈到这个问题,夫妻双方就总是争论不休,现在,母亲激动地站了起来,“老头子,时代早就变了,不是只有你们工人才有社会地位。你看看外面的世界都变成什么样子了!”

“我不跟你争论,”父亲尽量避免争论,“你看着吧,江山易改,秉性难移,这个温云鹤早晚还得惹事。”

……

“跟你说一件事。”第二天晚上,小梦和云鹤走在马路旁,小梦带着一脸神秘对云鹤说,“这件事是有关你的。”

云鹤还没有反应过来,小梦在一旁调皮地问:“想听吗?想听吗?”

“我洗耳恭听。”云鹤回答说。

小梦噘着嘴对他说:“你送给我的俄罗斯娃娃,昨天晚上被妈妈看到了。”

云鹤露出一脸不屑一顾的表情来:“我还以为是什么大事,原来就这么点小事情。”

小梦继续说：“可是，爸爸听说过你的大名，他让我离你远一点。”

这倒是让云鹤觉得心跳突然加速。他用一脸疑惑的表情看着小梦，脸上像是画了一个大大的问号，似乎在问她，这是为什么。

“还想和我继续交朋友吗？给你指条明路。”小梦调侃地说，“明天是我妈妈的生日，恰好是周末，我想让家人见见你。”

“我可以吗？”云鹤问，小梦的想法让他想入非非。

“不过不准你往歪处想，”小梦说，“我只是受不了爸爸那股劲儿，想给他证明一下我对你的看法是正确的，我可没有……”

“我知道了，”云鹤笑着说，“你的家人和你当初一样，觉得我是一个无赖。”

“是爸爸这么认为。”小梦生怕云鹤会像上次那样生气，不过这次云鹤倒完全没有要生气的意思。他冲小梦点了点头，而后，就一路沉默地将她送回了家。

第二天，全校的数学老师被组织起来，一齐被送往枫城进行两天的课程培训，这样，班里从早晨开始就处在了“放羊”的状态。临时帮忙管理的语文老师甚至连同学的名字都没有办法一一叫上来，就更不用说管理了。她扶着那副接近天文数字的老花镜，用脸贴着桌子，艰难地批改作业，她说话声音颤抖，咽喉处的一口痰正在帮助她的声音产生一点共鸣，她随手拿着一块手绢，以防那口痰从气管里涌出的时候没有办法被优雅地吐出来。

下午第二节课的时候，云鹤突然消失了。从开学到现在，他很少运用自己的逃课技巧。只听见后门“咯吱”响了一声，云鹤窜了出去，然后就再没有回来。

第三节课，他没有回来。就连下课后的篮球场上也找不到他的踪影。第四节课，他还是没有回来。小梦担心下学后老师问起互助小组的事情，发现云鹤逃跑了。她不时向后看看，焦急地等待着。但第四节课的下课铃声也敲响了，云鹤依然没有出现。好在才下课，语文老师就带着那叠笨重的作业离开了，小梦这才松了口气，拎起书包，向学校外面走去。

吴霜这天没有来，她在学校门口站了一会儿，四处看看，没有找到云鹤的身影。“奇怪了，”她自言自语地说，然后又看看手表，时间已经不早了，母亲今天过生日，她答应过要早点回家的，“云鹤大概是害羞，藏起来了吧？”

小梦没有多想。母亲是个时尚的女人，每年过生日，都要在家好好地吃顿饭，往年，小梦还会带上自己最要好的同学来家里做客。母亲原本希望家里可以热闹一点，但在父亲每次都只允许小梦带一个同学来家里，以节省做饭所需的原料费。母亲认为，丈夫天生就有这种“抠门”的特质，但他却从来都舍不得自己的工作，甘心一辈子当个工人。父亲却认为，妻子天生就是个大手大脚的人，总是用尽各种方式去捞取利益。最早以前，她跟着做过传销，为此险些被公安机关抓捕归案；后来，她又改行做起了“医药代表”，没过两天，她就险些落入法律的网中，还好她及时退出；最后跟着一伙温州人卖起了衣服，这才算是有了正当职业。在那里，她接触到许许多多形形色色的人，有些是老板，有些是小本生意人，对于金钱的意识，她一天比一天强烈起来。

小梦推开门，母亲穿了一身大红色的外套。穿这身衣服，是特意让小梦的朋友看的。看到小梦一个人进来，她瞪大眼睛问：“就你一个人回来了?”

小梦还没有回答，父亲倒是在一旁接过话茬说：“就自家人好，自家人安静!”

“宝贝，好像有人在叫你，”母亲听到了什么声音，“你听，在楼下!”

小梦侧耳倾听，她隐约间听到一个声音在叫着自己的名字。小梦连忙来到窗边，她看到马路一侧站着一个熟悉的身影，手里正捧着一只个头很大的盒子。这时她听清楚了，那是云鹤的声音，看到小梦，他挥起手来。

“我不知道哪个是你家!”他叫了一声。

“我这就下来!”小梦匆忙地换好衣服，向楼下跑去。云鹤正站在那里，一只手捧着那只盒子，带着一副有些顽皮的笑容看着她。

“我还以为你不准备来了，”小梦又惊又喜地说，“你一下午都不在。”

“都是为了它。”云鹤看着那只盒子说。小梦这时才仔细地注意起那只盒子来。那是一个大号生日蛋糕，两朵用草莓酱雕琢而成的康乃馨分布在两侧，正中间写着“生日快乐”的字样。

“妈妈一定会很开心。”

小梦的话从他们推开门的时候就应验了。小梦向家人介绍云鹤的那一刻，母亲表现出了极大的兴趣，而父亲则稍稍地皱了下眉头。母亲轻轻地踩了丈夫一脚，后者不自然地看了她一眼。这一连串小动作，都被云鹤的目光无意中捕捉到了。

“叔叔，”云鹤说，“我也给您带来一样礼物。”

说着，他从书包里掏出一条领带，双手递给了对方。这位叔叔礼节性地冲云鹤点了点头，然后将它接了过去。他将眼睛贴着那条领带观察了一阵，那是一条上好的领带，外表光鲜，每一根线都似乎在发光，它看上去像是外国货，父亲活了这么多年，这还是头一次见到质地这样好的领带。

“这个是妈妈让我送给您的，”云鹤说，“她有个朋友移民到了英国，这条领带是从伦敦带回来的。”

“哎哟，”小梦的父亲这下有点慌了，“这可要我怎么受得起？”不过，他已经拆掉了包装，正在抚摸那柔顺的材质。他明明知道自己不该接受这么贵重的礼物，但又多少有些不舍得将这到手的好东西退还回去，那一秒钟里，他的脸上写满了纠结。他看看女儿，小梦冲他点了点头，又看看妻子，妻子也冲他点了点头。于是，他继续说：“不过……谢谢你的好意，坐吧！”说完这些话，他一面欣赏着手里的领带，一面忐忑不安地坐在椅子上，就好像他欠了什么人的高利贷似的。

“叔叔，”云鹤对他说，“这条领带是英国巴宝利的产品，国际名牌。”

“让我看看！”一旁的母亲已经忍不住将领带抢了过去，她仔细审视着说，“我做了这么久服装，从来没有接触过世界名牌，今天算是开了眼了。”

“我妈很喜欢这个牌子的东西，每次她朋友回国，她都会想尽办法让人家多带点这个牌子的产品回来。”看到自己带来的礼物被如此重视，云鹤不无得意地说。

“你看这做工，一点缝隙都没有。”父亲像是在自言自语，“下个月大会上，员工代表讲话的时候，我就戴这条领带去了。”

吃过饭后，小梦的父亲将云鹤叫到一边来，像个领导似的讲了几点自己的人生心得。

“云鹤，”他说，“叔叔觉得你是个聪明的小伙子，你家条件又这么好，这个年龄，可千万不能谈恋爱，要好好学习，听说你学习进步很快？”

云鹤笑笑说：“这多亏了小梦的帮助。”

紧接着，小梦的父亲又讲了自己的第二点心得。

“学校里面难免会有些不成熟的男同学，喜欢打架惹事，要记住不能冲动，不和他们同流合污。”

云鹤点点头，对于这一点，他没有接下去。

“叔叔相信你能做好。”说完，小梦的父亲站了起来，“很感谢你的礼物。”

结束后，在一片祥和中，小梦送云鹤回到了马路上。小梦有些惊讶地对他说："真奇怪，你竟然用蛋糕和领带封住了爸妈的嘴。"

"我觉得叔叔并没有很讨厌我。"云鹤说。

"希望是吧，"小梦冲他笑笑，"不过我更觉得，他今天的态度更多是出于礼貌和难为情。你送的礼物太贵重了，连我都吓了一跳。"

云鹤小心翼翼地将嘴凑到小梦耳边，像开玩笑似的说了句："那条领带是假的。"

"什么？"小梦故意做出很生气的样子来，"你敢送我家人假货？"

云鹤捂着嘴，但还是忍不住笑出声来。他看着小梦说："那是一条高仿领带，就是专家也很难分出真假来。"

"你讨厌！"小梦说，"用一条假领带就把爸爸的嘴给封住了。"

"所以叔叔才说我聪明嘛！"云鹤得意地说，这时，月光斜斜地照射在小梦的脸上，云鹤似乎晕眩了一下，在那份和谐中，在月光下，有些情感被忽然放大，他觉得仿佛全世界都暗淡了下来，只有这么一柱光，照射着小梦的脸。闪闪发光的眼睛，俏皮的鼻子，那张樱桃般的小嘴，都仿佛被某位艺术家重新打磨，比原本更加细腻、光滑。云鹤尽力让自己回过神来，但他的眼睛却不听他的指挥，始终将目光射在小梦的脸上。

"你是不是有话对我说？"小梦问。

"是……"小梦的话在云鹤的心里激起了阵阵涟漪。他觉得话就在嘴边，在这平静的夜晚，他想认真地讲给她听。

"嘘——"云鹤还没有张嘴，小梦就将自己的手指竖在他嘴边，"现在这样，不好吗？"

云鹤点点头。他们面面相觑，不禁一同笑了起来。

49

"大嘴巴"来到存车处，将钥匙插进锁子里，扭动了一圈，刚要将自行车推出来，一个人影忽然出现在他面前，吓得他出了一头冷汗。

"小子，还记得我吗？"说话的人是李彬。被学校开除后，很少有人再见过他。几个月过去了，他的脸上多了一道疤痕，目光比过去显得更加坚定，他的嘴里呼出一阵恶臭，说出的话也被这股气味熏臭了。"大嘴巴"看到他的时候，两条腿突然不听使唤了。

"我不敢……我真不敢了。"他连忙向李彬承认起错误来。

"放心吧小子，"李彬在他肩膀上拍了一下，"大嘴巴"觉得自己似乎要被拍散架了似的，“老子不是找你报仇的。”

“你……不是找……我报仇的啊。”“大嘴巴”松了一口气。

“但是你小子得帮我一个忙。”他说。

……

随着云鹤一天比一天进步，在“互助小组”中，他已经不再需要小梦的指点。下学的时候，他们并排坐在一起，一起完成作业，感受着对方的存在。有时作业很多，写得累了，云鹤会为小梦打一杯水放在她的桌角，有时还会跑到学生超市买一瓶小梦喜欢喝的酸奶。他们将两根吸管插入同一杯酸奶中，比赛似的拼命喝着。云鹤常常放慢自己吸吮的速度，好让小梦多喝一点，小梦看出了云鹤的意图，于是自己干脆停了下来。

“你怎么不喝了?”云鹤问。

“你喝我就喝。”小梦回答说。

老师推开门走进教室，于是，小梦和云鹤的这场争论戛然而止。云鹤连忙离开那瓶酸奶，小梦迅速将它藏在桌子抽屉里，两个人很快保持相对安全的距离。老师从他们身旁走过，满意地看到他们在写作业，有时还不忘提醒一下其他互助小组的同学要向小梦和云鹤学习，他们彼此你看看我，我看看你，然后再看看抽屉里的那瓶酸奶，吐着舌头笑了起来。

临近期中考试的时候，老师将所有“被帮助”的学生组织起来，在办公室里开了一个内容拖沓的小会。小梦一个人单独走在回家的路上。这天，学校门口格外拥挤，有些小市民你一句我一句地讲着粗话。小梦快步穿过人群，摆脱那些粗俗的人。在马路另一端，她回过头来，用鄙视的目光看了那里一眼。

办公室里，云鹤感到自己备受煎熬。“同学们，”老师说，一只手激情地在空中挥舞着，仿佛一位指挥家在指挥着自己的交响乐团，“这次考试对我们来说至关重要。这不仅是对大家自信心的一次塑造，也是对我们这次互助小组活动成效的检验……”

吴霜一边听，一边揉着眼睛，看上去像是有沙子飘进了眼睛里。她没完没了地揉着，不一会儿，她的眼睛变得通红，开始肿胀，眼泪随后滚落下来。她越揉越带劲，眼泪越发没完没了地向下滚落。揉到兴起处，她没好气地喊了声：“哎呀!”

老师正全身心投入在自己的“演讲”中，被这么一声感叹打断，多少有点情绪低落。她清了下嗓子，继续对大家说：“大家不要以为老师的话只是一些空话，老师的话很有可能会影响你们的一生!”

“老师，”云鹤看准时机对老师说，“吴霜她眼睛好像进了沙子。”

老师这才彻底停下来，关心地走到吴霜身旁小声询问了几句。然后，她看了下表，这时才意识到，原来时间已经不早了。

“那么，今天就到这里吧！”她说，“还有一个礼拜，大家要打起精神来，在第一次考试中证明自己！”

……

校园门口，那群讲着粗话的小市民逐渐向正门的方向聚拢来。这时才看清楚，原来他们是一伙的。他们大多身材魁梧，穿一身黑色外套，其中也不乏几个人穿着别样的衣服。这群人在校门边站成一排，像法国的游行队伍似的。李彬就站在这群人中间，他正抽着烟，像个螃蟹似的向左边挪一挪，再向右边挪一挪。

他向学校里面张望了一阵，然后回过头来，一只手揪住身旁的矮子，这个矮子像是被淹没在了人群里，几乎没人能注意到他的存在。他就是“大嘴巴”，不过在李彬面前，他就连一句完整的话都说不清楚。

“你小子到底打听没打听？”李彬冲着他吼了起来，“这么长时间了，老子腿都站麻了！”

“打听了，打听了，”“大嘴巴”用瑟瑟发抖的声音说，“我真的打听了。”

“人呢？”李彬一脸怒气冲冲地看着他，“大嘴巴”吓得不知所措，“现在给老子进去好好找找，如果找不到，看老子怎么拆了你的腿！”

“好、好，我这就去，我这就去。”“大嘴巴”说完，连忙向学校里面跑去。走进校园，他稍稍地舒了一口气，在李彬面前，他吓得几乎要尿裤子，不过他还是忍住了，重获短暂的自由，他第一件事就是去卫生间方便一下。

“快点、快点、快点。”“大嘴巴”一边念叨着，一边跑进卫生间，舒服地长出一口气。这时，另一个身影也走进卫生间来，他打开水龙头，然后将脑袋整个置于水中，之后，他抬起头来，看着镜子里的自己停了一会儿，仿佛一条海豚从水中忽然跳起，正在半空换气。“大嘴巴”从他身后经过，无意中朝镜子的方向看了一眼，他愣了一下，而后“嗖”的一声向校园外面窜去了。

云鹤洗完头，长叹一口气，像是要将一天的压抑全部叹出来，更像是为下一个学习阶段的开始而呐喊。他洗漱完毕，向学校门口走去。

“他来啦！”“大嘴巴”一边跑，一边冲校门外大叫着。

李彬半路截住了他，将他的嘴捂上，小声对他说："别他妈那么大声！"

这时，他隐隐约约看到，云鹤正从教学楼里走出来，朝着自己的方向前进着。他认得出对方那纤瘦却强劲有力的身躯，认得出对方走起路来大摇大摆的样子。"好小子，终于等到你了。"李彬自言自语了一句，而后恶狠狠地冲着"大嘴巴"说，"我不能露面，等会儿他过来了，你给我这帮兄弟指一指他，听见没有？"

"啊……？""大嘴巴"朝云鹤的方向看了一眼，"我？"

李彬挥舞着拳头看着他。"大嘴巴"连忙表示同意。李彬松开手，满意地向另一个方向跑去了。他躲在对面的公交车站牌旁，用站牌做掩护，偷窥着这里将要发生的事情。

"就是他！"云鹤一只脚刚刚踏出校门，"大嘴巴"就指着他喊了起来。云鹤还没有反应过来，那群社会青年就已经站在他的面前。

"你就叫温云鹤？"其中一个问。

温云鹤还没有回答，"大嘴巴"在一旁确认似的喊了句："他就是！"

"走吧，那边说说去。"说完，这群人前面几个，后面几个夹住云鹤，以防他逃跑，他们沿着人行道向学校一侧那条安静的小巷走去。云鹤看看身旁的人，眼睛在眼眶中转了一圈，他盯着走在人群外面的"大嘴巴"看了一会儿，怎么也想不出对方的来历，想不出对方和自己究竟有过什么深仇大恨。一股无名火在云鹤内心中逐渐燃烧起来，他一边走着，一边紧握自己的拳头。

他停下脚步。

"快走！"旁边的人冲他喊了一句，看到他没有继续向前走的意思，他冲着云鹤的小腿来了一脚，"快他妈给老子走！"

这一脚彻底激怒了云鹤。他感到自己全身的血管都突然膨胀起来，几乎就要崩裂了。他依然站在原地不动，旁边的人又冲他的小腿来了一脚，嘴里大喊着："你他妈的怎么不走！"

忽然，云鹤猛地挥起拳头，一把拽住踹他的人，冲着对方的鼻子硬邦邦地砸了两拳，对方应声倒在地上，鼻血流了一地。这群人全部转过头来对着云鹤，云鹤毫不畏惧，在行进的过程中，他已经选好了攻击的目标，这时，他一个猛子将"大嘴巴"扑倒在地，一只手拽着他的头发，提着他的脑袋，将他往地上磕。有人在云鹤身上踹了一脚，有人在云鹤身上给了一拳，云鹤毫不在意，有人从地上捡起一块砖头，正要朝云鹤的脑袋砸去，忽然，远处响起了警车的声音，那群壮汉一哄而散，只用了几秒钟，就消失得无影无踪了。

警车停靠在路边，一群刑警迅速围了上来。一名警察将云鹤和“大嘴巴”强行分开，另外两名警员冲上来，一把按住云鹤。这时，“大嘴巴”遍体鳞伤，警察将他带到一旁询问情况。

“是他叫人打我！”云鹤被按倒在地，但他仍然奋力反抗，“我只是出于自卫！”

“别动！”

“我去追那群家伙！”一名警员说着，向前跑去。但那伙人很快四散开来，警察没有看清他们的脸，面对街道两旁来来往往的行人，他无从下手。

“把他们带回局里去！”

……

吴霜喘着粗气，汗水沿着她的脸颊向下滚落，她身上的赘肉随着她的脚步翩翩起舞。她拼命地跑着，就好像身后有一头吃人的猛兽正紧紧跟随似的。她穿过马路，穿过小巷，穿过丁字路口，最后，她终于来到小梦的楼下。

门铃激烈地响起。小梦打开门，吴霜的喘息声在楼道里回荡起来。走着走着，吴霜觉得自己彻底没力气了，她冲着楼上大叫了一声：“小梦！我爬不动了！你快下来！云鹤出事了！”

小梦愣了一下。吴霜的声音已经传进了屋子，父亲正在看报，这时他停下来，向门的方向看了一眼。母亲从里屋走出来，她看了丈夫一眼，脸上的表情带着疑惑。

“吴霜，是怎么回事？”小梦冲着楼道喊了声。

“可能是有人找他报仇来了！”吴霜累得上气不接下气，“总之你赶快下来吧！我看到警察来了，他可能会有麻烦！”

父亲突然合上报纸，将它平放在桌子上，站起来说：“我就知道这孩子早晚还得惹事。”

小梦已经在换鞋了。她甚至没有来得及和家人说再见，就匆匆向楼下跑去。母亲在楼道里对她喊了一声，要求她注意安全，而后，吴霜和小梦的脚步声渐渐消失了。

“你看看我说什么来着？”父亲又冲着妻子说了一句。

她们又沿着原路向学校跑去。吴霜觉得自己几乎已经岔气了，回到学校的时候，她在路边的花池边上坐了下来。小梦独自一人穿过马路，学校已经清校，门口一片寂静，教学楼里只剩下住校生在上夜自习。小梦在附近寻找了很久，除了零零散散的路人，那里什么都没有……

……

“说吧。”一位警察严肃地看着“大嘴巴”和温云鹤说，而从这时的情况看，“大嘴巴”脸上的血迹使他成为了无可争辩的受害者，就连警察的眼睛也没能看穿事实的真相，他指着“大嘴巴”说，“你先说，事情的经过是怎么回事?”

“我今天一出学校门，就被他叫来的人围在一起，然后他就打我!”“大嘴巴”指着自己脸上的伤对警察说，“您看！这就是证据。他叫温云鹤，早就是我们学校出了名的混混了，前几个月，他还因为争抢篮球场的事情打过我们学校一个叫李彬的同学!”

云鹤愣了一下。他觉得自己似乎突然明白了事情的全部。他调动着自己的脑细胞，回忆着眼前的这个家伙究竟何许人也。最后，他隐隐想起些什么。“混蛋。”他自言自语了一句，而后声音突然大了起来，“你他妈是个混蛋!”云鹤想要从椅子上跳起来，但被一旁的警察按回到了座位上，“你是在陷害我！给我告诉李彬，我不吃他这一套!”

“坐下!”警察将他按在那里，而后慢慢地松开手，“你给我保持冷静，这里是警察局!”

云鹤冲他点点头，而后沉默地看着地板。“大嘴巴”觉得自己的额头正在冒冷汗，有一滴落在了他的伤口上，他感到一阵刺骨的疼痛，但这疼痛感却让他觉得有种特殊的安全感。

“我们决定，”一位领导似的警察扶着眼镜站起来说，“这件事情交给你们的学校处理。不是警察局不处理这样的案子，而是如果警方从中得出任何一种结论，对你们的将来都是很不利的。”他在屋子里来回踱步，“同时，我请你们的家长也来一下，面对面把事情说清楚，什么仇恨都能化解。”他的态度忽然严肃起来，“年轻人，要学会克制，无论发生了什么，解决问题的办法有很多，怎么就非到了动拳头的地步？好好想想，现在校方的领导正在路上，这是我的手机，你们分别给自己家里人去一个电话，一是报一个平安，不要让家人担心你们；另一个是叫他们抽空来一下，把事情说清楚。来吧，男人嘛，敢做敢当，有什么害怕的?”

于是，云鹤首先接过了电话。

……

“那天以后，”小马的声音似乎切入了过往的一幅幅画面，“小梦很长时间没有再见到云鹤。”

“学校是怎么处理这件事情的？”雨泽在一旁问。

小马停了一下，而后对他说：“学校认为云鹤纠集社会青年，聚众斗殴。他们认为证据确凿，必须立刻做出行动，以免影响学校形象。那天晚上，刘大娘和校方领导谈到很晚，最后，凭借她和校长的私人关系，学校决定等一等再对云鹤做出处理。在这段时间里，云鹤跟着刘大娘东奔西跑，打算转入另一所学校。但是办理转学手续的时候出了一些问题。那天，刘大娘的一个朋友突然问了她这么一句话……”

……

期中考试结束了，曾被帮助的学生依然需要帮助，帮助别人的学生依然名列前茅。下学了，小梦经过云鹤的座位——他始终被困在班里的死角，别人换座位都与他无关似的——在这里，那些有关学习的话题其实毫不生动，小梦想起的是他们并排坐在一起，将两支吸管插进同一瓶酸奶，想起的是相互帮助对方打水的画面。

走在路上，身旁那死气沉沉的街景从两侧退却，小梦懒得抬起头多看一眼，吴霜说的话一点都不风趣幽默，她只是不停地回答一个“嗯”字。回到家，父亲总会嘟囔一句有关云鹤的坏话。小梦总是装做什么都没有听见，默默地回到房间，静静地学习、吃饭、睡觉。一个月就这样过去了，有关云鹤下落的谣言也渐渐散尽，有人曾说他被捅了一刀，也有人曾说他被捕入狱，还有人声称自己亲眼看到云鹤在被抓获的时候公然袭警……

“世界上真有云鹤这个人吗？”走着走着，小梦突然问吴霜。

“你一定是发烧了。”吴霜不解地看着她。

“但愿是我发烧了，”小梦说，“这个混球，竟然就这么消失了，希望他不是真的像传言中说的那样。”

“小梦……”她们来到丁字路口，吴霜突然停下了脚步。

“是你发烧了吧？”小梦看着她那副奇怪的表情，同样不解地问。

“是……他！”吴霜指着前方，小梦顺着她的指尖看去，她叫了一声，朝着那里跑去。她原本带着满心的责备，这时却只剩卑微的激动。

那正是温云鹤的身影。小梦向他跑过去，而后，她扑进云鹤的怀里。

然而，云鹤轻轻推开了她。

“我是来道别的。”云鹤用低沉的声音对小梦说，“我明天就要离开了。”

“你要去哪儿？”

“我要当兵走了，”温云鹤的表情平静而坚定，“手续已经办好了，走之前，我需要向你道别。”

说完，云鹤朝着相反的方向走去。然而，小梦的声音却在空旷的街道上回响起来。她指着云鹤的背影，用毋庸置疑的语气大喊起来，几乎要将嗓子撕裂。

“温云鹤！我告诉你！不知道从哪一天开始，你就占领了我的心！你想跑？没门儿！我就在这站着等你！你当兵？一年、两年、三年、一辈子！我小梦不是吃素的！我会永远等下去！但是，我告诉你！你是个混蛋!”

云鹤停了下来。

“你是我见过的最混蛋的人!”小梦又补了一句。

云鹤转过身，冲着小梦走去。他的步伐越来越快，小梦的心跳声也越来越剧烈。最后，他紧紧将她搂在怀里，用力亲吻着她的嘴。

“我会等你，一直等下去。”

云鹤冲着小梦点了点头。

……

“刘大娘的朋友建议她将儿子送到部队上锻炼锻炼，”小马说，“这一去，就是将近四年的时间。回来后，一切都发生了变化。云鹤家的饭店宣告破产，发誓要等他回来的小梦在崇尚拜金主义的母亲强烈要求下，给云鹤写了一封分手信，告诉他，自己绝不会嫁给一个身无分文的穷鬼。”

“后来呢?”雨泽问。

“云鹤回来的那一年，小梦嫁给了一位大老板。”小马说，“她没有考上大学，很早就跟着母亲去站柜台做生意，母亲担心小梦一辈子过贫困的生活。”

“所以就傍大款。”雨泽无奈地摇了摇头。

“李彬后来再没有出现过，有人说，他变成了狗贩子。”小马补充了一句。

……

50

沛沛和波仔清晨的时候就醒来了。吵醒他们的是一条流浪狗，他长着一张奇怪的脸，脸的正中央仿佛套了一层面具，黑乎乎的，有点像京剧脸谱里的黑脸张飞。他还有一身杂乱无章的毛，黄色和灰色相互交加。他不时地用鼻子顶一下沛沛和波仔。

狗与狗之间的语言并不局限于简单哼哼和吠叫，更多时候，他们丰富的肢体语言是交流的主要工具。这条杂交狗现在躺在地上，沛沛和波仔朝他肚皮闻了闻，这就意味着，他们接受了他。三个小家伙又蹦又跳地上路了。他们绕着山脚向前走去。这条流浪狗并不在意自己将去往何方，他只需要有几个伙伴，不要孤独，如此而已。没有人知道他是从生下来就在流浪，还是某一天被主人遗弃，总之，看他那自由自在的样子，并不留恋于某地，一定是走过南闯过北的小家伙。

对于出生在农村里的流浪狗而言，流浪并不意味着什么。但那些不幸出生在城市里的流浪狗，却完全经历着不同的命运。他们的生活受到极大的限制，即便是最僻静的人行道上，也会经常有汽车违章停在那里，偶尔不慎，就难免会钻进车轮下面，过马路的时候，这种危险就更加严重。每年又总有那么一段时间，打狗队会没完没了地为难这些可怜的小家伙们，如果没有打狗队，他们还会碰到狗贩子的突然袭击。有些老人害怕他们，有些孩子欺负他们。总之，在跨向崭新未来的今天，我们这个国度在关爱动物方面还着实是一片空白。

这三个小家伙一路向前跑去。他们饿了，好在一座小县城出现在眼前。这里治安似乎不是很好，因此每家每户都养了狗。一户人家门口拴着一条凶狠的罗威拿，这种狗智商很高，流淌着和边牧一样的英国血统，他身体异常强壮，有时甚至黑背都不是他的对手。官方通常将他当做防爆犬，可见其战斗力和可训程度之高。三个小家伙经过这里时，这条罗威拿冲着他们发疯似的吠叫着。他们三个吓得加快了前进的步伐。

走出一段距离后，沛沛忽然停在那里，而后转身向回看。其他两个小家伙也向那里看去。原来这时，主人手里端着一大盆剩饭走了出来，放在那条罗威拿的面前。“鹏鹏，这是给你的！”于是，这条被称作鹏鹏的罗威拿低头吃了起来。吃着吃着，他忽然听到身旁有动静，于是抬起头来，眼睛恶狠狠盯着那里。波仔正鬼鬼祟祟地向房门移动。

鹏鹏用深沉的吼叫声警告着他，要求他退后，否则自己就要发威了。而波仔似乎并不在意，继续向里面走去，眼看就要走到门前。鹏鹏干脆扑了上去，波仔一个急停，向远处跑去。就在这时，沛沛和她的另一个伙伴突然从后面出现，两个小家伙各自叼起一块鸡腿，接着就向远方跑去。

由于被绳子拴着，鹏鹏只有站在那里干叫唤的份儿。三个小家伙将两块鸡腿分开享用，鹏鹏则气急败坏地想要挣脱那绳子的束缚。眼看三个可恶的入侵者就要将自己的食物吃完了，鹏鹏忽然回过头，像是急中生智，一口咬断那根绳子，猛地向他们扑来。三个小家伙选择兵分三路，朝不同的地方跑去。看到沛沛和波仔极具奔跑能力，鹏鹏最终选择朝那条可怜的小流浪狗扑去。小家伙绝望地叫了一声，这时，鹏鹏眼看就要抓到他了。

忽然，两个人影从两侧蹿出来，两张网猛地将他们套了起来，动作干净利落。“老子蹲点蹲了好几天了，”其中一个人说，“就等你主人不在的时候出手呢，你还自己送上门来了！”

“造化！”另一个说，这个人正是老张，“多好的罗威拿啊！”

“拿到狗市上卖应该会卖个好价钱。”小李说，“不过前几天落网的黑背还没卖出去呢。”

“过不了几天就卖了，这么好的狗不愁没的卖。”另外一侧负责套狗的家伙说。

“这条杂种狗怎么办？”小李问。

老张停了一下，他想到了母亲对自己的嘱咐。他犹豫了一下，然后回答说：“先留着。”

“杂种狗也留着？”小李不解地问，“应该直接送去厨房。”

“让你留着你就留着！”

……

“我想自己出去走走。”

于是，办公室的门被带上了。楼道里回响起一阵缓慢的脚步声。沿着楼梯一路走下去，最后来到警察局的门口。

“我陪你走走吧？”一位年轻的警员问。

“不用了。”说完话，走下来的人微微地抬起头，夕阳照射在她的脸上，她深邃的眼睛瞧着很远的地方，“谢谢你。”

说完，她离开警察局，向那条充满欧洲风格的小巷走去。

她走过那间金黄色的饭店，牌子上写着“好吃的意大利面”，一张干净的落地窗上，飘浮着一行意大利文。她沿着街道向前走去，那里有一间别致的深棕色小屋子，门口摆放着两张桌子，几把椅子，两顶遮阳伞，不过好像还没有开饭，店里空荡荡的。

马路对面的冷饮店，即使在天气最为严寒的冬天，生意也一样火爆，排队等候的客人挤在店门口，买到手的满意地边吃边朝另一边走去，其中有那么一对情侣，男孩子手里捏着一只甜筒，和女朋友一会儿你吃一口，一会儿我吃一口。

她停下脚步，一辆来自爱丁堡的冰激凌车忽然出现在她脑际。她想起了草地，想起了花园，想起了路旁的椅子，想起了远处正在向自己跑来的那条边境牧羊犬。她不自觉地将头转向那条边牧跑来的地方，仿佛那一切都发生在眼前。顷刻间，回忆的幻境被夕阳的余光彻底撕碎，而在现实中，在她视线的末端，那里是一座可爱的宠物店。宠物店的招牌上写着“卜碧的爱心世界”，她觉得很有趣，忍不住走了进去。

店很大，货架很多，她在其中来回踱步。看着那些宠物的玩具和食物，一个似乎很久远的念头又重新生了出来。她幻想着自己拥有一条漂亮的边境牧羊犬，和自己喜欢的人在一起，住在安静的城市。那里有沙滩，有海鸥，有温暖的阳光，那里人不多，但很友好，一旁排队等候冰激凌的游客同样络绎不绝，情侣们你一口我一口地吃着，脸上挂着会心的笑容。

“惠惠！”一个声音传来，她被从想象中惊醒。她朝声音传来的方向看去，她愣了一下。

“刘诗雅！”

51

“真没想到会在这里碰到你，”刘诗雅走到惠惠身旁，她的眼睛经过精心的修饰，拉出一条柔美的眼线来，弥补了先前眼睛上的不足。比起过去的她，现在的刘诗雅在举手投足间都显出几分成熟老练。虽然她那高高隆起的鼻子仍然向人们展示着她骨子里的任性，但在她的言语中，曾经稍显做作的姿态现在淡化了下来，“你来叶城旅游吗？”

“嗯。”惠惠犹豫了一下说，“算是吧。”

刘诗雅继续自顾自地说了起来。

“我是在这里接受培训的，今天是最后一节课，刚从里面出来就碰到了你。”

“培训？”惠惠有些好奇地看着她。

“我还没有跟你说，我开了一家宠物店。”刘诗雅一边说，一边朝外面看了一眼，接着又低头看了下手表，惠惠看着她不拘小节的样子，不禁在怀疑自己是不是在做梦。在她的印象中，刘诗雅从不在与别人说话时自顾自地东张西望，在她印象中，刘诗雅说话时也从不会将嘴巴充分大张开，吐露每个字的时候都会有所保留，也不知是因为这样做更能让自己像个女皇，还是因为担心自己的唾液会不慎溅到别人脸上。总之，站在她面前的刘诗雅无所顾忌地东张西望着，无所顾忌地大张着嘴巴说着话，让惠惠怀疑自己是不是没有睡醒，在跟梦里的什么人物说话似的。

“时间还早，”她说，“你有空吗？”

惠惠点了点头。

“很久没见了，对面有家咖啡厅，我请你去坐一坐吧。”刘诗雅好像并不是在邀请，而是在请求。惠惠内心深处那份强烈的好奇心正在翻滚着，看到现在的刘诗雅，她很想了解一下对方的蜕化史。带着这样的情绪，她点了点头。于是，刘诗雅拉起她的手，向马路对面走去了。

“我和林志远订婚了。”咖啡厅里，刘诗雅一脸激动地对惠惠说，但很快，她意识到自己的话触碰到了某个敏感区域。惠惠用那对炯炯有神的小眼睛瞄了她一下，刘诗雅很快做出调整，有意识地将话题转移到别处去。不过，惠惠却并没有在意，她露出了会心的微笑。

“你成熟了。”惠惠说，像个老师在点评自己的学生，“不再任性。”

“爸爸破产了，”刘诗雅说，“我已经不是富豪家的‘千金’了。”

“我不喜欢那个‘千金’。”惠惠皱了下眉头说，说完，她笑了起来。

刘诗雅也跟着笑起来。过了一会儿，她突然严肃起来，目光中充满感激地看着惠惠，两只手伸出来，想要将惠惠的手握在手心。惠惠没有将自己的手交给她，她已经看出了刘诗雅的心绪。

“好了啦，”惠惠说，她知道刘诗雅心里感激的是什么，“到此打住。”

“爸爸破产了，”刘诗雅将话题转移到家庭上来，“爸爸拍卖资产后，一部分还了外债，最后只剩下很小一部分。他厌倦了商海里的大风大浪，你知道他最后做了什么吗？”

“咖啡馆？”惠惠大致推测着说。

“他开了茶社，”刘诗雅继续说下去，“他在枫城市中心租了一个店面，开了一家茶社。他原来做生意的朋友帮助他从南方搞到了货源，现在生意特别红火，就连店面的主人都经常来做客。”

“听起来不错哦。”惠惠在一旁点评说。

“爸爸为我也租了一间店面，通过朋友的关系，加盟人家的品牌，做起了宠物店。”刘诗雅说，“所以我每过一段时间就要来总店学习一些关于护理狗的常识，然后回枫城去，传授给我的员工。”

“你有几个员工？”惠惠问。

刘诗雅一脸不好意思地看着惠惠回答说：“只有林志远一个人。”

惠惠抿了下嘴，忍不住笑起来。

“你现在都在做什么呢？”刘诗雅问，“是在上班吗？”

“之前……算是吧。”惠惠回答说，她在尽力隐瞒着什么，“现在……

闲了。”

“你有兴趣来我这里上班吗？”刘诗雅说，“我出高薪聘请你！”

惠惠白了她一眼说：“我才不要做你的下属。”但这话却使惠惠有所动心，她又瞟了刘诗雅一眼，看到对方皱起了眉头，在心里笑了一声。

“好啦，”她说，“我跟你去就是了。”

两个人沉默了一阵。过了一会儿，惠惠突然表情严肃地对刘诗雅说：“可是，不准再感谢我那件事。”

“他已经来了。”刘诗雅高兴地接起电话，讲了句“就来”，然后就将手机放回到随身携带的手提包中了，她继续对惠惠说，“见到你，他一定会很惊讶的！”

汽车停在楼下，林志远将车窗摇下来，探出头，注视着马路对面咖啡厅的方向。

……

52

和小马道别后，雨泽牵着尔曼的手，跟着温雅走在街道上。他低着头，正在细细回味着小梦与云鹤的故事。一股青春的气息仿佛正向他迎面扑来，就像伦敦潮湿的空气那样，裹挟着一股奇异的味道，虽然并不很好闻，但却恰到好处地刺激着人的记忆神经，每每回忆，都能够凭借这气味，勾勒出一幅奇特的画面来。

“我还要带你见一个人，”温雅转过身对雨泽说，“你一定会很感兴趣的。”

“我已经陶醉其中了。”雨泽笑着回答说。

“只是见她的地方可一点都不浪漫，”温雅说，“那地方乌烟瘴气的。”

“乌烟瘴气？”尔曼在一旁问。

“这会是什么地方？”雨泽好奇地问。

温雅倒吸了一口气，而后又将它长长地呼了出来。

“监狱！”

汽车停靠在路边，一位满头白发的老人正在原地踱步。“阿姨！”温雅摇开车窗，朝她叫了一声。“你好！”对方转过身，跳上汽车。她坐在前排副驾驶的位置上，雨泽和尔曼冲她礼貌地打过招呼后，温雅向她一一作了介绍。

“这位阿姨就是小梦的母亲，”温雅对雨泽说，“去探望小梦的时候，由阿姨带你进去。”

雨泽下意识地看了尔曼一眼。

尔曼正漫无目的地瞧向窗外，看到雨泽沉迷于此次采访之中，她倒是觉得有几分得意。

走进监狱的那一刹那，雨泽觉得自己呼吸急促。他将有关小梦的信息在脑子里迅速回顾了一遍，一张清晰的面孔在他脑际被勾勒出来。他想象着小梦的美丽，她眼睛里那温柔而不失锐利的光芒，她那张樱桃小嘴，从雨泽的想象出发，他似乎还隐隐觉得，小梦的脸洁白如玉，肩膀上的锁骨微微突起，散发出一种低调的诱惑。

而当小梦出现在他眼前的时候，所有那些美丽的遐想顿时全部消散殆尽。他看到的是一对饱经风霜的眼睛，干涩的嘴唇，还有脸上凭空增添的皱纹。她的美丽仿佛是被岁月的冷漠清洗掉了，即便是看到自己的母亲，她也无法表现出丝毫的热情来。

“女儿，对不起。”母亲拿起对讲机，但女儿只是在玻璃那边冲她挥了挥手，那样子像是在表达自己对人生的蔑视。

“这位是雨泽，”母亲介绍说，“他是一名作家，他想要了解一下你的事情。女儿，你憋在心里的苦，也该跟人讲一讲了，好吗?”

小梦平淡地点了点头，那样子好像是在说，如果有人愿意她讲，她就会讲，如果没有人愿意听，她也不会感到任何烦闷。她并不想要讲述什么，但也并不介意讲述什么，她仿佛失去了知觉，只是一味地跟着别人的口令行事。

“你好，我叫雨泽，”雨泽接过对讲机，小心翼翼地对小梦说，“我们这次有一个小时会面的时间。有关你的故事，我听到一些，关于你和云鹤的爱情，使我感触颇深。谢谢你愿意花时间将自己的故事讲给我听，我没有笔、也没有纸，但我会将它们全部熟记在脑子里。请记住，在这里，你是一个被看管的人，你的心也许已经老去，但在我的心里，你仍然是一个妙龄少女，仍然是一种美好的象征。”

“美好的象征……”小梦愣了一下，她向雨泽点点头，苍白的目光中，忽然翻滚起一团生命的火焰，“谢谢你……”

“那就让我们开始吧。”

……

“让我一个人坐一会儿。”小梦对吴霜说，她坐在路边的石头上，手里拿着一张窄小的成绩单，她情绪低落，将这写着自己人生命运的小纸条摆放在腿上，两只手擦拭着挂在脸颊上的泪珠。

这天早晨，小梦接到一封信。三年来，她常常与云鹤有书信往来，几乎每月一封。云鹤将自己在部队被连长罚军姿、和战友打架被关禁闭的事情一一讲给小梦，“不过，部队的生活虽然艰苦，却培养了我的意志品质，促进了我和战友们的感情。在这里，没有人觉得我是混混，强壮的身体只要用在正道上，对社会就是有贡献的。”小梦的回信里也常常提到自己的状况，“得知你生活得充实愉快，我感到很开心、很快乐。在我眼中，你本来就不是一个小混混。我会在这里等你回来。”

而今天，她还没有来得及阅读云鹤的信。高考成绩在这一天被正式公布，她感到全身冷飕飕的，6月份的艳阳天，她却好像是掉进了冰窟窿似的。这时，坐在花坛的台阶上，她的眼泪不住地流淌。哭了一阵，她从挎包里翻出那封信，想要从那里寻求慰藉。信封很朴实，落款处写着云鹤的名字。她用小拇指的指甲沿着信封的边角仔细地切割着，似乎是因为材质较好，她感到手指疼痛。于是，小梦索性将信封彻底撕毁，而后将它扔进一旁的垃圾桶，捧着里面的信读了起来。

“你接到这封信的时候，高考成绩应该已经下来了吧？我相信你一定能够考上理想的大学，这封信就当做是我第一时间对你的祝贺。”看到这里，小梦又忍不住落下眼泪。这封信没有给小梦带来任何鼓舞的作用，相反，却使她更加难过。

考试那天，小梦重病缠身。加上紧张的情绪与之相互作用，她几乎昏死在气氛紧张的考场上。她凭借自己顽强的意志完成了考试，从考场走下来时，心里就一直忐忑不安着。她从那一刻起就在期待奇迹的发生，可奇迹最终还是没有降临，小梦落榜了。她的成绩甚至还没有吴霜高。她看看成绩单，又看看云鹤寄来的信，脑子里满是家人的期望。她不知所措，眼圈才刚刚恢复成先前的色泽，就又被自己的情绪染成了红色。

“不是说了让你自己先回嘛！”小梦觉得吴霜的手碰了自己一下，她不愿让对方看到自己难过的样子，低着头说，“我一个人没关系的！”

“可是你的眼泪让我心疼了。”

小梦愣了一下，那不是吴霜。她抬起头，看到云鹤正坐在自己身旁。三年来，他从未回过家，那一脸的深沉替代了曾经的青涩，他脸上的表情在风吹雨打中消耗殆尽，最后只留下平静和严肃。

小梦扑倒在他的怀中。云鹤抚摸着她的头，安慰着她。

然而，一秒钟过后，小梦清醒了。云鹤消失了。那只是她的梦境。

她重新阅读那封信，云鹤还有至少半年才能回家。望着清澈的夜空，小梦摇摇头。她哭够了，难受过了，这时站了起来，打算回家。

“小梦！你怎么在这儿！”母亲出现在她面前，袖子挽起来，胳膊叉在腰间，她比三年前发福了许多，肚子像颗皮球似的，“这么晚了不回来，把家里人担心死了。”

……

家里烟雾缭绕。小梦低着头坐在客厅的桌子旁。父亲一根烟接着一根烟地抽着，沉默不语。母亲也被这气氛所感染，两只手交叉在胸前，在一旁安静地站着。

“事情已经这样了，”父亲说，“你们学校去年开设的补习班还是不错的。”

小梦点点头。母亲在一旁插嘴说：“姑娘，你确定要上补习班？”

“没有学历，咱们孩子以后怎么办？”父亲严肃地问妻子。

母亲无言以对，她深情地看了女儿一眼。

……

“我一个人排着长队，等候里面的人念我的名字。”玻璃那边，小梦面无表情地说，“可是真的轮到我的时候，我放弃了。我害怕重新经历高考，更害怕第二次落榜。当时的我，心里藏着一种只有少女才会有的幻想。”

“这是什么幻想？”雨泽笑着问。

小梦几乎要沉浸在自己的回忆中：“我相信云鹤会回来娶我。他的家庭很富有，跟他在一起，我不需要大学文凭，也不需要继续上学。呵，只是情况变化得有点快，我跟不上它的节奏。”

……

“你给我滚出去！”面对小梦的恶劣态度，父亲终于忍无可忍了。他指着门对女儿喊道，“从小到大，你想怎么样家里都迁就你，没有考好，父母也都没有怪你啊！真是越来越不像话了，如果你觉得就靠你自己这两下子能在社会上活下去，你去呀！你不是有本事吗？简直是惯坏了！”

小梦没有说话，她捂着脸朝屋外跑去。“小梦！”母亲在后面叫着她的名字。外面下着大雨，疾驰而过的汽车溅起了半米多高的水花。小梦的衣服被打湿了，而她却仿佛失去知觉似的拼命朝前跑去。这时的她，已不再是一个好学生——从她走进考场那天起，她就已经不再是。她害怕看到穿着校服的学生，害怕途经学校，她害怕高考，害怕被人予以很高的期望。

她摸了下口袋，身无分文。于是，她停了下来，在雨水中站立了很久。

“你知道吗？我是多么想你！”她冲着天空喊着。

在父亲的阻拦下，母亲没有离开家。小梦在雨水中站立了很久，很晚的时候，她推开了家门。

“我回来了。”她低着头对家人说。

父亲看了她一眼，没有吭声。母亲将她叫进卫生间，帮助她整理凌乱的头发，擦洗湿冷的上身。

“妈妈，”小梦说，“等到云鹤回来，就让我和他结婚吧。”

母亲愣了一下。她有点不敢相信自己的耳朵。

“他在部队服役，怎么能说结婚就结婚呢？”母亲说。

“他半年后就要回来了。”小梦说，“他答应过我的。”

“他都还没有够法定结婚年龄。”母亲用一只手抚摸着女儿的额头，以为她发烧了。

“我没有开玩笑！我是认真的。”小梦说，“我害怕高考，我害怕补习，我更害怕被人期望过高。我想过平静的生活。”

母亲笑了起来：“女儿，你怎么知道自己跟着他就能过平静的生活呢？”

小梦还没有来得及回答，母亲紧接着又说：“我听说，他们家的饭店破产了。”

“谁说的？您别诅咒人家。”

母亲没有继续说下去。看到女儿厌学的情绪，她深夜将丈夫从床上摇醒过来，两个人认真地研究了一番。最后，他们达成协议，让小梦跟着母亲工作一年，一年以后再做打算。“要么凑钱把女儿送出国，要么想办法让她重新回到学校。”母亲说，“我跟我们老板好好说说，看看他有没有别的什么路子。”父亲没有回答妻子的话，关上灯继续睡觉去了。

53

在哥哥温子然和嫂子二毛的经营下，饭店破产了。二毛想要从每一个员工的身上赚取饭店的利润，于是压低他们的工资，从而导致员工纷纷离去。更要命的是，厨师长带头罢工，谁知二毛不理不问，继续坚持自己的决定，可她又没胆量亲自和厨师们理论，就将温子然推了出去。子然看到一群人虎视眈眈地看着自己，吓得腿都软了，他只硬着头皮说了句：“不想干别干！”就调头向屋子里跑去，把门带上，再也不出来了。

厨师们心都要凉了。他们放下手中的锅碗瓢盆，头也没回地离开了。子然回家将这件事告诉了刘大娘。刘大娘在一旁直摇头。她心里有数，虽然饭店是她半生的事业，但她已经将所有盈利收入囊中，转做别的生意去了。按照刘大娘最初的想法，她希望子然可以按照自己已经确立的经营模式坚持做下去。这本是她给两个儿子留下的共同产业，经过子然这么一搅和，刘大娘这才反应过来，原来自己的儿子并没有自己想象的那么优秀。

二毛重新招来一些厨师和员工，但在工资的问题上，她依然舍不得投入。最终，一群三流厨师上岗了，饭店很快消沉了下去。没过多久，刘大娘半生的苦苦经营就赔在了这对夫妻的手里。小梦的母亲有一位同事曾经一直是这座饭店的常客，在一起说闲话的时候，她将这事情说了出来。

母亲回家的时候，太阳还爆发着强烈的光芒，春暖花开的季节，整个城市都显得五彩缤纷，丁香花的香味迎面扑来，搅拌着夏天暖和的微风，使人神魂颠倒。但这却没能打乱母亲的思绪。她一边走一边在心里衡量着，最后，她回到家，看到女儿正无所事事地坐在那里发呆，脑子里突然做出了两个决定。

“宝贝，”她坐在小梦身旁，用温和的口吻说，“你爱妈妈吗?”

小梦有些吃惊地看着她。

“就一句话，你爱妈妈么?”

“当然了。”小梦莫名其妙地看着她。

“妈妈希望你做的事情你也都能够做到么?”

小梦有些不知所措，她试图弄清楚母亲的葫芦里卖的是什么药。母亲盯着她看了一会儿，像是强迫她必须做出肯定的答复似的。小梦在母亲那股莫名的气场下屈服了。她点点头，表示同意。

“那好，我让你做两件事。”母亲用不可辩驳的语气说着，将一部手机放在小梦手里，“第一，明天起跟我一起上班。这件事有问题吗?”

“没问题。”小梦不假思索地回答，在家里的日子使她感到沉闷，她希望自己可以换个环境。

“第二，”母亲继续说，她的表情突然严肃了起来，语速也突然慢了下来，最后，她冷冷地说，“和温云鹤划清界限。”

小梦瞪大眼睛看着母亲。她感到什么东西卡住了嗓子似的，许久没有说出话。

“他们家的饭店已经倒闭了。”母亲补充说。

“可是……”小梦还没有说出口，母亲打断了她。

“别忘了，你连大学都没有上。”母亲说完这句话时，忽然感到心里一阵酸楚，她不知道自己是为女儿没能考上大学而难受，还是为自己逼迫女儿和温云鹤分手感到难受。

“如果我上大学呢？”小梦停了一下，看着母亲的眼睛问，“我这就去报名补习班。”

“就算你考上大学，他现在什么都没有了，又有什么用？”母亲说，“你的高学历只会使身无分文的云鹤感到自卑。”

“您根本就是不想让我和他在一起！”小梦被母亲的话激怒了，但很快，她反应过来，现在的自己没有资格对家人这样说话，于是，她将两只手叠在一起，低着头看着它们。

“明天和我去上班，”母亲重复着自己说过的话，“温云鹤的事情，你自己好好想想吧。”

……

“就这样，我去上班了，”小梦对雨泽说，平静的脸上泛起了点点涟漪，“第一个星期，我没有感到丝毫的不适，相反，我喜欢这份工作。我帮妈妈记账，帮客人推荐各种款式的衣服，把散落在一旁的衣服挂起来。闲暇的时候，和隔壁柜台的阿姨们聊聊天，一天就过去了。我的脑袋里很乱，没有力气去思考有关感情的事情。那天，云鹤寄来一封信，内容是说，他就要回来了。我没有回复，我甚至不知道自己心里是怎么想的，只有不停地让自己忙起来，才能不让自己感到心烦。

“我一直都毫不怀疑，当云鹤回来，我重新看到他的时候，我一定无所谓我的家庭说什么，我一定会想尽办法和他在一起。”

“你是说去私奔吗？”雨泽想要缓和一下这压抑的气氛，故意开玩笑说。

“哈哈，”小梦的情绪被成功地调动了起来，“如果没有发生那件事，私奔是很有可能的事情。”

雨泽凝神注意着小梦，做出一副洗耳恭听的样子来。小梦看了看一旁的母亲，她也正认真倾听着女儿的声音。

“一周后，一个叫刘天福的老板来到店里……”小梦的声音仿佛被过往的画面轻轻淹没。

……

一周后，一位叫刘天福的老板出现在小梦的柜台前。旁边总是跟着他的，是一位年轻的小伙子。刘天福长着一张国字脸，下巴处的胡子虽然像是被刮过，但却并没有刮得干净，留下的残茬一根长一根短地立在那里，他经常会用手抚摸它们，好像留着它们就是为了让自己的手有个能活动的场所似的。他有个“将军肚”，走起路来，左右晃悠。

“老板娘在吗?”

母亲连忙来到他面前：“有什么需要?”

刘天福指着墙上的一排衣服说：“这排衣服不错，我全要了。”

小梦在一旁露出惊讶的神情，她上下打量着这位客人，刘天福也注意到了小梦。他愣了一下，小声嘀咕了一句：“太他妈的像了。”

母亲也愣在那里。刘天福出手阔绰，使她感到惊讶。

“先生，”母亲怀着一份好奇，小心翼翼地问起来，“原谅我冒昧，请问您是做什么的?”

“我?”刘天福的眼珠在眼眶中打了个转，回答得有些匆忙，但还算得体，“我做娱乐行业。”

“比如卖光盘，”一旁的助手连忙补充说，“音像制品什么的。”

“对、对，”刘天福赞同地说，“主要就是这些。”

“那您的生意一定做得很大吧?”母亲又追问了一句。

“对、对，”刘天福又朝着小梦的方向看了一眼，“很大、很大。”

“一共三万五。”小梦已经将账算清，交到母亲手上，母亲冲刘天福说。

“小吴，拿钱!”刘天福朝小吴伸出手去。

小吴将手里的密码箱摆放在柜台上，打开后，认真点了起来。这点钱的当儿，刘天福指着小梦问了句：“那是你女儿?”

“是，”母亲回答说，“大学没考上，我带她来这边工作一下，熟悉熟悉环境。”

“女孩子这么辛苦干什么?”刘天福说，“找个好人家嫁了不就完了吗?”

“要是像您说得这么容易，我也会早早把女儿嫁出去的，可是我们家什么都没有，谁要她呢?”母亲带着一脸笑容，眼睛紧紧注视着刘天福说。

“太像了。”刘天福凝神注视着小梦，不停地叹着气。

“太像了?”母亲不解地问了句。

“没什么，”刘天福回过神来，这时，东西已经被打包好，他朝小梦说了声谢谢，又回过头来对她说：“老板娘，过些天我还会过来。”

……

“后来，刘天福成了我们这里的常客，”小梦说，“他常会找一些理由请妈妈吃饭，我总是被留下来照看门面。妈妈回到家，也总是一脸兴奋地将他们见面的事情讲给爸爸，还经常带回一些贵重的金银首饰。有一次，我隐隐约约听到了自己的名字，但是很快，他们就发现我在一旁，于是打住不提这个话题。我那时很奇怪，以为母亲有了外遇，有时会很紧张地注视着她，可她好像在家里并没有表现出什么异常，在和爸交谈的时候，甚至会明明白白地告诉他，自己又见了‘那个人’，听到这句话，爸也只是点点头，然后继续看手里的报纸。”

……

那天下午，刘天福又一次出现在小梦的柜台前。他一只手抚摸着自己的小胡子，另一只手叉着腰，有点得意地笑着。他偶尔会和小梦交谈几句，说话的时候，目光总是徘徊于小梦的眼睛和下巴之间，有时会惹得她红了脸。

“妈——”小梦冲身后叫了一声。

“帮我照顾一下门面，”母亲说，“回家的时候记得要把仓库的门锁好。”

母亲离开不久，小梦正低着头为客人挑选一条围巾，这时，突然有个熟悉的声音叫了她一声。小梦连忙抬起头来，那张鼓鼓囊囊的脸正挂着微笑瞧着她。

“吴霜！”小梦开心地叫了出来，“你怎么想起来这里了？”

“反正学校是考上了，逃课不逃课就看我自己了。”吴霜笑着说，“你知道谁来找我了么？”

“有谁会去找你？”小梦怎么也想不出来，她看了客人一眼，又继续低下头寻找那条围巾了。过了一阵，她对客人说：“真对不起，您说的那种样式可能已经卖完了。”客人沮丧地抽了口烟，将烟头扔进柜台上的烟灰缸里，转身离开了。

吴霜将嘴巴贴在小梦的耳朵上说了句什么。小梦像是受惊似的愣了一下。她感到天旋地转，头顶上的灯好像正在空中飘浮着。吴霜跑进来，扶着她坐到凳子上。小梦定了定神，突然回过劲儿来。

“他现在在什么地方？”小梦问。

“在一家咖啡厅，”吴霜说，“他说不着急，下班的时候让我带你过去。”

小梦冷静了一会儿，然后斩钉截铁地说：“不用了，我们现在就过去。”

一边说着，小梦一边翻着抽屉，将这一天记录在案的账目翻出来，重新计算。她将计算用的草稿纸扔进垃圾桶，又将桌上所有的废物一并扔了进去，她将烟灰缸里的烟头连同烟灰一起倒了进去，最后，她将垃圾桶摆在隐蔽的角落，为了不影响美观，还用一件衣服盖住了它。

“他在最里面的座位。”吴霜对小梦说。

咖啡厅里，伴着柔美的钢琴曲，小梦一步一步地向里面走去，在尽头的地方，她停下脚步，心“怦怦”直跳。

“你回来了?”她带着责备的口吻冲对方说，“你怎么回来都不告诉我?”

温云鹤坐在她的对面，此时的他，脸上阴沉沉的。借着昏暗的灯光，小梦重新审视着眼前的这个人。他的脸被晒黑了，过去丰富的表情，现在变得似乎有些单调。看到小梦，他站了起来。

“干吗站起来?”小梦问完，径直走过去，扑进了云鹤的怀里。吴霜看到眼前的这一场景，放慢了前进的步伐。

“你什么时候回来的？为什么不告诉我?”小梦用尽全力抱着他说。

云鹤也将她抱在怀里，声音阴沉沉的。

“全完了。”他说，“小梦，我想给你的一切全都完了。”

这时，小梦的手机响了起来。

……

“那是我妈打来的电话，”小梦冲雨泽笑笑，现在的她，脸上似乎重新恢复了昔日的光泽，“有人给我妈打去电话，告诉她我们的商店着火了。着火的原因，是我扔进垃圾桶里的烟头点燃了废纸，飘起来的火苗又点燃了衣服。顷刻间，柜台被烧成了灰烬。价值十几万的名牌产品付之一炬。好在有人砸开了灭火装置，火势没有蔓延到隔壁的店面，不然的话……”小梦看看一旁的母亲，调皮地笑了起来。

……

“这样的损失，你怎么赔!”母亲的老板平日里总是态度温和，但这天，他看到如此场景，他几乎要变成一头猛兽。他那副斯文的眼镜后面眼睛喷发着愤怒的火焰，他用力将手中的烟头扔到地上，像是和它有仇似的。

“老板，对不起。”母亲躬着身子，不停地道歉，“都是我不好，都是我不好，我一定赔偿。”

“一个星期，”老板说，母亲的话似乎使他恢复了理智，“一个星期如果你不能赔偿，我就要走司法程序了。”

刚说完，老板转过身来，用咄咄逼人的气势补充了一句：“发生这样的事，我想我不能再让你留下了。”说完，他向路边停靠的汽车走去了。

“这是怎么回事!”母亲看着小梦，用责备的口吻呵斥说，“我不是让你好好地留在柜台吗?”她这时才看到了云鹤的身影，礼貌性地冲他点了下头，她似乎明白了什么，于是，母亲闭上了嘴，用刚才瞧着小梦的目光瞧着云鹤。

云鹤也向她礼貌性地点了下头。这一来一去的眼神交流，使彼此都明白了些事情。云鹤从对方的眼神里看出了对自己的不屑，而她的沉默也使云鹤心底突然翻起一股不快的情绪。他没有说话，转过身，走到一旁，一只手托着下巴，嘴角的一侧向上咧着，像是在嘲笑自己。

“看来损失惨重，”路旁一辆凯迪拉克的门忽然被打开了，刘天福从后排的座位上走下来，一只手摸着自己的肚子，另一只手里夹着香烟。他来到小梦身旁，瞧瞧这个，看看那个，一副不屑一顾的态度，“这损失少说也他妈的在十多万吧?”

“这下麻烦可大了。”小梦母亲对刘天福说，“老板说，一个星期不处理，就要走司法程序了。”

刘天福在小梦的肩膀上轻拍了一下，小梦像是被电棒打中了似的，猛地惊了一下。云鹤在一旁看着，倾听着他们的对话。

“这也不怨你，”刘天福说，“不过这下可真是给你妈找下了麻烦。”

小梦的头脑一片空白。她机械地看了刘天福一眼，又机械地转过身，看着云鹤。云鹤依然手托下巴，他想说什么，但欲言又止。刘天福用余光瞟了云鹤一眼，而后做出一副很尊重的样子，耸耸肩，询问说：“你就是温云鹤吧?”

云鹤有点惊讶地点了点头。

“我听说你了，”刘天福意味深长地说，“小伙子不错。”

说完，他向小梦的母亲耳语了几句，母亲脸上的愁容顿时烟消云散。她跟着刘天福走到汽车旁，似乎是热烈地交谈了起来，不时还冲着云鹤瞥上一眼。

云鹤叹了口气，抬起头，看看商场二楼那块还在冒烟的窗户。消防队和公安机关的人正在商场里做进一步的检查。云鹤将目光收回来，摆放在小梦的脸上。小梦看着他，无言以对。

“我可以帮你。”云鹤打破了这阵沉默。

“可是你们家已经……”

“我可以帮你!”云鹤坚持着自己的意愿重复说，说完，他握紧拳头，向远处跑去了。

……

“那是我最后一次见到他，”小梦说，她摇着头对雨泽说，“他从此以后再没有出现在我的世界里。我听说，他向母亲要钱，但刘阿姨拒绝了他的要求。他是个很要面子的人，我通过各种方式联系他，给他去电话，去他家里找他，但每次都被刘阿姨挡在门外。”

“后来这件事是怎么收场的？”雨泽问。

“后来，是刘天福把钱还清了，”小梦抬起头看着雨泽说，“他还另外为我母亲租了一个柜台，用他的实力，抢走了原老板的货源。可是他也提出了一个改变我一生的要求。”小梦咽了一口唾沫，调整好心态后，才继续说。

“他要求和我结婚。我没有同意。他却显得很有耐心。那天，他单独约我去散步，他是我的救命恩人，我没有理由不陪他去。他让我看了一张照片，我才知道，原来我和他的前妻长得一模一样。我向他道歉，因为我的心里还有温云鹤。”小梦低着头说。

……

“小梦，”刘天福在和小梦说话的时候，总是尽量要求自己变得彬彬有礼，“初恋是个理想化的东西。我是个粗人，找不出什么漂亮词儿去说话。但是人这一辈子呀，那是真……”说到这里，他停了下，将到嘴边的脏话咽了进去，这才继续往下说，“那是真累。你不光是一个人，你还有妈有爸，他们养你，你就应该尽孝道。小温应该也赞同我的说法，不赞同我，这孩子就真不懂事儿了。”

小梦似懂非懂地注视着他。

刘天福继续说：“你们两家都不容易。他的家人应该也希望他早点儿成个家，养个娃，做家长的也就完成了任务。你在这个时候咬住他不放，这不就等于给他负担？把他变成苦力么？我相信他为了你，什么都做得出来，可是他真要是为了你，不顾自己的家庭，你觉得这合适吗？”

小梦虽然看着远方，但刘天福的话她却一字一句地听进去了。

“我妻子是出车祸去世的，”他说，“她去世的时候，肚子里还怀着胎儿，她一走，两条命都离开我了。我那时候呀，觉得自己还不如死了算了。我拼命赚钱，想转移注意力，最后钱是赚了不少，可是每天都闷得够呛。所以说，碰到你，就像是命里注定的一样。”

……

“那天他把我送回家，一路上我都很沉默。”小梦说，“我一直在思考，温云鹤不愿意见我，是不是因为我给了他太多压力？我本来想过，如果真的可以，我会和他私奔。但是，刘天福的话让我豁然开朗。他虽然是个粗人，可话粗理不粗，我不能抛下自己的家庭不管，和自己喜欢的人浪迹天涯，那是不负责任的行为。过了很久，温云鹤都没有回来找我。一天我做了噩梦，在半夜清醒过来，做了一生中最严重的一个决定。我推开爸妈卧室的门，轻轻地摇醒妈妈，告诉她，我同意嫁给刘天福。”

54

“我嫁给了刘天福，我们的婚礼很体面，我以为我的一生就会这样平静地度过，”小梦回忆说，“我和云鹤结束了，再也不可能有什么转机。风波过去了，一切都跟着平息下来。我踏进刘家的门，等待一个新的开始……”

……

一间巨大的卧室铺开在小梦的眼前，那间屋子整个被淡红色包围起来，只有天花板涂抹着温和的乳白色。一张心形的大床摆放在正中央，看上去像块大号棉花糖，软绵绵，小梦觉得自己真想一口把它吃掉。

“这就是咱家。”刘天福两手叉腰，一脸得意地对小梦说，“躺在上面感受一下?”

小梦于是躺在上面，身上的某种压力在这安逸的气氛中向四面散去。她感到很舒服，真想就这样躺在上面，再也不要爬起来了。

“我想一直躺在这儿。”小梦说，有那么一瞬间，她的一份思绪忽然侵袭脑际，而在这温馨的环境中，她并没有在失落的事情上停留太多时间。

“这是咱家，你想躺到什么时候就躺到什么时候。”

听着刘天福简陋的话语，小梦并没有觉得厌恶。她闭上眼镜，尽情地陶醉其中。刘天福帮她脱掉鞋，盖上被子，想要伸手碰触一下她的脸。但他的手停在半空，没有落下。这是一幅精致的画面，在灯光的照射下，小梦轻轻闭着的眼睛下面，长长的眼睫毛像用丝绸制作的窗帘，柔美而秀气。刘天福收回自己的手，像个收藏家看到了最珍贵的藏品那样，露出一脸赞美的笑容，而后他轻轻地关上卧室的门，将客厅的沙发推倒、拆开，变成一张简易的床。

“天福！开门！”午夜时分，楼道里传来一阵叫门的声音。紧接着，站在楼道里的其他人也一起喊着：“天福！开门！”最后，什么东西在门上重重地砸了一声，一个更加蛮横的声音冲着里面吼起来。

“天福！你再不开门我们就一把火烧了你家！”

小梦被这剧烈的声音惊醒了。刘天福猛地伸出手去，捂住她的嘴。

“别叫！”他压低声音说，目光中杀气腾腾，“这件事与你无关。安静，我数到三就把手放开，我会把门锁上，发生什么都别开门。明白的话就点点头！”

“这些人是谁？”小梦盯着刘天福的眼睛问。

外面的声音更加激烈了。刘天福住在单元式的房子里，邻居都还没有入住，他孤立无援。他朝门的方向看了一眼，听到有人在说：“把油倒在门上。”

“我会告诉你的。”刘天福对小梦重复着说，“把门锁好。”

说完，他离开卧室，将门带上，而后隔着门小声重复着说：“把门锁好！”

“刘天福！快把门打开！”外面叫喊的声音更加亢奋，刘天福的额头上印满了汗珠。外面叫喊的人不停地撞击着防盗门，发出“咯噔”的声音。屋子里一团漆黑，月光照射着他瑟瑟发抖的双手。他用沾满汗水的手按动手机键盘，嘴里念念有词地祈祷着对方能够快点接电话。

这时，外面一个浑厚的声音叫了起来：“天福，把门打开吧，老成说，只要你交出那批货，什么事都好说好商量。”

“小吴？”那头，小吴接起了电话，“谢天谢地，”刘天福的声音在颤抖，“小吴，情况紧急，别的不说了，越快越好。”

小吴回答了一个“是”字，就将电话挂断了。

“刘天福，”刚才那个声音继续说，“我们全都知道你在里边儿。快把门打开，这是你最后的机会，别逼我的弟兄们动手。你是聪明人，应该知道这个利害关系。”

刘天福深吸一口气，最后，他就像快要上刑场的人那样，有些激动地冲外面的人说：“武叔，不是我不给您开门，实在是您来得太突然，我没有好烟好酒招待您。”

“天福，几天不见，没想到你小子变得油嘴滑舌了。”武叔说，“我不需要什么好烟好酒，你别忘了，你这房子是老成送你的，户主的名字到现在还是他的。只要你小子别太忘恩负义，把独吞的那批货给兄弟们重新吐出来，我这关你就过了。我也好在老成面前美言你两句，看他老人家能不能放过你。”

“武叔，”刘天福用带着蔑视的口吻说，“我实在不知道您说的是什么。我上次是独吞了成爷的几盘盗版光碟，可是他老人家已经宽恕我了，您怎么又跟我过不去了呢？”

“姓刘的！你是不想活了！”门口的弟兄中，有人按捺不住了。武叔制止了他们。

“天福，”武叔用缓慢的语气说，“我想我说什么你是懂的，告诉你吧，是成老大派我来的，他老人家说了，如果你今天不交出那批粉，你的命就让我的兄弟们收走了。”

这时，刘天福握在手里的手机振动了起来。那就像一根救命稻草，他一边擦拭着额头上的汗，一边按了拒绝键，而后退到窗边，从百叶窗的间隙中望出去，他看到楼下停靠着的凯迪拉克，长长地出了一口气。

“武叔，如果您想进来，那就进来吧。”刘天福缓慢地打开门锁，门才开了一条缝，门外的一伙人迫不及待地闯了进来。领头的那位壮汉一把将刘天福按在地上，而后，所有的人都围了上来。“揍他！”武叔下令说。一只手抚摸着自己的鼻子。

“武叔，您这是什么意思？”刘天福冲着他大叫起来。

“这是惩罚你把我拒之门外。”武叔说完又重复了一下自己的命令，“揍他！”

拳头像雨点似的砸在刘天福的脸上。他倒在地上，没有挣扎，目光瞧向卧室的门。卧室里，小梦听到了外面发生的一切。她一只手捂着自己的嘴，另一只手按在门锁上。她的脑子里顿时升起一股想要冲出去，将丈夫救出来的欲望，她的理智终于还是战胜了感性。她坐下来，用脊背靠着屋门，一个存在于脑海中许久的、过往的想象此刻重新浮现。她想起那天，云鹤被一群社会流氓围在一起，拳头硬邦邦地砸在他脸上的情景。想着想着，那段消逝不见的情感占据了她全部的思绪。

“求求你们，放过他吧……”她自言自语着，将头埋在胸前。

忽然，楼道里又响起一阵激烈的脚步声。一群小伙子破门而入，刘天福的眼角突然闪过一道光芒。“我们来了！”小吴一边喊着，一边朝那群人冲去，跟在他身后的弟兄们也扑了上去，两伙人扭打在一起，棍棒交加，地上淌满了血。

“大哥，快朝这边走！”小吴冲着刘天福喊了一声。

“不行！”刘天福命令似的回答他说，“小梦还在卧室里！”

话音还没落，刘天福推开小吴，只身一人向卧室跑去。小吴随后跟上，一根棍子从天而降，险些打在刘天福的头上，小吴一把将它握在手心，回过身来，冲着甩出棍子的人猛地一推，对方飞出半米，躺在地上，捂着胸口嗷嗷直叫。

“小梦！开门！”刘天福冲着卧室喊了一声。这时，又有几个人冲他扑来，小吴猛地一脚踹在来人的头上，顺手一挥，另一个人也倒在了地上。

“小梦！是我！快开门！”刘天福又喊了两声。房间里，两伙人还在激烈地打斗着。武叔挥起的拳头打在一位弟兄的脸上，但很快，从别处飞来的拳头直击他的脑门，把他打得人仰马翻。

小梦听到了刘天福的声音，她猛然间从自己的幻象中回到现实。门外的叫喊声，瓶瓶罐罐撞击的声音，还有茶几被掀翻的声音交织在一起，使小梦的心“怦怦”直跳。

“快开门小梦！我们得赶快离开!”

小梦这才反应过来，她跳起来，幻觉又一次占据脑际。那站在门外呼喊她的人，仿佛是过去的云鹤。她打开门，直扑到对方的怀里，大口大口地喘着粗气。

“没事、没事，跟我走。”刘天福抚摸着小梦说。话音刚落，武叔从地上捡起一块茶杯碎片，冲着刘天福直扑过来。

“小心!”小吴没有来得及出手，那块碎片已经在半空和刘天福的胳膊撞击在一起，鲜血像喷泉似的向外喷发。刘天福松开小梦，转过身，冷冷地看着武叔。

“小吴，照顾一下嫂子。”刘天福平静地对小吴说。他狠狠地盯着武叔，面无表情地取出那块碎片，血流得越发不可收拾。他一步一步地逼近对方，武叔向四周发出了求救：“快按倒他!”但这时，刘天福已经来到武叔的面前。他的眼睛仿佛深夜丛林中处在战备状态的狼的眼睛，他将那块碎片扔在一旁，武叔已经被逼到尽头，先前那副霸道的嘴脸这时荡然无存。他觉得有股暖流正流过裤裆，低头一看，才发现那是他自己尿了裤子。刘天福突然挥动拳头，硬生生地砸在对方的鼻梁骨上，武叔惨叫了一声，捂着鼻子倒在了地上。

这时，又一群人跑上楼来，站在门外朝里面张望。

“弟兄们，撤退!”小吴喊了一声。顷刻间，屋子里的打斗平息了下来。所有的人都朝门外跑去。防盗门被重重地关上了。刘天福从外面将门反锁，武叔和他的兄弟们被关在了里面。

5分钟后，一列警车包围了刘天福的住宅。

“小吴，你这葫芦里卖的什么药?”汽车正驶向刘天福在叶城郊外的一处秘密住宅，刘天福坐在后排的座位上，胳膊上缠着绷带，小梦在一旁帮助他固定、打结。她的头脑里一片空白，她就像个机器人，看到什么就去做什么，听到什么，就去服从什么。她面无血色，心脏仍然还在“怦怦”直跳。包扎好了，她本能地靠着刘天福的肩膀，像条受过惊吓的小狗，依偎在主人的怀抱。

“我报了警，”小吴得意地说，“我举报他们黑社会聚众斗殴。他们一个个被打成那个样子，就是怎么解释也解释不清楚咯！”

“真有你小子的！”刘天福赞许地说。

……

小梦低着头，回忆着当时的片段。

“那天，他坐在床头，脱去了上衣。我看到了他的文身。”

“文身？”雨泽皱起了眉头。

“是的，”小梦继续说，“他是叶城黑社会里的骨干。他劳苦功高，兄弟们都听他的。为了兄弟，他私吞了大哥的一批白粉，交易后换来的钱平分给了弟兄，这才招致杀身之祸。”

……

“现在，你知道了我的处境，”刘天福对小梦说，露出坚毅的神情，“我没有对你说实话，我从17岁开始就干起了这一行。”

“你给了我希望，却又让我失望。”小梦摇着头说，她的表情冷冷的，月光照在她脸上，她的眼睛闪烁着光芒。

刘天福无言以对，他沉默了，两只叉在腰间的手垂了下来。

“有朝一日，你会收手吗？”小梦看着眼前的这个人，脑子里却浮现着另一个人的身影。

刘天福犹豫了一下，他的脸上露出惊讶的神情。

“我不会离开你。”小梦的声音震颤着刘天福的神经，“当我离开你的时候，就意味着我的家庭将陷入危机；失去了你的保护，就意味着我的家人将遭到威胁。你的生活让我怀疑自己正在做梦，离开你，就意味着我将重新回到现实。我害怕你的梦，但我更害怕现实。在现实中，我会迷失，但在梦中，迷失本来就不算什么。”

小梦将刘天福的手平放在自己的手心。

“在现实生活中，我曾经改变过自己最喜欢的男孩；在梦里，我相信总有一天，你也会像他一样。”

……

“我选择留下，是因为我担心离开会为我的家庭招来杀身之祸。”小梦自嘲似的笑着，“那时，我清楚的是，他不是云鹤。他出道太早，上了贼船，就很难再下船了，但我不清楚的是，从我成为刘太太的那一刻开始，我自己也在不知不觉中，登上了那条贼船。”

……

第二天早晨，一个陌生的面孔来到刘天福的秘密住宅。他们在一间窄小的屋子里聊了整整一个上午，中午的时候，刘天福让小吴带来一些原料，他亲自下厨，做了满满一桌丰盛的菜肴。吃饭的时候，他高度赞赏了这位新来的朋友，说他头脑灵活，总是有出人意料的举动。兴奋之余，他不自觉地挥动了一下拳头，受过伤的地方猛地撞在了桌角上。小吴连忙起身，刘天福冲他挥了挥手，示意他坐回原位。

“不碍的，不碍的，”他兴致勃勃地说，“高兴！一高兴，什么都扯淡！”

……

“那天吃饭的时候，刘天福透露了一个秘密。”小梦说，“他说，自己从来没有帮助成老大做过白粉的生意，他相信成老大自己一个人私吞了那批毒品，窝藏毒品的地方就是他自己的房间。刘天福认为，成老大早就想要除掉自己，这次不惜一切代价栽赃陷害，目的险恶。”小梦抬头看着雨泽说，“他说完这番话，警察当晚就闯进了成老大的家。”

……

那天晚上，叶城警察局负责刑侦案件的队长赵才智带领几名干将撞开了成老大的家门，却发现他一只手捂着胸口躺在床上，床头柜上的“速效救心丸”被打翻了，散落一地。刑侦队的干将们在他的卧室里搜寻了很长时间，最终却一无所获。

“队长，全部搜过了，一包粉都没有找到。”

“我知道了。”赵才智带着一脸疑问。他独自离开现场，在一个安静的地方停下来，在手机键盘上按动了几下，而后对着送话筒小心翼翼地说：“他死了。一无所获。盯紧你眼下的人，这股势力要变天了。”

“小吴，你的脑子总是转得最快。”刘天福拍着小吴的肩膀，意味深长地说，“不过虽然警察没有帮助我们除掉他，老天爷倒是开了眼了。”

小吴总是用一副不卑不亢的表情看着刘天福，从他的脸上，别人很难看透他内心的想法。

……

“事实上，那天早晨来找刘天福的人原本是成老大的亲信，”小梦说，“那批白粉确实是被刘天福私吞了，在成老大的房间里，根本就找不到任何证据。但是，这件事只有他和这位陌生人知道，其余的弟兄，没有一个人了解内情。他一方面希望手下的人相信自己不是一个不忠的人，与成老大作对，完全是因为对方的陷害。另一方面，他又从中得利。”

“可是警察并没有从成老大的家里找到证据，”雨泽说，“小吴不会对他起疑心吗?”

“他只是自言自语地说了句，‘成老大真是有办法。’这件事情就这么过去了。”小梦说，“因为成老大已经死了，死无对证。”

“他死得很蹊跷。”雨泽追问说。

“在警察闯入他宅子的前一天晚上，那位陌生人突然用枪指着成老大的头，他由于惊吓过度，心脏病突发，当场死亡。这件事，他只对我说过。”

雨泽沉默地点点头。

“许多成老大的人跟了刘天福，”小梦说，“还有一些害怕被打击报复的人逃往外地。一个礼拜后，经过一次帮会投票，刘天福正式上位。从那以后，他四处奔波，每天都忙得不可开交。他告诉我，会将手下这个非法的帮会逐渐合法化，但是他需要时间。他让我相信，他手头所做的一切非法勾当，都是为了日后摆脱现状。”

“所以，你相信了他。”

“我希望是这样。”小梦说，“至少那时的我觉得，我愿意相信他会做到。”

雨泽点点头。

“我主动要求帮他打理一家夜店。”小梦看了雨泽一眼，继续说，“我认为至少这样可以在有限的范围内，帮助那些一时糊涂的失足少年，劝说他们可以远离犯罪。”

……

“这么长时间了，我们的线人还只是在外围活动，这个刘天福，据说在叶城做了三次交易，在枫城做了两次交易，可是我们的人事后才得到具体情报。”赵才智走进办公室，一脸严肃地对局长说，“身兼两地重任，我还得靠老哥你给多帮帮忙啊!”

“这个案子关系重大，”局长说起话来不紧不慢，“必须两地联合才能一网打尽的啦，我会全力支持你。我这边有什么资源你用得着，尽管跟我说!”

“小姐，别走呀!”酒吧的席位上，一个染着红头发、消瘦的脸上像是长满疮的年轻人拽着一位服务员的制服，“让哥哥乐呵乐呵呀!”

那位服务员想要奋力挣脱，但自己的右脚绊住了左脚，一个跟头栽了下去，落地前，头皮蹭到了一旁的桌脚，鲜血流了一地。

消瘦的年轻人走过去，一脸蛮横地将她从地上拽起来，咬着牙说:

“让你给哥哥老实点你不听，现在懂事了吧？”说完，他松开手，服务员又摔到了地上。

“滚！”说完，这个消瘦的年轻人坐回到自己的座位上。他的旁边是一群同样染着头发的小伙子，并排坐在一起，恰好排成了彩虹的颜色。在激烈的音乐声中，他们喝着酒，有时候发疯似的站起来跳两步，然后又坐回到原来的位子上，继续喝酒，继续发疯。

突然，音乐声停了下来。原本充斥在整个房间里的七彩灯光也变成了明亮的白炽灯。所有人都停在原地一动不动，好像他们原本都是一群上着发条的小人儿，这时候发条在同一时刻走完了。从吧台的屏风后面，响起一阵高跟鞋敲击地面的声音。所有人的目光都集中在那里，他们首先看到的是蹭破了脑袋的那位服务员，紧接着，他们看到一个身材纤细的女人，身穿一身短小的乳白色西装，两只手交叉放在胸前，慢悠悠地向前走来。她的高跟鞋“咚、咚”地击打在地面上，越来越近。

“是谁？”来到那群染着头发的年轻人面前，她停下脚步，询问那位服务员。

服务员伸出手来，指了下眼前的年轻人。

这位穿着高跟鞋的女士走过去，坐在他们身旁的空位上，从口袋里掏出一支烟，含在嘴里，而后又从上衣口袋里摸出一只打火机。点燃香烟后，她自顾自地吞云吐雾。

“请问……”旁边的年轻人想要说什么，但刚刚开口，一只手就从他身后袭来，猛地一把将他向前按倒，他的身子前倾着，和沙发的坐垫平行。

抽烟的女人摆了摆手，年轻人被放开，变换成原来的姿势，眼睛里闪烁着既恐惧又气愤的光。

“不用问了，”抽烟的女人吐了一个烟圈，“我就是这儿的经理。”

“真没想到，叶城这么个小城市竟然还有这么漂亮的……”那年轻人调侃地说起话来，最后两个字他隐去不说，而是转过头看着另外几个朋友，挑了下眼皮，问了句：“是吧？”

“经理，我们是从枫城来的，”另一个人说，“你们这边儿的妹妹太不开放，碰都不让我们碰一下。”

“是么？”经理又吐了口烟圈，“你们那个破地方的酒吧里，连服务员也不放过么？”

几个年轻人没有回答。

经理继续说：“我就想知道，你们弄伤了我的员工，怎么赔偿？”

另外几个朋友都将目光盯着弄伤服务员的那个年轻人。他显然是喝醉了，一股酒气扑面而来。他一脸的不服气，盯着经理说：“那是她自己弄伤的。不赖我。”

“你打算怎么赔偿?”经理像是没听到他说的话，又问了一句。

“那是她自己弄的!”年轻人几乎是叫了起来。

“怎么赔偿?”经理又重复了一遍。

“那是……”年轻人的话音还没有落，经理已经站了起来，向反方向走去。与此同时，从另一侧跑来两个壮年，将这年轻人猛地从沙发上拽到地上。另外几个年轻人正想要站起来，就被身后的又一群人团团围住。

转瞬之间，年轻人的脸上淌满了血，倒在地上。

“把你们的弟兄带回去，好好治疗一下，”说话的人是小吴，刘天福接手这家夜店后，由他来担任保安处处长，他从口袋里掏出两百块钱，放在其中一个人的手里，“这是他的医药费，以后别再过来这里撒野了。我们老板，你惹不起。”没等对方回答，小吴带着其他的人离开了。

“嫂子，全打发走了。”后台的屋子里，小吴对经理说。

经理冲着墙上的镜子反复照来照去，最后失望地摇摇头。

“哎，小的时候，人们‘小梦’、‘小梦’地叫我，现在摇身一变，成了你们的嫂子，”她说，“总觉得自己老了很多。”

“如果您愿意，我可以让所有的兄弟们都叫您‘梦姐’。”小吴笑着对她说。

“那就这么告诉他们吧，就说经理不想让自己显得老。”

……

“在店里，弟兄们很照顾我。”小梦对雨泽说，“在我的要求下，他们开始叫我‘梦姐’，我也隐隐觉得，自己还是当年那个小梦。看着那一个个为自己出生入死的小伙子，我才明白为什么刘天福不可能退出江湖，去过自己的安稳日子。走上了犯罪的道路，他这一辈子永远都不可能回头。”

雨泽意味深长地点了点头。

“但是我的心里仍然保存着一份希望，”小梦继续说，“我希望我们可以平安地度过这样的生活，等到老的时候，钱赚够了，每一个弟兄都得到了妥善的安置，然后我们拿一笔钱，换一个身份，去国外隐居，走遍全世界。”

“就像安徒生说的，”雨泽在一旁插嘴说，“生活就是旅行。”

一滴泪珠徘徊在小梦的眼眶，她擦拭了一下，继续对雨泽说：

“我们很低调地生活着。为了保险起见，刘天福每一次的交易场所都会选在不同的地方，在选择地点前，他会很小心谨慎地勘查地形，做不同的交易，会带上不同的弟兄。有时候他做的生意是合法的，他会很大方地带上几个保安，穿一身西装，出入于五星级宾馆，一边喝茶一边谈。内部的兄弟们都以为，他早已不涉及毒品行业，转行做正经生意了。但事实上，他的毒品交易仍然在进行。除去我管理的夜店外，他在其他地方还有三家不同规模的酒吧。这些都是刘天福从成老大的亲信手中得到的。每当他的生意涉及到违法的行当，他都会另选一批人前往，为了避免自己的手下产生疑惑，他从不向别人透露自己在做什么。”

“不向自己人透露？”雨泽问。

小梦点点头，说：“其实从很久以前，他就一直在怀疑自己的手下有警方的卧底。有一次，他带着手下人去交易，货还没有出手，警察突然赶到，好在他一把火烧了货物，带着手下人跳上一艘快艇，开到岸边后，混进人群中消失不见了。”

“说说后来的事情吧。”

“后来，店里来了一个我很喜欢的女孩子。”小梦的眼睛忽然眯缝起来，露出淡淡的微笑，“她来的时候只有23岁，可是她的眼睛告诉我，她不是一个简单的女孩儿。”

……

夜幕降临，一场倾盆大雨袭击了叶城的大街小巷，雨水无处流通，堆积在路面上，就连路旁的树坑都几乎要被淹没。有半座城市的积水能够没过小腿，汽车仿佛漂浮在汪洋中的小舟，行人脱掉鞋，在水中艰难前行。

夜深了，方才堵在半路的行人逐渐疏散开来，却有位女孩孤独地坐在夜店一侧。她低着头，任凭雨水拍打着自己娇小的身躯，门口站着几位强壮的保安，平日里，这里偶尔会有醉鬼乞丐闹事，他们只要三拳两脚，就能轻易地将问题处理掉，但这时，面对眼前这位柔弱的女孩儿，他们无从下手，只能像雕塑似的站得笔直笔直的。

“姑娘，”小吴从大厅走出来，蹲在女孩旁边，手里的伞遮挡着女孩的头顶，他彬彬有礼地说，“我们在做生意呢，你看，你坐在这个地方……”

女孩缓缓地抬起头，她的眼睛哭得通红，眼眶肿得像泡过水的胖大海。小吴愣了一下，连忙从上衣口袋里掏出一叠餐巾纸，帮助她擦拭脸上的泪珠。

“姑娘，您就是再有什么不愉快的事情，也不要在这里哭。”小吴说，

"这儿雨这么大，你的衣服都淋湿了，会生病的。"

女孩仍然沉默不语。

"这样吧，"小吴说，"如果您一直在这坐着，经理会说我的。我请客，到里面喝一杯吧?"

女孩没有站起来，她停了一下，抬起头，看着小吴。过了一会儿，她终于决定打破沉默，声音颤抖着，沙哑而富有穿透力。

"我想见经理。"

小吴沉默了一阵。

"经理很忙，不是随便能够见的。"

女孩没有说话，沉默地看着远方。

过了一会儿，小吴无奈地站起来，对她说："好吧、好吧！我带你去见经理。"

……

"小吴带她来见我的时候，她的衣服全都湿透了，我担心她会生病，连忙叫来服务员带她去客房里洗了澡，换了件衣服。"小梦的脸上露出了慈祥的微笑，"那时的她，别提多可爱了。等她把自己收拾干净了，我让服务员都退下，自己走进了客房。"

……

"舒服点了吗?"小梦坐在床上，女孩从浴室走出来，冲她点点头。小梦伸出手，拍了拍身旁的位子，温和地说："坐下说吧，给我谈谈你的事情。"

女孩微微有些驼背，坐下的时候略微有些战战兢兢。小梦的手在她的脊背上轻轻地滑动，脸上仍然挂着那副迷人的微笑。她说话的声音越来越小，好像生怕吓到对方似的。

"你叫什么呢?"

女孩抬起头，与她的目光相遇。她像是犹豫了一下，然后才缓慢地回答说："叫我玫瑰吧。"

小梦的声音更加温柔了，脸上的笑容也更加富有亲和力。

"玫瑰，我可以帮你做什么?"

"我要在这里工作。"玫瑰说，她的目光中充满了令人怜爱的光芒。

小梦愣了一下，她上下打量着眼前的姑娘。玫瑰的脸上虽然包裹着一丝沧桑，却布满了青涩。小梦摇摇头，对她笑起来。

"玫瑰，你听姐姐说，"小梦说，"做我们这一行，就等于上了贼船，如果让你的父母知道……”

“我没有父母。”玫瑰低下头，当她再抬起头的时候，脸上已经挂满了泪珠。

小梦连忙从口袋里掏出手绢，在玫瑰的脸上轻轻擦拭。

……

小梦摇着头看着雨泽，从小梦的描述中，雨泽感到一股熟悉的气息正迎面扑来，究竟是哪一段情节勾起了他的回忆，他不得而知。

“玫瑰告诉我，她父亲惹了一股势力，只在一夜间，一群人烧了他们家的房子。她被邻居救了出来，她的父母却葬身火海。玫瑰在邻居的帮助下，东躲西藏，有时候会打打零工，有时候甚至会靠捡垃圾生活。她想过去报警，但是有关这一势力的信息寥寥无几，她担心事后又会给自己惹上杀身之祸。”

……

“梦姐，”玫瑰看着小梦说，像个乞求怜爱的孩子，“我听说过您。只有您可以保护我。”

“玫瑰，这里是夜店，不是流浪儿收容所。”小梦直摇着头说。

“我可以上班。”玫瑰说，“我可以给您打工。”

“傻孩子，在这种地方上班，会有多少人欺负你你知道吗?”小梦摆出一副严肃的姿态，“我不可能每天都看着你，保护你。”她从口袋里掏出一张银行卡，“这里有一万块钱，虽然不多，但是足够你抵挡一阵子。我请你吃顿宵夜，然后你自己找地方安顿一下吧。”

从浴室出来的时候，玫瑰从洗面盆旁拾起一把剪刀，穿上衣服的时候，她将剪刀装在上衣口袋里。这时，玫瑰突然将它掏出来，朝着自己手腕狠狠地划了一刀，鲜血向外喷射而出，小梦几乎是跳了起来。她一步跨过去，一只手按住玫瑰的伤口，另一只手不停地按动墙壁上的警铃。

“孩子！你疯了吗?”她一边责备，一边关心地问，“疼吗？你怎么可以拿命开玩笑?”

玫瑰冷冷地看着小梦，那眼神使后者全身发麻。

“您让我离开，就等于要我的命。”玫瑰紧紧咬着牙说。

小吴闯进来的时候，被玫瑰的伤口吓呆了。对于怎样包扎伤口，他很在行。他的目光与玫瑰的目光相遇，带着不解的情绪，也似乎充满了理解。他看了一眼，立刻向柜台跑去。十几秒后，他一只手提着医药箱跑了进来。小吴动作麻利，三两下为玫瑰止住了血。

包扎完毕后，小吴向小梦递了一个眼色，而后搀扶着玫瑰，帮助她平躺在床上。

“你过来一下。”小梦走到卫生间，对小吴说。后者走进去，两只手伸直交叉着，一副毕恭毕敬的样子。“你怎么看？”小梦问。

“梦姐觉得呢？”

“我可怜这姑娘，”小梦说，“但是在我们这里，你觉得她能混得下去吗？不用说外面的人，就我们自己那些资历高的丫头们都会成天欺负她，你瞧她的小身板，真有人找她麻烦，她吃得住么？”

“我有一个建议。”小吴的眼珠在眼眶中打转。

小梦做出一副倾听的样子来。

“让她做您的生活秘书。”小吴说，“帮您料理生活起居。”

……

“我让小吴对玫瑰的身世做了全面的调查。证实了玫瑰说的话。她的父亲惹恼了一伙枫城的黑社会，招致杀身之祸。她的家确实曾经被烧毁过，但是这伙人很神秘，道上的朋友们都很少听说他们。”小梦用没有握着电话的那只手轻触了一下自己的脸，露出轻蔑的微笑，“我终于心软了。我没有办法拒绝一个柔弱而又身处危机的女孩，最后，我采纳了小吴的建议，把她留在了我身边。”

“玫瑰是一个什么样的人呢？”雨泽问，“我是说，除了她柔弱的一面。”

“她是一个很好相处的人，”小梦说，“她聪明伶俐，乐于助人，很快就和员工们打成了一片。”

……

那次，玫瑰为小梦接了一杯开水，沿着舞厅里弧形的扶手向前走去。她绕过那摇头摆尾的人群，穿过一侧那些正坐在桌前打赌的男男女女。她厌恶地瞧着这花花世界的人，他们的行为粗鲁，有的人喝着喝着，突然吐了一地，吐过之后，他们又开始大呼小叫，有些人不停地对身旁的小姑娘动手动脚。

“您能别这样吗？”说话的是服务员采尼，她正在为一位客人端酒。这位客人大概心里装着什么烦心事，正在那里独自一人借酒消愁。采尼有一副好身材，两条又细又长的腿在灯光的照射下，显得格外白皙。她将一瓶啤酒摆放在客人桌前，正打算转身离开。这时，她觉得腿上一阵冰凉，于是连忙向后退去。客人却并没有将手缩回去，他站起来，借着酒兴，一步跨到采尼面前，将她搂在怀里，“求您别这样！”采尼大惊失色，不停地用两只胳膊将对方推开，“我只是服务员，不是陪酒的小姐！”

“都一样、都一样！”客人迫不及待地将自己长满胡子的嘴巴凑近采尼的脸。

突然，他大叫一声。一杯开水朝他迎面泼来。采尼被松开了，躲在玫瑰身后。

“走，我们走！”玫瑰拉着采尼的手离开了。

气急败坏的客人擦干脸上的水，一只手握着酒瓶，怒气冲冲地走到吧台前，冲着酒柜猛地砸了过去。服务员惊恐地喊了一声，就像多米诺骨牌那样，整面柜子上的酒精顷刻间如瀑布般向下流去。客人破口大骂，声音盖过了四周围激烈的音乐声。

“混蛋夜店！”他喊着，“把你们经理找出来！”

保安迅速围了过去。客人指着自己被烫伤的脸，冲小吴吼叫着：“叫你们经理！”

音乐静了下来，小梦出现在客人面前。她的两边分别站着玫瑰和采尼。看到客人脸上的烫伤，小梦连忙走上前去，关心地用自己那双柔软的手抚摸着对方。

“哎哟，真对不起，”小梦说，“我一定好好处理这两个员工，我这就给您看病。”

小梦点了下头，小吴很快拿来医药箱。小梦示意要亲自为客人擦药。

“给客人端杯水！”她搀扶着客人来到包厢，轻轻地扶他坐在床上。

小梦的温柔使客人顿时冷静下来，他的两只眼睛锁定在小梦的胸部，小梦用蔑视的眼光瞧着他，每当客人将头抬起来，她都会佯装露出微笑。她不停地为客人擦拭着，突然，客人的手按在小梦的手上。

小梦没有反抗，她朝客人笑笑，继续温柔地说：“让我先给您擦完药。”

这时，小吴已经准备好了水，推开门走了进来。他冲小梦眨巴一下眼睛，而后退下。小梦将水端在客人面前，后者一饮而尽。他不停看着小梦笑着，笑着笑着，眼睛朦朦胧胧地合在了一起，一时间，他感到天旋地转，最后，他晕了过去。

“进来吧！”小梦冲门外喊了一声，小吴带着几个保安走了进来，笔直地站在旁边，听候小梦的吩咐。

……

“玫瑰估算了一下，”小梦说，一边说一边笑起来，“这位客人砸坏的啤酒总共价值两千块，我让手下人在他的钱包里搜出两千块现金，然后将他的衣服脱光，装在麻袋里，扔到了郊外的一个小村子里。从那以后，再没有人敢对我的服务员动手动脚了。玫瑰的见义勇为也赢得店里服务员的好感。渐渐地，我发现自己离不开她了。”

……

也不知道从什么时候开始，玫瑰学会了调酒的技术。在总台的一侧，她顺手抽出一只瓶子，向空中抛去，而后，又将另一只瓶子也向空中抛去，两只瓶子交错落在她手上，紧接着，她又抛出一只瓶子，三只瓶子在空中飞来飞去。小梦在一旁为她鼓掌。最后，玫瑰将三只瓶子夹在手上，将调好的鸡尾酒倒进眼前的杯子里。

“梦姐，请品尝。”她将酒杯端给小梦。

小梦尝了一口，冲玫瑰投来赞许的目光。

“什么时候学会的?”小梦问她。

玫瑰从抽屉里抽出一本小书，上面写着《调酒的技巧》。她笑着对小梦说:“我就是从这上面学会的。”

“你真是个聪明的孩子，”小梦赞叹地说，“这本书是我很久以前买来的，但是这么久了，一直都没有认真读过。我前天才把它放在抽屉里，你今天就学会了。”

“您一个人支撑这么大的店，当然没有时间。”玫瑰连忙对小梦说，“您在我眼中，就是一位女强人。”

小梦冲她摇摇头。昏暗的灯光下，玫瑰看到小梦脸上露出一副无奈的神情。

“我哪是什么女强人，”小梦说，“我只不过是给丈夫打工的。弟兄们也只不过是看在他的面子上才对我毕恭毕敬罢了。”

“您的丈夫一定是个很厉害的人。”玫瑰有些天真地说。

小梦用微笑予以回应。

“他为什么不来店里呢?”玫瑰好奇地问。

“他每天都在和不同的人谈生意。”小梦说，“我每天只有夜晚回家的时候才能见到他。他每半年才有几天时间能来一下店里。总之，他就是很忙很忙。”

这时，小梦感到自己的手机在振动。她向玫瑰点了下头，而后掏出手机来。玫瑰好奇地向那里看了一眼，小梦像是躲避什么似的，连忙转过身去，用身子挡住了玫瑰的视线。小梦愣了一下，那是刘天福发来的信息，他要求小梦迅速安排一下，这天晚上，他将和一位枫城的老板在店里谈生意。

小梦转过头来，开始了她的忙碌。她吩咐玫瑰说："把灯打开，帮我把所有的服务员都叫到吧台，在外面贴上牌子，今天歇业。"玫瑰点了点头，在舞厅里来来回回地走着。小吴被要求带着保安人员站在门外等候。整个店里最小的房间被腾了出来。没有人知道刘天福将进行的生意是什么内容。服务员被要求站在吧台排成一排，对于由谁来端茶倒水，小梦也有严格的要求。

她将两只手交叉放在胸前，服务员全都低着头，等候她的吩咐。

"采尼，"小梦说，"你来负责端茶送水。"

采尼有些紧张地看了一眼小梦，而后又看了一眼玫瑰，玫瑰朝她点点头，她又朝着小梦点了点头。

"其他人就站在这儿，"小梦指着地板说，"老板来的时候，你们要有点精神。现在，有谁想去卫生间？"

玫瑰站了出来。过了一秒钟，采尼也站了出来。

"去吧。"小梦对她们说。

一个小时过去了，寂静的夜幕下，一辆简朴的面包车停靠在路旁。刘天福走下来，随他一同前来的还有左右两个助手。他冲站在门外的保安队挥了下手，小吴毕恭毕敬地走上前去，为他打开了大门。他满意地看了看手下的弟兄们，来到大厅，停了下来。

几分钟后，又有两辆面包车停靠在路边。从车上走下来的，是一个外表粗犷、额头上长满皱纹的中年人。他是个光头，总喜欢用一只手抚摸着自己的头顶，好像是因为觉得天气太冷了，阵阵小风吹得自己头痛似的。

他回过身，向自己的弟兄们吩咐了一声，要他们留在一层的大厅里，随后就跟着刘天福一同走上楼去了。刘天福向小梦招下手，小梦又向采尼点了下头，接着，采尼带着两位老板向里面的小屋走去。采尼进去后又出来，来到吧台，对服务员说："泡壶铁观音。"

采尼重新回到房间的时候，刘天福的手里正拿着一包白色粉末。采尼愣了一下，这时才明白，这正是他们的交易内容。

"刘兄，你验过以后，我想我们的交易就可以开始了。"光头说，"我们之间的生意一向都进行得很顺利，希望这次也可以合作愉快。"

刘天福将那包白色粉末平摊开来，然后用一支管子架在鼻子上，轻轻地吸了一口。

"他妈的，好货！"刘天福赞叹了一声，"其他的呢？"

"全在这里。"光头将手中的密码箱摆放在桌子上，将它打开。

采尼亲眼看到了毒品的交易，她紧张得两条腿都在发抖。她端着手中的茶壶，正打算将它放在桌子上，但才往前迈了一步，两只脚就一不留神绊到一起，迎面摔了过去。

"吴哥，那是什么声音?"一位保安对小吴说。

小吴侧耳倾听，却好像什么也没有听到。他沉默地注视着远方，许久之后，那阵声音越发明显。他停了一下，脸上露出微笑来。

"我的妈呀！是警察!"另一位保安大叫了一声，"我得赶快通知梦姐!"

话音刚落，小吴忽然伸出手去，一把卡住他的脖子，将他拽到自己面前。同时，他的手里忽然出现了一支枪，他用枪指着对方的太阳穴，大声吆喝着："弟兄们！刘天福的末日已经到了，谁也不要上去，我会在警方面前恳求为各位从轻发落!"

这时，12辆警车已经停靠在路旁，将夜店团团围住。特警从车上跳下，手里的冲锋枪对着他们。赵才智从打头的警车上走下来，径直来到小吴面前，朝他敬了一个礼。小吴松开手，被他制服的保安这时抱着头跪在地上。特警走上前去，监视着这群人的一举一动。

"队长，全在上头!"小吴对赵才智说。

"行动!"

只见十几条吊索顷刻间一同飞上屋檐，挂在半空，特警就像蜘蛛侠似的，飞檐走壁，最后敲开二楼的窗户，跳了进去。

卫生间里，玫瑰正在帮助采尼擦拭她的上衣。刚才的错误使她被刘天福一顿痛骂，好在那位光头怜香惜玉，不停地对刘天福说："不碍的，不碍的，她是太紧张了。"

"还不快滚!"刘天福冲着采尼吼了一声。采尼向外面跑去。她带着眼泪跑到卫生间，途中经过小梦。小梦看到她的衣服全都湿透了，于是回过头来对玫瑰说："快去看看她怎么回事。"而后，她对吧台说："再来一壶铁观音。"茶泡好了，她亲自端着茶壶走进丈夫的房间。

卫生间里，采尼的眼泪突然不见了。她冲着玫瑰笑了起来。

"成功了?"玫瑰看着她，也跟着笑了起来。

"成、成功了。"

突然间，电源被切断了。舞厅里一团漆黑。"有警察!"不知道是谁喊了一声，服务员听到声音，吓得四处逃窜。在黑暗中，她们有的撞到了别人，有的撞在墙上，额头磕了一个鼓包。

“怎么回事?”屋子里，在黑暗中，光头打开口袋里的手电。

这时，小梦焦急地推开门。

“快跑！警察来了！”

刘天福一把抢走那箱货物，光头伸出手，按在刘天福的手上，刘天福突然从口袋里掏出一把匕首，冲着对方的指头狠狠扎去。光头“啊”地叫了一声，昏倒在地上。刘天福抢过手电筒，拽着小梦向后门跑去。

“这里有一道暗门，快!”

正在这时，有人猛地拉了小梦一把，小梦倒在了地上。

“快跑！天福，快跑!”她冲前方的天福喊着。刘天福来到一间密室，用手电筒将天花板砸开，先将密码箱扔进去，紧接着，自己也跳了上去。

“全部抱紧头，蹲在墙边!”

灯亮了，夜店的店员靠着墙蹲下，两只手抱着头，依次排开。赵才智两只手背在身后，像检阅部队似的行走在舞厅中央。

“队长，里面有一人受伤!”一个声音从里面传来。赵才智疾步向前走去，光头的一只胳膊正不停地向外淌着血。

“赶快送医院!”赵才智吩咐手下人说。接着，他回到舞厅，来到小梦的面前，用严肃的声音对她说：“如果我没有猜错，您就是刘天福的妻子小梦吧?”说着，他示意小梦可以站起来说话，小梦点点头表示感谢。

“我就是。”她说。

“你丈夫呢?”

“他今天没有来。”小梦琢磨着，这个时候，丈夫应该已经逃了出去，于是果断地回答。

“是吗?”赵才智的语气越来越严肃，“可是我接到情报，您丈夫今晚曾在这里进行毒品交易。您不会不知道吧?”

“警官，”小梦一脸无辜地看着赵才智说，“请问这是谁在陷害?”

赵才智冲着小梦点点头，而后转过身，参与到搜查证据的行列当中了。

“梦姐，”小梦身旁才被押上来的一位保安说，“是小吴出卖了我们，他是警方的卧底。”

警察搜索了店里的每一个角落，他们想要的证据早已经跟着刘天福一起，被带到外面去了。赵才智满头大汗地回到舞厅，来到小梦的面前。小梦冲着他挤眉弄眼，面带微笑地问：“警官，证据找到了吗?”

赵才智没有吭声。他万万没有想到，如此突然的行动，仍然没有能够将刘天福这个老狐狸缉拿归案。但他的沉默中，却依然显现出胸有成竹的样子。这时，他忽然转向卫生间的方向，大叫了一声："出来吧!"

小梦愣在那里，用两只手不停地擦拭着自己的眼睛。玫瑰从那里缓步走了出来。她一只手拉着采尼，露出一脸冷冰冰的笑容。她来到赵才智面前，敬了一个礼，而后从口袋里掏出一包白粉，放在对方手中。接着，她又在采尼的扣子上忙活了一阵，原来那是一部纽扣摄像机，它清晰地记录了刘天福交易时的画面。

赵才智将这两件证物收进口袋。这时，小梦感到自己一阵晕眩。玫瑰很早就得知，采尼的父母因吸毒而早早告别人世，于是，她花了很长时间主动接近采尼，采尼同情她的遭遇，渐渐地成为玫瑰的密友。终于有一天，玫瑰告诉她，刘天福正是叶城最大的毒枭。她花了一个晚上的时间，在更衣室里，采尼想起自己的父母，她趴在玫瑰的怀里哭了很久、很久，最后，她决定挺身而出，与玫瑰共同寻找案件的突破口。

小梦接到刘天福短信的时候，手机的屏幕在玫瑰眼前露了一秒钟。她拥有超强的阅读能力，这一秒钟，足以帮助她捕捉到短信的内容。她在召集服务员的时候，小声对采尼说："准备行动。"她在卫生间迅速地拨通了赵才智的电话。同时，她为采尼安装了纽扣摄像机。

"梦姐会让我进去吗?"采尼问。

"我想她会。"玫瑰镇定地回答说，"除了你，她不信任其他任何人。"

"如果我背叛了你，你会恨我吗?"采尼紧张地看着玫瑰。

"我不会恨你，"玫瑰说，"但是，如果你的父母在天有灵，他们或许会。"

采尼伸出那白皙的双臂，紧紧拥抱着玫瑰。

"记着，如果可以的话，一定要得到物证。"玫瑰说。

采尼走进房间，她的两只脚故意绊在了一起。她向前迎面摔去，借着一阵混乱，从那只密码箱中偷走了其中一包白粉——那就是玫瑰交给赵才智的物证。

"玫瑰!"小梦绝望地喊了一声，"你!"

玫瑰走上前去，她伸出手，紧紧地拥抱了小梦。

"对不起，梦姐。"她深情地在小梦耳边说，"谢谢你对我的照顾。"

说完，她退后两步，将声音抬高，眼泪在眼眶中徘徊着。

"可是……"她说，"我不是那个在火灾中失去父母的玫瑰。我的父亲早早地抛弃了我。我的母亲因癌症去世。我很独立。一直都是。如果没有接受训练，我一点都不勇敢。"

“你是谁？你究竟是谁？”小梦撕扯着自己的头发问。

……

窗户那边，小梦目光呆滞地看着雨泽，好像突然没了情绪，只是机械性地讲述着自己的历程：“她告诉我，她的真名，叫做方惠惠。”

……

一年半以前，负责在两地追踪刘天福的赵才智队长来到枫城市局长办公室。

“小吴现在没有办法接近刘天福。”赵才智说，“我们获得的线索非常有限。”

“这个刘天福可真是一个老狐狸。”局长站起来，目光瞧向窗外。

“我看，要先从他的妻子身上下手，”赵才智目光炯炯，“我来找您，是因为我想到如果派一个人去，案情一定会有所突破。”

“你说，我能办到的，一定积极配合。”局长拍着他的肩膀说，“你需要谁！”

“我需要您的外甥女……”赵才智说，“方惠惠。”

……

55

天空才刚露出鱼肚白，惠惠站在路旁，和舅舅挥手告别。舅舅也冲侄女挥了下手，他穿着西装，戴着墨镜，像位特工似的。临走前，他将车窗摇开说：“我已经安排赵叔叔照看你，有事的话，给舅舅来电话就好的啦。”说完，汽车向远方驶去。舅舅升职了，被调到北京。而赵才智将在枫城和叶城两地继续追踪刘天福及其犯罪团伙。赵才智在马路另一侧向局长挥手告别，并祝他一路顺风。

清晨，枫城。刘诗雅来到宠物店。新的一天才刚刚开始，她打着哈欠，舒展下腰，而后从口袋里掏出钥匙来。天还没有大亮，一团乌云在冷空气的掩护下遮挡着那缕惬意的阳光。

“什么鬼天气！”刘诗雅自言自语了一句，而后推开门，将一只脚迈了进去。

“我来了。”这个声音从她身后传来，顿时赶走了正和刘诗雅纠缠不清的困意。她停下脚步，转过头去，惠惠正站在她的身后，冲她招手。

“我就知道你会来！”刘诗雅高兴地说，接着，她走上前去，轻轻地拥抱着惠惠。

“嗯。”惠惠也拥抱了她一下。

刘诗雅拉着惠惠的手走进自己的宠物店。她打开灯，两只手在半空中划了一个圆。“这就是我的宠物店！”

惠惠在一旁露出了赞叹的表情。宠物店很大，从外面看，像个方盒子，走进来，才发现它是一个百宝箱。宠物店里大部分的面积留给了周边产品。“金毛专用。贵宾专用。比熊专用。”惠惠一边瞧着货架上的狗粮，一边自言自语，最后她停在那里，缓慢地念叨着“边牧专用”的字眼，那条奔跑在爱丁堡花园里的小家伙又仿佛重新在她眼前跳动。一时间，路旁的椅子，对面的冰激凌车，都似乎重新摆放在眼前。惠惠摇了摇头，让自己从回忆中跳出来，有些无奈地笑了一下，接着就继续向前走去。

“里面是浴房。”刘诗雅给惠惠介绍着说，“我们在这里给狗狗洗澡。旁边还有一间护理室，专门帮助受伤的狗做治疗。你饿吗?”

惠惠被从思绪中叫醒过来，有些神情恍惚地看着她，这才想到送走舅舅后，还没有吃过早饭，于是下意识地点了点头。

“好吧，”刘诗雅拉着惠惠的手向门外走去，锁住了门，将卷闸也拉了下来，“今天歇业，专门欢迎新员工！”

过去的刘诗雅仿佛穿了一身假想的长裙，在地上拖了两米多长，她的每一个举动都小心翼翼，生怕不小心踩在裙子上，把自己的脚给扭了。褪去“千金”之身的她，再也不必为自己的举止犯愁，也变得更具亲切感。她的活泼也带动了惠惠，两个人带着淡淡的笑容，在路旁一间很有情调的小饭店里坐定。刘诗雅要了一碗煲仔饭，惠惠要了一块牛排。

“你有房子吗?”刘诗雅问，“如果没地方住，就住我们家吧。”

“我可以住自己家。”惠惠回答说，平静地看了她一眼，“林志远很忙哦。”

“爸爸在市中心开了茶社，”刘诗雅回答说，脸上洋溢着幸福的微笑，“我们订婚以后，他就去帮忙了。爸爸想等自己干不动的时候，就把茶社交给他来做。”

惠惠将手中的餐具平放在桌子上，先是朝着刘诗雅轻轻地点了下头。她喝了口水，接着端正地将自己的手摆放在胸前。

“诗雅。我想单独和他见见。”她诚恳地说。

刘诗雅愣了一下，有些不解地瞧着惠惠。

“你信得过我吗。”惠惠像往常一样，用陈述句的语调表达着自己的疑问，好像问题的答案她已经非常确定。

刘诗雅连忙摆摆手，表示否定，但她的眼中分明沾满了恐惧。她说：“我的好姐妹，我一点都不怀疑你。可是，有这个必要吗？”

“就一次。”惠惠坚定地看着她。

刘诗雅无法躲避惠惠的目光，她感到自己像是一条被逼到角落里的小狗。最后，她顺从地点了点头。惠惠依然平静地看着她，直到得到肯定的答复，才一口气吃掉了眼前的牛排。“我吃好了。”她说着，看了刘诗雅一眼。于是，两个人又像早晨那样，手拉着手行走在马路旁。

林志远的脚缓慢地踩在台阶上。每向上走一步，心里都会越发变得紧张。惠惠坐在靠近窗户的位置，她为自己要了一杯咖啡，静静地坐在那里，沉默不语。直到林志远的身影出现在前方，她才使出浑身力气，在脸上挤出笑容来。林志远看到了惠惠，于是尽量让自己身上的肌肉松弛下来，这才有条不紊地迈着脚步，来到对方的面前。

“来很久了？”他一边坐下，一边问。

惠惠摇了摇头表示回答。

“有点堵车，来晚了点。”他又补充了一句。

“没有关系。”惠惠回答说。

“真没想到还能这样和你单独坐下来吃饭。”林志远觉得场面有些尴尬，尽量找些话题。

“很意外哦。”惠惠说。

林志远不知该怎样接下去，于是又尴尬地看着惠惠，绞尽脑汁地寻找着一些话题。

“我在诗雅爸爸那边工作。”他从口袋里掏出一张名片，递给惠惠，“我现在是茶社的培训师，怎么样，很不错吧？有空到我们店里坐坐。我们店对老客户偶尔品茶不收钱。房东经常来我们这里做客，那阿姨别提有多好玩儿了。”

这提起了惠惠的兴趣。

林志远也似乎找到了平日里油嘴滑舌的状态，于是继续说了下去。

“我刚去的时候，房东阿姨不认识我。刘叔叔给她介绍，说我是他们家‘千金’的男朋友，这么一下，她就来劲儿了。房东阿姨说，我是积了八辈子德的家伙，能跟刘叔叔家的千金攀到一起去。刘叔叔说，我也是从英国回来的。这下房东阿姨更是起了兴致。她说他们家那小子也是从英国回来的。”

“哦？”惠惠听得津津有味。

“对，”林志远说，一边手舞足蹈着，“她把嘴一噘，问我说：‘小伙子，你给我评评理，我觉得他年龄不小了，该是找女朋友的时候了，可是我们家这小子说我不懂他，还说他是有理想有抱负的人。小伙子，你说说，有理想有抱负的人就不应该为家里人考虑考虑，赶快组建一个家庭吗？’”

惠惠把脸拉得老长，不自觉地叹了句：“好混乱的逻辑。”

林志远继续说：“我问她，她儿子是做什么的。她没好气地回答我说：‘我儿子没工作！今天在这个杂志社待待，明天又跳到那个杂志社，最后，谁家他也待不下去，干脆自己混了。混了半天也没混出个名堂来。他还特别有礼地跟我说，干他这行，不可能一夜暴发。我说他异想天开，他还跟我急，给我扔了句，没文化，真可怕。我看我就快被他气死了。’”

“然后呢？”惠惠忍不住笑了起来。

“她让我好好地对刘诗雅，”林志远说，“其实这位阿姨一次都没见过她，刘诗雅很少去茶社，可是这位阿姨就好像跟她很熟很熟一样，不停夸赞，说刘诗雅长得漂亮，说刘诗雅性格乖巧，说刘诗雅有气质什么的。”

“这位阿姨好搞笑。”惠惠评价说。

“她好像之前是因为更年期的原因，闹了次高血压，不过不是很严重，但是她真的很有趣。”

“原来是更年期。”惠惠恍然大悟。

“好了，”林志远像在结束什么似的对她说，“谈一谈你这一段的经历吧。”

惠惠摇了摇头，而她脸上的笑容并没有退却，相反，还要比刚才显得更加充实。她语气缓慢地说：“看到你开心，我很高兴。”

林志远方才欢乐的表情，突然像是凝固了起来。他注视着惠惠那对炯炯有神的小眼睛，注视着那张在大多数时间里都只吐露陈述句的小嘴，看着她为自己开心而开心的神情，心里暖暖的。

优雅的爵士乐在他们四周环绕，勾勒着这份独特的沉默。他们各自在回忆中游走片刻，品味着那懵懂的过去带来的五味杂陈。在萨克斯与钢琴的合奏下，他们相视而笑。

“你呢？以后有什么打算吗？”林志远半开玩笑地说，“要一直给刘诗雅打工么？”

惠惠看着他，目光却仿佛看向更远的地方。她依然憧憬着，在未来的某一天，她扛着自己心爱的相机，行走在世界的每一个角落，记录自己孤独却丰富的一生。她依然怀念英国，怀念那些从爱丁堡花园中流逝的岁月，她依然想重新品尝一口西贡的流沙包，依然想坐在路旁的椅子上，一点一点地用舌尖融化掉手中的冰激凌。她还想抱一抱那条活泼的边境牧羊犬，还想在古城的脚下沐浴着阳光。或许她并不真的怀念那个国度，只是怀念那些曾经年轻的岁月，怀念那一幅幅青涩而温馨的画面。

林志远没有再问下去。服务员端来他们的晚餐，在这阵默契的沉默中，他们将眼前的美食消扫荡一空。

“祝你完成梦想。”林志远将惠惠送回家，在寂静的夜空下，他伸出自己的手，与惠惠的手紧紧握在一起。

惠惠给了他一个温暖的拥抱。

“祝你幸福。”她说着，在林志远的肩膀上短促而有力地拍了两下。

“谢谢你。”说完，林志远跳上车，向远方开去了。

惠惠沿着小区那条熟悉的道路向前走去。夜晚，冷风不住地扫过她的肩膀。她将衣服收紧，将领口的扣子也系了起来。她从口袋里掏出钥匙，正要插进楼道门的钥匙孔，忽然，一只手从后面袭来，捂住她的嘴，将她顺势一拉，扳倒在地。惠惠顿时失去了知觉。

56

沛沛和波仔沿着曲折的林间小道向前跑去。狗贩子的身影渐渐远去。收获颇丰，这些家伙已经决定打道回府了。鹏鹏被关进铁笼子里，起初发出各种威胁的叫声，但最后，他终于还是筋疲力尽，趴在笼子里睡着了。那条可怜的流浪狗，现在正被关在挡板的另一层，在黑暗中瑟瑟发抖。与鹏鹏相比，他的命运将悲惨得多，狗贩子们会将他送去饭店厨房，成为人类的盘中餐。

老张揉揉他那只硕大的瘤子，随着一股成就感油然而生，他似乎已经将母亲的话抛在脑后了。他瞟了四周的兄弟一眼，心里想着：“没有我，这群小鬼们各自心怀鬼胎，谁也不服谁，简直一盘散沙。”然后，他露出得意的笑容。在这个团队里，老张觉得自己至少可以满足自己一颗男人的自尊心。于是，什么真善美啦，全都不重要了。兄弟们不停地在一旁称赞他，小李说：“还是老大有面子，一出山咱们这效率就上去了。”老张仍然那样得意地揉着瘤子。“对对，老张不是一般人。”这是司机的声音。另外两个兄弟也应声附和。

“不过嘛……”小李忽然想到了什么，“刚才朝另一个方向跑走的两条狗，好像在哪里见过……”“对对！”另一位兄弟连忙附和着说：“好像就是上次从我们手心里跑掉的那两条……”老张愣了一下，还没等他做出反应，司机又抢过话头来：“咱们已经收获颇丰了，就别跟畜牲斤斤计较了吧？”老张这下表示同意，他搓着手，说：“我听说猎人打猎有一条准则，打够即可，不可不打，不能多打。我们一次性把狗儿们全收了，那下回怎么办?”“对对！这叫可持续发展！”小李笑着说。

沛沛和波仔总算躲过一劫。这天夜晚，他们只睡了很短的时间，太阳还没有拨开云雾，他们就继续向前跑去了。这是因为他们闻到了枫城的气息。沛沛和波仔你看看我，我看看你，现在他们已经站在枫城郊外的土地上。他们虽然从未到过此地，但那份亲切感，却已经环绕着他们。沛沛探出头，深深地吸了一口气，波仔抖了一下那身卷毛，伸了一个懒腰。这时他们才觉得自己饿了，因为有一股浓重的牛肉味儿钻进了他们的鼻子。

不远的地方是一座小村子，名叫城南村，里面的人大多已经准备搬迁到城里去。据说这里要被重新开发，按照法律规定，地产商人要按照市场价格收购这里的房子。只是许多老人继承了祖辈的传统，希望世世代代生活在这一亩三分地，誓死不离开。这在无形中帮助这块土地涨了价。地产商等不及了，于是不停地加钱。现在，谈判依然还在继续，看到老人们态度有所动摇，地产老板们的信心也越来越足了。

狭长的街道上，一群狗在那里跑来跑去。沛沛和波仔原本抱着无比的希望，想要祈求这里的好心人给自己一口吃的，而眼前的情景让他们又不得不放弃这种希望。他们需要从这群狗的利齿中抢食物。这群不知是什么品种杂交出来的狗儿们，有一个坚定的领导者。这家伙长着一张凶狠的脸，黄色的眼睛，身体虽然并不高大，但强劲有力。围绕在他身旁的是四个身材类同的兄弟，两条棕色，两条黑色。见有外来者进入自己的领地，这群家伙同时围了上来。沛沛和波仔停下了脚步。波仔看看沛沛，沛沛机敏地观察着。

她冲着那股肉味的路线看去，发现在路边有一个大盆，肉味大概就是从那里传来的。那正是这位首领的伙食。沛沛忽然向一边跑去，没有任何先兆。波仔紧紧跟着她。而这五个身手不凡的家伙却并没有被轻易地摆脱。首领大声吼叫着，和另外四条狗一起冲了上去。沛沛经过一番努力，终于将他们甩在身后。但波仔却没有这么好运。他想用一个急停甩掉首领，但却一步滑倒在地，被扑了个正着。五条狗一拥而上，波仔发出了惨烈的叫声。

沛沛连忙往回折返。她像闪电一般，向敌人冲去。流浪的生活使她更多地选择了逃避，但在这一刹那，边境牧羊犬富有进攻性的本能却忽然重新回到了她的身上。沛沛一个猛子向首领扑去，她的嘴像剪刀一样“咔嚓”“咔嚓”地咬合着，首领才回过神来，两条狗已经扭打在一起。沛沛将他按倒在地，冲他的嘴不停地磕着牙。首领毫无还击的打算，一阵袭击过后，沛沛向一旁跳去，首领夹着尾巴，瑟瑟发抖地站在一旁。其他几条狗也被吓得浑身打颤。但沛沛并没有决定收手，她再度锁定目标，而后扑了上去。其中一条狗被按倒在地，其余的全部向远处逃走了。

见到这种情况，沛沛最终选择放对方一条生路。波仔从地上爬起来，在沛沛身上蹭了蹭，然后两个小家伙大摇大摆地向首领的饭盆走去，美美地饱餐了一顿。借着中午温暖的阳光，他们在村子附近找到一处僻静的干草堆，在里面胡乱翻腾了一阵，挖出个坑来。他们就这样相互挤在一起，卧在里面睡着了……

……

“您好，时间到了。”狱警在一旁对雨泽说，窗户那边，小梦站了起来。

“小梦！”雨泽对着电话说，“我想知道方惠惠的事情！”

小梦将电话放回原处，在狱警的要求下站了起来。雨泽一脸茫然地看着她。这时，小梦用一种极其恐怖的目光看了雨泽一眼，露出一阵冰凉的微笑，而后，她伸出手，做了一个抹脖子的手势，就朝里面走去了。雨泽愣在原地，而后，他转过头去，看着小梦的母亲。

“走吧。”后者说，“我女儿精神出了毛病，你不用放在心上。”

……

回到喧闹的大街小巷，雨泽朝着天空长出一口气，仿佛从地狱回到了人间。然而，小梦所讲的一切，却依然不停地在他眼前浮现。尔曼从一旁走过来，出其不意地来了一个恶作剧，在他脸上猛地亲了一下，但雨泽却没有表现出兴奋或者惊讶，只是将右手平淡地在脸上抚摸了一下，就好像驱赶蚊子似的。

“有什么收获？”温雅在一旁问。

雨泽没有吭声，只是硬邦邦地点了下头。尔曼伸出手，雨泽在半空神游了一阵，才想起要将自己的手也伸出来，牵起她的手，走上车去。回到宾馆，雨泽没有吃饭，他觉得自己心力交瘁，好像那些有关小梦的经历，都是他自己的亲身经历一样。故事结尾，方惠惠的名字和小梦最后抹脖子的动作，都反复折磨着他的脑细胞。

“惠惠？”他摇摇头，“是不是这世界上所有叫惠惠的人都聚集在我周围了？”

温雅已经离开了。尔曼独自一个人坐在房间里，有些闷得发慌。下午的时候，她终于决定敲开雨泽的房门。在她的要求下，雨泽从自己的思绪中跳出来。“给！”尔曼把自己的手送到他面前，雨泽接过它，于是，两个人手拉着手向公园走去。

“为什么一中午都不理我？”尔曼故意摆出一副大小姐的样子来。

雨泽没有回答，他们已经沿着公园的小道走到深处，眼前的一片绿色使他停下了脚步。一条小道将草地分割成两半，路旁的长凳虽不像欧洲的椅子那般精雕细琢，但曾被风吹雨打而留下的凹痕，却别有一番特色。天气转凉，一旁的小店里却仍然在出售冰激凌，排队的人不多，却少了平日那种一窝蜂的混乱场面。雨泽突然快步向前走去，尔曼的手被他握在手心，身子也跟着向前快步走去。

下午的阳光对抗着凉飕飕的天气。雨泽让尔曼坐在长凳上，一分钟后，他捧着两只冰激凌坐在她身旁。

“冰激凌？”尔曼不解地看了他一眼，“这么凉的天……”

“你知道么？”雨泽冲着它咬了一大口，对尔曼说，“在爱丁堡，公园贯穿了半座城市。我们经常坐在公园的椅子上吃着冰激凌。”

“那个时候，坐在你身边的人是她吧？”尔曼撩逗似的对雨泽说。

雨泽没有回应，继续说了下去。

“爱丁堡的每一把椅子，都是情侣在结婚后为留作纪念而摆放在路边的，上面刻着他们的名字。”

尔曼却似乎并不关心雨泽所讲的内容。她将自己的冰激凌摆在雨泽面前，对他说：“天太凉了，我吃不下去。”雨泽于是接过那只冰激凌，他先解决掉自己的，又解决掉尔曼的。最后，雨泽看了她一眼，一阵寒风吹来，他自己也觉得冷飕飕的。看着自己努力营造的气氛被这样轻易地摧毁，雨泽将手里的包装纸扔进垃圾桶里，对尔曼平淡地说了句：“走吧，该去买火车票了。”

57

惠惠躺倒在地，隐隐约约地看到眼前有一团模糊的形象正向自己走来。她感到恐惧，却没有力气爬起来。那大概是个胖子，不过也可能很瘦，只是眼角的泪光像哈哈镜似的改变了他的体形。他的手里似乎拿着一把小刀。惠惠觉得头上又有什么东西正抓着自己的头发，那或许是一只手吧。那只手猛地将惠惠的脑袋向后拽了一下，他的影子于是暴露在惠惠的视线中了。

惠惠度过了短暂的昏迷，她的视觉似乎比先前清楚了很多。她看到这两个人都戴着面罩，都在紧张地呼吸着。而这时，她也看清了眼前的胖子，正将那把匕首逼近自己的咽喉。她抬起头，那里是寂静的天空。她将葬身于此，几天后，会有人发现她的尸体上爬满了肉虫。她想着这一切，闭上眼睛，等待着生命的终结。

匕首离她的喉咙越来越近……

……

第二天，雨泽和尔曼离开了叶城。这天一大早，尔曼发现雨泽的脸上忽然少了许多光泽，他整个人也变得沉默了。雨泽却千方百计地想要找个话题，说些什么。才和尔曼牵手的时候，他也确实准备了许多话题，几天时间，他竟然开始怀疑自己的墨水和尔曼的思维不打一处来，也不向一处去，于是，他只好沉默。

坐在火车上，尔曼倚靠着雨泽的胳膊，雨泽看着窗外正在退去的景色，心里暗自叹息着生命的短暂和时光的仓促。

“你今天怎么不说话？”尔曼终于按捺不住，开口问了起来。

“嗯？”雨泽像是如梦初醒，转过头来看着她。

“是不是在想她呀？”尔曼装出一脸醋意的样子来。

“你说什么呢。”雨泽的脸突然红了。尔曼原本只是无理取闹，但却歪打正着。雨泽没有将和小梦聊天的内容透露给尔曼，只是偷偷地在一旁琢磨着那些有关惠惠的细节。他怀念惠惠身上那股淡淡的文艺气息，与惠惠的记忆，是一幅幅充满生机的画面。爱丁堡的花园、路旁的椅子、一旁的冰激凌车——这些静止的事物，都仿佛被赋予了生命。雨泽看看尔曼，一边欣赏着她漂亮的脸蛋，一边却又为她摇头。他自己也不知道摇头的原因是什么，只是觉得，尔曼的身上缺少了什么。

"没有想她就好。"尔曼说完，将头埋在他的怀抱中。

而雨泽又将头转向窗外，看着退去的景物，继续在心中暗自感慨着。

到站了，尔曼从雨泽的怀里苏醒。雨泽从回忆的深渊中爬出来，他忽然充满了力量。有关玫瑰的故事已经在他脑中孕育成型，他恨不得立刻掏出笔来，坐在路旁的石头上，将灵感记录。他看了尔曼一眼，后者伸了一个懒腰，打着哈欠看着雨泽。

"你不用送我了，我自己回家吧。"她用试探性的目光瞧着雨泽，心里却揣着不同的想法。

"好。"雨泽还没有经过大脑的过滤，就下意识地回答了一声。他还在考虑着小说的事情。

"什么?"尔曼露出一副生气的表情来，"你竟然就这么答应了?"

他们已经走出站台，来到门前的广场上。雨泽迷惑不解地看着对方，尔曼却将脸转到了别处。

"生气了?"雨泽走到她的视线中来，"这么快就生气了?"

尔曼噘着嘴，故意用斜眼看着他说："我只是客气地说了声不用你送，你就真不送我了，看来你确实不想送我!"

"我送、我送，"雨泽连忙改口说，"谁说我不送了？你一定是听错了。"

尔曼摇了摇头，她故意把脑袋摇得很夸张，雨泽在一旁看着她那动作，真担心她会把头整个摇下来。

"算了。"尔曼语气坚定地说，"没诚意。你明明说了让我自己回家。"

雨泽还没来得及开口，尔曼又补充了一句。

"我自己回，你不用管。回家写你的故事去吧!"说完，她推开雨泽，向一旁的出租车停靠点走去了。雨泽没有上前拦住她，他觉得在这样的大庭广众之下，自己没有办法做出那样掉价的举动。尔曼上车前，回头看了雨泽一眼，做了一个打电话的手势。雨泽点了点头，看着尔曼离开，他也转身离开了。

……

雨泽的脑袋里充满了惠惠的形象。他走上出租车，惠惠就也跟着走上了出租车。汽车向前开动，他将目光瞧向车外，惠惠仿佛就行走在人群之中。他看到路旁有情侣手牵手漫步，就好像也看到自己和惠惠手牵着手，行走在街头。雨泽揉了揉眼睛，却难以将这些幻象从眼前揉掉。他觉得自己的脑袋似乎就要被挤爆了。母亲为雨泽打开门的时候，他连招呼都没打，将沉重的相机包放在沙发上，换了鞋，就朝自己的房间跑去了。

在书桌前，雨泽一只手托着下巴，陷入沉思。那些反复出现的画面，这时候又在侵扰他的大脑。他仿佛又行走在爱丁堡古城的脚下，惠惠手中照相机“咔嚓”的声响依然在耳畔回荡。紧接着，那座熟悉的花园，那排熟悉的椅子，那辆熟悉的冰激凌车，又一股脑儿地向他袭来。他想起那条边境牧羊犬，紧接着，他又想起了沛沛。想到自己再也不能将沛沛这个惊喜送给心底的她，雨泽惭愧地叹了口气。

他又想起了尔曼。几天以前，尔曼似乎充斥着一种新颖的美感，而现在，她身上的光彩却悄然失色。雨泽却倔犟地否认着不停涌上心头的感觉。他清楚地知道，将两个不同的女孩相互比较，这不是一个男子汉应该有的行为。他当然相信自己是男子汉，既然是男子汉，就绝不该优柔寡断地躲在突然反复出现的回忆中。于是，他强迫自己要将惠惠的一切忘得干干净净。

“我应该一心一意地对一个人，”雨泽自言自语地说，一边摩拳擦掌，好像是要去战场上走一圈似的，“我应该用她的方式看待问题，而不是别人的方式。”他这样要求自己。但很快，那座花园、那排椅子、那辆冰激凌车就又出现在他脑子里了。“忘却一个人最好的方法，就是把她变成文学。”雨泽想起这样一句话来。

他打开电脑。这段时间里，他都没有想要在网上写点什么的欲望。他打开博客，重温自己先前的精彩和失落。他看到网友的留言，许多人猜测雨泽的突然道歉背后必定有内情。少数人依然支持他，多数人却将他称为懦夫，还有些人认为他是骗子，是有意抹黑“育英文学院”的。对于这样的结局，雨泽并没有一笑置之。相反，他在心里暗自憋着一口气。他有一个宏大的计划，他也从没有像现在这样渴望身份和地位，而连接这身份和地位的，则是一部硬邦邦的作品。

他奋笔疾书，在博客上留下这样的文字：

“这个世界，太多利益相互咬合在一起，牵一发而动全身，凭借一人之力，难以解开这团乱麻。即使是最为锋利的手术刀，无法找到这团乱麻的源头，单纯向目所能及的病变开刀，也无法做到快、狠、准。笔者因此决定收好这把刀。

“小说是一部X光机，它的本质是去反映问题、揭露问题，将事实集中摆放在众人面前。一部小说成熟之时，会有千千万万把锋利的手术刀插入那团乱麻，解决利益与利益咬合中所存在的病变。

“先前经历的事情，让笔者更加清晰地看到一个时代所存在的病变。只对某个单位或某个个体开刀，只能治其表而不能治其里。笔者决心放弃这种单刀直入的方式，而将用一个个故事反映人间的喜怒哀乐。小说完成之时，必将引起广泛反响。”

雨泽将电脑关闭，满意地长吁一口气，而后缓慢地离开书桌。这时，他的手机忽然响了起来。雨泽掏出手机，来电话的人使他犹豫不决。

最后，听着电话铃声在耳畔固执地响着，他选择了接听。对面传来了罗主编低沉而缓慢的声音。

“雨泽……”他说，“你最近可好？”

雨泽冷笑一下，带着一嘴的尖酸刻薄回应他说：“拜您所赐，我雨泽有时间去旅游了。”

“好、好，”罗主编说，“旅游好。可有什么收获？”

雨泽继续尖酸刻薄地回答：“我的收获似乎和‘新锐’已经没什么关系了吧？”

罗主编笑着对他说：“我已经不是‘新锐’的人了。”

雨泽愣了一下。罗主编继续说：“如果你有时间，我很快就到你楼下等，如果不介意，我想请你去咖啡厅坐坐，你的小说，我或许可以帮得上忙。”

……

尔曼推开屋门，家里没有人。她冲着屋里叫了两声，母亲没有回答她。“一定是去办事了。”尔曼这么寻思着，将行李放在一旁，想要给母亲去一个电话，但又害怕打搅到她的工作。打消了这个念头，她又想要给雨泽去个电话，但很快，她也将这个想法放弃了。“得让他打给我。”尔曼自言自语地说。她认为，一个足够关心自己的人，一定会主动打电话给自己。

……

咖啡厅里，雨泽和罗主编面对面坐下。罗主编将礼帽摘下来放在一旁，雨泽关掉手机铃声，脸上的表情似笑非笑。他们要了一壶茶，一口一口地喝起来。

“您离开‘新锐’，我一点儿都不清楚。”雨泽说，脸上仍然带着怀疑的神色，“我还以为您打算在那儿干到退休呢。”

“我以前是有这种想法，”罗主编说，两只手交叉在一起，“可是那天从你家里离开，我放弃了这个想法。你对自己的坚定让我很受鼓舞，我比你大了几十岁，可是连这点儿骨气都没有，我很自责。我在杂志社工作这么多年，别的没有留下，倒是交了一群朋友。所以后来，我不做杂志，转做出版了。”

雨泽点点头。

罗主编看着他，小心翼翼地说：“小老弟，你还信得过我吗？”

雨泽想要说什么，但却一口把到嘴边的话咽了回去。他审视着眼前的这个人，眼下有人愿意预约自己的书，这当然是件值得高兴的事。但经验告诉雨泽，意气用事绝非一个聪明人该有的行为。他冷静了一下，似是而非地笑了一声，对罗主编说：“先等我完成了再说吧。”

罗主编看透了雨泽的心思，诚恳地点了点头。

……

尔曼躺在床上，将四肢向四个方向伸展开去，进入了半梦半醒的状态。一阵急促的手机铃声突然响起，尔曼从床上弹了起来。她相信打电话的人一定是雨泽，但却从电话那头传来了另一个声音。尔曼愣了一下，两只眼睛大睁着，眼珠几乎要滚落下来。打电话的是邻居尚超的母亲。

“你妈妈出了车祸，现在枫城医院，”对面说，“孩子，你别慌，她已经抢救成功，脱离危险了。”

尔曼匆忙地来到街上，一边走一边拨通雨泽的电话。雨泽的手机被调成了静音，屏幕在口袋里闪动，没有引起他的注意。尔曼又拨了一次，结果还是一样。尔曼气急败坏，于是又一次次地按动着重播键，雨泽喝了一杯茶，仍然毫不知情。

尔曼只好作罢，她叫了一辆出租车，向枫城医院驶去。在车上，她用自己能够想到的最狠毒的字眼编辑成一条短信，想要发给雨泽，却最终没有按下发送键。她琢磨了一下，将短信做了删改，告诉雨泽，看到信息后迅速回电话。这样，她才终于将这条短信发了出去。

58

尔曼看着窗外，心脏剧烈地跳动着。她一只手紧紧握着手机，手心的汗水浸到了屏幕上。她心里默默地祈祷，嘴角轻轻地抖动着。

尔曼的母亲是南方人，当初选择嫁给一位商人，是因为看中了对方的家庭条件，由于自己生了一张漂亮的面孔，对方最终选择了她。可是好景不长，他们结婚不到一年，丈夫就在外面拈花惹草，最终被发现。尔曼的母亲坚决与对方离婚，自己一个人跑到了枫城。在这里，凭借着一位朋友的帮忙，勉强落脚。可是没过多久，她就被查出怀孕在身。那时，她生活节俭，有时候甚至连吃饭都要发愁，在这样的环境中，她生下了尔曼。

尔曼很小的时候，母亲带着她东奔西跑，当过礼仪小姐，做过服务员。后来，饭店的老板了解了她的身世，愿意出手相助，将她引荐给自己的朋友。这个人就是尚超的母亲。那时尚母手下正缺人，尔曼的母亲跟着她卖起了医疗设备。雾化机在那个时候正在被人们接受，尔曼的母亲很会和人打交道，她漂亮的外表和能说会道的嘴巴帮助她留下不少回头客。凭借着出色的业绩，她的生活一天天兴旺起来。

许多年过去了，尔曼渐渐长大，随着生活的富裕，过去的事情，就像流星似的划过脑际，没有太多印象了。她知道自己如今的生活全靠母亲勤劳的双手。她崇拜母亲，对她言听计从。

“如果这个世界上没有你永远爱的男人，那么就要想办法找一个永远爱你的男人。只要他宠着你，把你当做他手心的宝，当你离开家的时候，我才会觉得放心。”那是很小的时候，母亲对自己说的话。

汽车停靠在路旁，医院就在不远的地方。尔曼的思绪仿佛突然融化，她的心跳更加剧烈了。于是，她匆忙地付了钱，向医院跑去……

……

“不用送了。”雨泽对罗主编说完，就沿着一条僻静的小巷向前走去。他走两步，回头看一眼，最后，看到罗主编的车开向远方，他高高跃起，大吼一声，在半空中做了一个胜利的手势。他哼着小调，又蹦又跳地回到了家。

他换好衣服，嘴里仍然哼着那支不知名的小调，来到书桌前，从抽屉里抽出几张白纸，又从桌子上的笔筒里抽出一支笔来。他这是在准备为小说打一个提纲。在此之前，他轻轻地闭上双眼，长出一口气，陷入那反复出现的回忆。爱丁堡的风仿佛再次撩动他的衣领，他正牵着惠惠的手，最后一次感受那份人与自然的和谐。他们走过那座来过无数次的花园，坐在那张依然温存着他们体温的椅子上，雨泽又去冰激凌车前排队了，惠惠正专注地望着远处那条快乐的边境牧羊犬。这一切的一切，渐渐仿佛变成一幅油画，定格在那温馨的瞬间，永远温存在雨泽记忆的相册中，惠惠的音容笑貌，也随着这一切，静静地凝固，变成了一个个生动活泼的文字。

……

那把匕首一点一点逼近惠惠的喉咙。惠惠没有叫喊，她咬紧牙关，等待着生命最后的结局。忽然，一个人影不知从什么地方闪了出来。胖子还没有来得及反应，就被那个人影按倒在地。那个人用膝盖抵着他的脑袋，拳头像暴雨般砸在他的脸上。紧接着，那个人跳起来，朝着惠惠身后的另一个人扑了过去。他一只手按住对方的脸，将他压在地上，另一只手朝着他的下巴猛地给了几拳。对方无力招架，硬邦邦地摔在地上。

“你没事吧?”那个人来到惠惠身旁，惠惠揉搓着自己的眼睛，在路灯微弱的灯光下，她看到那张棱角分明的脸上，正露出一股厚重的微笑。她仔细端详着那对平凡的眼睛，那只平凡的鼻子，还有那张平凡的嘴，也跟着露出了微笑。

“扶我起来。”她伸出手，对方小心翼翼地将她扶起。

“快跑!”两个挨打的人跳上汽车，向远方逃窜而去。

惠惠朝着那里冷笑了一下。

“谢谢你。”她平静地看着小吴说。

……

“孩子，坐下吧。”医院长长的走廊里，尚母招呼尔曼坐在自己身旁。医生暂时不允许家属进入病房，她们只好在外面等。

“阿姨，怎么会这样?”尔曼擦着额头上的冷汗。尚母接过她正颤抖的手，轻轻地抚摸着。这位阿姨很希望自己的表情足够和蔼可亲，于是她用尽全力微笑着，那张平日里总处在严肃状态的脸就这样被扭曲成了龇牙咧嘴的模样。

“孩子，你听我说，”尚母继续抚摸着她的手说，“这只是一个意外。开车的那个家伙不长眼睛，把车开到了马路牙子上。”

尔曼没有说话，沉默地坐在一旁。尚母说的话，她并没有听到心里去，她的目光停在母亲病房的门把手上，焦急地等待着。她觉得自己的心脏就要跳出来了，尚母还在一旁不停地讲着什么，那张脸仍然努力挤出别扭的笑容，那只手还在不停地抚摸着她的手。尔曼觉得这一切都仿佛在催促她的心跳，于是，她下意识地抽回手来，向尚母点了下头，快步走向门外，她掏出手机，再次拨打雨泽的电话。最后，她又失望地摇摇头，顷刻间，眼泪顺着脸颊滚落了下去。母亲的车祸，带给她的是一阵慌张，但这眼泪，却是在为自己而流。这时，尔曼似乎觉得内心深处有一种强烈的“是非观”正翻滚着。她觉得，一个男人，在自己女朋友需要呵护的时候没有出现，这是“不对的”，为此，她心里的法庭判雨泽有罪。

尔曼擦干眼泪，用水龙头冲着自己的脸，但却没有办法冲走她脸上的疲态和暗淡的神色。看到她那张仿佛褪色的脸，尚母又挤出那脸叫人不舒服的笑容，龇牙咧嘴地劝她说："孩子，先回家去吧，这里有阿姨看着，如果把你累垮了，阿姨不好交代。"

"我想等妈妈醒来。"尔曼看着病房的门把手说。

"医生说，她已经度过了危险期，现在已经睡着了，医生希望她多睡会儿，你回家好好休息一下，明天早晨赶过来，时间应该正好。"尚母说，"孩子，如果你也累病了，对她的身体是没有好处的。"

尔曼看了尚母一眼，她有点受够了那副别扭的笑容。疲惫已经涌上她心头，她有些头晕目眩了。尔曼朝着对方生硬地点了下头，而后就摇摇晃晃地向外面走去。

……

雨泽从下午一直工作到晚上，终于感觉到了困意。他觉得写作就好像是在跟一群人倾诉，平日里，倾诉得太多，会被别人当成祥林嫂，但在小说中，情况却截然不同。当惠惠的形象被一笔一笔用文字这个奇妙的工具反映出来的时候，他原本塞得满满的脑袋顿时变得清爽了许多。雨泽站起来，伸了一个懒腰，长叹一声，爱丁堡的花园终于被暂时抛在了脑后。这时，他来到床边，手机被随意地扔在上面，他打开手机，愣了一下，而后连忙按动键盘。

手机是在尔曼刚刚回到家的时候响起来的。看到雨泽的名字，她脸上的乌云突然消失不见了。而当她将手机移到耳畔，那团乌云又突然飘了回来。她上嘴唇咬着下嘴唇，嗓子里发出一阵轻轻的"呼噜"声，以表达自己的气愤。

"我才看到电话。"雨泽在另一头解释说，"我工作了一整天，还见了罗……"

"那么你就继续工作好了！"还没等雨泽说完，尔曼猛地插进话来。她听到雨泽原本轻松的语调突然变得沉重，他灵巧的口齿这时有些乱了阵脚。于是，尔曼将电话挂断，关闭，然后扔到一旁了。

她满意地躺在床上。一切悲观的情绪，现在又仿佛发生了变化。母亲已经度过了危险期，雨泽主动打来了电话，这不幸中的万幸倒成了她此时此刻心底的双喜临门。

雨泽一头雾水地回到书桌前。尔曼曾在闲谈中将自己的家庭住址留给雨泽，但是，他绞尽脑汁也没能将它想起。经过一个下午的创作，他觉得自己好像在不知不觉中度过了好几个年头，前几天发生的事，都好像离自己很久远似的。

“算了。”他自言自语了一句，“不过是小女孩的小情绪罢了。”接着，他将手机扔到一旁，独自一人离开房间，到街上散步去了。

……

“过不了多久，他一定会在那边敲门了。”尔曼躺在床上，看着天花板，心里想着。想到这里，她满意地翻了个身，过了一会儿，她又翻了一个身，再过一会儿，她再次翻身。她的耳朵时刻保持警惕，但随着时间的推移，她的眼皮终于开始打架了，最后，她打了一个哈欠，一头扎进了梦乡中。

那扇门却始终无人问津。

……

清晨，尔曼突然从床上跳起来。她确信自己一定听到了门铃声。“等我下！”她冲那里喊了一声，而后，她跳到床上，在柜子的最高处找到一件令自己满意的暖色调上衣，又在床头柜里找出一双新袜子。她来到洗手间，冲着镜子审视一下自己，三两下刷完了牙，将头发绑了起来，而后向门的方向急促走去。

她一边走，一边努力让自己进入一种特殊的状态，她尽力让自己表现得并不高兴，但又在气愤中包裹着兴奋的因素。这需要很高的演技，不过多数女孩子都很有这方面天赋，不需要后期培养。她很快摆好了那副高难度的表情，最后，她打开了房门。

“尔曼。我……”

尔曼刚要抢在前面说话，嘴巴就忽然停了下来，那副表情也突然走了样。她重新整理一下自己的状态，但无论如何都没有办法找到先前的感觉。

“尚、超。”她冷冷地说，升到额头的热情，被一阵惊讶的情绪泼了冷水，再也沸腾不起来了。

59

“你不是在美国吗？”尔曼的惊讶情绪没有散去，“你怎么突然回来了？你放假了吗？”

“我……”尚超的语速跟不上自己的动作，话还没说出口，他先摇起了头。他的胸腔紧张地起伏着，尔曼露出一脸疑惑，尚超连忙停下来，仔细回想着几秒钟前在门外准备好的腹稿。“我觉得……觉得，”他的脸红了，喘息间仿佛有种烈士英勇就义前的豪迈，“觉得那个……所以就……回来了。”

“哪个?”尔曼更加不解地看着他。

“妈妈说……”尚超的脸又红了，呼吸又开始急促起来，“那个……就是那个……我觉得……那个……”

“哪个?”尔曼又问了一次，比刚才的语气更加强硬。

“就是……我觉得……那个……”一口气憋在尚超的喉咙里，他的脸都要被憋炸了，最后，他终于支支吾吾地说出了心里的话，“就是……就是你可能需要……需要我。”说完后，他的脸更红了。

“我需要?”尔曼反应了一下，忽然目瞪口呆地看着他，“你是临时决定从美国飞回来的?”

尚超点了点头。

尔曼没有说话，她一只手捂着胸口，一种强烈的落差感突然侵袭了她的身体。片刻之后，她推开尚超，向外面张望。那里没有别人，只有一缕阳光，包装着早晨清新的空气迎面扑来。

“你一定很困吧?”她打量着尚超，对方走下飞机后，就匆忙赶回家，洗漱了一番，金豆看到主人回来了，在家里高兴地上蹿下跳。尚超给金豆喂了狗粮，管家为他取来一件干净的外套，随后，他就出现在尔曼的家门口。

“我……我不……不困。”尚超回答说，“我送你去……去医院。”

尔曼没有听他说下去，自顾自地换好鞋，从衣架上取下手提包，带好门，一边向外走，一边对他说：“打车去吧。”

她坐在汽车的前排，尚超坐在后排。她不想说话，这时在她的心里，各种情绪忽然搅拌在一起。她看着一幢幢高楼大厦在窗外飘过，觉得心烦意乱，看着身旁的司机，也觉得心烦意乱，想到后排坐着的人做出的举动，她更加心烦意乱。

“这个人口吃，没有个性，脑子也比别人笨，”尔曼在心里暗暗地告诉自己说，“他的家人除了会龇牙咧嘴地笑，就是一本正经地发号施令。”想到这里，她满意地点了点头，眼睛看着前方对尚超说：“你抓紧时间睡会儿吧。”

……

来到医院，尔曼甩开尚超，大步向里面走去。尚母在病房里陪着病人睡了一夜，这时，她正推开门，从里面走出来，转弯的时候，和尔曼撞了一个满怀。

“她醒过来了!”尚母连忙指着病房说,“正在里面等你呢!”

尔曼点了下头,继续迈着刚才的步伐向里面走去。母亲正半躺在床上,挂着吊瓶,看到女儿,脸上露出了微笑。她那张好看的脸,几分钟前还处在惊恐的状态,车祸的场面不停地从记忆中窜出来,在她眼前重现,但当尔曼坐在床边,关心地看着她时,她却立刻恢复了往日的平静和安详。

“妈,您是怎么搞的,”尔曼的心情也平静了下来,像往日那样和母亲开起了玩笑,“忘了拜神了吧?”

“还不是听说宝贝女儿有了男朋友,大清早就往火车站赶,想看看是何方神圣,结果刚从车里面走出来,就碰上一个疲劳驾驶的。”母亲反唇相讥。

“您怎么知道这事儿的?”尔曼脸红了。

“开什么玩笑!”母亲打趣说,“你那位同学可是来过咱家的,要知道妈早就把她策反了。”

这时,门被推开了。尚超将脑袋探进来,母亲锐利的目光与他对视了一秒钟,而后,她看了女儿一眼。尔曼冲母亲露出一副无奈的神态,母亲向她递了一个眼色。尔曼于是转过身去,对尚超说:“我想和妈妈单独说会话,你可以在门外等一下吗?”

尚超连忙退了出去。

“这又是哪一出?”母亲忍不住笑了起来。

“我也不知道。”尔曼无奈地看着母亲。

“你的那位小作家倒是还挺放心你。”母亲笑着说,“他还不知道我女儿是抢手货呢吧?”

尔曼咬着自己的嘴唇,心里的矛盾又升到了喉咙。

“他从美国专程回来的。”尔曼说,“是不是脑子里缺根弦?”

“像爱做好事的雷锋一样,缺根弦吗?”母亲调侃地说,“他缺的不是一根简单的弦。”

“我不明白。”

母亲突然陷入了沉思,沉默一阵后,她若有所思地问尔曼:“你的感情我向来不主张干涉的。不过,我的孩子,你知道什么叫欣赏,什么叫喜欢吗?”

“我当然知道!”尔曼仰着脖子回答说。

“那就不要把欣赏和喜欢混为一谈。”母亲说，“欣赏是欣赏，喜欢是喜欢。”

“您不是说过嘛，找不到自己永远喜欢的，就要找到一个永远喜欢自己的。”

“你的小作家会永远喜欢你吗？”母亲问。

母亲的话使尔曼沉默下来。她若有所思地摇摇头，看着母亲。

“这么说，你会永远喜欢他？”

“他很会说话，见多识广，他的想法和任何人都不一样。”尔曼回答说，“他很……”

“这就叫欣赏，”母亲打断女儿的话，“他有才华，有理想，所以他的头上有一圈光环，可是他有没有对你付出全部，我们都还不知道。”

尔曼无言以对，她将两只手并在一起，看着母亲。

“我该怎么办？”她说，她觉得母亲是全世界最了解自己的人，“他从昨天就开始忙，闹了矛盾以后，他到现在都没有主动联系我。”

母亲的眼睛闪烁着光芒。她欣赏着女儿漂亮的脸蛋，简直和自己年轻的时候一模一样。

“恋爱只是一个过程，”母亲说，“最后是不是他，都还不一定。”

“我该怎么办？”尔曼又问了一遍。

“至少在妈这里，他需要通过一次测验。”母亲缓慢地说，“如果你愿意让他接受这个测验的话。”

尔曼不解地看着她。

于是，母亲深吸一口气，压低声音，以一个“过来人”的身份，将自己的想法告诉了女儿。尔曼每听一句，就会点一次头。最后，她信心百倍地站起来，拨通了雨泽的电话。

……

雨泽起得很早，他沿着还没有醒来的街道慢跑了一圈。路边行人稀少，凉爽的风迎面吹来，他感到特别的畅快。迎着初升的太阳，雨泽伸开双臂，大吼了一声。创作的情绪控制着他的脑细胞，使他没有太多闲暇的时间去思考别的问题，只是隐隐觉得，自己的手机随时会响，于是，跑步的时候，他将手机握在手心，像握了根接力棒似的。

他跑了一圈，最后回到家。他把手机放在洗面盆上，然后洗了一把脸。他看着手机自言自语了一句什么，又将它带到书房的桌子上。雨泽露出不解的神情，好像有什么事情超出了他的预测，使他不知所措。但很快，创作的激情就又重新占领了高地，他将注意力收回来，集中在电脑屏幕上。

这时，雨泽的手机响了起来。看到屏幕上标注的尔曼的名字，他胸有成竹地笑了一声，似乎是因为什么事情又回到了他的掌控之中。他接起电话，起先没有吭声，好像心里的怨恨正在向外翻滚，而自己的主观意识正在努力将它压回去似的。

尔曼原本以为电话没有接通，但她分明听到了雨泽的呼吸声。她看了母亲一眼，心里有种莫名的忐忑。

“你生气了？”尔曼问。

雨泽用硬邦邦的口气回答说：“没有。”

“你明明就生气了！”尔曼又用那种带着孩子气的语调说。

“算是吧。”雨泽吞吞吐吐地说。

“你可以原谅我吗？”尔曼撒娇似的对雨泽说，“我不是故意的。”

雨泽在电话那头偷笑了一声，而后，他故作深沉地回答了一个“嗯。”

于是，尔曼将母亲出车祸的事情一字一句地讲给雨泽听。雨泽的表情跟着尔曼的叙述而变化着，几秒钟后，先前的成就感荡然无存。一时间，惭愧、抱歉像夹着闪电的乌云滞留在他的脸上。他收起了笑容，严肃地倾听了一阵后问：“阿姨现在怎么样？”

“她已经醒过来了。”

“我现在就过去。”

尔曼挂断电话，朝母亲做了一个胜利的手势。“去等他吧，”母亲做了个鬼脸说，“我都迫不及待地想见见我们的小作家了！”

雨泽来到医院大厅的时候，尔曼正站在那里，脸上挂着一份甜美的微笑，伸开双臂，等待着对方的拥抱。雨泽走上前来，在她的额头上亲了一口，然后将她揽入怀中。这时，尚超正从病房里走出来，手里端着杯子，向大厅一侧的饮水机走去。他低着头，走一步晃三下，真像是在躲避地上的蚂蚁。

“我给你介绍一个特殊的朋友。”尔曼对雨泽说完，就转过身去，叫了一声尚超的名字。

尚超猛地抬起头来，尔曼正拉着雨泽的手看着他。

“给你介绍一下吧，”她调皮地说，“这是我男朋友。他叫雨泽，是一个作家。”接着，她又转过头去，向雨泽介绍说：“他叫尚超，是我院子里的邻居。”

尚超一定是怔住了，过了几秒钟，他才结结巴巴地说了句：“你……好。”而后，只是轻轻地碰了一下雨泽伸出的手，就将手里的杯子交给尔曼，向医院外面跑去了。

尔曼向那里瞟了一眼，若无其事地对雨泽说：“他就是这样的，你不用在意。”

雨泽的目光在尔曼的脸上停了一秒钟，尔曼似乎有所察觉，一脸好奇地看着他。雨泽连忙收回自己的目光，对她说：“赶快去看阿姨吧?”

说完，他们向病房走去了。

60

“孩子，大男人家的别哭哭啼啼的，”尚母对儿子说，“你好好学习，将来女人多的是。”尚超觉得一切就这样完了，所以尔曼对他说的话，他并没有记在心里，一回到家，他就嚎啕大哭，把尔曼和雨泽的事情全部跟母亲讲了出来。尚母每劝他一句，他都点点头表示同意，但却仍然哭个没完。看着儿子这样难过，做母亲的难免生出了恻隐之心。“这孩子没有尔曼这个姑娘，估计得这么活活哭死。”于是，她坐在儿子一旁，一只手搂着他。尚超像个大姑娘似的躲在母亲怀里。

“你对尔曼的真心真意呢……”尚母说，“这个尔曼，还真是任性!”尚母背着手，在房间里来回踱步。金豆的脑袋跟着主人一会儿移到左边，一会儿移到右边。她看看儿子，蜷缩在角落里，他哭了很长时间，体温都被泪珠带走了，这时正浑身发抖。尚母叹了口气，说：“你说，你怎么就不能像男子汉一样呢?”说完后，尚超没有回应，嘴角不住地抽动着。尚母没再往下说，温柔地坐在儿子身旁，一只手抚摸着他的脊背。

“好了，好了，”她安慰儿子说，“你爸爸每天在全世界跑着做生意，很少给你传授那股阳刚之气，也难怪你现在这么脆弱。好了好了，妈不责怪你。”

尚超抱住母亲的脖子，也不知是被感动了，还是眼泪原本就涌上心头，他大哭起来。母亲抱着儿子，心头颤动着。她这个儿子，从小就显示出智力的不足，但是，他为人正直，从来没有想过去做什么坏事。转眼间，他已经成人，母亲对他的期望并不远大，只希望他可以早日成家，过上安稳的日子。但现在看来，这样平淡无奇的生活，都着实难以达到。

尚母抱着儿子，眼珠不停地转动着。

"儿子，你不是没希望。"她说。

尚超松开双臂，看着母亲，一阵狂喜迅速蹿到了他的脸上。一瞬间，他哭丧的脸变成了灿烂的笑容。他按捺不住心里的喜悦，吐着舌头，像小狗似的看着母亲。

尚母用更加坚定的声音对他说："但是你必须拿出男子汉的一面来!"

那份自信也感染了尚超，他情不自禁地点了下头。

"把美国的学先休了，"尚母咬紧牙关，像个即将踏上战场的士兵，"既然是为这件事情回来的，就要事情办妥再回去!"

尚超抬起头，母亲的脸，一半暴露在灯光下，显得和蔼可亲；另一半却隐蔽在阴影中，显得阴森可怖。

……

尔曼牵着雨泽的手走进病房。病床上的母亲一直躺在那里，倾听着门外的脚步声。脚步声越来越重的时候，她的眼睛也睁得越来越大。尔曼推开门，雨泽跟着走了进来。他仰着头，锐利的目光落在尔曼母亲的脸上，他的嘴角带着一丝礼节性的微笑，除此而外，他的脸上再没有表露出其他任何表情。

"阿姨好，"雨泽轻轻地欠了下身子，这不是在鞠躬，而是因为他想让对方更清楚地听到自己的声音。

"尔曼，也不介绍一下你的小作家?"母亲调侃似的问女儿。

尔曼连忙象征性地作了一个介绍。雨泽又朝病床的方向欠了下身子，这次是希望对方看清楚自己的脸。母亲打量着眼前的这个小伙子，从他棱角分明的脸，一直扫视到他牛仔裤的裤腿。母亲在心里赞叹了一声，但她压制住内心的冲动，用平静的声音对他说："阿姨一直都是《新锐》杂志的铁杆粉丝。"说完，她从窗边随手将杂志抓起来，露出名字给雨泽看。

雨泽又欠了下身子，这次是为了看清楚杂志上的名字。他向四下里看看，发现拐角处摆放着两把木头椅子，他走过去，拎起一把放在尔曼身后，然后，又将另一把拎过来，自己坐在上面。尔曼看看母亲，两个人悄悄地笑了一声。

"其实，"雨泽抬起一条腿，原本想要放在另一条腿上面，这时他自己意识到了什么，于是将腿收了回去，"其实我不是很喜欢这本杂志。"

母亲有些尴尬地笑了一声。

"'新锐'的社长天生注定就是一个小报记者，"雨泽平静地说，"他就像一个才出道的赛车手，刚给自己的法拉利加满了油，就被其他车队的对手花钱把车买走了。”

尔曼和母亲不解地看着雨泽。

雨泽停了一下，冲母女二人笑了起来。

母亲让尔曼为自己端了水，她喝了一口，然后继续对雨泽说：“阿姨很欣赏你的才气，但有时候是不是应该考虑给别人一个台阶下？不给别人留后路，往往最后会吃亏的。”很快，她看到雨泽的眼睛不自觉地瞪大了，于是，她补充了一句：“这只是阿姨的看法。”

雨泽清了一下嗓子，刚才他的嗓子眼里突然冒出一股火药味来，现在，他赶忙将这股味道消灭在萌芽状态。

“俗话说，打蛇打七寸，”他回答说，“但是，受过惊吓的蛇倘若调头逃跑，那么它一定会对它碰到的第一个人猛咬一口。我不希望让这种事情发生，所以还是一棒子打死它对社会比较有益。”

“但它最终没有死。”母亲反驳说。

“但它会死的。”雨泽继续反驳说。

尔曼揪了一下雨泽的衣袖，但雨泽自然地将她的手推开。

“阿姨还有一个问题，不知道对不对，”母亲继续发问说，“阿姨觉得一个创作者，不应该总是和这些闲杂人等扯到一起……”

“如果这样说，鲁迅先生也就不应该创作阿Q这个闲杂人等了。”雨泽打断对方的话说。他的话迫使尔曼的母亲停下来换了口气，她从这位青年的脸上看出一种由骨子里散发出的自信，好像在这一行中，没有人能够打败他似的。

“你不怕被报复么？”

“如果是狮子老虎来报复，我应该怕，”雨泽不屑一顾地笑着说，“可是蚊子来报复我，我只要准备好蚊香就够了。”

这句话也遭到尔曼母亲的冷笑。不过，她害怕自己的情绪会影响对方，一秒钟后，她恢复到原先的状态。

“真是年轻人，血气方刚。”她说。

“阿姨，不瞒您说，我觉得就算是老了，我也还会一样血气方刚的，”雨泽坚决地说，“这是我毕生追求的事业。”

“你是很强大，”母亲看了尔曼一眼，继续对雨泽说，“但是尔曼呢？阿姨应该放心地把尔曼交给你吗？”

雨泽愣了一下，他转过头去，尔曼正用一种祈求的目光瞧着他。他原本伶俐的口齿这时突然支支吾吾起来。他费尽力气，最后带着些结巴，对眼前的阿姨说："我会保护她。"

"年轻人。"母亲自顾自地笑着说，"年轻人呀！"

……

61

沛沛和波仔发现那座村子里有不少残羹剩饭，他们从垃圾堆上收获不少战利品。再者，由于前一天的胜利，那一片的狗儿们见到沛沛都畏惧三分，没有一个胆敢上前与她争斗。两个小家伙因此在这里一连待了好几天。

"大哥，明天去哪儿？"小李问老张。

"我听说枫城有个村子里面有不少流浪狗，当然了，家犬也不少。这村子快要拆迁了，既然得到了消息，就不能白白浪费。明天我们就去那。"老张正说着话，他的电话响了起来，于是他对兄弟们说："好了，今天就到这里，明天跟我联系！"说着已经到了医院门口，老张的母亲自从地震之后身体一直不是很好，经常自己独自前往医院。这时，他接到的电话正是医院打来的。"我马上就到。"他说完，快步跑进大厅。

母亲心肌梗塞突发，这时已经被抢救过来。护士长告诉老张，老太太觉得自己身体不舒服，就一个人来到医院检查，但刚进医院的门，就突然晕倒在地。医院的医生连忙就地抢救，老人总算活了过来。"做儿子的，应该多陪陪自己的母亲，"护士长拍着老张的肩膀说，"要不是她命大，这下就过不去了。"

"是、是，谢谢您。"说完老张迫不及待地向里面走去。

在病房里，他见到了母亲。"妈，我来了。"

老太太躺在床上，情绪显然已经被控制住了。旁边的医生向老张介绍了情况以后，就离开了，老张坐在母亲身旁，陪她聊天。"儿子，妈命大，你工作要紧，明天我就好了，你要想来看我，早点下班来看我就成！"她说，"哎哟，你说妈是没那个福气，没法再见见那两条救过妈命的狗了。"

"他们应该都去别处流浪了吧？"老张连忙说，"您放心，菩萨会保佑他们的。"

"哎哟，你说说，我记得有一条毛卷卷的，跟玩具一样。"母亲正说着，老张忽然想到了什么，然后，他轻轻地问："妈，另一条是黑白相间的？个头儿挺大?”

“对对！正是！怎么，你见过他们?”

“没什么，没什么。”老张这才明白，原来那两个曾经从他指缝间溜走的小家伙，正是救了母亲一命的英雄。他陷入了长久的沉思之中。他实在想不出这两个聪明的小家伙现在在什么地方。

……

第二天，母亲坚决不允许老张陪自己。于是老张只好继续投入到了狗贩子的活动中。他们来到了老张前一天提到的那个村子，没过一会儿，就抓获了几条流浪狗。沛沛和波仔才刚从梦中醒来，看到自己的同类被一个一个套走，他们当然明白这是怎么回事。

“大哥，您看!”小李指着远处两个正在奔跑的东西，“大哥！看上去像是两条名贵的品种!”

“上去看看。”老张说。

汽车靠在路边的时候，沛沛和波仔正躲在一棵大树旁，而他们不知道，自己的行踪已经被对方监视。“李彬，”一个兄弟对小李说，“你看那是不是那回从我们车里逃跑的两条狗?”“好像是。”小李又转身对老张说，“老大，您觉得这两条狗是不是眼熟?”

老张仔细地观察了一阵，“正是他们。”他想，而后看了看手下的弟兄们。这群弟兄个个眼冒金光，他们互相议论着说，这下可要发财了。之前捕获的黑背至今没有卖出去，因为狼狗太凶狠，不适合在城市里销售，但边牧就不同了，贵宾的销路就更广了。

“好像是……”老张说话时犹豫了一下，“一条贵宾、一条边牧。”

“大哥，我们包抄一下，就全部都搞定了。”小李说，还没等回答，就已经开始行动了。他们兵分四路，四张网从不同的地方袭来，波仔惊叫了一声，沛沛正想逃跑，但显然为时已晚。两个小家伙就这样被再次套进了狗贩子的车上。“这下可要锁好了。”小李说，“不能再让他们有机可乘!”

在黑暗中颠簸了一个钟头，沛沛和波仔忽然听到了四周同类的叫声。沛沛原本趴在地上，这时突然站了起来。两个小家伙被关在一只笼子里，笼子的抠锁上还额外加了一把锁，这样，他们就算有超越人类的智商，也没有办法逃脱了。汽车停在路边，老张最先下了车。他犹豫了一下，然后对小李说：“今天你去和他谈。”

“我去?”

“也该试着自己去拉拉关系了。”老张说，“我在车上等你们。”

小李和其他几个弟兄于是打开后备厢，将笼子抬到一位长满膘的老板面前。这是个鉴定品种狗的专家，凭借自己多年的经验，一眼就能分出狗的成色。他在大老远的位置就已经鉴别出沛沛和波仔的品质，小李刚把笼子抬到他面前，他就伸出手来，比划了一下。

“这条边牧，我给你5000，这条贵宾，我给你4000，你看怎么样?”

“朱老板真爽快!”小李笑着说，“只不过我们大哥说，这两条狗品种纯正，怎么着加起来也得一万左右才卖。”

朱老板思考了一阵，然后对他说：“一万可以，但是上回卖过来的那条罗威拿，现在市场上不流行，销路不好，我要是一万块钱买下这两条，那条你们可得给我处理了。”

“这没问题啊！您不要，我再转卖给别人不就行了么!”小李兴高采烈地说，“那条黑背呢?”

“黑背有人订了，不过现在还没有出手，正等着主人明天来取呢!”

“老板，您别小看这两条狗，猴精猴精的，”小李指着沛沛和波仔说，“您可得看好了。”

“放心吧，也不看我老朱是干啥的，”朱老板说着蹲在笼子边，“钥匙给我。”

小李一边将钥匙交给他，一边叮嘱说：“您可小心!”

“放心吧!”朱老板说着打开了笼子，“来了狗市，再厉害的狗也被吓得直打哆嗦，再聪明的狗也得吓成笨蛋。”这时，他打开了笼子，沛沛的眼睛紧紧地注视着他的手，他正在扳动抠锁。锁子缓缓地被打开，笼子门刚刚被平放到地上，沛沛忽然向前一步，狠狠地在朱老板的手指上咬了一口。“哎哟我的妈呀!”朱老板疼得跳了起来，紧接着，沛沛飞身扑向小李，后者向后退了两步，一只脚踩到了石头，头向后坠了下去，好在他及时做出调整，没有后脑勺着地，硬邦邦地摔到了一条藏獒的笼子前。

长时间的流浪生活早已使沛沛的性格变得狂野，这时波仔也从笼子里跑了出来，一步跳到旁边的台子上。“别让他跑了!”于是，司机跟了上来，盯着波仔。波仔左右摇晃着身子，在台子上跳上跳下。司机猛地一伸手，没想到波仔已经从他裤裆下面钻了过去，司机跌了一个大跟头。他回身继续追着波仔，费了好一阵子工夫，终于将他逼到了死角。

“小家伙，我看你往哪儿逃。”司机露出邪恶的笑容来。

这时，沛沛一个箭步飞了过来，司机被这强大的冲击力扑倒在地。波仔连忙向另一侧逃跑，沛沛转身紧紧跟着波仔。“别让他们跑了!”朱老板喊了一声，沛沛和波仔眼看就要逃出狗市了。这时，却有一间仓库引起了两个小家伙的注意，他们于是停了下来。那正是朱老板的库房，放在里面的，都是被别人订走的狗。之所以被吸引，是因为沛沛听到了一声熟悉的叫声。

她轻声溜进仓库，老朱在前排门面做生意，仓库里只有他的妻子在看管，现在，朱夫人正在里间倒水，存放狗的地方处于开放状态。沛沛和波仔悄悄地溜进去，停在唯一一只关着狗的笼子前。笼子里的狗并没有本能地叫出声来，因为他们是认识的，换了一种环境，笼子里面的，多希望笼子外面的能够拯救他。

笼子里的，正是托比。

女主人打好水，站了起来，脚步声越来越近。沛沛连忙用她灵巧的嘴咬开抠锁，又用爪子抠开笼子的门。托比“嗖”的一声蹿了出来，就像一个刚刑满释放的犯人那样充满活力。女主人推开门，托比冲着她发出“呼噜”的声音，女主人大叫一声，连忙将自己锁在里间，独自瑟瑟发抖。沛沛的尾巴露在门外，这时却不幸被追过来的朱老板看到了。于是，他和小李一同冲上前去，想要将沛沛和波仔逼进绝路。而托比猛地扑上去，将来人扑倒在地，沛沛冲着小李的脚踝狠狠地咬了一口。旁边的波仔冲着另一处大声叫了起来。沛沛趁小李倒地的时候，来到波仔身边，他们发现，鹏鹏正被拴在一只木桩上，冲着这里狂吠。沛沛发现，虽然拴着鹏鹏的是一只铁链，但因为铁链太短，在铁链末端，却是用一根绳子将它和木桩系在了一起，鹏鹏看到沛沛和波仔，摇起了尾巴，先前那副凶相荡然无存。

沛沛一口咬断绳子，于是，鹏鹏重新恢复了自由。托比正被人从三面袭击，小李、司机和朱老板各持一支铁棍，托比已经连挨几棍，现在有点撑不住了。鹏鹏一跃而上，冲着小李的喉咙扑去，将他按倒在地。托比终于得以脱身，两个强壮的伙伴发疯似的撕咬着袭击剥夺他们正常生活的家伙。只听见有人喊着，“赶快打死他们！”然后，许多人一拥而上，砍刀和砖块一齐砸向托比和鹏鹏。在人类的一声欢呼下，托比倒在了血泊中。鹏鹏坚持了一会儿，最终，也缓缓地倒了下去。

而这时，沛沛和波仔已经逃出了狗市，在一座安静土丘上，他们静静地等候着两个伙伴的到来。然而，那声人类世界的欢呼已经说明了问题。波仔哼哼着趴在地上，沛沛向着他们逃出来的那个地方注视了一阵，然后转身离开了。

老张却没有参与这场混乱。他站在车旁，两只手交叉在胸前，左手的大拇指轻轻地揉着自己嘴角鼻子下方的瘤，自言自语地说：“聪明的家伙。”

……

62

雨泽瞥了对方一眼，尔曼的母亲嘴里仍然不停重复着“太年轻”这三个字。雨泽又一次感到嗓子里充满了火药味，他又清了清嗓子，觉得这样下去，自己迟早要爆发。于是，他站起来说：“我去为您买点晚餐，医院里单调的伙食一定让您厌烦了。”说完，他推开门向外面走去，身体和精神都获得了暂时的解脱。

来到繁忙的马路上，汽车的轰鸣声在他耳畔回荡，路旁的行人有的低着头，两只手插在口袋里，急匆匆地赶路；有的手里拎着一大堆东西，看到有人从自己身旁经过，就皱起眉头来，雨泽想，这个人长年这样在外面走路，到最后一定会比别人多长许多皱纹出来。有些男人，肩膀上过早地扛起了另外两条生命的负担，脸上那股可悲的成熟勾勒出一副标准的小市民嘴脸，有时为了几块钱不惜和别人争吵，为了一家人的生活，自己的尊严又算什么呢？

雨泽看着街景，嘴里嘟囔着什么。

“我可不愿变成这样。”他撇了下嘴，露出一脸不屑，接着，他又想起尔曼母亲嘴里不停重复的那三个字，行走在繁忙的街道上，他是自由的。于是，雨泽心里的火气立刻冲到了额头，自言自语地说：“什么玩意儿！什么破玩意儿！”说着说着，他又想起尔曼那张漂亮的脸蛋，他骨子里那股不服输的性格又开始作祟了。在十字路口，他紧握拳头，小声对自己说：“我得教这丫头学点她母亲教不了她的东西。”接着，他朝着正前方走了过去。

雨泽一边挥舞着拳头，一边继续向前走去。他身旁是一排各具特色的饭店。雨泽停下脚步，端详着招牌上的字眼，最后，他决定走进一家粥棚。

这家粥棚看上去生意不是很好，服务员是个胖子，年纪不大，长了一颗圆滚滚的脑袋。雨泽是店里唯一的客人。他才将目光从贴在墙壁上的菜谱中移开，就捂着嘴笑了起来。他看着服务员穿的那身衣服，好奇地问他说：“你是爱丁堡大学的学生？”

服务员低头看了一眼自己的衣服，胸前写着“University of Edinburgh”（爱丁堡大学），于是笑着回答说：“我是那边的学生。”

“已经毕业了？”

“还没有。学业太重，我这身体有点吃不消，所以就办了一年休学，回来没什么事做，给别人打打工，增长点阅历。”服务员说，“您这么问我，您也是爱大的吗？”

雨泽拍拍自己的胸脯说：“我已经毕业两年了。”

服务员伸出手来，对他说：“很高兴认识您，叫我小胖就行了，在那边儿他们都这样叫我，谁叫我长得皮糙肉厚呢！”

雨泽点了点头，像是赞同小胖说的话。

“您比我大两岁，”小胖说，“您是学什么的？”

“我是学政治的，”雨泽摆了摆手回答说，“嗨，苏格兰那点政治，我都不好意思提。”

“那您一定认识林志远吧。”小胖摸着自己的肚皮问。

雨泽看着小胖愣了一秒钟，他上下打量着对方，实在想不出自己在什么地方见过他。一秒钟后，雨泽收回了自己那脸迷惑的表情，平静地对小胖说：“认识。不但认识，而且还很熟，只不过不太喜欢他的为人，所以就懒得联系他了。”

小胖不知道该怎样往下接。

雨泽继续说：“我说的是他后来的事情。”

小胖有所顿悟，他犹豫了一下，还是决定帮着林志远讲两句好话。

“您说的是他和惠惠姐的事情吧？”小胖说，“其实那件事不该赖他。”

“怎么不赖他？”雨泽有些激动，话刚出口，他意识到应该保持克制，于是语调平缓了下来，“惠惠肯定有错，但是作为一个男人……”

小胖接过话茬说：“作为一个男人吧，其实他还是担当了一些。因为这件事压根就不是他的责任。您想啊，惠惠姐去他那里开Party，结果有人给他们俩的杯子里下了药，俩人魂不守舍地关在一个房间里，发生那样的事，我觉得真不能怪他。”

“下药？”雨泽觉得心头猛地凉了一下，“这怎么可能？”

“您也知道，英国的超市里都能买到那种药，一开始大家觉得可能就是兴奋剂什么的，既然能买，那也就应该无害，不过现在想想，那东西可能是摇头丸。”小胖严肃地说，“反正服下那玩意儿，人整个就疯了。”

雨泽没有吭声，眯缝着眼睛看着对方。过了一会儿，他要了一碗紫米粥和一碗皮蛋瘦肉粥。

“打包带走。”他说。

“好的，”小胖朝身后通往厨房的窗口喊了一声，而后回过头来对他说，“现做的，您稍等会儿。”

“后来呢？”雨泽还是按捺不住心头的思绪，继续问了起来。

“后来呀，林志远和那个下药的小子绝交了。”小胖说，“我们当时都觉得惠惠姐和他挺般配，经常撮合他们俩，可是他那时候才告诉我们，惠惠姐是他一哥们儿的女朋友。发生了这种事，本来他和惠惠姐都觉着就这么算了，谁也不说，照样好好活着。可是谁知道，惠惠姐竟然怀孕了。这不，事情就复杂了。”

小胖每次说到惠惠的名字，雨泽都会觉得心头被针扎了下似的。这时，说到那件特别的事情，雨泽连忙阻止对方说：“行了行了，后面的事情我也就知道了。不过，林志远现在是个什么状态？”

“他毕业回国后，我就没再和他联系。”小胖说，“但是后来我们那边儿一个叫陈凯的兄弟和他接触过。据说，惠惠姐和他分手了，原因好像是林志远的前女友回来找他了。”

“刘诗雅？”雨泽脱口而出。

“好像就是这个名字。”小胖说。

“那惠惠呢？”这下，他自己扎了下自己。

“我听到一些传闻，都是我们那边儿的人传的，我自己也不相信是真的，不过，传闻确实是说，惠惠姐的母亲去世了，回国以后，她在叶城一家夜店里被警察逮捕了。”小胖说话的当儿，雨泽要的两碗粥已经出锅了，他打好包，递给对方，“拿好，小心烫着，一共16块。”

雨泽付了钱，向他点头表示感谢。

“您对惠惠姐的事情还挺感兴趣的嘛！”小胖总结似的说，“我还没问您叫什么名字？”

“雨泽，”雨泽看着他说，“你该是听说过的吧？”

小胖愣在那里，沉默地点点头。雨泽冲他露出一个微笑，而后快步离开了。

63

雨泽离开饭店的时候，眼珠子躲在眼眶中动也不动。他拎着那两碗粥向医院走去，来时路旁的行人现在稀少了许多，他的思绪在更加宽松的空间里生长着。快到医院的时候，他强大的主观意识突然醒了过来。于是，他重新整理心情，像什么都没有发生似的，将脑子里那些杂七杂八的情绪逼退到内心深处去了。

……

“他怎么样?”雨泽才离开的时候，尔曼迫不及待地问。

母亲眨巴一下眼睛，将身子向女儿这边侧过来。

“你是发自内心地喜欢他吗?”

尔曼脸红了，她轻轻扬了下脑袋，上嘴唇咬着下嘴唇，小心翼翼地观察着母亲的脸色。

母亲收起了笑容，仿佛一个权威要公布自己的研究成果似的。

“他身上确实有一种说不出的自信和优越感，”母亲说，声音显得很低沉，好像是担心被外面人听到似的，“我相信他的未来一定不同凡响。”

“真的吗?”尔曼紧张的表情逐渐舒展开来。

“但他会不会成为一个好老公，还需要经过一些测试。”母亲眼睛里的光无比锐利，“他这种好斗的性格，我担心他会容忍不了你的小脾气。”

尔曼的紧张情绪又涌到了脸上，她毕恭毕敬地看着母亲，眼睛里充斥着渴望的光芒。

……

雨泽走进病房，母女俩用温和的目光迎接了他。雨泽将两碗粥放在床头柜上，正准备将饭盒的盖子一一揭开，阿姨在一旁对他说：“先放那儿吧，护士可以来帮忙的。时候不早了，你们早点回去吧。”

雨泽停下手里的活，向后退了几步。他看了对方一眼，不小心发现对方脸上有些瑕疵，不禁愣了一下。他觉得这位阿姨的脸颊瘦得很特别，好像是被什么人用手捏出了流线型，而并非大自然最原始的赏赐。雨泽自顾自地点了下头，而后道了声再见，退出了病房。

母亲向尔曼做了一个鬼脸，尔曼心领神会，从后面赶上了雨泽。雨泽有种奇怪的感觉，他看到尔曼的母亲时，总是有股无名的火焰在内心中狂舞。这时，他又琢磨起对方那张奇特的脸究竟是怎么搞的。一边走着，一边又忽然觉得，这位阿姨对自己说的话，好像一个主人在命令一个仆人，这么一想，他皱起了眉头。这时，尔曼从一侧赶上，轻轻地拉着他的手。

“你生气了?”尔曼摇晃着他的胳膊。

雨泽看了她一眼，勉强地把嘴角扬了一下。

“妈是看到我们太亲密，她嫉妒了，”尔曼调皮地说，“她很爱我的，都恨不得把我吃进肚子里。”

尔曼的话触碰了雨泽的笑点，于是，一场情侣间的尴尬被化解掉了。他们拉着手来到汽车旁，临上车前，尔曼停下脚步，在雨泽的脸颊上亲了一下，雨泽也回敬了她一下。“你家怎么走?”雨泽问。得到尔曼的答复后，汽车开动了。在熟悉的空间里，雨泽重新回到了正常的状态。

“今天见到尚超，果然不同凡响。”雨泽一开口，就充斥着尖酸刻薄。

“其实尚超是很善良的，”尔曼观察着雨泽的脸色说，“他听说妈妈病了，专程从美国赶回来。其实我心里是很感动的。”

雨泽的嘴角向上翘了一下，表示回答。尔曼连忙打住，没有再继续说下去。她从仪表盘上拿起雨泽的手机，靠在椅背上玩弄起来。

“我有一个问题要问你，”雨泽提出心里的疑问，“阿姨整过容吗?”

尔曼瞪大了眼睛看着对方，脸上写满了惊讶。

“你是怎么看出来的?”她说，“从来都没有人注意过这点。”

“不自然、不自然。”雨泽用余光瞥了尔曼一下，而后自言自语似的说，与先前尔曼母亲说他“太年轻”时的口吻一模一样。

“你是在说妈妈的脸不好看吗?”

雨泽像是嘲笑似的发出一阵怪声，然后继续专注地盯着眼前的路。尔曼看了他一眼，心里生出一份不满的情绪，带着这份情绪，她继续浏览着雨泽的手机。

“对于整容，怎么说呢，”雨泽开口说，“我更喜欢纯粹自然的东西。”

“比如她，是吧?”尔曼的目光停在一张两年以前的照片上，照片的注释上标注着“惠惠”两个字。

雨泽看了照片一眼，没有说话。

“你还想着她呢吧?”这下轮到尔曼尖酸刻薄了。

“换手机的时候，直接从电脑备份里拖进来的。”

尔曼看了雨泽一眼，她的大脑已经告诉自己，她接受了对方的解释，但母亲的话又在耳畔回响起来，触动着女孩内心深处特有的恐惧感。于是，她逐渐舒展开的眉头又重新紧绷了起来。一次小心翼翼的深呼吸后，她刻意装作一副生气的样子说：“我真的不知道，她什么地方和别人不同，让你这么留恋。她这样的长相，如果扔到人群里，找都找不到。”

雨泽原本平静下来的脸，这时忽然像刮起了狂风。尔曼的话像一支特大号的针头，笔直地插入他的心脏。与此同时，他先前压抑在内心的情绪这时猛地窜了出来。一个小时前小胖说过的话又回荡在他耳畔。他想起那时的自己，曾将惠惠视作自己人生的耻辱，他想起那时自己留在博客上那篇狠毒的日志。那时，电脑旁的她一定曾伤心欲绝，她多么渴望自己能够给她一个机会。然而，那时的雨泽没有这么做。转瞬之间，王子大道、花园、椅子、冰激凌车又在他眼前浮现。

一时间，他说不出话来。这样的状态下，他无法强颜欢笑，却也感到吐槽无力。在沉默中，雨泽的汽车停靠在尔曼家门口。尔曼打开车门，淘气地看了雨泽一眼。雨泽目光炯炯，眼神中却充斥着一股敌意。尔曼将嘴凑近雨泽，想要用一个吻结束这一天的奔波。然而，雨泽却伸出手去，缓慢却强劲有力地将她推开。

“我想和你说件事。”雨泽尽力压抑着激动的心情。尔曼在一旁瞪大眼睛听着。

“我的状态不太对，”他继续说，“如果可以的话，我想暂时分开一段时间。”

尔曼愣在那里，她觉得心脏就要跳到嗓子眼去了。

“为什么？”尔曼说，“我做错了什么吗？”

雨泽冷笑了一下，目光落在手机屏幕上。这时，他的手机已经被放回到仪表盘的位置。

“是因为我说了她吗？”尔曼问。

雨泽硬邦邦地点了下头。

“她那么重要吗？”尔曼抑制不住心底的小情绪，不经意间抬高了声音，“她已经过去了，如果你放不下，当时为什么要分手？”

“我不想谈论这个。”

“你凭什么这样对我？”尔曼的声音比刚才更大了，她跳下车，在车窗外面对雨泽说，“为什么你想怎么样就怎么样？你知道这样做对我的伤害吗？”

雨泽又像先前那样硬邦邦地点了下头，他做了一个停止的手势，看着尔曼，摇起了头。

“你也许一点都不了解我。”他说。

“你又了解我吗？”尔曼的声音降了下来，伴随着激动的情绪，她的眼泪却升到了眼眶。

“如果是这样，”雨泽平静得让人窒息，“不如就此分开吧。”

“可是……”尔曼的话才到嘴边，雨泽又冲她摇了摇头。而后，汽车平稳地退了出去。

“你给我回来！”尔曼绝望地大声叫喊着，眼泪大滴大滴地落了下来，“你凭什么这样对我！”她还想再吼一句什么，却卡在嗓子眼，哽咽在那里。

她的声音传到了旁边那座小别墅里。听到声音，尚母将窗户开了一条缝，她的眼角闪烁着光芒，一只手托着下巴，活像个足智多谋的政治家。

64

在夜幕下，雨泽的汽车渐渐变成远处一颗小小的黑点。尔曼一边擦拭着眼泪，一边向家走去。那些泪滴前赴后继地向外翻滚着，好像战场上英勇的士兵。她擦干一批，又会涌出一批，她一边擦，一边觉得手都麻了，头都晕了，眼都花了，可是眼泪却还在向外流淌。她躺在床上，望着洁白的天花板，这短短几天有关雨泽的回忆一股脑儿地全都浮现在那里。他们在一起的时间虽然不长，但却正因为这短暂，才更加使那些简单的记忆显得清晰。

尔曼掏出手机，她最终还是拨通了雨泽的电话。“我后悔了，”她一边等着对方接听，一边自言自语地说，“我再也不这样了，原谅我吧。”而雨泽却并没有接听电话。他一回到家，就把手机调成静音，扔在一旁，来到洗面盆前从头到脖根、再到上半身彻彻底底地擦拭了一遍。尔曼手里握着手机躺在床上，眼泪带走了她体内的能量，她渐渐闭上眼睛，昏睡了过去。

夜深了，窗外的世界寒风瑟瑟。路旁的树正在一点点褪去已经泛黄的外衣，变成了光杆司令。一阵风吹来，搅拌着一丝哀伤的气息，对面屋子的门打开了。“快去，胆子大点儿！照妈说的做，听见没?”

尚超来到尔曼家门前，门铃就在他的手边，他伸出手去，却感到浑身发抖，指尖没有办法准确地落在按钮上。他回头看了一眼，尚母冲他摆了摆手。他又转过头来，艰难地将指尖瞄准按钮，用尽全身力气按动它，额头上大滴大滴的冷汗沿着脸颊滚落下来。

尚母满意地长出一口气，然后就把门带上了。

铃声惊醒了尔曼。她猛地坐起来，刚才的梦已经消散殆尽了，但她相信，那应该是一场美梦。她连衣服都还没有换，简单地洗过脸后，她打开了门。

“啊，又是你。”她像个泄气的皮球那样看着对方，“这么晚了，有事吗?”

尚超额头上的汗珠这时更加猛烈地向外涌出。他脸红了，汗珠沿着他的脸，一路流到脖子上。尔曼看着他健壮的身体，又看着他害羞的表情，心底却忽然生出一份由衷的感动。“外面很冷，进来坐吧。”她也不知道自己为什么会这样说。

尚超又回头看了一眼，但他的身后，灯已经灭了，母亲已经不在那里站着张望。他给自己鼓了下劲儿，然后换了鞋，跟着尔曼向里屋走去，很有一种破釜沉舟的气势。

他们来到客厅的沙发前，尚超正打算坐下来，尔曼转过身，伸出双臂，将他抱在自己的怀里。两秒钟后，尔曼松开手，尚超的脸被整个染成了红色。尔曼装作什么都没有发生，她咳嗽了一声，然后坐在沙发上。

“我……我……”尚超没有坐下来，一只手捂着自己的脸说，越往后说，声音越小，“我……我想……保护你……”

尔曼冲他笑了一声。那句结结巴巴的话，着实刺激了一下尔曼的内心。那种感觉应该可以被归类为感动。她摇了下头，像对孩子似的对尚超说：“你真是一个傻孩子。”而一秒钟之后，尔曼却又想到了尚母龇牙咧嘴的模样。看着尚超，她却又想起雨泽来。她开始奇怪自己为什么会对雨泽产生这样特别的好感。是他好斗的性格吗？是他不容置疑的自尊心吗？她越思考这些，就越无法将思绪从如此怪圈中抽离出来。然后，她的思绪回到自己的脑壳里，她的眼前仍然只站着尚超一个人。

“时候不早了，”她对尚超说，“谢谢你关心我。不过我很累，要睡了。”

……

雨泽关掉灯，叹口气，而后躺在床上。在黑暗中，他大睁着眼睛，那些反复出现的猜想又重新聚集在他脑子里。他的事业，他的感情，那一个个鲜活的形象，此时交织在一起，彼此缠绕。每一个人都在讲述着自己的故事，说话时都好像在大呼小叫。最后，他的耳旁响起一阵轰鸣，所有那些人物，无论是小梦和云鹤，还是罗主编和“王胡子”，又或者是小胖和林志远，都在这阵轰鸣中变得扭曲。只有角落里的一个身影安静地坐在椅子上，将自己的故事咽进肚子里。那个人就是惠惠。在幻象中，雨泽来到她的身旁，紧握她的手，对她说，他想重新开始。然而，对方笑着摇了摇头，紧接着，她如烟雾般渐渐散去。所有的幻象于是也跟着消失在那团烟雾中了。

漆黑一团的天花板，这时重新恢复了平静。雨泽醒过来，一道光从床头柜的手机屏幕里射出来，打在那里。雨泽犹豫了一下，而后将手机拿到眼前。“咳。”他咳嗽了一声，那是尔曼的电话。

他将消失的幻觉重新品味一番，充满讽刺地笑了一声，然后接起电话来。

“是我。”电话那头，尔曼连呼吸都异常小心。

“嗯。”雨泽冷冷地回答。

“对不起。”尔曼情绪激动地说，“我错了。我后悔那样对你。原谅我，好吗?”

雨泽没有说话。他又想起自己曾经为了那可笑的尊严而放弃的宝贵的感情。惠惠痛苦不堪的脸重新出现在他眼前，仿佛是在向他祈求一个新的机会。他先前坚硬的心，这时突然软化了下来。他决定不再重蹈覆辙。

“给我一点时间吧，”他在为自己找一个台阶，“让我重新思考一下，该怎样和你相处。”

尔曼的声音弱了下去，好像是在耳语。

“可是……外面很冷。”

雨泽愣了一下，他从床上跳起来，快步来到阳台。他打开窗户，在月光下，在寒风中，在那空荡荡的院子里，一个娇小的身影站在那里。她找不到准确的方向，只有站在正中央的花池旁迷茫地等候。

“好一个傻丫头，”雨泽长出一口气，无奈中伴着一丝怜悯，“我就来。”

……

“你知道么?”尔曼被雨泽裹在一件厚厚的大衣下面，他们坐在花池边的椅子上，尔曼依偎在雨泽的怀里说，“我越是想要弄明白为什么会喜欢你，就越是沦陷得更深。如果你今天不见我，我会冻死在这里的。”

而当那惨白的月光照射在雨泽脸上的时候，尔曼却只看到他眼睛里闪烁的、冰凉的光，他看着尔曼，却又仿佛看着更远的地方。他将原本围绕在尔曼肩膀的胳膊收了回来，在她眼前比划出“1”的样子。

“这真的是最后一次。”他的声音异常浑厚。

接着，他吻了她。

……

第二天清晨，尚超早早地坐在尔曼家门前的石凳子上。尔曼推开门，他连忙站起来。尔曼冲他打了一个招呼，然后就快步向远处跑去了。雨泽的汽车就停靠在那里，她先到驾驶室的位置拥抱了他，然后才坐到自己的位置上。

在那愉悦的气氛中，汽车开动了。尚超则站在原地，茫然地注视着远方。

65

“赵队长派我来保护你，”小吴的眼睛看着远方，像一条猎犬似的，“这件案子还没有彻底了结，你不能放松警惕。”一边说着，他一边扶着惠惠向小区外面走去。“这儿不能待了，”他一边走，一边说，“我带你去一个安全的地方。”接着，他们跳上出租车。几分钟后，汽车停靠在一座旧式居民楼的脚下。

“这儿虽然有些简陋，”小吴说，“不过还算方便，对面那座楼是购物中心，楼顶上还有电影院。那边有个公交车站，所以交通也很便利。如果是去宠物店，你沿着另外那头的小路步行20分钟就能赶到。”他引惠惠沿着楼梯向上爬去，一直爬到没有楼梯的地方，才停下来，掏出钥匙，打开面前那扇铁门。

“我住这里，”他推开门，打开灯说，“随便坐吧。”

惠惠坐在一旁简陋的木椅上，小吴坐在她对面的沙发上。他打开身旁的台灯，又关掉了头顶上的大灯，从口袋里掏出一包香烟，先在口上拍了拍，而后取出一支，递给惠惠。惠惠接过那支烟，含在嘴里，小吴又从上衣口袋里摸出一个打火机，为她点上火。惠惠陶醉地狠狠吸了一口，接着，小吴也点燃手里的烟，脑袋一扬，抽了起来。

“局里面有三个人知道你的详细信息，”他一边抽烟，一边对惠惠说，“你舅舅是一个，赵队长是一个，我也算一个。”

惠惠一边抽烟，一边看着他。

“等这件案子了结了，我就可以光明正大地做警察了，”小吴说，“我从18岁就开始做卧底，警校为了让一切顺利进行，特意为我制造了一起警校纵火案，把我圈在里面，然后开除学籍。我受过一些特殊的训练，半年以后，被赵队长安插进枫城钱氏集团内部，给人家做打手。一晃三年过去了，一天，赵队长突然要见我。据说局里派新队员进入了钱氏，已经不再需要将我安插在那里了，我以为自己可以回到局里，安安稳稳地做我的刑警，可是赵队长却把我叫进他办公室里，对我说，由于我在钱氏打下了很好的基础，现在的我将更容易获得江湖大佬们的信任。一个月后，我在一次斗殴中得罪了钱先生，被迫离开钱氏。没几天，我来到叶城，投靠成老大。他得知我的事情后，让我跟着刘天福干，这一干就是7年。在赵队长的要求下，我通过各种途径收集有关这伙人贩毒的证据。”

“局里还另外安排了其他几名队员出任卧底，但留到最后的，却只有我一个人。想想这真是一个莫大的讽刺。他们有的暴露了身份，有的跟着成老大捞了一笔之后，一夜间就逃之夭夭了。我之所以能够活下来，”小吴停了一下，他的语速突然慢了下来，“我之所以能够活下来，是因为我曾经残杀过自己的同事。”

他吐了一个烟圈，继续说：“一次交易的时候，警察突然赶到，围堵了现场。可谁知道，刘天福的这场交易竟然是一场‘秀’。他两手空空，回到局里接受调查后，警方没有丝毫证据能够指控他。但是一离开警局，他立刻将一位弟兄叫到身边。他回忆说，在交易之前，他故意为这位弟兄卖了一个破绽，专门问了声，谁要去洗手间，结果，只有他一个人去。在逼问下，这位弟兄承认了自己是卧底的事实。

“我原本以为，这件事很快就会了结，可是谁知，刘天福将一把枪放在我的手上。他用怀疑的目光盯着我，让我亲自杀了我的同事。我当时真想转过身去，一枪毙了他。我看着那位同事的眼睛，他目光坚毅，那表情分明是在告诉我，只有照刘天福说的去做，这件案子才有可能告破。那时的我，脑子里一片空白。

“‘快动手呀！’刘天福在一旁重复着他的命令。最后，我闭上眼睛，子弹硬生生地穿过了同事的脑壳。他就这样离开了。当时的我，像是被万箭穿心，疼痛难忍。现在回想起来，那一幕都狠狠地揪着我的心。我那时发誓，一定要亲手将刘天福绳之以法。”

惠惠将手里的烟头倒着按在烟灰缸里。一言不发地看着小吴。

“后来，”小吴继续说，“赵队长决定，由于担心打草惊蛇，在一段时间内，暂不往这个团伙中安插其他新人，7年来，我是他们唯一的内应。惭愧的是，刘天福虽然重用我，却将我放在边缘的位置，直到那天，我看到你坐在街道旁，才知道组织上要对这伙罪犯发起新一轮的攻击了。”

……

“眼下只有一个办法可以救嫂子了。”

山脚下，一顶帐篷内，四个人影围坐在一起，他们脸上全都带着一副严肃的表情，在凄凉的月光下，显得凶神恶煞。

说话的人眼窝深陷，闪烁着两道冰冷的光。

一只手按在他的肩膀上。那只手的每根指头上都长着毛，显得强劲有力。它属于刘天福。

“说说看！”刘天福说，“我就知道你小子他妈的总会有办法。”

另外三个人都将目光对准那位眼窝深陷的人，对方抿了下嘴，气氛顿时显得无比凝重。

被关注的人抬起头来，面无表情地看着刘天福，一字一句地对他说：“去自首。”

那只拍在他肩膀上的手缓慢地移开了。

“叛徒！”旁边一个兄弟往地上吐了一口唾沫，喊了起来。

“我们出生入死，怎么可以让大哥去自首！”又一个人说，“我们手里有枪，大不了我们去劫狱！”

“都闭嘴！”刘天福喊了一声，而后又小声问这位被关注的兄弟说，“只有这一个办法？”

“只有这一个办法，”对方说，“梦姐现在罪名已经成立，任何人都没办法帮她翻案。如果想让法院重新审理，只有您出面，主动承担所有罪名，她才有可能被减刑。”

“你这是让大哥去送死！”

“这是我能想到的唯一办法！”他继续说，“就凭我们几个人，和我们手里的几杆破枪，去劫狱等于害死梦姐。”

刘天福推开帐篷门，独自一个人来到外面。他凝视着天空，大半辈子的风风雨雨好像都写在那片蔚蓝色的底片上。他摸了摸口袋，已经没烟可以抽了，他又摸了下另一只口袋，这才想起来，他的手机在跑路的时候掉进了水沟。这么些天的逃亡，使他的“将军肚”缩水不少。“难不成真要这么交待了？”他自言自语地说，“这么些年了。哎，这么些年都过来了。”

新婚之夜的场景依然历历在目。楼道里的叫骂声仍然不绝于耳。想起自己曾经的一次次惊险逃亡，他本以为依靠自己这聪明的脑袋瓜子，足以把警察耍得团团转，而今，他却陷入如此窘境，心里多少不是滋味。

“大哥，”刚才一直被注意的兄弟来到他身后，对他说，“不论您最后的决定是什么，我都会一直跟着你。”

“好兄弟。”刘天福转过身去，眼眶湿润了。突然，他从腰间掏出一把枪，猛地抵在对方的下巴上，“我刘天福闯南走北也算结交了不少朋友，但是劝我去投案自首的，从来都没有好下场。”说完，他扣动扳机，寂静的夜空下，子弹脱膛的声音在四周回荡。

“你跟我去把尸体处理一下，”刘天福拉开帐篷，为里面的两个兄弟安排任务，“你现在就想办法溜进城里，联系一下陈律师，告诉他，我临走前托付给他的最后一件事，就是小梦。三天以后的晚上11点，我们在枫城的渔人湾码头会合。”

……

“本台新收到的消息，正在被通缉的叶城特大毒品走私团伙骨干人员方天骄昨天夜里手持枪械闯入叶城律师陈天华宅邸进行盗窃，警方接到报案后于三分钟内及时赶到，将其当场击毙。”

……

三天之后，刘天福和另一名同伙乔装打扮，穿越半座城市，向渔人湾码头前进。他们途经路旁的报亭，看到贴在墙壁上面的旧报纸，上面用醒目的字体写着有关方天骄的事情。刘天福在半空挥舞了一下拳头。“混账东西！”他自言自语了一句。

“大哥，这儿待不得。”他的兄弟说完，搀着他的胳膊向前继续走去。

“连陈天华这个老不死的也要当叛徒！”刘天福一边走一边说，“我不会放过他！”

他们来到渔人湾码头的时候，已经快要凌晨了。码头旁有一位满脸皱纹的船夫，正细心地观察着四周。刘天福朝着他的方向快步走去，来到他面前，紧紧握住了他的手。

“另外两个人来了吗？”刘天福问，一边瞧着眼前的湖水。

“还没有，”船夫说，从口袋里掏出五本护照来，递给他，“这是我们老板让我亲手交给您的。我先把你们送到旁边的岛上，他的商船马上就到。”

刘天福接过那叠护照，从中挑出有方天骄照片的那本，装进自己的口袋。然后，他又从里面挑出身旁这位弟兄的，递给他，对他说：“从现在起，你叫刘胜，是枫城人。”他又从里面挑出自己的那本，对兄弟说：“我现在叫刘智，是你多年的生意伙伴。”说完，他将剩下的两本护照握在手心，焦急地等待着。

“刘先生，我们老板的船就要到了，你的两个弟兄什么时候才来呀？”船夫在一旁问。

这时，两个人影出现在刘天福的视线中，他朝着他们挥了下手，竖起两只大拇指，对方也用同样的动作回应。

“他们来了。”刘天福对船夫说。

两个人向这边跑了过来。

“你们两个小子终于赶过来了！”刘天福拍着两个人的肩膀说，“让你们办的事情办成了没？”

两个人你看看我，我看看你，紧张得嘴皮子都在颤抖。

“没有办成？”刘天福瞪大眼睛，在其中一个人的脸上猛地扇了一个耳刮子。

“大哥、大哥！”另一个连忙解释说，“我们本来已经办成了，我们用了两天时间找到了玫瑰的下落，可是行动的时候，突然蹿出一个人来……”

“混账东西！”刘天福又给了第二个人一个耳刮子，“两个人打不过一个人？”

“他身手特别快！”旁边那个又连忙解释说，“我们两个加起来都不是他的对手！”

“小吴？”刘天福愣了一下，小吴的身影仿佛在他眼前晃动，他自言自语了一句，而后询问眼前的两个人：“另外那个叛徒处理得怎么样了？”

“已经搞定了。”他们指的是采尼。

刘天福将护照递给他们，指了下船说：“去吧。”

“快上来吧，我们就要开船了，”船夫在一旁嚷嚷着说，“刘先生，您也快上来吧。”

然而，刘天福并没有上船。他摸了一下自己腰间的手枪，整理一下衣服，回头看了一眼，而后，他向反方向跑去了。

“大哥！”船上的兄弟叫了一声。但船夫已经将汽船开动，向着远处那座小岛驶去了。

……

小吴的电话响了起来。他离开惠惠，来到阳台，接起了电话。里面传来赵队长浑厚的声音。

“一切尽在掌握，”赵才智说，“小吴呀，你离归队的时间可能只剩下半个小时了。”

……

“这个混账东西！”刘天福一边走着，一边在嘴里嘟哝。他抬头望着天，叹息这人生的短暂。他最后一次用自己的脑子琢磨着江湖上的事情。很早以前，出于对小吴的不信任，他曾派人暗地跟踪，找到过他在枫城的秘密住宅。但随后，小吴跟着自己在叶城打拼，很少离开，对于这片住宅的记忆，也就逐渐从他脑子里淡忘了。他嘴里含着一丝坏笑。“救了玫瑰，你们只能躲在这里吧？”

天空中出现了小梦的脸。他仰望着繁星，自言自语地说：“等我处理掉这两个叛徒，你就可以重新获得自由了。”

……

小船行驶到入海口的时候，警笛声忽然响起。他们的四面八方，有数百支枪口对着他们的脑袋。船上的人连忙将手背在后面。警察很快控制了局面。犯人被带回岸边，用手铐铐着。赵才智两只手背在身后，从他们面前缓步经过。他来回走了两趟，疑惑不解看着他们。

“刘天福呢？”他问。

“什么……刘天福？”船夫结结巴巴地回答。

赵才智没有再问下去，他连忙转过身，对身旁的一位助手说：“通知全体队员，刘天福逃跑了，我要他们立刻在全城活跃起来！”

……

66

雨泽的一只脚刚刚踏入病房，那股惹得他浑身不自在的气氛就又环绕在他的周围。他正要将另一只脚也迈进屋子的时候，口袋里的手机突然响了起来。雨泽冲里面挥了下手，而后退了出来。过了一会儿，他一边点头，一边将手机塞进口袋，然后重新迈进病房。阿姨还没有来得及开口说话，雨泽就抢先一步对她说：“阿姨，真对不起，我突然有点事情，需要现在就去处理。”他又对尔曼嘱咐说：“好好照顾阿姨，晚一点我回来接你。”

雨泽离开医院的时候，胜利地长叹一口气。罗主编约他中午在一家餐厅吃饭，但雨泽已经无法抑制自己的情绪，提前赶到。他将汽车开进停车场，看着手表上的指针步步逼近正午时分，打了一个哈欠，伸了一个懒腰。看着街上的行人一会儿从窗户左边走到右边，一会儿又从窗户右边走到左边，他觉得这些家伙就像钟表里的钟摆那样，叫人直犯困。

就这样熬了一个上午，当手表指针真的紧贴12点的时候，雨泽却并没有离开汽车。不一会儿，罗主编从一辆黑色轿车中走下来，随后走出来的是一位与他年龄相仿的中年人。这个人戴着一副金边夹鼻眼镜，有点驼背，有一只鹰钩鼻子。两个人在餐厅门口站了一会儿，相互间耳语了几句，接着，罗主编拨通了雨泽的电话。

“我们已经到了。”他说。

“我有点堵车，等下到。”雨泽回答说。然后，他又伸了一个懒腰，硬生生地躲在车里，等待着分针向“6”的位置爬行而去。12点半的时候，雨泽终于结束了等待。他推开车门，跳下车去。罗主编很耐心地发来信息，让他路上注意安全，雨泽将手机装进口袋，锁好车门，大摇大摆地向饭店走去。

“我的这位小兄弟，看上去有些傲慢，还首先请您多多包涵，”房间里，罗主编对身旁那位驼背的同伴说，“但是您要相信我，这位小兄弟骨头够硬，在这方面的天赋是毋庸置疑的。”

这时，雨泽推开了房门。那位驼背的先生抢在罗主编之前站了起来，伸出自己的右手，诚恳地和他的手握在一起。雨泽仰着头，嘴角向上咧了一下表示微笑。

“这是我的上司，也是我的好朋友，”罗主编在一旁向雨泽介绍说，“我们出版社的社长老陈。”接着，他又向老陈介绍了雨泽。老陈欣赏着雨泽的脸，目光从他的额头一直到他的下巴。雨泽好奇地看着对方，心里觉得这位前辈慢腾腾的动作着实有趣，忍不住朝着罗主编的方向笑了一下。罗主编也用笑容回复。

“好面相，好面相！”老陈松开手，坐回到座位上的时候嘴里不住地念叨着，“好面相！”

罗主编在一旁解释说：“陈社长自学过《周易》，很会看面相。”

“略知一二，略知一二。”老陈在一旁双手合十，谦虚地说。

“社长觉得我的脸有什么不同吗？”雨泽饶有兴趣地问。

“好面相，好面相！”

于是，雨泽收回了自己的兴致，原本变得温和的目光，这时又降了温，冷冷地看着面前的餐具。

“我们入正题吧，”罗主编连忙插进话来，“陈社长，您先前的想法是不是可以讲一讲？”

“哎，对，讲讲。”老陈匆忙地从对雨泽的那份陶醉中醒过来，“讲讲。”

罗主编看了老陈一眼，又连忙将话茬接过来，对雨泽说：“陈社长的意思是，我们会围绕你的新书做一个主题进行炒作和包装，通过我们社的一些关系，联合各大电视台打造你。如果可能的话，还会有后续的许多活动。今天约你，是想听听你的意见。”

罗主编说完这番话，面带笑容，带着一脸的自信看着雨泽，心想，这一构想一定恰好满足了雨泽那颗轰轰烈烈的心。他还将自己那份自信用目光投给了老陈，对方看了他一眼，赞同地笑了起来。

“我们就这样干坐着吗？”雨泽移动一下眼前的餐具，将它们按照自己的习惯摆放好。

“服务员，上菜！”罗主编冲着门的方向喊了一声。

饭菜已经准备好，罗主编一声令下，漂亮的服务员扭动着身子，将它们一一摆放在餐桌上。

“我不吃生蚝，”雨泽瞟了两位前辈一眼，一本正经地说，“这玩意儿对脑子不好。”

“服务员，把这个打包放在那边，”罗主编说，“不喜欢吃的东西放在桌子上不好看。”

“我也从不吃粉条，”雨泽说，“这个对脑子也不好。”

“老陈，咱们把粉条分了，一人一份怎么样？”罗主编问。

“好，好！”老陈在一旁回答说。

“这个是什么？”雨泽在餐桌上巡视着，最后停在一只蒸笼旁。他打开盖子，一股熟悉的香味飘进他的鼻子里。他站起来，凑近这笼东西，而后闭上眼睛，露出一脸陶醉。“是流沙包吧？”他笑着对罗主编说。

“和你在爱丁堡吃的一模一样。”

雨泽已经将其中一只吞进肚子里，自言自语地说了句：“真没想到，我们北方城市也有这样的美味。”

过了一阵，雨泽像是突然想到了什么似的，于是，将手里的流沙包暂时搁在盘子里，换了一副严肃认真的表情，对两位前辈说：“我现在只有一个想法，就是把手头的东西写好。至于后期如何，我不专业，没有发言权。”

罗主编一边点头，一边对老陈说：“雨泽是个很踏实的孩子。”

老陈在一旁应和着回答说：“确实是，确实是。”

“至于和谁签约，签什么样的合同，我还没有想好，也还不愿去想。”雨泽继续说，“罗主编这样器重我，我很感动，这点您得相信我。”

“哪里哪里，这是为国家发掘人才嘛！”

雨泽没有吭声，他将眼前的美味一扫而空，好像整张桌子上只有他一个人在吃饭似的。罗主编有些尴尬地看了老陈一眼，老陈冲他硬邦邦地点点头。雨泽觉得自己已经吃饱了，他将餐具往两侧一摊，身子向后一仰，摸着肚子说：“我想我们的谈话还算融洽。两位前辈，下午我还有点事情，你们已经讲明了意图，我们这就散了吧？”

这时，老陈有些着急了。他跟着雨泽一同站起来，眼睛里闪烁着渴求的光芒。但一旁的罗主编却在台子下面轻轻地踩了一下他的脚。于是，老陈冷静了下来。雨泽冲两位前辈点点头，对他们说：“不用送了。”于是转过身，仰着头，向外走去。

……

病房里，母亲瞧着尔曼，看着她那嫩粉色的脸蛋，忍不住笑了起来。

“感觉怎么样？”母亲冷不丁地问。

“什么感觉？”尔曼的脸比先前更泛起了红晕。

“老实交代吧，你和我们的小作家已经发展到哪一步了？”母亲的笑声更加放肆了。

“讨厌。”尔曼噘着嘴说，“您就知道开我玩笑。”

母亲依然自顾自地说，眼睛里闪烁着光芒：“也不知道这文艺小青年是怎样把我女儿给弄到手的。”

尔曼脸上又增加了一块红晕。这些天的交往中，她有过甜蜜，却也着实被伤到过。她抬起头，看着母亲充满慈爱的目光，决心将淡淡的伤痕隐藏在心底。她尽可能多地回忆着那段有趣的旅程。

“他就是在旅行的时候向我表白的。”尔曼说，忍不住用一只手捂在自己的脸上。“除了写作，他喜欢摄影，喜欢旅行。”

“我的宝贝女儿倒是既不喜欢摄影，也不喜欢旅行。”母亲朝着尔曼的头顶泼了一盆冷水，“我只知道你喜欢什么都不做，赖在床上。”

尔曼据理力争，对母亲说：“才不是。我现在也喜欢摄影，也喜欢旅行呢。这是我文艺的一面。”

母亲一边笑着，一边朝窗外瞥去。这时，她愣了一下，而后又将目光对准女儿。

“我的宝贝女儿，你觉得是你的什么吸引了我们这位小作家？”

这个问题尔曼倒确实没有认真思考过。一直以来，她都只是一味地沉浸在对雨泽的崇拜中。这个大男孩生活在她从未触碰过的领域里，她的内心深处有一种强烈的探索欲。母亲的问题使她语塞片刻。

这时，母亲冲女儿招了招手，示意她凑到窗前。

“你看那边。”母亲用那只没有插着针头的手指了一下窗外的停车场。尔曼惊讶地瞪大了眼睛，而后，她一脸不解地看着母亲。

“他这是在做什么？”

雨泽的汽车停靠在医院的停车场里。他推开门，正要跳下来，却又突然坐了回去，将门带上。他看了下表，时间还早，心想尔曼应该还在陪母亲说话。想起尔曼的母亲，他的心里产生了某种抵触情绪。于是，他将手机立在仪表盘上，一边看着时间，一边回味着方才吃饭时自己摆出的架子。

“他为什么不上来？”尔曼问。

“我的宝贝女儿，”母亲摇着头说，“有时候，你还欠缺对一个人的了解。”

尔曼的脸上顿时失去了光彩的色泽，一团乌云仿佛笼罩上空。

“他不想见我？”她自言自语地说，“如果不想见我，为什么要选择和我在一起？”

“这就是他让你摸不透的地方。”母亲的脸上先是闪过一阵失望，继而又露出了淡淡的笑容，“他是一个什么样的人，你还要慢慢地体会。”

……

罗主编的计划，雨泽听得异常清晰，他那颗渴望精彩的心，早就在那里悄悄地产生了共鸣。然而，想起在“新锐”杂志经历的那段窝囊事，对罗主编的能力，他表示怀疑。

吃完饭，罗主编陪同老陈一道离开，在车上，老陈焦急地对罗主编说：“我的罗老弟呀，他最后能心甘情愿地跟着咱们吗？市面上有多少想要出道的作家，为什么就偏要选择他呢？”

罗主编目光深邃，像是在自言自语地说：“因为这小子有股坚持的劲儿是别人没有的。当然，如果从私心的角度讲，我一直觉得，我欠他的。”

“你欠他是你们之间的事，”老陈说，“我们这个出版社太年轻了，我们出的东西不少，但是全都不景气。我们缺少一个偶像，只有这个偶像立住了，我们的名气才能真的打出去。我要的只是这个偶像，至于你们的私人交情，我不便过问。”

“如果是和雨泽讲话，您绝不能这么说，”罗主编回答说，“他这个小兄弟，希望自己有影响力，但不希望自己被称作偶像。您放心吧，我今天在饭桌上说的话，他已经听到心里去了。”

“盯好他，”老陈说，“不能让他把稿子给了别人。”

“这也正是我所想的。”罗主编点着头说。

……

“嘘——，他上来了。”母亲对尔曼嘘了一声说。

不一会儿，楼道里就传来了雨泽的脚步声。在转角的地方，他停了一下，使劲为那张快活的脸上挤出一阵乌云来，好让自己显得因劳累而体力不支。接着，他继续向前走去，越接近病房的门，他就越放慢脚步，最后几步路，几乎像是爬过去的。

他敲了三下门，里面传来“请进”的声音，这才推门进去。

“阿姨，怎么样了？”

“下午这瓶已经差不多了。”母亲说话的时候，尔曼的眼睛瞧着别处，阴沉着脸。

母亲看到女儿那张因不满而变化的表情，连忙对雨泽说："我看时候不早了，你们先回去吧！过一会儿可能还会有人来看我。"

说着，她向尔曼递了一个眼色。尔曼只好扭捏着身子，向雨泽那里走去。

他们继续寒暄了几句，然后就退出了病房。

"你怎么了？"门刚被带上，雨泽犀利的目光就在尔曼的脸上捕捉到了一丝异样。尔曼没有回答，自顾自地在前面走着。雨泽紧随其后，觉得自己像是在竞走似的。来到汽车旁，尔曼倒似乎并没有要上车的意思。她一言不发，径自向外面走去。雨泽连忙追了上去，一把拽住她的手，对她嚷了一声："你怎么了！"

"我不要你管！"尔曼的嘴比先前噘得更高了，她顺势甩掉雨泽的手，大叫起来。

"发生什么了？"雨泽环顾四周，发现有许多双眼睛正在看着自己，于是将声音压了下去，"有什么到车上再说。"说完，他像位父亲似的将尔曼揽入怀中，尔曼并没有反抗，跟着他一同回到停车场。

汽车开动的时候，尔曼将脑袋朝向窗户，似乎很不情愿看到对方的脸。

"不管发生什么状况，你至少应该告诉我吧？"雨泽抱怨似的说，"这刚才还好好的，怎么突然就变了一个人似的？"

尔曼依然冷冰冰地看着窗外。

"究竟怎么了？"雨泽又问了一遍，他的声音越发显得硬邦邦的，随时都有可能火山爆发。

听到雨泽声音的变化，尔曼再不敢故作镇定。她用一种带着委屈的声音对雨泽说：

"也许我根本就不是你心里的那个人吧。"

这话着实让雨泽听得一头雾水。他带着一阵尴尬的微笑问："这结论又是怎么得出来的？"

尔曼一侧的嘴角上扬着，露出一股讽刺的轻蔑。这表情却使雨泽感到极其不快。

"如果你这么认为，那我就没有什么好说的了。"雨泽也终于摆出了自己特有的架子来，"还真是奇怪。"

"奇怪吗？"尔曼抢过雨泽的话头，终于打算向他摊牌了，"我倒是觉得你很奇怪。你很早就回来了，可是为什么要在车里坐了半个小时才打算上楼来?”

雨泽愣了一下，而他运转飞快的头脑却帮助他摆脱了尴尬。

“我觉得你应该会有很多话和阿姨说，想要多给你们留一点单独聊天的机会!”

却不想，尔曼早有准备，她硬生生地将雨泽的话堵了回去。

“是不是你出去办事也是为了给我们一个说话的机会?”尔曼的连发炮弹却使雨泽的大脑忽然短路。后者将汽车停靠在路边，大睁着眼睛看着对方。

一阵沉默过后，尔曼长叹一口气。雨泽很少面对这样的窘境，更重要的是，对于自己的谎话，他无法作出合理的解释。

“我一直崇拜你，一直都觉得你是一个敢作敢当的人，”尔曼越说越激动，心里似乎正在翻滚着惊涛骇浪，“可是今天，看到你的所作所为，我真的不知道应该怎么样面对你。妈妈说得对，你是什么样的人，我根本看不透。一起旅行的时候，你让我觉得很温暖，你并没有做什么，可是在我心里，却莫名其妙地觉得你很高大。我想依赖你，想受到你的保护。可是，我应该怎么做？我究竟应该怎么做?”

或许因为自己的谎话，雨泽感到心底一阵酸楚。他伸出手去，将尔曼揽在自己的怀里。尔曼顺从地靠过去，靠着他温暖的胸膛。

“你知道吗?”雨泽一边抚摸着她，一边说，这一刻的他，比任何时刻都更加诚实，“谢谢你走进我的世界。如果你真的懂我，真的了解我，或者你愿意懂我，愿意了解我，你就会发现，现在的我是多么尴尬。我选择的道路看上去光鲜亮丽，却需要花费掉我毕生的精力去拼搏……”

“所以你希望我变成另一个方惠惠。”尔曼推开雨泽，一脸不服气地打断他说。

听到这个名字，雨泽摇着头重新开动汽车。他想说什么，但用一个吞咽的动作将全部话语压在了心底。他们就这样在另一阵沉默中缓缓停靠在尔曼家的院子里。

这时，他将目光重新落在尔曼的脸上。

在月光下，她原本委屈的表情，这时表现出疲态，她的目光中，露出一阵惊恐。

“到了。”雨泽又重新掌控了局面，面无表情地对她说。

尔曼反应了一秒钟，才缓慢地点点头。她用那副目光瞧着雨泽，对方却将眼睛移到了自己的正前方，心里似乎还在为她提到的名字而生气。

“哦。”她战战兢兢地推开车门，用颤抖的手将车门带上。

雨泽没等她离开停车场，就开动汽车，从她面前退了出去，很快，就消失在漆黑的暮色中了。

尔曼忐忑不安地来到家门口，雨泽的态度再次在她心里留下一道小小的疤痕。她抬头朝蔚蓝色的天空望去，那里静得有些瘆人。

“尔……尔曼……”

从她身后传来的声音让她吓了一跳。她回过头来，尚超正站在那里，朝她傻笑着。

“我今天很累了，改天再说吧。”

说完，她用钥匙打开家门，将对方重重地关在门外。

……

刘天福来到一条大路与小路的交会口，路旁有一家小卖部，里面飘出浓烈的烟味。他好几天都没有抽烟了，强烈的烟瘾直窜到额头。他四下看看，四周空无一人，于是，他将手里的枪别在腰间，从口袋里掏出一百块钱来——这是他全身上下最后的一点现金，钱夹里揣着的银行卡已经被警察变成了废纸片。不过，现在的他可想不了那么多了。

刘天福走进去，将手里的一百块钱扔在桌子上，冲着老板指了一下柜台上的“中华”。老板那时正在看电视，他似乎并不太了解“中华”烟被放在了什么地方，于是朝里屋吼了一声。“在柜台一层的拐角里！”从里面传来一个女人的声音。里面似乎还有一个孩子的声音。刘天福安静地等待着老板为自己拿出香烟。

“中华”烟找到了，老板收了钱，在抽屉里面寻找着零钱。

这时，一则突然插播的新闻打断了电视节目的进程。刘天福愣了一下，他的照片出现在电视屏幕中。

“让他们再报！要循环地报！这个时候，我们需要全城的市民一起团结起来，”赵才智背着手说，“每半个小时报一次！我就不信抓不到这个家伙。”

……

老板微微将头抬起，而后又悄悄地看一眼刘天福。他吓了一跳，不敢相信自己的眼睛。他灵机一动，为这位先生凑齐了零钱，若无其事地交到他的手里，做出一副对电视节目毫无兴趣的样子来。刘天福接过香烟，又接过零钱，正要转身离开。老板突然跃起，手里操着一把榔头，朝刘天福的脑袋砸去。而刘天福猛地转过身，反手将他按在柜台上，另一只手掏出手枪，抵着他的头。

“你他妈的不想活了！”他恶狠狠地说。

“大哥饶命，大哥饶命！”小卖部老板连忙喊着说。

“公安要花10万块买爷爷的脑袋，”刘天福说，“你以为这10万块钱是那么容易赚的吗？”

“不容易，不容易。”一条瀑布沿着老板的裤腿流了下来。

里屋的女人听到动静，慢悠悠地走出来，看到此情此景，她吓了一跳。

“他妈的！你给老子站那儿！”刘天福喊了一声，“婊子！”

女人站在原地，吓得眼泪都流了下来。

“您饶了我们吧，”女人哭着说，“我们只不过是无辜的老百姓，您要什么我都给。”

“对，您要什么我们都给。”小卖部老板应和着说。

“你他妈闭嘴！”刘天福在他头上砸了一拳，他看着站在那边的女人，想到这两口子还有一个孩子，心里“咯噔”了一下。他又朝远处看了一眼，他担心自己的枪声会惊动整条街的警察，“要不是老子有重要的事情办，今天就要了你们的小命！”

“谢谢大哥开恩！”

“如果你们敢揭发我，我一样回来要了你们的小命！”说完，他举着枪向后退了两步，就消失在暮色之中了。

“还愣着干什么，赶快报警！”老板回过头，对女人说。

刘天福快步离开，他朝着人烟稀少的地方逃离，那里是一片废弃的工地，杂草丛生，他本想坐下来休息一下，但这时，警笛声忽然响起。警车从不同的方向赶来。刘天福在额头上擦拭了一下，但新的汗珠很快又涌了出来。他看着远处四面八方正在展开搜索的警员，渐渐地感到绝望。他已经成了瓮中之鳖。

“妈的。”他嘟囔着，向后退了两步。

“他应该没有走远，继续搜索，给我认真地搜索！”赵才智鼓励大家说。

刘天福停下来，在绝望中，他找到一根救命稻草。他的脚下是一口井，这大概是很早以前留下来的，附近的城中村还没有改造，不少村民还在饮用这口井里的水。刘天福拽了拽井绳，确认足够结实后，将它的一端系在一旁的木桩上。他担心绳子会突然脱落，于是，他费尽力气，多打了两个结。

警察的网子越缩越小，他急中生智，顺着那根绳子滑了下去。落水的那一刹那，他感到自己从内到外都仿佛被上千个钉子刺透了。在那冰凉的水中，他听到了警察的交流声和脚步声。于是，他狠狠地吸了一口气，然后钻进水中。

……

“我帮你收拾一下房间，”小吴对惠惠说，“你睡我的房间，我睡客厅。”

惠惠没有推让，只是平静地回答他：“嗯。”

67

“看完了。”惠惠被一叠关于怎样护理宠物的教材围绕在中间。刘诗雅从书架上取出一本，递给她，她就翻开一本，目光在字里行间飞奔，10分钟后，她将教材扔在一旁，继续向刘诗雅索要。刘诗雅又扔来一本，惠惠于是又将它翻开，又过10分钟，她又满意地叹口气，继续向刘诗雅索要下一本。没过一会儿，惠惠已经从“入门级别”读到了“高等级别”，刘诗雅店里的书籍已经被她一扫而空。

“这下可真没了。我花了好长时间才掌握了书里的内容，你只用了一个上午就把它们全都读完了。”刘诗雅说，“不过理论是一码事，实践是另一码事，不然等下来客人的时候，你来实践一下好了。”

就这样，惠惠的一天开始了。在刘诗雅的帮助下，她学会了怎样为宠物狗包扎伤口，怎样取得他们的信任，怎样陪他们玩耍，与他们游戏。一跳灰色雪纳瑞被一条流浪狗咬伤了后腿，惠惠为他包扎、涂药、打针，当主人来取的时候，小家伙已经恢复了原先的精气神。紧接着，她又为一条贵宾修剪成“泰迪装”，那活蹦乱跳的小蹄子着实让她费了一番工夫。刘诗雅在一旁耐心地指导着她，最后，小家伙变成了可爱的卡通形象，欢蹦乱跳地投入了主人的怀抱。

夜晚，惠惠将门锁上，走在寂静的街道旁。她四下张望了一阵，这时，小吴从转角处走了出来，两只手插在口袋里。他的嘴角带着一丝微笑，仿佛一个军人，即将看到胜利的曙光。他伸手拦了一辆出租车，在一阵轰鸣声中，汽车开向远方。

“他跑了。”回到家的时候，小吴对惠惠说，“警察围堵了他们，但是船上没有刘天福。”

惠惠将目光停留在他的脸上。小吴却并没有为此感到沮丧，相反，他极力地掩饰着自己的狂喜。他向外远眺，朝着马路两旁零零星星的路人望了一眼，又朝对面的购物中心瞧了一下，而后就将脑袋收回来。他在厨房里忙活了一阵，于是，晚餐准备好了。他让惠惠坐在客厅的角落里，自己则侧脸靠着窗户坐在那里。

“你好像一点都不在意接下来将要发生的事情。”小吴看着惠惠，一脸好奇地说。

惠惠朝他点了点头，而后就动起餐具，将眼前的食物一点一点吞进肚子里。

“如果一切顺利，今天过后，你身边的安全隐患就要解除了。我的工作完成了，归队后，也许会被调往别的城市，那么这顿晚餐，就算是战友间的散伙饭。”小吴看了下手表，他似乎并没有心情摆弄眼前的餐具。他从上衣口袋里掏出一根香烟，又从桌角处拾起一个打火机，点燃后，一仰头，烟圈从嘴巴里一个接着一个飞了出来，过了一阵，他继续说，“这个案子我跟了那么多年，最终结束的时候，竟然还会觉得意犹未尽。如果你不介意的话，我想听一听你的故事。”

惠惠停了一下。她看着小吴眼珠中自己的形象，突然回想起那个下雨的夜晚，想起自己那一路小跑的身影，想起身旁的“红灯区”，也想起路旁瑟瑟发抖的瘾君子。借着这一切，爱丁堡那个疯狂得乱了章法的Party，那几个兴奋过头的身影，还有那激烈的摇滚乐，又出现在她的眼前。

惠惠推开餐具，指尖对着指尖，深邃的目光停留在小吴的脸上。

……

清晨，尔曼听到闹铃声，不情愿地从甜美的梦境中醒来。她看一眼手机，而后懒洋洋地走进了卫生间。洗漱过后，她彻底清醒，于是，那颗敏感的心脏剧烈地跳动起来。前一天晚上那种忐忑不安的状态又一次侵袭了她的身体。她记得昨天夜里回到家的时候，自己似乎给雨泽发过一条信息表示道歉，而雨泽的回复却是简简单单的一句“我知道了”。

回到房间，尔曼坐在床上发呆。她一会儿将手机握在手里，一会儿又将它扔到床上。这时，在另一边，雨泽从太阳刚刚升起的时候，就开始了自己一天的生活。这时的他，恰巧刚晨练回来，洗漱过后，他来到餐桌前。几片面包，几块黄油，一罐蜂蜜，一杯咖啡，这是他早餐的全部内容。至于昨天晚上发生了什么，他收到了尔曼的道歉，感到满意，于是也就将这件事抛在脑后了。

尔曼左思右想，终于还是没有拨通雨泽的电话。她翻阅电话簿，最后将指尖落在尚超的名字上。

坐在母亲的对面，尔曼的手却揣在口袋里，按在手机上，她的眼睛看着母亲，却又好像看着别的地方。一旁坐着的尚超反而充当了平日里尔曼的角色，和病人你来我往地交流着。

“医生说，阿姨明天就可以出院了。”母亲看了女儿一眼，就将目光重新移到尚超的脸上。

“哈……哈。”这就是尚超的回答。

“如果今天上午没有反应，我就当什么都没有发生，在他忙完的时候打回去就好了。”尔曼在脑子里寻思着。

“有没有什么好玩的地方，阿姨出院以后想跟你们一起去四处走走。”母亲又看了女儿一眼。

“去……去……去山上！”尚超回答说。

“如果他不这么认为该怎么办？他会对我失去兴趣吗？”尔曼继续在脑子里思考着。

“宝贝，你说呢？”母亲有意识地将语气加重。

尔曼在沉思中被惊醒过来，连忙回答说：“好的，好的！”

母亲这才满意地冲她点了点头，若有所思地盯着她看了好一阵子。

“那就这么定了，”母亲兴奋地转过头，对尚超说，“待会儿你妈过来的时候，咱们可以好好商量一下。”

尔曼尽力让自己保持清醒，可是没过一会儿，就又坠入自己凌乱的猜测中了。在这种奇妙的状态下，她隐约感觉到尚母走了进来，和母亲不停地计划着什么，尚超有时也会用他那结巴的表述方式掺和两句什么。这么过了好一阵子，母亲胜利地说了句：“革命终于成功了！”接着，护士走进来，自言自语了一句“今天就一瓶”之类的话，然后就将针头从母亲的手背上拔了出来。

尔曼毫无意识地跟着他们去前台办理了出院手续，然后又毫无意识地跟着他们坐在了车上，最后又毫无意识地跟着他们回到了家。尔曼也不知道自己在胡思乱想着什么，也没有人知道她在思索些什么，只是到了晚上的时候，时钟走过8点的位置，她决心拨通雨泽的电话。

经过一天的奋斗，雨泽吃完晚饭，刚刚离开家门，在院子里散步。接到尔曼的电话，他有些抑制不住心底的激动。

“宝贝，你知道我今天有多么伟大吗？我这本小说的色调终于出来了，你知道吗？那次叶城之行带给了我丰富的素材和无尽的灵感。夜店老板娘的故事使我唏嘘万千。但，我的小说虽然阴沉，却也能看到希望的曙光。就像那些昔日的大师一样，就像巴尔扎克的《高老头》一样，欧也纳历经种种挫折，看着繁华的夜巴黎，却还要继续闯一闯。那种感觉，你懂吗……读这样的书，是一种美妙的艺术享受！”

尔曼不知该怎样接下去。

“宝贝，你一定要看一看《高老头》，一定要看看。”雨泽停了一下说，“哎呀，我先不说了，爸爸正在前面冲我招手，我得先过去了。”

尔曼想要将母亲出院的事情讲给他听，还想将自己第二天的行程汇报给他，但这些都还没有来得及说出口，就被正陶醉于文学世界的雨泽中断了。于是，她只好回答了一声“好吧”，就将电话缓缓地放回到口袋里去了。

68

狗市遭到了重大的损失，朱老板冲着小李大发雷霆。他几乎像一只野猪在咆哮：“你们必须赔偿！否则以后生意没的做！”这样的要求多少有些牵强，小李对他说：“我真就不明白了，我告诉过你要小心对待那两个小家伙，你不听反而赖我们。”

“我不管你那么多！”朱老板噘着嘴，一副神气的样子，“打死我黑背的是你吧？打死罗威拿的也是你吧？这你有什么好说的？”小李正要予以还击的时候，老张出现在他身后。

“小李，忍忍吧，”他小声对小李说，“咱们是在做生意，不能断了老朱这条线。他就是这么一个不讲理的人，把该赔的赔给他就得了。”

老张这么一讲，小李顿时明白过来。“多少钱，我们赔！”他对朱老板说。

“两条一共7000，别的损失我自认倒霉！”

“你这是勒索么？”听到这里，小李喊了一声，“这两条怎么算也不值7000吧？”

“黑背已经有主了，罗威拿训练训练可以卖给有钱人看家，怎么不值这个数？”

老张给小李递了一个眼色，小李马上反应过来，说：“好吧，这次就这样吧，下回还得靠您帮忙。”

“没问题！您放心！”

事后，老张的兄弟们全都愤愤不平，在车上生着闷气。小李不解地问老张这么做的原因是什么。老张揉着他那颗肉瘤，缓缓地回答说："这叫可持续发展。如果你今天为了这7000块钱就和老朱给弄翻了，那么凭他在狗市的影响力，我们以后的财路也就没有了。"

"这钱怎么办?"一个兄弟说。

"今天饭店的伙计要安排晚宴，庆祝开业三周年，我估计晚上是没有时间回家了，"老张说，"明天又有人要结婚，饭店人手不够，需要我们去帮忙，估计晚上还是回不了家。我们就趁傍晚的时候，在城里好好地捞一把，这不就结了吗?"

"对！哥说得对！"

……

连续的逃亡，使沛沛和波仔感到疲惫。枫城那熟悉的气味正向他们迎面扑来。在车来车往的世界里，他们的鼻子被各种丰富的气味引诱到了不同的方向。在所有这些气味中寻找自己的家，着实不是一件容易的事。他们小心翼翼地行走，每经过一户人家，都会仔细辨认。

有时，路边的门面中，会有好心的店主给他们扔一块骨头去啃。"去吧，小家伙。"沛沛和波仔吃完后，就继续上路了。这时，沛沛突然停下来，挺着身子，耳朵竖立着。波仔在一旁看看她，再看看远方，然后，也定格在那里。

狗贩子又在行动了。他们就像幽灵一样尾随在两个小家伙的身后。车已经缓缓停在路边。车上的人已经看到了他们，这时正在相互交流着。

"哥，您看到吗？还真是有缘分！"小李指着沛沛说。

"你是狗吗？和狗有什么缘分。"司机嘲笑小李。

"好了，别吵嘴了，干活吧。"

沛沛和波仔忽然向另一个方向狂奔而去。小李带着一个弟兄从车上跳下来，在空荡的夜路上奔跑。同时，狗贩子们的车绕到沛沛和波仔的前面忽然停下来，车上的其他几个兄弟也跳下去，两路人马前后包抄，向沛沛和波仔包围而去。老张坐在车上，贪婪地抽着烟，看着弟兄们的表现。

这次，两个小家伙再没有逃脱的办法，他们只有以死相拼。沛沛朝着小李扑去，在他手上重重地咬了一口。小李"啊"地叫了一声，就倒在了地上。沛沛朝着自己撕开的口子冲了出去。但是，她却并没有引开对方的注意。"别理她！把这个给我按住！"小李命令说，"拿网子罩他！"波仔也试图反击，他的牙咬在敌人的手上，但由于咬合力有限，却并没有咬疼对方。于是，他被罩在其中，束手就擒了。

“哈哈哈哈！”小李放声大笑，“我让你跑！让你跑！”

沛沛跑出一半，听到小李的大笑声，一个急刹车，立刻停了下来。她朝着自己同伴的方向望去，看到这群人正要将波仔往车上装。她“咕噜”了一声，接着，一个箭步扑了上去。她的动作仿佛一阵风，她锋利的牙齿几乎要咬碎小李的骨头。小李一松手，波仔从网里逃了出来。沛沛正打算调头逃跑，但这时，一根棍子重重地敲在她的腿上。紧接着，刚才套住波仔的那张网，现在套在了她的身上。

波仔在远处拼命地狂吠，但他的小伙伴却被这几个年轻力壮的家伙扔到了货厢里，关进了笼子。

“让我来检查一下。”老张从前面走过来，“你们先上去吧。”沛沛隔着笼子冲着老张“呼噜”着，老张将一根指头竖在嘴上。沛沛的笼子已经被上锁，锁子的钥匙狗贩子人手一把。老张在那里忙活了一阵，然后将货厢门带上，将原本紧扣的扼锁重新扣好，然后搓着手回到车上。

“我们走吧！”他说了一声。

汽车向遥远的地方开去。在那凄凉的月光下，只听到这冰冷的人间绝望的犬吠声……

……

半山腰的地方，一条水柱从山洞中倾泻而下，落在路旁的河道上，流向那座安静平和的村子。从远处看，那座村子仿佛被一座座别致的小楼塞满了似的。每座楼的屋顶都仿佛一把伞盖，远远看去，好像一群海滩上的游客，在享受秋日惨淡的阳光。

一辆商务车停靠在路边。打开后门，金豆开心地跳了下来，在四周闻来闻去，最后找到一个合适的地方，抬起腿，小便起来，脸上露出一副满足的表情。尔曼搀扶着母亲从车上走下来，尚母朝儿子递了一个眼色，于是，尚超连忙把车熄灭，走上前去，从尔曼的手中接过阿姨的胳膊。没过一会儿，这只胳膊又转移给了尚母。尚母又朝儿子递了一个眼色，尚超连忙走上前去，与尔曼并肩前行。

尔曼一言不发，美景一处接着一处闯入她的视线，秋天凉爽的风拍打在她的脸上，吹散了她心底的压抑。尚超紧跟着尔曼，跟着她表情的变化而变化。尔曼也偶尔与他对视，看到他脸上略显尴尬的表情，忍不住带着微笑问：“你怎么了？”

尚超用一根手指指着脚下，结结巴巴地说：“鞋……鞋……鞋带……”

尔曼这才连忙低下头，也露出一副尴尬的表情来。她正要弯下腰去，尚超已经蹲了下来，将那不规矩的两条带子重新捆绑在一起。

“谢谢。”尔曼说完，将自己的挎包扔给尚超。尚超将那只挎包挎在自己的肩膀上，于是，尔曼陶醉地哼着小调，行走在这片美丽的景色中。

泛黄的叶子落了一地，却没有人忍心将它们拾起，仿佛为这条曲折的山路镀了一层金。尔曼的心情也渐渐明快起来。她行走在路边，倾听着鸟儿的歌唱，有时还会停留片刻，朝脚下望去，观赏半山腰那层层叠叠的松柏。但稍事停留，她那烦人的思绪就又一次涌上心头。“爱丁堡又会是什么样子呢？”她自言自语了一句，而后回过身看着紧随其后的尚超，金豆才从后面追上来，把一根木棍丢在尚超面前，对方只好将那根木棍扔了出去，可是没过一会儿，金豆又摇头晃脑地叼着那根木棍跑到了他的面前，于是，尚超只好又将木棍扔了出去。看着他们滑稽的动作，尔曼忍不住笑起来。这时，金豆看到了尔曼，于是兴奋地朝她跑过来。尔曼没有来得及反应，下意识地向后撤了一步。突然，她猛地踩在一块松软的泥巴上，紧接着，她的另一只脚踩空了。她大叫了一声，远处的尚超也跟着大叫了一声。金豆停在原地，朝下看去，他也被吓坏了。

尔曼的身体整个向下滚去，她的两只手在半空中胡乱摸索着，终于，在千钧一发之际，她狠狠地抓住一棵长在半路的小树。

听到金豆在一旁的吼叫声，两位母亲迈着急促的步伐赶了过来。尔曼的母亲见到女儿被卡在半山腰的地方，吓得面色惨白。

“这是怎么搞的？宝贝，你有被伤到吗？”她尽可能地控制着内心的情绪。

尔曼这才从一阵眩晕中清醒过来。她将两只脚踩在另一棵树的树干上，整个身子勉强能够舒展开来。这时，她终于忍不住，失声痛哭起来。

“有没有人啊？有没有人啊？”尚母在一旁急切地大喊着，“谁来帮帮忙啊？”

然而，在这旅游的淡季，四周只有鸟儿的歌唱声。

这时，尚超忽然解掉上衣。

“儿子，你干什么？”尚母叫了一声。尚超没有回答，两只手扶着山间的植被，飞快地向下挪动着。尔曼抬起头，露出一脸吃惊的表情。

“要小心啊！”尔曼的母亲朝着尚超喊了一声。

越往下走，山就越显得陡峭，尚超觉得自己的脚在打颤。他额头上的汗珠也开始前赴后继地向外流去。他的动作越来越慢，但他仍然在努力向前行进着。

“要小心。”尔曼轻轻地对接近自己的尚超说。

尚超冲她点了点头，而后继续前进。终于，他迫近到离尔曼一步的距离。

尚母几乎是飞跑到停车场，她从尚超扔给她的衣服口袋里摸到了汽车钥匙。她发动汽车，向远处驶去。

尚超用尽全力，将身子向前倾斜，奋力朝尔曼伸出一只手去。

“抓……抓住我。”

尔曼停了一下，她空白的脑袋里，这时塞满了尚超的模样。她伸出手，紧紧抓住尚超的手。紧接着，她又将另一只手伸出来，抓在尚超的胳膊上。后者大喊了一声，将胳膊用力向上提。然而，他无力将尔曼提起。

接着，他又尝试了第二次，第三次，那只疲惫的胳膊依然无法将尔曼挪动。他绝望地哭了起来，眼泪沿着脸颊向下滚落。

尔曼看着眼前的他，心底生出一份感动。她忍不住想要伸出手去，帮对方轻轻地擦拭眼角的泪，告诉他，自己还撑得住。只是，尔曼的两只手都还被束缚着，她无法这么做。

很快，汽车重新停靠在路边。尚母从车上跳下来。从后排跟着跳下两位身体结实的汉子。一个来到路边，朝下望去，观察着情况。另一个正从自己的背包里掏出一套绳索来。

“尚超！他们是本地的农民，你们待在原地别动！他们会想办法救你们！”

“小伙子！”其中一位农民紧接着喊，“抓紧了！我们用绳索把你们吊上来！”

说完，绳索被抛了下来。

……

“我们得救了。”晚上，在打给雨泽的电话里，尔曼讲述着。

“如果是我在的话，”雨泽带着一股不屑的口吻说，“可能那农民就要白跑一趟了。”

“尚超还是很勇敢的。”尔曼继续说。

“勇敢？”雨泽说，“或许是吧，这倒是让我看到了不一样的他。”

尔曼停了一下，而后用一种近似于生气的语气对雨泽说：“拜托，人家拼命救我，你不应该用这种瞧不起人的方式说人家吧？”

“好吧，有空我请他吃饭吧。”雨泽回答说。

“好吧。”尔曼觉得没什么好说的了，于是和他又简单地寒暄了几句，就挂断了电话。

……

“儿子。”父亲推开门，带着一脸兴奋来到雨泽面前，他本来是要出门办事的，可是刚出去没过5分钟，就又折返回来了。

雨泽一口气将桌子上的咖啡饮进肚子里，两只手掌心对掌心揉搓着，眼睛看着面前的电脑屏幕。父亲这么兴奋地闯进来，他有些惊讶地站了起来。

“儿子，好好写，”父亲说，那一脸兴奋劲儿仍然没有散尽，“你知道谁打电话给我？”

看着父亲这张兴高采烈的脸，雨泽像是被吓到了，在一旁频频地摇头。

“哈哈哈。”父亲的笑声让雨泽越发觉得惊讶，他也忍不住笑了起来。

“是王副校长给我来的电话，”父亲收起笑容，对儿子说，“你那篇博客引起了不小的关注，现在很多人都期待你的新书。我看‘育英’也不想漏掉你这么一个人才。”

“‘王胡子’是怎么说的？”雨泽问。

“他们想吸引你去文学院学习，在读期间可以不去上课，这本小说一旦完成，他们会帮忙包装和出版。”

“您的意思呢？”

“我觉得，这种事情，他们的势力还是很大的，”父亲回答说，“如果他们有这个意向，咱们利用他一下，也不是说不可以。”

“爸，您觉得我会同意吗？”雨泽反问说，“我可不当他们的狗。”

父亲盯着儿子的眼睛看了几秒钟，接着，他伸出那只厚重的手，在雨泽的肩膀上轻拍了一下，最后自豪地说了句：“有骨气！这才是我儿子！”说完，两个人面对面大声笑了起来。

……

“这就是我的故事。”惠惠讲述的时候，小吴的脸上时而露出微笑，时而显出悲伤。他觉得自己仿佛也曾亲历另一个国度，在爱丁堡的花园中排着队，等候着冰激凌。小吴看着惠惠，沉思片刻。这时，一个人影突然从他的眼角中溜走。他将头探向窗外，脸上露出严肃的表情。

这时，小吴忽然闻到一股难闻的气味。居民楼顿时乱作一团。小吴连忙向下望去，一群人涌到马路上。

“着火了！”安静的路旁，响起一阵求救的声音。

“他来了！”小吴冲惠惠喊了一声，于是拽着她向楼下跑去。

顷刻间，警笛声响彻天空。一群身着便衣的警察突然出现在居民楼下。警车从四面八方赶来，停靠在路边。火势越来越大，几乎切断了五楼与六楼之间的联系。

“队长，火势太大，楼道整个被火包围了，”小吴冲着电话大声吼叫着，“我们现在只能从窗户上离开。”

“小吴，再坚持一会儿！消防队的同志马上就赶到，他们有云梯！”赵才智有些气急败坏地看着那里。

小吴拽着惠惠的手，将她带回到客厅来。

“真该死，”赵才智自言自语地说，“竟然没有想到，他会用这一手。”赵才智突然想到什么，他快步走到一位正在疏散群众的特警面前，在他肩膀上拍了一下，而后，又从他身后叫来另一名特警队员。

“你们放下手头的事情，”赵才智一脸严肃地说，“立刻赶往目标房间，嫌疑犯现在就在那里，我们的人有危险了。”

“是！”两名特警向赵才智敬了一个礼，转身离去。

“哈哈哈哈哈。”小吴正奋力地将客厅的桌子挪到门的地方，突然，一个声音从身后传来。他连忙回过头去，将惠惠挡在自己的身后。在那团浓烈的火焰中，一个身影渐渐清晰起来，嘴里发出恐怖的笑声。“哈哈哈哈哈。”

“刘天福……”小吴紧紧地盯着眼前的这个身影，他的眼睛中露出仇恨的光芒，火光照射着他脸的一侧，却使另一面的阴沉变得更加突显。他手里握着一支枪，枪口正对着小吴的脑袋。

“叛徒！”刘天福恶狠狠地说。

小吴注视着他那张冰冷的脸，用余光瞟了一眼身后的惠惠。

“别担心，有我呢。”他嘟囔了一句。而后，惠惠向他抛来信任的目光。

突然，小吴一跃而起，猛地将刘天福扑倒在地。他用一只手将刘天福那只紧握着枪的手卡在地上。就在这时，刘天福用另一只手抓起一旁燃着火的桌脚，狠狠地朝小吴头上砸去。小吴在地上滚了一圈，但很快，他又朝着对方扑了过去。

一声清脆的枪响划破了夜晚的长空。惠惠大叫一声，小吴愤怒的表情突然变得僵硬，他的瞳孔失去了先前的光泽，他的身体朝后面倒去，脑袋硬邦邦地砸在地板上。

“妈的，”刘天福站起来，举着枪，朝惠惠走去，“叛徒都不会有好下场。”

惠惠看着倒下的小吴，她怔住了，她感到自己失去了知觉。

“别动！把手背后！”一名特警突然敲开窗户，跳进屋来。一秒钟后，另一名特警从另一个方向也跳了进来。他们沿着管道，徒手爬上六层楼，这时，他们将惠惠挡在身后，手里的冲锋枪正对着刘天福的脑袋。

刘天福看着他们，笑着将手里的枪扔在地上，然后将手背在身后，蹲在地上。

一名特警走上前去，将他铐了起来。

“我们的人呢？”

惠惠冲问话的队员摇了摇头，眼泪夺眶而出。

……

69

“好的，我知道了。”

这天，尔曼推开家门的时候，母亲正将电话挂断，放在一旁。她似乎才从一阵思索中解脱出来，看到女儿回来了，连忙使自己恢复到正常的状态。

“检查得怎么样？”她关切地问。

“我都很正常，”尔曼带着一脸笑容回答说，“医生还夸我心肺功能比正常人好呢！”

“我看这体检中心的仪器肯定是出问题了，”母亲打趣地说，“我女儿这没心没肺的，有什么心肺功能嘛！”

尔曼咬着嘴唇说：“您就知道欺负我。”

“好了好了，”看着女儿可爱的样子，母亲挥了挥手说，“这些天，邻里的阿姨们想聚一聚，思来想去，大家决定明天晚上在小区里吃烧烤。可是烧烤的器具不够，所以，就麻烦我这宝贝女儿明天能抽出点时间，提前准备准备了。”

“您又欺负我！”尔曼说。

“尚超明天会和你一起去，”母亲说，“他负责开车，你负责结账。”

看到母亲坚决的眼神，尔曼点了点头，而后就径直回到自己的卧室去了。

……

清晨，尔曼跳上了尚超的汽车。

他们简单地问了一声“早”。汽车缓缓开动，尔曼将脑袋瞧向窗外，漫无目的地欣赏着路边的风景，一缕阳光穿透了窗户，照射着她那张精致的脸。枫城在这个时候才刚刚醒来，路旁睡眼惺忪的行人匆匆忙忙地赶着路，一侧的小超市也才刚刚开业。尚超全神贯注地注视着眼前的路。

“为了我，你在国内待这么久，很感谢。”尔曼打破了这阵沉默。

尚超看了尔曼一样，心脏“扑通”跳了一下，脸上印出一阵红晕。

“可是你打算什么时候回美国呢?”尔曼说，“你不上课了吗?”

尚超停顿了一下，嘴角挂着激动的笑容，而后才缓慢地开口说：“我……我休学。”

“你办了休学?”尔曼有些惊讶，眼睛张得老大，“那就是说，你要重读这个学期?”

尚超轻轻地点了点头。

尔曼觉得有什么东西突然卡在自己的喉咙，她用力咽了一下，好像真要将什么咽进肚子里似的。

“谢谢你，”她情不自禁地打量着对方，好像从来没有见过他似的，“很感谢很感谢。”

这时，汽车缓缓地停了下来。尔曼换了一种心情，带着一副轻松的笑容跳下车。那是一座很大的超市，刚上班不久，只有零星的几位顾客，背着手，在里面走来走去。尔曼和尚超直奔主题，朝着超市最深处走去。

“我到那边找烤架，你到那边找刀叉。”尔曼对尚超说完，两个人就向不同的地方走去了。

他们在超市里忙活了一个上午，最后，挑剔的尔曼终于选好了自己想要的东西。

就这样，那温和的阳光逐渐长出刺来，清晨逐渐被中午替代。

“到了午饭的时间，”尔曼对尚超说，“你有什么好建议?”

尚超思索了一阵，而后，他踩一脚油门，汽车于是朝着一家颇具特色的小餐厅开去了。

那是一家素斋馆，厨师颇有想法地将豆制品做成了“糖醋鱼”、“烤肠”、“牛排”，尔曼看着眼前这些新奇的玩意儿，动筷子尝了一口，顿时被那颇为逼真的口感所震撼。她尝着眼前的美味，不时看一看对面正在专注于吃饭的尚超，隐隐中觉得，这个从小一起长大的“傻孩子”，带给她的感觉，也同样散发着类似的味道。

吃完这顿美味的素斋，尔曼决定请尚超看一场电影。

“近期上映的片子都很无聊，”在电影院门前，尔曼看着一份宣传单说，“不过据说这家影楼的录像厅也很豪华，我们可以去试试看。”说完，还不等尚超回答，她就在目录上面选中了一部来自美国的影片《与沙漠的500天》。尚超和多数男孩子一样，更喜欢那些充满血腥场面或者惊险镜头的灾难电影，但在尔曼面前，他总是情不自禁地爱屋及乌，发自内心地接受了尔曼的这一选择。

“早就听人说这部片子很感人，”尔曼对尚超说，“就当是你陪我看吧。”

尔曼跟着电影的节奏，时而笑出声来，时而眉头紧锁。电影中的主角在500个日夜里，经历了感情的萌生和衰落，在轻快却略带感伤的旋律中，他完成了人生的第一次成长。尔曼若有所思地紧跟着情节的发展，仿佛她也是剧中人。

这对恋人终于还是没能走向更远的未来。一把长椅上，他们道出了最后的别离。那双握在一起的手松开的刹那，两行热泪从尔曼的眼眶中滚落了下来。仿佛所有这些剧情也同样发生在自己的身上。她想到了什么，于是，眼泪越发肆虐地向外翻滚而去。

尚超连忙将纸巾递到她手上。尔曼一边擦拭着眼泪，一边将头靠着尚超的肩膀。她许久说不出话来，直到电影终于结束，那轻快的旋律逐渐平息，她的心跳也终于一点点地慢了下来。

“我太入戏了。”哭过之后，她有些尴尬地朝尚超笑笑，而后将纸巾扔进烟灰缸里，“好傻。”

尚超迟钝地看着她。

他不知道的是，在冥冥之中，尔曼的内心世界一点一点地变化着。

……

夜晚，一团乌云停在半空，舍不得离开似的。坐在院子里的人倒并没有给自己的热情降温。小区里的阿姨们早就琢磨着在一起好好聚一聚了。她们把自家的库存全都倒了个底儿朝天，于是，院子里摆满了饮料和食物。尚母正将一箱子葡萄酒摆在那边，就看到儿子和尔曼一起从地下停车场走来。

阿姨们都朝着他们走来的方向点点头。尚超正卖力地将买来的东西一箱一箱地摆在院子里，尔曼冲阿姨们打过招呼，就朝家里走去。这时，她的身后传来了阿姨们窃窃私语的声音。

“这两个孩子真配。”一个说。

“门当户对的，多好。”另一个说。

“你们别瞎说，人家尔曼已经名花有主了。”尚母的眼珠子在眼眶中转了一圈，而后有意提高声音说，“我们家尚超哪配得上嘛！”

尔曼不禁停了一下，但很快，她继续向家走去。

尚母朝她的背影瞧了一眼，若有所思地点了点头。

“我看这雨下不起来，”一位阿姨说，“咱们动作快点，把摊子摆好了。”

大家忙活了一阵，摊子总算摆好了。尔曼换了一身行头，推开门，来到院子中央。阿姨们已经落座，母亲从身后走出来，坐在尚母身边，于是，只有尚超旁边的那把椅子空着了。

天暗了下来，尔曼看了一眼手表，于是离开座位，来到院子的一角。这几乎变成了一种惯例，每到这个时候，尔曼的心跳都会不自觉地剧烈起来。她掏出手机，犹豫了一下，而后才按动键盘。电话“嘟——嘟——”地响了两声，一种来自于潜意识里的紧张感瞬间占据她脑际。

“怎么还不接？”她自言自语了一句。不过，雨泽最终还是来到电话前。

这是雨泽提笔以来最为顺利的一天。他写作的故事渐渐进入佳境，他将稿件的部分节选传送给罗主编，后者对他干练的文笔大加赞赏。5分钟前，他刚刚放下罗主编的电话，对方情绪激动地对他说：“这本小说一旦完成，我将写一份市场报告，雨泽，你好好写，这本小说有望成为今年最畅销的作品。”

接到尔曼的电话，雨泽将自己这一天兴奋的心情向她娓娓道来。

“我用文字征服了这帮商人，看着吧，我就要扬眉吐气了。”雨泽陶醉在自己的胜利中，“我一直都相信，早晚有一天，我会用自己的力量揭露所有那些人间丑恶，让坏人们全都臣服在我的脚下。”

“雨泽，我想见你。”尔曼忽然大着胆子对他说。

雨泽愣了一下，尔曼于是又将自己的话重复了一遍。

“我想见你，雨泽。我真的想见你。”她的声音颤抖着。

“这又是怎么了？”雨泽不解地问。

雨泽的疑问使尔曼无法继续忍受内心的苦闷，她硬着头皮说了下去。“妈妈住院的时候，你只露过一次面。我烦闷的时候，你没有出现过。我摔到山下的时候，你只是淡淡地提了几句，现在，我想见你，你又问我这是怎么了？”她越来越激动，“我们到底有没有在一起？为什么我感受不到你的关心？”

“度过这一段……”

雨泽还没说完，尔曼就打断了他。

“我不想听这些。”尔曼说。

“你要我怎么样?”雨泽的脸上掠过一层乌云。

“我也不知道。”尔曼继续说,“你和惠惠在一起的时候,难道也是这样对她的吗?”

这话使雨泽哭笑不得,一向尖酸刻薄的他,这时也不知道该怎样接下去了。然而,似乎一想起惠惠,就会不经意地刺激到尔曼的某根脑神经,使她失去原有的理智,而她总是自己启动令自己精神失常的按钮。

“她有什么好?”尔曼说,“凭什么她有资格品尝爱情的滋味,而我不行?”

“你如果总是用这样的态度去思考这些问题,我没什么好说的。”雨泽的声音忽然冷了下来。说完,他努力调整着自己的情绪,挂断了电话。

尔曼又按动了键盘。而这时,对方已经将手机关闭。

雨泽将手机扔到一旁,一把抓起书桌上的茶杯,大口大口地喝着。

尔曼将手机装进口袋里,嘴里咒骂了一句什么。

不远的地方,尚母一直观察着尔曼的一举一动。这时,她来到尚超身旁,朝他耳朵嘟囔了一句。于是,尚超连忙向尔曼这边走来。

“我不想说话!”还没等对方开口,尔曼气冲冲地指着尚超喊了一句,而后就朝家的方向走去了。

尔曼带着一脸疲态走进卧室,朝着自己那张松软的床扑了过去。她趴在上面发起了呆。尔曼憋闷久了,总是在找一些能让自己兴奋起来的事情,脑子里的数据在不停地更新着,而雨泽则完全一股脑地钻在自己的创作中,心情只是跟着小说的中轴线起起伏伏。在这短暂的日子里,他们的思绪飘向了不同的地方,他们的步伐也渐渐处在了不同的节奏。

在迷糊的状态中,尔曼的眼前重新出现了许多经历过的画面。有些画面中,雨泽是主角,有些画面中,主角却变成了别人。最后,她的眼前出现一把椅子,它被安设在山丘上,能够俯览整个城市。这是电影中的情节,然而,在她的梦中,主角却发生了变化。在夕阳西下的时候,这对情侣松开了手。

这时,尔曼被手机那阵急促的振动惊醒了过来。她连忙将眼睛凑近屏幕,很快,她脸上激动的神情冷却了下来。

那是尚超发来的信息。

“在吗?”在文字的掩饰下,尚超平日里那种因结巴造成的喜剧色彩这时全然没有了,取而代之的,却是一阵淡淡的忧伤。

“在。”尔曼回复对方说。

然后,她很长时间里都没有能够等到尚超的下一条信息。在电话的另一端，潜意识里一种冥冥之音在左右着尚超的思绪，在月色的掩护下，他的胆子比先前大了许多。他的眼前不时出现尔曼只身一人行走在路上的虚幻场景，也不时出现尔曼冲着电话生气的画面。他跟着尔曼一起烦闷着，一起孤独着。在键盘上忙活了好一阵子，他按动发送键，传递到尔曼手机中的，却只有短短的一句话。

“我不想看你生气。”

“我知道了。”尔曼回复完这条信息，就带着沉思进入了梦乡。

70

几天前的法庭上，刘天福主动承认自己的全部罪名。他承认自己亲手谋害了警务人员小吴，也承认自己曾策划并实施了一系列白粉走私案，军火走私案等等。除此之外，他还犯有“黑社会性质”罪等一系列罪行。法庭将他判处死刑。

在法庭上，他亲口证明小梦的无辜，然而，小梦却因证据不充分而维持原判，她与一些刘天福涉足的案件有着至关重要的间接联系，大好的青春年华都将在监狱中度过。在刘天福行刑以前，警方安排他们彼此做临终告别。最后，赵才智亲自前往监狱，在铁窗外面，他语气平和地对刘天福说了这样一句话：

“你做了这样的事，没有人还能帮助你。如果真的有来生，我希望你能做一个好人。”

“谢谢你，赵警官。”刘天福已经褪色的眼珠中仿佛重新燃起了希望，“我会记住的。”

一只乌鸦落在枝头，“嘎”地叫了一声，就拍着翅膀朝远方飞去了。

惠惠向眼前的墓碑鞠了一躬，而后将手中的鲜花摆放在那里。她想说什么，但欲言又止。一阵寒风吹来，她将手缩回去，插在口袋里，转过身，看着身后的赵才智。

赵才智身着警服，他也向前迈了一步，而后摘掉帽子，沉沉地鞠了一躬。

“走吧，”赵才智对惠惠说，“前面的路还长着呢！”

“赵队长，”惠惠对他说，“我有一个请求。”

赵才智好奇地看着她。

“我想平静。”惠惠面无表情，那对小眼睛炯炯有神。

赵才智冲她点点头。

“还有什么需要帮助的吗?”他问。

“不要再让警局和我联系。”惠惠说。

赵才智愣了一下，但很快就恢复了常态。

“好吧，尊重你的选择。”他说。

他们沿着蜿蜒的小路向下走去，一辆警车停靠在路旁，赵才智走过去，为惠惠打开了汽车的后门。惠惠停下脚步，微笑着朝他摇了摇头。

赵才智心领神会，于是，他向惠惠敬了一个礼。惠惠伸出手去，与赵才智那张大手紧紧握在一起。他说了几句关心的话，而后，汽车缓缓开动，向着远方奔驰而去。惠惠坐在身后的台阶上，脑子里激烈的枪声，仿佛在这僻静的山头回荡。她静静地将小吴的形象回想了一遍，最后，她站起来，拍一拍身上的尘土，沿着那幽静的小路缓缓离开了。

“我回来了。”惠惠推开宠物店的大门，刘诗雅正在和一位顾客交谈着什么。

“我的好姐妹，你终于回来了，”刘诗雅高兴地朝她走来，“你这个假请的，真要把我这老板娘给累死了。”

惠惠快步来到里屋，看了一眼，发现这天的生意格外红火，在里面排队等候洗澡的小家伙们把宠物店所有的空笼子都占满了。看到有人把头探进来，他们同一时刻扯着嗓门叫喊起来。

“你看，小不点儿们生气了。”刘诗雅在一旁打趣地说，“我一个人就两只手，就等着你回来帮我忙呢!”

于是，惠惠连忙换好衣服，向里面走去。

“你等一下!”惠惠还没有踏进屋子，刘诗雅又在一旁叫过她来，脸上露出一圈红晕，对她说，“其实我怪不好意思跟你说的。我和林志远的婚礼就要开始彩排了，往后的好多天里，店里都只有你一个人。”

惠惠停了一下，而后露出一脸微笑，冲她点点头。

“好好准备。”说完，她继续朝里屋走去了。

……

尔曼在不知不觉中睡去，但很快，她又被一阵急促的手机振动声惊醒了过来。她看了一眼屏幕，这下，她的睡意被一扫而空。

雨泽在房间里来回踱步。他从创作中跳出来，将尔曼的话思来想去，隐隐中感到一丝不安。这种不安究竟来自于他的内心，还是来自外界的某种奇异力量，他自己也并不清楚。想到自己进展顺利的小说，他决定给自己放一天假。

“恰好需要这么几本资料书。”他自言自语地说，一边说着，一边停下了脚步。他在网上搜索了一阵，将枫城近来较为火爆的饭店名吃记录在案，而后掏出手机来。

他打给尔曼的时候，已经是午夜时分。尔曼将自己关在卧室里，没有脱去外套，就胡乱地进入了梦乡。

“你睡了吗?”对面传来雨泽的声音。

“还没有。”尔曼有气无力地回答说。

“明天我去接你。”

……

在汽车上，雨泽像往常那样亲吻了尔曼的脸颊。尔曼一言不发，坐在他身旁，眼睛看着窗外。

“昨天睡得还好吗?”雨泽感到一阵尴尬，努力找出些话对尔曼说。

尔曼却并没有回答他。雨泽似乎是冲自己点了点头，又将话题转移到了别的地方。

“我想先去一下书店，然后带你去逛街。”他看到尔曼微微地动了一下脖子，于是了解自己的建议已经得到对方的批准。然后，他们就朝着书店的方向驶去了。

走在书店里，尔曼觉得自己仿佛来到另一个世界。她不知所措地行走在书架与书架之间，心想如果这些柜子里全都装满衣物，似乎会比现在更有意思。雨泽一只手牵着她，另一只手在书柜上翻来翻去。他们从一楼走到顶楼，又从顶楼走下来，雨泽收获了自己需要的部分资料，于是，尔曼又被牵着一起来到收银台前排队。

经过了一番漫长的等待，他们终于付完账，可以走人了。

“昨天我做了许多功课，”雨泽对尔曼说，“据说最近开了一家素斋，味道还不错。”

“我去过了。”尔曼摇了摇头，对他说。

雨泽愣了一下，犀利的目光游走在对方的脸颊上。

“好吧，找一个咖啡厅坐一坐吧。”

雨泽在一种奇怪的状态下感受着尔曼的变化，尔曼也用陌生的目光瞧着雨泽。对于尔曼来说，经历了一个上午无聊的等待，她本应牢骚满腹，但今天，她却无力吐槽。他们在这种相对无言的气氛下吃过午饭，又沉默地牵着手，朝街头的闹市走去。

人群中，他们漫无目的地行走着。平日那个活泼的尔曼这时自己也不知道怎么了，总是说不出话来。雨泽试图打破这种奇怪的状态，不时地拿路旁的行人开一开玩笑。一会儿指着一位身材矮胖的青年说："看来祖国的下一代都从小立志，渴望获得一块奥运摔跤金牌。"他一边这么讲着，一边注视着身旁的尔曼。

尔曼浅浅地笑了一声，而后就又回复到先前的状态。她努力控制自己的情绪，它却还是跟着不停浮现在脑海的种种画面发生着变化。她尽力让自己回忆起那次出行，回忆起那些一起度过的短暂日夜，某个时刻，她确实做到了，于是露出一丝笑容，但很快，她心底的那股压抑就卷土重来，像乌云遮盖了大地那样，将点点滴滴的欢愉打压了下去。

雨泽的嘴角不安地向上翘了一下。尔曼的情绪这时也传染了他。当一个人的激情被泼过冷水以后，他就很难再重新打起精神了。他们在巷子里来来回回往返了许多次，最后，他们终于厌倦了。

"吃完饭，我就送你回去吧。"他对尔曼说。

"我不饿。"尔曼回答他说。

"那就找一个地方喝点东西好了。"

他们在一家港式茶餐厅面对面坐下。这家餐厅没有灯，只有摆放在桌子上的小蜡烛散发出淡淡的光芒。雨泽看着尔曼，尔曼却不时地看一眼手表。雨泽的目光在尔曼脸上游走，她的眼睛黯淡无光，她的小嘴总是不情愿地叠在一起。这张脸上的每个器官都好像在抱怨着什么。雨泽似乎明白了什么，想要故作深沉，一言不发，但最终还是按捺不住情绪的突变。

"你想对我说什么?"他压低声音，对尔曼说。

尔曼愣了一下，这才把头抬起来，看着雨泽说："没、没什么。"

雨泽并没有就此转移话题，他继续对尔曼说："如果有什么，就直截了当地对我说吧。"

"真没有什么。"尔曼那颗沉闷了一天的心脏，这时突然剧烈地跳动起来，好像随时都有可能从她的嗓子眼跳出来似的。

雨泽没有说话，用自己的眼睛紧紧盯着尔曼。

尔曼有意回避，却发现自己无法逃脱。

沉默。

一分钟后，雨泽自己打破了这阵沉默。

"我不会生气，"他说，"我想知道发生了什么。"

尔曼叹了一口气。

又是一阵沉默。

又是雨泽亲自打破了这阵沉默，而这次，他的脸色却异常难看，就好像一个刚做过手术的病人似的。

“你发现自己喜欢上了他，”雨泽依然炯炯有神地盯着尔曼，“是这样吗？”

这句话终于撬开了尔曼的嘴。尔曼的心跳更加剧烈起来。

“我不知道。”尔曼抬起头，灵动的双眼仿佛含着热泪，“我不说话就是因为我不知道自己想要什么。”

雨泽静静地点了点头。

“时间不早了，我送你回家。”

“不用了。”尔曼的声音变得有些沙哑，她的眼睛瞧着别处，“他会来接我。”

雨泽的表情僵硬了起来。他没有吭声，径直走向服务台，为桌子上的两杯饮料买了单，而后头也不回地朝外面走去了。

71

狗贩子得逞后，驱车向远方赶去。小李兴奋地说：“这个鬼精鬼精的家伙终于被我们逮住了，我不相信这次她还能逃脱！”一旁的老张原本静静地吸着烟，听到小李的这句话，他笑出声来。

“哥，您笑什么呀？是高兴的？”小李察言观色地问。

老张顿时又严肃了下来。不知怎么的，他再没有捕获猎物后的那种成就感，倒是在脑子里不停地回荡着母亲的话。“如果她老人家看到她的救命恩人被打成现在的样子，她一定会难过，一定会要求我将她放走。”他想，“我应该这么做的。只是……”他看看旁边的兄弟们，又在心里摇了摇头，“我做的是对的。”接着，他回过头，看了一眼货厢。这时，他才想起刚才他原本想要嘲笑小李的，于是，他对小李说：“你怎么都混到跟狗儿比智商的地步了？”

“哈哈哈哈！”全车的兄弟捧腹大笑。小李也跟着笑了起来。“哥，我承认这狗日的东西确实挺聪明，可真是害苦我咯！”“哈哈哈哈！”“啊哈哈哈！”宁静的夜晚，他们的笑声回荡在夜幕之下，仿佛要传遍整个宇宙。

沛沛的后腿受了重伤，这是由于那根棍子狠狠地打在上面造成的结果。她绝望地趴在笼子里，等待着命运的宣判。汽车经过一段不平坦的土地，开始上下颠簸起来。沛沛跟着汽车左摇右晃，几乎要被整个甩出去。但就在这时，她忽然发现昏暗的灯光穿过货厢的门缝照射进来，没过一会儿，那扇门被摇开一个小小的口。

这是黑暗中的一丝光明!

沛沛拖着受伤的腿站了起来，试图用她灵巧的舌头舔开笼子的锁。但舌头才刚刚触及到那里，笼子门就自动打开了。她兴奋得有些不知所措。“我们是不是应该停下车，看看锁子是不是被颠掉了?”小李说，“别再让她跑了。”“看什么看?”老张严厉地阻止了他，“这么晚了，不赶快回家睡觉你看什么看?外面的锁子开了，笼子上还有锁呢!”

“哦，对对，您说得也对。”小李笑了起来，“这回她可没地方跑了。”

就在这时，沛沛将脑袋探出去，看着向后退去的地面，她感到力不从心。但这是她逃脱的唯一机会。她离自己的家那么近，几乎要闻到主人的气息，却不能够扑进主人的怀里。她犹豫了一阵，突然猛地跳了出去。落地的时候，她似乎被什么东西划到了，原本就受伤的腿流出血来。

带着最后的希望，沛沛强忍着疼痛跑向两座楼之间隐蔽的过道。她蹲在那里，偷看着远去的汽车。汽车上，老张偷偷地向后瞧着，他看到了逃脱的沛沛，而后满意地长出一口气。他看着手下这群兄弟，脑子里仿佛在进行一场议论。一方是自己笃信佛教的母亲，一方则是这群不学无术，只能以贩狗行业勉强维持生计的狂暴之徒，两方在脑中激烈地争执，一方却总是难以压倒另一方。不过现在，他显然悄悄地找到了两边的妥协点，为此，他看着离自己越来越远的那个黑点，得意地笑了……

看到汽车离自己越来越远，沛沛拖着那条滴血的后腿，向来时的路走去。她走走停停，在昏黄的路灯下，舔着自己的伤口。闻到血腥的味道，一条好斗的流浪狗来到她面前。自然界中优胜劣汰的规律似乎同样适用于这些头脑发达的狗类。那条狗和沛沛一般大小，长着一张尖尖的嘴巴，小小的脑袋，一身杂乱无章的毛。这里是她的地盘，她要向沛沛发起致命一击。

沛沛不甘示弱，弓着身子准备应战。她的脸紧紧绷了起来，露出雪白的牙齿。敌人一个箭步来到她面前，沛沛一蹬后腿，才知道自己还有腿伤。她滑了一跤，摔倒在地，流浪狗已经扑了上来，正要撕咬她的脖子。

沛沛却并不服输。她对着空中拼命地一顿乱咬，最后一口，重重地咬住了对方的脖子，流浪狗大叫一声，向一旁跳去。于是，沛沛“嗖”的一声跳起来，朝着对方扑去。流浪狗见到情况不妙，调头向远处逃跑了。

在一番拼斗后，沛沛那条受伤的后腿，伤口越发严重起来。整个晚上，她不停地向前走，凭借着自己的方向感，她觉得主人的家就在前方。她从深夜走到黎明，走到天空露出了鱼肚白，走到太阳穿破云层，走到新的一天开始。

可是，她倒下了。在伤痛和疲惫中，她就那样喘着粗气倒下了……

她多么怀念属于自己的生活！在那个同样阳光明媚的日子里，主人带着她在草地上飞奔，教她怎样捕捉麻雀，训练她怎样成为一条气质非凡的牧羊犬。她只想回到主人那温暖的怀抱，陪着他，永远陪着他……

所有这一切，渐渐从她视线中远去。最后，化作一双温柔的手，轻轻将她扶起。晕眩过后，她的视线一点一点变得清晰。她发现自己躺在一张平整的垫子上，一双灵巧的手，正在为她包扎伤口。她醒了过来，用感恩的目光看着对方那张温柔的侧脸。她知道，自己得救了。

刘诗雅和林志远已经在为结婚做彩排了。店里只有惠惠一个人。

“幸运的小家伙，还好是倒在宠物店门前，休息一段时间，你就会恢复了。”她看着温顺的沛沛，若有所思地感慨着……

……

从前一天晚上开始，尔曼就坐在自己的床头发呆。母亲以为她病了，不时推开门朝里面看看。尔曼回过头，带着一脸疑问看看母亲，然后就又陷入了沉思。她毫无目的地翻阅着手机，翻阅着那段和雨泽的短暂记忆。她一张一张地翻阅着那些照片，从他们相识，在医院里谈天说地，到那段旅行，经历了花园里那激动人心的一幕，他们牵起了手，行走在熙熙攘攘的街头。只是那次监狱之行结束后，雨泽却进入了另一种状态。她闭上眼睛，这个短小的故事重新在她脑海里播放了一遍。

前一天下午，雨泽带着一脸不快匆匆走出餐厅。尔曼失望地看着他的背影，却也感到内心的一团乌云正在散去。她站起来，走到门口，拦了一辆出租车。她并没有让尚超来接她，尚超也并不知道她这一天的行踪。尔曼最后一次对雨泽撒了谎。“如果他再次争取，我就还会像过去那样对他。”她在心里盘算着。可是，雨泽并没有那样做。

感情才开始不长，但争吵却从不间断。面对这样的窘境，雨泽只是不想开口说话。他用离开表达自己的不满，却不知道，这是尔曼给予他最后的机会。雨泽的双脚迈出餐厅的那一刻，他自己已经帮助尔曼做出了决定。

夜深了，尔曼久久不能入睡。

雨泽整个晚上都在埋头写作，他想把早晨失去的时间追回来，也想快一些让一个个奇特的故事情节占据脑袋里的空间，不让新鲜的思绪彼此缠绕不清，导致思维短路。

“不早了，快睡吧。”母亲推开门，对雨泽说。

“一会儿就睡。”雨泽回答。

他在纸上画一阵，又在电脑上写一阵。过一会儿，他觉得先前写下的东西似乎缺少力度和灵感，于是，他毫不怜惜地推翻重来。

尔曼握着手机，在房间里来回行走着。有好几次，她停下脚步，试图拨通雨泽的电话，但是，她还是没有按动那个绿色键。她就这样来回踱步，心里不停地思考着。最后，她回到床上，带着这阵思考进入了梦境。

她睡了一会儿，也不知睡到了什么时候，却又突然被一场虚幻的梦惊醒。她打开灯，环顾四周，家里还是像往常一样平静。她记不清自己是被什么样的梦所惊，但是，看着床头柜上的手机，她终于还是伸出手去，拨通了雨泽的电话。

手机振动的时候，雨泽正将电脑关闭，两只手揉搓着自己的太阳穴。

“有事?”看到尔曼的号码，雨泽清了清嗓子，倒显得异常镇定。

“没有。”尔曼回答说。

“那我挂了。”雨泽用自己特有的傲慢对尔曼说。

“有事。”尔曼连忙补充了一句。

“哦。”雨泽的声音冷冷的。

“我想再见你一面。”尔曼说话的速度慢了下来，“可以……吗?”

雨泽犹豫了一下。

“什么时候?”

“明天。”

“明天下午，我去接你。”

说完，雨泽挂断了电话。

……

第二天一早，尔曼来到母亲的房间。她们交流了许久，而后，她们一同按动尚超家的门铃。在一间宽敞的餐厅里，尚超发出一阵胜利般的怒吼。尚母看着尔曼，将自己内心深处的全部感激之情化作一个吻，在尔曼的额头上用力亲了一下。

下午，尔曼跳上了雨泽汽车。

"去喝下午茶吧！"雨泽对她说。

尔曼带着一脸微笑点了点头。

咖啡厅里，雨泽仍然用他那对犀利而无所畏惧的目光盯着尔曼。尔曼没有再回避他，这一刻，她渴望将这份特殊的目光永久珍藏在自己的记忆中。

"我要去美国了。"尔曼对他说。

雨泽用一个点头将心底的惊讶压制了下去。

"谢谢你陪我走过的这段路，"这是尔曼准备了一个晚上的台词，"到真正要分开的时候，我还是会难过，还是会想要见你。我真的希望你还能把我当朋友，把我当妹妹一样看待。"

在尔曼这份真诚前，雨泽也终于卸下了自己全部的防备。

"对不起，我的表现让你失望了。"雨泽说，"也许未来某一天，你还是会为认识我这样优秀的朋友而感到荣幸。我希望会有那一天，那天的我会站在文学的巅峰。我会告诉所有人，是一位叫尔曼的女孩将灵感带给了我。"

"你一定会成功的。"尔曼有些激动地说，"我和妈妈都相信你。"

尔曼的话像一颗催泪弹，雨泽咳嗽了一声，眼泪在眼眶中徘徊着。

"最后一个下午，我们应该做点有意思的事情。"他哽咽了一下，对尔曼说。

于是，在电影院里，他跟着尔曼一起，重温了那部《与沙漠的500天》。他们一起笑着，一起哭着，一起被震撼着。电影结束，他们驱车在公路上漫无目的地狂奔，打开车窗，感受窗外凉爽的风。他们在山头静静地坐在一起，雨泽为尔曼讲述自己和惠惠的故事，尔曼的脸上露出一丝嫉妒的微笑。他们在没有人的树林中热吻，任凭枯黄的叶子落在他们头顶。他们哼唱着一曲感伤的旋律，随着歌声渐渐消逝，他们的感情也渐渐地走向了尽头。

就这样，他们最后一次在昏黄的傍晚，朝着家的方向行驶而去。没有了欢声笑语，没有了暧昧缠绵，代替这一切的，是淡淡的沉默。爱情是一种奇妙的东西，它由感情组成，却本身也是感情的一种。激情消逝，所有虚幻都被荡涤干净，留下的，是那份永远无法忘却的亲和力。他们各自怀揣着自己的心思，直到汽车停靠在院子里。

"雨泽！"尔曼忽然打破了沉默，"你快看！"她推开车门，朝着前方一个棕红色的东西跑去。雨泽意识到什么，连忙跳下车，也朝那个方向跑去。"是波仔！是波仔！"尔曼一把将那个小东西搂在怀里，她的眼泪搅拌着各式各样的情绪，沿着脸颊滚落下来，“真的是波仔！你看！真的是波仔！”她几乎要跳起来，“让姐姐看看，我的波仔，你跑到哪里去了？我着急死了！没有受伤吧？没有受伤！你是一条聪明的狗！”

不知为什么，尔曼抱着波仔那副开心的样子，使雨泽的眼泪也忍不住滚落下来。他转过身去，悄悄地擦拭下眼睛。

“我真开心！雨泽！我真的很开心！”

波仔独自横穿半座城市，终于回到自己的家。他蹲在门前，一直等待着主人的归来。此时，他知道自己告别了那如噩梦般流浪的岁月，幸福地依偎在主人的怀里，享受着这一刻醉人的温暖。

雨泽抬起头，傍晚的天空满是阴霾。他叹了口气，而后悄悄地转过身，回到车上。他转动钥匙，发动汽车，然后缓缓地退了出去。退出这令他羡慕的美丽光景……

……

叶城的深夜，一位落魄的汉子行走在街头。他就是温子然。几个月前，他继承的全部遗产都被妻子挥霍一空。然而，妻子却毅然决然地选择了离婚。院子里的人看他可怜，有时专门让他帮忙拎东西，偶尔赏他两个钱。靠着这些零零碎碎的施舍，他整日蹲在院子门口喝酒买醉。看大门的老先生劝他找一份正经工作，他总是摆一摆手回答说：“像我这样的笨蛋，没人会要我的！”然后，就继续沉醉于酒精的麻痹中了。

那天，他又喝醉了，在院门口，他一只手支着墙，不停地呕吐着。他越来越瘦弱，好像风一吹就会被刮倒似的。周围院子里的人全都看着他摇头，几个老太太议论着说：“多好的一小伙子，每天这样喝酒总归不是办法的。”

温子然呕吐完后，转过身，打算离开。这时，一只巴掌猛地扇在他脸上。他大叫一声，向后退了两步。扇他的人将手里拿着的墩布交给他，命令似的对他说：“把你吐的这摊垃圾给我擦干净咯！擦干净以后，跟我走，别他妈的这么没出息！”

这一巴掌似乎扇醒了他。温子然捂着脸看了对方好一阵，最后，他吃惊地问：“是你吗？云鹤，是你吗？”

在窗外

爱情是一位伟大的导师，她教我们重新做人。——莫里哀

72

一大早，惠惠带着照相机来到婚礼现场。那是一座规模并不算大的饭店，门前的拱门上写着刘诗雅和林志远的名字。惠惠站在那里，注视着这两个名字，不禁想起多年前在爱丁堡的街头、在伦敦的泰晤士河畔，这对情侣打情骂俏的样子。历经风风雨雨，他们终于牵起对方的手。想着想着，她的眼眶湿润了。

“真糟糕。”她自言自语了一句，就继续向里面走去。

惠惠坐在靠近舞台的地方。婚礼开始后，她不停按动手中相机的快门。他们在一片祝贺声中接吻、拥抱、牵手，他们立誓会彼此珍惜对方，会一路向前走去，直到白头偕老。看着这对熟悉的身影，惠惠的心底阵阵感动。

有人在一旁欢呼，有人在一旁散花，有人在起哄，有人在鼓掌。婚礼就这样结束了。惠惠将相机收好，朝着新娘的方向走去。

刘诗雅正在不停地咀嚼着食物，看到惠惠向自己走来，她连忙将一旁的椅子拽过来。

"这儿有座儿!"

惠惠坐下来，将相机递给她。刘诗雅将手中的筷子放在桌上，兴奋地一边打开相机，一边嘴里嘟哝着说："让我看看我们摄影师的技术有没有退步。"而后，她翻阅着相片，嘴里不住地赞叹着："你把我拍得可真漂亮!"

惠惠的嘴角划过一道淡淡的笑容。

"有件事我还得麻烦你，"刘诗雅对惠惠说，"我们打算明天启程去度蜜月。宠物店的事情……"她一边说，一边淘气地摇着惠惠的胳膊。

"我知道了。"惠惠拍着她的肩膀说。

"你可真是好说话!"说完，刘诗雅给了惠惠一个拥抱。

……

傍晚，尔曼从母亲卧室中离开，手里握着手机，在走廊里来回踱步。她这样来回走了很久，最后，她鼓足勇气，按动了手机键盘。

第二天清晨，枫城下起了绵绵细雨。

"妈妈帮你转交给他吧，我看他八成是堵在路上了。"候机大厅外面，母亲对尔曼说。

"我想亲手交给他。"尔曼对母亲开玩笑似的说，"要是您转交，到时候一定又舍不得了!"

这时，一辆汽车已经停靠在大厅门前。雨泽从车上跳下来，连连冲母女二人道歉："对不起，对不起，路上堵车，延误了时间。"

尔曼从母亲的车上将波仔抱出来，递到雨泽的怀里。"波仔回来了，我把他送给你。你一定要接受，还要好好对他。如果以后我想看看你，他可以作为一个很好的借口。他很乖，只是害怕爆竹声，过年的时候你要格外小心，别再让他去流浪了。"

"我会的。"雨泽朝着尔曼露出了微笑。尔曼说完转过身，朝里面走去。

那一瞬间，雨泽仿佛看到了自己的过去。他想起苏格兰的大雨，想到伤心难过的惠惠曾在雨中奔波，想到她难过的样子，不禁湿润了眼眶。

"尔曼。"他叫了一声，尔曼停下了脚步。

雨泽走上前去，对她说："去了美国，你要好好地对他。"

"我会的。"尔曼踮起脚尖，轻轻地在雨泽嘴唇上吻了一下。

望着尔曼越来越远的身影，雨泽朝着人群大喊了一声。

"你会是我一辈子的朋友。"

"你也是!"

……

“这边请。”狱警对身后的来客说。

走在左边的，是小梦的母亲。走在她身旁的人，则是温云鹤。

“我赚了很多很多钱。可是，直到那天，看着路旁的行人搀扶着一位体弱多病的老太太时，我才恍然大悟。原来我曾经根本算不上是个人。我的生活充满了铜臭味，也充满了假面具，你知道吗？我多么渴望家的味道。”他对着铁窗里面的人动情地说，“我等你，等你刑满释放，我愿意重新和你在一起，我们组建家庭，我们永远在一起。就像当初我们约定的那样。”

铁窗那边的小梦，早已泣不成声。

73

清早，惠惠带着伤势一天天好转的沛沛来到宠物店。“小狼，你感觉好点了吗？”惠惠思索了一阵，而后将门重新锁上。“今天不开业了，”她对沛沛说，“姐姐带你去公园！”沛沛听懂了她的话，高兴地摇首摆尾。

从宠物店到公园，有一段平坦的林荫小道。沛沛已经可以自由地活动了。旁边有一群麻雀，她忽然停下来，趴在地上等待时机。惠惠也停下来，笑着看她有趣的动作。这时，沛沛决定发起致命一击，她猛地扑过去，鸟儿们在一阵恐慌中向四处逃窜。沛沛奋力一跃，可惜她的嘴在空中咬了个空。

“很好哦！只差一点点。”惠惠高兴地说，“看来已经痊愈了。”

沛沛也本能地感觉到身体的恢复。路旁走过一条拉布拉多，主人正高昂着头，眼睛瞧着远方。沛沛冲那条狗做出一副想要打闹的样子来，对方很容易就被吸引了。于是，他们在草地上你扑我、我扑你地打闹了一阵，直到对方的主人吼了一声“大宝！”那条拉布拉多才乖乖地跟着主人离开了。

她们已经来到花园的附近。“我们到了。”惠惠对她说。可是，沛沛却冲着她吼了两声。

“你不想去玩？”惠惠问。

沛沛摇着尾巴，又叫了两声，而后，她向惠惠身上轻轻地扑了一下，就向远方跑去了。看到惠惠站在原地，她又吼了两声，这时惠惠才明白，这是在叫她跟上。“你要去哪儿？”她大声问。沛沛又吼了两声，继续向前跑去。

沛沛一路小跑，惠惠一路紧跟。沛沛越跑越快，常在十字路口停下来等一会儿主人。她们一路这样跑着。北城清新的空气，渐渐地消逝。路边有座路牌，如果沿着路牌一路向西，越过荒芜的干草地，就会来到一座村子，那里住着一位厨师和他的妻子，他们就是托比的主人。失去托比后，他们又从朋友那里弄来一条看门犬，也是一条黑背，也取名叫托比，现在，这条小托比正昂首挺胸地接过前辈的任务，机敏地观察着四周，看护着自己的地盘。如果沿着这条笔直的路向前走去，会看到一家出版社。陈社长和罗主编正在商量着有关炒作的问题，他们一会儿大笑，一会儿陷入沉思，一会儿你看看我，一会儿我看看你，似乎仍然一团乱麻。

“小狼！慢一点！”惠惠又叫了一声，但“小狼”却依然兴奋地向前跑去，在十字路口，她又停了下来，等候着惠惠。那是一条能够直接通往叶城的路，在那里，赵才智的身影依然出现在每一个棘手的案件中，英雄的故事仍然在不断地被传颂着。

她们继续向前跑去，体力不支的惠惠思绪万千。看到路边一家关着门的夜店，她想起自己担当卧底的那些夜晚，想起了小梦，也想起了小吴。她的手在眼角擦拭了一下，沛沛依然那样马不停蹄地向前跑着。那座熟悉的医院从她身旁退去，她想起自己的母亲，就是在这里，她抱着病痛告别了纷繁复杂的人间社会，在另一个世界里，她一定很快活吧？

沛沛的速度越来越快，她几乎就要跟不上了。她们穿越整座城市，穿过市中心，来到一片住宅楼前。这里，惠惠似曾相识，却又好像只在梦中来过……

……

“我说你就不能总结总结自己的问题？”雨泽的母亲在一旁指着儿子说，“我昨天去参加租我商铺那老板女儿的婚礼，人家也是从英国毕业回来的，看看人家，从大学就在一起，一直到结婚。你看看你，人家尔曼是多好一姑娘呢，怎么你就弄不住？”

“随便吧。”雨泽摆了摆手，对母亲说。

“你要气死我呀！”母亲双手叉在腰上对他说，“算了，不理你了！我还得去聚会，你自己好好总结总结！”说完，她带上门离开了。

雨泽原本已经坐在电脑前，准备开工写作了，但经过母亲这番教育，他感到灵感尽失。于是，他躺在床上，将波仔放在自己的枕边。他指着墙壁上那些沛沛的照片对波仔说：“你认识她吧？她有聪明的头脑和发达的肌肉，可惜，她没有你这么幸运，或许，她永远都不会回来了。”雨泽将波仔搂在怀里，“我会好好照顾你，我会像对她一样对待你。”波仔顺从地趴在他身上，像是在撒娇似的哼哼了一声。

“你的主人应该已经飞到太平洋上了吧？”他说，“她一定正坐在男朋友身旁，暧昧地靠着他的肩膀……”说到这里，他叹了口气。“飞吧，飞吧……自由自在地飞吧……”

忽然，波仔跳了起来，他似乎看到了什么，于是拼命地冲着窗外大叫着。

雨泽疑惑地也朝外面看去。波仔高兴地又蹦又跳，还没等雨泽站起来，他已经来到门前。

“是沛沛！”雨泽惊讶地叫了一声，“是沛沛回来了！”

在他起身的当儿，沛沛已经来到门前，冲着门大叫着。雨泽兴奋地说不出话来，他匆忙地穿上鞋，一把拽开结实的防盗门。沛沛一跃而起，扑向他的怀抱。

“沛沛！真的是沛沛！”他流着热泪和沛沛亲热着。波仔也高兴地扑了过来，他们三个滚在一起，分不出彼此，分不出你我。

阳光斜斜地射进屋子。波仔首先停了下来。这番热闹也很快终止了。雨泽缓慢地抬起头。那个熟悉的身影正被这温暖的阳光紧紧包围，仿佛闪闪发光。雨泽感到呼吸急促，他分不清这是紧张，还是激动。

他只觉得，一股奇异的力量忽然充斥心底，将他早已冷却的情感世界燃烧起来，只觉得一切喜怒哀乐都仿佛静止，一切悲欢离合都仿佛消逝。他觉得整个世界都跟着眼前的她，一同散发着诱人的光芒……

……

“那狗真漂亮！那叫什么狗？”

“笨蛋。那是边牧。”

“边牧？好奇怪的名字。”

“笨蛋。就是边境牧羊犬啦。”

……

“我还是想不通，这家伙是怎么撬开锁逃跑的。”饭店里，小李自言自语地说，“难不成这狗日的东西真比人聪明？”

“好了，开工！”老张的吼声打断了他的思考。于是，他们的小货车又开动了。在灿烂的阳光下，渐渐消失得无影无踪……

后记

合上这本书，或许你会想到什么。

经过前后一年的创作和修改，这本书才终于能够摆放在读者的面前。这一年里，我跟着自己笔下的人物一同品尝着欢喜、品味着忧伤。我细心雕琢着每一个人物的内心世界，生怕自己有一丝的粗心，从而使他们偏离现实。

我所写作的东西，都来源于我熟悉的事物。

才刚回国的时候，我为家里带来了一员新丁。她就是小说中的沛沛，一条聪明的边境牧羊犬。在长时间对她的观察中，我逐渐了解了她的习性、她的动作、甚至掌握了她的思维方式。由于养狗，我了解到了“打狗队”和狗贩子的存在。令我不解的是，这种与人类和睦相处一万年、对人类依赖程度超过对同类的生物，竟然会在我们这个社会中遭到如此的敌意，这多少显得荒唐又可笑。从那时起，我的脑子里就有了对这部作品的粗略构思。

在“和谐社会”的号召下，我们却似乎只是努力做一个“和谐”的面子。

和谐，应该是一种对万物的包容，而不是一类事物去铲除另一类事物。“有人怕狗”，所以有了消灭狗类的行为，着实忽略了人类的“主观能动性”，将原本属于人类自身的责任推卸给了弱者。在通往未来的道路上，我们着实还有很多事情要做。

在“世故”的社会中，总有一些铮铮铁骨的人。于是，小说的主人公雨泽的性格就这样被构思了出来。他有超过常人的毅力和野心，却也在生活中历经挫折。只是，顽强的他并不屈服，变换方式后，继续行走在前进的道路上，当我们这有趣的故事停在此刻的时候，无论他的未来究竟是否辉煌，他都是成功的——我之所以将成功的信念寄托在这个人物，是因为他就像我自己的翻版。

除此而外，惠惠的阴郁、刘诗雅的任性、林志远的实用主义、尔曼的毫无主见，还有爱丁堡的那片花园、格拉斯哥冷飕飕的风、伦敦的车水马龙……所有这些，我都精雕细刻，努力让这一切入木三分。

最后，我必须要感谢为我提出修改建议的何镇邦老师，和一直支持我的梁鸿鹰老师，你们中肯的建议和对我的肯定，使我越发有信心在文学创作的道路上越走越远。还要特别提出感谢的是最先阅读这本书的闫晟和班司琪，以及所有那些催促我进步和成长的同学们、朋友们。

请你们相信，从我决定写作的那天起，就从没有想过停下来。

李禹东

2012年9月18日于太原

图书在版编目（CIP）数据

人间犬吠 / 李禹东著. -- 北京 :作家出版社，2013.1

ISBN 978-7-5063-6697-7

Ⅰ. ①人… Ⅱ. ①李… Ⅲ. ①长篇小说-中国-当代 Ⅳ. ①I247.5

中国版本图书馆CIP数据核字（2012）第262839号

人间犬吠

作　　者：李禹东
责任编辑：李亚梓
装帧设计：棱角视觉
出版发行：作家出版社
社　　址：北京农展馆南里10号　　**邮　　编**：100125
电话传真：86-10-65930756（出版发行部）
86-10-65004079（总编室）
86-10-65015116（邮购部）
E-mail：zuojia@zuojia.net.cn
http://www.haozuojia.com（作家在线）
印　　刷：山西科林印刷有限公司
成品尺寸：152×230
字　　数：381千
印　　张：24
版　　次：2013年1月 第1版
印　　次：2013年1月 第1次印刷
ISBN 978-7-5063-6697-7
定　　价：36.00元